une Passion

Du même auteur

L'Antivoyage *(Mercure de France)*
Le Diable Vert *(Mercure de France)*
Les Rois et les Voleurs *(Mercure de France)*
Le Lignage du Serpent *(Mercure de France)*
Hiéroglyphes de nos Fins Dernières *(Mercure de France)*
Les Seigneurs du Ponant *(Mercure de France)*
Amérindiennes *(Stock)*

Sur simple envoi de votre carte nous vous tiendrons
régulièrement au courant de nos publications.
Éditions Jean-Claude Lattès
91, rue du Cherche-Midi. 75006 Paris

MURIEL CERF

une Passion

roman

JClattès

Toute ressemblance, de quelque nature que ce soit,
avec des personnages existant ou ayant existé
serait fortuite et involontaire.

A Claude Thibault

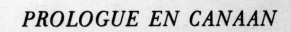

PROLOGUE EN CANAAN

Du peuple de saint Maron

Amine Youssef Ghoraïeb naquit en 1948 à Bécharré (Liban) sous le signe zodiacal du Scorpion et l'œil cerné de sa mère Fernande ex-Benkamou, mélanopode, lire pied-noir, Casablancaise, celui, indéniablement levantin, de son père Fouad Youssef Ghoraïeb ravi d'avoir procréé ce qui semblait à première vue un gaillard, outre celui de son oncle Camille, prêtre maronite, heureux que la Chrétienté d'Orient, et tout spécialement celle de sa secte, comptât un membre supplémentaire, de la fidélité militante duquel il ne doutait pas. De l'œil de la sage-femme, il importe peu. Le récent chrétien ouvrit ses poumons pour pousser un cri de coyote, si aigu que les aigles qui volaient au point fixe au-dessus de la sainte Vallée de la Kadisha, troublés, crurent à une resucée de massacres des Druzes, des Jacobites, des Turcs, des Nestoriens et de tous ceux qui menacèrent les anachorètes dans l'asile renfrogné de leur âpre montagne.

Nul doute, pensa Fouad dont l'orgueil atteignait la dimension d'une autre éminence, celle du Chouf où résidaient ses adversaires ataviques les Druzes et leur seigneur Joumblatt, nul doute que les cèdres de Bécharré, arbres de Dieu, emblème millénaire de NOTRE Liban (celui des chrétiens maronites), ne s'inclinent au moment où MON fils Amine ouvre sur le pays des premières écritures, des yeux couleur de vert arak — les pupilles des gniards étaient ordinairement délavées, or celles de l'enfant brasillaient déjà comme l'émeraude, pierre papale, ou le béryl que porta Lucifer avant sa chute. L'heureux père éluda cette seconde et intéressante analogie pour se contenter d'évoquer, à propos de cette teinte rare, sa liqueur favorite et la magnificence d'un joyau béni de Dieu comme il entendait que le soit (quitte à graisser un peu la patte du Seigneur) son fils dont la peau de bébé avait une savoureuse couleur de brugnon mais, peste, le bout du nez offrait un retroussis semblable à celui d'une mère qui ne participait pas de la chrétienté d'Antioche, nez donc qui pétait aux anges — bah, on ferait avec, imaginons des anges maronites.

Son fils combattrait les Druzes, assassinerait Joumblatt, agent de l'isolationnisme prôné par les siens, bouterait hors des frontières ces Arabes périlleux qui, affirmait Fouad, n'avaient pas oublié Poitiers et reprenaient leurs chevauchées coraniques sur le pâle sang des sables, son fils, Baal Zeboub, seigneur des Mouches, s'unirait sur la montagne du Septentrion avec Baalat, comme il est dit dans les textes phéniciens, son fils serait donc, expression apéritive telle les fameux *mezze* d'un festin libanais, *béni des Dieux*, à savoir, s'enrichirait suivant l'exemple de son père qui, le temps de signer un contrat avec quelque émir du Golfe, oubliait les exactions du Peuple du Croissant, serait certes, ce fils oint du Seigneur, deviendrait peut-être homme politique de premier plan, successeur de l'actuel président Béchara-el-Khoury, archevêque, banquier, ou bien, écoutant les conseils de son père, un des meilleurs architectes d'Orient, tout de suite après icelui — un profil de guerrier, assurément, malgré le nez crétois et féminin — il dégommerait l'émir Arslan et ce Joumblatt, à lui seul, repousserait les armées syriennes si jamais elles avaient le culot d'entrer sur la terre sacrée jadis cananéenne où le messianique clergé chantait la gloire de la Chrétienté sans oublier de remplir le tronc public avec assez de piastres afin que ses églises fussent d'un faste byzantin propre à éclipser les pompes romaines auxquelles les maronites, malgré quelque réticence, s'étaient ralliés. Oui, le Liban de M. Ghoraïeb respirait l'aisance, et si les minorités ne s'empoignaient pas trop, si ces indésirables Palestiniens se tenaient tranquilles, on pouvait augurer pour le pays un avenir pharamineux.

Pour prendre l'air (excellent) de la montagne, et surtout échapper aux vaticinations liturgiques du Père Camille, un clérical si gonflé de Dieu qu'il en éclatait et incommodait les voisins, Fouad Youssef sortit de la maison d'hivernage où son épouse venait de mettre bas un être humain qu'on arracha de son ventre au forceps — pauvres femmes si souvent ensanglantées, reconnut l'époux paternaliste, avant, passant du coq à l'âne, d'apprécier la merveille que c'était d'échapper à la pollution de Beyrouth. Il se retourna sur la solenelle façade d'une résidence secondaire aussi somptueuse que celle, ancestrale, du quartier chrétien d'Achrafieh, que le chalet de Gstaadt et le yacht de trente-six mètres qui dormait dans le port de Monte-Carlo. Loué soit Dieu, chantonna Fouad en son âme, nous sommes et resterons dans les splendeurs. Cette malheureuse Fernande a dû en baver, d'un tel accouchement. Sur cette observation distraite, il prit une bonne goulée d'oxygène, loua Dieu de l'oxygène et de braves poumons et d'une puissante cage thoracique, plutôt bel homme, le Ghoraïeb, loua Dieu de l'existence de Bécharré, cette bourgade terminale de la vallée de la Kadisha où les cèdres et les aigles rivalisaient de majesté, où, lors des persécutions, se réfugièrent les maronites, et au-delà de laquelle s'ouvrait le cirque des monts chauves bistrés par le crépuscule. O ! route des Cèdres, rafraîchie de sources résurgentes, toute d'abrupts, de terrasses, de raidillons, chemin anguleux et voie carrossable du Seigneur, si souvent parcourue par des générations de Ghoraïeb et par Fouad Youssef jusqu'à la vicinale villa où naquit Khalil Gibran auteur du *Prophète* dont les traductions rapportaient cent mille dollars au bourg de Bécharré — les envolées lyriques de Fouad, souvent précédées de la lettre ô, se concluaient toujours en argent comptant. Suprême vanité, le caveau de famille jouxtait celui de cet auteur célèbre, au monastère de Mas Sarkis, et il arrivait que les pèlerins abusés fleurissent la tombe d'un aïeul Ghoraïeb au lieu de celle du poète.

Aux Cèdres, il annonça la naissance de son fils et premier enfant. Le vent sifflant sur les archets plats de leurs ramures transmit le message. Muets, tassés comme l'armée de Dunsinane prête à dévaler la montagne pour assommer les Palestiniens qui avaient l'audace de camper aux portes de Beyrouth, les géants dont l'écorce orna la barque solaire de Chéops, desquels le pharaon Snefrou fit les carènes de merveilleux navires, piliers du temple de Salomon et plus belles mâtures de Phénicie dont on éleva les lieux saints du Levant jusqu'à ce qu'il n'en restât plus qu'une vénérable poignée gardée à vue par Yahvé d'abord, le Christ des maronites ensuite, avec la participation des patriarches de son Église et du gouvernement libanais enfin, ceux de mille cinq cents ans, les durs, imputrescibles arbres, hautains à l'égal des rapaces, ceux dont les troncs graves et lourds avaient l'épaisseur d'une cuirasse, la rugosité d'une peau de crocodile, mais dont les feuilles à la douceur de la soie floche allongeaient sur la vallée pierreuse la clémence de leurs ombres, les austères cèdres qu'invoquait un levantin ivre d'avoir procréé se tassèrent ce soir-là, crispèrent leurs ramures, le ciel chavira, les rapaces s'enfuirent comme fracassés en plein vol, et le chœur des vieux moines de la Kadisha se tut, déconcerté, attendri aussi par tant de candide impudeur méditerranéenne, car les arbres divinatoires, les aigles qui décryptent le futur dans la sémantique du ciel et les spectres omniscients savaient que bientôt finirait l'orgueilleuse insouciance et que les charognards pourraient à loisir fondre sur les carcasses, laissant les hommes en fuite se réfugier en l'éternel asile des cèdres qui ouvriraient pour eux leur sonore cathédrale.

A l'instant où brâmait Amine Youssef Ghoraïeb bercé par sa mère et la montagne septentrionale, le Liban comptait des musulmans sunnites, chiites, métoualis, des Druzes joumblati ou yabaski, des chrétiens maronites dont on sera bien forcé de reparler, des chrétiens orthodoxes, des catholiques grecs, syriens et romains, des chaldéens, des protestants, autant de groupes confessionnels dont à l'époque on vantait la cohésion aussi sûre que les assises des banques, or ce puzzle politique et religieux ressemblait assez à une inquiétante futaie dont les mille racines ne pourraient que craqueler un jour sous les lanières du feu. Mais en 1948, rien ni personne n'aurait empêché un Libanais de s'époumoner à chanter la gloire factice de son pays. Non, il n'y avait que les hautes montagnes, les ermites et les astres pour savoir, et les oracles fermés opposaient une barrière d'inexpugnable silence.

Pendant que, face à la vallée, Fouad haranguait les cèdres, les aigles et les sources, auxquels il promettait qu'un jour son fiston rectifierait le Druze Joumblatt planqué dans son palais de Chouf, la montagne adverse, Fernande née Benkamou, cette innocente, jouait déjà avec son gosse en témoignant d'une maladresse ursine, et ne soupçonnait pas ce grandiose vœu du sang jeté aux vents, balancelles des oiseaux de proie. Saoulé de grand air, Fouad reprit le chemin de sa maison, sonna le couvre-feu de son lyrisme, redevint, au moment où il passa la porte, le latin cupide, bonhomme, patelin ou cruel selon les circonstances, le membre doctrinal du sanhédrin, le parangon des ploutocrates du genre prudent, le nanti sectaire, suivant au doigt et à l'œil les ordonnances de la charte des Fils de Jésus-Christ, le mec de droite et aventurier bourgeois, un genre de Midas, qui, bien qu'il claironnât la primauté future du Liban sur tous les autres pays du Proche-Orient, n'en avait pas moins le sage projet d'acheter une quatrième baraque, à Paris, près du parc Monceau, rue Murillo, où il entendait que soit élevé son fils unique en l'honneur duquel — l'histoire ne dit pas ce qui se fût passé s'il avait engendré une fille — il comptait prendre des dispositions somptuaires.

Ses deux précédentes épouses s'étant révélées plus stériles que les grands Kévirs d'Iran, Fouad piaffait depuis des années en l'attente du Fils, jusqu'au jour où, à Casablanca, il rencontra Fernande Benkamou, institutrice. Au vu de son anatomie révélée par un maillot de bain deux pièces — l'histoire ne dit pas non plus ce qui se fût passé en cas d'une pièce —, un pressentiment médiumnique avertit M. Ghoraïeb qu'entre la harpe courbe des os iliaques tendant une chair saumonée à peine plus pâle à la lisière du slip germinerait un de ses propres spermatozoïdes chrétiens, après intromission d'icelui, à la vitesse d'une étoile filante, dans un tendre ovule marocain. Ainsi fut fait. Au préalable, divorcer de sa seconde épouse, une Tchèque, lui coûta très cher, mais rien n'aurait pu ébranler sa détermination. Le sort financier de Mlle Benkamou se trouva lui aussi réglé d'une manière heureuse, car, à vingt-quatre ans, elle épousait un richissime architecte beyrouthin qui occultait pudiquement son aversion contre les mahométans quand il s'agissait de traiter des marchés avec ceux du Golfe. Ceci dit, Fernande ne sut jamais qu'avant d'apprécier ses yeux oblongs, la courbe minoenne de son nez et le charme de sa conversation, Fouad Youssef la jaugea, calibra, pesa, évalua et se l'adjugea à cause d'un bassin chaloupeur et prometteur quant à la reproduction de l'espèce. Choyée, cajolée, engrossée, sertie de bijoux à la façon d'une maharanée, elle accepta d'abandonner Casa, sa profession peu lucrative et très chiante, pour se consacrer, si l'on peut employer cette expression païenne à propos d'un foyer maronite, aux dieux lares. Du même coup, elle adopta le Christ pédagogue du peuple de ce saint Maron dont on lui rebattit les oreilles, subit les homélies de Fouad sur le salut des riches, respecta les interdits, les brutales ingénuités, les thèses primaires, la dialectique erronée du patriarche, car elle-même, peu sollicitée de l'âme, ne demandait qu'une chose : que la paternent ces maronites pleins aux as dont certains, les pires, imbibés d'un ersatz de culture européenne, passaient leur temps à gueuletonner avec les curés, mignotaient le bras séculier, rivalisaient de nationalisme, de ferveur religieuse et de malignité en affaires, avaient au cœur des pincements d'émotion tout aussi vifs devant la rue des Banques, à Beyrouth, que devant les chapelles de la montagne, détestaient autant les patriotes de la gauche musulmane que les guerriers du djebel Druze et les exilés de Palestine, émigraient et se démultipliaient en Occident depuis le XIXᵉ siècle — fous de vanité, grands dégustateurs de mezzés et de médisances, bagouleurs, bornés, généreux, hospitaliers, féroces, maniganciers, pragmatiques et rêveurs, impérialistes, matamores et excellents pères de famille, tels étaient les maronites dont Fouad représentait un exemplaire chiadé jusqu'à la caricature. Ces gens de souche araméenne entendaient leurs messes en syriaque, plongeaient le nez dans des missels dorés sur tranche, communiaient tous les dimanches, et, gobant l'hostie, suppliaient le dieu dont ils se croyaient, dur comme fer, élus, d'interdire à coups d'encensoirs ou de bazookas la pénétration démoniaque de l'Arabe dans ce pays qu'ils considéraient comme la frange de la tunique du Christ et donc devait leur rester imparti. Dans ce ramassis de pieux pharisiens, on trouvait des types tel l'oncle Camille, attestant l'existence d'une autre race de maronites, plus intègre, celle des moines farouches qui jamais ne quittèrent leur retraite, mais dont Amine, en son jeune âge, ne fut appelé à connaître qu'un spécimen.

1948, année de paix civile d'un pays déjà si corrompu, dont les cent familles inféodées aux moines potentats se crispaient sur leurs privilèges, leurs propriétés foncières dans la fertile Bekaa. L'insouciance régnait encore, en apparence, même si les montagnards, du haut de leur ermitage, voyaient disparaître un à un les petits vergers d'oranges, et, lors d'un déplacement en ville, s'accroître la ceinture de misère autour de Beyrouth la bétonnée, la stipendiée, tandis que s'étendaient les terrains des évêques auréolés d'or natif.

C'était l'apogée du Liban confessionnel, celui du mercantilisme acharné, des connivences avec les magnats du Kuweit, des spoliations, des intrigues courtisanes, des spéculations invraisemblables sur l'avenir d'un pays que les dépliants touristiques présentaient comme la Terre de Rencontre où toutes les religions du globe se côtoyaient dans la liesse, c'était le temps des richesses oligarchiques dont les sévères Druzes dénonçaient l'origine et l'exemption d'impôt. En ce temps-là, Fouad Youssef banquetait avec

Gemayel et Chamoun, Mikhaël Nouaimi et Omar Fakhoury, et portait énormément de toasts à la partition d'un État que jamais au grand jamais n'investiraient les gens de l'Islam, germes de putréfaction qu'il faudrait repousser éventuellement avec fermeté au-delà du cordon sanitaire du littoral. Pays bouleversé et bouleversant, précaire sous l'éternel soleil. Pays des quatre fleuves, pays aux cimes encore sereines, étroite paume creusée de la ligne brune et ocre de la Bekaa, territoire jouxtant le sel de la mer et l'os de la montagne, mêlant les quatre saisons, étourdi du parfum des jeunes fleurs tripolitaines quand le gel armoriait encore le Hermon, quand des vagues tièdes crépillaient dans le port de Byblos ébloui d'une lumière donnée à ceux des dix-sept sectes reconnues par la Constitution aussi bien qu'à la racaille arabe, ce qui plongeait Fouad dans la consternation, mais pas moyen d'empêcher le soleil de luire sur les crânes coraniques.

Quatre mille ans auparavant, Dieu ordonna à Abraham le Chaldéen d'aller pieds nus au pays de Charan. D'après les Écritures, le peuple accueillit cet exilé à bras ouverts. Vu le délai écoulé depuis, on avait peu de chances de vérifier comment fut·réceptionné Abraham, mais, s'appuyant sur la sainte légende, les maronites se vantaient imperturbablement de leur capacité d'accueil, et il fallut celui qu'ils réservèrent aux gens de Palestine pour démentir cette fable. Sur ce, j'en reviens à mon nouveau-né.

Là où naguère les chameaux de la Genèse reposaient leurs genoux, là où Rebecca connut Isaac, en ce sanctuaire du Divin, hic et nunc, la gueulante initiale d'Amine Youssef Ghoraïeb transperça les ruines phéniciennes, les romaines, celles des Croisés, ricocha sur les coupoles des mosquées, se répercuta jusqu'aux cimes septentrionales, alerta les chiens du Liban et de l'anti-Liban, qui firent chorus, l'écho s'étendit sur l'ensemble de ce pays enjôleur, métissé, roublard et criard qui s'arrêta de bruire et tendit l'oreille, attentif à cette naissance d'un fils de charpentier, si Fouad aussi s'occupait de charpentes, mais plus rémunératrices que celles de Joseph.

A l'instant où Amine décida de respirer avec l'énergie de ceux qui ne savent pas ce qu'ils font, des lesbiennes s'embrassaient sur un banc de Tripoli devant un édifice mamelouk, des gardiens fermaient les portes d'innombrables châteaux de Croisés en raison du coucher du soleil notifié sur le Guide Bleu, ce crépuscule qui bouclait les portes des monuments classés fanait aussi ses coquelicots sur les ruines grêles d'Anjar, allumait un grésil d'étain sur la mer dominée par le roc de Sidon, Beyrouth rangeait son attirail de plage, de sports nautiques, de tennis, de squash, de sémillantes snobinardes distractions, pour ouvrir ses bars, ses discothèques, ses cabarets, pour se faire villégiature nocturne plus vénale encore, taisait le crépitement des télex ignorés par les princes de Moukhtara, rigides cathares, couchant sur une natte, une mitraillette au côté, gardant leurs secrets farouches d'hommes de la montagne, méprisant les feux artificiels de la baie de Jounieh et les piles de jetons poussés par les Saoudiens sur le tapis du casino de Maameltein au creux du golfe battu par la mer anisée.

Au moment (il était environ dix-huit heures, et non dix-huit heures quinze, ce qui change tout aux yeux des astrologues) où Amine commença de braire, les louves latines voilaient leurs mamelles et rangeaient leur sac de paille à la piscine des palaces, désertaient celle du Saint-Georges, ainsi nommé en hommage au tueur de dragon, en face du Vendôme, ainsi nommé en hommage à la colonne, des néons verts comme un billard de Van Gogh flinguaient la nuit poisseuse du côté de la place des Canons, seul fortin du vrai pestilentiel Orient fleurant déjà la guimauve épicée de l'Inde, lourd de la moiteur des mers arabiques, sous les palmiers de la place des Canons, les vieux fumaient le narghilé avec des grâces de conteurs persans, cent yeux d'Argus vous effleuraient, ensuifés, nictitants, pupille sombre et blanc bleuâtre, avec une languide, sensuelle, insistante béatitude, poursuivaient l'étranger comme un vol de papillons noirs, les cuisses sucre candi de longs adolescents en short effrangés, cavalant sur sapatos plastiques, pressaient celles des touristes vitriolés par la lumière acide des tungstènes et la cacophonie des klaxons autour de cette agora bazar, que les bravaches hâbleurs qualifiaient de carrefour des civilisations et de nombril du monde.

A propos de nombril, celui d'Amine offrait un tortillon impeccable, preuve de la définitive solitude à laquelle il naissait.

M. et Mme Ghoraïeb faisaient la planche à la piscine de l'Excelsior, dînaient au Vendôme avec des amis, membres comme eux de la Ligue maronite et du Yacht Motor Club, sis au pied de l'hôtel Saint-Georges, Schéhadé, un autre Georges, écrivait de beaux poèmes, il n'y avait plus guère de chameaux, sauf pour les touristes qui confondaient toujours les bosses et discutaient à propos de la différence entre les chameaux et les dromadaires avec la même véhémence qu'autrefois les gens des conciles de Nicée et d'Ephèse, à propos de la nature unique ou duelle du Fils de l'Homme.

Les Ghoraïeb étaient terriblement occidentaux, en apparence. En grattant un peu, on les découvrait latins. Gratter davantage n'eût fait qu'irriter l'épiderme de Mme Ghoraïeb. En revanche, la couche profonde, le derme de Fouad était oriental. Quelqu'un du genre de Sénnachérib, Assurbanipal, Thoutmosis Ier, un mégalomane un peu niais et terriblement filou, qui choisissait et traitait les femmes comme le fit Abd-el-Rahman III, aurait volontiers engagé des eunuques pour garder celles qu'il trouvait extrêmement qualifiées pour nourrir des colombes et des gosses, de préférence au sein. En ce sens, l'ancien métier de Fernande lui semblait incongru, car enseigner selon Fouad signifiait avoir de l'autorité, imposer des idées colossalement taillées, ce dont Fernande n'avait pas l'envergure, d'ailleurs les mouflets qu'elle enseigna la rendirent spasmophile, avant qu'il ne mît le hola à cette gabegie.

Dolce vita fleurie des amandiers. On n'oubliait pas le massacre des maronites par les Druzes à Deir el-Kamar, ou si on oubliait, l'oncle Camille se chargeait de le rappeler à la mémoire laxiste des Ghoraïeb. L'oncle Camille, curé de Zghorta, bourg aux neuf églises de la vallée sainte, en descendait aux anniversaires et fêtes carillonnées pour se retrancher précautionneusement chez son frère à Achrafieh. Le souvenir des persécutions que lui chantaient chaque nuit toutes les petites âmes mortes de martyrs dont la sainte vallée était si prolifique le rendait un peu paranoïde, toujours prêt à la fuite, ou à épauler son fusil. Dès qu'il s'installait dans la maison Ghoraïeb, il déposait un stock d'armes à feu sous son matelas, parce qu'on ne savait jamais, et qu'il avait des prémonitions sur l'imminence de l'apocalypse dont ces mauvais chrétiens se montraient inconscients. Hors de sa vallée de troglodytes où sommeillaient à peine les guetteurs de l'Éternel, promptement réveillés par la crosse de bois avec laquelle les ombres des évêques de Qannoubin troublaient leur repos, l'oncle tonsuré avançait à petits pas prudents sur le macadam beyrouthin, rétrécissait sous le soleil, soupirait à propos de la pollution morale et des klaxons, recevait les doléances de Fouad ou bien calmait son excitation à propos des Affaires, demandait à tout hasard s'il n'y avait pas, alentour, de parent à marier, car en son diocèse il était aussi grand entremetteur que résolu célibataire, puis s'en retournait aux montagnes où, prêcheur paysan, il cultivait son verger et méditait sous sa coiffe noire à propos d'un avenir de même teinte, assortie également à celle de sa barbe.

En 48, lors de la naissance d'Amine, le premier dignitaire de l'État était maronite, le Premier ministre sunnite, le président de la Chambre chiite, et la caducité du mandat français offrait toutes les possibilités d'arrestations nocturnes comme le furent celles du président Béchara el-Khoury et du leader Riad el-Sohl qui firent du foin en 43, et clivèrent définitivement le Liban de la France. Malgré cela, le jour de la libération de Paris, la montagne libanaise avait carillonné sa joie. Gloire au tempérament méditerranéen. Libre donc depuis la fin de la tutelle française, disait le Père Camille, le pays, trop fougueux et trop disparate pour assumer cette liberté, allait vers le malheur d'autant plus vite qu'il n'entendait plus la parole de Dieu, que ce fût celui des chrétiens, des Druzes ou des mahométans — et si Dieu devait hausser le ton, ajoutait-il, ça risquait de tonner d'une façon épouvantable.

En 50, la Syrie, aux frontières, s'ébranlait, le président du Conseil Riad el-Sohl échappait à un attentat syrien avant d'être occis l'année suivante après une visite à Abdallah de Jordanie.

En 52, démission du président Béchara el-Khoury, chassé par la coalition des Druzes, des Phalanges chrétiennes, des Phalanges musulmanes et d'anciens rivaux d'El-Khoury, les Eddé, qui unirent leur haine pour foutre dehors le gouvernant accusé de ne pas réprimer une corruption accrue — procès d'intention où, en Orient, les accusés ne manquent pas —, puis se retranchèrent dans leurs clans respectifs pour mieux se cogner dessus par la suite. Guerre d'Algérie, émergence de Nasser, succession à la présidence de Camille Chamoun, et l'oncle, tout en bêchant son lopin, voyait poindre la tête du dragon apocalyptique : le nationalisme arabe. Bien pire que la disette ou le typhus de 1914 dont on parlait encore. Et ces maronites décadents continuaient de banqueter et de barboter sur le front de mer, dans des trous d'eau chlorée et artificiellement bleue nommés piscines. Navrante, de même, l'indigence de ce Chamoun et de ses Phalanges. Contre les Sarrasins, seuls prévaudraient les moines armés.

L'oncle Camille flairait la rupture, c'était avant Suez, l'alliance du Caire et de Damas, avant que Nasser proclamât celle de tous les Arabes contre l'« impérialisme occidental », avant que les armes américaines ne fussent livrées à Chamoun, avant la première flambée de 58, suscitée par le meurtre d'un journaliste opposé à une présidence qui ne recueillait pas que des suffrages parmi les chrétiens. Comment un Liban à ce point morcelé résisterait-il à la poussée arabe, si les confessions, au lieu de se serrer les coudes, se combattaient ? Loin étaient les dissensions théologiques qui jusque-là avaient agité la montagne maronite, et qui pourtant tracassaient toujours quelques curés dont ceux de Zghorta. De la nature divine, humaine, ou les deux, ou uniate du Christ, d'une vierge Marie Théotokos ou seulement Christotokos, on se fichait bien à l'instant présent, regrettait l'oncle Camille. A l'époque, cette question fit des morts. A présent, la damnée politique risquait d'en faire plus encore. La guerre serait civile sous couvert de religion. Comme si la guerre civile faisait moins de morts qu'une autre. Pauvre gosse, conjecturait l'oncle à propos d'Amine, il va faire ses pâtés sur une poudrière. Que mon frère émigre donc à Paris avec sa mousmé du Maghreb et mon neveu — même s'il doit entrer à l'école laïque, ce qui semble inévitable.

A la pensée de ce départ, il avait un peu de vague à l'âme, car personne ne montrerait la voie de rectitude à cet unique neveu.

Toutes ces philosophies nées des schismes et des hérésies, engendrant le sectarisme, le mensonge, le luxe décadent des bourgeois maronites, tels ses parents, apprirent tôt à Amine la haine de ce concept revendiqué par tant de minorités tatillonnes, agressives, dressées à l'attaque comme des chiennes, ce concept incompatible avec l'idée d'un apostolat : un dieu qui fournissait des armes aux Druzes, aux Alaouites, aux Témoins de Jéhovah, aux chrétiens des Phalanges, aux curés parlant araméen, aux Levantins fous d'argent, à ces militants suspects, tous persuadés de leur bon droit, tous pétitionnaires et réclamatoires de munitions, boulimiques de flingues, tramant des contrats diaboliques entre chrétiens et israéliens contre ceux du désert d'Arabie... La musique syriaque des messes dites par l'oncle Camille, pourtant, ne diffusait pas ce genre de message.

Amine, enfant, attribuait à Dieu, ce personnage tant cité par les hommes politiques, en rapport étroit avec leurs campagnes de tuerie, le caractère arrogant et prédateur d'un chimpanzé chef de bande. Il détestait ce Dieu, responsable de l'état tumultueux dans lequel se trouvait le Liban des patriarches, encore empreint de fausse sérénité pourtant, mince travée du sanctuaire d'un démiurge fou aux cent visages de fou dont certains — par exemple celui des Arabes — étaient interdits de reproduction. Liban, à peine un fin hamac bercé par la mer. Pays de son enfance, sommé par la lévite blanche du mont Hermon (il y avait aussi des juifs en Canaan), ce Liban futile, fertile en vanités, avait les cupides prurits des marchands, mais aussi les beaux gestes d'une paysanne pliant au soleil

le pain en serviette. Faute de place, les strates d'histoire s'y empilaient très haut. Pendant que dans la creuse Bekaa brune transhu-
maient les moutons et les bergers, que fichait donc ce Dieu qui,
disait-on, avait élu le Liban comme villégiature ? Il devait être
navré qu'on se le disputât si âprement, qu'on ait voulu naguère
l'écarteler à la suite de discussions ineptes sur la nature de son rejeton, qu'aujourd'hui le peuple côtier fût celui des charognards de
conciles ne conciliant rien du tout, s'arrachant avec des cris de vautours un coin de tapis de prière, l'orientant selon les directions
imposées par un autre Dieu, le Coranique... Dieu des églises eth-
niques et militaires, qu'aviez-vous à répondre aux questions
simples de cet enfant dérouté, fils de votre terre ? Dieu muet, qui
choisit le Liban, sans doute à cause du climat, des neiges de
Bécharré, de la splendeur d'une mer fendue par les trirèmes phéniciennes, Dieu inconséquent aux ambitions touristiques, auquel
Amine ne reconnaissait aucune compétence quant à la conduite des
hommes qu'il laissait libres, horriblement libres, se tuant avec cette
liberté, à croire que port de liberté signifiât aussi port d'armes.
Cette villégiature sacrée et balnéaire risquait de devenir un foutoir
et non l'asile des persécutés, qui à peine persécutés se retrouvant
entre eux s'égorgeaient au nom du Très-Haut — reconnaissons-Lui
que s'il interdit de prononcer Son nom (ce qui fut transgressé) c'était
qu'il devait avoir un pressentiment quant à l'usage qu'on ferait de
ce vocable. Je n'ai pas voulu cela, disait Dieu à Amine, quand parfois Il sortait d'un mutisme affreusement débonnaire. Parole de
gauche. Amine, à l'âge des dents de lait, se disait que la droite phalangiste, autonomiste, séparationniste et ultra-maronite représentée par le phallus de son père ne valait guère mieux. Insanité que
de se nourrir d'hosties, un Browning dans la poche. Restaient ces
Druzes hermétiques, ésotéristes, les seigneurs du Chouf, honnis par
Fouad. Les Druzes, dont la parole ne se transmettait pas, croyaient
en la métempsychose. Gens du Verbe et de la Foi, aux yeux de sadhus hallucinés, mais belliqueux. Foi et guerre encore. Amine n'entrerait pas dans les rangs des Druzes, faute de croire. La peste que
de croire. D'un coup, à sept ans, Amine biffa tout ce qui se rapportait à la mystique, avec l'intransigeance d'un enfant vexé de ne pas
comprendre et décidé à vivre en surdi-mutité, voire autisme, au vu
insoutenable du réel. Que fallait-il donc pour éblouir les yeux d'un
humain ?

Ces scintillements frelatés en vitrine, la craie des corniches aux
turbulences figées, les étals rouges des souks, le soleil cru sur les
fenêtres en ogive, le balcon florentin, la marquise et la haute grille
d'une des premières demeures d'Achrafieh, le marchandage sempiternel de ces portefaix alourdis d'un sac de dogmes antiques, les raco-
lages, exhibitions, extraversions du pays d'Orient ? Bientôt, suivant
les dires du Père Camille, s'y déploieraient les ocelles de la guerre
arabe étincelantes comme celles de la queue d'un paon buvant au

25

rebord d'une vasque à l'heure de la cinquième prière, en attendant le grand ludique bordel surveillé par l'Amérique (dont on parlait avec révérence chez les Ghoraïeb) et l'U.R.S.S. envers laquelle on manifestait la même crainte qu'envers le « bédouin ravisseur », l'Arabe né du désert qui DEVAIT selon la charte maronite y revenir le plus rapidement possible... En attendant le cinquième Cavalier, passaient les taxis gigantesques comme des baleinières, lustrés, shocking pink, citrins, azul, tout ça chromé, nickelé, au milieu des criailleries de Beyrouth maquerelle, mégère, sentimentale, bâtarde, souillée, constellée des cryptes aux pare-brise, de Vierges à l'Enfant. Une sourde folie tournoyait sur la ville, détraquait les feux qu'on brûlait de toute façon, accroissait la chaleur qu'on fuyait dans ces charmants cafés sous les arbres près des eaux vives où l'ombre vous flagelle d'un vert d'encre fraîche, où la seule vision d'une carafe d'eau sur une table en zinc vous emplit de délices, avant la dégustation du café turc, cuit, mijoté, pesant, écœurant, au marc tenace, noir sable de velours dans lequel les sybilles bonniches lisaient l'avenir. Impossible d'interdire le marc au Libanais qui ingurgite quarante cafés diurnement, sans que soit atteint de tachy-chardie son cœur serein de Levantin bravache qu'on enrôle-rait, au gré de la fluctuante politique syrienne, sans qu'il n'y pigeât rien.

La sphinge C.I.A. et la Baba-yaga russe tramaient des com-plots, et ce petit pays tribal, irrationnel, chauvin, diasporé, allait fournir un sacré lot de victimes au Moloch de Canaan. Les futilités journalières sentaient déjà la veillée d'armes. Ghoraïeb junior, avec la médiumnité enfantine qu'une bonne éducation s'empresse de proscrire, le savait. Il y aurait des parades militaires, des armes cachées dans les églises, monastères et couvents, et ce serait la salo-perie totale. Comme si cette nation était hémophile de martyrs. La plus grande productrice du monde. Qu'ils fussent uniquement les fils de saint Maron, le gamin en doutait. Chez les Ghoraïeb, on ne parlait pas beaucoup des juifs.

Il attendait donc la Bête venant de la mer selon saint Jean, le communisme selon Fouad, l'arabisation selon l'oncle Camille, et ignorait qu'il existât d'autres centres d'intérêt que l'église, le busi-ness, les exégèses des Saintes Écritures et les commentaires infinis de son père à propos de ses revenus, provenant des inconséquentes dépenses des émirs pétroliers avides de lugubres goguettes et de piscines roses au grand dam des seigneurs perchés, les Joumblatti suivant la voie de leur *dharma* et arguant, avec quelque ironie aristo-cratique, que ces Arabes-là auraient dû banquer pour qu'on leur enlevât ce pétrole maudit, qui leur jouerait des tours tant qu'ils lais-seraient l'Égypte et les autres nations musulmanes dans le merdier pour se préoccuper de leur chasse au faucon, de leur sérail, de leur béton et de leur climatisation, auxquels la famille de l'architecte Ghoraïeb devait des rentrées munificentes et épargnées par le fisc à cause de l'efficace magouillage administratif dont Fouad avait le secret.

Amine jugeait son père avec sévérité. Comment les adultes pouvaient-ils vanter la cohabitation pacifique des ethnies, bien au frais, dans leur maison gardée ? Eden, eden que Canaan. Égoïsme, imbécillité, chauvinisme, opportunisme, lot des adultes. De ceux qu'il connaissait. A dix ans, il était déjà si découragé qu'il n'avait pas envie d'étendre ses relations. Seule la proximité des Druzes le fascinait. Ceux-là n'appelaient pas la France « mère bien-aimée », ne grelottaient pas de peur masquée par un permanent souci d'ostentation, ceux-là n'avaient pas de compte en banque, et couchaient sur des tapis comme l'oncle Camille.

En quête de gnose, il pensa, cet imberbe, les rejoindre plus tard, combattre les légions phalangistes, les tigres de Camille Chamoun, les hommes de la chambre noire, soit les maronites intégraux, son père en définitive, mais pressentit qu'il n'en ferait rien, et cette première lâcheté le contraignit à envier d'une façon forcenée, à aimer de haine ces initiés conduits par Joumblatt, Arslan, les émirs du djebel Druze. Il fallait du cran. Il n'en avait déjà plus. Il se résigna à la truanderie, à la frauduleuse paix.

Voyages à Paris. Peu avant les affrontements de 58, Fouad décida de mettre en pratique cette idée prudente, jusqu'alors à l'état de projet : il planquerait près d'un parc très calme, à Paris, Fernande, et son fils qui irait au lycée à Janson-de-Sailly. On émigrerait pour de bon. Amine supplia l'oncle Camille de les accompagner, mais en vain. L'oncle Camille bourrait son église de munitions. Amine regretterait bien davantage cet authentique moine-chevalier, aux inendiguables discours portant sur la fondation de son ordre, que la ville des conciliabules et la parodique convivialité, cette grasse loche, cette Corinthe faubourienne des ciboires et des pourboires, carrefour des peuples et fille publique aux lèvres fluorescentes et aux cils de zinc dardés comme ceux des antiques statues hellènes.

Mai 1958. Meurtre d'un journaliste de l'opposition, grève générale, insurrection, barricades, maquis, bombardements des ponts, violences. Massacre du roi d'Irak et de sa famille, alliés au président Chamoun. Les Américains, sur un appel de ce dernier, débarquent à Beyrouth. Rapt d'un chef phalangiste, guerre civile, panarabes contre nationalistes. La famille Ghoraïeb se terre à Achrafieh, l'oncle Camille descend de sa montagne dans la rue et, sur une barricade, perd le mollet et le pied gauches, emportés par une roquette syrienne et du hasard. Nomination de Fouad Chehab comme médiateur, mais trop tard quant au mollet de l'oncle Camille.

Cette fois, c'en était fini, l'enfant Amine ne voulait plus rien comprendre, sauf qu'on ne faisait rien de bon au nom de Dieu. L'infirmité de l'oncle Camille le frappa d'un éclair brut, le rendit tout à fait agnostique et amèrement dédaigneux des hommes, un reste de juvénilité l'aida à pleurer un coup, puis il se réfugia dans l'indifférence. Il irait à Paris. Plus jamais ne reverrait l'oncle boiteux. Plus jamais n'entendrait de sa bouche le récit des tribulations du crâne de saint Maron, du bord de l'Oronte jusqu'en Italie où cette vénérable calotte fut transportée par un bénédictin qui la plaça respectueusement dans une église épiscopale. Plus jamais Camille ne raconterait son pèlerinage aux sources lactées et calcaires de l'Oronte turbulent près duquel naquit l'ordre maronite. Plus jamais il ne s'agenouillerait près de la paillasse de Camille, sous la moustiquaire, pour écouter le récit du pillage du monastère de Cristal et de la tuerie de trois cent cinquante moines. Des martyrs, on en dénombrerait d'autres, mais Amine ne les plaindrait pas ceux qu'on élevait en pépinière sur le mont Liban. Seules la sincérité de son oncle, son émouvante tonsure et sa prothèse plaidaient pour eux. Après l'oncle, périraient des sœurs autonines, sœurs de Sainte-Thérèse, sœurs balachites, un élevage entier de futures canonisées. Le départ pour Paris le privait du père Camille, et qui savait s'il reviendrait au Liban ? Plus jamais, il n'écouterait avec tendresse les discours du moine, particulièrement harcelé par les spectres des monophysites affirmant l'essence uniquement divine de Jésus, et par là faisant fi de ses humaines souffrances. Plus jamais de concile œcuménique avec l'oncle, d'évocation de la conquête musulmane et de la fuite dans les montagnes-forteresses, dans les couvents aux murs épais de six mètres sur lesquels éclataient encore des orages théologiques. Plus jamais il n'entendrait l'oncle affirmer que, la veille, il avait vu en songe saint Maxime le Confesseur, portant un glaive flamboyant, l'œil rivé sur sa carotide (ce saint était un ennemi des maronites).

Amine vomit dès lors l'intolérance, les rivalités, les intrigues, vomit dans ces baptistères du sang séché sur les grèves, brun comme lanières de fucus. Vomit la politique, les blocs, les fronts, les organisations, les partis et les initiales majuscules.

— Croisée du chemin des peuples, gueulaient les chantres aux voix avinées par le cru de Ksar, bien qu'ils fussent musulmans.

— Creuset des richesses, hurlaient les riches, banquiers, trafiquants d'armes et tous les marchands fils de Phéniciens.

— Eh oui, les putains sont à tout le monde, grognait l'oncle claudicant mais vivace — sauf qu'aux putains il faut un souteneur, et que notre président de la République... Ce pays, respectueuse de l'Orient, vassale de l'Occident, houri du monde arabe, est celui des faussaires aux sourires pleins de dents. Viendra le jour du partage, et la montagne sera comme flocons de laine cardée quand la Clé de la Justice tombera aux mains du peuple du Croissant, vous verrez... Bah, dansez en attendant. Ce ne sont que modestes prédictions d'un moine cultivateur de pommes et d'oranges sur deux hectares perdus là-haut, mais la maison de Dieu m'est trop chère pour que je supporte qu'on en fasse un lupanar. Maison de Dieu, des racines du Hermon aux orteils bleus des criques, maison de Dieu profanée bien avant qu'un Chehab n'ait lancé les chrétiens contre les Druzes ! Et maintenant, vous en voulez aux Druzes, vous gens de négoce, fils de réfugiés, de persécutés et d'expulsés de partout, vous du littoral — toi Fouad Youssef ! C'est que tu te fiches pas mal du Liban. A peine une vertèbre de l'ossature du monde. Seuls comptent tes privilèges et moelleuses brioches, et la lèpre d'Occident qui te ronge les entrailles. Il faut te faire une raison, Fouad. C'en est fini du petit Liban à majorité chrétienne. Celui des tartufferies. Il suffit de regarder une carte. Le Liban est un pays arabe, voilà tout. Nos neiges, nos prairies parfumées, nos grottes aux pigeons, nos havres de montagne, notre pays plissé, raviné, sonore, si touristique, sera dépecé sous peu par les griffes crochues des Syriens, Jordaniens et autres gens de Mahomet. Ne restera que la carcasse. File donc en France, sauve tes meubles, ta femme et ton fils, et plus vite que ça ! Ça fait un bail que tu tergiverses. Emmène-moi ce neveu aux yeux verts loin d'ici. Ça me ferait de la peine qu'il arrive quelque chose à ces yeux-là. Et ils n'ont pas à voir, ces jeunes yeux, ce qui va se passer ici.

Les Ghoraïeb s'apprêtèrent donc à quitter cette terre lilliputienne, enjeu de mystérieuses puissances qui terrifiaient Fernande au même titre que l'intérêt porté par son mari aux manigances de chefferies locales. Or elle n'aurait pas dû s'inquiéter : Fouad se passionnait pour les intrigues politiques tant qu'elles ne menaçaient pas sa fortune.

— Nous serons définitivement installés à Paris dans six mois, le temps de régler diverses affaires, d'aménager complètement notre appartement du Parc Monceau, je ne veux pas que vous vous souciiez d'un seul problème de robinetterie, Fernande, vous entrerez dans un logis tout prêt, la gouvernante, la nurse et le cuisinier seront là, l'arme au pied, laissez-moi m'occuper de l'intendance, vous verrez, tout baignera dans l'huile.

— Six mois encore ?... murmurait Fernande.

Fouad entendait symboliser la gloire de l'émigration libanaise dans la métropole, et ne rien laisser au hasard pour y briller. Fernande se réjouissait ne doutant pas que son époux la mît dans un écrin feutré, où elle n'entendrait plus les prédictions apocalyptiques de cet affreux curé de Zghorta qui lui causaient des crises de tétanie plus pénibles qu'hier les diableries de ses élèves, où lui seraient épargnés les cloques et irritations des yeux dues au soleil, les dégâts que le vacarme de la rue faisait à ses tympans fragiles... A Paris, du feutré, du pacifique, du velours. Sous un ciel modéré fileraient des taxis sombres et des gens gris, coulerait une Seine couleur d'huître perlière, ç'en serait fini à jamais de ce fer rouge sur ces paupières, l'hostile lumière d'Orient. L'idée qu'à Paris la cinglerait une gentille petite pluie fine lui arrachait des soupirs d'aise. Elle tiendrait six mois. Six mois mon fils, disait-elle à Amine en lui caressant les cheveux, ce qui les horripilait sur-le-champ, et nous nous promènerons le dimanche dans un jardin très chic, comme les Français savent les composer, tout un art. Pour d'autres raisons, Amine, répudiant son pays, se déclarait apatride, et donc condescendait à adresser à sa mère un sourire ambigu qu'elle ne savait interpréter faute de piger ce qui se tramait sous le crâne de son fils.

Quand elle voulait qu'il restât près d'elle, elle lui parlait de cette magie qu'elle avait apprise de sa mère, à Casablanca. Là, le gamin, transi, l'écoutait, car c'était le seul moment où Fernande devenait poétique.

Unique domaine où, en effet, elle excellât : celui des secrets de minuit et des sorts. La tendre créature usait du *haram* la magie noire de l'Islam, et très tôt, Amine soupçonna les pouvoirs incommensurables du sexe sorcier, celui d'Hélène, faible à provoquer des guerres. Sa mère lui donna de naïves, frustes initiations, et il commença d'exercer ses talents sur la fille du chauffeur, celle du maître nageur de la piscine du Saint-Georges, puis sur toutes les gamines de Beyrouth, vendeuses d'orangeade, de fleurs ou de pâtisseries. Ça ne ratait jamais. Magie noire du *haram* ou magie verte de ses yeux inouïs, à vexer toutes les cadines des sérails d'Oman, les gosses chavirées tombaient dans ses bras, lui offraient leurs seins de douze ans, cornillons de gazelle, révulsaient leurs globes oculaires, présentaient soudain des symptômes de dérèglements psychiques, et des larmes coulaient comme d'un aspersoir d'eau de rose sur leurs joues brunes, aussitôt qu'il se détournait d'elles avec une brusque indifférence, d'un air chloroformé. Or il se détournait vite, lassé de ces conquêtes imméritées.

Dans la voiture américaine, il y avait une pierre d'alun contre le mauvais œil, et si Fernande n'osait accrocher autour du cou d'Amine la demi-mâchoire de hérisson qu'un serviteur kabyle avait rapportée des Aurès, talisman d'une efficacité majeure, c'est qu'elle craignait que Fouad ne prisât guère ce genre de fantaisie obscurantiste.

Mais bientôt, à Ghoraïeb fils, le peu d'estime qu'il avait pour sa mère fit oublier, voire renier, les sortilèges. Il confondit les songes et les mensonges, le monde peu à peu se désenchantait, ses yeux d'absinthe s'assombrirent d'amertume, susciter des turbulences ferventes chez les gamines cessa de l'amuser et il désavoua la douce mais maléfique folie de sa mère.

Pour renouer avec le fil du mystère, il lui fallut plus tard rencontrer une stryge d'origine roumaine dont les doigts se retroussaient comme des baguettes de coudrier à l'approche des sources. Ceci est le début de l'histoire, attardons-nous un peu sur le prologue, si vous me le permettez. Amine savait, pour les avoir expérimentées, qu'aucune petite fille noiraude ne lui susciterait de foi. Il se mit en position d'attente et d'affût. Le miracle se passerait outremer, il en était sûr.

Amine, à dix ans, décida de rester en enfance. « Le fond de l'histoire est qu'il n'y a pas de grandes personnes », écrivait Malraux dans *La Condition Humaine*. Amine ne connaissait pas les écrits de Malraux, mais se voyait incapable d'entrer dans le royaume de ces derviches tourneurs du pouvoir, rivalisant de couilles en camisole chimique, le visage d'une femme. Une seule, car sous ce autrefois les acrotères des temples. Canaan sombrait sous la rage, la dengue, et on n'avait encore rien vu. Il ne lui restait rien, en ce monde, aucun viatique pour continuer la route. Rien ou peut-être un mythe de douceur sapide et violente, une vieille cantilène usée, la passion. Il décida donc de passion et de se consacrer à l'objet merveilleusement dérisoire qui lui servirait de tranquillisant et de camisole chimique, le visage d'une femme. Une seule, car sous ce rapport il était monothéiste.

Cette pulsion d'absolu fichée dans le nombril de l'antique Aphrodite d'or, il la chanta au pays qu'il quittait, aux sables écrêtés sous lesquels ensevelie dormait la parole de Byblos, à l'ombre de Zénobie pleurant dans Palmyre, aux mosaïques, aux petites ruines romaines, aux pierres dorées, aux monuments antiques enfouis sous des édifices byzantins, sous mosquée avec minaret, sous édifice bourguignon avec berceau brisé clunisien, aux reliques et aux bénitiers, à l'ancienne Beryte, aux portails polylobés du couvent de la Lune, aux rocs roses ondulés de cette terre vendue, à nouveau face à sa destruction comme le fut Sidon, à cette terre où s'apprêtait secrètement le cérémonial d'un combat.

Seul, rétif, l'enfant oriental aux yeux de vert arak, aux boucles ulysséennes, à la peau glabre que le soleil obscurcissait jusqu'à la teinte du miel de châtaigne, se détourna des monumentales éthiques et des morts fétides qu'elles provoquaient, en même temps que des gracieusetés d'une mère trop attentive, recula, ébouriffé, quand elle lui prenait la main pour traverser, refusa d'être normal, c'est-à-dire son amant, quand Fouad la délaissait pour ses réunions politiques ou une danseuse du casino de Malmeeiten, renâcla devant les débordements de Jocaste Benkamou qui, offensée, redoubla de studieuse minutie d'amour envers le fils du patriarche, en pauvre maladroite qui jamais ne sut se faire désirer, que sa progéniture rejetait déjà avec cruauté, la condamnant à la tétanie, à la boulimie et à l'inutilité.

Fernande sentait l'odeur putréfiée des mères trop aimantes, les remugles d'une cloaca maxima d'adoration. Que l'entourage reniflât cette puanteur, Amine n'en était pas sûr. Sa mère ne fleurait l'adoration, parfum de fromage fermenté, que dès qu'il s'approchait d'elle. Aussi s'en écartait-il promptissimo, dès le baiser du matin donné. Oh, ce baiser du matin ! La moue de sa mère, ses lèvres comme un anus ou un col utérin, bref un museau de carpe humide. Ses mamelles tremblotantes, gorgées d'eau ou de lait, organiques besaces que jamais sa future aimée ne porterait ainsi, comme des paquets ridicules ensachés dans du satin. Dès son lever, Mme Ghoraïeb s'avançait, en quête de baiser télescopique, ses lèvres pointaient, mouillées, dures, vers la joue de l'enfant qui reculait, épouvanté devant cette femme qui exigeait qu'on séchât les épanchements et les débordements sentimentaux dont elle ruisselait.

Oublions cette femelle aux frôlements malsains, dont la mollesse saumâtre rebute également l'oncle Camille, un type recta qui ne se serait jamais permis de dégouliner ainsi. Consacrons-nous au mythe amoureux, pensait Amine, en mangeant des chocolats, dans la chambre dont on avait tiré les stores pour qu'il y fît plus frais. A priori, il faudrait que ce mythe s'abouche sur la réalité : mourir avec ou à cause de lui, et ne débouche, surtout, sur rien. Si ça débouche, c'est foutu. Le chocolat au lait fondant entre ses doigts lui rappelant fâcheusement sa mère, il le jetait, allait en chercher dans la cuisine une plaque noire, âcre, amère et bien dure.

Restait au gamin tourneboulé par la puberté mais sans qu'un poil ou un bouton ne déparât son visage d'ange de Donatello, comme seul imaginaire possible, le corps d'une femme, ce rien, ce rien à transmuer, à idolâtrer, ces beautés étrangères qu'il adulerait comme on se suicide, auxquelles il vouerait sa vie. Sur ce, il éjaculait sur un morceau d'ouate, fracassé par l'image de Grace Kelly, vue dans un western où, hélas, un salopard de scénariste l'avait réservée à Gary Cooper.

Elle serait l'antithèse de sa mère, Fernande le mal absolu, dont les mimiques d'adoration que son embonpoint rendait grotesques le gênaient terriblement. Il ne la supportait que lorsqu'elle tirait les tarots car là, elle redevenait fille du Maghreb, embaumant l'amère fleur d'oranger, les noms des djounns chantaient autour d'elle, et des génies bleus, des afrits noirs, ou Shaitan, le Diable lui-même, dansaient dans la fumée des deux brûle-parfum posés sur la table de divination. Jolies foutaises que tout ça, aucun rapport avec Dieu, sa mère aurait été excommuniée par le pape pour usage d'enchantements ; les œuvres de sa mère n'étaient pas sacrées mais sorcières ; servante des djounns du Maghreb, elle faisait selon leurs volontés, et son fils, amusé, moqueur, la regardait alors avec une condescendance un peu tendre de jeune sceptique. Non maman, rien de sacré, rien, pas la moindre parcelle de grâce divine dans la façon dont tu bats tes cartes comme on bat des blancs d'œufs en neige. Exilé de ce sacré dans son pays, il lui faudrait obstinément le ressusciter ailleurs, sinon il se laisserait crever d'inanition, déciderait d'un *sitting* façon yogi devant une mosquée, se déclarerait pro-arabe ou phalangiste chrétien, et ferait la guerre civile de façon à ne pas en réchapper.

Donc, vêtir de lumière le corps d'une femme, pesant au maximum quarante kilos mouillée pour totale dissemblance avec celui, vallonné et redondant, de sa mère, terrer cette étroite momie dans une loge maçonnique, une crypte, la cacher dans un sépulcre où lui seul viendrait l'adorer — fille d'Astarté rien que pour moi les lumières de tes yeux. Autour, les chiens pourraient s'entre-déchirer, il resterait dans le sanctuaire face à la déesse païenne que garderaient les chimères.

Fuir l'obscène incestueuse mère, fuir ses éternelles inquiétudes, ses touffes brunes sous les bras, poussées au creux de l'aisselle comme des champignons vénéneux, boucles intimes qui faisaient lingère, en sus macules de sueur et odeur de fer chaud, pourtant sa mère ne blanchissait ni ne repassait, il y avait du personnel pour ça à la maison. Épilée serait son épouse, sans glandes sudoripares, ni écoulement sous l'aisselle, ni épanchement de cœur. Sèche, ligneuse, androgyne, celle qui lui échapperait et le forcerait à sentir qu'il existait grâce aux gnons de ses propres genoux, à force de se traîner aux siens jusqu'à avoir la rotule à nu. Ainsi il la vaincrait éperdument afin que, décomposée d'amour, elle commette la faute impardonnable de vouloir des succions et du sentiment. Alors il la chasserait pour fondre sur une autre et prolonger le sursis. Il la voulait tous esprits rassemblés, guerrière, le narguant. Dès que, en sa présence, la belle se mettrait à mollir tel un fruit blet, il saisirait le noyau et le foutrait à la poubelle comme celui d'une pêche croquée, après aspiration du jus. Trouver l'épouvantail charmant, pour y accrocher les frusques rapiécées de son mental. Refuser les huileuses porcines adipeuses. Une vierge kosher avec profil de Judith et front derrière lequel se tramerait la mort d'Assuerus, serait une digne antagoniste. Ou une Occidentale inapte aux lécheries, qui ne sentît pas le jasmin, et qui ne sût surtout pas recoudre un bouton à une chemise ; si elle savait, il virerait illico cette fille inadéquate à l'élaboration d'une légende, car il avait résolu, sur le proscenium d'un théâtre fictif, de choisir l'affrontement le plus inique de tous, qui dépassât en folie celui des Levantins, auprès duquel pâliraient les convictions des phalangistes et la foi musulmane : définitivement, il ne vivrait que pour la colossale manie déjà si fourbue de critiques, si raillée, la chevaleresque utopie qui lui donnerait la certitude de ne jamais avoir raison, cette raison au nom de laquelle on tuait un type inconnu, en face, dormant sous un amandier.

Il se demandait s'il ne serait pas prudent de recourir aux personnes de son propre sexe, pour plus de propreté, de netteté, et éviter la vue de glandes mammaires ressemblant à des amygdales ganglionnées placées bas, ou à la descente d'un double goitre. Évidemment, les seins des gamines de la Corniche n'avaient rien à voir avec ceux de sa mère, ils étaient effrontés comme des pies, doux comme des colombes, durs comme des boucliers homériques, à mordre, à meurtrir, il faudrait en trouver d'aussi émoustillants en Europe. D'autre part, devenir une tante devait provoquer des tas d'inconvénients, dont des hémorroïdes, et l'irrespect des gens. Et puis de se faire trombiner ne lui disait rien. Et puis il se pouvait bien que de féminines faiblesses allassent se nicher quelque part dans ces pédales langoureuses. Il faudrait l'enfant du magistère, l'hermaphrodite.

Pour patienter, il lisait beaucoup de poèmes, rêvait avec incontinence, somnambulait, entendait d'une oreille les soucis de Fouad à son propos — trop beau, cet enfant, il risque de mal tourner, si Paris en fait une petite gouape... — rigolait car il avait déjà éventé le piège, lui, avec sa gueule de Samäel l'ange déchu, ses longs yeux vert Nil, gardés par des cils plus épais que des faux, ouverts sur la réalité présente, ce sommeil de gargouille, ce songe d'estropié, ce *rêve malade* [1], pas même un cauchemar.

---

1. Carlos Fuentes, *Terra Nostra*.

Encore trois mois avant l'émigration. « Malgré quelques crises graves, le Liban a connu beaucoup moins de secousses que les autres pays du Moyen-Orient, ce qui plaide en faveur de ses institutions », stipulait un fascicule touristique. Que ce mince pays fût déjà taillé comme une feuille de bananier, les Ghoraïeb, derrière leurs balcons ciselés et leurs tentures de velours damassé, commençaient à s'apercevoir, et se félicitaient des dispositions prises quant à leur futur établissement à Paris où Amine, après ses études secondaires, suivrait peut-être l'enseignement des Beaux-Arts, s'il décidait, à l'instar du patriarche, d'une carrière d'architecte. Irréaliste, Fouad ne renonçait pas à développer en public ses thèses sur la mise en valeur, dans un futur proche, de milliers d'hectares, sur le plan d'irrigation qu'on appliquerait à ces régions bucoliques de l'arrière-pays où frémissaient des sources qui font virgilien mais n'ont pas d'utilité. Le monde entier, pour Fouad, devait être de rapport. Il parlait de la capture des sources, d'une politique agricole téméraire, de techniques modernes, du projet du Litani, affirmait qu'il bétonnerait toute la corniche beyrouthine, et plus loin que la grotte aux Pigeons au restaurant de laquelle on dégustait d'exellentes cigales de mer, le golfe Persique et l'Iran, s'il cessait de claironner ces projets en présence de l'oncle Camille qui voyait d'un œil amer les tractations de son frère avec les Arabes dont on sait les éternelles visées sur le Liban, chose que Fouad oubliait avec inconséquence et par goût d'un lucre « ravageant les murailles de Mars » disait le boiteux, citant le Satyricon de Pétrone.

Les conversations, dans la demeure d'Achrafieh, tournaient autour de l'arrivée en masse des Palestiniens chassés de leur territoire, accueillis avec générosité selon la coutume maronite, ici on se prévalait d'Abraham, l'ennui étant que ceux qui venaient de Jordanie fussent équipés de chars d'assaut. Fernande n'aimait pas du tout qu'on abordât ce sujet, et se déclarait chaque jour plus emballée à la perspective du départ. Bien sûr, elle reviendrait au Liban avec son fils au moment des vacances scolaires, pour qu'il skiât à Laklouk ou à Bécharré, et qu'il fît des brasses hygiéniques devant l'hôtel Saint-Georges au vu d'une tripotée de maîtres nageurs. A l'énoncé de ces mots : « les Palestiniens », Fernande crampait, se raidissait, haletait, de même qu'au moindre péril encouru par l'unique précieux fiston. Le ski, l'équitation, le tennis, le squash, les sports récréatifs proposés au gratin libanais lui semblaient mortifères, elle redoublait de spasmophilie rien qu'à la pensée du sport, parfois tombait toute raide, du quartz hyalin dans les muscles, et il fallait la shooter au calcium pour la ressusciter. Le royaume citadin des casinos, du jeu, de la bronzette, l'innocent Beyrouth, lui flanquait des secousses nerveuses à chaque coup de klaxon, c'est-à-dire à chaque seconde et, pour cette raison de carence calcique et troubles conséquents, elle jurait ne pas tenter de survivre à temps plein sur cette terre du Cantique des Cantiques, comprenant tant de sectes toujours prêtes à se flanquer des peignées, des choses balnéaires si redoutables, des cimes mystiques mais si hautes, des vergers foisonnant de légendes, mais empoisonnés, en sus des Palestiniens à la vue desquels elle tombait en pâmoison, d'où Calcibronat. Un an de plus dans cet enfer, et il lui aurait fallu, pour sauver l'équilibre menacé de sa névroglie, tant de comprimés de calcium que bientôt elle se serait aussi fortement ossifiée qu'un dinosaure, ou transformée en concrétion stalagmitique comme les superbes doigts de fée de la grotte de Jeita, dans laquelle, à l'époque, on donnait des concerts de musique symphonique. Plus que quatre-vint-dix jours, et ç'en serait fini des plages où elle se protégeait du soleil par une ombrelle, des slaloms en voiture américaine climatisée conduite par un chauffeur qui, pour être un des moins brindezingues de la capitale, lui foutait quand même une telle trouille qu'à chaque carrefour, elle serrait Amine sur son giron au point de l'étrangler, geste lourd de conséquences selon le Dr Freud. Par bonheur, fichée contre le pare-brise, gigotait une mandorle de papier sur laquelle souriait mélancoliquement une Vierge Mère tout aussi neurasthénique que Fernande, mais plus efficace, veillant au grain et tentant d'inspirer le respect des feux rouges à Ryad le conducteur qui avait devant cette teinte la réaction d'un taureau ibérique. Malgré ses suées d'angoisse, ses tracs irrépressibles, ses songes prémonitoires et cauchemardesques, Mme Ghoraïeb s'ordonna de serrer les dents jusqu'à l'émigration, de supporter sans trop geindre les fièvres de cette ville bombillante, où les Levantins bricolaient une vie occidentalisée dont il y avait moins à se vanter que de leurs premières trouvailles (l'écriture, le verre et la pourpre), se targuaient d'une virilité inépuisable, caracolaient comme pour un éternel corso fleuri, fiers de leur climat maritime, à croire que chaque ethnie en eut la paternité, fiers de leurs deux cent soixante jours de soleil annuels à croire qu'ils tenaient cet astre à bout de bras et l'allumaient eux-mêmes, fiers d'être le refuge des exilés de tous bords et, dans la foulée, des capitaux reclus dans une soixantaine de banques marmoréennes dont la hauteur pesait tant sur la nuque craintive de la mère d'Amine, petite institutrice d'une province maghrébine que rien ne prédisposait à partager avec éclat la réussite tonitruante d'un époux authentiquement libanais.

Les capitaux arabes s'investissaient au Liban, sous formes de palais et de terrain, n'en pas lâcher, s'intimait Fouad, aller faire fortune à Paris, mais transhumer entre Beyrouth et le Golfe la plupart du temps. Construire, construire. Les Saoudiens voulaient voir surgir du désert des hôtels immenses, à air conditionné, brillant d'autant de feux qu'une raffinerie de pétrole, et Fouad Youssef s'inclinait devant le sabre de l'Islam décapitant des quantités de chèques versés à sa banque, quand on ne le payait pas cash, par le truchement d'un vizir graisseux alourdi d'une malle remplie de billets.

Les Ghoraïeb étaient sur le départ. Fernande songeait à la maison sur le parc dont lui parlait son mari. Monceau se nommait le parc. Gazouillis de rossignols, piaillements d'enfants aux cerceaux... Imaginant un Greuze musical, un ciel clément, elle se félicitait d'enfin troquer la douceur d'Ile-de-France contre les embouteillages pétaradants, la chaleur meurtrière et tous les excès du pays de lumière où l'enleva son époux, bénie à présent soit sa francophilie !

Le père Camille, descendu de son perchoir pour la circonstance, proposa à son jeune neveu de l'emmener déjeuner chez Al Arabi où rôtissaient sur leur broche les moutons *chawarma* dont on ébarbait de fins copeaux caramélisés, spécialité maison, ceci après les mezzés réglementaires, pas moins d'une quarantaine. Amine exulta à cette perspective et résolut de ne sangloter qu'à l'intérieur.

— Dieu te garde, mon neveu, dit l'oncle en ce jour d'adieu festif. Tu vas voir l'Occident, les belles femmes franques, et tu seras fatalement amoureux de l'une d'elles, ou de plusieurs. Ce sont des fées, Amine Youssef, pas une femme n'a la peau aussi claire au village de Zghorta ni dans tout Beyrouth. Faute d'avoir rencontré une de ces Blanches-Mains, je ne me suis pas marié. On dit leur délicatesse, leurs joues de porcelaine, elles doivent être comme toutes les vierges de nos églises.

(Les yeux verts d'Amine atteignirent une magnitude à défier les éphémérides.)

— Soit, poursuivit l'oncle, tu t'éprendras d'une de ces juives circassiennes dont la réputation a franchi les portes des harems ottomans depuis le règne de Soliman le Magnifique. En tout cas, tu auras le choix de grandeur, de couleur, de largeur.

Il considéra son neveu qui croquait la salade de taboulè que rafraîchit la menthe forte et vive.

— Que la nourriture occidentale ne gâche pas tes papilles, doux oiseau du Seigneur ! O neveu beau comme le simorgh, brun comme un barbaresque, à croire que ta mère ne fréquenta pas uniquement la piscine de l'hôtel Saint-Georges, à moins qu'elle ne se fût expliquée avec, par exemple, le portier arabe...

— Mais mon oncle, maman était enceinte quand Fouad l'emmena à Beyrouth, objecta Amine.

— C'est vrai, c'est vrai, je suis étourdi. Donc, peut-être un portier de Casablanca... Ne prends pas mal ce que je te dis, tu rivaliseras plus tard avec l'Ombre de la Splendeur Divine, le burnous te siéra à merveille, et les femmes européennes se rouleront aux pieds d'un homme aux yeux ainsi étirés à l'indienne et de la couleur d'Al Khadir, l'Homme Vert qui protège les voyageurs — qu'il protège le tien —, sans oublier, en tant qu'objet d'admiration, ton nez, tourne-toi un peu, voilà, ton nez à l'arête noble comme le bec d'un faucon, mais si gentiment retroussé au bout qu'il te donne un air de petite fille. Prends garde aux ruses des femmes, mon neveu, émoustillées qu'elles sont, ces chiennes, par un tel nez et le reste. Coupe-toi les cheveux pour ne pas trop attirer leur attention. Les ruses susdites sont aussi nombreuses que les grains des sables d'Oman. Elles te croiront fils de cheik, penseront également à ton argent et à ta position sociale. J'en reviens à mon second propos : méfie-toi également de la cuisine française, indignement abondante et sybarite, qui entraîne des digestions ardues, impropres à l'exerce de la pensée ou à la prière. Entre parenthèses, quoi qu'on raconte de cet art culinaire, ils font, là-bas, de simples salades à l'huile, n'ont même pas idée d'y adjoindre du blé concassé, manque d'imagination. Donc outre-mer, évite de t'alourdir. Quelques oignons, un peu de fèves, un yaourt font un excellent déjeuner. Ne me reviens pas comme un poussah après gavage de toutes ces denrées excédentaires. Néanmoins aujourd'hui tu peux reprendre de ce fromage blanc, dont tu ne mangeras plus là-bas, ou bien il sera fait avec le lait de la vache et non de la chèvre. Ils n'ont presque pas de chèvres. Ah ! l'Europe ! Elle empoisonne ce pays jusqu'aux ravines des montagnes, mon neveu. Elle fut grande, au temps du roi Louis XIV. Il lui reste des jardins, des boulingrins, des fontaines avec des tritons, tu verras tout cela. Tes parents t'emmèneront peut-être à Rome, malgré leur manque de foi. Je ne connais pas Rome, vois-tu, je suis un moine rural, un bonhomme de la montagne qui ne connaît que son pays et Beyrouth, cette sodome navrante. Il me faut, à moi, mes bourricots, mon champ, mon mûrier, mes amandiers, mes volées de cloches, les simples femmes du village avec leur fichu noir et leurs hautes joues rougies. Il paraît qu'en Suisse, qui est voisine de la France, il y a aussi des montagnes où l'air tranche le visage comme un couperet, pique comme une lardoire, et de solides femmes aux joues rougies. A Paris, elles doivent être plus pâles que les neiges du Hermon, en raison de l'anémie, à force de se nourrir à tort et à travers, de respirer des toxines et de manquer d'exercice.

— Tu ne manges pas, mon oncle ?

— Que si que si. J'attaque.

38

Et l'oncle, réparant sa distraction sans conséquence car mezzés et vendettas se mangent froids, ratissa quelques-uns des quarante plats oblongs contenant les piquantes purées.

— Inch Allah, dit-il, la bouche pleine, pour emmerder les neuf autres curés de sa paroisse — tu viendras me raconter toutes ces choses extraordinaires de l'Europe, dont la teinte exacte du baldaquin de saint Pierre et, que Dieu la protège, il se pourrait que dans quelques années tu me présentes ta fiancée. Je tiens à te marier moi-même, cela va de soi.

— Cela va de soi, répéta Amine, bouleversé. Même avec une juive de Circassie.

— Avec ce que tu voudras, mon neveu. Avant la guerre, si possible. S'il y a la guerre, je m'installerai à Achrafieh, c'est convenu avec ton père. Tu me trouveras à Beyrouth, en temps de guerre, à Zghorta, en temps de paix, n'oublie pas que je serai toujours prêt à t'accueillir si tu regrettes le Liban. Ta mère ne le pleurera pas, pour sûr. Ici, tout va trop vite pour elle, ça braille trop, c'est prêt à tuer et à aimer, l'odeur du jasmin et les seins des femmes sont lourds et riches, les pâtisseries trop sucrées, les sirops écœurants, les cafés trop noirs, le ciel trop aveuglant, les grenades trop facilement dégoupillées, j'en sais quelque chose, et les étoiles trop proches pour cette femme sans jarret. A Paris, elle verra beaucoup de types de l'Atlas laver le trottoir, et n'en aura aucune émotion, car pas plus que de jarret elle n'a de sentiment pour le peuple. Quant à Dieu, cette incroyante le bafoue par l'usage maghrébin de sortilèges abominables et de tarots égyptiens. Ainsi se rassurent ces faibles femelles, à l'aide de cartes et de pentacles, sourdes qu'elles sont au nom du Très-Haut !

Il gratta le fond du quarantième hors-d'œuvre et commanda deux parts de mouton *chawarma,* demain serait carême.

— Consacre-toi à tes études, Amine Youssef, il faut avoir un grand respect du diplôme, cette panacée contre le chômage, père des vices. L'architecture, ça te tente ?

— Comme ci, comme ça, répondit le gamin avec prudence. Ce qui me tente, ce sont les Beaux-Arts. On y dessine des femmes nues, et après les cours, on va boire des cafés.

— Allons bon ! Fils de Tyr ! gronda le curé. Des femmes nues ! Je te sens bien attiré par le beau sexe, si représenté à Paris. Les héritières aryennes, qui certainement ne posent pas nues dans cette école malgré sa renommée, vont fondre sur toi telle la vérole sur le bas clergé, proverbe dont ton père use jusqu'à l'élimer comme une vieille culotte. Crains la vérole qui n'épargne pas les héritières franques ni les prolétaires sémites d'ailleurs. A présent mon neveu, approche la fin de notre dernier repas. Prends quelques pâtisseries, et fais maigre demain. Une dernière confidence, que je n'ai jamais faite à ton père. Souviens-toi de l'année 1956, quand à Zghorta deux clans maronites s'affrontèrent, jusqu'à ce qu'on proclamât le couvre-feu et qu'on obligeât les cinq mille hommes du village à rester chez eux. Il y eut alors beaucoup de sang, et, dégoûté de mes ouailles revanchardes, j'ai pensé me convertir au druzisme, belle gifle à la face de ton père, qui refuse de reconnaître leur bravoure loyale et la profondeur de leur ésotérisme. Je ne tirerai jamais contre un Druze. S'il y a la guerre, j'irai parlementer avec les émirs de la montagne, initiés aux Védas pour lesquels la voix divine n'a rien perdu de sa sonorité. A présent, mange ton dessert, pense que demain tu seras en cette Europe qui s'unit à Zeus sous un platane. Ne gâche pas le vert de tes yeux ! Ne le promène pas sur les souillures ! Ne le ternis jamais de la crainte ! J'ai bien du souci pour tes yeux qui verront cette vieille Europe sybarite. La vision de Tyr au printemps inspire davantage de pensées saintes, mon neveu, que toutes ces lady Stanhope des bordels aristocrates où il faut faire des baisemains. D'un autre côté, ici, ils risquent de voir pire.

L'oncle régla l'addition, se tut, et Amine, déjà, allait vers un monde où le zajal du vent ne chantait plus sur les toits vermeils et où les églises étaient vides, et où il tomberait vite dans la nauséeuse incertitude, loin du vieil homme solitaire qui marcherait sur les âpres sentiers dans le gel ou sous le soleil pour donner quelques absoutes avant que n'éclatât la guerre qui répandrait sur le pays les fleuves rougis hors saison du sang d'Adonis.

Et les Libanais, espèce erratique aux migrations autrefois influencées par la longueur du jour, qui s'orientaient à l'aide du soleil et des étoiles, ceci depuis qu'on appela l'étoile Polaire étoile Phénicienne, s'exilèrent loin des printemps de Tyr.

Le 1er novembre 1958, peu après l'anniversaire d'Amine, ils quittèrent, plus définitivement qu'ils ne le croyaient, le Liban.

Au même moment (compter avec le décalage horaire), dans un square du neuvième arrondissement parisien, sous les statues crayeuses de catherinettes gourmées portant carton à chapeau, Maria Tiefenthaler, onze ans, non baptisée catholique, demi-portion de juive qui jamais n'alla à la synagogue, s'entretenait avec sa copine Papazian, fille de diamantaires arméniens, de la possibi-lité d'un recel de diams dans la colonne Morris sise près des vespa-siennes du square Montholon et envisageait de se les approprier sans scrupules pour ne plus jamais retourner au jardin d'enfants auquel elle préférait déjà celui des Délices. Papazian promit de se documenter sur les différentes sortes de bombes idoines à l'explo-sion de cette intrigante colonne, et Tiefenthaler eut grande admira-tion de son amie, dont les cils immenses balayaient l'os du nez avec une douceur de frelon.

Enviant férocement le retroussis terminal de cette parure, Maria jugeait les Occidentaux à la paupière chauve aussi inté-res-sants du point de vue physique que des choux-raves ou l'échine de porc que sa mère achetait au marché, rien que des bas morceaux ces Européens, déjà elle s'ennuyait dans l'Hexagone et se promet-tait de flibuster ces terres du Levant où les gens ont des cils recour-bés comme des cimeterres, où les aigles arrachent aux rocs des pierres précieuses, où les nourritures ne sont qu'épices, encens et salves de piment malaguette. Seule l'odeur des troènes au prin-temps sauvait ce square de la mélancolie réservée aux enfants et aux vieillards, et, au cœur du rassis croûton occidental, nichée comme une souris, elle se faisait les crocs, en attendant l'heure de déchirer à mains nues les biches sur le sommet du Cithéron, car à onze ans elle avait lu ses classiques et ne trouvait rien de plus excitant que le métier de bacchante.

Ainsi la fille d'un conseiller fiscal (M. Tiefenthaler, 9, rue de Maubeuge) rêvait de croisades, broutait du songe toute la sainte journée, se pinçait le nez à cause du fumet profane des vespasiennes d'Occident, s'avouait une passion pour toutes les dérives, manifes-tait un dédain impatient pour cette France rétrécie, méditait sur l'incurvation et le lustre des cils de Papazian qu'elle priait de rester de profil pour jouir davantage de ce panorama, crépine tendue des cils papillonnant sur un nez busqué de sémite, trouvait à Paris le charme vilipendé, désuet et ennuyeux d'une sous-préfecture, savait avec la sagace, profonde science des adolescents que, frappée d'hypnose, elle marcherait suivant l'écliptique de la nuit vers le creuset d'une rose ivre d'où jaillit chaque matin le premier surgeon du soleil, vers le Levant toujours irait, jusqu'à la fin attristante d'un monde cursif qui voulait qu'une fois atteints les atolls du Pacifique, on revînt sur ses pas. Mesure vexatoire. Maria détestait la mesure. Elle verrait, nul doute, les poutres de cèdre du palais de Baal, dégringolerait aux Enfers de Ni-Ereskigal, revêtirait le manteau d'abîme d'Enkidu, les tiarés blanches du Pacifique Sud seraient la ceinture de son front (quelle immense attente que l'enfance !), Papazian approuvait et Maria posait ses lèvres fendillées de gerçures sur les paupières plombées de l'Arménienne, frôlait du doigt les cils cunéiformes griffant l'oblique pupille de sa copine de classe, à laquelle elle fit remarquer que, si elle tenait à son image de bayadère, il faudrait qu'elle cessât de s'empiffrer de moussaka au restaurant des Diamantaires tenu par son cousin. Papazian jura. Mlle Tiefenthaler possédait déjà un considérable ascendant sur ses compagnes, les filles à peine nubiles d'une génération à laquelle on ne reconnaissait aucun droit, sauf celui de fermer sa gueule, mais ça changerait, foi de Tiefenthaler, déroutante bâtarde yiddish qui inscrivait sur le sable gris du square, en code hermétique, des déclarations d'amour à Papazian, première cadine de son sérail. Pour que la petite sultane yiddish s'assermentât à un homme, et laissât tomber un mouchoir sur ses babouches, il faudrait qu'il vînt d'Orient, qu'il s'avançât vers elle du pas noble des lions émaillés marchant aux portes de Suse, élément introuvable dans le quartier. Mais un jour viendrait de Sidon celui qui blesserait ses lèvres jusqu'à ce qu'elles saignent comme le murex de la pourpre impériale. Elle se tiendrait sur ses positions, aussi ferme qu'une Paix Romaine ; recluse en ses bibliothèques moisies, déjà elle songeait à l'Inde prolixe et aux mithunas de grès rose au flanc des temples védiques. N'ayant été, selon le vœu de son père, ce génie de la race juive et apôtre de la tolérance, humidifiée d'aucune onction religieuse, afin qu'elle fût libre de choisir plus tard son option métaphysique, Mlle Tiefenthaler hésitait entre l'ascèse et la putainerie, et, pourquoi choisir donc sacrifier, se promettait d'appliquer avec une rigueur pro, et de front, ces deux éthiques. A part ça, elle se tapait toujours, en maths, des zéros pointés. En dernier lieu, on pouvait assurer que cette gamine filiforme comme un ex-voto hittite tenait fermement à sa peau, sa seule faiblesse.

PREMIÈRE PARTIE

AMINE L'ESTROPIÉ

« ... Qu'en est-il de l'estropié qui hait les danseurs ? Qu'en est-il du bœuf qui aime son joug et estime que le daim et l'élan de la forêt sont choses égarées et vagabondes ?

Qu'en est-il du vieux serpent qui ne peut rejeter sa peau et qui qualifie tous les autres de nus et de sans pudeur ?

Ils ne voient que leurs ombres, et leurs ombres sont leur loi.

Et qu'est le soleil pour eux sinon un créateur d'ombres ?

Peuple d'Orphalese, vous pouvez voiler le tambour et vous pouvez délier les cordes de la lyre, mais qui pourra interdire à l'alouette de chanter ? »

Khalil Gibran, *Le Prophète*.

I

Nigredo

D'Agostina Herculani, ruffiane de Bologne,
et d'un divorce à la libanaise

Usage divinatoire des tarots, du marc de café et des indiscrétions
d'une Rajpoute, à propos du destin d'un jeune homme triste

Une frime à imprimer le Saint Suaire

Fascinum

Le tabouret du mandarin

Un baiser, à Pressagny-l'Orgueilleux...

Nigredo

A Paris, Amine se rapprochait de l'âge adulte, germe de sénescence, préambule de la mort. Ce préambule portait beau. Faute que l'enveloppe de son vêtement de chair fût réversible, on ne discernait rien du compact charnier, à l'intérieur. Il perdit, peu à peu, ce vieillissant (déjà vingt-deux ans), le sens du scandale, ses arrogances d'enfant, ses larmes suffoquées, ses défis d'écorché que rouaient vif les agressions quelles qu'elles fussent, tout intérêt pour le sort du Liban et la politique en général, accepta le goût barbouillé et les pestilences aigres-douces du quotidien français. Il avait rogné ses canines, il s'accommodait, il se sentait comme une planche cent fois rabotée. Il baguenaudait, vivotait, en une France nacrée et si sereine, quand on la comparait à son pays natal, où depuis 67 la droite amoncelait des armes, désirant profiter de la défaite arabe devant Israël pour appliquer son plan : isoler le Liban du monde islamique. En 70, les Phalanges chrétiennes comptaient six à huit mille hommes en armes. Rien de trop pour combattre les patriotes musulmans de tout bord, disait Fouad.

Parfois, il caressait les crosses des carabines de vénerie rapatriées par son père, vingt-huit coups possibles, et reculait devant la solution. Alors, abortif, prostré, vagissant, l'âme soluble, il essayait des bêtises pour que la mort redonnât des couleurs à cette existence translucide, baveuse, hâve comme une fresque vaincue par l'humidité. Fantasio lugubre, il buvait des crus millésimés, lisait de moins en moins de poèmes, menait le banal train de vie d'un fils de riche maronite émigré, cantinait chez Lasserre, entretenait des rapports sincèrement tendres avec sa jument chilienne, au polo, tournait comme un toton autour de l'idée du suicide, aidé par son pire ami psychiatre, refusait la lecture de l'Orient-le-Jour [1], entr'apercevait des nuées de parasites s'abattant en fléau biblique sur le caviar de son père, pantelait entre deux raouts, suppliait qu'on levât le rideau du théâtre, que la pièce commençât, il marnait depuis longtemps, et s'il devait être l'un des protagonistes, qu'un souffleur divin lui soufflât, du fond de son trou, quelque formule efficace, mantra ou alexandrin, pour reprendre pied dans le réel qui s'esquivait comme

---

1. Journal quotidien de langue française de Beyrouth.

une terre trop meuble. Amine, vingt-deux ans, conscience étranglée, bâillonnée de néant, sevrée d'espoir, pantin aveuglé, drogué de vins qui seuls lui rendaient la parole et arrachaient encore à sa psyché de grands pans de mémoire.

Au contraire de la petite fille du square Montholon, il ne tenait pas du tout à sa peau, mais comptait beaucoup de faiblesses, entre autres l'alcool, le tabac et la mélancolie. Si l'on croit les décrets des astres et la lecture du firmament originel, depuis sa naissance, Pluton et Saturne, ces maléfiques luminaires, se penchaient attentivement sur son cas.

Le fric arabe investissait le Liban tel un raz de marée noire. Les fedayines campaient dans Beyrouth. L'économie libanaise, libérale, maintenait le secret bancaire, le tourisme progressait, imbécilement. Plus que jamais, Beyrouth était cité du paradoxe. Couvait des brandons de véhémence. La présence palestinienne terrifiait les maronites. Canaan ressemblait de plus en plus à un coupe-gorge, les femmes à présent exhibaient la leur, nue, à la piscine du Saint-Georges, et les prophéties du Père Camille n'étaient plus chuintées que par le vent entre les archets des cèdres, bien qu'elles fussent entendues par les milices chrétiennes. Latence, brasillement, bonace et observation. Le Père Camille en avait marre des prophéties. Il se contentait de louer le Très-Haut pour l'éternel retour des mimosas.

En revanche, à Paris, Fouad militait, c'est-à-dire recevait le bras séculier et les ultras maronites. Complotait. Se rapprochait d'Israël. Même ségrégationnisme, soupirait Amine. Sous des cieux semblables, les descendants de ceux qui élevèrent les mêmes temples au même Baal, anciennement, promis à la même érosion du même simoun, allaient se rentrer dedans, Sarrasins contre chrétiens, boucle récursive de l'Histoire, derrière chacun d'eux les grandes puissances érigées en mages occultes. La guerre du Kippour et ses conséquences laissèrent Amine de glace, itou, les malédictions prononcées par son père à l'égard des Russes, de leurs services secrets et les gens de Mahomet dont l'ambition était que le muezzin feûlat à Beyrouth, et rien que le muezzin, itou les colères de Fouad à propos de la liberté d'action laissée aux réfugiés palestiniens. Bénissant les Ricains qui armaient les Phalanges en lourd, semi-lourd et léger, ceci par l'intermédiaire d'Israël, Fouad se mit à recevoir quantité de rabbins. La quête d'armes, des deux côtés, s'accélérait et des pactes se concluaient au second étage d'un immeuble très chic de la rue Murillo, hanté d'émirs pétrolifères ou de sionistes, selon les heures du jour.

Amine entra aux Beaux-Arts sans aucune conviction. Bétonner le désert lui semblait une gageure. En cette année 73, où le Liban entrait dans la tempête, via les conflits libano-palestinien et syro-libanais, Fouad lassé de Fernande qui ressemblait alors à une housse, et à cause d'un recours abusif aux esprits nés d'une flamme sans fumée, souffrait de troubles neurophysiologiques aigus dont tétanie, incontinence verbale et urinaire, tomba fracassé d'une petite aventurière italienne très bandante, qui (seul point commun qu'elle eût avec Fernande la maghrébine) maniait les tarots et les destinées, donc se fit un devoir de prendre en main ce beau-fils fort doué et poireautant dans son trente-sixième dessous, beau mec de surcroît et fameux gâchis.

Mars 74.

Les jardins de Carmontelle, joli endroit pour y attendre la fin du monde connu. Narcisse, Amine Youssef, libano-pied-noir, se mirait dans les pièces d'eau pour s'assurer qu'elles lui renvoyaient encore l'image de son double, qu'il croyait à tout instant paumé, tandis que les gens de l'Office du tourisme libanais préparaient le Festival de Baalbeck, lors duquel le ballet Blaska danserait la pièce d'Aragon, *le fou d'Elsa*. Selon un de ces communiqués, toujours précédés de « bref », « un climat insurrectionnel régnait ce jeudi 21 dans le centre commercial de la capitale libanaise livrée à un saccage systématique, dérangeant la session extraordinaire du Parlement réuni pour élire les présidents de ses commissions et discuter du budget ». Troubles estudiantins, pesta Fouad. Ces scolaires, tous grévistes à la base. Que les flics cognent, donc !

Ils cognèrent, résultat : mort d'un chauffeur de taxi, victime des revendications juvéniles concernant « l'unification du baccalauréat avec des branches diversifiées ». Sic, le Monde. Rassuré par ces enfantillages, Fouad Youssef revint à sa maquette de luxueux H.L.M. destinés à l'ornement du désert des Saoud, pendant qu'aux cuisines Fernande veillait à la répartition du caviar iranien dans les bassines d'argent, trois cents grammes par personne, du gris gros grain pas trop gras, dit caviar de contrebande, si le blanc était réservé à la cour des Pahlavi.

— Sybaritisme tout à fait idiot en ce qui me concerne, je me demande pourquoi j'accepte ce caviar que je ne trouve même pas salé faute de papilles (l'Occident me les a chloroformées, ô mon oncle !) ruminait Ghoraïeb junior fuyant les cuisines avant les dîners sociaux et crapahutant misérablement à travers le parc Monceau qui recueillait les litanies d'errance d'un séducteur involontaire, tringlant nombre d'Européennes à son corps consentant bien que l'âme fût rétive, traînant ses hardes d'infantile et unique Fils d'Orient, trop gâté, rongé par la gangrène de son ennui perlé, manifestant peu d'intérêt pour la réussite et pour le pognon subséquent, mais craignant, par une veulerie qu'il s'avouait, d'en manquer. Hélas, Amine s'avouait tout. Comblé de malheur, il s'endormait aux Beaux-Arts, pensait chaque matin à la meilleure façon de prolonger ce sommeil grisant et de ne plus connaître l'état vigile, mais n'osait pas, transigeait avec son éthique suicidaire à la façon papelarde d'un contribuable réclamant d'une voix chagrinée un délai de paiement à son percepteur.

De compromis en délais, du rituel répétitif des fades plaisirs des jours en nuits écourtées par l'angoisse, il se détériorait à vue d'œil. A peine éveillé, le poids du monde lui pesait sur la nuque, pénible sensation qualifiée par son ami Max Richter, psychiatre munichois, de syndrome d'Atlas. D'après Max, il réunissait tout un tas de syndromes, de quoi faire plusieurs volumes, en sus celui de la diaspora libanaise aggravé de celui de l'émigration pied-noir et de la malévolence de son signe zodiacal taré. Max bichait. comme un pou. Jamais vu d'héritier aussi déshérité. Amine se demandait parfois si, fasciné par les défaillances de son dispositif mental, le cher Max ne le fréquentait pas dans le but d'observer un cas clinique chiadé et d'écrire ses conclusions, mais la fidélité canine, la dialectique rigoureuse, la bienveillance avec laquelle Max jouait le rôle de Spark (quand il s'adjugeait celui de Fantasio en plus écœuré) éloignaient ses soupçons, s'il se vengeait tout de même en infligeant au spécialiste le récit des moindres fibrillations de sa névroglie, quand par chance il ne se sentait pas l'électro-encé-phalogramme aplati comme ces limandes qu'on vend pour des soles dans les cantines populaires.

D'autre part, Max était le seul qui, par son désintéressement, se démarquât de la troupe des chrétiens envahissant sans ver-gogne l'appartement du parc, le chalet de Gstaadt, ou squat-terisant la villa de Bécharré et la maison d'Achrafieh en l'absence des propriétaires trop hospitaliers. Max dériva au fil des cours de Lacan, risqua la noyade, résida en clinique psychiatrique après un suicide loupé, et, processus infrangible, se spécialisa dans la thérapie des dingues en connaissance de cause. Dans ses bons moments, prônant l'antipsychiatrie, il envisageait d'écrabouil-ler Lacan son père spirituel après une poursuite en camion à l'américaine, puisque les chars grecs avaient disparu. C'était un brave mec, au fond.

Max, accoudé au bar du Plaza où Amine, séduit par la froide lumière vert-de-gris et le service compassé, l'invitait à dîner chaque semaine, subissait pour son plat de lentilles osciètre, avec une patience séraphique, les discours de son ami, ce robot expulsé de l'espace et du temps, risquant l'implosion et la désintégration céré-brale au cours de ses crises schizoïdes et ne se sentant plus aucune connivence avec l'univers — seule forme d'art à laquelle il fût sen-sible, les peintures disloquées de Francis Bacon, le carré blanc sur fond blanc, exact symbole de son être mort-né, idem le degré zéro de l'écriture. Poèmes aux chiottes, il ne les comprenait plus. Step-pique, tari, vidangé, sonnant creux, condamné à une effroyable vacance, à un éternel désistement, à une précoce retraite, tombant en désuétude comme une loi, si vieux déjà et sans sagesse, traversé de molles douleurs, vaguebullant à travers un magma morose, un coma torpide, Amine savait bénéficier d'une seule protection humaine, et non divine (ça, l'oncle, il fallait oublier ! Dieu ? Déga-gez, y'a rien à voir) : celle du psychiatre qui l'écoutait gentiment en se goinfrant de caviar, et ne manifestait aucune intention de l'enfermer. A ce confesseur inoffensif, il pouvait parler des heures sans craindre qu'on l'orientât subrepticement vers une de ces cliniques où sévit l'haldol et autres neuroleptiques. A Max, il pouvait avouer qu'il se sentait aussi dissocié à l'intérieur que figé à l'extérieur sous un caparaçon rigide, une armure féodale avec heaume par la fente duquel filtrait à peine la lumière et que, pire des dégradations, ses misères mentales n'avaient rien d'assez outrancier pour que la terre entière s'apitoyât sur son sort de décati, car à vingt-six ans, il restait du côté de Kafka, côté morne d'un absurde sans dialectique, d'un constat de néant — je suis, ruminait-il, le *nigredo* alchimique, l'Œuvre au Noir. Mes souffrances sont médiocres, ma morosité insipide, je ne vaux pas un pet de lapin, mon faux romantisme est une guenille démodée, un rebut, en sus je suis un franc salaud, un monstre d'égocentrisme, de mon pays le Liban, je me fous, j'ai ma claque de ces histoires de chimpanzés compétitifs obéissant aux commandements de l'Éternel, encore plus salaud que moi celui-là. En mon état somnambulique, je n'ai rien à gratter de ce Liban. Hors les dangers auxquels s'expose là-bas mon oncle Camille, le seul qui m'ait correctement aimé en mon bas âge, que me fait, à moi, une lointaine émeute, et pour quel changement cette émeute, quel carambolage d'idéologies cherchant chacune à être dominante ? Évitons les simagrées à propos de ce qui ne nous concerne pas...

(A Max) Oui, je sais, toi, la guerre des Six-Jours... Eh bien, comme dessert, d'obscènes fraises à la crème, ou plutôt de la crème aux fraises et mourir d'indigestion, Spark ! Des fraises hors saison et de la crème, pour la cause sioniste ! Max, je n'ai rien en propre. Pas de souvenirs d'enfance au goût de miel. Il ne me reste pour me convaincre de survivre qu'une vaniteuse désolation, de piteux subterfuges, puisque je me fiche des communiqués de presse alarmants, d'une carrière dans le bâtiment, et de ma famille, dont la greffe parisienne a magnifiquement réussi.

Même le printemps, au lieu de l'émoustiller, l'investissait dans un but criminel, triplait ses insomnies, le criblait de son grésil solaire, le poignardait, perfide comme une dague d'estafier, exactement à l'endroit du plexus solaire, il haïssait l'aigreur du printemps, il l'évitait en se calfeutrant volets fermés dans sa chambre, tant la vue de cette chlorophylle au vert baptismal sanctionnait de sa bourgeonnante vivacité sa paresse meurtrie.

— Je hais le printemps, Max, grognait-il, comme je hais les consumés, les grands brûlés de l'imaginaire, les rapins géniaux sans le sou, les minés par la gestation créative, les types engagés comme toi, tous ceux qui ont reçu cette grâce merveilleuse qu'on m'a refusée, comme je hais les femmes parce qu'elles ont des règles qui les rattachent à la terre, ou plus de règles et un marmot qui les y rattache encore plus, je hais tous les rattachés, les croyants, les gens à vocations, les sempiternels adorateurs de lumière, moi dans mon schwartz total flairant la présence de ces stylites sans carnet de chèques, je hais ceux qui ont faim de viande saignante et de sexe, moi qui n'ai jamais faim et ne peux avaler que du poisson en sauce crème chez Lasserre, et encore, l'été, quand l'ouverture du toit me rend l'endroit acceptable. Ils m'étonnent, ceux qui trouvent encore des livres à lire et des femmes à aimer, moi qu'ont tant déçu les filles d'Europe. Je hais l'excitation perpétuelle des membres de l'intelligentsia, cette crème vaticinant hier avec Socrate au bord de l'Ilyssos, aujourd'hui rue des Saints-Pères, au bord du caniveau, tous pleins d'ardeur, tous concernés par le Chili, le Vietnam et plus que moi par le Liban — comment font-ils donc ? Et les ambitieux, de quoi sont-ils faits ? Spark, faut-il vraiment souhaiter quelque chose et s'efforcer de l'obtenir ? L'apparente activité des autres me rend fou de culpabilité, moi l'inerte. Ou bien suis-je le seul à posséder le secret d'un *satori* bouddhique où la mort du désir identifie le myste à l'Indifférencié ? En ce cas, foutaises, je vomis ces gens de *satori,* ils ne savent pas ce qu'ils prônent. Vu les agréments de cet état, à la place du troisième œil, je préférerais qu'on me greffe un métabolisme artificiel qui fonctionne à plein tube et me permette enfin de jouir, souffrir, désirer, oh ! oui, désirer... Manque de bol, Spark : à peine ai-je émis un timide souhait, le monde s'empresse d'y accéder, comme une femme richissime, d'âge mûr, soucieuse de sa réputation et les trompes de Fallope encollées, qui assouvirait mes caprices de peur que je ne disparaisse de son ennuyeux salon. Deux cafés.

Max, ravi d'un excellent déjeuner, observait avec rigueur professionnelle un silence tombal en attendant de placer un peu plus loin sa botte secrète et dégustait son expresso pendant que le malheureux escrimeur sans partenaire redoublait de loquacité, oubliant le café qui refroidissait, chose sans importance car il différenciait à peine le goût du café de celui du thé ou du chocolat.

Alors voyager ?... Aller en Chine, en Inde ?... Les arcanes de ces terres sont interdites aux Occidentaux, le seront à fortiori pour moi qui n'ai pas la moindre réceptivité aux questions, réponses, et correspondances des sons et des parfums. Inutilité que de se déplacer, de mal dormir dans un avion, d'avaler des plats réchauffés pour ensuite suivre les panurgeries de ces crétins qui bêlent devant le Taj Mahal dont on a des photos à disposition dans les albums. Cela dit, je me demande à quel diable j'ai vendu mes cinq sens, Max. En cas de signature faustienne d'un vieux pacte, que me donne Lucifer en l'échange de ma cécité, de ma sourdinguerie, de mon odorat d'enrhumé, de mon palais anesthésié, de mes neurones flapis ? J'en reviens aux femmes, ces divines, dont la goton la plus défavorisée a le pouvoir de gérer un être humain, de banquer pour lui en hémoglobine, en hormones, en calcium, à gages et avec intérêt viager dans le cas de la majorité des mères, dont la mienne que mes incapacités navrent un peu plus chaque jour...

— Si on allait dans l'île ? coupait Max, les oreilles rebattues et jugeant qu'une saine marche à pied éliminerait les calories du déjeuner car le psy, depuis qu'il soignait les autres, avait pris des mesures hygiéniques quant à cézigue et se sentait au mieux.

Or les balades dans cette île Saint-Louis d'une morbidité séculaire aggravaient en général la tristesse de Fantasio et le quai de Béthune le plongeait dans une déréliction si flagrante que Max lui laissait toujours le haut du pavé par prudence.

— Max, gémissait le patient, si on me dissèque, on ne trouvera probablement rien à l'intérieur. De la baudruche. Ni croyant, ni ambitieux ni missionné, je ne fais que m'emmerder sénilement en tâchant de garder un peu d'honneur dans ce long préambule à la mort qui ne me convainc même pas de sa nécessité. Baudruche, te dis-je. Excepté ton oreille attentive, Max, aucune autre ne m'entend, sauf celle de ma mère qui est sans mérite, ma mère dont l'accent de Casa me met en joie ou m'agace, selon les jours, qui roule excellemment la semoule du couscous et qui ne parle plus qu'aux djounns. Si seulement je pouvais croire aux djounns comme autrefois ! Mais on a évacué le ciel, les olympiens ont fichu le camp, et j'ai la chance de m'en apercevoir après que soit passée par ces chemins une génération de démolisseurs existentialistes, dont les élites sartriennes ont contribué à miner la santé de nos parents, enfin pas celle de Fouad qui tient du colosse de Memnon. Donc, en plus, je retarde. Si j'étais né en France, au temps de Camus, l'éthique de ce joyeux drille aurait cautionné ma flemme, note que les références ne manquent pas aux fanatiques de l'asthénie — Goethe, Lamartine, Musset... Ajoute à cet heureux tempérament mes gènes méditerranéens, tu as le portrait d'un ennuque débile, tout juste capable de ramer pour obtenir un diplôme d'archi et de suivre l'exemple de son papa ou bien d'embrasser la cause druze sans y croire, rien que pour faire chier le papa. Je suis une larve qui, se croyant très près du peuple, ne demande jamais son chemin. Mon cas empire chaque matin. Rubens, Carpaccio, la musique hindoue, le sionisme, la langouste à la moutarde et la cause des peuples m'emmerdent au plus haut point. Rien à tirer de rien. Un inusable ennui. Comble de guigne, l'équilibre morose qui s'établit entre mon ego en loques et la niche où je me tapis, derrière la façade napoléonienne de cet immeuble archibourgeois, me semble plutôt plaisant... Plus aucune velléité de dissidence, ni de balancer les bassines de caviar à la gueule des ultra-maronites, preuve irréfutable de maturité et d'autonomie. Je me contente, au Crillon, de commander systématiquement un *merlan en colère* parce que c'est le plat du pauvre — un merlan ivre de rage, tordu, inerte, frit, froncé sous sa chapelure, voilà ce que je ne suis même pas. Je suis un merlan veule. Je ne pige pas pourquoi les maîtresses de mon père et les femmes en général m'accordent quelque intérêt. Ce doit être à cause de la couleur de mes yeux qui enchantait l'oncle Camille.

Le céladon rare des yeux d'Amine aurait contenté plus d'un quidam, mais de ce vert uniforme, sans sfumato, de cette teinte digne du sinople des blasons, il se lassait. Suffisait d'en jouer comme d'un paradoxe, et vlan, se pâmait une estudiantine que Fouad venait de draguer, et l'héritier Ghoraïeb d'en chialer de lassitude car c'était trop facile et vraiment il ne méritait pas des yeux à fracasser les jeunes filles, des yeux de tromperie, de verroterie, du faux, à retirer et à mettre en évidence sur un coussin pour les apporter à une Salomé, qu'elle tremble au moins d'horreur devant les orbites énucléées et qu'elle dise l'aimer encore, mais elle l'aimerait en tant qu'assisté, ça dégénérait en couvade et il étoufferait sous ce sentiment fastidieux. Ses engouements pour les femmes tournaient court et, le physique suivant le mental de près, il était sûr de l'éjaculation précoce.

— Maudit, beuglait-il au bassin de la Naumachie du parc Monceau, en cas de défection d'un Max qui délaissait parfois son maussade hypocondriaque pour s'octroyer des récréations avec une robuste rabbinique sortie les paumes encore calleuses de son kibboutz. Je suis maudit. Que les loups sortent des réserves du comte d'Harcourt et descendent dans les villages, que je sois la tuile qui vibre à leur approche, ou le juif défendant une pierre rouge du Sinaï, ou bien qu'il y ait encore des putes à la chandelle, des charmilles, des quadrilles, des cotillons, des romances de majos aux patios de Grenade... Pitié, qu'il y ait, avant l'ère du Verseau, quelques coups d'État du merveilleux, et surtout, qu'ils ne m'épargnent pas. Que crèvent ces bienheureux fous du sexe, de la drogue, des femmes, de la guerre, de la science, acharnés à ces passe-temps ludiques dont j'ai épousé les vertiges sans les avoir pratiqués, car je méprise la compétition, car blasé du simulacre je ne veux plus connaître que l'aléa, seul espoir qui m'interdit de briser la roue de la loterie de Babylone, salut Borgès, et me file le courage de faire tapisserie à ce bal de sursitaires dont on voit le squelette quand ils ont l'offensante témérité de sourire. Ces impudiques. Ces mouches bombillantes autour de leur alvéole de glu. Ces avides et ces repus. Ces coureurs du marathon des fins dernières. Ces vieux marcheurs de pantalonnade, dont voici venir un spécimen. Observons. *What makes Johnny run.* Johnny est cacochyme. L'âge d'Homère, rien de plus en commun. Johnny cavale après sa solitude, et cinquante kilos d'employée de maison ibérique. Une femme... Moi si je cours après, je tombe, et j'ai des couronnes aux genoux, inutile bobo car, si elle se retourne, de déception j'ai profondément mal au cœur.

Souffrant d'avitaminose mentale, mouché comme une chandelle derrière une croisée en trompe l'œil, Amine, avec une cruauté maladive, jugeait toute chose et la condamnait suivant son échelle de valeurs boiteuse pour se venger de ce qu'elle lui donnât si peu de satisfaction. Entre autres procès, celui de ses rapports avec les femmes qui lui cédaient avec une abominable facilité. Intrigue linéaire de ces historiettes : édification d'un petit monticule de rêves, détruit par la gracieuse à cause d'un brin de laitue entre les dents, un vernis écaillé sur le médius, un gloussement intempestif, puis, en toute incompréhension mutuelle, cérémonial de désenvoûtement, une baise ébauchée, résolue dans des flaques poisseuses, les sécher, puis ennui total et aucune envie de mourir pour elle, ni, bien sûr, de vivre avec. Souvenir d'un çava-ça-vient blafard et raté, impression fallacieuse de satisfaire aux normes qui exigent qu'on n'oublie pas de baiser (coller des pensebêtes au-dessus du lit) idem de se laver les dents entre les interstices, d'où avachissement progressif de sa vocation werthérienne, considérablement ramollie depuis l'âge où le curé bancal lui vantait les Mélusine d'Europe. Pas une à l'horizon, rien qu'un parc qui roussissait, noircissait ou verdoyait, pas une perchée entre les branches ou son minuscule postérieur juché sur un bourgeon de marronnier, se cognant à sa fenêtre.

— C'est dans cet état d'esprit flambard, après un dernier loupé, dit-il à Max le Confesseur, que je tentai pour la dernière fois, hier, de m'attacher à une Dulcinée. Celle-là dansait et me rendit l'espoir. Un rat, mais oui, qui me tira d'un profond sommeil, car « Giselle »... Voilà trois fois que Fouad me traîne à l'Opéra voir « Giselle » parce que c'est la Première. J'ai vu « Giselle » à Londres, à Munich, à Beyrouth, manquait Paris. Bref, lors de cette immuable « Giselle », je découvris le futur espoir de l'Opéra et de ma personne, en tulle et chaussons. Pas un gramme de cellulite, ni d'esprit, j'aurais dû deviner. Rien que du muscle. Sec et tendu. Ces danseuses ont le jarret coriace comme celui du mulet. Eh bien, ami, à l'aube de notre première nuit, il me tardait d'entendre chanter les rossignols, après les rossignols, on peut décemment se tirer d'une auberge de campagne, et seul le chocolat du Bas-Bréau, l'hostellerie de Barbizon où j'emmène mes fiascos, m'ôta le cran d'en arriver à l'irrémédiable — je ne parle pas de moi, mais d'elle que j'aurais volontiers étranglée —, acte gratuit dont les conséquences risquaient de mettre un peu de sel dans mon exécrable vie.

Il ferma les yeux sur la vision de cette Lilou, près de la fenêtre, vestale muette, en peignoir, soit laitière immobile figée dans une lumière de Vermeer, dégringolée de ses pointes, le cul par terre donc, cul bas incompatible avec le mythe, lui, buvant son chocolat devant cette Terpsichore bafouée (trois tasses, par compensation, celui du Bas-Bréau était si riche et crémeux qu'il en devinait presque le goût), brusquement saisi à la troisième tasse d'une petite bouffée de parano, espérant un anéantissement brut, une fuite immédiate, l'écroulement du tableau, un incendie, une

perte de conscience qui lui épargna celle, de plus en plus insoutenable, de son temps.

— J'ai déposé la Lilou à sa porte dès sept heures du matin,
Max, sans l'avoir assassinée, à cause d'un chocolat, nettement plus
agréable qu'une nuit d'amour avec une danseuse. Ce chocolat m'a
rendu un léger goût de la vie et a épargné la sienne.

Hélas, ce plaisir oral était plutôt rare. Amine désespérait tous
les grands chefs de Paris qui se prennent pour des divas, et tentaient
d'infliger au fils Ghoraïeb le plat du jour, cervelle d'agneau crue
aux figues (mode déliquescente !) qu'Amine renvoyait cramer aux
fourneaux ; puis, incapable d'avaler sa salive, il renvoyait tout court
cettte hideuse matière cérébrale, et grignotait juste une figue qui lui
rappelait de très loin celles du verger de l'oncle Camille. Son appétit
étant totalement pervers, il ne tolérait que l'onctueux, le déguisé,
les nourritures masquées qui n'ont ni l'air ni le goût de ce qu'elles
sont, et qui le vexaient moins, puisqu'il ne pouvait en apprécier
la saveur.

(Au Grand Véfour, aussi peu alléché par son magret de carnard
que par l'étoile de l'Opéra.)

— Incapable même de compensation avec la bouffe, seule culture restant aux Français, Max, que devenir ? Évidemment, je peux
me nourrir de chocolat au Bas-Bréau, mais pour y aller, on risque
des bouchons sur l'autoroute et après un an de ce régime, je n'ai
plus de foie. Ah, note qu'hier, j'ai eu une petite fibrillation devant
un coucher de soleil sur ce bassin de la Naumachie... Après, l'angoisse, et tu n'étais pas là, ordure, pour rattraper le pauvre folingue
sur le bord de son gouffre. Ce matin, je me suis réveillé encore plus
rétréci qu'à l'ordinaire. Mon père, qui recevait des curés armés
comme des barbouzes, me surprit dans la cuisine en train de bâiller
et me jeta le regard furax d'un militant devant l'inaction d'un bourgeois individualiste. Normalement, le militant est le fils, et le bourgeois petit ou grand, le père. Note aussi que je me sens bien plus
vieux que Fouad... Ne nous leurrons pas, nous ne cherchons jamais
que notre survie, Max. Si ton prof de Boucicaut veut voir un
hiberné, je l'attends. Par moments je me déteste, Spark, à d'autres
je me tolère, ou pire, je sais que cette aversion pour ma personne
est la plus profonde marque d'intérêt que je puisse me donner.

— Monsieur n'a pas aimé le canard ? susurrait le maître d'hôtel.

— Merci, très bon, j'ai fini.

A l'acmé de ses crises mélancoliques, il n'osait pas emmerder
Max, de peur de le perdre, et se terrait dans sa chambre, migrai-

neux, la cage thoracique comprimée comme sous la patte d'un éléphant, soigneusement enfermé à clé pour que sa mère ne vînt pas le débusquer dans cet état et n'en fît pas une crise de tétanie. Parfois, il parvenait à pleurer sur sa vie, ce sens interdit. Sur la banalisation titanesque d'icelle. Sur sa propre régression. Se disait : je suis l'erreur, le mal incarné, la Mort des Oiseaux qui menaça le héros du Râmâyana de Valmîkî, le homard en laisse conduit au Palais-Royal par Gérard de Nerval et non le poète conduisant son crustacé, je suis une débâcle sans création, un pauvre délire si contrôlé, si limité, dont je préviens si attentivement, si lâchement, la chute terminale, je suis un castrat subissant ce qu'Artaud appelait « une espèce de déperdition constante du niveau de la réalité » (toujours à marée basse, certes), je séjourne aux limbes, au bord du Léthé d'opium qui m'ôte toute mémoire, je suis la victime d'un sortilège cérémoniel mais aussi le prêtre noir qui le noue. Je n'ai aucun recours. Toutes mes grilles d'explication du monde sont erronées. Je finirai par décourager même les silences de Max. Une chose encore, c'est que j'en crève.

(Au Flore en l'Ile, salon de thé du quai d'Orléans.)
— Troubles des déportés, diagnostiquait Max avec cynisme. Sans blague, il faut que tu te soignes. L'inhibition motrice dont tu souffres te rendra ulcéreux, cancéreux, aphasique, or tout se passe au niveau des médiateurs chimiques, il suffirait d'un milligramme de...
— Ça jamais, coupait Amine. Lithium, neuroleptiques, halopéridol, bâillons de conscience, jamais. Leurs victimes ont l'aspect d'une truite kosher farcie. Je préfère mon petit syndrome d'Atlas, le monde pesant sur ma nuque, l'aboulie, ma chieuse névrose que je poupoule, jusqu'à ce qu'on me retrouve un jour, symptôme indéniable de catatonie mélancolique, la jambe en l'air car j'aurais oublié de la baisser. Je préfère être impotent mais lucide, asphyxié comme après une injection de curare, mais jouissant encore de la possibilité de raisonner.
— Ça, tu l'as encore, grognait Max. Si seulement tu pouvais être PSYCHOSÉ et non pas névrosé *borderline,* je me ferais moins de souci, les psychosés sont extrêmement contents de leur sort, le faisceau du plaisir fonctionne chez eux à tout berzingue, ils reconstituent autour d'eux une niche imaginaire totalement gratifiante, à l'intérieur de laquelle ils peuvent se prendre à loisir pour Manon Lescaut ou Lénine. Malheureusement, tu te cantonnes dans ton inconfortable névrose... Passer à la psychose te rendrait la dignité humaine que tu te plains d'avoir perdue, ducon. *La névrose est bête,* voilà. C'est ce que dit le patron à Boucicaut.
— Nom de Dieu, râlait Amine désappointé, car il espérait au moins appartenir à l'élite des masturbés mentaux dont il excluait à

priori les routiers et les vachers du Mato Grosso. Faut-il avoir vécu cette enfance disloquée, ce début de guerre, être Libanais-pied-noir et Scorpion ascendant Scorpion pour apprendre que ma névrose est bête au lieu de relever de ces grands chamboulis tracassiers des poètes ou des héros genre Hamlet !

— C'est l'évidence, tonnait Max. Le névrosé souffre d'un manque d'imagination condamnable, car il peut se guérir lui-même en trouvant les moyens de modifier son environnement, ardu labeur qui se passe ici (il désigna ses lobes orbito-frontaux à la proéminence rassurante pour ses patients, et Amine effondré en conclut que dans sa propre zone corticale devait régner le calme biblique et salé de la mer Morte, soit un enfer froid, immobile, pris sous l'étau blanc de la grande glaciation qui congela les mammouths). Seconde solution, poursuivait Max, très exalté par les conclusions tirées de ses travaux par le professeur L... — s'adapter à cet environnement par des moyens qui supposent le passage à l'acte, devenir créatif, transgresser les apparences et se foutre du reste, voir Léonard de Vinci, quatrième porte de sortie : remodeler ces apparences et chavirer dans la psychose qui vous coupe des vivants et vous retranche derrière un fortin de béatitude... Cinquième et dernière option : suicide, acte antinévrotique par excellence, suprême moyen de truquer la loterie du destin et de mettre un pied triomphant sur le ventre de Thanatos. Tu as l'air tout chose, ami, reprends donc un peu de crème sur cette tarte aux pommes, pour te faire oublier le goût du péché.

— Du péché, tu l'as dit. Me voilà coupable de ne pouvoir appliquer aucune de tes magnifiques théories, résolument con devant toute forme de choix, et de plus en plus soupçonneux à l'égard de tes intentions, ô psy vicelard, qui désire pour mon bien changer un absentéiste mental en vrai fou ou en macchabée, si nous nous résumons. Ton éloge de l'action, de la folie et du suicide me plaît beaucoup, mais je m'en tiens fermement à mon syndrome d'Atlas. Viens-tu à Roland-Garros samedi pour le match ?

— Tu m'invites à la tribune ?

— Voui. Il y aura des capelines et des visons vu la panouille des prévisions météo, guère plus au point que les diagnostics des antipsychiatres dont, horreur, je me garde et n'en garde qu'un. Brisons là, mon pote, j'ai un plan de piscine à terminer, grisant, et toi des foules d'inhibés qui doivent plantonner dans ta salle d'attente et, en attendant, aggraver leur cas.

Amine observa, à la tombée du jour, que les saules des quais prenaient la couleur cendrée d'un jabot de tourterelle. De retour aux grilles du Parc, il se sentit presque gai. Il y avait des lampes d'enfance allumées derrière les feuillages, des lampes qui, hélas ! même frottées ne disaient pas d'histoire... Mais confusément, il flairait un carambolage astral, l'annonce de la guerre civile au Liban ou quelque événement catastrophique, qui, peut-être, briserait cette tenaille si précisément ajustée à sa cage thoracique.

Il se défendait de regretter son pays où le soleil l'aurait insulté de sa joie trois cents jours sur trois cent soixante-cinq. Ici, les modérations du ciel allaient bien avec la mélodie jouée par son double, le triste violoneux qui marchait toujours derrière lui.

Un emmerdeur patenté, mais aussi un juvénile vieillard qui jamais ne connut de noces, aucune sorte de noces. Parfois, en rêve, il ouvrait ses volets sur la vallée de la Kadisha, et entrait dans une beauté si terrible que le jour l'aurait occultée par décence. Parfois, lui parvenaient des échos des concerts donnés dans la grotte de Jeita, où tous les musiciens, en frac, jouaient sous les stalactites de cet univers de gel pétrifié. Parfois, au lieu d'aller chez Lasserre, il aurait préféré emmener Max au casino Arabi de Zahlé, où une dizaine de guinguettes sont plantées le long des sources, où la terre est comme le sexe lourd et mouillé d'une femme, et la vie, douce comme un très long caprice.

— ... Parfois mais rarement, disait-il à sa mère. Et ce pauvre Fouad qui nous a collé un panneau géant de Baalbeck dans l'entrée ! Les pathétiques petites émotions des émigrés, maman, me font chier. Pardon, maman, m'ennuient.

— Tu t'es encore couché tard, mon fils, tu vas t'abîmer la santé, j'ai entendu des bruits, avec qui donc es-tu rentré ?

— Avec moi-même, et on s'est disputé. L'avantage de la réconciliation solitaire, c'est qu'on n'a pas besoin de faire l'amour après la bagarre pour apaiser les esprits. (S'exaltant.) Oh ! maman, je suis exactement comme un élève de Fra Filippo du Carmine, en quête frénétique d'un modèle pour une madone commandée par un banquier juif de Florence ! telle est ma situation ! Une Vierge au buisson, à l'enfant, une Annonciation, une Et Martyre, voilà un bon bout de temps que, tenaillé de mon obsession des visages, des culs je m'en fiche, pardon maman, je veux dire des corps, est-ce qu'on tombe amoureux d'un corps ? Soit, d'un cul, si comme je le constate ma précision ne te choque pas ?... Je cherche un visage à la pointe d'argent, à peine aquarellé, quel chasseur de tête pourra me rapporter l'unique ? Dans les salons, au polo, aux Beaux-Arts, dans le métro, dans la rue, il n'y a que des ébauches grossières, mal équarries, un travail de débutant, pas un nez modelé par le Créateur, on se demande qui, dans son atelier, s'est occupé des Occidentaux, pour leur faire des nez aussi longs, des joues aussi molles, des mentons aussi moches et parfois il y en a jusqu'à trois, des cheveux aussi pauvres, d'un châtain terne ou d'un brun punaise... Maman, je suis sûr néanmoins que ce modèle existe. Il se peut qu'elle soit vendeuse de saucissons. J'en ferai la madone du Magnificat. Qu'elle soit ouvreuse dans un ciné et réduite à une lampe de poche, je lui mettrai le soleil entier dans cette poche, elle sera Vierge luciférine, porteuse de lumière. Une chose m'accable : elle a certainement existé, mais il se peut qu'elle soit déjà morte. Tu n'as rien vu pour moi dans tes tarots, ou ton miroir d'encre ?

Or, un jour il s'entendit répondre :

— Eh bien oui, mon fils, tu devrais rencontrer une jeune fille dont les pouvoirs sont si périlleux qu'il faudra t'en garder, et...

— ET TU NE ME DISAIS RIEN ? Tu sais bien que dans la mesure où ça m'arrange, je crois fanatiquement aux tarots. QUAND ?

— Pas tout de suite, et je ne te dirai rien de plus, mon petit. Les tarots en ce moment sont très fâcheux. Que je prenne l'égyptien ou celui de Marseille, ils annoncent des calamités semblables à l'absence de vent marin qui obligea Agamemnon à sacrifier sa fille, ajouta la docte Fernande.

— La poisse, quoi ?

Il n'insista pas. Fernande avait les larmes aux yeux, et il ne put lui conseiller de ranger ses glyphes cornés à force de manipulation par ses petites mains graisseuses de chrétienne qui parlait à Dieu en arabe et se tournait fréquemment vers La Mecque en cas d'imploration. Fernande avait pris un sacré coup de vieux, et il devina sans support de cristal ni miroir d'encre qu'au-dessus de sa tête mûrissaient les grêlons gros comme des poires d'un fameux orage. Et lui qui venait la bassiner avec sa recherche d'une madone ! C'était à cause de l'oncle, qui la lui avait promise, et que les rues, les boutiques, les cafés, les boîtes de nuit, les cent cénacles de la ville lui dissimulaient — mais il finirait par rencontrer sur un des ponts de Paris celle qui aurait la grande pureté solennelle d'un Requiem, et qui le reconnaîtrait, dès lors il ne marcherait plus comme un figurant de théâtre dans le rôle d'un tronc d'arbre mutilé, arrachant ses racines fauchées du sol l'une après l'autre, dès lors il marcherait sans frôler la terre comme lévitent les saints, elle de même avancerait vers lui sans que ses pieds nus ne touchassent le macadam du pont Marie en imaginant que ce fût celui-là, puisqu'elle serait l'ange. Imbécile, se dit-il, j'ai oublié les bordels. Il se peut bien que l'ange soit une pute. Il va falloir ratisser les bordels au peigne fin.

Max le déçut beaucoup en lui apprenant que les putes travaillaient par téléphone, même celles d'une Mme Claude très célèbre. C'était moins poétique que les claques de Toulouse-Lautrec. Il prit néanmoins rendez-vous chez deux des plus estimables maquerelles de Paris, précisant qu'il voulait une fille qui ressemblât à une Vierge du Magnificat, et qu'il y mettrait le prix. Dans ce cas les entremetteuses vous trouvent tout, repêchent une noyée de la Seine si le client désire une cadavérique à chouchouter, et ajoutent que la noyée est orpheline. Ce monde-là est aussi putride qu'absolument magique. Amine se trouva donc avec ses deux rendez-vous sur les bras, et, avant de se rendre au premier, décida d'une balade au Louvre, cette grande caverne qu'il connaissait salle par salle.

Ce qu'il devait y trouver était non le modèle, mais l'œuvre. Les rendez-vous chez les maquerelles furent annulés, ça, c'est de l'intendance, mais je signale tout de même, sinon vous allez vous demander ce qu'il advint chez Mme Claude et Mme Billy. Elles ne surent jamais, ces dames patronnesses, qu'un client jeune et riche leur fut escamoté par la seconde des Grâces accompagnant « Vénus porteuse de présents à une jeune fille », fresque de Sandro Botticelli peinte en 1483 pour les murs de la Villa Lemmi, détachée de son support et reconduite poliment au Louvre, les Grâces et Vénus serrées les unes contre les autres, de peur, s'entoupinant dans leurs voiles, à cause du changement de climat, et folles de rage car on les exposa fendillées d'énormes gerçures malgré lesquelles elles ne perdirent jamais leur merveilleuse jeunesse. Donc.

Donc, à la droite de la Victoire de Samothrace, qui la désignait du bout de son aile, la jeune fille qu'avait décrite le curé de Zghorta lui souriait, tête penchée, depuis le XVe siècle et la Florence médicéenne. Il reconnut le visage aux contours calligraphiés, au regard lucide sous la longue paupière charnue, et la tendresse diaphane des joues adolescentes. A cette vierge cérébrale d'une joliesse rigoureuse, minérale et adamantine, au sourire d'une subtile moquerie, à cette seconde grâce du cortège de Vénus qui avait l'air tombée là comme un météore, il fit immédiatement allégeance.

L'impossibilité que cette Grâce, suivant une Vénus beaucoup moins divine qu'elle, ce qui sans doute lui donnait son petit côté répudié si touchant, eût un confetti de scarole coincé entre les dents et se parfumât au répulsif Vol de Nuit de Guerlain rendit le jeune homme tout à fait euphorique. Il l'épouserait mystiquement, comme le roi du Népal, la Kumari Devi, déesse naine de douze ans. De plus, cette rescapée du badigeon qui avant qu'on ne la ressuscite en grattant la chaux qui fut longtemps son sépulcre dans une loggia italienne souriait sous ses craquelures avec la même ineffable amertume depuis des siècles, jamais l'ourlet de ses lèvres ne s'effilocherait et Amine ne courait aucun danger de s'accoupler avec une future dame ménopausée, encore un souci de moins.

— Seconde Grâce de la Villa Lemmi, jeune fille en vert, je vous aime, lui dit-il, et je suis bien moins fou que les autres qui incarnent leur rêve dans une personne qui pisse, qui a des suées, la chiasse ou qui est constipée et saigne une fois par mois, donc ne peut être que nauséabonde. Merci d'être sur ce mur, ô ma craquelée, ma décalcomanie, mon inaltérable, qui existiez de cette noble vie *a secco*, qui aviez ces mêmes tempes pures où bat un sang pur, ces mêmes yeux de pierre sans crapaud, ce même ventre sans germes dedans, qui alliez si gravement, dans vos voiles verts, comme un beau navire gréé, porter des présents à quelque dame Tornabuoni, bien avant l'heure maléfique de ma naissance. Pardon, monsieur, fit-il poliment à un type qui lui avait marché sur les pieds, et enfoncé son riflard dans les côtes. Ma Grâce, le Louvie ferme à cinq heures, le mardi toute la journée, vous me permettrez d'éviter le dimanche où l'entrée est gratuite, où ça se bouscule et où je serais jaloux de voir ces crétins vous lécher d'une bave pire qu'un badigeon de chaux, mais le temps qu'il reste nous est imparti.

S'il ne s'en fut pas à reculons en lui envoyant des baisers, c'est qu'il avait la crainte justifiée qu'on n'appelle le S.A.M.U. pour l'embarquer aux dingues, ce qui priverait la Grâce en vert de son dû d'adoration.

D'Agostina Herculani, ruffiane de Bologne, et d'un divorce à la libanaise

— Voilà, mon fils, dit Fouad, j'ai l'intention de divorcer.

Il convient ici de raconter un peu plus des antécédents de Fouad Youssef, que le lecteur ignore.

Fouad, au vu et au su du monde entier, bandait en permanence depuis sa première érection qui fit la joie de sa famille jusqu'à ce présent où il comptait cinquante-cinq ans. En parfait Latin, Fouad bandait pour un objet ou un sujet à s'approprier, et gardait l'arme au clair tant qu'il ne l'avait pas obtenu. Sans manifester de profonde appétence au savoir, il adhérait à la vie comme le byssus d'une moule à un rocher. Héritier de son capital, Amine aurait préféré l'être de sa convivialité, de son enthousiasme gamin, de son intégrale mauvaise foi, et du goût forcené de la réussite qui le ramenait chaque matin sur le sentier de la guerre après ses exercices gymniques et respiratoires. Difficile de dire ce que Fouad n'aimait pas. En vrac, il adorait les femmes, les maisons, les terrains, les chevaux, les chiens, la chasse, les bateaux, les tableaux surtout hollandais, et monnayait l'ensemble par lots suivant son caprice. Il fondait avec rapacité sur les proies femelles — de préférence étrangères, dans l'espoir d'une heureuse hybridation —, leur achetait des murs entre lesquels il les séquestrait (vieille obsession du sérail), parfois terrassait sous ses quatre-vingt-cinq kilos quelques étalons, nourrissait un chenil de labradors, veillait à ce que la longueur de ses yachts dépassât celle des plus extravagants, dans le port de Monaco, s'empressait d'en acheter un de taille supérieure dès qu'il s'apercevait que, d'une encablure, le navire d'un Grec lui faisait la pige, bénéficiait en affaires d'une indécente baraka, essuyait néanmoins des revers (deux divorces ruineux avant son mariage avec Benkamou, la fin tragique des canassons malgré laquelle il ne se résigna pas à ménager ses montures et à suivre un régime d'ananas, la disparition de quelques-uns des labradors sénescents, drame inévitable si leur longévité demeure inférieure à celle de l'homme, et le naufrage d'un de ses yachts lors d'un cyclone au large des Lipari), broutilles qui déflorèrent sa magnifique humeur l'espace d'un matin.

Heureux homme que ce marchand phénicien, ce patriarche au physique redondant, ce grand mufti, ce rastaquouère volubile, si

66

phallocrate qu'il en était émouvant, éternel affamé qui dévorait comme ses chiens plusieurs kilos de viande par jour et, saisi d'un petit creux stomacal, se préparait un barbecue en pleine nuit, au risque d'être découvert par un de ses proches en plein rite masticatoire de bidoche bleue, ceci en pyjama, ses bacchantes tout ébouriffées, offrant l'image goyesque de l'ogre bâfrant un régime d'enfants très protéiné, éternel assoiffé qui ne tarissait cette dessiccation des muqueuses qu'en vidant des jéroboams de perrier-jouët, de graves, de margaut ou de volnay, être d'exultation qui à l'opposé de son fils connaissait la vraie noirceur des colères, l'engagement politique, éthique, religieux, au point qu'il ne se trouvait pas une de ses cellules cérébrales qui ne fût fichée, engagée pour une destination précise, et ne prît ses positions — cette superbe machine ignorait tout des états de l'âme, ne participait qu'à des états-majors, et risquait de dépasser le siècle en longévité, ce qui était dans sa ligne car il fallait toujours qu'il coiffât les autres au poteau.

Par candeur et par principe, Fouad se maria trois fois sous le régime de la communauté, ce qui, au début de sa carrière, ne risquait pas de le ruiner, car sa famille bourgeoise militante et chrétienne lui avait laissé le sens du devoir conjugal et la demeure d'Achrafieh pour tout legs, mais se révéla une franche inconséquence une fois que son succès auprès des émirs du Golfe qu'il emprisonnait dans des palais carcéraux eut fait sa fortune. Or, par une chance que ce sentimental maudissait, l'indigence de ses spermatozoïdes, très humiliante pour un Levantin, lui interdit de multiplier les petits Ghoraïeb et lui épargna les rentes calamiteuses dues après séparation aux mères éplorées qui se gardent bien d'être indignes à la perspective d'un divorce susceptible de leur assurer un train de vie byzantin jusqu'à la fin de leurs jours — donc les postulats de mères qu'épousa Fouad à l'église n'auraient pu être qu'exemplaires, si le sort voulait qu'elles ne fussent jamais gravides, mais Fouad persévérait, épousait obstinément chaque donzelle qui lui fouettait le sang, et en divorçait chèrement. Il largua à la suite une comtesse vendéenne et une émigrée tchèque impossibles à engrosser, connut au Maroc, lors d'un dîner, Fernande Benkamou, placée à la droite d'un consul d'Autriche résidant en la ville gourmée et balnéaire de Casa, et menaçant de convoler avec l'institutrice dans les plus brefs délais. Fouad, à la vue de la peau abricotine de Benkamou, défaillit une fois de plus, s'étrangla avec une bouchée de pastilla, la rancarda pour le lendemain à la plage, vérifia ses qualités en maillot de bain, et enleva l'institutrice au moment de la rentrée des classes. Ils entreprirent une équipée en jeep dans la vallée du Dadès, s'explorèrent mutuellement et, sans doute, conçurent Amine sous le ciel du Prophète. Fouad apprit sans tarder la nouvelle, ignora que, si les précédentes épouses avaient tenté de diriger par d'habiles contractions utérines le trajet du spermatozoïde Ghoraïeb, elles ne surent user des pratiques du Maghreb enseignées à Benkamou par sa mère, familière des djounns et œuvrant dans l'occulte à l'aide de leurs pentacles, en particulier de la main de Fâtimâ et des trois dernières sourates du Coran. Grâce au djinn favori de Fernande, Moadhib le Doreur, l'annonce fut faite à celle-ci. Radieux, Fouad congédia sa précédente, non plus Roselyne Pinsard de Croy, la comtesse vendéenne ayant fait long feu et pas un gniard, que le mécène califal dota d'un hôtel particulier à Auteuil, de cinq cents millions anciens de bijoux grâce auxquels elle empêcha in extremis la vente de son manoir à la Ligue des relais campagnards, exit Pinsard de Croy, sol ingrat, jachère, bled, rapport à la productivité, tout aussi bréhaigne que la suivante, Alena Retzki, mais moins sujette à l'anxiété. En effet, Alena Retzki, apprenant par une détective que son époux, en état d'ignition, filait imprudemment une lune de miel illégitime avec la jeune institutrice casablancaise avant que ne fût réglé le compte et lourd passif devant se solder en biens immobiliers et en rivières de gemmes, Alena donc, pour prévenir les conséquences somatiques de sa terreur d'abandon, transborda dans un camion de déménagement une chiffonnière Louis XV estampillée Latz avec casiers pour le poudrier, l'encrier et la boîte à éponges, qu'elle chérissait tout particulièrement dans son ensemble, et un Pieter de Hooch qui dégarnirent le premier pied-à-terre loué par Fouad à Paris, Villa Saïd, et à la disparition desquels son époux eut la flemme et la magnanimité de ne jamais faire allusion.

Fernande Benkamou ternit considérablement après son mariage maronite, et surtout après l'exil. Pourtant, si son décolleté abricotin devenait moins estival et moins pulpeux, il rutilait hors saison du givre Van Cleef and Arpels. Enfourrurée, diaprée, scintillante, lançant des éclats prismatiques à chaque mouvement de ses doigts, contournés, lors de ses crises de spasmophilie, comme ceux des danseuses de legong ou des accoucheuses, Fernande n'avait rien à envier aux ex-épouses de ce pourceau d'Epicure et grand seigneur bonhomme ; elle fut incroyablement gâtée dès la gestation d'Amine, si l'unique possession des labradors ne satisfaisait plus Fouad de fond en comble.

Malgré la déception de ce dernier qui aurait volontiers confié le gniard à Ruth, la nurse helvète, pour que son épouse l'accompagnât dans ses voyages au Liban ou en Arabie Saoudite (désapprouvés, ceux-là, par la clique maronite), Fernande refusa très tôt de franchir les grilles du parc Monceau, et se consacra à l'élevage d'un enfant destiné à rester unique car la vigilance de Moadhib le Doreur se relâcha quelque peu après le décès de Mme Benkamou mère qui entretenait avec lui des relations privilégiées.

Fernande, compensant les abandons de Fouad par un abus de rahat-loukhoums et de pâtisseries turques aux cheveux d'anges, acquit progressivement les dimensions d'un de ces lamas bouddhiques qui se défoncent à la bière de millet, et dont l'obésité mystique contraste avec celle des sadhus macérés. Elle souffrait, outre de syndromes tétaniques accrus, de tics, d'énurésie, et quand la crise culminait, il fallait la bâillonner d'un sac de plastique pour qu'elle soufflât dedans et respirât son propre gaz carbonique, spectacle peu alléchant ; en outre, frileuse, malgré le chauffage indu de l'appartement, elle prétextait toujours d'un vent coulis extradé du parc pour s'emmitoufler dans des dessous Thermolactyl et glisser ses pieds à présent dodus dans des chancelières fourrées — plus rien à voir avec celles qui dorment vêtues du seul nº 5 de Chanel. Devant la troisième Mme Ghoraïeb, en chancelières, procédant à la lecture des tarots ou de l'œuvre de Delly, si seules les manies ménagères de la mère d'Amine portèrent à son comble un agacement justifié, Fouad sentait sa virilité défaillir. Les Ghoraïeb recevaient beaucoup, et, de crainte que l'intérieur ne fût mis à sac par les invités, les Nymphenbourg brisés, les bergères Wedgwood décollées, les figures polyédriques des Boukhara et les rosaces écarlates des Karabagh caucasiens maculés de champagne, Fernande ôtait tout élément décoratif avant le déferlement hunnique des troupes, si bien que ne subsistaient plus, pour réjouir la vue des convives et évoquer cette main de Dieu posée sur la tête de l'amphitryon, que la moquette italienne (il fallait prendre Fernande à bras-le-corps pour lui interdire de la déclouer), les murs laqués ou tendus du même velours frappé par ceux d'Achrafieh, les rideaux et le plafond, ce qui inspira à une hôtesse de l'air, reçue par un hasard regrettable, un compliment dont l'amour-propre de Fouad eut du mal à se remettre : « Cet appartement, flûta la charmeuse, avait de par sa sobriété un caractère japonais. »

Les trophées rapportés par l'architecte des ventes où il sévissait et dont il revenait fier comme un mage éthiopien, chargé de fétiches à clous swahili, entre autres curiosités arrachées de haute lutte à des collectionneurs rapaces, provoquaient chez son épouse les fameuses contractions spasmophiles, exigeant masque à gaz et Calcibronat, jusqu'à ce que Fouad, navré autant qu'exaspéré, redoublât de sadisme en donnant libre cours à son goût des primitifs africains et des objets rocaille qui investirent même la cave. Cette fuite en avant profita aussi aux labradors, car Fernande ayant émis la remarque qu'ils pouvaient se sustenter de viande moins chère que le bœuf dans le filet, Fouad se jurant de donner plus encore dans le dispendieux, d'en remontrer à une petite institutrice exhumée du provincial Casablanca, qu'il fallait supplier pour qu'elle sortît du coffre ses cabochons, brillantes navettes, émeraudes et opales, le maître de maison nourrit donc ostensiblement les chiens de foie gras au risque de les intoxiquer grièvement, et se promit de ne laisser échapper aucun cabriolet chantourné à pieds de biche. Il n'avait, définitivement, aucun goût pour l'austérité nippone. Le jour où il revint, hilare, déballa ses paquets pour éblouir les siens de ses nouvelles acquisitions, toutes certifiées de ce xviiie siècle adoré des Orientaux : un support-de-perruque-vide-poche-à-trois-plateaux, coiffé ironiquement d'un turban à aigrette, une porte girandole, menu tabouret de pied très utile pour les goutteux, un crachoir du siècle des lumières, et assez de chenets rocaille figurant des chérubins aux ailes volubiles pour une vingtaine de cheminées, Fernande, au terme d'une crise où elle perdit son dernier chouïa de calcium, s'évanouit, et Fouad leva les yeux au ciel en le priant de rappeler à lui une épouse dont les syndromes algiques, le radinisme, les effarouchements, le mépris de la gloriole et des blancs-bleus navette, la modestie et la sobriété commençaient à dépasser la mesure, car ces chiantes qualités le desservaient énormément dans une carrière où il fallait en installer.

Fernande regrettait Casa et son métier d'institutrice, dormait très mal, avalait des somnifères, s'éveillait bouffie, explorait les poches de Fouad où elle trouvait immanquablement des notes de restaurants campagnards, du genre à poutres apparentes, et des traces de rendez-vous suspects, comme celui pris l'avant-veille avec M. Mostofi, huile de la pétrochimie iranienne, à la Villa Caroline, rue de la Pompe, « tout le calme de la province à Paris », moins les ragots, en sus la discrétion, le saumon et le champagne des libertinages occultes. Sur ce, Fernande lardait d'épingles une photo de son mari, prononçait des vœux aux gémonies arabes, les plus efficaces selon sa propre mère, serrait dans son ample corsage sa main talismanique, invoquait Moadhib le Doreur, lui confiait en pleurant l'esprit de Python qu'avait son mari et son regret d'avoir loupé le consul d'Autriche, quand elle ne gobait pas un tube de barbituriques, d'où transport d'urgence à Fernand-Vidal, lavage d'estomac, et retour aux pénates, lors desquels (il y en eut deux) elle bénéficiait provisoirement des égards de son époux qui lui offrait une zibeline chez Chombert, un déjeuner chez Maxim's, des boucles d'oreilles en émeraude ou en rubis chez Mappin and Webb, l'ensemble en un après-midi grâce à la proximité de ces établissements permettant à Fouad de monnayer son remords sans perdre de temps, après quoi, absous, il repartait de plus belle pister les empreintes légères des biches de salon.

Avant sa première communion, Amine sentit que sa mère, qui parlait de plus en plus fréquemment aux djounns, avait fait son temps, et son père, accumulé des griefs rédhibitoires contre une femme si odieusement *de devoir* et si remarquablement popote, dont les zibelines demeuraient en garde et les bijoux à la banque car, prudente, elle tenait à ce que les premières ne se mitent ni ne s'éliment, et redoutait que les seconds ne lui fussent barbotés au cours d'un cambriolage qu'elle finirait par provoquer à force d'en parler, grognait Fouad, fustigeant la malheureuse et inadéquate épouse, qui ne comprenait pas que le donateur souhaitait lui voir arborer ses strass dans un but égoïste de promotion sociale. Impossible d'exhiber Fernande. On pouvait toujours l'astiquer, elle ne reluisait plus, portait ses rivières avec timidité, serrait les épaules pour qu'on les vît moins, aurait éteint les chandelles pour que ses bijoux n'essaiment pas leurs gerbes d'éclats si peu convenables. Recru devant l'inutilité de ses largesses, Fouad, lors de son dernier séjour à Beyrouth, expédia son entrevue avec les tonsurés maronites pour noyer sa déception devant l'ineptie d'un tel mariage, et finit dans un cabaret spécialement canaille avec quelques émirs. Il n'était guère disposé à lever le nez de son verre pour reluquer un navrant spectacle d'effeuillage, quand la volonté ferme des Saoudiens d'acheter l'effeuilleuse lui suscita une vague curiosité qui se mua en éblouissement devant Agostina Herculani, *Very famous in the world, The super volcano from Italy*, précisait une affiche où un graphiste audacieux la représentait nue, à califourchon sur l'Etna.

Effectivement, le numéro de cette Herculani valant les enchères émirales, Fouad regretta qu'un inhabituel marasme lui en eût fait rater la première partie, et resta hébété durant toute la seconde. Les rivalités des maronites et des sunnites, les agissements de la Syrie et des Palestiniens, la *conscientisation* des jeunes, prônée par le Père Grégoire, Mgr Haddad, fer de lance des orthodoxes, et tout le merdier subséquent à la rupture du pacte national de 1943 unissant les grandes familles spirituelles, lui semblèrent d'un coup fort loin. Par saint Maron, il referait sa vie avec cette déesse aux talons d'argent, au corps morcelé en mosaïque d'éclats sous la virante lumière kaléidoscopique, qui faisait la roue dans un cerceau pailleté, corps à présent serti de tous les bijoux du Golestan, vêtu d'électricité, clignotant de néons, cinétique, cinquante-deux kilos environ, un mètre soixante-huit, calibra Fouad, triangle du pubis coupé 10/10/10 comme au Crazy Horse (où l'Italienne supplanterait les Lova Moor et Prima Symphony qui n'auraient plus qu'à filer au vestiaire où elles occuperaient avantageusement le poste de dame pipi), le dos long, les fesses un peu basses, et l'air timide d'une Victoire de Samothrace affublée de colliers d'autruche bleue, là s'arrêtait la comparaison avec cette gloire du Louvre car les gants montant au-dessus du coude foudroyèrent Fouad qui se sentit nourrir un phantasme de gants ignoré jusqu'alors. Dépouillant ces gants de diva, elle s'écorchait vive, ça devenait insoutenable, il se mit à trembloter comme le vieux prof devant l'Ange Bleu, pour celle-là banquer de suite, le coup des gants lui avait porté l'estocade et il ressemblait véritablement à un taureau terrassé dans la poussière fumante pendant qu'Herculani, Agostina, finissait son numéro sur l'explosion du volcan dont l'accompagnement sonore endommageait gravement le piano de ce minable claque, retentissant de l'écho de la colère de Zeus, soutenu par quelques roulements de tambour provenant des coulisses qui devaient puer le jasmin, le

71

souk, le fard délayé, la sueur, songea Fouad avec délices avant de s'y précipiter, prêt à affronter cerbères et gorgones adipeuses pour retrouver, coûte que coûte rapport au bakschich, la divine aux gants d'opéra.

— JAMAIS, Fernande, JAMAIS, vous n'aurez à reprendre votre métier d'institutrice, vous le savez bien, assena Fouad à la mère d'Amine, un joli matin d'avril.

Si la nouvelle ne sidéra pas l'héritier, blasé, vaguement amusé, attristé pour sa mère mais certain qu'un divorce façon Ghoraïeb rapporterait plus à la répudiée que le quotidien même façon Sardanapale, l'exposé implacable du fait accompli causa une scène atroce, durant laquelle Fernande subit l'agonie muette d'un poisson ferré, halée par un pêcheur sur les sables de Casamance, une raie géante à l'étrange bouche d'enfant tordue de grimaces spasmodiques, le ventre à l'air, vrillant sous l'hameçon les spires de ses grasses volutes (Fernande, grâce aux cheveux d'ange et à la tambouille orientale d'Aziz, le cuisinier natif du Hermel, avait outrepassé les proportions des odalisques d'Ingres). Puis voyant que sa transformation en raie n'influait pas le cours des événements, Fernande se mua en gladiateur moribond aux prunelles couvertes de l'opacité laiteuse d'une taie de silence, juste avant que les chevaux ne traînent sur le sol pulvérulent de l'arène son corps martyrisé — ce fut en l'occurrence à Aziz, responsable du poids, et à Fouad, qui n'entendait pas l'être d'un troisième suicide, de la soulever péniblement quand elle se fut effondrée sur le sombre labour du tapis de Boukhara en même temps que la potiche Cent Fleurs supportant un abat-jour vert anisé, dont Amine suivit la chute et le bris avec grand regret car il adorait cette lampe à la lumière liquoreuse de laquelle il dégustait les livres de Rudyard Kipling. Amine, ce serpent, regretta énormément la lampe associée à un de ses rares plaisirs, et se réjouit, mais oui se réjouit, qu'enfin il se passât quelque chose, autre part que sur le front libanais, dans l'enclave du parc, théâtre d'où on expulsait sous les sifflets une mauvaise actrice. — Pauvre maman, fit-il, jésuitique, piqué de curiosité envers la nouvelle épouse du harem, qui, avoua Fouad, la lèvre goulue, venait de Bologne, Italie.

On boucla Fernande en clinique sans lui laisser le temps de recourir à l'Immenoctal, et Fouad, courtois, attendit qu'elle en sortît pour entamer toute procédure. Amine n'avait toujours pas vu le volcan bolonais, qui dormait au Plaza, où il occupait une suite, louée à l'année par le patriarche, prévoyant qu'il lui faudrait quelque délai pour épouser l'Etna séduite et fermement gardée. Or il n'avait pas de mouron à se faire, la Bolonaise aimait l'argent, et se convertirait au maronitisme dès que nécessaire. Fernande née Benkamou marinait dans la geôle sans miroir où on enferme les récidivistes du suicide raté, et Fouad apprit par les diacres de la psychothérapie institutionnelle qu'on pouvait le débarrasser pour longtemps de cette ancienne beauté casablancaise, car elle se prenait imprudemment pour un nourrisson et multipliait les pertes de mémoire qu'on ne pourrait soigner qu'à l'aide de narcoses, procédés onéreux, lambin, et aléatoire quant à la guérison définitive.

Souhaitant vivement que Fernande oubliât son passé et, en particulier, sa répudiation, Fouad élut pour elle un établissement de luxe, aux environs de Paris, l'y installa et lui rendit avec Amine les visites espacées qu'exigent la décence et le sens viscéral de la famille prôné par tout Libanais, jusqu'à ce quelle fût à même d'habiter un vaste rez-de-chaussée, avenue Émile-Deschanel, où, remise aux bons soins d'une infirmière suisse, elle tirerait les tarots en toute quiétude, si toutefois elle avait encore quelque chose à leur demander.

Le divorce fut remis aux calendes. Amine ne souffrit de la disparition de sa mère que dans la faible mesure où, pavlovien, l'audition de mots tautologiques tels les *je t'aime mon chéri* impliquait auprès de lui, sans relâche, prévenante, acharnée à de menus soliloques gratifiant le Fils, une présence tendre, mais peu encombrante — association réflexe ardue à rompre, sorte de nouement d'aiguillette devant causer à Amine de graves ennuis, par la suite, en matière de sexe, et le sexe, pour un Scorpion, c'est capital. La maison oublia le parfum des sachets de lavande qu'affectionnent les mamans pieds-noirs, celui du couscous qu'elle ne laissait à personne le soin de rouler, celui du dévouement, de la sainteté, de l'irréprochabilité d'une telle mendiante d'affection. Après sa sortie de clinique, marchant avec son même ballot d'ignorance à travers ses petits bonheurs-du-jour (voir son fils, de temps en temps, lui demander de qui il était amoureux, comment allaient ses études et toutes ces gentilles niaiseries) Fernande ne fut récompensée de ses inutiles vertus que par son rez-de-chaussée sur jardin dans le septième coûtant à Fouad un million de dollars, agrémenté d'extras tels l'infirmière et un chauffeur car elle ne savait pas conduire et il était impensable que, gavée de neuroleptiques, elle apprît à changer de vitesse dans les embouteillages. Le chauffeur ne servit pas beaucoup, elle ne sortait jamais. Grâce à l'Haldol, qui la rendait absolument indifférente aux choses de la vie, Fernande accepta enfin le divorce et ne se soucia même pas de savoir qui lui succédait. De son balcon, elle surveillait les poudroiements de la terre d'Orient d'où elle venait et, Cassandre effarouchée, prédisait le Jour de la Colère, lame XX du tarot d'Égypte. Attendait son fils, compatissait au récit de ses déboires temporels, l'interrompait pour lui parler de son déjeuner avec une cousine de Casa, se reprenait, rosissait, elle

avait si peu d'importance –, en redonnait à Amine, Mont Meru
Ombilic du Monde Omphalos de Delphes Bétyle et Pierre de
Foudre son fils majuscule descendant de ceux que persécutèrent les
Syriens après le concile de Chalcédoine en 431, son fils maronite si
mal en point déjà... S'essayant à quelque tendre protectorat, elle
s'attirait bien des rebuffades, tant il n'est rien de plus maladroit, de
plus terriblement gauche que ce sentiment peu prisé des Anglo-
Saxons, cet envahissant amour d'une mère d'Afrique du Nord,
vendu à l'encan – un million de dollars pour qu'elle tût cet amour
et végétât toujours en attente d'une visite, éloignée de ses grands
hommes méprisants au profil de bédouins qui lui jetaient quelques
miettes d'attention ennuyée et cruelle.

Un soir de ce même avril, alors qu'Amine revenait du Louvre
où il allait régulièrement présenter ses hommages à Sa Grâce au
visage d'exacte amande, poli comme un silex, il surprit son père en
compagnie d'une inconnue que Fouad lui présenta sous le nom
d'Agostina Herculani et comme sa future et quatrième épouse ;
témoignant d'une sordide confraternité masculine, le fils approuva
le père de préférer cette figure de proue d'une galère barbaresque
au pruneau confit dans la graisse d'un tajine que devint sa mère,
aussi onctueuse à l'intérieur que ce fruit, mais à l'abord peu enga-
geant, si les Ghoraïeb s'obstinaient à privilégier, chez une femme,
ce dernier, quitte à le dévoiler une fois fourbi et reluisant, en public
et en leur compagnie, pour ensuite le voiler d'un tchâdor comme
les sultanes d'Isfahan, et les Iraniennes quand frappa l'ayatollah
Khomeiny.

Agostina, telle qu'Amine la découvrit à six heures p.m. dans le
salon, nimbée d'un halo mystique par la lueur tout juste éclose
d'une lampe Tiffany remplaçant celle que brisa sa mère dans les circonstances décrites précédemment, lui parut surpasser toutes les
hétaïres qui processionnaient rue Murillo depuis le départ de Fernande, d'autant plus que son teint, sous l'abat-jour de verre cathédrale, se trouvait avivé par ce petit cadeau de Fouad : un camée en
émeraude frappé du profil de Catherine II de Russie, acquis chez
Christie's à un prix indécent, qu'évaluait la créature affichant une
joie que partageait Fouad, enfin heureux d'en voir pour son argent.
Certes, il y avait de la prétention mégalomane dans ses gestes de
pacha, mais aussi une spontanéité sincère – Fouad observait et
dégustait le plaisir d'Agostina comme si, la renversant sur le bord du
canapé, il lui avait procuré celui qu'il aimait tant décrypter sur
le beau visage d'une femme ostensiblement ravagée par une baise
phénoménale et le faisant savoir au responsable, tout en planquant
un sournois phantasme de viol de sa personne par un régiment de
spahis, mais se gardant bien de jeter le doute sur l'infinie certitude
de l'homme quant à l'utilité de sa besogne mécanique – Agostina
était née pute et ça tombait formidablement bien.

Amine resta coi devant Mlle Herculani, tendue des pieds à la tête d'une peau exempte de callosités, de cloques, de dartres et d'engelures malgré la saison. Don de fructidor que Mlle Herculani, posée dans ce salon social qu'attristait un printemps pisseux. Agostina, juteuse, fondante tel le grain rond d'un chasselas cueilli aux espaliers italiotes et mûri par les astres, pulpe acide d'une orange de la côte amalfitaine... Ghoraïeb fils eut envie de mordiller les joues arrondies par un reste d'enfance, mordorées et poudrées, les lèvres appétissantes comme des gaufres tièdes, et détailla l'ensemble savoureux, ce festin de saint Antoine : de face, rien que féline gourmandise, démentie par le profil à la Pauline Borghèse, ligne un peu dure qu'en toute connaissance de sa cause, Mlle Herculani veillait à dissimuler aux regards grâce à une flexibilité du cou attribuée au seul Satan et aux rapaces prédateurs, si bien qu'à l'opposé des Égyptiennes sur les fresques des mastabas, elle s'arrangeait toujours pour fixer l'adversaire dans les yeux ; quant aux siens, un peu écartés, sous les lunules drues de ses sourcils, frôlés d'une frange de noir lignite, s'allongeaient démesurément sur les tempes sans l'aide d'aucun fard.

— Mon fils Amine, dit Fouad avec une assurance magistrale, sera bientôt diplômé des Beaux-Arts, section architecture, et j'en ferai mon premier collaborateur. Il a un talent du Feu de Dieu — je sais, j'ai l'air d'un père bêtement partial mais ce gamin mérite des louanges, si vous le voyiez penché sur ses plans jusqu'à trois heures du matin...

Atterré, le gamin vida un verre de scotch cul sec, ce qu'observa la future belle-mère dont les lèvres s'ouvrirent en calice, lustrées de grenat, offrant la texture dense d'un pétale de pensée. Ce sourire complice toucha Amine, qui augura que ses relations avec Mlle Herculani échapperaient à la banale ambiguïté de mise pour dériver vers une authentique affection. Malgré son goût des sylphes androgynes, il comprit, devant les franches provocations de cette courtisane, qu'on pouvait préférer aux ectoplasmes un corps à trois dimensions, sculpté dans l'espace, et, au teint chlorotique des jeunes filles à particules, cette chair picturale, d'un bistre enrichi de vermeil léger là où affleure le sang. Oh ! la vie même. Somptueuse, se dit-il. Et si je la volais à mon père ? Ça s'est déjà fait, et je chuterai dans le plus médiocre vaudeville, abomination.

Et il jubila à la pensée que, la splendeur de cette Italienne venant à améliorer l'ordinaire, il pourrait en jouir tout à son aise et sans fracas, qu'il en respirerait chaque jour le parfum de santé et de rouerie, même si son père, seul, percerait le mystère d'un corps qui devait garder, quoi qu'elle en eût fait, entre ses seins ou ses genoux, de suaves surfaces vierges.

Il la respecta dès qu'il la vit, embusquée derrière sa beauté ponctuée de justes fards, Cortigiana da Lune, pute merveilleuse qu'eût chantée l'Arétin remarquant sa plastique et son regard d'aube, guettant derrière sa jalousie au rez-de-chaussée d'une maison vénitienne la proie de passage, Latine capiteuse, un Titien, non un Botticelli, sujette à l'embonpoint, tolérant que s'épanouissent seins et hanches, écueils de péchés irrémissibles et lucratifs, mais veillant à l'exiguïté de sa taille, n'ayant au front ni aux tempes pas une ride de souci – l'avenir n'inquiétait pas Mlle Herculani, car, avant que ses lèvres ne devinssent raisin sobré, si Fouad venait à la quitter, il était hors de doute qu'un mécène du Golfe ou le directeur d'une firme japonaise ne prît sa succession, tant ces femmes d'argent, racoleuses, spadassines et vide-goussets, caressées, magnifiées du contact charismatique de la paume des riches, restent, même un peu blettes, les précieux trophées indispensables à la gloire des puissants.

Fouad avait trouvé le conifère sur lequel accrocher les strass de Van Cleef. Il exultait, matait ouvertement les seins d'Agostina et ses magnifiques épaules, écoutait l'ovation de ses rires approbatifs, se sentait considéré, hors de pair, éminent, insigne et accrédité par l'ex-strip-teaseuse au corps de téméraire victime, montrant ce que la littérature du siècle dernier qualifiait d'appas, ces opulentes faiblesses, ces apanages de femme, cet excès d'une robuste chair d'offrande qui évoquait l'été, l'heure de midi et un champ de blé avant la fenaison. Le cabaret où elle avait connu Fouad devint dans un bref délai et dans ses conversations, le palais romain du prince Ruspoli, et l'appartement du parc Monceau, pour de bon, un salon à la mode ce qui ravit Fouad dont l'humeur, dès qu'Agostina s'installa, subit une flagrante embellie, tant l'adéquation de la Bolonaise, au lieu et à l'usage qu'il comptait en faire se révélait parfaite – Fouad était dans la joie, plus encore qu'à l'ordinaire, à cause des jurons de charretier calabrais, du mauvais goût frôlant le génie, du parfum naturel d'agrumes et de musc, du ruffianisme grossier de celle qu'Amine appelait la Fornarina, sans qu'elle s'en froissât car elle ignorait tout de la carrière galante d'un modèle de Raphaël, si, dogaresse des faubourgs, elle maniait la *jettature* avec davantage de bonheur que Benkamou les sorts du Maghreb.

Ce mauvais goût d'Agostina fouettait au vif, chez Fouad, une libido dont l'assoupissement alarmait fort un homme si porté sur l'amour, en déclarations et en acte y compris celui d'état civil. Célèbre pour ses prouesses, du côté de la via Appia, sur la banquette arrière de voitures sportives aux vitres obstruées de papier journal, Agostina tut définitivement cette renommée le jour où Fouad, réglant à grands frais le coût de son divorce avec la spasmophile qui parlait aux djounns, fit accéder l'Italienne au statut légitime qu'elle attendit avec une patience digne d'éloges. La belle-mère d'Amine, dès le lendemain des noces, se mit à prêcher la bonne parole en vraie fille repentie, jura à Fouad une fidélité sacramentelle sans aucun mérite car le mariage lui épargnait la corvée de rapports rémunérés ou d'effeuillages épuisants, en même temps que la crainte de la syphilis et la certitude du tour de rein.

Les Ghoraïeb donnèrent chaque semaine des dîners où chantait l'accent de la Fornarina, étincelait, outre sa gouaille vulgaire et pimentée, à son annulaire, un diamant vaste comme la mer de Lumière, dont le poids l'incitait plus encore que ses origines à parler avec les mains.

Le mimétisme charnel subi par l'entourage de la Fornarina fut pour Amine une sorte de thérapie. Grâce à cette femme à l'insolente santé, il découvrait l'émerveillement, suivait ses joies avec attention, tentait de les partager, y parvenait presque, buvait en sa compagnie de la poire Wilhelmine quand bleuissait le soir sur les ruines frivoles du parc, ce jardin d'illusion, gardé par ses grilles d'or et de fer, songe de Carmontelle qui, au XVIIIe siècle, abrita des pagodes, des moulins, une ferme suisse et des temples romains, à présent travesti en jardin anglais, disparate, littéraire et bousculé, poignant et charmant selon les heures et les saisons, quand la rotonde de Ledoux, guérite d'octroi portée par les anges d'un ciel baroque, semblait flotter suspendue dans une troisième dimension comme le Taj Mahal, quand on se croyait à la fois en Grèce et à Baden-Baden, quand on décelait, dans les eaux du bassin en faucille de la Naumachie, dormant sous son dais de colonnades, le reflet d'une voie lactée, quand, à la place des branches de marronnier oscillant comme les fléaux d'une balance lestée de légères fleurs roses, on croyait voir les escarpolettes de Watteau poussées par une brise acide qui dispersait sur le balcon un pollen aussi ténu que la poudre envolée d'une coiffure de marquise à la robe chiffonnée et aux joues embrasées d'excitation. Amine comptait enfin les petites joues de marquises, sous les feuillages, s'apercevait du printemps, commençait à le tolérer, et à ne plus le trouver systématiquement pisseux.

On fit des achats en inflation galopante. De Drouot, de Galliera ou de Sotheby, déferlèrent assez d'antiquités pour que les occupants de la maison Ghoraïeb jouissent bientôt d'un véritable musée, à l'instar de ceux de la maison Pharaon à Beyrouth. Agostina applaudissait à chaque nouvelle acquisition (chaises Ming, cheval sculpté du Rajasthan, ou une de ces marines hollandaises dont Fouad ne se lassait pas) et ça changeait du temps où la précédente épouse du mécène accueillait ses trouvailles avec des remontrances morales, plaintives, et déprimantes pour tout le monde. C'était une telle révolution que Fouad en oublia la véhémence du Fath, les revendications ouvrières, la course aux armements, le malaise social, les querelles tribales du Akkar, les vaticinations illuminées de l'imam Sadr, les grèves sectorielles, le pilonnage du Sud libanais par Israël, l'incertitude quant à ce que ferait M. Rachid Sohl de son nouveau ministère, bref tout ce qui concernait son pays dont il accueillit légèrement quelques représentants et amis du président, osant même leur dire que ces embrouilles perverses menaient droit au rififi, et que ce ne serait pas de la nougatine, ceci en regardant sa femme avec la tendresse que lui inpirait cette croix d'honneur accrochée au revers du costard d'un représentant du patronat, foutu au Liban sans doute, mais encore vivace à Paris malgré mai 68.

Ainsi en alla-t-il de ce sympathique foyer d'émigrés prêts à tout sauf à la bombe H, ne possédant pas d'abri idoine, mais une collection de ces armes avec lesquelles les Libanais vont à la plage ou plutôt sans lesquelles ils ne se hasardent nulle part, dont un Browning, un Beretta, plusieurs fusils automatiques et les carabines de chasse cajolées par Amine dans ses moments d'euphorie. On avait laissé une mitrailleuse L.M.G. (Light Machine Gun), légère et transportable comme son nom l'indique, à Achrafieh, où elle risquait de s'avérer utile d'ici peu, ce n'était qu'un tir retardé. *Hic et nunc,* la splendeur des Ghoraïeb s'étalait artistiquement. La salle de bains se vit doter d'une baignoire ovale maçonnée, pavée de mosaïques, à fond antidérapant, encastrée dans le sol, de laquelle on avait vue sur le parc, et d'un bidet mobile, monté sur roulettes, alimenté par un tuyau flexible, objet d'usage dont se soucia immédiatement la Fornarina qui s'y connaissait rapport aux sanitaires ayant passé de longs moments à se doucher le minou en son ancienne vie, avant qu'elle eût pignon sur parc et régentât en matriarche la tribu mâle conquise autant qu'abusée.

Désormais, la sole dugléré, le homard thermidor et le couscous des origines, complètement ringards, furent bannis des menus au profit d'une cuisine plus digeste et plus à la mode, les estampilles de luxe envahirent la maison, les couturiers Dior et Saint-Laurent succédèrent à Givenchy que seul prisait la mère d'Amine ; Fouad approuvait toutes ces dépenses car l'épouse, grâce à des épaules de nageuse, enlevait aussi bien les stricts tailleurs que les drapés mouillés. La Fornarina acquit une collection complète de montres dont elle était fétichiste, entre lesquelles Amine préférait celle dont le cadran œil-de-tigre sentait la jungle apprivoisée, de même qu'il appréciait la vue, dans la pompéienne *bathroom*, de parfums couleur d'opale inclus dans des bouteilles au flanc bombé dont le bouchon semblait un verrou suppliant une chair de cristal, entre autres raffinements qui donnaient à l'appartement une allure de nef précieuse, ancrée dans un port aux eaux vertes comme celles qui battent les grèves de Céphalonie.

Amine se passionna pour les traces, les signes, les brisées de cette nouvelle présence féminine, pour des ingrédients de sorcellerie dont la diversité le stupéfiait, car on comptait, dans le laboratoire alchimique de belle-maman penchée sur son athanor de jeunesse, une centaine de pots et de tubes destinés à l'entretien de son épiderme, d'extraits biologiques apportant aux cellules leur comptant de flotte, trois cents balles les deux cents grammes, de crèmes diurnes, nocturnes, astringentes, antirides, d'ampoules au caviar, de masques à base d'argile, d'arnica, d'avocat, de calendula, d'huiles au collagène, d'émulsions lénifiantes, de gels combattant pattes d'oie et collier de Vénus (une dizaine), outre ces panacées souveraines, stimulantes et équilibrantes, les fards, dont les fonds de teint sous lesquels la carnation initiale d'Agostina avait disparu pour toujours depuis ses quinze ans, lourds engobes dont elle se masquait avant de se poudrer d'une poussière de porphyre, les mascaras en plaque et en goupillon, les faux cils en vison, en sus tout un attirail chirurgical très impressionnant, dont des hachoirs, pinces, pompes, poires à injection, limes et innombrables ciseaux. Subjugué, Amine enviait profondément une telle créature, qui ne s'ennuyait jamais, car l'emploi de tous ces artifices chinois semblait justifier son existence. Il y avait, en outre, quelque chose d'émouvant dans cette guerre d'Agostina contre une vieillesse encore lointaine, dans cette obsession d'une idéale image de reine de Saba pour la conservation de laquelle elle concoctait ses magistères.

Amine la quittait le moins possible. Il la retrouvait en rentrant des Beaux-Arts, allongée dans la pénombre, des fraises écrasées ou des tranches de melon sur les joues, transformée en Arcimboldo, soit offrant l'aspect des hommes bleus de Papouasie, muselée par un emplâtre céruléen d'où émanait une forte odeur de menthol, car la courtisane, sacrifiant à son mythe de perfection, était interdite du moindre rictus sous peine que tout craquât et fût à refaire.

Avant les grands dîners, les préparatifs devenaient quasiment dantesques. Amine marchant dans l'ombre de sa belle-mère, se sentait une solide vocation de transsexuel. Vers six heures du soir, Agostina commençait le gros œuvre, shampooing à la mousse de cresson frais, puis récurait, talquait, pommadait, frisait, grattouillait, se livrait à une bataille teutonique contre les menus défauts répertoriés sur sa personne que démultipliaient les miroirs, se suppliciait plus que ne le fit jamais Yang Kwei Fei dans le but de séduire le maître de l'empire du Milieu, avant d'apparaître à vingt heures trente, fringante grâce au filmogène hydrorégulateur ou autre barbarie, les traits mystérieusement sereins, la paupière chamois, embaumant la tubéreuse, ayant réglé tous les problèmes domestiques, l'ordonnance du repas et des cartons, sortant fraîche de cette entreprise exténuante, dont personne n'aurait pu deviner les arcanes, ni l'approche des trente-cinq ans décelables à deux sillons cinglant la base de son cou, mais cachés sous une parure d'onyx et de corail de la mer Rouge, ou de citrines et de turquoises lactées, élues en accord avec la teinte de ses fourreaux étroits au bustier exaltant une poitrine un peu trop généreuse pour n'être pas démodée, qu'elle arborait comme un arrogant défaut.

Bienheureuses élues que celles nées du serpent, futilement occupées et distraites à se magnifier ainsi, pensait Amine, ô combien casquées et costaudes, des lutteuses de *sumo* quoi, que sommes-nous, égarés blafards, hommes à la côte manquante, en face de ces géantes, ogresses, amirales, matrones, houris, gouvernant le monde grâce à une bifurcation entre leurs cuisses, à une lézarde sacrée, à une craquelure de leur porcelaine, à une exfoliation délicate dont se préoccupent énormément des gens comme mon père et beau-coup d'autres (les exemples sont légion) tandis qu'elles ne font que s'en servir, l'arroser à l'aide d'une canule d'un geste ménager, y introduire ce tube de verre qui émet des borborygmes en rejetant l'eau purificatrice, le reste du temps n'y pensent pas, oublient, sauf pendant leur petit mascaret mensuel. Condition *sine qua non* d'exis-tence, être une de ces créatures gynécocratiques, un de ces bouillons de culture où fermente, couve, frémit, frétille, un germe de vie irré-ductible. Après, elles moisissent un peu, sûr, tournent à la levure de bière, bon, mais impossible de les arracher du sol où elles sont plantées comme des racines de baobab. Soit, accrochées comme des morpions à la base d'un poil. J'envie les morpions. J'admire. Je suis féal. Ce stupide levier, le mien et celui de mes semblables, quel encombrement, et rien qui puisse vous dissuader d'un abus de bar-bituriques un soir de spleen, tandis qu'un ventre susceptible de porter une larve étrangère... Il caressait l'idée d'aller dans une clini-que du Maroc ou de Kuala-Lumpur, pour devenir femelle, mais résolut de ne pas inquiéter Max avec l'éventualité de cette opération.

Dans son salon, tenant de la maison de tolérance, du cénacle, du tripot, de la ruelle moliéresque et de la montagne du Harz le soir du sabbat, Agostina accueillait des éditeurs, des banquiers, des membres du corps diplomatique, de la Commission des finances, des producteurs de films, des hobereaux décatis, des nonces apos-toliques, l'inévitable clergé maronite, des couturiers, des écrivains, et beaucoup d'amies dans l'intérêt desquelles elle ourdissait des intrigues de comédie italienne. Quant aux dîners, leur rituel obéis-sait aux strictes règles des convenances suivies par Agostina avec la rigueur de la mère de François-Joseph exigeant que sévisse l'éti-quette à la cour d'Autriche-Hongrie.

Au cours de ces agapes, la Fornarina, tout en surveillant d'un œil implacable les allées et venues du personnel régulier (Aziz) et intérimaire, perlait, ciselait et fignolait la conversation, se faisait onctueuse, madrée, attentive, marivaudait afin de mettre à ses bottes le prêtre maronite, l'ambassadeur argentin, le duc italien, l'ex-ministre plénipotentiaire et sa femme, le député de l'Ardèche, le chirurgien de l'hôpital américain, l'émir du Koweit et gens d'Orient faisant suite — à priori des chieurs dont la présence, naguère, incommodait Ghoraïeb fils au point qu'il hésitait entre la louche à potage, la pince à sucre, le rondelet couteau à beurre, la large et ovoïde cuillère à sauce, la truelle à poisson, la pelle à tarte et le rince-doigts, tant il tient de choses métalliques sur une table, en vue de les balancer aux tristes figures de ces personnages qui, envoûtés désormais par les façons duplices de l'Italienne, devenaient sinon dignes d'intérêt, du moins supportables, car la force suprême de cette femme était que tout, absolument tout, pliait devant sa volonté de paix, glissait, devenait implicite et d'une déconcertante facilité y compris le succès de ces abominables dîners. Si, sous le règne de Fernande, quand on recevait trois fois par an, asseoir l'invité le plus crombi à la place d'honneur prenait l'air d'un camouflet, cette même place, indiquée par Agostina avec une prompte courtoisie, comblait de reconnaissance n'importe quelle antiquaille gradée. Ces prodiges éveillèrent le bruit que les nouveaux Ghoraïeb recevaient admirablement, que la quatrième Mme Ghoraïeb comptait parmi les femmes les plus en vue, et le moral de Fouad gravit une courbe ascendante jusqu'à l'empyrée, car, en outre, elle lui portait une pêche incroyable, il signait avec les émirs des contrats de plus en plus mirobolants, lui promettant assez de dollars pour armer tous les curés maronites en temps de guerre civile, assurait-il en se signant pour écarter ce péril, même si les signes de croix d'un Fouad Youssef n'impressionnaient pas beaucoup le Dieu latinisé des ermites de la Kadisha.

Pour en revenir aux broutilles humaines et sociales, trompé par son apparente aisance à les assumer, Fouad ignorait l'énergie dispensée par Agostina avant, pendant, et après ses raouts ; seul Amine, beaucoup plus proche d'elle, savait que l'ordonnance du repas, le choix des millésimes, des petits cartons, la stratégie consistant à placer les convives selon leurs affinités de manière à ce qu'ils ne se bouffent pas le nez, ce qui par chance arrivait quelquefois, et les préparatifs mentionnés plus haut, la réduisaient à l'état de pénéplaine vers minuit, heure à laquelle elle suppliait les dieux païens, devant le café, les alcools et les cierges disposés sur l'autel des mondanités, que tous ces notables aient le bon goût de foutre le camp et à elle, la paix, en ne reprenant pas de cognac. Telle Cendrillon, Agostina craignait que le carrosse, à une plombe du mat', ne se métamorphosât en cucurbitacée, et que n'apparaissent à son cou les plis litigieux, malgré la clémence des bougies. Faute de pouvoir congédier la piétaille, elle tenait héroïquement bon, au prix d'un effort que cette brute de Fouad ne soupçonnait pas, et, une fois le dernier hôte repu, un peu ivre, bouclé fermement dans l'ascenseur, elle ne trouvait plus la force de répondre aux commentaires de l'époux que par quelques grognements sourds dont, dans sa mâle inconscience, celui-ci avait le culot intempestif de se formaliser.

Cette belle-mère croquante *al dente* se vengeait des carences infligées par les menus orientaux ou français en tartinant son pain grillé de radis noirs en julienne, en se mitonnant des petits croûtons napolitains (une tranche de mozarella, cette gomme blanche au goût de lait fraîchement tiré d'un pis de bufflonne, deux filets d'anchois, une tomate crue, origan, poivre et sel, dix minutes au four dans un plat à gratin beurré), traquait à travers tout Paris la *ricotta*, autre fromage blanc quasi étouffant qu'elle adorait, et introduisait subrepticement dans la cuisine l'ail, le basilic, l'oignon frit, l'huile d'olive et les pâtes, en particulier la timbale de lasagnes dont se délectait Fouad, de même que les crèmes sabayon dites réconfortantes après les parties de pancrace amoureux. Depuis la disparition de la cuisine maghrébine dont Aziz, suborné lui aussi par la régente, oublia les recettes, plus un grain de semoule à couscous n'entrait dans l'ordinaire, et seul celui du caviar tenait bon lors des extraordinaires, de plus en plus fréquents.

Et Agostina, déesse çivaïte aux cent bras, continuait ses vaillants miracles, peaufinait avec le soin qu'elle mettait à lustrer ses ongles au polissoir, sa science neuve de maîtresse de maison, grisée de ce pouvoir, apprenait studieusement le mode d'emploi des traiteurs (Lenôtre, pour les buffets traditionnels, Goldenberg pour les Russes, tant pis si c'est kosher, de toute façon nous recevons beaucoup d'Israélites prêts à aider le Liban chrétien, bientôt nous les aurons au petit déjeuner, Goldenberg sans risque donc), des glaciers (Berthillon ou rien, en saison privilégier la glace aux marrons avec morceaux dedans), des imprimeurs quant aux bristols et Pour Mémoire gravés, elle qui aimait tant manger avec les doigts et saucer l'assiette jusqu'à nettoyage complet bachotait sur les manières de déjouer les pièges des nourritures mondaines : traquenard de l'artichaut dont on ne sert que les fonds et non (par trop cavalier) le légume entier à la croque au sel, apprit qu'il lui faudrait renoncer, hélas, à sucer les extrémités des asperges avec concupiscence avant d'en décharner à petits coups d'incisives les fibres ligneuses jusqu'à ce qu'il n'en restât plus qu'un tapon vinaigré, exiger qu'on serve en salade les pamplemousses à la chair séparée de ses amères cloisons grâce au couteau-scie, notifia la décote du poulet, à moins qu'il ne fût juré de grain et rôti aux infrarouges pour quelques intimes, s'étonna de la faveur constante du canard saignant que la mode voulait en filets crus, mais resta profondément désolée de ce que la mortadelle, le boudin, les lentilles bibliques, le risotto, le salami, les spaghetti au beurre d'anchois, le court-bouillon de poissons, recette de la région des Pouilles, les soupes de pommes de terre, les haricots à la couenne pour lesquels elle avait un penchant irrésistible, la polenta du Nord, saupoudrée de parmesan, pire, les rognons de polenta sur canapés, le pâté de polenta, l'ensemble des accommodements de la polenta et les croûtons napolitains, fussent impensables, proscrits d'une table digne de ce nom, de même les vins latins au goût sucré comme le lachryma-christi — tout ce qu'il y avait de *cheap* selon Fouad. Elle confia son ressentiment à Amine qui, dès que le manque s'en faisait sentir et gâtait l'humeur de sa belle-mère jusqu'à l'aigre-doux, l'enlevait et l'emmenait au Stresa, restaurant italien de la rue Chambiges, où le patron, M. Vanni, pigeant l'horreur de la situation, prenait avec minutie sa commande, à savoir trois plats de nouilles successifs, des fettucine aux tagliatelle passant par les tortellini, arrosés de valpolicella lui aussi absent de la cave patriarcale et, comme fromage assaisonné d'huile d'olive crue et d'une lourde verdeur, un demi-kilo de mozarella qu'elle dévorait farouchement sous l'œil du beau-fils communiant avec elle en un substitut d'inceste de ces mets réprouvés. Pas de doute, il la désirait, il trouvait magnifique, ainsi irradiée devant sa table d'Italie, se goinfrant d'oignons frits et de toutes ces choses croquelantes terminées par i, cette femme crémeuse et dense comme la ricotta, croustillante comme la friture de scampi, piquante comme un poivron, qui, relisant le menu de M. Vanni avec l'attention d'un psalmiste, ses versets, saisie d'un remords, exigeait après les trois plats de pâtes et le fromage, une pizza aillée qu'elle prenait à pleines mains et croquait à belles dents.

Au Liban déferlaient de nouveaux proscrits, qu'on n'osait pas encore recenser, l'armée libanaise avait tiré sur les fedayines, les étudiants dénonçaient « la mentalité du concile de Trente persistant dans le clergé maronite et à la faculté de théologie », cent dix prêtres se regroupaient au couvent du Christ-Roi, au-dessus du fleuve du Chien, pour débattre de leur statut et de la subvention romaine jugée inutile vu l'importance des biens de leur séminaire.

Rentrant à sept heures du matin d'une bordée, Ghoraïeb fils découvrit avec stupéfaction sa belle-mère absorbée dans le sofa du salon et la lecture du Manuel pratique du Protocole, éditions de l'Arquebuse, ânonnant tout bas sa leçon, brutalement rajeunie par l'aube, les cheveux tirés en catogan, ensachée dans un saut-de-lit en chiffonnette de soie dont le décolleté cache-cœur dénudait un triangle de peau mate, non plus Fornarina, mais couventine. Ghoraïeb fils se sentit d'un coup d'une salacité de bouc, flairée dans la même seconde par la belle *al dente* qui, confuse d'être surprise dans les coulisses de ses nuits, ressuscita du divan, lui lança un coup d'œil effaré et implorant, rajusta les fronces vert cédrat sur sa poitrine qui, sans soutien-gorge, s'éboulait un peu, et dont l'ampleur la gênait d'autant plus qu'elle la sentait évaluée. Elle s'empressa de parler, pour couper court à cet instant scabreux.

— J'ai l'air d'un hibou, et toi, d'un fêtard qui va louper son diplôme d'architecture. Veux-tu que je te fasse couler un bain ? Aziz prépare le café.

— Le café précédera le bain, parangon des belles-mères, et je te le verserai pourvu que tu m'avoues quelle lecture te chasse du lit conjugal avant que mon papa n'ait mis un pied dans ses pantoufles.

Et il s'effondra près d'elle, sur la couverture de tigre royal, pour, au terme d'une courte lutte, lui arracher le Manuel pratique du Protocole où elle venait d'apprendre — un coupe-papier marquait la page — qu'on employait la deuxième personne du pluriel pour s'adresser à un ministre, un secrétaire d'État, un président du Conseil, celui de la République, un député, un maire, un rabbin, un ambassadeur et, avec soulagement, qu'elle n'avait guère de chance de se tromper car seuls le pape et un patriarche, qu'on doit présenter sous le vocable de Sainteté et de Béatitude, méritaient la troisième, or, ces gens-là risquaient de se faire rares dans son salon, bien que, à une Fornarina rien d'impossible, elle ne perdît pas l'espoir de les y accueillir un jour.

Amine découvrit aussi, en ce potron-minet, que sa belle-mère poussait le vice jusqu'à se documenter sur les décorations et rosettes attribuées par l'État français à ses membres élus, distinguait déjà la Légion d'honneur de l'ordre national du Mérite, la croix de guerre d'une médaille de la Résistance et celle de la Valeur militaire, identifiait les sigles du Mérite maritime, agricole, social, sportif, artisanal et touristique ; profondément attendri par la bonne volonté scolaire de l'effeuilleuse, Amine lui demanda si elle entendait qu'on jouât l'hymne national à la fin des dîners privés, ce qui surprendrait immanquablement Fouad, malgré sa francophilie. Elle toussota, se leva pour lui verser le café dont le filet opaque coula dans la tasse en Sèvres, se pencha dangereusement pour l'emplir ras bord sans bavure, Amine espéra avec une véhémence de vieillard cacochyme qu'elle maintiendrait cette position qui lui permettait d'observer bêtement le grain de beauté ponctuant son sein gauche. Pourtant, il connaissait la nudité sociale qu'elle offrait aux étrangers de passage, dans ses fourreaux aussi collants que robe de prêtresse carthaginoise ou les gants qui commotionnèrent Fouad, mais cette nudité exhibée restait aussi pudique que celle qu'octroie l'été. Or, ce matin-là, cette peau sans bijou ni fards semblait novice, comme si l'aube et la solitude avaient raclé la patine de tous les regards qui l'effleuraient habituellement, dévoilé un derme secret, fine et tiède mouture d'un sable lagunaire où personne jamais ne marcha. Une fois de plus, elle brisa le silence qui devenait scabreux.

— Ton père tient à ce que nous donnions un verre pour ta tante Ayesha qui arrive demain.

— Ma tante Ayesha, répéta-t-il, rêveur, encore une occasion de multiplier les bristols. Huit jours en Bretagne me feraient un bien fou... J'irais même jusqu'aux bains de gadoue iodée pourvu qu'elle soit dans l'avion via Beyrouth, à mon retour.

— Tu ne vas pas abandonner tes études et ta belle-mère, gémit Agostina, dans des circonstances pareilles ! Tu sais combien Fouad attache d'importance à recevoir convenablement les membres de sa famille venus d'outre-mer...

Elle roucoula un rire confus, reposa sa tasse, abandonna son beau-fils sur le sofa alors qu'il allumait sa dernière cigarette de la nuit, et se retournant au seuil de la pièce, jeta d'un ton inquisitorial :

— Nuit câline ?

— Nuit de Chine, bleue comme l'encre, à effacer d'un coup de Corrector.

— Je vois, soupira Agostina. Plaignons les mères inquiètes et pressées de te jeter dans les bras leurs filles, élèves de Lübeck ! Ton bain coule dans une seconde.

Suivit le ronflement, côté robinetterie, d'une eau brûlante, il se renfonça hargneusement dans le sofa, imagina sa belle-mère arborant une grâce mercantile et patricienne à un balcon de Venise sous lequel se prosternaient les doges, les Maures et les ecclésiastiques, puis, dans un demi-sommeil énervé, eut la vision exquise de la tante Ayesha débarquant avec un wagon de malles, frémit, décida d'éviter le repos, vida la cafetière jusqu'à obtention d'extra-lucidité et de tension musculaire cristalline, presque douloureuse, due aux alcaloïdes de ce breuvage qui l'aidèrent à mieux comprendre le caractère de cette fille du Sud. La fille du Sud, trop éprise depuis son mariage non de Fouad mais d'une respectabilité parisienne enfin acquise bien qu'assez précaire si l'on songe aux indiscrétions éventuelles d'une meute d'anciens amants, résidant par chance en Italie ou au Liban (ceux-ci, sans doute, vu les troubles politiques affectant leurs pays respectifs, n'avaient plus guère le temps de démolir la réputation d'une jeune femme frivole des services de laquelle ils n'avaient qu'à se louer) pour mettre dans son lit un beau-fils à l'élégance neurasthénique, préférait entretenir avec celui-ci des rapports sensuels sans équivoque, disons des rapports tout court mais par procuration — depuis son entrée fracassante dans la famille, Agostina ne cachait pas son souhait qu'une *love affair* préoccupât Amine, pourvu qu'elle présidât à la conduite de celle-ci.

En toute bonne foi, elle aurait été ravie de l'acculer au désespoir à cause de la gonzesse la plus tarte, et prête à le consoler fourbement, heureuse qu'il cautionnât son propre univers, dont l'excluait son nouveau statut : celui des maquerellages immémoriaux, des passions séditieuses, des romances sophistiquées, des discours d'Aphrodite née de l'écume, quand furent jetés à la mer les testicules de Chronos. Bien, se dit Amine. Au cas où une passion, donnant quelque piment à ma vie de noctambule accablé et d'étudiant somnolent, doive m'éviter les crises dépressives, bousculer l'indifférence navrée où je me trouve devant la maya bouddhique si bien représentée dans le salon par l'agitation de ce beau monde couvert de glaires et de morves qu'il fait passer pour gemmes de Golconde, en ce cas optimum, je me serais déjà lancé tête la première dans le piège, pourvu qu'il soit décemment couvert par les feuilles des érables rouges en automne, mais pas de matelas d'érables, rien que des mâchoires visibles, pièges à loups, destinés à broyer la patte d'un héritier levantin, évidence grossière. Pourtant il est terrifiant pour un homme qui a les passions vives de n'en pas avoir, sic Musset. Faute de quoi, de loi et de courage, je tente lamentablement depuis un bail de cristalliser autour du rameau, sic Stendhal, les fameux diams de Salzbourg. Impossible, ça ne prend pas, sauf sur ma jeune fille en vert du Louvre et ça attriste ma belle-mère qui me cueille des brassées de rameaux et les entrepose dans des potiches, si bien qu'on confond les deux, dans ce présent salon. Allez donc sédimenter du cristal de carbone sur une brindille énarque, comédienne sans emploi, gamine connue au rallye Dupré-Durand-Dufour ou Kugel-Kujavski, rackettée par cette maquerelle à la sortie de l'institut de Lübeck, qu'elle ne cesse de mentionner (la petite Capucine de Belzunce, tu ne vas pas me dire qu'avec la fortune de ses parents qui sont dans le sanitaire et des yeux pareils... oui Agostina avait raison de citer ces yeux, un louchon, strabisme divergent), une femme mûre et boursicotière, ou l'épouse d'un député-maire ! Chaque jour, cette cristallisation se révélait plus rebelle, les cristaux fondaient sous un soleil malicieux entre les doigts d'Agostina, vexée, mais têtue comme une mule de la région des Pouilles où on pratique des courts-bouillons autrement délicieux que la perspective d'une romance avec ces raclures de bidet ceci à propos du louchon de Belzunce. A bout de ressources, geignait le beau-fils, elle va me croire pédé, éviter ça, elle est capable d'inviter toute une théorie d'Alcibiade qui ne seront pas beaux comme Socrate, chose affreuse à voir.

Avant de s'endormir, malgré la caféine, sur le tigre royal qui sentait la fauverie, il se souvint avec une certaine gaieté du jour où il garda pour le petit déjeuner une journaliste belge. Agostina cria au miracle, car elle ignorait la promesse émise la veille par la conquête de lui apporter au lit ces œufs brouillés qu'Aziz ratait toujours, et de ne pas réveiller Ghoraïeb fils avant treize heures, condition d'une nuit commune, car ce dernier ne supportait pas l'idée de voir la divine raptée la veille au Régine's se livrer à des performances gymniques devant la fenêtre ouverte sur le parc, troublant ainsi la phase paradoxale de son sommeil où il rêverait de tout (en particulier de la Grâce botticellienne) sauf de la Belge dont la discrétion, l'art de brouiller les jaunes et la ponctualité ne se démentirent pas.

En cette vallée de larmes, Amine, lorsqu'il ne cuvait pas un abus de boissons écossaises, emmailloté dans un tigre royal, à l'abri du salon que l'heure jeunette désertait de ses occupants, tentait de se passionner pour les décors de théâtre, s'apprêtait à bafouer les espérances de Fouad qui lui promettait un bel avenir dans le ciment armé, échappait aux drogues neuroleptiques malgré les efforts de Maximilien Richter, ne se camait qu'à l'ennui des ouvroirs mondains qu'il fréquentait pour que rien ne vînt démentir les bases de sa philosophie de l'absurde, devenait de plus en plus narcissique et ronchon, mais restait encore exempt de perversité ; s'il s'emmerdait, il ne maculait point les autres de ces déjections-là, ignorait son potentiel de nuisance, et se résignait avec un fatalisme sarrasin à clabauder dans un égout le restant de ses jours, sauf ceux où il visitait le premier étage du Louvre. Mais débarqua la tante Ayesha, et fulgura dans le mental de sa belle-mère une idée luciférine, d'où naquit un projet dicté par un ultime soubresaut de courage, mis à exécution grâce à son talent d'entremetteuse que ravivait son affection pour son mélancolique mais, à son avis, encore curable beau-fils. Je précise que l'arrivée de la tante Ayesha, dans l'affaire, n'eut qu'une importance conjoncturelle, car cette falote personne n'avait rien qui pût inspirer l'ombre d'un noumène. Pourtant, la tante Ayesha vivait à celle des inspirés, étant chargée de la rubrique littéraire du journal chrétien libanais *l'Orient-le-Jour*.

C'était en l'âge du Kâli-Yuga, celui du chaos et de la guerre civile. Le plein merdier.

Usage divinatoire des tarots, du marc de café et des indiscrétions d'une Rajpoute, à propos du destin d'un jeune homme triste

La tante Ayesha, à peine nubile, épousa un prince qâdjar dont le défi fut de faire croître la betterave à sucre dans le désert d'Iran, avec la bénédiction des Pahlavi. Elle se convertit à la religion du Prophète pour devenir l'épouse de cet aristocrate dont les raffineries éclairaient les grands kévirs d'une aura sulfureuse, et, veuve du prince Mustafa Zahir, s'en revint aux chrétiens d'Orient qui l'accueillirent comme une vieille enfant prodigue. La betterave à sucre, poussant sans l'oncle Mustafa, colonisait les sables apprivoisés d'Iran, idem les hôtels dus à Fouad, tandis qu'Agostina et Ayesha, devant à ces agents du processus civilisateur leurs parures bibliques, impressionnants phylactères, arboraient les peaux de bêtes dont les couvrirent leurs époux respectifs, le vif et le mort, dans le but de faire joli et de leur éviter le rhume contre lequel on ne trouve aucune panacée quel qu'en soit le prix. Préventivement, elles furent donc ensevelies sous des dépouilles de bêtes tuées qui les rendaient mystérieusement amoureuses de leur mari comme s'il avait lui-même vaincu la panthère des neiges, le tigre ou une meute de loups, le renard ou le ragondin dont la chasse comporte moins de risque.

Ce jour-là, dépouillées de ces trophées, car hélas il faisait beau, elles buvaient le cérémoniel thé de Darjeeling en devisant devant les croisées ouvertes sur des arbres embourgeonnés, d'où montait un ramage d'oiseaux et d'enfants si diffus qu'on se demandait si les premiers ne se trouvaient pas à terre et les seconds dans les branches. Cette pause coloniale du thé avait en apparence un caractère tout à fait gentil, mais (se méfier de cette drogue psychédélique, le Darjeeling, bu dans un service de la Compagnie des Indes, et de la paix menteuse des harems) se tramaient à cette seizième heure du jour, dans le salon bleu, des coups d'État, se dressaient des plans de bataille et d'espionnage dont l'audition pouvait coûter cher à une oreille imprudente surprenant la converse de ces femmes du monde latin et oriental. En conséquence, Amine, prudent, mais amateur de thé, en buvait d'ordinaire rapidement une tasse, et s'empressait de regagner sa chambre pour ne pas déranger les Parques filant leur damnée pelote, mais ce 14 avril, la tasse du service de la Compagnie des Indes demeura sur son genou en équilibre précaire puis se brisa sur le Boukhara car il venait d'apercevoir, sur la couverture d'un livre posé sur la table du thé, près de la corbeille à ouvrage que colportait immanquablement la tante Ayesha, le visage, fracturé par la grâce, d'une inconnue — sosie idéal de la jeune fille en vert peinte par Sandro Botticelli pour orner les murs d'une villa florentine.

— Mescaline que ce thé, pensa-t-il, agent d'illusions sensorielles, phantastica, ces sorcières m'ont eu, peyotl chichimèque, ganja râpée, chanvre du Turkestan, ou décoction d'amanite aux mouches, me voici dans l'ivresse amanitique, jusquiame, datura, mais non, théisme des coteries sociales et des hautes castes anglovédiques, bétel des civilisés, on ne'chique pas en public, thé innocent, né d'une plante qui crût à la place où un sage repentant de s'être abandonné au sommeil au lieu de méditer profitablement jeta ses paupières coupées, j'ai nommé le troisième fils du roi hindou Kosjuwo qui aborda la Chine en 510 dans un but prédicateur. Entraîne l'artériosclérose dit-on. Thé grâce auxquel galopent les chevaux du Sikkim. Stimulant poison de l'esprit. Titre du livre : *le Pont d'Alcantara*.

Le visage florentin insistait, penché, les yeux clos sur un songe dédalique. Un fragment de la fresque devait s'être détaché du mur, au Louvre.

Dans son pâteux désarroi, il venait de trouver, enclos dans une photographie en noir et blanc, l'os pur et l'exacte passion du langage, une parole éperdue jaillie de profonds massacres, la fulgurite née du choc de la foudre sur le sable vitrifié. De quoi vous scier un mec.

— Aziz, réparez les dégâts, dit Agostina avec un calme enjouement qui aurait dû inquiéter son beau-fils, car elle tenait beaucoup à ce service de la Compagnie des Indes.

Le bris de la tasse à thé, en revanche, sidéra la tante Ayesha qui ne surprit jamais chez Amine, depuis son bas âge, ce genre de maladresse témoignant d'un choc émotionnel. Un silence de cathédrale vide régna pendant que, entransé comme la princesse s'avançant vers la fatale pointe du fuseau hypnotique, Amine tendit la main vers le livre pour le feuilleter de l'air le plus négligent possible, alors qu'il hésitait, comme pour prévenir un mal étrange, à le foutre par la fenêtre.

— Cette petite n'a pas que l'écriture, dit intelligemment la Fornarina. Un peu de lait, Ayesha ? On est surpris, de nos jours (toujours les pires dans la bouche des Fornarina endiamantées jusqu'au nombril), de constater chez une si jeune personne autant de culture. Vois-tu, beau-fils, Ayesha vient de se toquer de cet écrivain-là, a commandé toute son œuvre pour sa bibliothèque et pondu des dithyrambes à propos de ses bouquins — six ! Et on lui donnerait seize ans ! Il paraît que cet ouvrage traite de l'occupation arabe à Grenade, sujet qui doit intéresser des Libanais catholiques même émigrés. Savais-tu, Amine, que le vizir d'Abd-el-Rahman III s'appelait Ben Saprouth et était juif ?

— Pas vraiment, feula-t-il, commotionné, se fichant de ce Ben Saprouth et venant de refermer le livre pour contempler le portrait de l'écrivain avec l'attention d'Henri IV scrutant celui de Marie de Médicis avant de prendre sa décision, dans un but matrimonial irréversible pour les rois. Puis, en véritable crétin, persuadé de l'urgence d'un alibi quant au rapt du *Pont d'Alcantara*, et sans soupçonner la jubilation de sa belle-mère, il bafouilla un intérêt de chartiste pour le vizir Ben Saprouth, prétexte à l'emprunt de ce chef-d'œuvre.

— Tu peux le garder, j'ai fini de le lire en une nuit, dit Agostina, tant c'est captivant.

Il fallait que le désarroi d'Amine fût total, pour ne pas voir l'anguille proverbialement planquée, car il était incrédible que sa belle-mère ait lu d'un coup, non les échos mondains de *Vogue*, parmi lesquels elle cherchait d'un œil hagard l'entrefilet la concernant et la photo prise à la soirée des Briquets Z..., mais une œuvre historique de trois cent quatre-vingts pages imprimées en corps six.

Somnambule, il se loqueta dans sa chambre, seul avec l'ouvrage, imprimé par Satan et Floch à Mayenne, qu'il compulsa avec l'ardeur d'un potache enfermé dans les chiottes pour la lecture commode d'un traité d'érotisme hindou, soit celle des patriarches adorant la vierge des Sept Douleurs, Tour de David, Gratia Plena, debout sur le croissant lunaire et criant dans les douleurs de la parturition telle qu'elle apparut à saint Jean lors de sa vision à Patmos, Enfant de l'Apocalypse revêtue du soleil, Immaculée définie par le Protévangile, scellant sous le cachet de ses paupières la Lumière Épiphanique, Stella Maris à la salive plus douce que le sang maculant la lance qui blessa la chair du monde, reine enfantée avant les collines, abrégé de la Loi dont il avait omis de lire le nom. Sa jeune fille.

Flashback.
Dans le zénana, le lendemain de l'arrivée d'Ayesha.
— Trouver une fiancée pour Amine. Sinon désolation, consternation, angoisse et je n'ai aucune confiance dans ce laca... enfin ce psychiatre qui le suit comme son ombre dans la mesure où il l'emmène gueuletonner. *Peccato !* Vous m'écoutez Ayesha ? *Sono io,* Agostina. *Bene.* Revenons à la promise. Si elle est belle, jeune et intelligente, cela se sait. Soit, elle est mariée, aucune utilité de le savoir sauf cas particulier et si on commence à s'occuper de ceux-ci on passera plusieurs *Natale* [1] là-dessus. Si cela se sait, il suffit d'ouvrir les journaux. Depuis quelques semaines, Ayesha, j'achète les quotidiens, hebdomadaires et mensuels dans ce but.

Effectivement, Fouad s'étonnait beaucoup de la propension soudaine de sa femme à la lecture de ces feuilles imprimées. Jusqu'alors donc, elle ne dévorait que celles de *Vogue* dont l'œil, glacé comme son papier, la poursuivait dans la tombe provisoire du sommeil : quand l'acuité de cet œil la révélait sous les feux de la rampe, elle hurlait de joie, se souvenant qu'en son adolescence troublée, les journaux où on recense les femmes du monde lui servaient à planquer ses fellations vénales sur la moleskine d'un siège d'Autobianchi dans la banlieue de Rome.

Quelques jours après, même zénana.
— *Ecco ! Trovato,* Ayesha, *trovatello,* ce qui signifie enfant trouvé dans notre langue divine. « *On reparlera de Maria Tiefenthaler.* » C'est dans le *Monde.* Un pavé à propos de la jouvencelle. Vingt-cinq ans, six bouquins. Pas de photo. Dans le *Monde,* jamais. Il est vrai qu'entre le Monde et une agence matrimoniale... Passez-moi *l'Express,* Ayesha, je vous prie. Toujours rien. Ce canard est en dessous de tout. Ou alors elle louche davantage que la petite de Belzunce. Vous ne connaissez pas. Sortez-moi la presse.

Un peu gourdiflote devant cette fébrile agitation, la tante Ayesha, chaque jour plus extasiée devant sa belle-sœur, car elle avait vécu sous la férule d'un eunuque qui reprochait à cette princesse qâdjâre de se promener nue quand son tchâdor de mousseline laissait deviner deux dessous opaques et superposés, fouilla dans la ruelle où s'entassaient les journaux, d'où elle extirpa timidement *Marie-Claire, la Vie Catholique, l'Obs, l'Aurore, la Croix, le Hérisson, le Figaro, Jours de France, Modes et Travaux, Témoignage Chrétien* et

---

1. Noël.

Réforme, qu'on ne vend que dans les temples protestants, mais il ne fallait rien négliger en matière d'investissement pour gagner la cause, et *Roma non fu fatta in un giorno.* Agostina avait passé trois semaines sur ces parutions, d'où conjonctivite et soupçons de Fouad craignant qu'elle ne jouât en cachette tous les prix hippiques d'auteuil à Enghien, mais un peu rassuré par son acharnement à éplucher *la Vie Catholique* où les résultats du tiercé n'apparaissent guère.

En gros, Agostina ne s'épargnait, pour son travail de détective, que la *Vie du Rail, Usine Nouvelle,* le *Reader's Digest,* et les régionaux tel les *Dernières Nouvelles d'Alsace,* bien que les filles de Sarregue-mines aient une réputation de solidité déjà teutonne... Teutonne ! *meglio morire ! una artista* teutonne, jamais. *Perché artista ? Io sono artista,* Ayesha, rappela la quatrième madame Ghoraïeb sur un ton sibyllin, sûre de ne pas être comprise car le secret de sa promotion fut sévèrement gardé. On reparlera... On reparlera... (d'un index fouailleur, elle ausculta cinq canards dont l'*Enchaîné*). On ne reparle pas tant que ça. Jeune écrivain pourtant, ça gazait à mer-veille.

— Mais pourquoi vous acharner sur cette demoiselle Tiefen-quelque chose ? émit Ayesha. En vérité, j'ai reçu son dernier livre en service de presse...

— Et vous ne disiez rien ! s'exclama Agostina en laissant glisser son paquet de journaux.

— Des critiques perfides, et d'excellentes... J'avoue que je ne voyais pas l'affaire sous ce jour et...

— Question de voyance, vous l'avez dit. Je réponds à votre interrogation (d'aveugle, il faut bien le dire), ma bonne Ayesha. Les cartes. Nous sommes deux à les tirer, dans la famille : la troisième Mme Ghoraïeb, cette vieille singesse, et moi, la quatrième. Elle, je ne sais pas ce qu'elle a vu. Toujours du noir, sûrement. Elle en broie tant qu'elle ne voit plus que lui. Moi, j'ai vu clair et net qu'Amine épouserait une jeune fille de vingt-cinq ans, *scrittice,* oh ça, pas un bas-bleu, une sacrée bourlingueuse, une *piccola ragazza* dans le genre d'Hemingway. Et puis dans le marc...

— Le marc ! répéta Ayesha terrifiée car sa bonne irakienne, au temps du Qâdjâr, lui avait fort justement prédit son précoce veu-vage dans ce résidu de café turc, dont dorénavant elle avait une respectueuse panique.

— D'ailleurs, nous allons répéter l'expérience. AZIZ ! *Prego,* du café turc.

La tante Ayesha serra les dents, réprima son envie de thé, vagit qu'elle le préférait au café turc, lequel éveillait des souvenirs per-sans, et l'éveillait jusqu'à insomnie irrécupérable à son âge, mais ne fut pas entendue. Ivre de rage, balançant entre la curiosité pour les œuvres de basse magie, la divination et autres merveilleux talents appliqués à la lecture du blanc d'œuf, de l'écriture, ou du fameux marc, elle se résigna, pinça le nez, vit assomptionner le plateau du café, contempla avec désespoir le miroitement du lourd liquide dans les (par bonheur petites) tasses, eut une pensée pour un breuvage asiatique, couleur de chlore foncé, embelli d'une fumerolle de lait, mais dut se faire une raison, Agostina était résolue à connaître les choses cachées grâce au Marc, au Sable, au Blanc d'œuf, aux Taches d'encre, aux Cartes, Tarots, Pendule, Spiritisme, Boule de Cristal et Songes, conçus pour répondre aux questions les plus diverses telles : que font vos amis lointains ? vous trompe-t-on ? allez-vous gagner ce procès ? vous marierez-vous et quand ? serez-vous riche et comment ? Restait à savoir si ces objets de mantique révéleraient le visage de la future fiancée d'un fils d'Orient légèrement tortillé, pensait Ayesha, oh ! juste un grain, une coquetterie, mais si riche si riche héritier, et ma foi d'une beauté de chevalier à la peau de tigre, celui que chante Roustavéli, beauté composite et insolite en vérité que celle de cet Amine, aux regards parfois rétrécis d'une profonde indifférence, cet Amine qui avait une gueule de circoncis, d'ailleurs il soupirait souvent tel le Maure en exil quand s'enténébraient ses yeux — Boabdil, el Rey Chico, devait avoir cette allure d'altière mélancolie, manquait donc à ce Rey Chico la sultane aux pieds nus cerclés de bracelets de cheville estampés, digne du magnifique triste prince vêtue de soie de Murcie, de gandoura à canetille d'or pâle brodée de soie cerise, de nos jours c'est vrai, rectifia la tante Ayesha, le luxe ne se porte plus, les jeunes princes vont en tenue de fakir ou presque, en peignoir de hammam ou...

— *Ma dorme comme un ghiro* [1] ! fit Agostina. Tante Ayesha ! Le café va vous réveiller. Buvez donc pendant que c'est chaud. Tenez, j'entends Amine rentrer.

En vérité, je me suis endormie, *come un ghiro,* c'est peut-être une insulte, constata la tante qui venait d'offrir le spectacle d'une dame ronflotant légèrement. Cette fois, il fallait triompher de l'épreuve. Elle espéra qu'Amine boirait double dose, mais ce dernier, un peu hagard, ne remarqua pas qu'au lieu de five o'clock tea, c'était du kawa couleur d'encre, du turc comme celui dont il s'enfilait tasse sur tasse sous les ombrages près des sources de Zahlé, *in memoriam* avala le breuvage perfidement tendu par la ruffiane qui n'en espérait pas tant et vit dans cette coïncidence un sérieux coup de main du sort.

Marc, procédé familial exigeant du café moulu fin, trente grammes, un quart de litre d'eau pure, à ingurgiter cul sec puis laisser reposer une demi-heure, jeter le marc sec au fond d'une casserole, verser dessus un verre d'eau en prononçant : « Aqua Boraxit

---

1. Mais elle dort comme un sabot.

Venias Carajoo », chauffer le mélange en remuant à la cuiller d'argent (Agostina négligeant ce détail, usa du vermeil), verser le mélange dans une soucoupe blanche, l'agiter en tous sens, et souffler dessus. Amine ne soufflerait pas, tant pis, la tante Ayesha suppléerait. On finirait quand même par y voir clair, dans tout ce fiel de bouc bouilli, que diable j'oubliais : reposer l'assiette maculée et n'y plus toucher pendant trente minutes, puis consulter les figures formées par le dépôt.

Digne comme une sorcière de Thessalie, Agostina contraignit la tante à souffler dans l'assiette au détriment de son cardigan de cachemire qui reçut sur l'épaule une tache interprétée illico par la devineresse, qui ce jour-là ne faisait pas de quartier.

— Une potence ! dit-elle. Danger de strangulation. Prenez garde à vos écharpes, songez à Isadora Duncan, ma bonne Ayesha. Mais ne nous égarons pas. Concentrons-nous sur la soucoupe. Un agneau ! il est là, tenez. Ce sera, donc, une perle d'innocence. Ici, un artichaut. L'artichaut me gêne. Retard, mauvaise voie. Une bague. Que le fils Ghoraïeb soit radin envers sa fiancée me surprendrait. Mmmm. La voilà en cavalière. Ça ne va pas avec l'agneau. Troublant. Ah ! *Prosciutto !* le jambon (elle parut si heureuse de ce jambon que la tante Ayesha commença à s'inquiéter au sujet de la santé mentale des Ghoraïeb, en général). Jambon, tante, signifie passion brutale, nous y voilà, poursuivons, LA MYRTE de mieux en mieux, amour partagé...

Elle pâlit à l'égal de la tante à laquelle ce café flanquait une nausée terrible et qui envisageait de s'absenter si ça n'allait pas mieux.

— Les griffes, le saule, le serpent et... il diavolo ! la haine, les larmes, la trahison et le danger...

Elle parut si bouleversée qu'Ayesha lui reprocha d'accréditer cet amusement mondain. Mais pour la Bolonaise, la valeur de ce mode divinatoire institué par Florence Thomas Tamponelli ne restait plus à prouver. Sur ce, Agostina très troublée appela Aziz, lui ordonna de débarrasser, d'apporter du Vichy-Célestins, seule panacée convenant au foie convulsé d'une personne qui venait de voir le diable dans une soucoupe en Sèvres.

— Tout ceci est par trop contradictoire, dit faiblement Agostina. Cet agneau, ces griffes... Ma parole, c'est la Bête de l'Apocalypse, ne manquait que 666, nombre fatal. Ayesha, remettons à demain une prospection plus avancée. Ce soir, je me sens toute chose. Après tout, le marc n'a pas pu parler convenablement, puisque vous avez soufflé dans l'assiette, et pas lui.

— Certainement, acquiesça la tante hors d'état et menacée de strangulation d'après cette émule de Mlle Tamponelli. Mais demain, chère, du thé, je vous prie, pas de ce...

On entendit un bruit de casse du côté des cuisines. Aziz venait de laisser tomber la soucoupe dans laquelle, à l'instar du récipient où le roi Djamchid lisait l'avenir, était tracé, en l'occurrence, celui d'Amine.

Ce soir-là, Agostina se coucha plus tôt qu'à l'ordinaire et se refusa au service de galanterie.

Le lendemain, au zénana, les mêmes.

— Voyons *Marie-Claire*, dit la Fornarina. Je l'ai acheté ce matin tout exprès. Il y a un article sur cette Maria Tiefenthaler. *Ecco.* LA VOILA, regardez donc, Ayesha, ou plutôt donnez-moi mes lunettes.

Agostina chaussa ses bésicles cerclés d'or, tout à fait grand genre, et mit le nez sur la photo pleine page, en noir et blanc.

— Divine. Squelettique, il adore ça. Avec une frimousse pareille, elle pourrait être foutue comme une théière, ça ne porterait pas à conséquence. Louise de la Vallière boitait, on sait la suite.

— Elle ressemble à Anaïs Nin, osa la tante qu'au contraire d'Agostina, ses lectures en français avaient sauvée de la détresse dans la villa du haut Chemiran où jadis la cloîtra feu son époux, sous prétexte de bon air et de salubrité.

— Ah bon, fit Agostina. Si Anaïs Nin est mieux, il s'agit peut-être de voir celle-là d'abord ?

— Heu, elle file ses derniers jours en Amérique, à moins qu'elle ne soit déjà...

— Oublions. Aziz, fermez la fenêtre, on reçoit tout le pollen dans la figure je vais avoir des allergies, apportez du lait pour le thé remportez les douceurs, Ayesha, vous combliez sans doute les aspirations de votre défunt Qâdjâr qui se fiait aux critères de ses ancêtres du temps de la bataille de Poitiers mais depuis les Sarrasins ont révisé leurs positions et vous n'en trouverez plus si vous ressemblez à un vizir suintant. Bref, notre petite Tiefenthaler. Un nom juif, tant mieux. L'aide d'Israël importe au peuple chrétien maronite. Mmm. Je vous résume l'article. Grande voyageuse, violée au Cachemire, promise à l'Académie française dès qu'on y recevra le beau sexe et au prix Goncourt si les jurés ont du talent. Cette vierge kosher m'a l'air tout à fait bien. Violée au Cachemire, pays musulman, c'est à la portée d'une chèvre, pardon Ayesha, ne prenez pas ça pour vous qui n'êtes qu'une convertie je dirais opportuniste et qui nous revenez blanche comme la colombe après quelques errements compréhensibles vu le rapport de la betterave à sucre. Quant à l'Académie française...

Elle ferma les yeux avec délices sur la vision de son beau-fils convolant avec une Immortelle l'épée au côté, et la posant tout armée sur le bord d'un des canapés du salon où elle ferait aussi chic que l'acrotère d'argent rebiquant sur le nez des Rolls.

— L'épée ! gloussa-t-elle. Eh bien, nous y voilà. L'épée vue hier dans le marc, Ayesha, vous souvenez-vous ? Oh ça, je me souviens, retint Ayesha, merci pour mon cardigan pur cachemire, la prédiction encourageante, et le canal cholédoque bouché à cause de la mixture sabbatique.

— LA REVOILA ! exulta Agostina triomphante, brandissant un *Vogue* où le scribe femelle souriait timidement sur papier glacé, d'un air puni et archangélique. La cause est entendue. AZIZ ! Descendez en vitesse à la première librairie, où y en a-t-il dans ce quartier, ah oui une chose grondante qui a nom F.N.A.C. je crois, en sus c'est moins cher. F.N.A.C. donc, rapportez-nous l'œuvre intégrale, vous m'entendez, intégrale, de Mlle Tiefenthaler, je vous l'écris, promptissimo s'il vous plaît, plus une minute à perdre, le marc hier nous a cruellement trompées, jugez donc Ayesha, un agneau je vous le dis, une enfant, Jésus Marie, etc., six romans à cet âge, comment a-t-elle eu la patience !

Elle s'en prit de nouveau à la photographie, fondit, se sentit des désirs lesbiens et de mécénat comme Laurent le Magnifique devant Benozzo Gozzoli qui tapissa de prairies verticales le Palais Riccardi, puis vérifia par la lecture attentive de l'article que, même entre les lignes, la proie était célibataire.

Pour en savoir davantage, les jours suivants, elle collectionna les coupures de presses concernant cet écrivain avec un enthousiasme doublé d'une certaine innocence, car elle croyait fermement aux truqueries des journaux qui omettaient de préciser si la créature demeurant dans le neuvième arrondissement chez sa grand-mère n'était pas sur le point d'embarquer, puisque le déplacement restait son lot, pour l'Australie où il reste d'intéressants aborigènes à observer — mais non, Agostina, bien qu'elle fût fervente du marc, s'empressa d'en oublier les signes inquiétants, et fit prévaloir la logique sur l'obscurantisme, persuadée que n'échapperait pas à ses manœuvres coercitives une jeune yiddish sur le sommet de la gloire, publiant son sixième livre ou *Pont d'Alcantara,* ne se refusant pas aux interviews de journalistes qui la traquaient chez elle — comment imaginer qu'une fille de Sion dédaignât lauriers et pépites alors qu'à son âge tant d'autres battaient la semelle sur le parvis éditorial, que non, pour que ce non fût appuyé par les canonisés, elle fila à l'église Saint-Roch, alluma devant la statue d'Expédient dont le patronyme ne trompe point un incendie de cierges, la pria d'oublier son recours au paganisme du marc, revint rue Murillo tout à fait grisée, établit un plan de réceptions à effrayer le pire dîneur en ville, offrit en cet avril la mine resplendissante d'un condottiere sur le sentier d'un combat mercenaire, resplendit si bien qu'Anime crut qu'elle avait enfin réussi à mettre la Joconde dans les bras d'un Doge, ou une danseuse dans ceux du nonce qu'elle recevait souvent, car, de ses origines, elle gardait un anticléricalisme périmé en France, que son statut d'épouse d'un maronite obligeait à taire d'où inhibition, or il n'y avait pas de femme plus expansionniste.

Peu après, chut la tasse de thé d'Amine, second bris de vaisselle depuis les origines du complot. Dût-il y avoir encore de la casse, la Fornarina, repue sur ses intrigues, suivit d'un regard d'affût le jeune homme qui, le livre en main, se retirait dans ses appartements avec une allure de condor emportant, dans une anfractuosité du Karakorum où il nidifiait, la proie à dévorer.

Et, pantelante, Agostina se prépara à faire faction dans l'anti-chambre des pauvres mystères d'amour qu'elle ne célébrait plus que par procuration.

Une frime à imprimer le Saint Suaire

Tout d'abord, il tenta la lecture du livre. Il passa donc une nuit chaotique, entre les rives du Tage, le sérail des rois nasrides, et, aux abords de Tolède, le pont d'Alcantara d'où se jeta l'héroïne de cet étrange cantique. Il se reconnut d'autant plus incompétent à juger la littérature de Mlle Tiefenthaler que crassement inculte quant à cette période arabo-andalouse et qu'impartial à propos de l'auteur, car au fil des pages, s'interposait, entre chacune d'elles, chaque paragraphe, chaque ligne, chaque mot et chaque signe, le visage de la fresque dérobée aux parois de la Villa Lemmi. Ce visage d'ombre et de lumière sommait le livre, comblait le vide sidéral et frustrant qui se creuse entre lecteur et écrivain, si le premier, en cas d'enchantement magique opéré par le verbe du second, désire avec frénésie cerner la figure de ce songe prolixe, briser le mystère, je parle du merveilleux lecteur paumé qui soudain s'aperçoit qu'il n'est pas absolument seul au monde. Le livre de Mlle Tiefenthaler parlait à la troisième personne, nommée Isabel, tolédane, mais derrière son linceul car l'intrigue contait son existence après une mort par noyade, derrière le masque et son double, on devinait la Schéhérazade (habitant peut-être une banlieue rouge) qui l'écrivit, droguée de thé à la menthe, tandis que neigeaient autour d'elle des plumes de colombes, parcourant des traités d'alchimie sous l'œil des antiques soufis réfugiés dans les tours vermeilles de Grenade, où elle apprivoisait des renards, quand elle ne volait pas aux infantes peintes par Vélasquez le camélia de leur corsage.

Il résolut de s'endormir à trois heures du matin, le livre glissé comme un phylactère sous son oreiller, mais une insomnie irréductible aux barbituriques le tint éveillé jusqu'à l'aube, non pas à cause du sort problématique du vizir Ben Saprouth, des soufis, des renards et des califes, mais de ce mirage pétrifiant qu'il tentait de rejoindre et qui s'éloignait avec la grande conscience professionnelle des mirages : cette figure relevant, comme la création, d'une première et improbable catastrophe. Visage événementiel, obsessionnel, glyphe évadé d'une lame de tarot, pentacle recelant, outre les mots et les sorts, le reflet captif d'une essence qui ne vieillirait pas, tel le portrait de Dorian Gray, car il y couvait le feu tenace qui dort au cœur des gemmes dont le burin du joaillier ne fait que cliver et reproduire la pure géométrie sans en modifier la structure.

Décryptant ce portrait de Mlle Tiefenthaler, il ne parvenait, de même, qu'à en multiplier les facettes en milliers d'éclats.

Il renonça au sommeil, pour méditer devant l'énigme imprimée par Floch à Mayenne.

Visage, donc. Trois quarts incliné obliquement, pose des madones primitives. Paramètre, césure, douane, yang, feu, exigeance, quartz, que ce trois quarts sévèrement doux, décharné, offrant un minimum d'organique, rien que des nerfs précieux, tapis sous les muscles. Du délicat. Du mercurien. Visage résiduel d'une macération du Philtre, visage de Passion penché sur l'abîme et ses vertiges, pommette tranchante comme Chrysaor, visage qui apportait le glaive non la paix, éternité de jeunesse, suave à cocufier la cuistre et piètre indigence des jours, visage de repentie de la onzième heure honnie des vertueux de la première en raison de l'emploi litigieux fait de l'intervalle. Comparé aux pulpes faciales de la Fornarina, visage aussi peu sexy que le masque mortuaire de Calvin. Épure, défi, échappant à la caresse d'une main d'homme qui veut du volume et que hennissent les juments ainsi flattées. Des yeux, courbes pirogues de la lune. Des joues d'hostie consacrées aux ténèbres. Des lèvres de vierge rassemblée sur elle-même, qui se fout des approbations, des colères, des dons, des exigences, du grand sordide malheur des hommes. Rien de la damoiselle en détresse, rangeons l'armure. Androgyne chaste à désespérer, cette folle d'écriture échappant à la mort en psalmodiant ses contes de fées. Nocifs, les contes de fées. Il eut un éclair de raison, et, moins une, cette fois était la bonne et le livre par la fenêtre. A cette seconde fatale, ce personnage du Zohar, ce ciel de Saphir, plongé dans le problème ardu de la transmigration des âmes, lui sourit. Il l'adora. Dagyde, objet chargé que cette photographie, oh ses trois mèches sur le front, la bouche incurvée le long de la joue, une mousson de boucles dérobant le cou, Jésus, l'ombre, recta fil à plomb, sillonnant la droiture de son bref petit nez, Seigneur merci pour un reste d'enfance vulnérable dans la joue en mandorle, entrouvertes aussi les lèvres, ce visage n'était que piège, dérobade, coffret au couvercle à peine soulevé, dans le coffret Golconde, ou rien. Rien, impossible : dans l'interstice de ses lèvres, sous une paupière ondée de bouddha cambodgien, dans sa pupille semi-lunaire, on devinait des rêves imprenables, fortifiés, écrits, publiés, contenus sous cette forme sèche et irrécusable : le livre achevé d'imprimer le 14 mars 1974 par ce Floch de Mayenne, n° d'éd : 5745 — n° d'impr. : 16587. Que dire à cela. Qu'opposer à un rêve si achevé, si reconnu, si monumental, format 12-18. Songeries au rouet, rôle des fileuses, à condition qu'elles n'en racontent rien. Que cette Tiefenthaler dont il était raide dingue eût l'effronterie de publier son délire, déjà, l'incommodait sérieusement. Et tiré à dix mille, avec ça ! Dix mille crétins profanateurs, limaces sur l'icône.

Harpes nocturnes du roi David, ses lèvres déjà foulées de baisers, comment espérer le contraire, et si l'immaculée pieuse juive hassidique vivant ces choses antérieures qu'elle se devait d'écrire, s'envoyait en l'air chaque jour avec un danseur portoricain ou une petite frappe côté Réaumur-Sébastopol, hein ? Sorcière du côté gauche, de l'en deçà, du par-derrière, le yak guettant l'homme aux carrefours, buvant leur sôma védique après cunnilingus — eh bien, en ce cas, messieurs les jurés, au matin elle n'en garde pas trace. Épouse du sacré, mariée à Dionysos, jeune lune croissante, même après vagabondage spécial, pas même cabossée. Inaltérable. Christique. Il se sentit monstrueux d'opacité, de densité, de matérialité, il aurait voulu arrêter la lumière qui traversait cette image de nécromancienne, si translucide sous la voilure des cheveux que jamais ne coupent les filles de Yémanja la mer.

Tapie derrière sa joliesse tel un Espagnol *embozado* derrière sa cape noire ou telle la Fornarina, derrière sa plantureuse beauté, usant de son nombre d'or comme d'un manteau d'invisibilité, ravissante, donc qui prend, qui enlève, et n'est pas à prendre. Une frime à imprimer le Saint Suaire, un nez à la ligne régie par le déterminisme dont procède la forme des géodes et des calices. Face sans tâtonnements ni maladresses. Sortie de la pâte indistincte que modèle Ojala le potier des limbes où marchent les dieux noirs. Ce visage, dessin naturel de la roche, tête d'obsidienne, de pâte de verre. Splendeur spontanée. Griffe au cœur du jaspe. Paysage de marbre dont il lui restait à imaginer les couleurs. Soit, gueule d'une petite sphinge griffue.

Ses yeux peints à l'avant des trirèmes, sur les boucliers, ou ocelles sombres des pattes de la mante, ses yeux navette sous l'arche de ses sourcils. Méduse, donc, fille du Vieillard de la Mer, née du royaume des Morts, tête à couper d'urgence avant qu'elle ne pétrifie. Il oubliait la fin du mythe, dans son vœu charmant de décapitation : le regard de la tête sanglante ne perdait rien de ses pouvoirs, demeurait aussi intolérable que celui du basilic. Enterrer cette fichue tête sous l'agora d'Argos. Ou au moins, disloquer le jeu raffiné, abstrait, de ce visage, le rendre humain et impur, briser cette géométrie aussi parfaite que celle d'un rayon de miel. Lui le nécrosé, le corrompu, l'inerte, le chien, la ramènerait à des nombres discordants, si sous un tel visage on ne pouvait envisager rien de charnel ni de temporel, rien qu'un final en queue de poisson, eh bien, elle aurait des seins et un ventre et des fesses malléables, du spongieux, du palpable, pour qu'un homme puisse jouer avec, qu'elle soit le vêtement de cet homme comme l'ordonna le Prophète, qu'elle soit proie dévastée et non os des Dieux, perle de brahmane, insécable, nacrée, fuyante, couvant son arrogant feu pâle et courbe. Garce, qui ne devait s'offrir qu'au soleil et à aucun homme — saccade hystérique que ta beauté, frigide voyageuse dont seuls les dieux ouvrent les genoux, toi escortée de lunes caves, toi aux peignes, aux miroirs et aux écritures. Pardon pierre levée du

Sinaï, Lilith égale du premier homme, pardon à cette Face, à cette coulée oblongue de lave figée en pierre ponce, pardon pureté et ultra-violence, affront aux souillures de l'humanité, provocation jetée à la figure des crasseux Judas. Il scruta encore une fois le portrait avec l'intensité d'un type de la N.A.S.A. investiguant les nébuleuses spirales, et s'y engloutit dans un vertige effaré. Trouver avant le jour un défaut, une trace d'humanité, un à-peu-près, un loupé dans cette coupe de visage, ou imaginer qu'elle eut des rougeurs et des éruptions non décelables sur la photo... Sauvé, il serait sauvé, pensait le naïf. Le lever du jour éloignerait ce phantasme. Le livre ne serait plus *voult* chargé par un jeteur de sort, mais bouquin écorné, pas même lu, contant d'absurdes histoires de spectres ibériques, écrites par une (oh la salir) jolie gonzesse dont la frimousse était injectée de sang par-dessous comme tout le monde, susceptible d'acné, de suintements, peut-être même de bonne mine, de teint fleuri, de stupide hâle méditerranéen l'été, de couperose l'hiver, vite, que l'aube débarbouillât cette image de son aura si passionnément hostile, qu'elle redevînt celle d'une nénette qui se brossait les dents, crachait des étoiles de sang dans la cuvette à cause d'une pyorrhée alvéolaire, s'épilait les demi-jambes à la mousse Vichy, puis, humaine, se mettait du rouge, des mouches et des faux cils pour pallier d'incalculables défauts... Que l'aube la défigurât, lui ôtât ce caractère de moulage sculpté une fois pour toutes, de fétiche tabou, que le soleil giflât ses joues longues, retroussât sa visière de silence, bafouât cette incarnation d'un mythe et la rendît enfin profane accessible au profane.

Il restait quelques bonnes heures, avant qu'elle fût désacralisée. Fanatiquement, ils ausculta les traits de cette fille, leurre de la nuit. Seigneur, il avait trouvé. Sous les lèvres entrouvertes comme la bogue d'une châtaigne, on devinait l'écartement de deux dents de la chance. Se crut soulagé. S'avoua que c'était pire. Cette imperfection renforçait le mystère, comme les sourcils épilés de la Joconde. Introduisait dans cette structure idéale la déviance et l'aléa, ébréchait le glacis, la rendait moins chimérique, mais suscitait une empoignade de désir hagard. Il bandait, et on était bien avancé.

Il renonça. Restez telle que, Mlle Tiefenthaler, et je vouerai ma vie à résoudre l'énigme de vos yeux clos et de vos dents bousculées, je vous trouverai bien quelque part, quel que soit l'avenir du Liban, et de l'architecture, là où vous vous planquez, sphinge ambulatoire lassée des abords de Thèbes. Ceci fortement pensé, après un décevant chamboulis interne, il empesa les draps pur lin de chez Porthault, maison où se fournissait encore le shah d'Iran et dorénavant, la Fornarina, se vit régresser *ad uterum* à cet instant poisseux et sans gloire, suivant la dégringolade d'un lugubre plaisir.

L'aube bleuissait le parc de sa meurtrissure enfantine, il embrassa le Saint Suaire cartonné, tomba dans une somnolence où le poursuivit la Face, perdant sa grâce de fresque italienne *a secco*, devenant celle d'une ménade échappée de la troupe insensée qui suit Dionysos dans les neiges du Cithéron, après le festin homophagique qui laissait à la commissure de ses lèvres la trace coagulée d'un sacre du sang. Il sut que l'enfant trouvée, l'obsessionnelle drôlesse, cette madone d'un retable minutieux et frêle, triomphait de son commode sentiment d'absurde, narguait sa confortable philosophie du néant, témoignait d'une volonté prométhéenne d'arracher à la folie la braise du savoir et ses attributs royaux (je suis folle quand je veux, disait la créature), se donnant par là une suprême investiture.

Avec tout ça nul doute, pensa-t-il avant d'enfin éteindre sa lampe de chevet, que les fonctionnaires de l'état civil, ces caves, n'aient notifié sur la carte d'identité de l'auteur : signes particuliers néant, négligeant même sa ressemblance flagrante aux yeux de tous avec la seconde Grâce de la Villa Lemmi.

Il trébucha dans le sommeil, une main agrippée au livre de Mlle Tiefenthaler, se jurant, à cause de l'existence de cette dernière, de renoncer provisoirement à la mutilation et au forage après lesquels, travelo définitif, il aurait tapiné à Singapour, du côté de Bugi's Street, avant de se foutre en l'air à trente ans.

Fascinum

> « Tout est flottant, vague, un enfer intellec-
> tuel, des couches superposées, et dans les
> tréfonds ténébreux, se distingue la sil-
> houette de Lucifer-Amor. »
> Freud, *La Naissance de la Psychanalyse*.

Pothos, le désir de l'être absent, rendu plus impérieux encore par
le fait que l'être fût imaginaire et écrivît des fictions, le chevaucha
comme l'esprit de la sorcière Rangda terrasse les enfants balinais
devant ses autels où s'amoncellent les fleurs de frangipanier et le riz
teint en rose.

Il alla rue des Saints-Pères, à la maison V... : s'enquérir de l'endroit où on pouvait joindre l'auteur du *Pont d'Alcantara*, de *Stances
Indiennes*, de *Palais à Volonté*, des *Grandes Dionysies*, de *Racine de Ciguë*
et d'*Amérindiennes*, œuvres qu'il venait d'acheter à la Hune et qui
s'empilaient sur sa table de chevet — joie, sur le second, trouvable
seulement en folio volume triple, imprimé cette fois par Bussière à
Saint-Amand (Cher) car bénéficiait aussi d'un dépôt légal et d'un
numéro d'édition la baguenaudière délinquante tout aussi susceptible de marner en tôle si (déjà) il en croyait la légende tissée autour
d'elle, légende que, peut-être elle ignorait, réprouvait, mais qui à la
manière d'un conte arabe se répétait et s'enflait jusqu'à ce que
l'écho s'insinuât entre les branches des marronniers de Monceau.
Joie donc, il gambillait sur le macadam, des passants abusés le prirent pour un petit folichon, un Roger bon temps, un gaillard
euphorique... Ils se gouraient sur le fond, mais sur la forme point :
jamais Amine n'avait ressenti cet état d'allégresse, il se croyait
speedé à la cocaïne dont une pincée aurait volatilisé la tristesse qui
progressivement durcit le cœur tel le vin les artères. Loin était la
mélancolie tourmentée où il s'abîmait et qui le détériorait, péché et
pire vice selon les maîtres hassidiques car s'abouchant sur l'égo-
tisme incurable des aigris qui parlent à la Substance en employant
la première personne du singulier, je je je. Lourdé, le « je ».
Joyeux, à cause d'une inconnue qui lui offrait cet aspect inattendu
d'elle-même : un profil encagé dans le format 10/18, procédé
Ektachrome. Révélation. Il découvrit avec la même volupté que le
sien, capturé par hasard à huit ans entre deux glaces d'un grand
magasin, ce profil, paradigme linéaire de l'auteur, qui avait la

grande indécence de se montrer ainsi, visage nu. Avec des yeux pareils, elle aurait dû se voiler pour ne pas exaspérer les dames du Femina. Ce profil aux paupières asiates, non plus baissées sur un rai de prunelle, mais levées au firmament ou à la Coupole de l'Académie, exaspéraient son phantasme, tout comme la longueur de son cou, rappelant celui d'Audrey Hepburn ou la tige d'une graminée ; au bout de cet interminable cou, regard et sourire flanqués à la face du Seigneur, en armes de jet. Même voilure de cheveux, couleur sirop d'érable, mais rejetés vers l'arrière, comme la crinière d'une pouliche qui encense. Des yeux assortis, lèvres et ongles vernissés de rouge garance, main maigre de sadhu retenant mèche d'or bruni, tout ça très savant dans le naturel et puis quoi l'air d'une biche, d'une antilope saïga dont la race s'est perdue, d'un animal d'Afrique, léger, silencieux, à l'affût, sur la brèche et le départ dès l'audition du pas lourdingue d'un chasseur. Cette animalité le frappa. Elle n'était véritablement pas plus l'ange Métatron qu'une femme qui gonflait avant ses règles. Exemptée de règles, sûrement. Impala à robe fauve, adversaire du gnou, springbok aux cornes en lyre du Kalahari, antilope commune dans les plaines du Cap, procédant par bonds et sauts, ou gazelle aux couleurs mimétiques de dune. Devant l'ongulée à cornes persistantes il se sut laid et pratique comme un vautour en repérage de carcasse. Elle accepterait le vautour.

— Pour le courrier, dit l'hôtesse, nous le faisons suivre aux auteurs, ne vous inquiétez pas.

La préposée, en revanche, s'inquiétait du statisme de ce bipède là-devant, tassé comme un paquet dans une soute, attendant on ne savait quoi, et pas pressé de décarrer alors que des auteurs, des attachées de presse, des directeurs de collection, des comptables, un facteur, bombillaient tout autour, or le bipède quémandeur plantonnait de l'air totalement idiot, ahuri, et myope que confère un sentiment shakespearien.

Or, loin de s'inquiéter, il était furieux de ne pas obtenir l'adresse personnelle de cette Tiefenthaler que le dernier pistachu d'un journal de province pouvait se procurer avec une scandaleuse facilité, et il commença à se maudire d'avoir négligé de se faire passer pour tel, tout en nourrissant des pensées homicides envers les besogneux qui, grâce à une carte de presse, jouissaient du privilège de l'approcher et peut-être même de la courtiser sous prétexte d'interview. Hélas, Tiefenthaler publiait obstinément chez V... et il ne pouvait se prétendre envoyé par le *Républicain lorrain* auprès d'aucune autre maison d'édition. Cette fidélité à l'empire V... lui parut, d'autre part, une preuve de la moralité de l'auteur, car il savait que beaucoup de jeunes éditeurs proposaient un pactole aux écrivains dits à la mode, dont il conclut que cette préférence donnée au sigle

V... dénotait un désintéressement admirable, il ignorait les contrats léonins qui, en sus de rapports parfois privilégiés, lient les scribes à leur maison mère.

Très déçu néanmoins que la ruminante sauteuse s'éloignât dans le Kalahari, éclaboussant de ses sabots une file de mirages, il se rendit *pedibus cum jambis* et en tant que simple péquin à l'Archestrate, rue de Varenne, où Max attendait son patient et son gueuleton de la semaine, devait à l'heure tardive qu'il était non se miner, mais tergiverser après lecture exhaustive de la carte, entre une salade de ris de veau tiède aux cèpes crus, un pigeon aux poireaux confits, et une fricassée de homard à la menthe fraîche, pauvre Max, comment pouvait-on se soucier de basses nourritures, pardon pour le chef hydrocéphale sous le bonnet mais pourquoi donc ces sophistications qui retirent à la nourriture son goût primitif ? Grande première, Amine crevait la dalle, et se serait contenté d'un brave steak, d'une bonasse blanquette, d'un poulet gentiment rôti, d'une sole bêtement meunière ou d'un pot-au-feu ménagère avec le bouillon. Ces tarabiscotages de la cuisine, pensa-t-il en poussant la porte de l'antre vénérable, toute cette littérature autour, ces fioritures, ô décadence, malheureux palais occidentaux plus blasés qu'anciennement ceux des sultans du Cachemire auxquels il fallait aussi des épices en salves d'artillerie dans la glotte, pour émoustiller les papilles, anesthésiées telles, jadis, il y avait si longtemps déjà, les siennes. Cette traque de l'antilope saïga lui redonnait le goût vital de la carne rouge.

L'autre sybarite dilettante, dédaignant la simplicité (fi des olives, des oranges, des cigales de mer qu'Amine aimait grillées et citronnées, ces nourritures orientales pleines de soleil et d'émotion vive...) j'ai nommé Maximilien Richter, psychiatre, accoutumé aux méandres de l'inconscient et s'accommodant donc de ceux du chef, relisait le menu pour la troisième fois et se creusait une faim artificielle. Amine eut l'idée diabolique, en le voyant dos courbé sur cette liste de mets byzantins, de lui proposer un honnête, probe, vertueux, sandwich au jambon de Paris accompagné d'un expresso machine au Tabac du coin, puis se résigna.

— Comment se porte notre petit spleen ? fit Max qui s'en foutait et s'intéressait davantage aux ingrédients entrant dans la sauce de ce homard fricassé menthólé, etc., mais respectait la bienséance envers le jeune homme qui lui payait ses consultations en nature.

— Mon petit spleen a changé d'adresse, old man. Il a aussi cessé de me passionner, de même que la nouvelle cuisine qui m'emmerde au plus haut point. Dorénavant, si tu n'y vois pas d'inconvénient, nous déjeunerons sur le zinc. L'œuf dur est un plat idéal.

— Eh bien ! la semaine dernière, tu me faisais un léger syndrome de Cottard avec balancement d'avant en arrière sur l'escarpolette de ta mélancolie, te voilà aujourd'hui énervé et anorexique, puis-je savoir quelle substance chimique te met dans cet état ?

— Ne triche pas, commande, fit Amine, lucide. Je prendrai la même chose. Avec un volnay 68 qui me fera oublier cette cuisine de chapelle et le jargon des nouveaux médecins soigneurs des nouveaux fous dans ce nouveau monde. Elle s'appelle Maria Tiefenthaler. Je soupçonne parmi ses ancêtres quelques rabbins hassidiques faiseurs de miracles. Quant à moi, pardon, je n'ai plus aucun trouble du comportement. Plus de désagrégation et de complaisance morbide à mon propos. Je suis tout à fait cohérent. Amoureux. Si tu appelles ça de l'érotomanie, si tu me parles de décharge d'adrénaline ou si tu emploies un mot comportant plus de trois syllabes, tu payes l'addition.

Menace formelle. Il laissa Maximilien, dont rien n'entravait la faconde redoutable de psy condamné, le reste de son temps, au silence, épiloguer sur le nouvel état de son malade affectionné, le qualifier d'obnubilation et juger la pression intra-crânienne du fils Ghoraïeb trop élevée, ne lui prêta pas plus d'attention qu'à la fricassée de homard qui fit aux cuisines la joie d'un élève du chef, et sema le doute dans l'esprit de ce dernier, qui pouvait douter de tout, sauf de la fraîcheur de ce crustacé et de son propre génie à l'accommoder.

Désancré du réel, Amine écoutait des voix neuves lui chanter la mélopée merveilleuse d'un univers aux accents parfaitement justes, et goûtait la béatitude de l'émule que son maître zen venait d'assommer d'un coup de bâton sur l'occiput pour lui interdire de poser toute question existentielle.

Restait celle, qui lui apparaissait bien soluble, de débusquer dans Paris la jeune fille sans laquelle se dépeuplait le monde certes, mais avec qui réalité, vitalité, autonomie et identité, critères de santé morale proposés par Ronald Laing, lui seraient enfin rendus.

Maximilien, après avoir démoli tous les mythes de l'amour sans faire le détail, puis pissé dessus avec l'incontinence des mérinos qu'on doit laisser accomplir leur miction sans se fâcher, recommanda à Amine, au moment de l'addition, les ventes publiques de bouquins, où il trouverait immanquablement Dulcinée derrière sa pile. Amine jugea cette observation la plus judicieuse de celles que ne lui fît jamais son confesseur, et renonça à l'idée cruelle de le priver de son dessert favori : sorbets aux fruits de la passion exigés avec des tuiles aux amandes.

— Eh, à lui maintenant de crever d'une indigestion de fraises ou de homard mentholé, ricana, en raquant de bonne grâce, Amine décidé à transformer le confesseur en spadassin, afin qu'il enlevât sur son ordre et pour le prix d'un plat de caviar la seule Iseut qu'il se destinât, car il n'y aurait pas de substitut, pas d'Iseut aux blanches mains, par d'ersatz, et qu'un seul combat.

A la libanaise, les Ghoraïeb, dans leurs ancrages du Levant, du Ponant et du Septentrion (Achrafieh, Bécharré, Monceau, Gstaadt et Monaco), recevaient des wagons de chrétiens orthodoxes, romains, arméniens, alaouites, un chouïa de protestants en cas de diplomates néerlandais, entendu qu'il y a, selon Andrée Chédid « quatorze possibilités pour un Libanais d'être croyant, monothéiste et fils d'Abraham ». Jusqu'en 73, et l'éclipse de la troisième épouse de Fouad, furent reçues parmi leurs compatriotes des autorités sunnites, chiites, qui acceptaient le couvert et la négociation. Depuis le 14 avril de cette année, où les obsèques de leaders palestiniens à Beyrouth dégénérèrent en manifestation contre le régime, les sunnites, chiites, et fils du Prophète ne franchissaient plus leur porte qu'après repli de l'étendard d'Allah et preuve de leur nationalité koweïtienne, si le Golfe restait la Terre Promise, sans autre couleur politique que celle de l'or noir.

Même jour, l'année suivante. Anniversaire de Fouad, et commémoration de cette émeute suivant le meurtre de trois dirigeants palestiniens et de quelques fedayines lors du raid israélien contre Beyrouth. Au dessert, pensait le fils de Fouad, on aura droit à une exégèse de la situation libanaise, dorénavant, passer ce jour crucial hors de chez moi.

Tfadalé[1], soupirait Fouad dans son bain, fatale devise des fils mâtinés d'Assur, de Babylone, de Rome, de Byzance, des dynasties ommayades, abbassides, fatimides, des mamelouks et des Ottomans, grands abâtardisseurs de notre race... ! Si nous laissons faire, le pays sera concassé comme céréales du *taboulé* national, en lamelles comme le mouton *chawarma*, et dévoré par les bédouins. Il frémit d'horreur sous la mousse aux senteurs sylvestres. Foutue résistance palestinienne. Un an déjà, et il y fut, vit de ses yeux vit l'absence incroyable de tout dispositif de sécurité gouvernementale lors d'un défilé monstrueux, conduit par Kamal Joumblatt, les dirigeants syndicalistes et la racaille coranique. Hourra pour Gemayel,

---

1. Bienvenue

le seul qui eut le courage de se mouiller, d'apparaître devant la Grande Mosquée pour donner le gage de sa sympathie aux opprimés dont il était l'adversaire. Suprême habileté. A part ça, thrène funèbre, cercueils couverts du drapeau palestinien, calicots rendant hommage aux martyrs ou insultant le régime de Frangié (qualifié de gouvernement de commerçants), intimant l'ordre qu'on ouvrît les frontières aux armées arabes, accusant les dirigeants d'attentisme, de passivité et de complicité avec Israël. Une abomination. Recevoir davantage de juifs, se promit Fouad, marinant toujours sous l'écume. Ces salopards de gauche arabiste ne nous auront pas.

Regrettant une bonne fois pour toutes de ne pas être né belge, le greffon de l'Orient et du Maghreb, Amine Youssef, se foutait de la gauche arabiste, déplorait à peine l'indigence de Frangié, ne faisait que redouter cet anniversaire paternel que teintaient des réminiscences politiques, et admirait l'énergie de sa belle-mère qui disposait elle-même à la place des invités les petits cartons dont la lecture était à vous flanquer le tournis.

M. Asghardazeh, entrepreneur iranien, devait voisiner avec M. Chafez, architecte et rival de son père quant au bétonnage du désert saoudien, jouirait de la face intégrale de M. Mac Dowell da Costa, avocat brésilien, éloigné par les convenances de son épouse Bernadette, placée près de M. Dumanoir, antiquaire, dont la moitié était prévue près de M. Desjardins, banquier et par chance veuf ce qui économisait Mme Desjardins, près du baron de Fouquières dont Amine aurait peut-être attendu avec quelque espoir la fille unique, Passerose, sans le philtre herbé qui l'aliénait à une absente. On prévoyait M. Habib Safieddine, directeur de la promotion touristique au Liban, celui-là devrait déjà songer à se recycler, commenta le jeune Ghoraïeb sans recours au marc de café, puis, en vrac, parsemés sur ce tapis d'Orient dont Agostina tissa avec tant de soin trame et chaîne, un portraitiste salonnard, morfal qui ratissait les plats si bien qu'on ne pouvait plus décemment les repasser même en cas de méchoui intégral, un comédien français qui jouait Cyrano sans faux nez, une inexplicable écuyère, la tante Ayesha, qui ne portait pas à conséquences étant donné son mutisme de bon aloi dans les dîners, enfin, exigé par Amine, Maximilien à propos duquel l'hôtesse priait pour que le millésime du saint-estèphe atténuât la virulence de ses propos sionistes puisque, à table, il y aurait ceux qui, dans leur suite du Dorchester comme chez eux, priaient cinq fois par jour sur des tapis en direction de La Mecque ; là aussi le millésimé pourrait aider, des fois que, bourrés, se trompant de sens à l'heure fatidique, ils se missent à adorer Gautama Bouddha, ce qui neutraliserait les conflits éthiques. Amine, déjà très abattu, recensa sur les cartons les noms de quelques jeunes filles en bourgeons et avec particule, et fixa son attention sur celui d'une maharanée de J... qui leur parvenait grâce à Air India des bords du lac

Dal que somme l'Himalaya. Ni une ni deux, il fila dans sa chambre, compulsa *Stances indiennes,* trouva un chapitre intitulé *Shalimar gardens,* acquit la certitude que Mlle Tiefenthaler canota sur ce lac dans un çikhara, gondole avec dais et bord volanté, fulmina de n'avoir pas été à ses côtés dans cette pirogue, enragea à la pensée qu'un autre sans doute ait écarté des flottilles de nymphéas pour ouvrir le passage de la nef, qu'un autre encore lui ait offert les vergers de mangue vendus par les bateliers décrits dans ces lignes, râla comme un voleur et battit la semelle en l'attente de la maharanée résidant à Srinagar (information arrachée sous la menace à sa belle-mère au moment où elle ordonnait à Aziz de renoncer à givrer le bord des verres comme au temps de Benkamou).

Agostina, quand la pendule du salon, dans sa châsse d'acajou, indiqua vingt heures, après un dernier regard sur l'échiquier de sa table, vérification de l'argenterie, de la fraîcheur des azalées piquées dans des drageoirs de porcelaine immaculée, rassurée quant au dégivrage des verres, ne voulut plus rien entendre, se retira dans son boudoir et y concocta des sujets de conversation, au cas où passerait un ange d'une chapelle indéfinie, car la prévision des anges faisait partie du métier qu'amphytrionne, elle exerçait avec tant de rigueur. Plus question de lui soutirer la moindre information au sujet de cette maharanée à la présence énigmatique, si les Ghoraïeb, fort peu métaphysiciens, très éloignés de l'Inde (trop pauvre ou trop riche, védas incompréhensibles, ne pas s'engager sur le terrain de ces gens, inutiles aux maronites, qui adoraient de sombres déesses assises sur la peau de leurs ennemis. Fouad confondait hindouistes, yogis, brahmanes, bouddhistes du Petit et du Grand Véhicule, tantriques des Himalayas sous l'universel vocable de fâkirs, pourtant il y avait cette famille Tata si riche, à Bombay, les inviter en cas de rencontre et, effectivement, des maharadjahs plus ou moins en ruine mais toujours en Rolls avec des chauffeurs à plumet qui faisaient épatant, cela dit jusqu'alors pas l'ombre d'un dravidien ni d'un tamoul ni d'un bengali dans l'entourage).

Le mystère de cet Orient extrême demeurant insondable, Amine fredonna « Kashmir, only Kashmir » tel shah Djahan poussant devant ce haut pays son dernier soupir d'extase à la différence que le Moghol ne parlait pas anglais, prit son père sur le fait du quatrième whisky avant le dîner, ouït le premier coup de sonnette, et pria que ce fût Maximilien. Agostina ayant mis de son côté les facteurs logiques d'une réussite mondaine : alliance de personnes charismatiques gagnant beaucoup de pognon, d'éléments extérieurs relevant du domaine artistique, de la culture, ce soir-là pas des sports question de place, d'Iraniens dont la présence assurait la base de la converse vu que Fouad travaillait pour eux, que secundo ils avaient des certitudes éblouissantes sur l'avenir de la Perse et de la Phénicie, de jolies femmes en quantité homéopathique car les inviter relevait toujours pour cette latinissime du sacrifice rituel, femmes donc, Mme Mac Dowell, au sourire pro, disons rictus éprouvé, Mlle de Fouquières, au pastel, lavis bruineux, transparences de gaze rebrodée, teint lait d'orgeat, paradigme de la fadeur bon chic, et la maharanée, gâteau d'anniversaire réservé non à son époux mais à Amine, motus et *no comment*. En sus la tante Ayesha, pauvre chère tante, qui dégueulait poliment dans les w.-c. le marc de café pour ne pas froisser sa parente devineresse. Tilleul ce soir pour la tante Ayesha. A propos de marc, avec cette mouture-là, ce serait le diable si le dîner loupait ou se terminait en échauffourée, évidemment il y avait ce psy demi-juif qui lui donnait des frissons, mais ce garçon possédait des lueurs de tout y compris d'Apulée, parlait grec ancien (le dissuader d'employer l'hébreu en ce jour), connaissait le coût de la dernière commode estampillée Cressent vendue chez Sotheby, toujours utile, et le pedigree du dernier gagnant d'Auteuil, il y a souvent des fanas que ça intéresse donc le cantonner dans ces sujets et puis Amine l'adore, autant l'inviter avant que la psychanalyse ne passe définitivement de mode. Elle confia aux entités supérieures le reste de la tâche pour se consacrer à la sienne, un ultime coup de poudre sablant la joue et une giclée de Givenchy III sous le menton, puis au second coup de sonnette, apparut travestie en fleuron du jet-set, dans un fourreau de crêpe plissé qui avait de la coquille d'œuf la teinte et la ténuité, fleurant le parfum griffé, les poignets et le cou ceints de rectangles d'or à godrons sertis d'un pavage de brillants dont l'éclat réfringent alluma l'œil de Fouad comblé de jeter ainsi en pâture au regard des autres, l'espace d'un soir, cet objet rutilant dont il croyait, l'enfantin, détenir la possession, rendue plus précieuse encore par les témoignages d'admiration masculine s'adressant à l'épouse au moment que lui seul décidait, jusqu'à la seconde où il n'appartiendrait qu'à lui d'éteindre les feux roulants sur la personne d'Agostina, où elle ôterait ses blancs-bleus, et où, simple bolonaise en chemise, elle marcherait vers le lit, y poserait ses pieds nus d'impératrice et où il jouirait seul d'une femme magnifiée par les enchères de multiples convoitises.

— Le Liban, déclara-t-il au cinquième whisky, ce 14 avril 1974, restera tourné vers l'Europe, Israël et les États-Unis. On y verra une symbiose aussi étonnante qu'au XVe siècle, quand l'Espagne maure accueillit les juifs...

Un, il a feuilleté le bouquin de Tiefenthaler, songea Amine, deux, il est saoul, trois, ça va promptement dégénérer et cet appartement devenir un merdier, flûte toujours pas de maharanée priée, promise et due. L'estomac lacanien près de moi se creuse de façon inquiétante, pourvu que les entrées soient consistantes sinon la védique va en prendre pour son grade, enfin sa caste, because le retard d'où gargouillis psychiatriques. La lenteur appartient à Dieu, dixit notre Khâlil Gibran, et à Air India, semble-t-il.

— Nous passons à table, chuinta Agostina à l'oreille d'Aziz, après trois tournées de champagne.

Le « Madame est servie », interrompit l'élan oratoire de Fouad, s'il ne remit pas en cause ses prophéties rendues optimistes par la boisson, sur son pays natal, creuset de l'Islam, de la Chrétienté et d'Israël d'où sortirait un Enfant azoth d'or pur débité en lingots que scelleraient les coffres des banques beyrouthines. *Benissimo*, se dit Agostina, ce soir Ghoraïeb a l'alcool gai, il ne va pas nous les briser avec le massacre de Deir-el-Kamar ou celui des maronites par les Druzes qu'asticotèrent les Ottomans, tout ça au temps de l'empereur. Que fait donc cette maharanée. Elle mit attentivement le masque d'un sourire aristophanesque, babines retroussées, et se leva dans un frisson exquis de crêpe georgette rivalisant avec le frémissement des feuilles du saule, geste étudié grâce à sa précédente profession.

Perfetto. Les minces tulipes des bougies embrasaient de leurs dyades, sous les globes de verre, les joues aux brèches acnéiques heureusement colmatées par un engobe rosâtre de Mlle de Fouquières, le nez du comédien français, candidat à l'administration et à la doyennie, ceci à son désavantage, les diamants d'Agostina qui, eux, ne demandaient que ça, et, sur la nappe liturgique de la Cène, allumaient de longs reflets sur la lame des couteaux au manche de jaspe brun, des lisérés d'or au marli des assiettes de vermeil, dans lesquelles Aziz servait une terrine de légumes coiffée ingénieusement d'un sorbet à la tomate (demain, des brocolis et des tartines de raifort, se promit Agostina, ingurgitant bravement une création dont on lui fit des dithyrambes qu'elle reçut avec un sourire d'une modestie sans mérite tant elle regrettait le raifort et la pasta, mais quoi, leur avouer que c'était snob et dégueulasse relevait d'une autocritique à la chinoise, donc s'abstenir).

Les valeureux mangeurs de sorbets à la tomate venaient de se lancer dans une âpre discussion sur les mérites du sport, *meraviglioso*, par un sportif à cette table, donc aucun risque. On vanta le skate-board, le wind-surf, la plongée avec bouteilles, la canne de combat, le jiu-jitsu, le vol à voile, jusqu'à ce que Max avec le docte accent du médecin louât les bienfaits anonymes des pompes matinales et de la marche à pied, personne ne releva cette impertinence, Agostina, que les sports emmerdaient énormément, applaudissait, la pupille au plafond, aux prouesses des mâles qui avaient bien de la chance de se trouver à cette table, après tant de risques encourus, on en vint aux chasses de la reine d'Angleterre et des Qâdjârs évincés du trône, à cet instant Amine décela un souci à l'imperceptible froncement du nez de sa belle-mère qui, lors des soucis, s'arrondissait comme une petite rave, soupçonna qu'il s'agissait du retard d'un gigot menacé par la carbonisation totale (une chance que les Arabes aiment le méchoui, mais elle se faisait du mouron à propos du Comédien Français et de l'avocat brésilien qui préféraient sûrement l'agneau d'un rose occidental) et de celui d'une maharanée qui navrait tout autant Amine. Seule, cette maharanée aurait pu lui épargner les Olympiades de ces mastiquants, en lui chantant le sol sacralisé par l'empreinte étroite d'un pied de juive errante... Gai comme le fantôme de l'Opéra, il surveilla l'approche du gigot pour s'en approprier la souris, souhaita que personne, partageant ce goût prolétaire, ne la lui dérobât, se rasséréna quand elle lui parvint dans son intégrité, la subtilisa illico, se prépara à attaquer cette rondeur fondante et bistre en se disant qu'au moins c'était une des satisfactions de ce bas monde, lorsqu'on sonna. Amine se réjouit en son cœur, certain que le cobra naja naja aux crochets frontaux venait de frapper, et qu'il y avait sûrement une corrélation entre l'immixtion du naja naja dans une réception où à priori on n'en voyait pas l'intérêt, les magouilles de sa belle-mère de laquelle, point dupe, il connaissait les sournoiseries et la vocation de marieuse, et Mlle Tiefenthaler dont il espéra un instant que la maharanée serait le chaperon, divine surprise, voilà qui aurait valu la peine de se rapprocher de l'échéance dernière si hardiment fêtée par son connard de père soufflant sur le gâteau baveux les cierges de sa mort. Le coup de sonnette du naja naja lui réserva quelques secondes de plénitude, il se sentit en suspension, hors du créneau espace-temps, savoura la minute courbe et entière où il ignorait la venue ou l'absence de l'aimée, minute suprême de tous les possibles, de l'arbitraire, de l'utopie et des ferveurs. Bah, se dit-il, ce serait trop facile. Retarder encore. Qu'elle ne vienne pas. La désirer davantage. Seigneur, qu'elle n'entre pas, j'ai si peur de me trouver délié des mille rinceaux de soie dont m'a enveloppé Moira du Destin, je suis si jouissivement strangulé d'espoir, si délicieusement incarcéré dans une prison d'attente, si vif écorché, que faire si on me délie, que faire de mon affreuse liberté, la fausse, qui me livre au déterminisme, le vrai, de claquer après tant de *gestes blancs dans les solitudes*, merci Apollinaire, j'allais enfin y inscrire un geste signifiant et sacré grâce à ce truchement — Mlle Tiefenthaler, visage d'une fresque *a secco*, rien qui ne dérange mon premier rêve de gosse —, ô que soit préservé ce nouvel enfant que je suis, né à rebours du temps, hier je n'étais qu'un vieillard adolescent tout grumeleux de minimes désespoirs et déjà dos courbé et renonçant à capturer les mirages, laissez-moi mon mirage qui a l'excellente intention de franchir l'horizon pour que je ne l'attarape jamais, ne permettez pas qu'à mes pieds je ne trouve qu'une flaque clabaudante comme celle du fond des puits, Seigneur, entendez mon plaidoyer pour l'ombre sans laquelle la jolie flaque s'asséchera sous un irrécusable soleil de raison, Seigneur faites que le réseau d'informations de ma belle-mère ne soit pas trop efficace, encore quelques jours de macérations s'il vous plaît.

A l'audition d'excuses volubiles murmurées en anglais, dans le vestibule, on comprit que la maharanée qu'on n'espérait plus, arrivait avec deux heures de retard, chose normale quand, pour dîner chez les Ghoraïeb, on doit franchir les passes solitaires qu'empruntaient les caravanes chinoises, ou voyager sur Air India et traverser Paris en taxi un samedi soir pour déposer ses bagages au Ritz, au prix des mêmes aléas.

L'entrée de la maharanée de J... fut triomphale. Elle avait la démarche onduleuse d'un félin adulte entrant dans un fleuve, le front guerrier et courtois d'une fille du pays des Rajpoutes, de surcroît la hauteur des monts Aravallis près desquels naquit cette Descendante du Soleil, sur une terre gouvernée par les tigres, les joueurs de polo et d'une façon adventice par son époux le maharadjah de J..., destitué de ses privilèges depuis 1970, à nouveau fortuné grâce à ses filatures — néanmoins on devinait à un durcissement des lèvres de la Rajpoute l'aigreur d'une spoliée hier servie par quatre mille hommes, aujourd'hui une trentaine, ce qui l'amena à se syndiquer à cause de l'abus. Par ailleurs, loin de ressembler à un trophée empaillé, Amrita de J..., qui dut avoir les canons d'une statue gupta et les joues rosies comme pierres du Palais des Vents, restait, à cinquante ans, une créature d'un charme imposant, aux qualités de cœur si évidentes qu'on ne pouvait que lui pardonner deux heures de retard, s'il était plus difficile à Agostina Ghoraïeb d'excuser les scintillements crênelant les jointures de ses mains très fines, et l'éclat fusillant, disséminé sur ses épaules d'un des colliers dont elle dessinait elle-même les motifs, en poire, en goyave, en feuille de bananier, véritable verger minéral qu'on exécutait sur sa commande à Ceylan, et qui éclipsait les broutilles arborées par l'ensemble des rombières, ambassadrices, viragos, héritières, et noblaillones jamais entreposées sur le sofa du salon. Lors, les yeux de la belle-mère d'Amine brasillèrent d'une jalousie à dix-neuf carats qu'elle éteignit d'un battement de cils et, oubliant sa stratégie, elle regretta de ne pouvoir foutre cette impudique Radha dehors, sous la grêle et à jeun, la pria dans un roucoulement de tendresse d'occuper le siège qui lui était destiné, à la gauche de son époux dont on célébrait la fin prochaine, échéance indolore aux hindouistes qui croient en la transmigration. Amine ferma les yeux de bonheur : la maharanée était seule. Rejetant gracieusement sur une épaule dodue un pan de son sari turquoise aux marges d'or, Amrita de J... refusa l'entrée avec abnégation, tut pudiquement sa fatigue, se servit à peine du gigot, embraya admirablement sur le fuseau horaire occidental, dit son mot sur le golf, institution importée d'Angleterre, toujours en vigueur au Cachemire où la dernière Européenne qu'elle reçut fut Mlle Maria Tiefenthaler, qui consacra un chapitre inouï à la pêche à la truite du côté de Sonamarg, dans son livre *Stances indiennes*, et (anecdote) lui fit l'honneur de l'immortaliser, à la page 167, en pleine escalade, à dos de mulet, des contreforts de l'Himalaya. Pure coïncidence, la famille Ghoraïeb se passionnait pour l'œuvre de cette bourlingueuse reçue au Cachemire par la maharanée, qui en détenait l'adresse à Paris où cet espoir des lettres nichait chez sa grand-mère. Amine lévitait sur son siège.

Fouad, soupçonnant une grandiose machination et n'ayant pas eu le temps de reprendre son souffle, ne put éteindre les bougies, ce dont on se chargea, sans pitié pour ses années mouchées d'un coup et fumantes encore.

Il fallait rendre à Agostina ce qui lui appartenait en propre : une énergie et une duplicité saint-simoniennes et un art de l'intrigue digne de Lucrèce. Apprenant par la lecture des *Stances* que l'auteur fut l'hôte de cette maharanée de J..., elle avait écumé son carnet d'adresses, trouvé celle d'une duchesse extrêmement mobile qui connaissait tout le gotha de l'Inde dont les rajahs, nizams, nababs qui accueillirent Mlle Tiefenthaler avec le respect dû à un écrivain français, et les précautions culinaires dues au même, atteint d'une amibiase relatée effrontément dans son livre, strip-tease poussé jusqu'à la morbidité médiévale, tripes sur le carreau, spectacle propre à horrifier Amine dans la mesure où il entendait être le seul à savoir quelque chose des intérieurs fascinants, même chambardés, de l'idéale amante. Or, l'idéale devait être à présent blindée comme une langouste question intestins, vu le traitement de choc infligé par les toubibs sikhs qui ne font pas de quartier avec ces parasites et compagnons de voyage. Bien en prit à Agostina d'appeler la duchesse, deux jours avant le dîner, car cette rhumatisante crissait des pieds à la tête et ne pouvait se déplacer, mais, avec l'ardeur des membres du jetset, si apeurés devant la solitude, désirant l'éviter aux autres pour, par magie prophylactique, ne pas en souffrir eux-mêmes, rancarda Mme Ghoraïeb sur l'arrivée de la maharanée citée par la juvénile-talentueuse, etc., dans ses pages, restait donc à inviter la rhumatisante et la Rajpoute en ce soir anniversaire, ce qui fut fait. La Rajpoute prit un vol du dernier moment, débarqua plus tard que prévu, si, comme on l'espérait, la duchesse, clouée par ses douleurs telle une chouette à la porte d'une grange berrichone, ne put se déplacer. Voilà ce qui, pendant une bonne semaine, occupa Agostina au point de ne plus lui laisser un fil de sec. Pourquoi faire simple quand on peut faire compliqué, me direz-vous. Juste remarque à l'intention de la Fornarina, si ce n'est que la simplicité l'exaspérait, qu'il lui fallait de l'intrigue pour survivre à la tiédeur du quotidien et qu'enfin Mlle Tiefenthaler, habitant chez une grand-mère dont on ignorait le patronyme, ne se trouvait ni dans le Bottin des péquins ni dans celui des mondains. Or, Agostina joua de bonheur, se surpassa, but beaucoup de café turc, fixa le marc à en loucher, harcela saint Expédient — afin d'embobiner encore plus serré son beau-fils, de le bandeletter momiformément, elle aurait été débusquer l'auteur jusque dans la jungle où elle faisait ses yogas, mais il suffisait, quand on est une des femmes les plus lancées de Paris, de convier une rescapée du sâti à dîner tardivement, après quoi de la raccompagner au Ritz ce dont Amine se chargerait. Nul doute, phosphora l'Italienne, que la maharanée n'aborde son sujet favori (voir pour la première fois son nom imprimé dans un roman français implique une reconnaissance du ventre) entre la poire, le fromage, la rue Murillo et la place Vendôme. Du beau travail de ruffiane.

Après quelques déplorations sur le sort de la duchesse courbatue, la maharanée trouva charmant qu'on l'invitât ainsi « au débotté », dit-elle, en français, provoquant un sourire félin d'Agostina, et, habilement questionnée par Amine qui soupçonnait des trafics d'influence aussi calés que ceux présidant à l'attribution d'un Goncourt, ne se fit pas prier pour parler du Cachemire. Là ce fut merveilleux.

A peine eut-elle prononcé quelques mots que le vent des plateaux du Ladakh se mit à souffler dans les jardins de Shalimar, chassa les ombres frissonnantes de Jahangir et de Nur Djahan derrière les écrans de marbre des pavillons moghols, que tombèrent des flocons obliques sur les moires immobiles du lac Dal devant lequel, penchée à la proue d'une gondole, Maria Tiefenthaler observait les gerçures des glaciers et les dernières pâleurs des nymphéas.

Au risque de s'empierger dans la traîne du sari d'Amrita, Amine ne la quitta pas, la soumit à un interrogatoire de flic qui la réjouit profondément, et lui resservit trois fois de la poire Wilhelmine en vue de la rendre loquace ce dont point n'était besoin : elle aurait parlé jusqu'au matin à ce jeune homme dont les yeux verts suffisaient à la saouler, et dont elle partageait l'engouement pour une si jeune notoriété féminine.

— Maigre comme un yogi du désert de Thar, disait la maharanée, était cette enfant quand elle nous parvint à Srinagar où notre famille loge sur un house-boat, Shangri-la que cette villégiature flottante, mon jeune ami, où votre écrivain favori se trouvait en convalescence après cette amibiase contractée au Sikkim (Amine furibard envisagea un nombre abominable de pays des plus imprenables où elle fut, où on la connut, où on l'aima, où elle fuma de l'opium, où on lui prépara ses boulettes, où on soigna les tripes vermoulues de cette divinité, dérouillant sec d'une chiasse coloniale dans les w.-c. d'un bateau luxueux arrimé aux berges du lac Dal, toutes ces pérégrinations sans lui, comment avait-elle pu), si maigre, poursuivit Amrita de J..., que je lui ordonnais des menus spéciaux comme le byriani dont elle raffolait, surtout avec des *almonds* et noix muscade, quant au riz vous n'ignorez pas que c'est astringent.

Sublimes Portes, intestins de Mlle Tiefenthaler gros et petits, habités de bestioles, déroulés sensuellement sur le tapis, eh bien, rien qui ne fut à lécher ou à dévorer, mets des dieux, je suis fichu, se dit-il, le fait est accompli, ses doux viscères ont des splendeurs de papillons nocturnes, que n'aurais-je donné pour entendre le bruit de la chasse d'eau, cette mousson brève annonçant la purification de mon aimée et seule précieuse icône, me voilà fait, tout enragé de la disséquer, de l'ouvrir chirurgicalement et d'ingérer ses délicieuses entrailles, bénies soient-elles.

En botaniste acharnée, ajoutait Amrita, elle voulait connaître les noms de toutes les fleurs, des anémones aux edelweiss, qui font des toits de Srinagar une multitude de jardins suspendus. So beautifull Kashmir, mon jeune ami !

Admettons les edelweiss — Amrita parlait un français étonnant dû à son culte de notre littérature, avec une faconde prévenant les questions d'Amine qui décida d'annexer ce prodige comme la Compagnie des Indes orientales le fit des territoires princiers. Il lui offrit de la raccompagner au Ritz suivant les prévisions d'Agostina qui, voyant son plan exécuté, toléra les incrustations de bijoux et déguisa mal son excitation. On la vit rarement plus radieuse que ce soir-là, et ses hôtes troublés décelèrent chez elle une satisfaction évidente quand elle les enfourna dans l'ascenseur.

Devant le Ritz, la maharanée précisa que figurait parmi les membres de l'Association des auteurs des Pays de Langue Française et d'Outre-mer, Mlle Tiefenthaler, qui y signerait ses œuvres le surlendemain à l'Unesco de quatorze à dix-huit heures. On ne pouvait être plus informatif. Amine se demanda si ce complot n'avait pas été ourdi depuis des générations. Les signes de piste se multipliaient avec une évidence terrifiante. Il tenta un instant de briser l'ensorcellement, ne parvint qu'à resserrer ses entraves, et s'avoua frit quand cette parèdre de Krishna lui asséna au final qu'elle comptait sur la présence de l'écrivain, guéri de se amibes, et bien entendu des Ghoraïeb, s'ils acceptaient son invitation à une fête qu'elle donnait dans l'appartement de sa cousine avenue de Suffren. Il la bénit, même si, troisième des sorcières, elle lui montrait le chemin de l'enclos fatal, même si, magicienne tantrique, elle avait déjà réuni en cachette d'autres enfourcheuses de balai au sommet du Mérou, pour délibérer de son sort, user de ces *indian tricks* qui égaient les routes caravanières, soit de *jettature* ou de versets coraniques invoquant les *djounns*, selon les pratiques respectives de ces femmes, toutes à brûler sur un bûcher qui ne fût pas celui du veuvage, pour emploi de pentacles et de mantras inconnus des hommes. Et encore, il avait le net pressentiment de ne pas connaître la pire.

La maharanée replia sa traîne bleue et s'éclipsa telle Kali la Noire pressée de marcher, au cours des nuits sans lune, vers les cimetières des ghâts pour y arracher la limaille de cendres au brasero des dieux.

— Tu as été très impoli, grogna Fouad, le menton tendu, dénouant le nœud de son smoking. Cette appropriation de la maharanée, qui nous est venue du ciel, et qui passionnait tout le monde, relève d'une grossièreté primaire. Quant à l'étendue des relations de ta belle-mère, elle me sidère tout bonnement. A présent, des maharanées, qu'elle invite malgré la taille de leurs bijoux, ajouta-t-il, se croyant très fin. Dorénavant, ne te jette plus sur un invité, même exceptionnel, comme sur la souris du gigot (seconde preuve d'un esprit vif et observateur), laisse-en pour les autres, c'est une question de savoir-vivre, mon fils.

Agacé, il répliqua qu'il s'agissait d'un tout petit pouvoir-vivre, conféré provisoirement, que, s'il en était ainsi, il renoncerait à tout contact avec autrui dans des soirées qui, paradoxalement, n'étaient point destinées à en établir, bien qu'il fût dommage de ne pas tirer la moindre satisfaction des dîners, vu leur coût à rendre l'épiscopat gauchiste. Sur ce, après suggestion émise à son père de s'en aller pendre, il dégringola au garage d'où il sortit la Bentley pour rejoindre Max au Régine's, endroit dont il serait parti ayant perdu le bénéfice moral de son entretien avec la Rajpoute, sans la perspective de la vente et de la nouba lors desquelles on l'assurait de la présence de l'aimée.

Et finit par se coucher bien après l'aube, Amine Youssef, faucon aveuglé par un capuchon passionnel, tenu sur le poing d'un invisible calife, doutant en toute félicité que la proie à énucléer fût de chair et d'os, mais décidé à en dérober l'ombre obsédante portée sur l'écran de sa nuit.

L'inconnue à saisir lui révélait une face jusqu'alors obscure de sa propre personnalité : celle d'un collectionneur fou, aussi avide que ceux qui forcent jusqu'à la curée les objets, in-folios raturés de la main de Molière, statues bantoues, fétiches à clous, têtes de bronze du Bénin, estampes japonaises (exclusivement des lutteurs de sumo), œufs de toutes tailles et de toutes matières, momies péruviennes d'enfant prénubiles, pourvu que ces raretés fussent introuvables, que ce fût un défi que de vouloir se les approprier, quitte à les planquer dans une cave dont on ne les sort qu'au moment où ces gens, de la race des rats, crèvent, laissant au plus offrant, ou à un musée la magnifique collection privée qui croupit chez eux, leur vie durant, à l'insu de tous, sans que leur acquéreur n'en ait eu d'autre plaisir que celui, forcené, de la quête. Ces accumulateurs, amonceleurs, engrangeurs, thésaurisant ainsi, comme on antoise du fumier, mais avec davantage d'empressement angoissé que le paysan édifiant son tas puant, les merveilles de l'art et autres porcelaines bleues d'Égypte, de ce bleu dont on a perdu le secret, ne font qu'entretenir un vice de jaloux ancré dans leurs moelles. Voir la mine inquiète et effarante de lubricité d'un consul amoureux fou des primitifs de Nouvelle-Guinée, des hautes et massives statues percées de clous, quand il introduisit Amine, quelques années auparavant, dans son cabinet de curiosités et temple interdit, dont il ferma la porte à clé derrière eux, de crainte qu'un souffle de vent n'eût connaissance de son trésor. Taupes, rats, mulots, atteints d'une très spéciale démonomanie.

On peut tout à fait leur comparer Amine, angélomane, à la recherche de l'exemplaire unique de cette futilité : une jeune fille écrivain dont il ne lisait pas les livres par peur de la découvrir trop et de ne plus la traquer par la suite avec la même rage de *collector*, terme anglais plus brièvement expressif. Amine, en vérité, ne cherchait que ce qu'on lui affirmait par induction être la plus belle chose du monde, la plus désirable, et la plus impossible à avoir, donc, le clou de la collection, la collection à elle seule, un unique papillon de nuit à piquer net sur une plaque de liège, que, sans doute, il ne fourguerait pas à la cave, mais garderait dans sa chambre, sous verre pour apprécier à son gré le bleu métallique de ses ailes.

Pardon de cette digression, je vous rends à un songe d'Amine et à l'intrigue, qui doit, malgré moi, se nouer, se ligaturer, s'entortiller, s'emmêler, autour d'un jeune homme debout devant un piédestal sur lequel l'attend la sphinge — nœud d'autant plus gordien que trois sorcières, une du Maghreb, une de l'Italie, et une de l'Inde, y mettaient l'une un grain de sel, du goudron, de la jusquiame, du benjoin, du lézard pilé, et une mâchoire de hérisson des Aurès, l'autre, la Rital qui se prenait pour Léonora Galigaï, des grains de corail brut, de la poussière de florins d'or scintillant au bout de ses doigts (recette du pape Clément VI), et l'entregent de ces gredines immémoriales qui n'ont plus qu'à mettre en coupe réglée les amours des autres, la troisième, venue de l'Inde, la cendre des crémations, les bris nacrés d'une perle arrachée au cou d'un brahmane, des oreilles de chacal, une langue de léopard, bref, toutes les trois, du leur, à croire à une crapuleuse et préalable concertation.

— Beau-fils, dit l'Agostina du songe, la jeune fille que je t'ai indiquée, moi qui ne veux que ton bien, va tant te tracasser que jamais plus tu ne penseras à te pendre à quelque campanile, ni à absorber des tubes de barbituriques pour échapper à l'ennui. Ça, c'est sûr. Mais pour cela, il fallait qu'elle fût puissante. Les mots du sortilège ont capturé une énergumène qui dépasse ma pensée. D'abord, parce que c'est une intellectuelle. Ensuite, parce qu'elle a le *mal-occhio*, beau-fils, le *mal-occhio* ! Qui tombe amoureux d'elle se fend en deux les genoux. Il te faudra la maîtriser comme on entrave une pouliche sauvage. Ses ongles seront les aspérités du chaton poisonneux d'un coffret médicéen, ses baisers, bagues et dagues des Borgia. Il me faut mettre de l'eau dans le vin du sorcelage. Je te donnerai une dent de squale pour te protéger de cette Juive. Quoi, tu ne veux aucune dent ? *Corno di Serpente !* ton sang déjà s'échauffe, je le sens qui bout, sous l'effet dudit sorcelage. J'agirai malgré toi.

Et elle jeta dans une invisible bassine trois gousses d'ail épluchées, de la mie de pain et de l'asti spumante, pendant qu'Amrita tentait de ceindre le cou d'Amine du collier auquel pendouillaient les oreilles de chacal et la langue de léopard — dans son sommeil, il se tortilla, recula épouvanté et envoya valdinguer Amrita de J..., qui, très vexée, disparut en proférant qu'il avait bien mérité la chienlit que ce serait de commercer avec une ensorceleuse, de s'exposer à elle ainsi, tout nu sans la cuirasse des gris-gris hindous, auprès desquels les cornes et polypiers des Italiennes étaient d'aimables plaisanteries. Agostina touillait sa soupe, imperturbable, et, sur la courtepointe, Fernande Benkamou palabrait avec son djinn dont le postérieur brûlait le tissu d'où s'élevait une odeur de cramé.

— Quand aura bouilli ce breuvage, dit Agostina, garde-toi de le boire et crois-en moi. Tu verseras le liquide sur ta poitrine, c'est le meilleur des emplâtres contre la fascination. Langue de léopard que dalle à côté.

Amine ouvrit un œil, réveillé par l'odeur de cramé et de forts relents d'ail. Ah, c'est donc ça, se dit-il soulagé, ma belle-mère mitonne ses petits croûtons napolitains à la cuisine, et elle les a laissés un peu trop longtemps au four... Il consulta sa montre, qui indiquait midi, heure où les vivants perdent leur ombre et où on dit les messes des morts. Il se rendormit profondément. Dans cette seconde phase de son sommeil, il vit les trois goules (on avait récupéré Amrita, mais il était visible qu'elle boudait un peu) secouées d'un rire gigantesque (sauf Amrita) se frappant les cuisses, puis lui envoyant à la figure une poudre paralysante qui lui piqua les yeux comme de la strychnine. Cette fois, furieux, il se reprocha d'avoir abusé du sorbet à la tomate, de la souris trop grasse du gigot et des alcools, mauvaise digestion entraîne cauchemar, et de celui-là il ne sortait pas, sur ce il fit « pffou » pour chasser les démones, qui, dans une fumée grise et ténue de mégot écrasé, se replièrent à toute allure car déjà s'allongeaient les ombres des vifs. Amine opta pour une position ventrale, et les trois striges, dépitées qu'il leur tournât ainsi le dos, ne se manifestèrent plus. Je crois même qu'il ronfla, camouflet supplémentaire à la gueule des sorcières crapaudines.

Ayant tout à fait oublié son rêve, il ne mit un pied par terre qu'à trois heures de l'après-midi, tant la privation de liberté lui rendait une sécurité profonde, tant le déterminisme magique dont il se sentait la proie lui ôtait de responsabilité consciente, lui épargnait les tortures mentales, et lui permettait de pioncer comme un loir.

Le sort en était jeté. Il n'avait plus entre les mains ce poids affolant : le choix, que faire d'une existence. Il crut, en émergeant de son coma, avoir épousé Maria Tiefenthaler depuis des siècles, et se demanda seulement si c'était encore à faire. Pendant qu'il se brossait les dents en pestant à cause du fumet d'ail qui imprégnait la maison, le réel diurne lui répondit que OUI et EN URGENCE.

Il n'y a pas d'aire cérébrale de l'amour[1]. Rien que des lobes corticaux aux neurones chargés d'imaginaire. Il nia et cracha, avec la pâte dentifrice, cette évidence dans le lavabo. Foutaises, il l'aimait, et devait exister (rien que chez lui) cette anomalie : une aire cérébrale consacrée à cette jeune fille. Prêt à dénoncer l'hérésie biologique, il se leva et embrassa les lèvres d'un portrait qui jamais n'eut mauvaise haleine le matin, ou relents d'ail à cause du gigot de la veille. Premier Adam doté d'un lobe amoureux, il admira cette monstruosité protubérante, et se jura différent.

— Insensé distillant ton propre poison d'épreuve, émerveillé devant ce sens découvert à ta vie, tu crapahuteras dans le labyrinthe jusqu'à l'épuisement, boue et étrons d'or au-dessus des genoux, sifflèrent les sœurs fatales qu'il n'entendit pas à cause du bruit du rasoir électrique, et de sa sourde détermination.

— Mon beau-fils doit prendre en cachette des maxi-doses de vitamines, j'espère qu'il ne glisse pas sur la pente des drogues,

---

1. Henri Laborit, *Éloge de la Fuite.*

genre amphé, en tout cas il ne marche plus que par sauts, il fume moins, je n'entends plus cette voix cassée à la Simone Signoret, le matin, il a récupéré le timbre de Mario Lanza, il ne geint plus à propos de ses migraines exophtalmiques, pardon ophtalmiques, ne traîne plus dans les boîtes, va aux Beaux-Arts, je dirais même, quitte à l'offenser, qu'il a bonne mine et plus ce teint d'Hamlet à force de méditation sur les crânes, il multiplie les joyeusetés, le voilà presque bouffon. C'est à ne pas croire. Tout à cause de cette juive de l'Est, qu'il n'a jamais vue – de L'Est selon Match, c'est vague, l'Est, mais ça fait bohémien, ou persécuté, ça apitoie, c'est frileux, l'Est. Amine dépasse mes espérances, confia la Fornarina à la tante Ayesha qui bénéficiait de prévenances chaque jour plus délicates dans la mesure où elle était sur le départ (chose imprudente, car elle aurait pu décider de rester).

— Curieux, dit la tante, qui n'avait pas un iota de connaissance en matière amoureuse. Dans les livres, il est toujours écrit que le soupirant soupire, se mine, jeûne, devient cachexique, oublie de boire, se déshydrate, n'en dort plus... Ma vie durant, je me suis louée d'échapper à cette damnation, bien pire qu'une grosse grippe. Or, depuis qu'Amine ne fait que penser à cette créature invisible ou improbable tels les djounns de l'Islam, ces fréquentations de sa maman, il sifflote, effectivement...

— Il mange des steaks bleus, je l'ai vu, coupa la ruffiane, il évite les sauces, clame des faims poignantes, boit gentiment de la Badoit, juste un petit whisky le soir, et pionce comme un sonneur, je le sais par Aziz qui n'arrive plus à le secouer pour qu'il aille aux Beaux-Arts – frétillant, *allegro, festevole* !

Les deux femmes restaient sur leurs positions et leur étonnement. Agostina, épatée du résultat de la manœuvre, en attendait fébrilement les conséquences, logiques ou illogiques. Que le beau-fils s'accrochât à ce point au rêve qu'elle lui avait suggéré supposait une constance dont elle ne l'aurait pas cru capable. Elle ne connaissait de Maria Tiefenthaler que fort peu de chose, après tout. Se replonger dans les coupures de presse. Avoir sous le coude une biographie complète. De l'Est, donc. Savoir si elle était juive polonaise, roumaine, hongroise, moldovalaque, allemande ou demi. Appeler le rabbin Finkelberg qui œuvrait à la télé et était à même de lui donner quelques renseignements. Après tout, il se pouvait que ces deux bambins fussent aussi impossibles à marier que le Liban chrétien ultra-maronite et le Liban arabe. A ce propos, suggérer à Amine d'emmener Dulcinée, exhumée de ses paperasses, au festival de Baalbeck, cet été – d'ici là, on avait le temps de mener l'enquête et d'éventer tous les secrets de Mlle Tiefenthaler – et à Jeita, cette grotte où on donne des concerts de musique électronique dans les galeries supérieures... *cosa tànto romàntica !*

Goule très apprentie, elle n'osa pas tenter la lecture d'un nouveau résidu de café turc, car elle ne pouvait oublier ce qu'en révélèrent les macules. Un peu inquiète d'avoir ébranlé une infernale machine, la première sorcière se surprit à prononcer fréquemment les mots « quoi qu'il en soit », et se résignant à être un simple pion sur une carte du ciel, se vengea en brillant plus que jamais, comme une étoile géante, dans les dîners en ville.

Adorant son attente, prisonnier d'un système à l'intérieur duquel il en élaborait un autre pour s'approprier l'objet, caressant sa mante-lune, préludant à l'infini, croyant préserver ainsi de l'indigence son amour dérouté par les signes, victime d'une jouissive imposture, mesmérisé chaque jour davantage, de délai en atermoiement en espoir en sursis en dérobade et en brusque certitude, le fou devant lequel très loin scintillait le Graal, fou très solennel, gourmé, plein d'un sentiment chevaleresque, l'envoûté fils de Tyr allait, pâle d'émotion comme neige du Hermel, chrétien renégat du diocèse d'Orient dont les aïeux furent à Antioche, quand Jérusalem était la fiole brisée dont parle saint Jean Chrysostome, allait séduire la ravissante ayant reçu apanage de prophétie, orpheline d'un père roumain juif ashkénaze (merci à son indic, une double part de lasagnes vertes pour l'indic) allait vers la Dace, la Scythe, celle des Carpates, allait résolu vers cette sorte de tzigane qui devait exiger des sous-mains en galuchat et des plumes d'or, allait vers sa suave quand la ville de Damour était encore debout et comptait provisoirement quinze mille habitants, allait, croyant en la Résurrection, aux miracles, à la vie éternelle et à l'avenir du Liban.

Allait vers l'Unesco et le septième arrondissement, en se répétant la liste des choses à faire : ressembler le plus possible à un navigateur phénicien. Citer un aïeul qui connût Séleucus Nicator (voilà qui pouvait alimenter la conversation, bien que Nicator fît langue verte). Il la choquerait plus tard, quand ils seraient mariés, pèlerineraient à Notre-Dame d'Abra qui réunit croyants et incroyants, pour la remercier de les avoir réunis. Garder l'air razzié par la passion mais cependant vainqueur, le maintien millénaire d'un rite oriental, la dégoûter des Druzes à cause de ce Joumblatt trop séduisant par chance menacé d'attentats, Joublatt homme persécuté mais nimbé d'ésotérisme d'où mystère accru et jeune fille mouillant entre l'étrave de ses genoux. Joumblatt, à dégager. Parler en araméen, langue maternelle de Jésus-Christ. Faire génuflexion devant elle qui ne perdait rien pour attendre, à le voir ainsi courbé. Donner dans le pathétique, l'admiratif, le louangeur et l'inexpugnable. Qu'elle se réfugie dans ses bras à toute vitesse comme les moines dans la vallée de la Qadisha. Être patriarcal et visiblement déboussolé. Assener d'irréfutables axiomes style bulle du pape *Sublimis Deus* déclarant les Indiens hommes à part entière, en faire de même à propos des femmes, il ne serait pas le premier à se commettre en

123

féminisme menteur. Éviter l'air jésuite, cauteleux et chafouin du mec lambda qui vient piteusement demander une signature. Se camper devant son bureau avec l'assurance d'Héliogabale. Merde, avait-il assez d'argent pour lui acheter tout son stock ? Combien coûtait la pièce ? Il ferait un chèque, doutant que la carte de l'American Express fût agréée. N'ayant plus de livres à vendre, la nymphique serait inéluctablement disponible, pour un café, un chocolat, un thé, une de ces boissons stimulantes qui défroissent la névroglie, affûtent la langue et que prisent depuis les origines les peuples de cette planète. Seule une exigence de maté, de vin de palme, de bière tibétaine, de kawa cultivé aux îles Sandwich, de guarana, dont seules les tribus amazoniennes râpent les graines avec la voûte palatine d'un poisson, au cas où elle ne sût s'en passer depuis ses tribulations chez les Canaques, le mettrait dans l'embarras.

Il traversa une salle poussiéreuse, où croupissaient d'antiques Sévigné à voilette, marnaient des prof crombis, piétaillaient des étudiants rongés par le doute quant à leur carrière, leurs aînés, chômeurs, pensifs et blafards, et des membres obscurs de l'intelligentsia nourrissant, au point de ne plus se posséder, de suffocantes colères contre les auteurs vivant de leur seule plume, ces privilégiés qu'ils comptaient apprécier *de visu* pour, ensuite, les matraquer dans la modeste tribune obtenue après une longue patience dans un hebdo qui leur permettait d'interdire verbalement l'écriture à toutes ces victimes ayant le culot de tirer à plus de dix mille exemplaires.

Parvenu au comptoir réservé à Mlle Maria Tiefenthaler, il découvrit une chaise vide derrière la table où s'empilaient ses livres et qui signalait l'écrivain sous la forme décevante et rectangulaire d'un carton à son nom, s'enquit auprès de sa voisine, Mme Alavoine, laquelle tentait de vendre un essai sur la Condition Féminine au temps de Ramsès, des probabilités du retour de Mlle Tiefenthaler, patronyme dont le graphisme, sur le panneau, le fascinait comme un nouveau signe d'absence, mais aussi de bonne volonté, indiquant qu'elle avait été faire pipi, mais revenait de suite en se pressant un minimum, à l'instar des gardiennes d'immeubles.

La vente a commencé depuis quatorze heures, répondit sèchement la féministe pharaonique, mais Mlle Tiefenthaler n'arrivera sans doute pas avant seize. On dit qu'elle travaille la nuit, se lève tard et déjeune. Elle doit en être au café.

Ceci énoncé d'une voix à couper le beurre, il soupçonna la dame, exaspérée des questions, relatives à la vacuité de la chaise voisine, posées par des curieux auxquels l'œuvre d'Alavoine indifférait d'une façon flagrante et qui repartaient désappointés sans y avoir jeté un œil, de ne pas pardonner à Tiefenthaler l'insolence de sa photographie en couverture, son jeune âge, et ce que beaucoup qualifiaient de talent.

Ange de l'enfer, elle l'attendait donc par-dessus les étoiles de Dieu, sur la montagne de l'Assemblée, au plus lointain minuit, là où, selon le livre de Job, Lucifer voulut ériger son trône. A moins que, sur celui des w.-c., elle ne l'attendît pas du tout. A moins qu'elle ne lambinât volontairement, qu'elle n'eût le culot de boire un second café retardant le moment de se rendre à cette vente chieuse, mais comment pouvait-elle, la médiumnique, ignorer que le fils d'Antioche faisait le pied de grue à l'Unesco, ou, pire, lui préférer un second café...

Estoqué, cette fois, il déambula, très morne, entre les mornes stands, s'arrêta devant celui de M. Georges Pillement qu'il estimait beaucoup pour ses téméraires croisades en faveur de la préservation des monuments anciens, sujet dont M. Pillement l'entretint pendant les quinze minutes que mit Mlle Tiefenthaler, grippée, à se diriger vers son comptoir, saluer affablement sa voisine, s'asseoir après une quinte de toux croupale, dédicacer deux exemplaires de *Stances Indiennes* à une paire de jouvencelles de l'Armée du Salut, les leur filer gratis sous la table, cracher ses morves dans un Kleenex avec une discrétion pathétique justiciable de camélias, enfin à subir l'agression d'un chômeur des lettres venu en métro de Garges-lès-Gonesse pour lui reprocher de vive voix et en bloc : son style baroque éculé, la disparité des mythologies auxquelles elle se référait, l'inanité de sa philosophie si toutefois elle en avait mise une au point, le caractère pompeux, emphatique, prétentieux, de son style, son incontinence verbale, son acharnement putassier à s'afficher aux devantures de ses bouquins, ses recours inutiles à un argot tout à fait plat, l'existence répréhensible de personnages immondes qui ne pouvaient, à travers son œuvre, si œuvre il y avait, que lui ressembler, le tout avant de repartir dans sa banlieue sous un déluge de flotte, exorcisé pour un moment de la charge libidinale que ce fort en thème et en aversion portait à une créature du Seigneur qui ne lui avait rien fait, personnellement.

Sous le coup d'une grippe venue de Hong-Kong et celui, venu de la périphérie, d'un inconnu dont les maisons Gallimard, Grasset, Laffont, Stock, Denoël, Lattès, Flammarion, Julliard, Le Seuil, la Différence, Fayard, Albin Michel refusèrent systématiquement les huit manuscrits portant sur le « Droit à l'Erreur de l'Intellectuel », œuvre que même les dirigeants de la Pensée Universelle hésitaient à publier à compte d'auteur, Maria Tiefenthaler vacilla, repiqua une quinte, craignit pour elle-même une définitive castration de l'écriture si un second mec du même genre se présentait, pour ses voisins la contagion, s'empara de l'enveloppe contenant les quelques biftons dus à l'achat de ses *Stances* et autres bouquins par quelques inconditionnels, se leva, enroula deux fois autour de son cou enflé une écharpe écossaise en cachemire, déposa l'enveloppe sur le bureau idoine en regrettant de ne pouvoir frauder et embarquer l'oseille, mais ce jour-là pas le moral suffisant, puis fila à quatorze heures quarante-cinq minutes alors que, fou d'un irréductible espoir de fou, Amine Youssef mettait le cap vers la table d'où sa conversation avec M. Pillement, à propos des persécutions exercées par M. Debré sur les fontaines parisiennes du XVIIIe siècle, l'avait éloigné.

— Vous n'avez guère de chance, persifla Mme Alavoine, elle vient de partir. La pauvre avait une de ces grippes, et de plus...

Pendant qu'elle lui narrait avec délectation les circonstances de cette fuite qui brusquement lui rendait la jeune fille moins antipathique, il mit sous son bras et paya les quinze livres de la pile qui lui faisait face avec un air penché tout aussi pitoyable que lui, et s'éclipsa en marmottant quelque chose au sujet des influences de Saturne sur la demeure du Scorpion, d'un climat pluvieux sur la propagation des germes asiatiques et d'une malédiction du clergé de Baal qui le suivait depuis le fond des temps.

Il dérangea Agostina qui, assise devant son secrétaire à caissons sommé d'un miroir réfléchissant son front que gaufrait l'assiduité de la tâche, rédigeait des remerciements pour une garden-party très arrosée, bienfait du jardin et désespoir de son propriétaire quant à la réception.

— Maudit, soupira Amine, trempé sans garden-party. Je suis maudit. Elle n'existe pas. C'est un faux. Cent héritières, hélas, à mes pieds. Des noms à tiroirs, des fortunes, des racines féodales, des blasons, à genoux devant l'empire Ghoraïeb ces emblasonnées, professionnelles des rallyes, béates et asservies, tout pour plaire sauf l'AILLEURS. L'AILLEURS caractérise admirablement cette romanichelle, découverte grâce à toi, mangeuse de croûtons et de radis noir, ô Fornarina, entremetteuse et garce irresponsable.

Elle se leva, pianota de ses ongles tango sur le marbre de la tablette supportant le jeu d'échecs dont elle venait de disputer une partie avec la tante Ayesha. Enjeu en pétrodollars, belle-maman ne phosphorait pas gratis.

— Allons, tu la verras chez la maharanée, et ne te plains pas, te voilà cramponné à la vie pour un certain temps. Celui de la rencontrer, dans le pire des cas, pour être déçu. Moment merveilleux des conjurations et des sorts. Demande à ta maman de consulter son miroir d'encre et ses esprits montés sur des autruches, moi, je renonce au marc, ça tache.

— Évite le sujet. Je commence à haïr ce moment merveilleux.

— Ton père m'a offert des perles noires de Birmanie, un tour de cou très simple, j'ignore quelle robe je vais mettre pour ne pas en tuer l'éclat. Les perles, à l'opposé des diamants, ça s'étouffe d'un rien, trop de rouge à lèvres ou de hâle, disparues, braise éteinte.

Elle renifla, il souhaita une grippe chiadée à l'entremetteuse qui défroissait la doublure de marabout pêche d'une robe d'intérieur conçue pour elle d'après un modèle porté par Sarah Bernhardt, et il soupçonna que, vaguement gênée, elle désirait détourner la conversation tout en hésitant sur le sens de sa victoire : avoir réduit son beau-fils à l'état monomane de l'amoureux crotté, cavalant derrière l'ombre d'une poétesse qui n'avait pas besoin de lui pour s'acheter ses frusques, les droits d'auteur suffisant à ce qu'elle n'allât pas le cul nu, mais en jean.

Dans une crise de marasme terminal, il songea qu'on l'avait sans doute entièrement trompé, que l'œuvre de Tiefenthaler ne pouvait être que posthume, voire apocryphe, et cette quête, une folie s'abouchant sur le gouffre, où il allait de toute façon, mais en traînant un peu.

— Donc chez la maharanée, smoking, reprit Agostina, ne nous fais pas le coup du survêtement et des pataugas comme l'année dernière chez les Schprountz, où tu nous infligeas deux camées à l'héroïne qui passèrent leur temps dans les chiottes à se trouer l'avant-bras, chose agréable pour une maîtresse de maison, encore, va pour ramasser les seringues, mais appeler S.O.S. médecins à deux heures du matin quand l'une de tes copines tomba toute raide sur le tapis en coma hystérique... bref, à toi de jouer, premier acte. Je te jure qu'elle y sera, sur la foi des antibiotiques. Ton sort tient à quelques suppositoires de pénicilline. La grippe de Hong-Kong n'y résiste pas plus que Miss Tiefenthaler au parfum d'ambre et de curry d'une maharanée, tant elle est ravagée de l'Inde, malgré feu ses amibes. Autre chose, ta mère a rappliqué cet après-midi pour tenter de laver tes chaussettes, qu'elle a disputées à notre nouvelle Portugaise, dont elle a eu raison. Elles sèchent actuellement sur le radiateur de la salle de bains. Fernande Benkamou soutient que seule une mère peut laver correctement les chaussettes de son fils unique. Tu l'as évitée de peu, elle est partie à six heures en coltinant le contenu du réfrigérateur, dont quatre boîtes de foie gras, ton père va faire une jaunisse de ne pas manger de foie gras ce soir, cet homme soigne le mal par le mal et prétend qu'il n'y a rien de tel que ce viscère d'oie intoxiquée pour se décongestionner la vésicule biliaire, il paraît que c'est homéopathique — enfin, il en a vu d'autres avec cette rastaquouère, pardon, *la mamma*... Ne crois pas que je la juge, les mabouls ont bien des excuses. Je lui ai donc offert préventivement les miennes, le thé, ainsi qu'à son esprit occulte, le djinn auquel j'ai dû servir une tasse de Ceylan, la tante Ayesha s'est crue au lazaret, elle repart après le bal de la maharanée, sur les genoux. Paris la fatigue, semble-t-il.

Fête carillonnée, pensa-t-il, dans l'effroi. Les trois goules sur le Harz, et la *mamma* avec son djinn de prédilection. Sur le Harz également, mon ombre évoquée, celles de Delly, Paul Bourget, des feuilletonistes de *Confidences*, de Racine et de Shakespeare. Me voilà coiffé par le zénana. Féminisé d'ailleurs par ma honteuse maladie. Téléphoner à Max, je sombre.

— Salut, ô grand chronophage, susurra Max dans l'oreille percée du téléphone et devant son patient, homosexuel dépressif car cocufié par une petite frappe de la rue Sainte-Anne, Sainte aujourd'hui lotie de pédés.
— J'erre indéfiniment, vaine croisade dans Paris, à la recherche du linge qui débarbouilla la Sainte Face, dit Amine, c'est-à-dire le Kleenex avec lequel Mlle Tiefenthaler essuya ses morves, à l'Unesco...
— Au bar du Ritz, dans une heure, *sursum corda,* coupa Max avant de raccrocher, de condamner son client à l'exécution capitale d'une ordonnance comprenant Lithium matin, midi et soir, aggravée de la contrainte d'aller, pour un dosage de lithiémie, dans une clinique de lointaine banlieue, à huit heures du matin tapant, chaque semaine.
— Une urgence, dit-il à son assistante, vous congédierez le dernier wagon d'holocaustes, ceci avec abnégation, s'il vous plaît.
Exemptant du Lithium une Viet fraîchement débarquée, deux comédiennes sans emploi, un éthéromane, quelques divorcés, auxquels Amine sauvait sans doute la peau sans qu'ils pussent l'en remercier, si la discrétion sied à la charité, Max s'en fut peinardement au bar Cambon célèbre pour son coktail Pepe Guindi.

Indéniablement, selon Max, rejoignant la thèse de l'oncle Camille et de la tante Ayesha, Amine, né d'un ventre chrétien, en surgit armé du sabre d'Allah. Pas plus Sarrasin que ce Libanais-pied-noir. Dans les yeux fouailleurs de l'excellent juif munichois, on pouvait découvrir un étrange reflet du jeune Levantin, en burnous, gandoura, turban califal, en méhariste, en mamamouchi, en targui, ou en pacha fils. Bien que le zouave fût dûment catéchisé, Max soutenait qu'aux tréfonds lovée, roupillait l'indolence cruelle et l'instinct ravisseur du Bédouin, ce à quoi Amine répondait plaintivement que, sa mère le cornaquant tout le temps pour qu'il n'allât pas se commettre dans les souks et attraper des puces en jouant avec les fils du Croissant, aucune influence de ceux-ci sur son caractère ne paraissait envisageable. En effet, c'est atavique, répliquait Maximilien, sans merci.
Quelle que fût la vengeance que sournoisement Max voulut exercer sur son copain héritier d'une immense fortune et d'im-

menses yeux verts, attributs dont lui pauvre juif était privé, il craignait que cette fantaisie à propos d'une juive roumaine ne tournât mal, et hâta le pas en direction de l'hôtel de la place Vendôme où ils tenaient leurs séminaires, à l'heure de l'alcool.

O belle comme l'épouvante et les grandes pestes noires, belle comme l'envers du soleil, si exiguë et plénière, il implorait la photographie sur la couverture du livre tel Abgar lépreux exigeant du portrait du Christ la guérison, ô belle à provoquer la conversion de tous les fils de Sem, sur ce livre tire-jus de la Sainte Face donc, te contempler jusqu'à obtention de la grâce, toi danger social, dévote d'un monde futur, Maria gratia plena, au ciel tes doux oiseaux de Galilée, toi d'exil, toi dont le sourire ébréché écarte la mort, abominable missionnée, folle du non-lieu d'écriture où jamais je ne serai, dont tu m'exclus avant que j'aie parlé, sémite dévoreuse de songes et de viande rincée, toi qui dois haïr les phallophores ou mieux les ignorer, te contenter d'être singulière. O cet air de personne élevée dont le royaume n'est pas de ce monde, mais qui dans le journal du même nom doit se ruer dès sa parution sur la critique de Poirot-Delpech ! Sous tes cheveux en joli roncier, tu fais des yeux étonnés de mutante chue du ciel *ex machina* et toute casquée, la moue devant les dominants et les mercantiles, rien à cirer des structures socio-économiques dis-tu dans le silence, avec un profond mépris de l'information analytique, toi machine célibataire une et indivise, ticket non validé, ô tes doigts de kleptomane découverts sur seconde photo, où tu lèves l'œil vers les cieux, tout en repoussant d'un pied (invisible sur la photo) les basses œuvres du sexe et les modèles usagés de ton œuvre.

Hypothèse : un jour, te tringlant sans enjolivures, simple oraison jaculatoire, je m'apercevrai qu'Iseut n'était pas une vraie blonde et ce sera le final. Plus d'épouvantail arrogant aux hardes d'amour si loqueteuses qu'on aperçoit à travers le ciel et les charognards comme par les trous du paletot de Rimbaud. A la place, une pisse-copie aux cheveux teints.

Il frôlait la démence, lut vingt heures à sa montre helvète et cartésienne, se rua au Ritz. Décidément, il se passait quelque chose au Ritz, où peu de temps auparavant il raccompagna la maharanée, somptueuse nourrice de cet astre d'or, cauteleuse intermédiaire entre lui et Dulcinée. Conformément aux règles dramaturgiques, une armée d'annonciatrices se présentaient avant l'épiphanie du sacré. Gratia Plena avait peut-être une tache de vin sur la cuisse, poinçon bizarre, particularité bouleversante, ou encore une phalange amputée — au point où il en était, la brièveté de ce doigt, la rendant moins désirable aux autres, l'aurait attendri et rassuré. La pousser dans une petite voiture serait le fin du fin. Que la chérie eût des malaises, des pâmoisons, des tétanies comme sa mère, qu'il puisse la recueillir, la soigner, la garder du monde ! Il lui souhaita en son âme et conscience un accident de voiture qui lui en assurerait l'exclusivité, et confia la sienne, en attendant, au chasseur du Ritz. Allons, se dit-il, entendre le discours assassin et cohérent du pote qui m'évite les électrochocs, et analyse mon comportement à la lumière de celui des rats encagés. Max est un salaud dont j'ai besoin. Je veux, en face de moi, quelqu'un qui décode ma maladie, me raconte ce qui se passe au niveau des médiateurs cérébraux en cas de passion, m'explique ce carambolage, me le réduise à des normes cliniques sans lesquelles le chaos où je vis me conduira bientôt du côté de Sainte-Anne, pas la rue à pédés, s'entend. *Avanti.*

— Deux Pepe Guindi, commanda Max au barman du Cambon.

Effondré dans un fauteuil, Amine n'osait chercher son reflet dans les hauts miroirs de Venise, de peur que l'image renvoyée fût celle d'un misérable Don Juan sans double. Le jus de lime, la Bénédictine et la tequila le dépossédèrent provisoirement de sa récréative souffrance et le livrèrent, ramollo, à l'examen du bien-portant.

— Fiche technique de la situation, jargonna Max, tel qu'Amine l'espérait. Ton hypothalamus fonctionne. Te voilà motivé. (Là, tous d'accord, y compris la belle-mère.) Reste à assouvir la pulsion. A concevoir la stratégie qui te permettra de t'approprier l'objet gratifiant. Affaire de néo-cortex, zone frontale. J'ânonne du L..., comme d'habitude, mais quand on a trouvé un Socrate, on se le garde, de nos jours tout particulièrement. Objet gratifiant, qui le restera tant que tu n'auras pas le nez dessus, stimulus anxiogène, propre à te couder les neurones pour un bon bout de temps. Fuis avant qu'il ne soit trop tard. Ton petit syndrome d'Atlas, du flan, à côté de l'état où te mettra cette youtre. Ou plutôt l'ombre portée, le fantôme, de cette youtre. Son absence la rend inaltérable. Je ne peux que souhaiter, en tant qu'ami, une présence corruptible de la youtre. Le danger croît dans la mesure où tu n'as aucune expérience émotionnelle, sauf celle du sein de ta mère. A ce propos, comment va Mme Benkamou ?

— Depuis sa remise en liberté, elle fait son footing au bois le matin, en short colonial, et raconte à sa concierge qu'elle m'a mis au monde en prison, aux Baumettes précisément. Bref, elle file des jours incurablement heureux grâce à cette capacité enviable de se prendre pour quelqu'un d'autre. Quant à son djinn le Doreur, il ne la quitte pas, donc elle ne souffre jamais de la solitude.

— Je veillerai à ce que les psy institutionnels ne lui remettent pas la main dessus. Revenons à notre stimulus, l'auteur d'élégies bouddhiques. Je te signale qu'elle a posé les seins nus pour un peintre et un photographe de *Match* dont le numéro est épuisé (Amine s'étrangla). Soit tu la trouves et tu l'enlèves, dans l'immédiat, d'où mise en jeu du faisceau de la récompense, *Medialforebrainbundle,* soit tu te heurtes au principe de réalité, à son absence définitive, à son amant, à son penchant pour Lesbos, à sa haine du Levantin, d'où échec et inhibition de l'action. A partir de là, tu peux te susciter n'importe quelle sympathique maladie grâce au faisceau de la punition, *Periventricular system.* Simple, non, comme fonctionnement ?

— Voui, gronda Amine, ivre de rage, de tequila et de lime.

— Renonce, chrétien hérétique, sinon tu risques la désintégration. J'ai mes renseignements sur cette jeune personne. Quelqu'un de fragile comme Henry Miller, un grognard et les Erinnyes. Elle fondra sur toi comme un châtiment, celle que tu t'acharnes à pister. Jusque-là, tu aimes une poudre d'os, un songe, l'état amoureux, petite principauté, dont tu ignorais l'existence, tu aimes le désir dont les objets s'évanouissent dès qu'on les incarne. Tu aimes des références, à travers elle toute la littérature, tu es fou de son tirage lucratif et exceptionnel pour une môme de cet âge, qui a le mérite, pour un Phénicien du Maghreb, d'être connue, non célèbre, qu'on ne lui demande pas d'autographes dans la rue, ménageant ainsi à l'avenir ta susceptibilité, mais qu'entrant avec elle, j'imagine, tu n'attendes pas cinq minutes une table chez Lipp, où le patron des lieux laisse poireauter une heure le fils Ghoraïeb avec tout le respect dû au fric de son papa. Fils d'huile de bougnoul et de marchand, tu raffoles du sigle V..., du fileté rouge enchâssant les trésors de la culture française et le nom de cette introuvable. Tu aimes tout sauf Mlle Tiefenthaler, en son peu de chair, réduite à l'os sans doute décalcifié. Malheureux. Je te croyais épargné de cette dîme et de cette gabelle dues à l'amour tel qu'on le dignifie en Occident. Ta misogynie me comblait. Les pièges naïfs de ta belle-mère, de même. J'aurais juré que jamais tu ne subirais cette vérole, la passion, passivité, souffrance. Tu souffres, gnagnagna, je respecte. Pardon de ne pas mêler mes larmes aux tiennes, mais ton mal égoïste me fait trop penser à la colère d'un nourrisson auquel sa mère tarde à donner la tétée, si j'admire, néanmoins, la hardiesse de ton caprice. Roi Marc à présent, te voilà en quête de la femme désirée au vu d'un cheveu d'or. J'en arriverais même, dans ma sidération, à te déconseiller le lithium qui ferait de toi un *homo sapiens* méditatif et oublieux du cheveu d'or. De sa détentrice, je n'ai pas lu les ouvrages, mais les critiques qui les sabrent ou les encensent. D'où je me place, elle m'apparaît comme une ravissante spirale d'acide désoxyribonucléique, avec tendance à l'hystérie déchargée dans la création dont elle est forcenée. Carbure tel Balzac à la cafetière. Ni vaginale ni sentimentale. Clitoridienne et cérébrale. Sexe et cerveau, trente-

neuf kilos à poil, en sus ongles de mandarin et cheveux fée-
riques. Simple comme une majorette. Me plaît beaucoup, en tant
que juif allemand. En fait, j'ai lu quelques lignes d'elle à la librairie
du drugstore, il y a du doigté ashkénaze là-dedans...

— D'ACCORD, fulmina Amine, cette surdouée synthétise diaboliquement ses protéines, elle nous empile tous, c'est un ordina-
teur, un ancien combattant, un para, elle a poussé en labo avec
injection quotidienne d'urine de lapin, et moi, face à ce facteur de
progrès, à cette future Immortelle, moi AMINE YOUSSEF GHO-
RAIEB, *homo faber*, bestial, paléolithique, sauvé de la totale banalité
par une petite névrose d'ennui, néanmoins connard dépourvu de
lobe créatif, incapable de chapelle Sixtine, tout à fait vain sur cette
terre, seulement capable d'actes réflexes, taureau dans un couloir
rouge...

— Le rouge n'excite pas le taureau, rectifia Max, seul le mouvement de la cape...

Amine crut devoir l'assassiner.

— Je te parie que moi, bâtard d'un pays bâtard, greffon de tissus disparates, gorille primaire, flemmard, paria, mec sans qualités,
JE TE PARIE, demi-juif, Spark de la montagne de Sion, emmerdeur mosaïque, que j'épouserai l'ashkénaze et que tu seras mon
témoin.

— Il serait judicieux que je te rapatrie. Et dans ces conditions,
je préfère conduire. Tu as bu, Ghoraïeb.

— JE L'AIME, summum de l'absurde indécent, résumé de
Dieu comme la syllabe AUM proférée par des moines tibétains.
Je couvre de baisers ce cortex créatif auprès duquel celui de
Proust, zéro, je suis à genoux devant son hippocampe, son cerveau
reptilien, moyen et récent, je les lèche, cassate aux trois parfums,
j'envisage l'exploration de ses régions sous-corticales, et l'union
légitime du fatalisme levantin mâtiné de raison occidentale avec le
plus pur génie juif de Bessarabie et du Danube, d'accord j'ai bu,
préoccupe-toi du portier, de la Bentley et des choses matérielles, je
l'épouserai donc devant le sanhédrin le Gotha et toutes les églises
en présence de sa famille moldo-valaque, transylvaine, roumaine, il
y aura les violons des tziganes rom qui sont fréquents en ces
endroits...

— Tiens, fit Max, dans la Bentley, on parle d'elle sur les ondes
périphériques.

Et il apprit, de la bouche d'un académicien, que le jury du prix
Valery-Larbaud venait de lui remettre, à Vichy, sa médaille de
bronze pour *Stances Indiennes*. Un prix en province ! Qu'elle ait toujours des prix en province, jamais à Paris ! Là, franchement ému, il

l'imagina, sous les stucs d'une bibliothèque patinée et quelques cors de chasse accrochés aux murs lambrissés, devant le maire, le préfet, le sous-préfet, les académiciens du jury, beaucoup de dames en capeline, discourant avec une étonnante éloquence de timide. Ce prix ne devait pas rapporter bézef, mais elle devait préférer ce témoignage d'estime et cet hommage posthume de Valery Larbaud aux palmes décernées chez Drouant. Que portait-elle, la lauréate ? Peut-être une robe de schintz à plastron volanté, des bas chamois et des escarpins en chevreau dont la bride jugulait son étroite cheville, en ce cas, elle devait frôler le sublime à le toucher du doigt et Lewis Carroll regretter de n'avoir pas pu la photographier. Mais si elle ne possédait que ses jeans blancs à l'endroit des fesses, il lui offrirait la robe de schintz, si toutefois elle voulait bien l'accepter.

Le tabouret du mandarin

> « Sachez que je vous cache quelque chose,
> tel est le paradoxe actif que je dois
> résoudre. »
> Roland BARTHES,
> *Fragments d'un Discours Amoureux.*

Pour avoir joué sans souffleur la dramaturgie de l'attente, il méritait salaire. Attente, tissée de malentendus, de faux présages, de présomptions, toile d'un sortilège dont on l'avertit dans un rêve qu'il gomma dès son réveil, s'il savait que chaque signe lui ordonnait de marcher, de se taire, de parler, d'aller encore, de suivre désespérément une dictée obscure et péremptoire. Moins facile d'accéder à Maria Tiefenthaler en son ghetto de juiverie que de parvenir à la terre d'Arnhem, bout du monde austral où les *medicine men* taisent leurs secrets. La route qui menait à Tiefenthaler, pays, lieu-dit ou invisible Shekinah, tournait, louvoyait, se coupait de précipices où il dégringolait, se relevait plein de gnons, et ne serait pas beau à voir quand enfin. Quand bientôt, ce soir même, chez la Rajpoute. Smoking donc. Il se reconnut un certain talent (le seul qu'il possédât) à faire le nœud. Smoking : sorte de veston, à revers longs et de soie, que l'on porte comme vêtement de cérémonie[1]. Donne l'air compassé et outrecuidant à la fois, de l'audace toujours de l'audace. Lui donnait, à lui, l'air rebelle de Shaitan sorti du désert en gandoura noire, ce qui pouvait servir, merde aux chrétiens, dont les curés ne sont même plus, à l'heure actuelle, séducteurs de jeunes filles. En prélat casanoviste ou en diable de l'Islam, il se salua, loua sa pommette effilée, la retombée judicieuse d'une mèche d'un noir bleuâtre sur la tempe mate, se parfuma au citrus amer. La gazelle gringalette ne perdait rien pour attendre. Cette dépendance vécue à la spartiate aurait un terme glorieux. Il ne serait pas — se jura-t-il, tout en hésitant à s'extraire un point noir du menton, non à cause de la pénultième douleur endurée à cause

---

1. Pierre Larousse.

de l'aimée, mais de crainte de l'apparition d'un bubon – le mandarin qui, ayant marné quatre-vingt-dix-neuf nuits sous la fenêtre
d'une courtisane, prit son tabouret et s'en fut avant la centième où
la créature avait promis de se donner. En fait, pas très sûr de ne
renoncer jamais au tabouret sous la fenêtre, il but deux whiskies
secs pour tenir le coup jusqu'à l'heure de la convocation.

Cette invisible personne l'assignait avec l'implacabilité d'un
juge, multipliait les mandats, les appels, pour qu'il comparût à son
tribunal des Miracles et seuls des termes de justice convenaient à
cette sombre loi à laquelle il lui fallait, pour le moment, se confor-
mer. Elle aussi attendait, dans son mirador, épluchant patiemment
des oranges, ou derrière un miroir sans tain, ou le cul sur une étoile
de la Nébuleuse du Crabe le voyait venir quand lui ne voyait rien :
au-delà des manigances du zénana, intrigues bassement balzaciennes, magouilles de tireuses de cartes, la très savante fileuse de
destin, Moira, Mara, Maria, attendait, immobile, le fou qu'elle
s'était réservé et qui, en cas de contumace, soit défaut de comparu-
tion, serait châtié. Cette quête obéissait à de noires, rigides conven-
tions, comme le ballet nuptial des mantes ou la tauromachie. Il ne
pouvait nier le magnétisme, la fascination, cette sorte d'agonie
paradante de l'amour voué à une inconnue, ces congestions, ces
exaltations auxquelles, midinette et Galaad, il était soumis, auxquelles il se soumettrait jusqu'à ce que sa baudruche idéale devînt
flasque, trouée par l'embout d'une cigarette. Derrière ses barreaux,
riait la jeune sorcière. Il soupçonna qu'on empoisonnait sa nourriture depuis quelque temps, pour qu'il en fût là rapport aux hallucinations. Suffirait-il de quelques calmants, un milligramme de lorazepam ou dix d'oxazepam, pour que meurent sur ordonnance une
passion et l'ensemble des œuvres qui en traitent, de Sophocle à
Musset (plus facile de dénombrer celles qui sont passées à la posté-
rité et n'en traitent pas) ? Ce serait criminel. Jamais lorazepam.
Compter les petits cailloux sur la sente derrière ses pas. Sans lorazepam, impossible de dissiper le halo d'envoûtement. Alors la réduire
en fiche, en numéro d'immatriculation à la Sécu. Peut-être la vierge
yiddish payait-elle des impôts. Maria contribuable. Il fallait se faire
à l'idée. Penchée sur sa feuille d'impôts, elle devait être absolument
divine car complètement paumée. La remplir pour elle, et la consoler de cette immixtion de l'État dans ses comptes d'usurière interdite d'inhumation en terre chrétienne.

La sonnette retentit. Max, probablement. Amine eut un instant
la tentation merveilleuse d'ôter son smoking, de dénouer le nœud,
fichue aiguillette strangulatoire, d'annoncer une grippe, de reculer
encore l'échéance, de préserver ses illusions, le souvenir d'une
lumière entrevue, ou celui d'une infection du sang, qui risquait de
se terminer en déplétion séminale tout à fait regrettable mais biologique si, séduisant Lumière de l'Exil, il ensemençait sa brèche tiède
de sperme maronite qui offre exactement les mêmes composantes

que celui des sunnites, chiites, alaouites, etc., si la brèche tiède elle aussi devait avoir une configuration tristement semblable à tous les autres menus fossés entre les cuisses des femmes, saignait sur ordre des lunaisons, à moins qu'elle n'eût l'utérus rétroversé ou quelque autre malformation témoignant de son lignage sorcier, or de cela il risquait de ne pas s'apercevoir, l'examen d'une telle curiosité étant réservé à son gynécologue. Seconde raison d'ôter le smoking et de retourner à une vie plate et emmerdante : au cas où il ne lui plairait pas, il pourrait continuer encore un peu son monologue dément, mais finirait par en avoir sa claque, on ne sait pourquoi, le jour où tout redeviendrait blanc y compris ses *gestes parmi les solitudes,* formule chère. Pour l'instant, ses gestes restaient hystériques et le monde, peuplé de chimères gardant la voie royale qui mène au sépulcre des empereurs Ming et à l'impératrice embaumée sous couvert de jade, une cigale entre les lèvres. Drôle de constat. Et si brusquement il ne désirait plus s'approprier l'embaumée ? Soit, s'il s'en allait avec son tabouret tel le mandarin homme fort sage ? La vie continuerait, sans émerveillement, sans recours à la mantique (il comptait demander une consultation à sa mère), sans le préjudice moral que cette folie lui coûtait, sans ces odieuses futilités, sans ces martèlements de crâne, sans cette tension aiguë jusqu'à l'insoutenable, sans ces incroyables parcours, sans ces poisseuses fatigues, sans ces grotesques escales, oh ! sans elle comment imaginer, sans cette pyromagicienne qui embrasait un piètre crépuscule sur la Seine de tant d'escarboucles qu'on se croyait à Ceylan, sans elle perdu, vidé, délesté de son fatras mental, creux poreux léger comme une pierre ponce, éloigné de la fable, de l'enfance, de l'inutile, du prodige, condamné à des femmes clitoridiennes ou vaginales en tout cas faisant le distinguo et par grâce de le proclamer, sans elle dans un monde de positivistes, d'énarques blets, de concis, de castrats, d'apeurés, de criticards — il hennit d'épouvante. Les deux de ses livres qu'il parcourut dans un si complet égarement qu'il lui faudrait les reprendre avant d'oser en parler sinon figure de goujat, ne traitaient que du sacré, du vertige, du jeu, de l'ivresse, de la mort, ses phrases d'où il était si douloureusement absent l'obsédaient comme la musique des rhombes et lui indiquaient le chemin. Surtout, ne pas dire à cette flinguée d'écriture qu'il aimait son œuvre, approchée en partie seulement, incomprise, derrière lequel Corpus hermeticus elle se planquait, alchimiste aux doigts tatoués par le feu. Entra Maximilien.

Amine retint un rire sépulcral, tant son pote avait l'allure d'un vieux marabout (l'oiseau) et tant ses lunettes penchaient d'une façon attendrissante sur son nez salomonique.

— Fils d'Abraham, mangeur de truite farcie, dit-il, regarde bien le chrétien maronite, sublime prince d'Orient, en habit du soir, prêt à se rendre au bal, tandis que croît la rumeur publique autour de celle qui y sera, au début , petite musique de nuit lancinante, puis chœur de la Symphonie Fantastique scandant la marche au supplice, j'en ai déjà une migraine horrible — ô membre des élus, les traits de mon aimée promettent cent unités de bonheur, le maximum requis par Stendhal, moi, j'en ai ras le bol d'attendre, j'ai mangé des croissants avec maman Benkamou qui écouta studieusement les litanies de son fils, et prit son parti en toute méconnaissance de cause. Prévenue de ce que les putes, sultanes et cadines coûtent aux Ghoraïeb, elle me recommanda de ne pas flamber trop de fric pour la fiancée. A ma prochaine visite, je me laisserai tirer les cartes, ce qui la mettra dans la joie. Puis j'ai béquillé en soliloquant sur les quais de la Seine, les clodos insistaient pour me faire l'aumône, les saules se penchaient sur mon cas, désormais voué à une solution. La bien-aimée peut être insomniaque, constipée, roter, tousser, bégayer, je suis condamné à son service. Reconnais que la bête est impeccable, que je fleure bon le citrus amer, Dulcinée peut me retrousser les babines, les gencives sont saines, au menton, reste une légère rougeur, mais chez les gens friqués, pas de lumières au tungstène, trop dangereuses pour les invités friqués eux aussi et usés par le labeur, il y aura des bougies dans des candélabres d'argent. Il se pourrait qu'elles soient noires.

— ?

— Les bougies. Ce soir, Haute Œuvre de Sorcellerie.

— Et moi, il se pourrait que je t'envie, Amine Youssef. En tout cas, je te préfère délirant que réprimant tes bâillements, l'œil au plafond espérant en vain qu'il s'ouvre, et le jarret mou.

— Oh ! ce soir, il est très mou.

— Ce soir la jeune fille dansera devant l'arche, et nous verrons bien, dit Max en s'aspergeant de citrus au cas où elle aurait une sœur. J'ai un rab d'informations sur la moukère. Assieds-toi. Elles viennent du secrétaire du rabbin Finkelberg, ami de feu le père de l'auteur. Tiefenthaler n'est pas un nom d'emprunt. Son arbre généalogique, côté paternel, grimpe jusqu'au XIIe siècle. Avant celui-ci et la seconde diaspora, flou historique, tribus errantes en Palestine. Après le XIIe, des ascendants sépharades, remarqués parmi la juiverie de Tolède. Tous kabbalistes. Quelques vizirs pendant le califat d'Abel-el-Rahman III. Rabbins, bouchers, cochers, scribes (en grand nombre) jusqu'aux croisades, après quoi traités en suppôts de Satan. Aucun marrane, porc juif converti, dans son lignage sépharade. Puis autre dispersion vers l'Est, Pologne, Galicie, Hongrie, illuminés ashkénazes, crombis, scoliosés car penchés trop longtemps sur le Talmud et le Zohar. Beaucoup sont cités dans le Memorbuch. En fouinant, le rabbin a trouvé des juifs de cour, tel un remarqué aïeul, le rabbin Yahiel, à Varsovie. Après le concile de Latran, condamnés au port du chapeau vert, signe de Caïn, attribué à ces trésoriers d'un diable puant. En Pologne toujours, quelques pieux hassidiques disciples du Baal Schem, en extase permanente. D'après le rabbin Finkelberg, elle a hérité de ce

don de sortie de soi, extrêmement commode quand on a des embê-
tements. Attends-moi, j'arrive. La tribu essaime à travers les Carpates, et suit le Danube avec un troupeau d'autres ashkénazes.
S'installe en Roumanie au siècle dernier. Son père naît en Roumanie. En Bessarabie exactement, province comprise entre le
Dniestr et le Pruth. Père alchimiste, talmudiste et conseil fiscal
établi à Paris, le prénommé Adam qu'aimait beaucoup le rabbin
et qu'adorait sa fille unique. Auteur de thèses sur le hassi-
disme, impubliées, et se résignant de mauvaise grâce à manier
de l'argent, tâche dévolue à nous autres impurs, accusés de
meurtre rituel et rituellement massacrés. Comme tu sembles t'en
apercevoir avec agacement, le rabbin et moi-même avons quelques préjugés favorables à propos de cette Tiefenthaler. Veuve
de son père à vingt-deux ans. Lequel Adam Tiefenthaler se
suicida aux barbituriques cause d'un silence trop long du Seigneur, par impatience et fatigue d'une vie de conseil fiscal,
époux d'une franchouillarde. Côté maternel, c'est Lutèce et des
patrons de bistrot. Élevée par sa grand-mère, sa mère n'ayant
pas le goût du torchage de môme. Vit toujours chez sa grand-
mère la goy, née dans le neuvième arrondissement près de la
gare du Nord, mariée itou avec un goy, le grand-père Bachelard,
défunt de même. J'espère que tu apprécies mon souci du détail. La
demi-portion, très congrue paraît-il, de juive méritante est à présent protégée des princes selon la tradition sépharade, c'est-à-dire
de la maison V... N'a jamais mis les pieds en Roumanie, Transyl-
vanie et autres Carpates où ses aïeux s'illustrèrent dans une méditation d'une telle profondeur que personne ne s'en souvient. A fait
l'indispensable retour à Sion, l'année dernière, sur pression ferme
du rabbin, qui la tient pour hébreuse de la racine des cheveux aux
orteils. Parée d'intelligence atavique, ça va de soi, prête à appareil-
ler vers l'inconnaissable chaque matin qui la trouve affrontant la
leçon de ses songes et celle du courage, car elle pionce jusqu'à une
heure de l'aprèm, sous son édredon. Je suppose qu'elle a un édredon. Aborigène de l'au-delà. IL EST ENCORE TEMPS DE FUIR,
AMINE YOUSSEF, cette femme née vingt-sept ans plus tôt, vingt-
cinq d'après les journaux qui lui veulent du bien, trente d'après les
autres, orgueil de la juiverie car assurément chez elle rien de gaulois. Fin du curriculum. Remercie le rabbin Finkelberg qu'elle
plongea dans le même état de mentisme que toi, l'innocente, seule
nuance, on ne peut qualifier d'hébéphrénie l'état du rabbin après
passage de Tiefenthaler car il approche de la cinquantaine. La
douce refusa d'être Grande Rabbine, vois comment sont les choses.
Le rabbin se consola en pensant que les séparaient son goût de la
viande bleue, incompatible avec les sacrements envisagés. Maintenant, Croisé, attaque la fille de Bessarabie, tant que ça peut, dernière information, elle refuse toutes les simagrées sabbatiques, par
esprit de contestation envers l'esprit de son arrière-grand-mère

paternelle Lydie qui portait perruque sur crâne rasé selon notre coutume. A part ça, je te signale qu'elle ne laisse à personne le soin d'acheter des chocolats pour sa grand-mère Mme Bachelard et réduit à la castration les hommes qui veulent suicider eux-mêmes cette vénérable dame grâce au chocolat, fatal quant au cholestérol. Trouve place entre ses jeûnes, ses prières, ses cilices, son goût de la fête, cette grand-mère, son écriture, son veuvage du père, son messianisme si l'on en croit le rabbin, ses déambulations à travers le monde et ses démêlés avec les éditeurs, je t'en souhaite mon brave. A mon sens, la menue personne est plus vitaliste que le Père Teilhard, et très brouillonne quant aux émotions qui lui viennent d'une plante, d'un chat, d'un sourire au profit desquels elle largue ses amants. Anti-existentialiste, mystique sonnée, indifférente aux tronçons d'histoire républicaine. Je ne vois aucune prière d'insérer quoi que ce soit là-dedans. La douce est *full booked*. On y va ?

Détestables, songea Amine dans la Bentley. Tous sadiques. Me montrer du doigt la figure du Paradis, celle que je croyais bien tranquille sur sa fresque, me pousser dans la quatrième manie socratique d'Éros tel ce rabbin, quand elle est possédée de la troisième, la prophétique, la poétique. Et moi en lamentable érection devant la sorcière entransée qui baise avec sa machine à écrire et n'a rien à foutre du monument élevé en son honneur, fût-il le Taj Mahal, ne remarquant même pas, frôlant la chose bandée d'un doigt distrait sans prendre le temps de s'interroger sur l'incongruité de ce boutoir tout à fait inutile à sa survie. Ce qui s'appelle mettre les copains dans le merdier. Une coalition dont participe même ma mère et dont seul se fiche royalement mon père.

— Tu as l'impression que je me paye ta tronche ? fit, dans la voiture, Max, ému par le tremblement des mains de son ami, et la sale gueule qu'il tirait. Que je t'ai raconté des bobards ? Que j'ai tout inventé ? Non, Amine, j'ai inventé juste ce qu'il faut. Beaucoup de familles juives ont suivi l'itinéraire précité avec constance. Là où je suis sioux, c'est que j'ai été cuisiner le rabbin à domicile, sous prétexte de recherches dans sa bibliothèque ouverte aux juifs et non-juifs mais juifs de préférence. Vois jusqu'où je mène le rôle du confident. Ne blinde pas comme ça aux carrefours. Le rabbin m'a ouvert une boîte de poivrons à l'orientale, et une autre de cette compote de pommes typique qui sent le fer et la cantine universitaire de Jérusalem. Finkelberg voulait l'épouser, ne pouvait, vu sa situation, que l'épouser, d'où cette recherche minutieuse de ses origines, dont elle ignorait tout au-delà de sa grand-mère tondue. Qu'importe d'où elle vient, Amine. Elle est sémite, et ça se voit, même sur les photos ou surtout sur les photos, on va constater *de visu,* elle a comme nous tous des aïeux morts à Varsovie, ffft, le feu était orange plus que vif, pousse l'allume-cigares, merci, il va de soi que cette demi-juive avec son père suicidé, ses volumes de poèmes qu'elle intitule romans pour les vendre, ses ancêtres hassidiques, ses deux grands-mères dont, ibid., Finkelberg, elle s'occupe beaucoup, et ses yeux à fendre les pierres du King David, moi, je l'adore, et que si tu te dégonfles...

— Pas touche, dit Amine en lui tendant l'allume-cigares. Tu me la démolirais.

— Moins que toi, Scorpion. Mais je ne changerai pas les rôles. Va, ami tu es beau comme Jézabel de Tyr et elle comme le jeune roi David, vos pieds sont parfaits dans vos sandales, bâtards de princes. Ta mère était instit à Casablanca et sa grand-mère la goy tenait un café-tabac-P.M.U. près de la gare de l'Est. Au 98, avenue de Suffren nous voici, tu devrais penser à te garer.

Pendant cette opération, Max l'exhorta à prendre son mal en patience car, de « l'admiration » au « plaisir de donner des baisers », d'après Stendhal, il pouvait se passer trois cent soixante-cinq jours, davantage si année bissextile.

Amine, lui ayant adressé l'injure facile de sale youtre, apprit par la dame du vestiaire officiant au rez-de-chaussée qu'une panne provisoire d'ascenseur obligeait une centaine de personnes du Gotha, soit à gravir sept étages à pied, soit à emprunter l'appareil de service qui, constata la meute, puait le pipi. Amine éprouva soudain un sentiment de persécution rare pour un goy, se pénétra de la certitude d'une première malédiction du clergé de Baal et d'une seconde, kabbalistique, opérée par un juif tolédan expulsé d'Espagne et décidé à se venger des gentils soixante-dix-sept fois comme Lamech, fut une dernière fois sur le point de tourner casaque, mais trop tard, l'astrakan de la tante Ayesha, trois renards anonymes, la panthère nébuleuse de sa belle-mère l'acculaient sans mal vu son poids jockey à la cage de service, et toutes griffes dehors, repoussaient Fouad Youssef dont la corpulence risquait d'infliger à cette machine Roux-Combaluzier, gaie comme un échafaud, le sort que subirent trois de ses juments.

Au septième étage, la maharanée accueillit ses hôtes sur une terrasse superbe, face à la tour Eiffel (Amine tenta de la troquer contre la Koutoubia histoire d'être ailleurs, mais la tour demeura irréfutable) leur imposa les présentations sacramentelles, les rigueurs d'un printemps aigre, des crampes d'estomac dues aux calories brûlées par ce froid de gueux imposé aux riches, gel himalayen auquel la Rajpoute semblait accoutumée ainsi que de belles mondaines en fourreau fendu jusqu'à la hanche, acceptant avec des sourires lippus et vernissés de crever la dalle — épreuve des membres du Sanhédrin : ces soirées d'absolu inconfort que refuseraient des clodos, au chaud sur une bouche de métropolitain, dévorant baguette et sifflant piquette aux heures prandiales. Or, aucun espoir de passer à table avant onze heures, risque évident de pneumonie chopée au cours du verre sur cette jetée bretonne, à tous ces maux se résignaient ces infortunées, épouses de banquiers, contraintes de s'habiller donc de se déshabiller au maximum, quasi à poil, au bord de l'évanouissement, grelottantes et racornies de faim ceci sans moufter, acceptant, entre autres joyeusetés, l'indigestion après la ruée sur des nourritures tardivement offertes et incompatibles avec la diététique, le pneu sur la hanche dès le lendemain, et une nuit d'insomnie quand le café du final n'a de décaféiné que le nom.

La smala Ghoraïeb, la tante Ayesha et Maximilien subirent donc, à partir de vingt et une heures quinze, les affres de cette terrasse, la vue sur le Champ-de-Mars d'une grande impavidité mais non sans caractère, il y eut des baisemains, des frottis-frottas, des succions de joue, des points d'exclamation, des rires en bris de verre vénitien et en hoquet catarrheux, des hennissements diplomatiques, des miaulements protocolaires, des grondements de tendresse, des glapissements de joie dus à la surprise des figurants du Gotha de se retrouver intacts et pas vieillis du tout après s'être quittés quelques soirs auparavant. Abasourdi, Ghoraïeb fils laissa la foule hurler, s'époumoner, hucher, braire, ululer et ramager pour foncer vers le buffet derrière lequel, tout aussi impavide que le Champ-de-Mars, le maître d'hôtel jonglait avec le Champe, le Tropica, le Perrier et le Scotch, pendant que fendait la piétaille, plus serrée qu'à Crécy, sa belle-mère à la peau granulée en raison du climat et d'un décolleté plongeant jusqu'au plexus, belle-mère admirable dans les mondanités, ce soir-là en voiles de mousseline rayée comme les longues barbes de rascasses volantes dont elle avait la promptitude à se déplacer par petits bonds d'un groupe à l'autre, suivie d'Ayesha, discret fretin du Levant, en des évolutions surveillées d'un œil paternaliste par Fouad qui, dans ces aquariums, adoptait la position commodément statique du poisson-caillou et rentrait chez lui beaucoup moins fatigué.

Quant à Max, il donna à Amine ce soir-là la preuve d'une amitié inconditionnelle en faisant le planton, obstruant considérablement le passage et les courants marins juste devant la terrasse dont il ne décolla pas, résolu à filtrer le flot jusqu'à ce qu'il en recueillît Mlle Tiefenthaler malgré les coups de reins, de coudes, de croupe, de poings, et les preuves d'intérêt assidu que lui donnait une célèbre couturière en costume de pompier japonais.

A vingt-deux heures quarante, la rumeur discordante du zoo se transforma en chant synagogal puis en silence de crypte roumaine à l'instant du déroulement de la Torah.

— Darling, dit la maharanée poussant devant elle une très jeune fille, venez donc par ici, que je vous présente un de vos admirateurs, Amine Youssef Ghoraïeb, élève aux Beaux-Arts, émule de son père — où donc est Fouad ?

Le fils de Sidon s'inclina devant la vierge de Roumanie, les yeux cravachés à en rester aveugle par une si cinglante beauté, il était vingt-deux heures cinquante au méridien de Paris, Mme Benkamou s'éveilla en proie à une féroce migraine d'alarme, la lune venait d'entrer dans la demeure du Trou-de-l'Outre selon le calendrier islamique et on annonça que Madame était servie.

L'entrée de Maria, écolière archangélique juponnée de bleu marine, suscita un émoi panique chez les louves latines qui l'entouraient, un pincement de lèvres chez les Anglo-Saxonnes, un intérêt flagrant et illégitime chez les amateurs de nymphettes, leurs époux ; les babines des femelles menacées se retroussèrent sur des sourires de squale, les crocs luirent dans la pénombre, les mâchoires claquèrent sur le vide, la faune gorgonesque et utérine palpita d'angoisse, une ondulation de seins et de sexes souleva les robes précaires des anadyomèdes de salon, les mâles concupiscents se détournèrent avec prudence de l'étrangère, firent semblant de l'ignorer, espérant lui jeter le grappin dessus après la tempête. Pétrifié devant la maigreur de l'androgyne, Amine éprouva plus que jamais un sentiment d'horreur viscérale à l'égard de toutes ces Méditerranéennes, pointant et pendant de partout, répandues dans l'espace en une immonde anarchie, le nez débordant sur la bouche rapace et peinte, escamotée par la double bouffissure des joues, il détesta ces vallées de peau grasse, ces poitrines à traire, tissus flasques et baveux, pathétiques et pantelants — le danger rassemblait les ennemies, grands oiseaux à aigrettes, serres affûtées, plumes gonflées, croassantes et plumeuses sous le feu grégeois de leurs bijoux, prêtes à foncer sur Maria pour lui arracher ses longs yeux d'almée, pour qu'il ne reste à leur place qu'une fente griffée de rouge et que les aras en battent des ailes de satisfaction.

Amine (off) :

Je tuerai ces oiseaux, Maria, mon amour, résumé de perfection suspendu dans un souffle planant sur les eaux et vibrant des splendeurs de l'orage, je préserverai jusqu'à ma mort ta beauté de psaume sombre, ramassée étroitement sur elle-même, j'écarterai les vautours de ton délicat impondérable squelette affleurant sous ta peau d'étrangère, épiphyse, apophyse, arcades, jointures, gouttières des clavicules, Maria anatomique si facile à briser, milicienne céleste, fille d'une mésalliance de Jéthro, déjeuner du soleil, feu des chaumes blonds, toi au prénom d'épreuve, enfant marquée d'on ne sait quel signe sacrificiel et distinctif, toi coupable de vagabondage spécial et d'écriture du même genre prohibé, folle vestale du feu qui couve au creux de tes reins alanguis d'une ancienne paresse, toi encore intacte, sereine essence que je saccagerai superbement comme le vent viole le cœur des lys rouges de Toscane, toi qui fixes avec effarement, dédain pudique, et pourtant quelque secrète attention, tapie, derrière tes cils, le jeune homme qui ne sait te dire mot.

Celui qui observait la danse de sa bohémienne avec la fervente lubricité du moine matant celle d'Esméralda du haut de sa tour, extérieurement, semblait un jeune prince, et seul son regard malintentionné dénonçait le vieux moine à l'intérieur. Devant elle, concupiscent, sénile, non pas beau vieillard homérique mais affreux cacochyme en rut, or elle ne semblait pas reculer de dégoût à sa vue, elle ne voyait pas le charnier d'amour qu'il cachait, sinon, se fut enfuie dans un envol de jupons bleus.

Ne s'enfuyait pas, mais les autres pouvaient la lui soustraire. Redoutant cette nouvelle épreuve, il déroba avidement et en vrac quelques miettes de sa grâce telle que, ce soir-là, elle la flanquait sans vergogne à la gueule des salonnards éthyliques. Luxueuse, la romani. Il notifia un camélia blanc piqué dans les longs cheveux crêpelés, bruineux, d'un châtain fileté de blond, un retroussis presque vertical de cils barbelés, une carnation sucre de canne, des ongles émaillés de fauve, visiblement elle aimait s'assortir, une lèvre supérieure en exacte accolade, des mains ligneuses et sèches, un corps exigu, amenuisé par tout ce bleu presque noir, remarqua qu'au moindre de ses gestes, voltigeait le coton plissé autour du mollet mince escaladé par les lanières de hautes spartiates ajoutant sept centimètres à sa taille succincte mais proportionnée selon le Nombre d'Or. Pas plus haute que les ming K'i, répliques des vivants, qu'on plaçait dans les tombes chinoises. Presque naine. Elle ne s'enfuyait toujours pas, pourtant dîner servi. Papotait avec d'autres, mais sans s'éloigner d'Amine. Un mètre soixante, trente-neuf kilos, cheveux mordorés, à présent il connaissait les camaïeux de ses couleurs, celle du diaphragme bruni non pas abricot mais chocolat clair, celle des prunelles noisette aux stries d'or, l'ombre sépia ciselée par ses précises omoplates sous une chair lisse à étonner les Asiates.

Abasourdi et rigide, il épiait sans l'entendre sa première en dissert, sa romanesque qui gardant tout pour l'œuvre ne laissait pour le courant que des reparties mondaines, et ces chatteries qu'en vraie victime à vocation de bourreau il réprouvait sans surprise, se mordant les lèvres gercées de froid et crevassées de jalousie. Parfait instrument de souffrance que cette pygmée livrée au monde, à la flagrante santé de maigre, bringuebalant ses ferrailles d'ossements putrescibles, offrant à l'auditoire et aux spectateurs des épaules épurées, un rire saccadé, rauque, de fumeuse et de hussard, ô ! rire de la demi-portion juive, rire de délivrance, ô son funambule marchant avec précaution sur la ligne des cyclônes. Élue, rebelle, hérésiarque, frondeuse, culottée, cannibale, vorace, éthérée, fracassée de rêves, petite fille s'amusant à charmer les grandes personnes avec sa malice monstrueuse de nabote et la dignité d'une infante, bourgeon d'enchanteresse, maigre ce chien et comme coup de trique, pourquoi ne pas retrousser sa jupe et la sauter devant le beau monde, voire la sodomiser, *turkish delices for yiddish girl* — il ne sut deviner que c'était un des phantasmes majeurs de Maria quand elle se donnait la peine d'en avoir pour aider aux labeurs du sommier et qu'il eût marqué un point en la niquant ce soir-là au vu d'une centaine de personnes. Il y a dans la vie de ces malentendus.

Elle semblait bander en continuité pour son métier d'hétaïre nocturne et se donner bien de la joie à séduire les adultes, ces enfoirés que fléchait son sourire, pointe au curare. Vlaf trait envenimé en plein cœur d'amour épris d'Amine le Maso qui la regardait égrener ses jouissances sociales de fille admirée et d'écrivain reluquant soigneusement les membres de cette chouette assemblée pour tirer parti de telles observations au cours de ses solitudes. Il observa, sous cet air de fête, quelques gestes prudents d'excommuniée et de juif menacé par le cosaque, puis des reprises de gaieté, quand, sous décharge d'adrénaline, rigolant à nouveau, elle déployait une gorge surprenante, piriforme et de primeur. Figure de pieuse, sujette à lévitations hassidiques comme ses ancêtres de Pologne, au sourire de charité donnant rien et tout — à lui que donnait-elle ? Un instant de présence obligatoire car, à la fin des opérations, il l'avait coincée dos au mur, dans un recoin fleuri exempté de courants d'air où il lui susurrait des conneries sur son œuvre, se parjurant puisqu'il s'était promis de ne pas gaffer à ce sujet. Restait-elle devant lui à cause d'un parfum de roses, de citrus amer, du microclimat ou d'un commencement de fascination ? Stoïque, elle subissait les louanges, n'y croyait certainement pas, peut-être même songeait déjà à l'envoyer en Sibérie comme le furent les étudiants ayant applaudi à un décret prononcé en leur faveur par le tzar, qui les condamna au bagne sur ces mots magnifiques : « Qui êtes-vous pour m'approuver ? »

Puis elle rompit le silence d'un tel discours par quelques mots qui ne furent pas ceux du tzar, elle voulait du champagne, Rose du Cantique, ô perfection savamment désordonnée, profil tracé aux marges du texte, porteuse des diadèmes célestes baignant dans un courant balsamique, étrangère à ces femmes alentour portant les vêtements d'En-Bas sous le ciel contrefait du Tohu-Bohu ; à sa demande d'alcool résonna le Vide, jaillit le point des origines grâce à la Très Mystérieuse Force de Frappe mentionnée dans le Zohar, ébloui, il la bénit d'avoir soif ou d'aimer le champagne pour la griserie, courut chercher la flûte dans laquelle elle trempa ses lèvres dont le fard estampilla le bord du cristal qu'il pensa dérober et honorer peinardement chez lui comme une relique au risque que la parente de la maharanée ne réinvitât plus les Ghoraïeb qui bientôt se mettraient à piller l'argenterie.

Elle lapait son champe sous l'œil encore incrédule d'Amine

qui n'en revenait pas d'une telle faveur, à lui seul elle demanda un liquide apéritif, c'était comme un aveu, quand se pointa Max, le faciès tiré de désespoir, car (dernières présentations) l'accompagnait une sémillante Carioca, déguisée en vacher du Mato Grosso, une productrice de films ibérique, en cigarière des ramblas, flanquée de sa cousine qui n'eut rien à changer pour figurer en aïeule de Goya ; le tournoi faisait rage dans la lice, les invités retardataires dégringolaient à toute allure vers les trois étages inférieurs, à chacun desquels les attendait « un buffet prodigieux », spécifia Max qui se souciait toujours des nourritures terrestres.

Amine craignit de perdre à tout jamais Mlle Tiefenthaler, si les buffets provoquent, tels les avions, d'inexplicables ruées, si la multitude s'empresse toujours d'y accéder dans un charivari belliqueux, si, craignant qu'il ne reste plus de saumon, elle piétine impitoyablement les invalides, les enfants, les faibles et les gens âgés pour occuper les places de peur que l'engin ou la bouffe ne s'envolent avant eux, alors que les Boeing ne décollent pas avant finition du chargement, que les buffets se doivent d'être pourvus en victuailles au fur et à mesure de leur consommation, et qu'une fois la fête finie, il doit en rester assez pour nourrir un régiment de Bachi-Bouzouk affamés, ceci quand un hôte tient à sa réputation, sait improbable l'intrusion des troupes, et inévitable une diète de saumon pour les jours à venir.

Max, ivre et à jeun comme tout le monde, ne fit pas de quartier, poussa Amine dans l'escalier, le conduisit par la peau du dos jusqu'à une table ronde, au second étage, l'assit de force juste après les dames, suivit attentivement la descente quelque peu trébuchante à cause des cothurnes, de Mlle Tiefenthaler, escortée d'un imprévisible éditeur chinois qu'Amine haït sur-le-champ, dont Max la détacha avec doigté pour la ficher comme un papillon sur le siège voisin de l'amoureux hébété – *Gloria in excelsis,* soliloqua le chrétien d'Orient, elle est à ma table, ceci grâce à tous ceux auxquels je dois ma survie, bénis soient la maharanée, sa sœur, la race indienne, la pêche à la truite au Cachemire, mon pote le psy, l'ensemble de la juiverie, ashkénaze, sépharade et hassidique : Maria Tiefenthaler, assise, tapote la corolle de son liseron bleu découvrant le mollet, en ramasse les plis cascadeurs effrontés comme on ferme dans le froissement définitif de ses lames un éventail de tulle, baisse ses paupières bistrées d'exhaustion cérébrale, sûr qu'elle est fatiguée, tant de nuits à écrire devant l'étoile fixe d'une bougie, pendant que je lis sa fatigue, Max échange avec la cigarière des ramblas des tuyaux sur l'auriculothérapie – il suffit de pincer le lobe, fini le lumbago dit-il, car les méandres de l'oreille, très chère, ne sont que la réplique du fœtus que vous fûtes, n'oubliez pas de remuer en même temps le cinquième orteil, c'est excellent pour la circulation du sang. Ce soir le psy n'y allait pas de mainmorte.

Ciel, Maria venait de déplier sa serviette avec une élégance telle qu'il crut qu'allait s'en disperser une neige de safran, et, à son annulaire, il remarqua une bague d'or jaune à motif léonin, réplique d'un des bijoux du trésor d'Atrée, or à cette pilleuse de tombeaux Max eut l'idée géniale de demander si elle préférait se servir ou qu'on lui apportât de quoi se sustenter, et Amine se maudit de son manque d'à-propos, mais comment en avoir dans un dîner où tout lui importait sauf ce qu'on y absorbait.

Elle repoussa l'offre de Max, et se leva, désirant se nourrir en autarcie, et qu'on ne lui imposât pas le foie gras qu'elle détestait.

Maria disparue, Amine attendit que se calmât la bousculade de tous ces grands jeûneurs devant l'autel dressé. Il fallait voir, tombant d'inanition, crevant de malefaim, indécents en ces circonstances (dont ils ignoraient le caractère exceptionnel) de charnels appétits, tous ces dévots se ruer au premier service, les pénitentes en crêpe georgette pencher au-dessus des plats leurs avantages lactés, en pendentifs ou en pampilles, selon l'âge, pour communier d'hosties salées, de la mousse onctueuse du turbot, des saumons entiers dont Mlle Tiefenthaler parvint à prélever deux tranches et pas des moindres qui, dans son assiette, prirent d'un coup un air floral et délicat — jamais Amine ne vit apprivoisé à ce point ce poisson slave, souvent rébarbatif, caoutchouteux, cernées de durs filets trop sombres, lors, les tranches élues par la belle gourmande et flattées de cet honneur se repliaient d'elles-mêmes, rosissaient de confusion, s'amincirent encore pour qu'elle les avalât plus facilement. Il se décida péniblement à s'arracher de la table, cingla vers le buffet, bouscula son père qui, épuisé par deux voisines boulimiques, leur véhiculait galamment pour la troisième fois un assortiment des saumures de la Caspienne, écrasa le pied d'un couturier à l'oreille sertie d'une perle, lequel couturier poussa un feulement de castrat, se trouva à nouveau dans les bras de Fouad qui venait s'octroyer un cropet de caviar supplémentaire en raison du service, tandis que Mlle Tiefenthaler décidée à sévir sur la terrine de bar, coupait la route à une décoratrice milanaise, brisait au scalpel le rempart encore intact de ladite terrine, sommait sa provende d'un demi-kilo de tarama, et, la tête haute, bravait la meute pour rapatrier ces choses iodées vers la table où la cire des bougies pleurait son éclipse.

Ainsi, suivant d'un œil médusé ses aller et retour, Amine, incapable d'avaler quoique ce fût en raison d'une formelle constriction de la gorge, la vit morfaler une quantité considérable d'aliments gras, niveler le contenu de son assiette avec une formidable bravoure — où diantre ce sloughi fourrait-il trois cents grammes de caviar, cinq cents de tarama, un demi-saumon, un kilo de terrine de bar, provoquant à cause de ce bel appétit paillard un regain de haine parmi le commun des mortels qui ne pouvaient déroger à un régime hypocalorique sous peine d'infamante cellulite. Or il s'agissait des zakouskis. Amine apprit plus tard qu'obsédée par la minceur, et extrêmement gourmande, Maria n'absorbait jamais un gramme d'hydrate de carbone ou de sucre, jeûnait souvent, s'infligeait des carêmes et des ramadans, si elle ne respectait pas le sabbat, le reste du temps dévorait et assimilait, sans cesser d'être réduite à l'os, de vigoureuses nourritures de légionnaire, mais que, au moindre arrondi de l'épaule ou de la taille, elle se transformait en stylite jusqu'à ce que les ossements pointent à nouveau de façon satisfaisante. L'ignorant, il respecta cette faim de louveteau, tout en jugeant son coup râpé si l'auteur ne s'intéressait qu'à ingurgiter son comptant de phosphore sans se soucier du jeune homme voisin qui n'avalait que sa salive.

Rassasiée, un peu saoule, Maria rosit d'une façon trémière, sauvage, mais rassurante si l'alcool et les plats riches font monter le sang aux joues du vulgaire. Elle lui sembla ainsi moins inaccessible. Oser lui adresser la parole. Que racontaient donc ces gens. Son voisin de gauche, un sculpteur (en gravatier), spécialiste des trônes et dais qu'affectionnent les rois nègres, vantait les ciels symphoniques de Boudin à la cigarière, Max faisait part à la décoratrice italienne, éminemment solvable vu sa collerette de rubis et le sautoir à cœur cabochon scellé au creux de son décolleté, de son souci à propos des symptômes inquiétants qu'elle présentait et dont il la débarrasserait dès la première visite, se gardant de lui en trouver des tas d'autres pour saler la note car il avait une envie urgente d'un cabriolet Mercedes 280 SL six cylindres à injection. Amine fixait ses boutons de manchettes avec intensité, Mlle Tiefenthaler, sa fringale assouvie, allumait une cigarette (horreur, grâce à son propre briquet laqué) et, complètement connard, il finit par lui demander quel était son parfum.

— L'Eau de la Reine de Hongrie, répondit-elle.

Il demanda humblement où on trouvait ce vénérable élixir, apprit que seulement à Londres chez Crabtree et Evelyn, au cas où elle eût fini le flacon, allait lui proposer de filer chez Crabtree quand Max l'informa de l'arrivée du bœuf strogonoff. Elle n'allait quand même pas ratisser le strogonoff. Eh bien si, le strogonoff et son fichu appétit la drainèrent vers le satanique buffet, son absence se prolongea, il se retourna affolé la cherchant, un prince Visconti venait de l'intercepter, lui ouvrait le passage, et il exécra ce Rital titré tout autant que le bœuf russe.

— *Oûn angelo del Pârâdiso !* brâma le prince qui charriait l'assiette de l'ogresse naine, dont l'appétit sérieusement ouvert par les zâkouskis réclamait du solide et le plat de résistance. Maria, *carissima,* venez prendre le café avec nous, j'ai à ma table votre amie Edwige Yuan, qui revient d'Australie, Tova Bogdanov et sa cousine Jeanne, qui entreprend un livre sur le Danube en tant que Mississipi, je m'exprime mal, elle vous donnera des précisions. L'ensemble lorgne votre table avec rage depuis qu'inexplicablement vous les avez abandonnées...

— Je ne les avais pas vues, dans ce tourbillon, dit Maria, qui, soucieuse de réceptionner sans dommage son strogonoff, se réservant le voyage austral et le bouquin sur le Danube comparé au Mississipi pour plus tard, quand elle serait correctement lestée de fromages et de desserts, promit donc de les rejoindre pour le café.

Devant cette perspective inouïe, la fuite de Maria vers les autres, Amine lui proposa, dès le strogonoff ratissé, ses talents d'officier de bouche quant au dessert qui s'annonçait dans un bref délai. Lui n'avait ingéré qu'une miette de strogonoff, et un moment d'absence de l'aimée, déjà, le plongeait dans la régression morbide et les troubles du sevrage. Son ego et la réalité venaient de pactiser grâce à la présence de cette machine à délire, là, près de lui, qui lui épargnait l'asthénie, les troubles gastro-intestinaux, remplaçait ces perturbations par une unique érotomanie, seulement voilà, cette passion monodique risquait d'affronter les attachements pluriels de la pygmée qui le guérissait d'un mal pour lui en infliger un autre, moins stérile cependant (pensait-il).

Il la regardait, attendait sa réponse, entre eux se gelaient des paroles prudes et lourdes de sens (selon les espérances d'Amine, à moins qu'elle ne fût simplement distraite) à propos d'un dessert, il regardait sa merveilleuse, la louait que par sa seule grâce disparût sa schizo morcelant en scrabbles sa vie de médiocre désespoir, à présent ses idées fuyaient victorieusement sur le champ passionnel, tout ce qu'il lui demandait, excepté le choix de son dessert, était de rester près de lui faute de quoi il retrouverait son monde émietté et y souffrirait plus encore, ayant entrevu la complétude d'un autre, plein de lait, de miel, dus des Terres Promises. Or elle ne lui devait rien et n'avait rien promis. Ou plutôt si, le café avec les Autres.

— S'il vous plaît, dit-elle absolument ingénue, rapportez-moi des fraises des bois, et des grosses, quelques sorbets aux fruits de la passion, du citron et des tuiles aux amandes. Ce soir c'est repas sabbatique.

Il fila à la quête du fraisier, des sorbets, etc., et un miroir oblique lui renvoya un reflet joyeux, tant il l'était de connaître d'elle cette vétille : elle aimait les farineuses fraises des bois, les boules gelées des sorbets, elle péchait par gourmandise, la sorcière capable de ressusciter à dix lieues de là, de disparaître magiquement de ce salon, mais pas avant qu'elle n'eût dévoré son content de vitamines. Il revint avec les fraises et tout le tremblement des delikatessen, trois kilomètres dans les pattes, fourbu et transi de bonheur.

— Manger comme ça tous les jours relèverait du suicide stomacal, fit la délicate. Mais ce soir, je fête quelque chose de particulièrement gratifiant : un bon article de Poirot-Delpech paru dans *le Monde* cette semaine. (Pauvre Tirésias, il avait deviné cet attachement à l'opinion de Poirot-Delpech si, par une invraisemblable dis-

150

traction, ni lui ni Agostina ne le lurent.) Il faut vous dire que j'avais peur pour mon dernier bouquin, une gageure pour moi qui déteste le roman linéaire à personnages et suis Fidèle Disciple de Miller recommandant aux auteurs de raconter la façon dont ils ont pissé le matin après quoi on juge un écrivain et le reste démarre, au gré de l'humeur et surtout dans le plaisir... A part les putes mynphomanes, je ne vois pas qui, dans cette société, on paye pour étaler son plaisir. Nous avons de rudes privilèges — nous, je généralise un peu vite. Tant et tant de bons écrivains n'arrivent pas à se faire publier... Le merdier, c'est le comité de lecture. Je crois que vous avez oublié les tuiles aux amandes.

Il se leva précipitamment, vola vers le buffet, pour les tuiles et pour cacher sa déroute. Ainsi seul l'article de ce Poirot l'ayant comblée la mettait de bonne, de si excellente humeur, la rendait gourmande, gaie et prolixe, champagne à cause de ce Poirot et non de leur rencontre, après une telle attente mystique il était en droit de penser qu'elle avait compris du premier regard qu'assis près d'elle, se trouvait l'homme avec qui elle finirait ses jours car il l'aimerait jusqu'à sa mort et hâterait celle-ci, au cas où elle en aimerait un autre, eh bien non, elle la médiumnique n'avait rien entravé, que dalle, elle l'étourdie lui offrait un visage d'impasse et des sourires de tolérance, il saisit avec des pincettes, dans un gigantesque carton à chapeau de nougatine ouvert et dévasté, cinq boules dont le rouge passionnel lui sembla d'ironique augure.

— Mais vous en avez pris pour tout le monde ! dit l'hypocrite, entamant une boule avec concupiscence. Puis, suspendant sa petite cuiller : cinq romans dans mes tiroirs. Je ne sais lequel publier prochainement. Que pensez-vous de ce titre : « Danse de la Montagne Nocturne ? » Traduction d'*oribaseia,* bacchanales sur le Cithéron. Une tragédie grecque, rien que ça. Un peu difficile, non, ce titre ? Préférez-vous l'Egéide ? (Elle se commit à préciser, au cas où il aurait confondu avec l'Enéide.) La fable de l'Égée.

Il ne répondit pas, elle poursuivit son monologue tout en dégustant ses sorbets, la Lolita friande d'ice-creams, et brusquement il lui pardonna tout, devant lui un mètre soixante — trente-neuf kilos de poésie — savourait les sucres aromatiques d'un extrait de fruit gelé, dont il enviait le sort car ce sorbet connaissait la douceur de sa langue, de ses papilles et de sa luette, sur ce abandonnant le sorbet, elle prononça un vague « pardon », posa avec une grâce cavalière son pied sur le rebord de la chaise d'Amine, renoua le lacet de sa sandale du geste ployé d'une ballerine, une mèche de ses cheveux, miel d'acacia, glissa sur le bout de son nez imperceptible, ses cheveux de koré antique effleurèrent le nœud papillon de Ghoraïeb fils qui sentit une dure émotion s'ériger sous la table, banda aux dimensions de l'omphalos de Delphes car il venait de découvrir, à l'envers de son poignet, quand elle releva cette boucle tenace comme celle qu'on impose aux toisons papillotées des enfants, un réseau mauve veinant sa peau plus claire sur la face que n'assombrit pas le soleil, peau secrète, parcourue du tatouage d'une jungle vive tout au long d'un bras incroyablement frêle.

Déjà le maltraitaient ses façons folâtres, son impassibilité, sa coquetterie, Poirot-Delpech, la trouée aveuglante d'un sourire réservé aux autres, et sa jeunesse dorée, nerveuse, de manouche mondaine, qui lui faisait sentir le poids de l'âge et sa probable importunité. Une miraculée que cette folle jeune fille, secouant sa crinière électrique. Il ne redoutait plus que le café qui la lui enlève-rait, et que faire alors, solitude d'épouvante, si elle allait rejoindre ces pithécanthropes qui la réclamaient à grands cris. Or il aurait fallu qu'il se raisonnât, la jeune fille, toute de métaphores, ne serait jamais là d'une façon absolue comme le fut sa mère, qui lui donna de mauvaises habitudes à force d'heures de présence, jamais là, mais diasporée, opérant le transfert frénétique d'un objet à un lieu, d'une situation à une autre, manipulant l'analogie alchimique avec rage, incapable de faire un *sitting* mental, toujours en inflation de mots, ivre de satisfactions référentielles, cherchant les correspon-dances qui sous-tendent l'échiquier du monde, se résigner donc à ses absences, à ce goût de la fête qui le suppliciait, à ses amours adventices pour chaque chose que Dieu créa, à ses yeux de croyante si insolents car levés là-haut et non fixés sur les siens, à ses pau-pières baissées sur le mystère d'un lieu où jamais il ne serait, à ses roucoulades adressées aux Autres, il ne lui restait plus à espérer qu'elle roucoulât pour lui seul une fois encagée, que ses prophéties retentissent dans leur seule chambre murée, qu'il fût seul à en rece-voir les échos et que c'en soit fini alors de son arrogance de tru-blionne, de sa malignité carnassière de petite loutre aux dents bousculées.

Il en était là de ses ruminations quand se produisit l'inéluc-table : une Eurasienne, le Rital titré et un Brésilien à fazendas fon-dirent sur elle (on avait perdu la cousine Jeanne, mais rien pour attendre), apportant leurs cafés pour être plus sûrs de se la coincer, jugeant qu'elle tardait, que trouvait-elle donc d'excitant à cette table où elle voisinait avec un muet à la triste figure, joli mais funèbre (il se sentit évalué rapidement) quelle que fût la raison de l'inexplicable statisme d'une Maria qui d'ordinaire ne tenait pas plus en place mentalement que physiquement, avait des conversa-tions en plusieurs langues à la fois et à l'arrière de l'occiput un œil supplémentaire pour discerner qui de grisant lui tournait le dos, plus question d'attendre, ils s'imposaient, s'installaient, sans le chasser, par gentillesse. Les fouetteuses de la rue Saint-Denis, des premières communiantes, question sadisme opérationnel, pensa Amine, à côté de sa ludique bohémienne qui accueillait les autres avec des transports de joie partagés jusqu'à transports en commun quand lui se trouvait déporté hors de son présumé territoire.

Il se prépara à souffrir énormément. Par malheur, les préparatifs ne servent à rien, on ne connaît pas de vaccin contre ce mal des ardents : une passion qui ne cesse que par le choc-en-retour du même enchantement.

La présence de l'Italien, du Brésilien, et surtout de cette sémillante Edwige, Eurasienne au petit mufle de dragon camus, aux bras safranés, fardés de roses noires par une blouse de dentelle, qui enlacèrent le cou de Maria avant qu'elle ne déposât un baiser sur sa tempe, avant qu'elle n'acceptât, rayonnante, de s'asseoir aux pieds de l'auteur dans un froufrou de taffetas aux moires rêches, l'influence du champagne, du vin et du café, transformèrent à vue la puritaine hassidique en frivole bavarde, précieuse odieusement adorable hélas pas ridicule, et, bien qu'elle eût tenté poliment, à plusieurs reprises, de faire entrer Amine dans le cercle de la conversation, pure formalité douanière, en fait elle s'en fichait, le chassait de son aura, le bannissait de ses souvenirs et des mondes qu'elle eut l'audace de traverser sans lui, le menaçait de lapidation si jamais il approchait une des fontaines de Florence dont elle parlait comme si elle eût été dessous, ou d'une église de Salvador dont elle disait les rinceaux, les palmettes et les absides encensées de maconha, l'herbe qu'on fume là-bas aux pieds du Seigneur.

Devant cette brusque hystérie de communication, sa fringale gamine de retrouver les personnages qu'elle avait connus avant lui — avant, que de choses et de gens qu'il faudrait évacuer jusqu'à table rase — et la sincérité de la tendresse qu'elle leur donnait, Amine, relégué au rang de voisin stupide, béat, peu prolixe, coupable d'avoir maté fixement pendant tout ce dîner et volé aux autres la frêle casanoviste dont la promptitude à renouer des liens avec ses chers et tendres le glaçait d'effroi, Amine crucifié, surprit l'émerveillement hagard de Maria et d'Edwige se retrouvant après un voyage de cette dernière chez les aborigènes d'Australie, qui lui coûta une de ses dents de devant que remplaçait une fausse — une fausse ma chérie dit Maria, mais ça ne se voit pas, il faut que tu me racontes tout, prenons date — elle sortit son calepin pour y noter un rendez-vous avec l'Eurasienne, et Amine, du vinaigre sur les plaies, songea renverser la table, avec les candélabres, les couverts et les reliquats du banquet sur le smoking de l'Italien, les moires de l'Eurasienne et les pompes vernies du joyeux Carioca, mais Max, qui surveillait son patient et le vit prêt aux solutions extrêmes, intervint pour annoncer qu'on changeait de crémerie et que sur la terrasse grondaient les tambours d'un orchestre lui aussi brésilien.

Ombre taciturne, conscient d'une cause semi perdue, Amine franchit avec les ci-devant, Max, la cigarière, le gravatier, le Carioca, la Milanaise rubescente et le pompier japonais, les degrés de cet escalier qui lui sembla un parcours du Golgotha. S'effondrer avant la dernière station. Max, qui n'en était pas aux analogies christiques, lui chuchota que ce schproum ressemblait à un Grand Prix du Président de la République, qu'il avait les mollets en fer forgé à force de monter et de descendre ces chics casse-gueule d'escaliers, lui demanda comment se portait son jarret, n'obtint pas de réponse, se résigna à guincher avec le pompier nippon ou la rubescente, vacherie du sort, un slow, et quand les slows commencent on ne sait jamais quand et comment ça finit.

Les maharanées ayant ouvert le bal avec leurs amants respectifs, deux Milos enfuis des pays de l'Est, Agostina Ghoraïeb s'effondra dans les bras de Fouad avec une élégance floconneuse, la main de Maria se posa sur la cuisse d'Amine, décemment recouverte d'un pantalon masquant le reste du désastre — il bandait à nouveau comme un G.I. devant l'effigie de Monroe apposée à un sac de pommes de terre —, elle lui confia qu'elle se sentait légèrement bourrée et l'invita à danser, car aujourd'hui Natacha n'attend plus le bon vouloir des princes.

Le temps se figea en bleu caillot de nuit quand l'apprenti sans foi, l'héritier mécréant, le schizo aux doigts gourds, le soupirant torpide, le névropathe tout à ses échafaudages, destinés à s'écrouler de même que le monde dans la ruine et le massacre sans l'entrée par effraction de Tiefenthaler sur la scène d'illusion, le jeune homme à l'air d'objet perdu, aux yeux grands comme son besoin de souffrir, le raté chronique, l'inquiet, le gauche, le trouble-fête pervers, celui qui hésitait à se punir pour mériter l'amour de sa dame ou à la rouer de coups pour exiger le sien, quand donc l'obsédé du malheur et le type ne digérant pas le bœuf strogonoff d'où haleine amère, firent place à un amoureux déconcerté incapable de toute prouesse chorégraphique, qui néanmoins souleva de terre la bien-aimée avec les précautions liturgiques d'un curé élevant l'hostie, or elle n'était guère plus lourde et il n'eut aucune peine à esquisser symboliquement ce geste.

Dès que la joue de Maria eut effleuré son smok grain de poudre au niveau de l'épaule (sans les cothurnes pensa-t-il avec délectation, le cul par terre mon amour, ton nez au niveau de ma ceinture, grande satisfaction phallique que je me promets), Amine oublia les désagréments causés par l'irruption du cénacle cosmopolite, s'étourdit du parfum de la reine de Hongrie, apprit presque en braille, tactilement, l'iconographie de son visage pour la première fois si proche : ses yeux, poisson des premiers chrétiens tracé sur le sable des origines, deux ombres bleues à peine excavées près des ailes du nez, traces de pleurs anciens, stigmates de deuil dont elle semblait avoir triomphé, puis haut bossage des pommettes, brièveté des naseaux, coupés net et court, non pas crochus comme, dit-on, ceux des hassidiques, il en était là de l'inventaire quand la descendante du rabbin de Galicie et superbe petit hermaphrodite si véritablement au-delà des clivages du sexe leva sur lui sa face baptismale et d'un coup il crut comprendre l'ensemble du Zohar sans besoin d'initiation, pas de doute elle judaïsait, prêtait son visage avec intérêt qu'il faudrait chèrement rendre, avec brava-

154

cherie la demi-goy lui offrait sa beauté d'alarme, convulsive comme celle que recommandait Breton interdisant même qu'il y en eût d'autre — Nadja obligée de séduire pour se préserver, d'attaquer avant qu'on ne l'agresse, le menaça de son rempart de sauvegarde, ce visage de chevalière adoubée du sang royal des songes, muret de porcelaine fêlé d'un imprévisible sourire révélant un peu de tartre dentaire et les griffes incurvées de deux fossettes aux commissures des lèvres, lui imposa sa joliesse moldo-valaque et la certitude qu'elle n'était qu'amour, mais amour irréductible à la monomanie, intransférable sur un bipède doté d'un sexe en berne ou hissé. Chose évidente, cette écorchée redoutablement gentille jamais ne réserverait ses aumônes à lui seul, jamais ce sourire-là à lui seul, ceci à priori car, de Narcisse morose, de bambin râleur et grondé, il se sentait devenir prédateur, renversait la pulsion, cessait de se maltraiter en élisant l'objet d'amour le plus lointain, fille de joie, sorcière de Bohême, poétesse cradingue et smart lady qui lui accordait cette danse d'approche, d'un coup il renonçait à son air vaincu, obsédé toujours, mais s'obséderait à présent sur un but et un seul : que cesse ce scandale, le bonheur thyroïdien de Mlle Tiefenthaler, affreusement contagieux, levant des armées de lecteurs ayant chopé le virus et décidés à le garder, que cesse cette gaieté qui ne pouvait que lui être hostile car elle la prodiguait à tout le monde, que s'éteignent ces regards à saborder les mecs, les bonnes femmes, les chiens, pour cela détruire cette beauté orpheline qui le narguait, pour cela canaliser cette jouissance hémophile, éperdue, confuse, de boulimique des vergers de la terre, amoindrir cette mauvaise santé de fer, briser les petits os en verre de Venise, l'investir à la tartare jusqu'à ce qu'elle refluât en bourgs et en agglomérations provinciales comme les territoires des minorités polaks, aller jusqu'au génocide d'une personne abrégée de sa race, dont il enviait tant l'irrécusable lumière qui la meurtrissait, la transfigurait, la terrassait dans la boue de l'imaginaire et la condamnait sans doute aux somnifères — elle souriait, exact transfuge de ce qu'il eût rêvé d'être, sa part de féminité, elle souriait l'amazone asexuée, malade inguérissable, sujette à des bouffées de folie corybantique tout autant inspirées par les dieux que la sienne, la dégueulasse mania d'obsédé érotomane ne pouvant soutenir la vue de ses dents piquetées de nicotine, perles irrégulières, ô Sandro surnommé le Botticelli, tu as oublié les petites taches de nicotine et raté ton Printemps et juste esquissé les traits de la jeune fille en vert marchant aux parois de la villa Lemmi, il eut à la fois envie d'éternuer, de sangloter, de l'embrasser puisqu'elle pointait le menton, holocauste de son sourire (était-il réservé, ce sourire, à lui, ou à l'anonyme danseur qui la réchauffait et au-dessus de la tête duquel elle comptait tranquillement les étoiles visibles), n'osa pas, mais lui qui jamais ne sut où diantre se trouvaient Orion, Bételgeuse, ni le Chariot d'Arthur fils d'Uter Pendragon, lui faisant de la prose, le sachant et le regrettant car il n'aimait que la poésie mais était incapable de l'écrire, vit tournoyer le ciel d'or forgé de pierres arrachées aux rocailles de la lune pour en sertir l'ensemble des Nébuleuses. Baiser Dame Serpente, briser ses noces alchimiques avec ellemême, sinon il n'aurait plus qu'à tenir la chandelle quand, diabolique, elle copulerait avec les esprits nés de son propre limon, cette créature androgyne, Adam et Ève soudés dos à dos que Dieu sépara d'un coup de glaive, âme sœur qui s'était donc trouvée assez forte pour affronter l'éternité, elle qui désormais affronterait cette banalité formidable : l'amour exigeant, vengeur, acharné, tourmenté, du vieux moine fou de la folle qui dansait une dernière fois en ses oripeaux de vagabonde avant qu'il ne la prive de l'usage de ses pieds, et qu'il ne la jugule de ses mots d'agonie et d'irrévocable obsession.

— J'ai un peu froid, dit Maria, alors qu'au vertige figé du slow succédait une frétillante, inutile samba.

— Voulez-vous boire quelque chose à l'intérieur ? proposa-t-il avec une magnifique platitude.

— Il est tard, je vous remercie, je vais rentrer chez moi, mais restez donc, on m'appellera un taxi.

Ce « on » le fit frémir.

— Pas question, fit-il, parfaitement machiste et crevant d'angoisse. Je vais vous raccompagner, la voiture est en bas, et mon père disposé à se coucher le dernier. (Il faillit ajouter que le soir ça roulait bien mais évita de justesse la réflexion congrue et commune.)

Au vestiaire du premier étage, impossible de trouver le renard de Mlle Tiefenthaler. Louée soit la disparition de cette bête, pensa Amine, qui me permet de descendre seul avec l'aimée, la serrant étroitement dans l'ascenseur de service fleurant non plus la pisse mais le truc de chez Crabtree, for ever. Point de veste au rez-dechaussée. Ils remontèrent de la même façon, pour finir par débusquer sur un sofa le goupil acquis grâce à ses droits d'auteur ou aux devoirs de civilité d'un amant, question nocive sur laquelle il glissa sachant y revenir ensuite histoire de titiller sa carie avec la langue.

Roux-Combaluzier pour la dernière fois, à moins que la distraite n'eût oublié aussi une pantoufle de vair, mais elle avait ses deux pompes et, hélas les pieds dedans malgré oublis enfantins. Je perds tout dans ces soirées absurdes, dit la belle, blottie dans sa pelisse couleur de clair mélèze, y compris mon temps, re-sourire, le renard fugueur chatouillait le smok, ce qui n'est pas le cas ce soir, acheva la froide sirène, experte en tromperies, capable d'un aveu à chambouler le roulis de la lune sur l'écliptique, et Amine en dessous de la ceinture.

Celle qui lui octroyait le don de voir à travers elle, le macro et le microcosme, celle dont l'absence le rendrait à la cécité et au dégoût, n'avait donc pas *perdu son temps* ce soir-là. Dans sa démence rigoureuse, il savoura son triomphe, chassa son image de sigisbée crétin, *exit* le valet boudeur et constipé, par miracle Amine Youssef Ghoraïeb avait empli le temps de cette jeune fille qui le lui avouait, ne restait plus qu'à investir autrement celle qui le fixait avec imprudence d'un bien étrange regard, il faillit embrasser ses paupières pour souffler le feu des inoubliables prunelles de cette Circé cynique, coupable d'avoir contemplé l'envers des astres, franchi des gués livides et orpaillé les fleuves dérobés au jour pour drainer jusqu'aux rives des vanités, sous la raisonnable lumière du soleil, les limons sombres de ce qui est à naître.

La porte du 9 rue de Maubeuge s'ouvrit sur le renard argenté qui s'immisça entre les battants et disparut, glas provisoire de solitude car il recopiait déjà le numéro de téléphone de Maria sur deux carnets et son chéquier. Promesse de dîner pour le surlendemain. En référer à Agostina, instigatrice de la *love affair*, bien qu'une maquerelle mondaine aux bénins sortilèges fût déjà déconcertée devant les proportions prises par ladite, ce qu'il apprit en surprenant ses coups d'œil obliques lancés sur le couple pénal formé avec Maria lors du slow. Belle-mère, cartomancienne bidon, ronronna-t-il, il ne fallait pas mettre en marche la mécanique qui, dès lors, va cliqueter sans interruption, tant pis pour votre sommeil et vos réveils stupéfaits devant la métamorphose de l'héritier levantin. Les philtres inconsidérément prodigués ont, de tout temps, provoqué des catastrophes que seule peut enrayer une action magique dont vous êtes incapable, Bolonaise mangeuse de croûtons aillés, agent dérisoire du destin, sorcière novice... Maman Benkamou et son djinn, voyez-vous, ont à l'unisson plus de clairvoyance. Voir Maman Benkamou. Ne permettre à la belle-mère que quelques conseils de ruffiane à propos des endroits où emmener la fiancée. La cantonner à ces détails, à la compilation du Gault et Millau, lui interdire la Clavicule de Salomon ou le Grand Albert, dans la lecture desquels elle s'emmêle les pinceaux — mesure vexatoire mais prudente que de supprimer à cette femme de courte vue sa licence usurpée de magiste.

— Une gueule d'Apache au temps des Vrais de Vrais, le teint à la Caruso et l'œil persan, à se défroquer sur-le-champ, Emmaüs, affaire d'amour plus excitante que de braquer les éditeurs, car après les éditeurs, dix briques en poche mais s'agit de bosser, là on braque, séduction ça s'appelle, dans le meilleur des cas, ça rapporte du fric et du plaisir et pas de droits à vie sur l'œuvre sauf mariage, mais là, autre affaire !

Ainsi parlait (à Emmaüs, un de ses chats) la fille des hassidiques d'Europe orientale et des cabaretiers du nord de la France, démaquillant ses lèvres couleur de thé, aux muqueuses aussi fraîches que si jamais aucun sexe d'homme ne les avaient écartées, lèvres qui rirent, embrassèrent beaucoup d'autres lèvres et beaucoup de sexes pourtant, et qui parfois s'entrouvrirent devant l'apparition, dans son sommeil, d'Isaac Baal Chem Tov, rebouteux né au XVIIIe siècle dans un bourg des Karpates où vécut son arrière-grand-mère Lydie.

— Eh bien, ce soir, la gentilité ne fut pas trop ennemie, confia-t-elle au chat, qu'avait donc mon voisin de si particulier ? Ah oui, il me parla brièvement, très brièvement, du maronitisme. Un truc connu comme celui des hassidim. En tout cas beau goy « serviteur des étoiles » comme il est dit dans les textes qu'on étudie à Méa Schéarim... Qu'il serve, qu'il serve !

Elle prit ses dispositions pour la nuit et quelques barbituriques dont elle ne pouvait se passer depuis la mort anticipée de son père et seul amour, assassiné par le corps médical et la société dont il refusa les simiesques compétitions, voilà.

— Mon fils, dit Fernande Benkamou, elle médite sur l'origine des choses pas sur le vernis écaillé de l'ongle de son petit orteil, elle est belle comme la gazelle (comparaison importée du Maroc) mais intellectuelle et incapable manuellement, vois-tu, mon fils, vers quel danger tu t'achemines ? Je ne comprends pas un mot de ses livres, elle se passionne pour le symbolisme dans la Bible et la psychanalyse, où vas-tu te fourrer, elle ignore l'usage de la machine à laver la vaisselle, ne parlons pas de la vaisselle lavée à la main au vu de ses mains sur photo dans ce Match où on voit aussi autre chose, je t'affirme en connaissance de cause que ces mains-là jamais ne connurent les détergents et les lessives ni ne se brûlèrent au four. Elle ne s'intéresse qu'au savoir et aux mots de la langue française, mon fils, c'est affreux, elle en invente même, elle a fait ses humanités, du grec et du latin, elle ne pense qu'à ce plaisir solitaire d'écriture, gringalette avec ça, que viens-tu faire là-dedans mon fils chéri habitué à ce qu'on te serve comme un prince, voilà que tu vas pour cette inconnue saccager ta carrière, tu as maigri, et tu veux épouser ton écrivain demi-juif qui ne sait ni recevoir ni tenir une maison ni cuire un œuf, d'une austérité de templier d'après ce qu'on en a dit, ni vénale ni ambitieuse, comment veux-tu l'acheter ?

— Elle est à dessaler la mer Morte, dit Amine, c'est simple. Une grande ésotériste, voui. Je la vois d'ici bicher comme un pou quand dans le Monde ce Poirot-Delpech, ou un autre, mais je crois qu'elle préfère celui-là, lui accorde un petit carré de félicité.

— Malheur, mon fils. Si seulement elle regardait son chiffre des ventes ! Je ne connais rien à ces affaires d'édition, mais d'après les bruits qui courent, il semble qu'elle se contente d'un éloge écrit, or, il vaudrait mieux qu'elle s'acharne à passer à la télévision, ça, ça fait vendre, ma libraire me l'a dit.

— Elle abomine la télé, qu'elle soit dedans ou devant, j'en ai peur.

Mme Benkamou resta le fer en l'air, dans la sidération, pendant que la chemise du petit fumait sur la jeannette dont ne pouvait se passer une mère qui repassait à l'ancienne.

— L'énigme du Temple, je le disais. Ou celle du chevalier d'Éon (elle adorait les émissions historiques). Est-on sûr de son sexe ?

— Hélas, oui, d'après ses écritures. Autobiographiquement, c'est une personne du sexe faible, et qui s'en servit.

— Avoir l'endurance d'écrire et ne pas se soucier de vendre, après toute cette peine...

— Je ne pense pas qu'elle se donne du mal. Ça vient comme ça. Ça écrit à l'intérieur. Elle ferait « ça » en se brossant les dents. J'aimerais mieux qu'elle soit une angoissée de la page blanche, mais non, cette page, elle ne prend pas le temps de la voir, à peine a-t-elle plongé dessus que la voilà noircie... C'est ce que j'ai appris à ce dîner.

Ajouta *in petto* : des signes féroces de mon absence et ran elle passe au second feuillet, que dis-je, au mille et unième, celui d'une importante nuit de racontage, de cette nuit je suis quasiment banni, en ces moments telle que je l'imagine, mon amour, le front penché, les masséters crispés, buvant des litres de théine que je réprouve, ça ne la rend que trop intelligente, interdire tous ces alcaloïdes et cet instant où, regard durci, tombant comme un châtiment et la grêle sur sa machine, elle inscrit mon arrêt de mort. L'épée séparant les fous de Tintagel dans la forêt du Morois — une simple implacable feuille de vélin ! Il serait sage de brûler les cinq impubliés qu'elle m'a imprudemment cités, et qui dorment dans des cartons...

Mme Benkamou accrocha la chemise, se saisit des chaussettes, qu'elle lava au Woolite car belles chaussettes de cachemire coûteuses méritant des soins que jamais la Bessarabienne juive française ne leur donnerait, les rinça, les étendit sur le radiateur, négligeant les appareils à laver et sécher car rien n'attendrit le cachemire ou la laine comme la main d'une maman pied-noir qui souffrait en son cœur que son fils fût amoureux, dérobé déjà, en partance pour un ailleurs qui l'estourbissait, sur ce, elle confia au linge de corps qu'elle renonçait avec peine à ses espérances, un mariage avec une héritière femme au foyer qui recousît elle-même les boutons de l'époux son fils et lui choisît des cravates.

— Amine, mon fils, marmotta-t-elle, si triste, te voilà encore et toujours obsédé par l'impossible, alors qu'avec la petite figure gentille que je t'ai faite, Fouad en participation, et la fortune de mon ex-mari, tu pouvais tranquillement passer ton diplôme d'architecte et choisir parmi les jeunes filles les plus en vue à Paris...

— Oh ! elle est très en vue, même au balcon, dans ce *Paris-Match* que je n'arrive pas à me procurer et où elle pose demi-nue. Maman, ma douce et bonne lingère, ma fileuse, maman quoi, je haïrai celle qui recoudrait mes boutons et laverait mes chaussettes à ta place, je ne pourrais jamais, comment dit-on devant sa mère, l'honorer, dont lui faire des enfants, chose que tu approuves.

Mme Benkamou gémit, invoqua Moadhib le Doreur djinn puissant, que ce Moadhib né d'une flamme sans fumée empêche cet accouplement, qu'un milliardaire suisse la lui souffle sous le nez, cette juive tcherkesse, cette métisse de la diaspora, en tant qu'Arabe Moadhib devrait flamber pour la cause, son fils chéri agonirait,

160

d'accord, mais elle serait là pour le consoler, il y aurait aussi son ami Maximilien et les tranquillisants qui, dans ces cas liminaux, ne sont pas faits pour les chiens. Petit espoir : les lectures de cette jeune fille (Kabbale Hermétisme Zohar Livre de la Splendeur), non ces livres de Paul Bourget qu'elle-même prisa tant, donc ces lectures des Choses d'En-Haut qui détachent de celles d'En-Bas et ne prédisposent pas aux inclinaisons du cœur.

A propos d'En-Haut, la veille, Mme Benkamou s'était tiré les cartes. Elle recourait à cette opération uniquement dans les situations graves tant elle craignait que ne se vérifiassent les assertions des tarots qui, quand on comprend leur langage, ne mâchent pas leurs mots. Mme Benkamou n'avait que trop ce sens des cartes qu'elle peaufina en Afrique du Nord, terre obscurantiste des Sidi Slimane, avant de l'exercer au Liban et à Paris.

Devant les cartes, elle frissonna. Se promit de tenir à son fils le lendemain, jour du linge de corps, le langage de la raison qui, pour elle, était le suivant :

— Mon fils, elle use de pentacles salomoniques, d'amulettes extraites du livre de Râziêl et de secrets oraux donnés à Moïse par-dessus le marché de la Loi. Elle est plus redoutable que la sultane R'Kia, fille du fils du Rouge, viziresse des djinns. Elle est *mjnounna,* sous l'influence des djounns, tu en perdras la clarté d'esprit indispensable à un architecte, mon fils. Elle est chitane, ange maudit, ou afrita, esprit des ruses, membre d'honneur de la garde du roi David. Seul l'envoûtement aura raison d'elle et te l'assouplira comme une chemise lavée. Il te faut une main de Fatma, du sel, de l'alun, uriner sur des charbons ardents, te procurer des rognures de ses ongles et me les confier. Les obtenir ne me paraît pas difficile, s'il est dans la Logique qu'une personne qui tape à la machine aussi sauvagement vu la fréquence de ses publications se les casse souvent. Il faudrait que tu assistes à une de ses séances de machine à écrire, en tout cas débrouille-toi pour les rognures d'ongles. Il faut agir, sinon tu seras toi-même *medjoûn,* mon fils, c'est-à-dire fou. D'accord, elle a des seins comme des obélisques et des yeux larges comme des tambourins ou fins comme des navettes selon les jours, eh bien, ces yeux-là, mon fils, sont mauvais. Elle a le plus beau des mauvais œil, et ils sont deux, ces yeux-là. Je la vois dans ma boule, mon fils, tu dis que cette boule est ridicule, mais j'y vois quand même très bien. Je vois donc une fille plus maigre que les sauterelles montures des djounns, avec ça, des seins sorbets de rose ou obélisques, également selon les jours, à partir du quinzième, ils pointent de la seconde façon et après ses règles ils sont sorbet, ainsi en va-t-il normalement, mais je vois quelque chose d'anormal dans ma ridicule boule. Mon fils, elle ne saigne pas. Ce n'est donc pas une femme. C'est uniquement deux mauvais beaux yeux montés sur des échasses. Ce que je vois est effrayant au point qu'il va me falloir beaucoup de tisane pour l'oublier. Oublier, non. Lutter. Moadhib ! Le voici, l'or se rouille dans le cristal. Il me dit que la suit un ifrit. Celui de son papa. Son papa·hante cette femme, son esprit, son ventre, la hante jusqu'au bout des doigts. Mon fils, si tu pouvais te détourner d'elle ! S'il était encore temps ! Elle est le vent des cimetières, la fraîcheur d'un café maure, qu'elle soit juive n'y change rien, elle est le tocsin d'un village révolté, elle est sans feu ni lieu et plus tribale qu'un totem, elle est l'ivresse de la colère, et d'une façon générale, c'est un chameau. Ne me dis pas que tu refuses que j'agisse. Que tes yeux verts suffiront. Elle dispose d'un pouvoir singulier, presque aussi fort que celui du *haram*, cette magie noire dont tu te détournes en te bouchant le nez et où tu reviens l'y fourrer en douce, c'est ainsi depuis ton enfance, sidi Amine. Il y a des sorcières arabes qui se donnent à un chien au moment des lunes, qui se lavent avec leur urine pour plus d'impureté, qui forniquent avec les diables vus au travers des fumées de résine. Celles-là sont des agneaux à côté que ta bien-aimée, qui a de bonnes relations avec Dieu et s'évertue à les améliorer. Qui n'est pas ancrée dans le péché. Qui tient celui de la chair pour le pire des châtiments en soi. Hier, il n'en était pas ainsi. Aujourd'hui, elle y répugne. Cette jeune fille au cœur gravé du nom de Dieu, depuis la mort de son père, n'est bonne qu'à écrire des poèmes et se donner, à la rigueur, au soleil, mon pauvre, pauvre enfant. Pour te préserver de la fascination, il te faudrait la corne torse du bouc, au moins. Ou comme dans l'Afrique, te promener avec sur ta tête les deux cornes de la vache pour éloigner le sort, et la terreur de sa beauté. *Mjnounna, mjnounna*, elle est *mjnounna*, et dispose des hommes comme elle veut, et dispose de la folie comme elle veut. Voilà. Il ne tient qu'à toi que, le jour où la lune sera dans le Ventre propice du Bélier Céleste, je hâte la procédure d'envoûtement qui... Tu me dis que ceci est *haram*, interdit ? Qui sait la différence avec le *hallal*, ce qui est permis ? Ton œil verdit comme fiel de lézard et tu ne m'aimes guère pour t'induire ainsi en tentation. Tu penses que sans mes saletés sorcières, tu auras facilement les lèvres et les mains endiablées de cette fille. Tu te trompes. (Soupir.) Oh ! mon fils, je vois aussi qu'elle sera tienne, quoi qu'il en soit de cette déraison. Celle qui ne sait pas recoudre les boutons et tourner les sauces sera tienne, la nuit où la lune entrera dans sa seizième demeure, celle d'Al Jubana, les Serres du Scorpion, j'en fais foi. Mais ne la suis pas dans son labyrinthe dont elle seule connaît l'issue ! Je ferai ce qu'il faut, tu l'auras car il faut t'en passer le goût, mais ne joue pas son jeu, jouis seulement de son corps et sépare-toi de cette fille !

De ce superbe discours, sans le support des cartes et l'audace conférée par la solitude, elle ne retrouva plus le fil ni les mots. Tentant d'abolir sa crainte de passer aux yeux d'Amine pour une arriérée mentale, elle finit par en cracher la dernière phrase (Bien, constata l'enfant unique, ma mère me conseille de la niquer et de la virer, que de bonté chez les femmes), puis son vœu de la laisser œuvrer sur cette dangereuse personne, et sa demande des ongles.

Sidi Amine regarda avec tendresse sa mère qui tenait des congrès avec les djounns, sa spirite qui lavait si bien les chaussettes, lui assura les ongles, lui demanda d'attendre un peu avant de s'en servir, et la quitta sur un lamentable sourire de reître.

Après cette entrevue, Mme Benkamou se roula philosophiquement un joint car depuis peu elle fumait du kif ce qui facilitait ses contacts avec les esprits.

— Ridicule, fit-il, devant l'épingle qui perçait le cou de Mlle Tiefenthaler, sur la photo. Un envoûtement, ça ne doit pas être aussi simple. Il faut du fiel de bouc, des tas de saletés, des oraisons et des nappes noires. Pourquoi ai-je fait ça ?

Le portrait avait un air de reproche, il s'attendit à un prodige, à ce que du sang coulât. Il ne se passa rien, mais il brûla très vite la couverture qu'il venait d'arracher du livre. Une quinte de toux violente le saisit, il pensa ironiquement *choc en retour*, et sortit à toute allure du salon où se consumait le visage de Maria. Fouad, qui le croisa dans l'escalier, surprit son rictus de fou et soupçonna Maximilien Richter d'œuvrer en douce avec sa panoplie chimique d'engins de mort. Fernande Benkamou téléphona juste comme Fouad venait de rentrer, et lui demanda d'une voix exceptionnellement posée des nouvelles de leur fils. Elle obtint un grognement, se le tint pour dit, et tenta seulement de circonvenir Fouad pour qu'il passât à Amine ce message : elle avait un besoin urgent de le voir avant que la lune ne fut dans le ventre du Bélier Céleste. C'est ça, c'est ça, grommela le patriarche, je le lui dirai, au revoir Fernande. Il raccrocha. Subodora que, peut-être, celle-là aussi s'y mettait. Que le dérangement mental de son fils pouvait aussi venir de cette assistée. Laissa tomber les bras, sur lesquels il avait déjà tant de choses.

Au même moment, Mlle Tiefenthaler débraguettée car lestée de trois bouteilles de cette eau de Vichy-Célestins qu'elle privilégiait entre toutes et qui gazouillait noblement dans son estomac, rampait avec délices sur le tapis persan rapporté en contrebande qui planquait les échardes du parquet guère Versailles, et rageait de ne pas trouver sur-le-champ dans ce bordel un livre intitulé *Lettre Ouverte aux Juifs Hassidiques à Propos de l'Extase* ou quelque chose d'approchant, en revanche tomba sur un ouvrage de Nabokov, auteur appris par cœur, hypostasié, dévoré homophagiquement, un frère quoi, relut quelques passages au hasard avec la fébrilité de certaines à recenser leurs bijoux, fit rrrrâ, se coucha sur le tapis persan dans un but d'envol, ne résista plus, craqua de volupté, s'enfourna telles des brioches deux cents pages d'*Ada* à la file, perça sans douleur, car anesthésie et cénesthésie dans ces moments d'exaltation, un point noir sur son menton escarpé, loin des hommes ô si loin, ventre nu pressé contre le tapis, se livrant à une débauche foraine, à une kermesse ensorcelée, lut jusqu'à fatigue des yeux et spasme final, crama du bout d'une blonde menthol le Boukhara qu'elle devait à la valise diplomatique, autour d'elle crissaient et respiraient les livres, tant qu'elle copulerait avec eux nul homme dans sa maison, tant qu'elle humerait le parfum d'imprimerie et pourrait se rouler sur des tapis de livres et coïter astralement avec la pensée des frères, spécialement ceux dont le patronyme finissait par *ov* attestant une origine de l'Est, aucun Bédouin ravisseur, ni Hadès le Lubrique, ni Éros, n'enlèveraient Psyché, ivre de Vichy-Célestins — décidément trop serré ce falzar après ingurgitation de trois litres, elle le vira pour mieux lire, jeta par inadvertance un regard sur ses jambes fuselées à la rotule toujours écorchée puérilement, tiens il faudrait épiler ces mollets de singe à la peau hmmm légèrement exfoliée car trop sèche, ceci pour son bon plaisir si lui importait peu que les mecs vissent des poils de gorille sur son mollet maigre autant dire qu'elle était montée sur quatre zéros, revint à sa lecture, s'épargna la pensée de l'épilation et de souffrir pour être belle, front penché sur les grimoires le fut cent fois plus et après Nabokov rampa façon otarie moins la graisse, sur les glaces, vers des ouvrages de botanique, spéléologie, une Histoire de Babylone, toujours en rut, risqua l'asphyxie à force de bouche à bouche avec Solal qui se trouvait là, superbe, coincé entre la *Zoologie* (Pléiade) et *la Mort et les Vivants* (Ziegler), se paya un baiser d'outre-tombe jusqu'à catalepsie avec ledit Solal des Solal par le truchement d'Albert Cohen, trépigna de ne pouvoir ajouter une suite à ce chef-d'œuvre auquel il manquait mille pages pour qu'elle eût mille joies orgiaques de plus ô Solal encore encore fuck my mind, désolée, cracha sur la Table des Matières, maudit Cohen de n'avoir pas décrit plus de sept mille pages lui infligeant un coïtus interruptus ou reservatus comme on veut, ô Solal, me faire un enfant de l'imaginaire par pitié, quitta le ténébreux héros qui ignorait ce qu'il avait loupé en ne la connaissant pas, page saoul, elle rajusta sa chemise indécemment ouverte sur des seins dont la rondeur l'agaçait, essuya aux commissures de ses lèvres la bave légère des transes, ô Solal un rab de câlins, non, eh bien, elle se percerait tous les points noirs, se défigurerait, car en ce monde d'entités discordantes et de gens par trop moches, ne se trouvait aucun Solal des Solal, rien que des glandeurs sans mystère et hélas phallophores, seul Solal méritait en bas de sa personne une arme blanche et perforatrice, et...

— ON NE PEUT PAS AVOIR LE TEMPS DE FAIRE PIPI, C'EST QUELQUE CHOSE QUAND MÊME, dit Mme Bachelard, sa grand-mère, assez excédée pour s'exprimer si crûment, mais le téléphone avait sonné quinze fois sans que la pâmée s'en aperçût, depuis deux heures de reptation et de broutage culturel, enfin culturel, on était loin de cette notion, elle baisait dans les sphères avec musique adéquate et avec Solal. Mlle Yuan se vit ainsi envoyer aux fraises, et Tiefenthaler reprit sa lecture en l'espoir d'à nouveau monter au plafond et de connaître, grâce à Henry Miller à portée de la main, ce grand frisson qui lui faisait également oublier qu'elle n'avait pas fiché de blonde menthol dans son fume-cigarette tété farouchement, et je me demande bien qui, hors Solal né de la cuisse d'un poète, aurait pu lui interdire ces heures où la mort n'était qu'un préjugé.

Fouad Youssef buvait du café turc en compagnie d'un émir saoudien et de son vizir, qui lorgnaient sur la tapisserie de Beauvais, exécutée d'après un carton de Boucher sur le thème des Chasses d'Atalante, récemment acquise par Ghoraïeb père qui s'en donnait à cœur joie, claquait de plus en plus de blé, sans crainte de heurter sa quatrième épouse, laquelle se faisait du mouron à l'heure qu'il était pour d'autres raisons. La quatrième épouse, ravie que son salon se tapissât de haute lice, entra, chargée d'azalées en pot, quand la discussion s'envenimait, car, en bons marchands de tapis, les fils du Croissant (tous amateurs des risettes potelées, des chantournis, des volutes, et des rocailles fessues du XVIIIe) marchandaient sec cette œuvre d'art dont ils désiraient rouler les charmants roses fanés sous le bras comme un paillasson, pour l'emporter à Moscate où elle ornerait les murs encore nus du palais émiral, résidant dans la casbah climatisée avec luxueux abri anti-atomique et chambres d'amis réservées au sérail, que conçut l'architecte chrétien pour les sans-abri du désert. A la vue d'Agostina, la tasse de café trembla dans la griffe tannée du roitelet saoudien qui aurait sans hésiter — enfin, si on lui avait fourni l'ensemble au prix de gros — fourré icelle dans la tapisserie, à la manière dont on farcit une feuille de vigne orientale, et emporté le tout dûment ligaturé jusqu'au zénama du Golfe où la donzelle n'aurait revu qu'un jour tamisé par les moucharabiehs des fenêtres, après qu'on l'eut déroulée de sa carpette aux pieds d'un seigneur qui chassait faucon au poing.

Agostina, peu soucieuse de l'émotion inspirée au coranique, fût-il Abd-el-Kader, et au chambellan, pria Aziz de disposer les azalées dans le vase idoine, tourna un compliment sincère sur la fabrique de Beauvais et jeta une flatterie au sujet de son bon goût à Fouad qui rongea cet os avec délectation, puis s'éclipsa pour s'enfermer dans son laboratoire où elle se livrait à des travaux hermétiques à base de nouveaux onguents.

En véritable emmerdeur, incapable d'épargner à ses proches le récit de son mal évolutif, Amine attendit la huitième tasse de café et le départ de l'émir et du vizir, sans le tapis, auquel la louange d'Agostina conférait aux yeux d'un mari latin et empressé outre une valeur extrinsèque, le poids des sentiments, pour alpaguer Fouad et lui parler de Maria. En effet, ce grand timonier, adversaire de l'autocritique, s'avérait souvent juge impartial et adroit ; réservant l'intégrité à sa vie privée, et s'en passant dans la conduite de sa carrière, Fouad avait, au fond, un bon cœur, qu'il préférait manifester dans un domaine sans corrélation avec son métier.

— Mmmm, cette petite, dit-il, lapidaire, n'a probablement pas vingt-quatre mais vingt-huit ans, ses veines gonflent quand elle est fatiguée, j'ai vu ça à la fin du bal où tu serrais ce sac d'os avec une volupté indécente, d'après ta belle-mère qui me les brise avec cette histoire, ses bouquins sont tirés à quinze mille exemplaires chez V..., édition courante, trente mille en livre de poche, quarante mille en club, reçus d'office par les abonnés qui les renvoient rarement par flemme, donc au total cent dix mille mais il faut considérer seulement le tirage initial, sur les autres elle ne touche qu'un fifrelin de pourcentage, Amine, ne pas confondre avec Troyat.

— Mais Fouad, je n'ai pas l'intention d'épouser M. Troyat, fit-il, niais et furieux. Je vois. Tu veux pour ton fils un mariage lucratif ou avec une fauchée du bottin mondain. Écrivain, ça ne te sert à rien. Tu préfères recevoir la pègre friquée du pétrole. Eh bien, mademoiselle Tiefenthaler, sans particule, sans livre de poche, sans club, avec embarras de circulation de son sang demi-juif et quatre années d'avance, j'épouse. Ce soir, commençons par le commencement, des plus classiques, je l'emmène au cinéma, car elle veut revoir les Enfants du Paradis.

— Les Enfants du Paradis ! Avant de publier les bans, j'aimerais que tu cesses de chômer car un écrivain de la maison V... ça coûte cher à nourrir surtout que celle-là bâfre comme un danois malgré son air fondu en macération. Je sais bien qu'Israël nous est d'un grand secours, mais, quant au cas particulier qui nous occupe, la représentante de cette nation, venue des ghettos de l'Est, ne me semble pas la bru idéale — droguée à Katmandu, violée à Mostaganem, j'ai lu ça dans les journaux qui traînent ici et où on la trouve partout, posant torse nu pour un peintre... C'est dans un *Match*, sur une double. D'ailleurs, surprise, le fagot a de beaux seins.

Amine serra les dents, et malgré le choc terrible qu'il venait d'encaisser — malin, le Fouad, il savait où se trouvait le dispositif d'alarme pathologique de son fils, capable de régresser au stade sadique-oral dès que femme aimée dévoilait un téton — il fallait conclure de cette flèche du Parthe que son père n'agréait pas un écrivain si ravissant dans ses pages et mensualisée d'un honnête petit chèque avec retenue de sécurité sociale. Son père voulait une Schlumberger, ou à la rigueur Tiefenthaler après réception du Goncourt, en ce cas, horreur, tout le monde se la disputerait, il ne resterait plus à l'amoureux qu'un pan de ceinture déchiré, pourvu que jamais le Goncourt. Photo de *Match*, résister à la tentation masochiste de vérifier.

Il annonça qu'il reprenait les Beaux-Arts dès le lendemain, que fini l'absentéisme, qu'il renonçait aux décors de théâtre puisqu'on ne mettait plus en scène que Crébillon fils, que vive l'architecture, le toc, l'esbroufe chère, qu'il bétonnerait les émirats, sur ce s'en fut parasiter sa belle-mère.

Celle-ci, dans son labo, en combiné de tulle point d'esprit, se masquait d'une crème au santal récurante, lubrifiante et exfoliante, accueillit son beau-fils avec un rictus dû à cet emplâtre croûteux, lui indiqua un tabouret où prendre place et la parole.

— Finie la profane tragédie, j'aborde la divine comédie, chose dantesque comme chacun sait. Belle-mère, je l'emmène voir les Enfants du Paradis à la Pagode, puis dîner. Où diable dîner.

A vrai dire, il y avait déjà songé. De nourritures asiatiques, point, elle comparerait les ersatz des restaurants chinois du huitième avec les authentiques pork sauce machin des bouges de Singapour où la traita un certain Wong planteur d'orchidées à Penang quand elle flibustait la péninsule malaise (lu dans *Stances Indiennes*), et l'idée de toute comparaison, sachant qu'après tant de baguenaudes elle pouvait se les permettre, le révulsait par trop. Il l'aurait voulue aussi novice que les fallacieuses apparences le laissaient croire, la jeune fille sédentaire comme Cendrars, naïve comme Disraeli, affectionnant les situations-limites, œuvrant depuis vingt et quelques (qu'importaient les veines gonflées d'un réseau de nacre bleue qu'il eut tant envie de suivre à la pointe de la langue jusqu'au pur dessous de l'aisselle) années à les provoquer, allant consciencieusement au front, s'exposant au palu et à la magie noire, aux meurtriers arabes, aux violeurs balinais, aux amours homosexuelles ou poly, après quoi, gardant un front dorique préservé par son intègre amoralité et irréprochable éthique (excepté le fait qu'elle rejetât la possibilité d'un seul amant, Amine Youssef Ghoraïeb) tout en goûtant et sanctifiant tous les fruits de la terre, les vermeilles goyaves, les nauséeux dourians, les sables grenus du manioc, le miel velouté de l'opium, les ferments de la bière tibétaine, le thé salé beurré des plateaux du Ladakh, les baisers des Asiatiques, des Brésiliens, des Italiens, des Scandinaves, des Russes, des Chinois, des Américains, des Bretons peut-être, des Moldo-Valaques assurément, liste dont la longueur le persécutait à un point tel qu'il redoutait — si jamais il parvenait à, que dire, lui faire l'amour, si jamais pieds nus feutre balayant la poussière d'Orient si jamais égrenant son chapelet en syriaque si jamais messe araméenne des limbes si jamais embrassant l'ogive creusée par la maigreur entre ses cuisses si jamais il se mettait en position chrétienne de la tringler sublimement — un irrémédiable fiasco.

Sous l'emprise du broyat qui, sculptant ses traits dans l'ocre rouge, la transformait en initiée de Papouasie et réduisait sa voix câline à un sifflement vipérin, Agostina émit son verdict à propos du dîner.

— Réserve au Récamier, il y a des purées comestibles aux dentiers des éditeurs et donc beaucoup d'éditeurs, des tentures discrètes, des livres sur les étagères, elle y sera reconnue mais sans excès, juste ce qu'il faut pour la mettre de bonne humeur. Maintenant, *fa come vuole*, et si problème accru, je te ferai le marc.

— Récamier, très bien. Mais le marc, ça, pas question, fit Amine d'une voix faible.

Un restaurant fréquenté par les pontes de l'édition. Géniale belle-mère. Les hommages du patron gratifieraient Mlle Tiefenthaler, l'assureraient, lui, d'une soirée de clémence, si, comme il l'observa, elle recevait les marques de reconnaissance avec un bombillement de chatte grattée sous le menton, et sans l'hypocrisie de ceux qui feignent de s'y dérober, manière évidente d'en redemander. Cette réceptivité de Maria à la flatterie l'attendrissait, on se croyait, à voir ses yeux brasiller sous le compliment, devant une écolière recevant le prix d'excellence, fût-ce la preuve d'un narcissisme monumental, dépassant le sien, il se déclarait prêt à tout endurer pour la voir presto. Son talent le terrorisait, que ce talent fût reconnu le mortifiait, il se sentait incapable de tartouiller le moindre gnagna laudatif et, jugeant le terrain défloré par d'autres, s'en consolait, désirait expédier rapidement la formalité du ciné-dîner, puis l'emmener, sa chérie, pour des baisers aux bords de la Seine.

Elle connaissait presque tout. Il s'agirait de trouver la faille. Le Yémen, ou mieux le Liban. Là, imbattable. Au festival de Baalbek, cette année 74, le ballet Blaska danserait *le Fou d'Elsa*, ce poème d'Aragon, plus de quatre cents pages portées audacieusement à la scène. Maintenir la chérie à l'écart de toute information sur la situation politique au Liban, qui du reste ne lui faisait, à lui, ni chaud ni froid. Lui interdire la lecture des journaux. La cloîtrer dans l'ignorance des attentats, des grèves d'aiguilleurs du ciel, sauf si elles les piégeaient dans quelque contrée lointaine et sans retour, un bienfait, communier avec elle d'un baiser apolitique devant le Mur des Lamentations à Jérusalem, que leur lit nuptial soit la pierre rouge incluse sous la coupole de l'Islam ou le Saint-Sépulcre, la baiser sur le Saint-Sépulcre, que son dos soit éraflé d'écorchures sanguinolentes, l'aimer dans le mépris des guerres, respirer le parfum de Crabtree, oublier celui de la poudre, l'entraîner donc loin de son cénacle d'illuministes, de cette Eurasienne en dentelles noires qu'elle semblait adorer, ainsi concevait-il le voyage de leurs noces.

Le téléphone sonna dans la salle de bains. Agostina furax à cause du masque récurant, etc., souleva le récepteur et se prépara à grincer quelque chose de civil au chieur qui la poursuivait jusque devant ses alambics.

— Mlle Tiefenthaler ! *é oun miracolo,* je suis dans ma *bath-room,* justement très tranquille — j'espère que vous viendrez bientôt dîner à la maison, la semaine prochaine, *bene, si,* cette semaine *cosa abominevola,* nous avons ces types de Moscate et leurs épouses qui sont des fanatiques de tapisseries et fanatiques tout court. E ? Ah ! vous n'êtes pas anti-arabe, comme vous avez raison. Ces types d'Oman, à cause d'un, comment dites-vous, complexe balnéaire en Arabie. A bientôt, donc. Je vous passe Amine, n'oubliez pas de convenir d'un jour. (Pas mardi, ajouta-t-elle *sotto voce* aux dépens de la commissure gauche de ses lèvres dont l'empois se fissurait dangereusement mais qui veut la fin veut les moyens et elle voulait des finalités légales rapport à un beau-fils qui depuis peu ne souffrait plus de neurasthénie grâce à elle, uniquement grâce à elle — mardi nous avons les curés maronites et autres phalangistes ça risquerait de merder surtout si cette juive milite pour la cause arabe, *Io capito niente,* à toi de jouer beau-fils !)

Il prit l'appareil et la Fornarina, sans scrupules, l'écouteur, bredouilla un allô de vaincu car cet appel, intuitivement, lui semblait de mauvais augure quant au Récamier, à la Pagode, et au paradis en général.

— Amine, scanda la voix proche, péremptoire, modulée, redoutée, je vous prie de m'excuser, mais le coursier de Playboy passe chez moi demain aux aurores pour prendre une nouvelle que je dois à ce journal. A propos de quoi, cette nouvelle ? J'hésite entre les Tuamotou et les Vespasiennes de l'Assemblée nationale, sujets d'égale importance. Je suis vraiment désolée. (Silence blanc d'Amine parmi ses solitudes retrouvées.) En revanche, viendriez-vous chez mon amie Rose, à la campagne, ce week-end ? Il y aura Martin — Martin est une personne du sexe, qui peint. Je lui ai parlé de vous et elle désire faire votre portrait (acculé par les circonstances, il ouvrirait le *Match* qui devait traîner dans le salon) à moins que ça ne vous barbe de poser sous la tonnelle... Non, ne m'appelez pas avant la fin de la semaine, je traque un sujet formidable, que je ramènerai tout vif contre rançon versée par mon éditeur.

— Je ne suis pas sûr d'être libre samedi, grommela Amine dans un piètre soubresaut d'orgueil, avant d'ajouter « malheureusement » par politesse.

— Eh bien, je vous téléphonerai jeudi soir.

— Je ne serai peut-être pas à la maison, feula l'obscène idiot, incapable de tolérer cette douce, opiniâtre cantilène de refus et d'exigences. Appelez plutôt mercredi, si je ne peux vous joindre. (Piétinant les vêtements de la honte, il gagnait un jour.)

— Parfait. Mercredi à sept heures ?

— Sept heures et demie, fit-il, de plus en plus navrant.

— Et demie, répéta-t-elle, docile, au chrétien maronite conscient de son indigne disponibilité, raidi sous l'affront, résolu à attendre en ronchonnant mais sans décarrer de sa piaule de dix-huit heures à l'aube du mercredi, même si panne de cigarettes, même si tremblements du manque, pourvu qu'y pallie la seule drogue salutaire : l'écoute d'une voix téléphonique, timbre non-pareil du Sophar rameutant le converti.

Le sacrifier aux Vespasiennes de l'Assemblée nationale. Combien donc lui rapportait cette nouvelle ? Elle écrivait pour de l'argent. Eh bien, il aurait pu lui donner le fric, au noir, sans retenue de Sécurité sociale et prélèvement du fisc, s'il avait osé lui faire cette proposition. Elle en prenait à son aise. Un syndicat d'initiatives, cette drôlesse.

Il racola, en dernière instance, Maximilien, qu'il embarqua pour la villa Guelma, au fond de laquelle une certaine Ilinka sanglotait des psaumes tsaristes sous le toit d'une isba russe où on servait un caviar à l'air familial de brave cirage et des blinis accortes comme éponges sèches. Là, au cœur de la décrépitude slave, au son déglobulant des violons, l'estomac vitriolé par la Zoubrovska, vodka à base de plantes que broutent les bisons polonais, il pourrait, assorti au mélopathétique, regarder en face ses contradictions, larmicher sans déchoir, pourvu qu'une tzigane rom kaldérash venue de l'Est ne vînt pas lui infliger la lecture de son déplorable destin, inscrit par un calame hostile au creux de ses paumes qui ne surent retenir l'envol de sa noctuelle, Maria, ce papillon dont il ne lui restait que cendres à se mettre sur la tête, après quoi il paraîtrait vraiment son âge, le troisième, celui des profs aussi extatiques devant le jupon d'une impubère que les fous hassidiques devant le Mur.

Il y avait déjà, autour de lui, assez de sorcières comme ça, et aucune fille de l'Est n'ouvrit la paume de ses mains. Une chance, car on ne faisait pas plus vulnérable que lui ce soir-là. Si vulnérable qu'il songea très fort à la pâte lunaire et à ces manœuvres au résultat mathématique dont sa maman lui certifiait la sûreté. Il se reprit. Décida d'user son intelligence jusqu'à ce qu'il y ait un trou dedans.

Devant la Zoubrovska et ses contradictions, Amine Youssef souffrait, mais sans plaisir, prenait conscience qu'il aimait un personnage que, d'emblée, il n'acceptait pas, qu'il l'aimait précisément pour cela, qu'il l'aimait de puissante haine, qu'il déplorait ce goût des mondanités qu'elle manifestait, goût de la fiesta, de la nouba, de la bringue, du potlatch, du gaspillage, essentiel à l'artiste et au mystique. Il la détestait d'être artiste et mystique, ces conditions-là devant réserver bien trop de satisfactions, de transes et de possibilités de lévitations pour qu'elle s'attachât à lui. En-theos, pleine de Dieu, enthousiaste, elle ne permettait sans doute pas qu'on la comble autrement, lui ferait-il avaler son sexe jusqu'à étranglement, lui obturerait-il les oreilles pour qu'elle n'entende plus la musique des sphères, lui pincerait-il les naseaux pour qu'elle ne respirât plus, cette sensitive, l'odeur du foin coupé, de l'eau hongroise, du vétiver ou de l'opium, la vitriolerait-il (excellente idée, à creuser) pour qu'elle fût aveugle aux merveilles du monde si accessibles aux contemplatifs de sa secte, et aux simples gentilles splendeurs des premières jacinthes, que restait-il comme orifice à boucher, l'anus ne lui servait pas à grand-chose, et aurait-il clos ses sept brèches pour qu'elle fût réduite à l'autisme, il se trouverait bien un vent coulis pour s'infiltrer en elle, réouvrir l'oracle, et à nouveau Mlle Tiefenthaler de père juif roumain serait pythique, rédemptée, hors d'atteinte, la noria de son écriture continuerait de broyer du blé clair, écriture terroriste qui prouvait sa force et l'usage jouissif, inacceptable, de sa solitude. Sous les piles de bouquins commis par cette azimutée, il étouffait. Incapable de juger son talent, mais là n'était pas le problème. Sa voix et ses écrits, uniques, incomparables, prophétiques, ou inutiles et dégueulasses, il ne pourrait se faire une opinion que plus tard, pour l'instant tout ça restait sans références ni calibres. L'ensemble de la critique littéraire pouvait ergoter à perte de vue sur ses six ouvrages, cet ensemble n'étant pas amoureux de l'auteur, donc parfaitement à même de le lire, pouvait se donner le droit de le juger. Lire du Tiefenthaler, un supplice pour Amine. L'éclatante preuve de son inexistence. Ou bien, d'une façon plus sordide encore, il prenait ses récits au pied de la lettre et jalousait le planteur d'orchidées du chapitre vingt. L'amour rend con, c'est connu, mais très grave quand il s'agit de s'approprier un être à la célébralité anomalistique. Seuls les merveilleux de Méa Shéarim, vêtus de poussière intellectuelle, débonnaires fous de la parole, oscillant en cadence, papillotes tressautantes, devant sa vie et son œuvre, étaient capables de l'aimer, sans souffrir ou la faire souffrir.

Soit, envisager autrement cette écriture. La tolérer, à travers des choses tangibles et rassurantes, sa machine à écrire, sa robe de chambre, ses pantoufles, ses tranches horaires de création, qui l'exilaient du monde, la condamnaient à la baise avec le seul Esprit, chose qu'il pourrait à la rigueur surveiller, encourager, comme un touchant exercice de style, des devoirs qu'elle ferait à la maison, pourvu que ce fût la leur. Mari complaisant, sachant son épouse adonnée au sabbat imaginaire, possédée chevauchée par les *orixas* brésiliens, jusqu'à ce que le mâle trouvant que c'était marre et que ce soir il désirait une voluptueuse dans son lit ne la métamorphosât en femelle. Mais aucune illusion, ce serait une loque fébrile recrue à force d'orgasmes mentaux qui s'écroulerait sur le plumard, délivrée, les reins moulus, très contente d'elle, à bout de décharges nerveuses, peu dispose pour les joies triviales du sommier, prête à cingler à travers son repos en direction de sa mer intérieure aux lagons d'un bleu plus précieux que les vrais, et à le planter là, voisin de nuit, guetteur et veilleur, tourmenté ne pouvant accepter la rémission du sommeil et l'aventure du songe. Il faudrait ne pas vouloir se l'approprier. Il faudrait rester objectif, la sauter très vite, la voir démolie de fatigue, avec un peu de chance, renifler une odeur musquée sous les aisselles le matin, ramasser une boule Quiès pourvue de quelques cheveux qui effacerait l'image du fil de la Vierge qui enchanta le roi Marc. La voir à l'aube, exorcisme, elle ne supportait pas le jour, elle flacillait à peine sur ses cannes à treize

172

heures. La voir bouffie, l'œil amenuisé, sans maquillage, plus que nue, la toison crânienne résumée en queue de rat, le diaphragme trop saillant, observer un doigt de pied dévié, trouver trop épineuse sa maigreur, l'entendre glavioter ses poumons comme tout fumeur, la voir au brouillon, salopée, défraîchie tels les draps après leur première et dernière nuit, la photographier ainsi sous prétexte qu'à sept plombes du mat', elle était elle-même et exquise en sa livide vérité, puis se concentrer sur la photo pour défaire ce qui fut noué sans l'aide des djounns.

— Une petite arriviste, voilà tout, expectora-t-il, Zoubrovska cul sec. Ça se voit comme son imperceptible nez au milieu de la figure. A nous deux Paris. Folle d'ambition et de littérature, uniquement la sienne. Se veut prix Goncourt et poète maudit (il citait sans vergogne la critique, esquintant le dernier livre de Maria, d'une inconnue qu'il traita entre ses dents de lesbienne frustrée et de scribouillarde aigrie parachevant la perte des vraies valeurs, ceci quand il croyait encore aller au cinéma avec Tiefenthaler, quand, prêt à toutes les clémences, il dénonçait l'arbitraire méchanceté de ces articles, où on qualifiait d'*insolent* le *ton* de l'écrivain — pourquoi parler de ton quand il s'agit d'écriture, confondre l'oral et l'écrit, irréligion que cet article, ici couchée mon amour, j'irai pourfendre la lesbienne, réaction du mâle défendant SA femelle, avant que celle-ci n'annule leur premier rendez-vous et ne se remît aux mains des gouines qui la lacéreraient et ce serait tant mieux). Se disperse, poursuivit-il. Accepte d'écrire sur commande, cela se sait. Odieuse nombrilique.

Que les déjetés et les mal baisés continuent de lui reprocher d'écrire, qu'elle en crève, au moins ils seraient dans le même sac, en souffrance tous les deux, qu'on lui règle son compte, qu'elle cesse de caracoler et de poser nue pour un peintre, voyez l'impudence, qu'on rabatte son caquet, qu'on stérilise sa plume d'or, qu'on lui flanque des châtaignes mortelles (peut-être alors se réfugierait-elle sur son épaule, espoir) que ces tartufes continents, compassés, pondérés, et n'ayant fondamentalement rien à dire, dénoncent ses abus de virtuosité, qu'elle ne soit plus le chouchou du prof et la première de sa classe, qu'on la fourgue au coin en punition pour complaisance et jouissance interdite à aligner les mots d'un poème, qu'on casse sa machine à mots, qu'on musèle sa passion de l'écrit, qu'on prohibe ses crâneries stylées et sa foutue désinvolture (dans la vie et dans l'œuvre) et qu'on sanctionne son audace à user de termes jubilatoires, profonds comme des sorts dont il ne recevait que la charge sans en comprendre le sens, qu'on raye de la langue française les termes rares, troublants, qu'elle choisit pour ces invocations, qu'on châtre sa joliesse exotique, si irritante, son éclat si peu honnête, si juvénile hors de saison (diable elle n'a plus seize ans), si séditieux et si désordre, si démesuré et si peu compatible avec le goût français pour la modération, les jardins léchés et les terres connues – qu'on lui ferme l'accès des grands espaces sauvages où elle galope, cheval emballé de Metzengerstein, qu'on la réduise à la portion congrue d'un petit parc avec boulingrin, qu'on lui retire ce pouvoir héroïque, qu'on brise sa verve de truande, qu'elle sue sang et eau pour rassembler, dans un cerveau malmené (qu'on l'électro-choque !), les quelque mille mots employés par le vulgaire et les auteurs à gros tirages, qu'on lui défende l'accès des dictionnaires et des livres enrichissants écrits par d'autres fomenteurs de révolutions, qu'on la traite en réprouvée et la bastonne pour trop de brillance subversive, il ne manquerait pas, parmi le gratin du pensoir parisien, de moralistes affectionnant la litote, de chrétiens horrifiés par le sortilège, de dominants imbus de certitudes littéraires, de gens à critères, de normatifs, de légistes, de sectateurs du banal, de simoniaques et de censeurs apeurés par la défonce paillarde de cette exhibitionniste, par la grande nouba magique de ses livres, pour entraver ses genoux de gypsie, afin que lui, Amine, ne subisse plus l'affront de sa danse solitaire et délinquante sur le parvis – il s'avoua être son pire ennemi.

Attentat aux mœurs, beauté en infraction, plume conduite en état d'ivresse, coups et blessures involontaires, racolage, grivèlerie (se faire aimer et filer sans se soucier des conséquences), prostitution – oui, elle se vendait –, recel de Larousse, adultère permanent, sorcellerie enfin, sorcellerie toujours, envoûtement lancé sur la personne d'autrui, attends que je le dise à ma mère, le compte de Mlle Tiefenthaler était réglé, et Amine Youssef réduit à l'état de zone criminogène comportant les éléments suivants : nourriture déséquilibrée, carence affective, anxiété, sentiment d'injustice, consommation d'alcool immodérée et comportement dangereux de l'occupant.

La romance de cette Ilinka qui avait le culot de traîner les pieds façon manouche et façon Tiefenthaler lui sarclait les nerfs. Il ne rencontrait donc plus, désormais, que des bonimenteuses vagabondes, aux paupières plombées et au grand rire meurtri. Ilinka aussi avait l'air d'une femme de voïvode, et la morgue des pénitentes que protègent les empereurs, dont Sigismond de Bohême. Toutes, juives, roumaines, tziganes des Karpates, hérétiques au blanc des yeux bleuâtres. Tiefenthaler pourtant n'était qu'une moitié de youtre, mais où donc fourguait-elle l'autre ? Fille aux doigts de jeune vannier, aux yeux de maraude, de menaçante mendicité, de fraudeuse, au front de basane, des sequins de soleil à ses tempes mates... Gitans et juifs également persécutés qui le persécutaient, un petit pogrom pour lui seul.

Il sortit de sa poche la feuille en tapon de l'*Europeo,* repéré grâce à Agostina qui ne lui épargnait rien, surtout pas ce papier étonnant, et le lut sans le moindre humour à Maximilien qui réprima difficilement son hilarité en l'entendant bafouiller : *Il delicato viso d'angelo di Maria Tiefenthaler, che dopo cinque romanzi si è con-*

174

quistata la fama di Pornografa Terribile e Spregiudicata... ha scritto romanzi che hanno scandalizzato la Francia... per Maria la vita, per essere vita, dev'essere « quella della carne cruda, del vetriolo, dell'alcool, della drogua, dell'Etoile e di Campi Elisi ». Vive con la nonna (connaître cette grand-mère) *in un appartamento del IX arrondissement à Parigi.* Dernière affirmation de la douce aux paparazzi : *« Sono Gemelli ascendente Cancro, influenzata da tutte le fasi della luna, oscillante, irresponsabile. »* — *Romanzi sexy,* ces Ritals, tous obsédés ! à moins qu'il ne s'agisse du second, ce récit de ses amours avec un prince indonésien qu'il n'avait pas eu le cran d'ouvrir. *Romanzi sexy che fanno arrossire gli uomini. Arrossire!* Certes il tournait au vermillon en lieu et place de tous les mecs froissés par le dévergondage de cette fille qui n'était pas de Sion mais de Tyr. Demain lire le roman sexy et se promettre mille unités de douleur, la haïr à fond avant cette absurdité : un week-end à la campagne. *Faccia d'angelo* allait donc, comme tout un pékin, *ruri,* respirer le bon air. Ne respectait pas le shabbat, semblait-il. Tirait la chasse d'eau en fin de semaine. Sinon, ne l'aurait pas invité. Rien que de banal dans cette histoire de retraite bucolique. Elle partait le vendredi soir telle une lycéenne ou une coiffeuse, faire des confitures, des bouquets, faner, ramasser des marrons, ou dormir, parasite, dans la maison des autres.

Loin de la mer de Java, des collines maçonnées où s'éveillent les Bouddhas narratifs, loin du Tropique et des insolations froides et hallucinées du Bardo Tho Dol, la gracieuse posait nue dans une résidence secondaire et gueuletonnait sous les saules puis promenade digestive. Mythomane, dit-il à Max qui étouffait encore quelques hoquets après la lecture de *l'Europeo,* et s'étranglait, pour tenter de se remettre, avec sa vodka à l'herbe de bison. Elle n'a jamais foutu les pieds hors de France, la mystificatrice. (Si seulement il en avait été convaincu, joie sans mélange.)

— *E basta !* fit Max (qu'avaient-ils tous à parler italien ?). Homme paléolithique et de mauvaise foi ! elle t'a décommandé une séance de cinoche, tu comptais la peloter dans le noir, lui acheter un cornet glacé avec des noisettes dessus et lui rouler une pelle, tout ça façon drugstore, bravo ! (Comment avait-il deviné ? oh ! le goût de ses lèvres pralinées rafraîchies par la glace, la complicité du songe collectif dans l'obscurité de la salle, elle désirait revoir pour la quatrième fois le film de Carné, et, perspective sublime, il durait trois heures ou plus, Amine abhorrait les vieux films mais se serait tapé tous les Sternberg sauf si elle se pâmait devant les déshabillés de Marlène de façon qui laissât à penser, bien que, tout réfléchi, il aurait supporté sans broncher ses émois devant la Teutonne rien que pour partager un bout de son rêve diurne et qu'elle posât sur son bras sa griffe sèche hérissée de bijoux léonins.)

— Là-dessus te voilà brimé, poursuivit Max, et tu fais chorus avec les ennemis de cette malheureuse, qui bosse en professionnelle, la nuit, ne prend pas de vacances sauf peut-être le week-end qu'elle doit employer à la compilation studieuse, répond poliment aux journalistes, contente ses quinze mille fidèles lecteurs, touche un honnête salaire de prof, paye avec ça eau-gaz-électricité-téléphone sans parler des impôts qui la taxent probablement dans la tranche supérieure, ne gâche pas un talent incontestable, ne cache pas une gueule de marmouset vaguement transylvanien, ni des seins étonnants (il avait vu la photo de *Paris-Match*) plus, j'en jurerais, par bravade enfantine que pour vendre ses écrits, mais refuse sans doute qu'on l'immortalise devant le restaurant Drouant dans la position du poirier avant les prix littéraires, vœu de journalistes inconséquents et en panne de sujets, remarque, après les prix littéraires je ne dis pas qu'elle reculerait devant le poirier, ta Tiefenthaler, plus de risque alors d'incommoder les jurés, sauf qu'en cette position les seins...

Pourquoi toute allusion à l'anatomie de Maria dévoilée en public lui échauffait-elle tant la bile ? Un sourd atavisme oriental, sans doute. Honteux d'être jaloux que d'autres vissent ce qu'il y avait de plus communément réparti chez les femmes, deux paquets de glandes, il se tut, ne tenant pas à passer pour un Berbère demeuré, affront douloureux à un chrétien maronite, même athée.

— Ne pas se planquer et donner le meilleur d'elle-même, baffe à la médiocrité, à la sénescence, à la mocheté, aggravé par le fait qu'elle n'appartient, que je sache, à aucune coterie, ne pointe à aucun parti, n'affiche pas la modestie exemplaire, le paupérisme émouvant, la laborieuse indigence et les déchirants problèmes de cul que pose notre civilisation vraiment avancée à ses consœurs féministes. Elle a l'air de se marrer, tout le temps, c'est un comble, d'apprécier sans hypocrisie le succès, par pudeur elle ne parle jamais du suicide de son père, de ses troubles de gestation, d'un reliquat d'amibiase souvenir de Bombay, par égards pour les autres elle ne sort pas en clodo — de nos jours les estaffiers de la critique trucident pour moins que ça.

— O.K., Tiefenthaler n'a pas que du génie, elle a une gueule, elle n'a pas qu'une gueule, elle a des seins, et moi vois-tu je l'étranglerai. Mille rêves de vieux boucs à propos de ses seins, ou plutôt un million, c'est le tirage de *Match*, des tonnes de fantasmes, une glu, déversées sur cette fille dont je suis fou...

— Bon, tu la voudrais voilée, et encore, pas à la façon persane, car on entrevoit les yeux, pires que des seins retroussés, mais comme au Cachemire, regard dérobé sous un treillis. Qu'elle soit fantomale à souhait. Si la souffrance est instrument de savoir pour l'homme, de Rougemont a très bien expliqué ça, tu vas devenir omniscient d'ici peu. J'avoue que pour un bâtard d'Orient rongé de jalousie jusqu'à l'os (tu maigris en ce moment) une jeune fille exhibant à un million d'exemplaires des nichons en poires Mouille-Bouche (c'est une espèce de poire, je n'invente rien) ni pierreuses ni tapées, convexes juste ce qu'il faut, des épaules en pectoral d'ambre, un bréchet un peu maigre, des côtes un peu évidentes, une taille élaguée, un humérus et un cubitus brachial épatants...

— Nue jusqu'à la taille ? rugit Amine tout aussi papelardement vicelard que le professeur Humbert.

— Eh oui, jusqu'à la taille en dessous de laquelle jupons bouillonnants, ah ! pardon j'oubliais, pointe un pied sublime de la cheville à l'orteil passant par la malléole, la plante, on ne voit pas. Un pied ni pinçard, ni cagneux, ni palmé. Peut-être aperçoit-on un peu du tendon fléchisseur, je parle en médecin. Ni cor, ni œil-de-perdrix, ni podagre apparente. Ce pied te tourmente, je vois, tout autant que les pêches girondes de Mlle Tiefenthaler. Si greluchette avec des pêches en poire, c'est une rareté.

— Je sais, mon père m'en a déjà fait la remarque, et je t'aime pour ton sadisme, chose que je viens de comprendre, gémit Ghoraïeb fils, à l'agonie.

— Ventre-saint-gris, Amine, sois jaloux de sa psyché, de ses amis, de ses œuvres, je comprends, mais te voilà démoli, à cause de quelques quotidiennetés qu'un photographe a méchamment surprises... Que peuvent te foutre deux pêches si bien appareillées et rendues publiques alors que l'été, sur la Côte, tu vis au milieu d'autant de fessiers nus que sur le rocher de Gibraltar ceux des babouins, alors que des pis laitiers, tu en as évalué plus d'un, qu'est-ce que la spécificité de la donzelle a donc à voir avec cette pose demi nue pour un peintre, je ne pigerai jamais, tu es VRAIMENT un Sarrasin. Sois jaloux de son regard sur une fleur, de sa jouissance à caresser un animal domestique, de sa tendresse pour sa grand-mère, mais pas de cette vulgaire sottise... Et puis ça prouve qu'elle a du cran, l'innocente. Ce que tu n'as pas. Tu déblatères sur une travailleuse stakhanoviste du genre privilégié puisqu'elle gagne sa vie avec sa plume et son seul plaisir d'écrire, or elle a dû plancher toute la nuit sur une chronique, rien de plus chiant, au lieu de prendre du bon temps avec un beau mec qui se conduit comme à l'ordinaire en fils unique latin morveux et pourri, prêt à se fracasser le crâne sur le carreau pour une séance de cinéma refusée. Ne me dis pas le contraire, j'ai appris de la bouche de ta mère Fernande ce qui se passait quand elle ne voulait pas te filer des sous pour tes Carambars — vlan ! coup de tête dans une porte jusqu'à ce que ça saigne et jusqu'à ce que fric pour les Carambars. La partie est plus difficile, avec une fille qui ne te doit rien. Pauvres mères, qui croient toujours devoir quelque chose, comme si elles n'en avaient pas assez morflé de porter un morpion et de le déglutir par le bas avec épouvantables effusions de sang, puis de tendresse, servage obligatoire, à ce qu'il paraît, chez une mère NORMALE. J'en finis avec Tiefenthaler qui bosse par correction, pour ne pas se compromettre dans des boulots merdeux, pour ne pas garder de chiens, pour ne vendre que sa substance moyennant deux ronds cinquante — elle touche dix pour cent de droits d'auteur sur le prix du livre, si tu l'ignorais — moi j'appelle ça de l'intégrité. Qui est le mec, dans l'histoire ? Quant aux difficultés de parcours, je t'avais prévenu, à présent, assume. Assume sa liberté, ses pêches, personnages publics, les coursiers qui lui arrachent ses articles, son saint-frusquin de relations, amis, amants, copains, copines, gardes du corps, mère, grand-mère, il doit y en avoir deux, éditeurs, admirateurs, groupies, détracteurs, ses *alter ego,* il doit y en avoir plusieurs, ses confidents, ses coreligionnaires, sa concierge, accepte qu'elle soit vendue à l'encan sur la place publique, ce qui ne doit pas l'égayer tous les jours, qu'elle soit inaliénable, n'envisage pas la nue-propriété, accepte qu'elle soit ostensible et patente, réjouis-toi qu'elle ne soit pas comédienne, ce qui la rendrait encore plus notoire, accepte qu'elle ait des émotions quand tu n'es pas là, cesse de te passer à tabac pour de monstrueuses vétilles, un sein dehors, une décommandation, ton pays fout le camp, Libanais, et l'aréole brune d'une *outlaw* occupe l'ensemble de tes pensées...

Assumer, il ne pouvait pas. Jalousie, estrapade, garrot, brodequins, galère à perpétuité. Quelle fût à l'affiche, ébruitée, promulguée comme un arrêt, qu'elle en appelle au peuple pour solder ses bouquins, exposée comme un meuble à Drouot, évaluée par les passants lui causait des peines afflictives. Cette fille vendue et si complètement vierge le mettait au régime pénitentiaire que ç'en était injuste. Jamais maman Benkamou ne montra au bout de téton depuis qu'ils ne servaient plus à l'allaitement, or maman Benkamou lui ressassait des « jetaimemonfils », d'où conséquence directe et engrammée dans la mémoire du fils : présence chaste, obligatoire, muette, laudative, ne se devant qu'à lui. Évidemment, Mlle Tiefenthaler n'avait pas encore proféré ce sésame d'une impudeur bien plus grande que la montre de son giron, mais le jour où elle le ferait, le jour où elle commuerait sa peine, on verrait qui serait au pilori. Oh ! il lui apporterait tous les jours du champagne et des gâteaux, elle l'attendrait clouée sur sa planche avec un regard de reconnaissance avide car sa survie ne dépendrait que de lui. Question campagne, que fallait-il faire ?

— Attendre le téléphone, drapé dans ton péplum balnéaire et ta dignité, ne va pas coucher sur son paillasson malgré les plaisirs que ça te procurerait, saoule-toi, fais du footing, mange des légumes *al dente* avec ta belle-mère, sors Mlle de Fouquières rescapée de l'institut Sainte-Marie, emmène-moi au polo, où ta jument, elle, se plaint d'être abandonnée, fronce le sourcil en lisant *l'Orient-le-Jour,* ce qui réjouira ton père, va aux Beaux-Arts, lis Proust, tu n'en seras que plus brillant quand tu la reverras, évite les cartomanciennes et les libraires... Demain, jeunesse, on fait du sport, lever sept heures, footing au Bois même s'il flotte. Addition et départ.

Ils se quittèrent à trois heures du matin. Le mot *librairie* trottait sous le crâne d'Amine. En enfilant son pyjama, il songea que ces librairies surgissaient de partout, depuis peu, les garces, jamais tant vu de librairies dans Lutèce, lui, qui ne lisait même plus de poèmes par pure jalousie des extasiés qui les écrivent, se voyait cerné par la littérature, phalange de légionnaires en marche pour l'écrabouiller que ces auteurs inévitables, librairies partout, lui sautant aux yeux, l'aveuglant, lui intimant l'ordre d'entrer, il entrait, ce robot, il cherchait la pile Tiefenthaler, tombait dessus, feuilletait son dernier ouvrage à l'envers, y cherchait une déclaration d'amour destinée à lui seul, ne la trouvait pas, le reste lui semblait abstrus, il se contentait de couvrir d'autres piles avec le livre de Maria, pour qu'on le vît mieux, au détriment des autres, et qu'on l'achetât, seul geste de véritable tendresse qu'il eut envers elle jusqu'alors. Ainsi il se rédemptait un peu, car, suivant son instinct, il aurait acheté la pile avec espoir d'une grève de la diffusion et qu'on ne trouvât plus aucune œuvre estampillée Tiefenthaler dans tout Paris. Cette joie, il se la réservait pour plus tard. Quant à la question libanaise, les troubles politiques et tout le tremblement, il s'en foutait chaque jour davantage, seul le touchait le conflit israélo-arabe à cause du du sang juif de Bien-Aimée ; un apolitique athée pouvait-il intéresser une Tiefenthaler, question à ne pas se poser. Si l'ennui lui avait ôté le courage de se cramer la cervelle, l'amour le lui avait fermement rendu en cas d'échec. Ivre de Zoubrovska et lassé des romances d'Ilinka, il s'écroula ivre sur son lit, que les pieds étroits de Maria vinrent marteler avec l'éclatante fureur d'une Thébaine traquant l'homme pour l'émasculer et ficher sa tête sur un thyrse — Amine Youssef ne se faisait pas trop d'illusions sur les données du problème : sa peau, ou celle de l'autre. Seul un puissant hypnagogue éloigna l'écho de la danse et le péril immédiat. Il scruta sa couverture. Elle n'y était plus. Il goba un second somnifère pour éviter le retour de la ménade, et s'entoupina dans les draps, priant qu'elle lui foute la paix jusqu'au lendemain matin, qu'il dorme, qu'il dorme, mais qu'ensuite, plus jamais la paix, la guerre.

Entendu, le monde entier se foutait de sa gueule, niait la futilité exacerbée et confuse de ses démarches, voire leur obscénité, ignorait la tension morbide qu'elles supposaient. Il en voulut terriblement à la jeune fille, et à la litanie obsédante du « si elle ne m'appelait pas » succéda une bouffée d'agression revendicatrice qui le soulagea. Que faire de l'être nouveau, du nourrisson aux exigences péremptoires, qu'elle créa de sa propre côte, être qui, avant elle, n'existait pas et n'avait pas demandé à voir le jour ? Si cet agneau de Dieu lui en avait donné la fulgurante lumière à laquelle il ne s'accoutumait pas encore, elle devait en porter la responsabilité. Après ce bel ouvrage, iniquité qu'elle dormît sur ses deux charmantes oreilles. Elle paierait la faute d'inattention de se donner à voir si désirable, elle paierait pour ses mots d'engagement, pour le moindre de ses cillements racoleurs, pour les cajoleries qu'elle tenait sans doute, la bougresse, pour simples mondanités... Paierait pour simulacre, friponnerie, poudre d'argent jetée aux yeux, leurre d'un retroussis de babines, sourire de promesse quand elle frotta renard contre smoking dans l'ascenseur. Il se vengerait de ce semblant de prédilection qu'imprudente elle lui donna pour le reprendre aussi vite, de ces preuves ingénues de favoritisme, de ce paradis entrevu et escamoté, de ce tour de faveur truqué, de ses grâces égrenées par mégarde, lapsus de coquetterie, barbarisme social, elle se repentirait de son hystérie de conquête, du dol et préjudice moral qu'il causait à l'entourage, des fièvres engendrées par le sort qu'elle lui jeta, la porteuse de *mal occhio*. Elle battrait sa coulpe dans le confessionnal de l'alcôve, lui réciterait des neuvaines d'amour pour qu'il pardonnât sa brouillonne légèreté de jongleuse, son peu de respect envers un type résolu à la gravité et à la pesanteur, sa gaieté juponnée de coton bleu, sa légèreté mercurielle, sa façon inhumaine de donner tout et rien, le gaspillage de ses perfides gentillesses qui la gratifiaient, elle, sans lui rien coûter.

Il tira une bouffée de kif marocain. Encore un des avantages d'une mère de Casa : outre les saloperies comme la pâte lunaire et les crânes de gazelle (rares) que ses parentes lui rapportaient du pays, il y avait aussi le kif qui tapait dur et lui permettait de rêver plus fort.

Ô Maria, dit-il, déjà bien camé, au miroir accroché en face de son lit, où il attendait qu'elle apparût, mais vexée de s'être vue envoyée aux pelotes la veille, où elle n'apparut pas, Maria, tricheuse, immatériel phosphène, j'allumerai ton sang, je ternirai ton plumage lapidaire d'oiseau-mouche, je tairai ton vol strident de colibri, je te chanterai en syriaque des messes à rebours, je te baptiserai de baisers, je pleuvrai sur ta sèche, artificielle perfection, je te visiterai sous forme d'éclair pour fracasser ton *mana* de petite idole peinte, et que, débarbouillée de tes pouvoirs, tu connaisses tout ce dont tu te gardes : le lubrifié, l'organique, les désordres naturels des saignements mensuels, qui te rendront à la fécondité, le jour où je blesserai ta râpeuse écorce d'arbuste vierge d'où coulera un sang lourd comme celui qui sourd des hévéas, alors...

Alors tu seras glaise malléable, tes paumes s'ouvriront de faiblesse et de reddition, tu parjureras les tiens, récuseras ta foi et ton ardente mission, alors je briserai tes jeûnes et tes retraites, je te défroquerai de ta bure de moinillon, je te conduirai au désert et jusqu'à la montagne du Septentrion, dans le temple de Baal Zeboub pour y être écartelée, alors jamais plus personne ne verra ton visage d'émail, ta pupille haute comme un astre plein, ta peau d'amande amère, tes lèvres confiantes, tes cheveux d'une longueur insolente que tu ne dénouerais plus qu'avant d'entrer dans notre lit, jamais plus tu n'offriras à des inconnus cette toison qui ne glissera que la nuit sur tes épaules nues barrées des règles d'ivoire de tes clavicules, à moins que je ne te coupe proprement les cheveux au bol, le jour tu sortiras en chignon serré, boutonnée jusqu'au menton, moi seul lécherai ta peau dont les mordorures, les éphélides, les rousseurs seront secrets, charades, énigmes qu'il n'appartiendra de résoudre, furtivement, à ton insu je t'arracherai la clé de tes mystères farouches d'initiée aux oracles et par-dessus le marché quelques ongles — j'userai de tous moyens pour cela, lettres anonymes, chantages, escroquerie au sentiment, fronde, corruption de témoin, et magie noire au dernier carat.

Ainsi grinçait dans son coin Baal Zeboub, seigneur des Mouches, lui-même dans l'ivresse du chanvre.

A l'heure matinale où il la condamnait par défaut, la coupable non prévenue, dont la joue creusait à peine un oreiller de plumes, roupillait d'un sommeil illégitime, exemptée de lumière par un loup Quiès et de boucan par les boules également Quiès, rêvait clandestinement de neiges fraîches dont la poudre vanillée picotait ses paupières, car un rimmel rincé au savon remplaçant un démaquillant qu'elle avait oublié de racheter lui causait toujours de la conjonctivite et même, parfois, avec orgelet.

Avant son réveil, le coursier de Playboy vint chercher la nouvelle qu'elle avait torchée allègrement dans la nuit. Il s'agissait du premier baiser d'une enfant de douze ans, sujet facile car elle en avait encore, au bout de la langue, le souvenir sapide et délicieusement loupé.

— Ce type à l'œil d'un collectionneur de fétiches, dit Maria, encore dans les vapes — il n'était que deux heures de l'après-midi —, à Tova Bogdanov qui elle aussi rassemblait avec peine ses esprits, les résidus pieux de ses contemplations nocturnes et les six cent mille âmes d'Israël, il s'agissait vraiment de boire un café serré. Membre de ma secte, qu'en penses-tu ? Siffle d'abord ton café.

— Un pervers, que tu as visiblement fracassé. Perversion et séduction, choses de l'anti-nature s'attirent pour s'annuler. Fais gaffe.

— Son pote le psychiatre, lui aussi perclus à force de recherche d'identité, se proclame sabra, athée, et m'a avoué qu'il planquait dans une grande penderie des rouleaux de la Torah, des candélabres, tout un fourbi synagogal, et qu'il se promène deux fois par semaine incognito rue des Rosiers pour faire ses provisions kosher. Je me demande si le psychiatre n'est pas moins fatal. Et si j'invitais le psychiatre à la campagne ?

— Pitié, fit Tova. Psychiatre et sioniste, trop fatigant. On va là-bas pour s'aérer. Il n'y a ni juifs ni Grecs, disait Saül de Tarse, deux mille ans plus tôt. Mettrons au vestiaire nos obnubilations de lignage et de communauté, ma vieille, elles nous viennent de L'Autriche-Hongrie, de Bohême et de Pologne par wagons, ton ténébreux je l'espère n'est pas trop idéologue, ou bien il a une idée fixe : toi, nous ne pouvons que lui pardonner. Et puis on apprendra des tas de trucs sur le maronitisme, sauf si l'amour le rend par trop con en ce cas, chute de la Maison-Dieu et de sa personne dans notre estime.

Aux Beaux-Arts, encore un peu schnouffé, il rêvait. Emietter le poreux albâtre de ses genoux, la craie pâle de ses dents, effacer ses pas infimes sur le talc des sables, balayer les rabotures de cette friable aux cheveux rouillés comme une ancienne couronne. Ne jamais plus toucher aux tarots. Quand il coupa ceux de sa mère, apparut la Lame XI, la Force, une femme portant le signe de l'infini, rapprochée avec insistance de la Lame XV, le Diable atrophié aux ailes de chauve-souris. Ça devait signifier alliance catastrophique.

Il sortit, fila acheter un bouquin sur les hassidim, en trouva un immédiatement, le monde des livres conspirait à sa perte, apprit qu'étaient issus de parents hassidiques le docteur Freud, un prix Nobel de littérature hébraïque, Ben Gourion, Chagall, et « sans doute » Allan Ginsberg. Il était dans de beaux draps. Rentra rue

Murillo, se roula un joint, puis deux, piqua une petite crise halluci-natoire où il parla à son oncle Camille en ces termes :

— Le Baal Schem Tov, une paumée à la recherche de son matricule juif, une visionnaire trépignante et moi roi impie ou plu-tôt « serviteur des étoiles », c'est dans ces fameux textes hassid, mon oncle, et c'est trop. A l'aide. Sa poitrine, rien de flageolant qui me rappelle ma mère, non, du bronze guerrier. Campagne avec elle. Ça va être infernal. Rustre convié au Grand Pardon (je prévois des tas de rabbiniques, à la campagne, ses commentateurs et com-mentatrices, ça promet) et ne sachant les prières. Morfondu devant sa sainteté clandestine.

Elle est de ceux qui admirent la brisure des vases et en élimi-nent les coquilles mêlées aux étincelles de l'origine. Elle va me jeter comme une de ces infâmes coquilles. A celles de l'imprimerie, elle ne pardonne pas. Je lui ai à peine posé de questions sur son travail. A ce dîner, son autre voisin s'en est chargé, lui a demandé son avis sur le maintien de l'orthographe académique. Réponse de la Bien-Aimée.

— Baaaff ! L'or-to-gra-fe ? Oh ! vous savez, les fautes, les cor-recteurs les suppriment, et l'imprimeur en remet, alors je m'en fous.

Il n'a plus rien dit, le voisin, à cette jeune fille croyante en tous les dieux des fontaines, des sources et du ciel, plus rien dit à la mor-fale panthéiste, créature à son sens le plus complet. Pardon mon oncle de fumer cette herbe immorale, mais à travers les volutes, je la distingue et elle ne me fait pas mal. Elle est là. Ses lèvres, ané-mones rouges, la muqueuse correspondante, en bas, telle grenade de Mésopotamie. Je ne fais que présumer. Un Prix de Diane en tout cas. J'ai la trouille, ô ! mon cher oncle. TU NE LAISSERAS PAS VIVRE LA MAGICIENNE, dit l'Exode, 22-18. Pourtant autour d'elle magie blanche, c'est moi qui noircis son front miséricor-dieux, en moi vit le Mal, oncle Camille, mais elle pullule en mon esprit et je suis une abomination. Elle se dresse devant moi, nue, décharnée, serre sur ses seins imprévus des peaux de bêtes mortes, ses yeux sont comme une crue du Nil, et j'ai trop fumé. Bes-sa-ra-bie, berceau de sa famille. Dans le mystérieux, ça en installe, à moins qu'elle ne raconte des charres et qu'aucune arrière-grand mère emperruquée n'ait vécu dans les Karpates, mais à ses pom-mettes brille la haute désolation de l'Europe de l'Est, effacée avec de la poudre de riz car la gueuse est coquette, et entretient sa matité. Cette fille du vénéfice m'appellera-t-elle au téléphone, mon oncle, pour la partie de campagne ? Vous ne répondez pas ? Bon, j'écrase mon mégot, à plus tard.

Son père réprouvait fortement l'usage du chanvre, kif et con-sorts. Amine ouvrit la fenêtre en grand, pour éviter la chienlit des semonces.

Un baiser, à Pressagny-l'Orgueilleux...

Elle appela jeudi à dix-neuf heures trente pour réitérer son invitation à la campagne.

En ce folichon matin de prairial, il fourgua son bagage à l'arrière de la Bentley, avec le ressentiment préventif d'une secrétaire bouclant son baise-en-ville même s'il s'agissait de cambrousse, avant un séjour dans la verdure avec un patron qu'il fallait séduire dans un but d'avancement.

Pour la réussite de son entreprise, il disposait du déjeuner — on l'attendait à une heure trente précise sous la charmille, et là, il bénéficierait de l'assistance du soleil et d'un verre de rouge lénifiants, d'une somnolence postprandiale qui la désarmerait, puis d'une balade bucolique, s'il n'espérait rien de la trêve britannique du thé, cinq à sept réservé à la machine Olivetti dont ne se départit pas un écrivain aux champs, à moins qu'elle n'en saccageât involontairement le rouleau et ait oublié la rechange, ce qui lui accorderait le rab de présence d'un auteur fou furieux car inhibé, maudit soit Olivetti, en cas d'Olivetti, quitte à se ronger les ongles jusqu'au coude, il lui faudrait juguler ses pulsions bestiales et attendre le verre précédant le dîner pour ressusciter, éblouissant, à cet instant apéritif, chiader la conversation pendant le repas, après quoi, camomille, café, liqueurs, feu de bois peut-être, aimanter ses doigts vers les siens, ne rien tenter de plus, veiller toute la nuit pour parfaire la tactique du lendemain, qui serait tout à fait bluffante sauf si la portraitiste l'immobilisait sous la tonnelle annoncée — on n'a jamais l'air plus crétin qu'en posant, or pas moyen de refuser sans passer pour un goujat envers les Amies qu'il faudrait respecter en bloc bien qu'il eût envie de les mordre jusqu'au sang.

Sur la route de Rouen, pensa : et si cette douce infante m'invite à franchir le seuil de sa chambre ? elle a de ces caprices météorologiques. Refuser. Ne pas se faire traiter en joujou freudien, ni en homme facile. Même si elle ne le violait pas carrément pour l'évacuer après, la garce était capable du pire : lui octroyer sa frigide affabilité, son attention pseudo, ce semblant d'intimité qu'elle con-

184

cédait à tout être du règne humain, animal ou végétal (elle devait même établir des liens passionnels avec les plantes grasses et parlait certainement aux fleurs et autres cattleyas), pour un jaloux, du nanan, le nec plus ultra, une fille énamourée par un friselis de soleil dans l'eau, bouleversée par les hortensias et aussi pâmée devant les glycines que le Sâr Peladan devant lui-même... Cette tendresse falsifiée, dans laquelle elle ne s'impliquait jamais, valait bien des châtiments corporels. La gifler, sa chérie, pour voir. Il se demanda si dans la jalousie satanique qui le liait à elle, il entrait un tout petit peu d'amour. Aux abords de Vernon, il n'avait pas trouvé la réponse, en revanche, et en toute lucidité, se répétait qu'il était fou de cette fille. Il aborda après ce constat renouvelé l'ancien domaine royal de Philippe Auguste, franchit le pont qui jouxte les rives d'une Seine impressionniste berçant quelques îlots de terres ruiniformes, et, entré sous hypnose dans le village de Pressagny-l'Orgueilleux, gara la Bentley sur la place déserte avec une joie solennelle et militante de Croisé en vue du Saint-Sépulcre.

La Ramade, nous voici. La Ramade, nom baptismal de la résidence secondaire appartenant à Rose Bourdel-Lepeuple, Nantaise, veuve d'un Nantais ayant fait fortune dans le sanitaire à l'instar des de Belzunce. Informations données d'un ton clinique, au téléphone, par Maria, au jeune homme qui comptait se soucier de l'hôtesse et des invitées, encombrantes incarnations d'Autrui, dans la mesure d'une civilité puérile et déshonnête quant à ses intentions.

Comme toujours dans les résidences secondaires, le carillon rameuta les chiens — au moins des malinois étant donné le raffut, mais ne voyant arriver aucun gardien, il se dit que les amies terroristes faisaient garder Tiefenthaler par un personnel uniquement canin du genre molosse. Hiéroglyphe d'attente, il tira à nouveau la bobinette. Patience, dulcinée. J'abattrai tous les murs qui te séparent de moi, y compris ceux des résidences secondaires, s'il semble — troisième coup de tocsin — que tu me réserves encore toutes les variétés d'épreuves féodales et courtoises. Les chiens hurlaient, sentant l'approche de l'ennemi. Il hésita à sauter en cascadeur par-dessus ce mur fileté de vigne vierge, carillonna encore, un blockhaus que cette tôle, à moins qu'elle ne fût surveillée par des portiers, des suisses, des eunuques, des duègnes, des piquets, des prétoriens, des mameluks, une maréchaussée, tous endormis comme ça se fait dans les manoirs, pris sous une résille d'enchantement.

Une centenaire barbichue, bossue et prognathe lui ouvrit enfin. A peine entré dans l'enclos, la meute accourut en patrouille, à l'avant deux chiens tibétains de la race apso, balayettes enragées, puis le malinois prévu — il aurait dû amener les labradors de Fouad, de façon que les cerbères restent sur le carreau ou plutôt le gazon.

La centenaire le conduisit par une allée de gravillons jusqu'aux remparts de tilleuls et de frênes cachant la façade de la villa, du genre virginien, acadien, ou créole, en tout cas discret et colonial, avec fronton et colonnade doriques. Rien que du déjà vu dans Maison et Jardin, il reprit courage, le janissaire lui ouvrit la porte vitrée d'un air méfiant, le planta dans l'entrée avec son bagage et disparut sans un mot.

Il se trouva donc, seul, exerçant une fois de plus le métier de planton, faisant antichambre, en suspens, mais non pas en souffrance, non pas de langueur morfondu, non pas en quarantaine, mais l'espérant de pied ferme, épiant les signes qui, dans ce salon vide, témoignaient de la présence de sa délinquante en sursis.

Il décida de mettre en scène le temps qui lui était imparti et goûta le calme provincial de la maison désertée. Il semble que Bourdel-Lepeuple and Co. dorment jusqu'à une heure de l'après-midi, se dit-il, ainsi en est-il des artistes nyctalopes que flingue le jour des samedis printaniers, en Ile-de-France.

Treize heure quinze. Il explorait le salon qu'il photographia avec une précision de détective. Pendant quelques limpides minutes d'attente, scandée par le gong de son muscle cardiaque et le cliquetis métallique, pondéré et énervant comme le marteau frappant les lames d'un xylophone balinais, d'une pendule rocaille à laquelle s'accoudait un Bossuet de bronze.

Le salon de Mme Bourdel-Lepeuple, le perron sur lequel il s'ouvrait, rien de plus rassurant qu'un perron, l'escalier de pierre tout à fait routinier, la véranda exotique d'où on avait une vue admirable non sur le fleuve Surinam ou l'Amazone mais sur la Seine couleur d'huître, n'eurent bientôt plus de secrets pour lui. De ce salon, il apprit religieusement la suspension double aux demi-globes de cuivre et d'opaline verte qui font studieux, les canapés tendus de toile bise qui fait bon genre, la boîte à ouvrage sur une de ces tables aux piétements de bambou qui font affreusement mode, la cheminée Empire sommée d'un miroir roussi où ricochait le soleil, la bibliothèque de chêne à patine antiquaire coffrant un bon morceau de culture française en Pléïade, tout ça propre à inspirer confiance, conventionnel, gentiment ennuyeux, désuet, à y jouer du Feydeau, car il y avait énormément de portes.

Traînaient, épargnés par la femme de ménage et preuves de l'occupation des lieux, un livre de Maria, *Le Pont d'Alcantara*, qu'il ouvrit pour s'informer goujatement de la dédicace. *A Edmond Moïse, poète*. Il admit que ce fût un confrère, refusa de chercher midi à une heure trente, se dit que, des descentes aux enfers de la jalousie, on remonte tout cramé, que ça n'était pas le moment, il occirait plus tard le poète dans les fossés de Vincennes et reprit l'air d'un *winner*. Outre le bouquin, l'éclaireur manipula des objets que sans doute les doigts de Tiefenthaler avaient dû palper, donc des objets chargés, son stylo en laque marine, son briquet assorti, son paquet de cigarettes, blondes menthol, elle ne fumait que des Royale de ce type d'où nicotinisation des dents de devant, il avisa un châle tramé de fleurs floconneuses du genre ibizenco, se rua, renifla le parfum de chez Crabtree, sous le châle découvrit en collection de poche *l'Homme et la Mort,* d'Edgar Morin, fallait se faire une raison, elle ne se délectait pas de ces romans dont le sentimentalisme abject aurait risqué de déteindre sur la précieuse, qui dorénavant réapprendrait les joies de telles lectures, qui dorénavant n'aurait plus accès aux bibliothèques où elle puisait sa culture pour, en une sorte de donjuanisme forcené, apprivoiser les textes les plus rétifs. Que cesse donc sa manie du déchiffrement. Il découvrit une barrette d'écaille, sur la table. S'imagina le geste de Maria, retenant les longs copeaux d'érable de ses cheveux, au cas où ladite par caprice se serait sarclé une raie à la Lauren Bacall sur le côté droit du crâne. Subtilisa la barrette. Décidément, rien qui évoquât une loge occulte en ce salon bourgeois, ni vertèbre d'envoûtement, ni quenouille sculptée, ni sablier à tête de mort, ni chandelier rituel, ni méphisto même en biscuit de Sèvres, en fait de fumées d'aloès, l'odeur douceâtre des tilleuls et d'un gigot aillé, rien qui prouvât qu'ici on cherchait la pierre philosophale dans le sang des enfants égorgés à la manière de Gilles de Rais, ah un jeu de tarots sur une console, eh bien, il pardonnerait aux pauvres femelles toujours si éperdues de savoir ce que leur réserve une existence sur laquelle elles n'ont que faible emprise. Se forcerait à croire que sa pythie éructant des oracles n'était qu'un honnête écrivain mensualisé se retirant sous l'orme à cause de la pollution citadine. Bien, bien, dit-il, comblé de ses rigoureuses déductions. Ayant épuisé les ressources de ce lieu de confluences sociales dit living, il salua l'âtre au feu éteint, les lampes glauques, les azalées sombres et fripées dans la jardinière biscornue, la tapisserie d'Aubusson figurant, dans un parc délavé, le jeu de colin-maillard auquel s'adonnaient des bouseux géorgiques — colin-maillard, ma belle, n'est-ce pas ton activité ludique de prédilection ? cours après moi que je t'attrape. Ces paysans, l'observant en deçà de la chaîne et de la trame de l'Aubusson, devaient se tenir les côtes, car qui, dans ce salon, faisait tapisserie, qui tâtonnait, flairait les yeux bandés, tendait des bras d'amer et puéril besoin vers l'absente, la celée, la planquée dans son rabicoin, l'enfant des feintes et des sournoiseries, clapie, mussée, quelque part aux écoutes du souffle précipité de l'Autre, le glorieux Amine Youssef Ghoraïeb, qui, sous les huées des paysans de l'Aubusson, venait à treize quarante-cinq de percevoir un confus brouhaha côté cuisines, et, aux étages supérieurs, un grattouillis dans la souricière qu'il interpréta comme le présage du petit lever rituel de Maria Tiefenthaler.

Que non, elle ne le trouverait pas empoussiéré d'avoir égrené pieusement le chapelet de l'attente, morfondu après observation minutieuse du Bacchus aux faisceaux musculaires lustrés de brune patine, ou des pieds en serre d'aigle du guéridon d'acajou — que non, elle ne saurait qu'il osa stupidement effeuiller les marguerites du bouquet posé sur le même guéridon, et inventorié l'intérieur de cette *cosy farm*, pour tromper l'angoisse. Amine Youssef vient d'arriver, voilà, proclama-t-il naïvement aux œillets et épis de plantain du bouquet, avant de filer dans le jardin, où elle le découvrirait distraitement alangui dans un rocking, un verre à la main si toutefois quelqu'un daignait porter une boisson à un inconnu égaré dans ce manoir où se taisaient d'arrogantes jeunes filles. Ne se présentant personne, il n'aurait pas de verre, mais se lèverait à son approche, la saluerait avec la réserve polie d'un hôte auquel on a tant soit peu fait défaut mais doit, d'après le Manuel du Savoir-Vivre cher à Agostina, s'accommoder de tout à compter du moment où il accepte une invitation et ses corrélats d'emmerdements. A moins qu'elle ne se souvînt pas de l'avoir invité. La garce avait la tête à ça.

Pas de doute, ça remuait là-haut. Il prit la pose du Bel Indifférent, subit les yeux fermés la douce crémation d'un début d'été, puis ajusta sur son nez, prodigieuse astuce, des lunettes de soleil qui, à l'insu de tous, lui permettraient de recenser les signes de son bonheur ou de sa désespérance dans le regard de Maria, à moins qu'elle aussi se préservât du jour fatal à ses yeux de chouette par le même écran. Il admira la glissade de la pelouse, incurvée comme une paume jusqu'au fleuve où derrière les hampes des peupliers pointillistes passaient les péniches indispensables aux parties de campagne, puis se retournant mais gardant la pose du modèle de Watteau, reluqua impatiemment l'envers de la façade acadienne, ombragée d'une ramade de lierre, de glycines tendres et des tiges volubiles du haricot d'Espagne, mata le balcon ajouré derrière lequel des stores de raphia ocre hermétiquement tirés auraient témoigné du sommeil ou de l'absence des occupants, n'étaient le fumet du gigot et les bruits de rongeurs. Devant la maison, dispositif d'un séjour virgilien et tranquille, quantité de chaises longues ou pliantes, de poufs, de fauteuils d'osier philippins, et malgré ses doutes quant à la métempsychose, il eut à nouveau une forte impression de déjà-vu. Plus loin, près d'un bosquet, sous les saules, les chênes, un noyer et un ficus, une table dressée qui lui parut de bon augure — on finirait donc par déjeuner, providence, assertion de la carafe d'eau, d'une bouteille de vin, d'un bouquet d'euphorbes, à moins que cette table ne fût mise pour le dîner, que personne ne brisât le sortilège de la maison endormie avant le crépuscule, jusqu'auquel il tiendrait le siège vaille que vaille dans le salon en lisant les maximes de La Rochefoucauld, bien qu'il eût une faim à bouffer du malinois. Où étaient donc les quatre filles du docteur March assorties à ce cadre suranné et aux toiles de Jouy, au Liberty ou au coton imprimé goût Régence qui devaient tapisser les chambres de ce parangon du conventionnel français. Que venait faire Maria dans ce jardin léché ? Il lui donna encore dix minutes avant de se replier dans le salon, après quoi il ne garantissait plus de belle indifférence, car il serait proprement furibard. Dommage qu'on ait inventé l'amour, de toutes pièces inventé, car c'est fort chiant, se dit-il, et les entractes longs à crever, et les pas perdus innombrables. Seulement que trouver d'autre pour ne pas oublier d'exister ?

Jardiner, en ce qui concernait Rose Bourdel-Lepeuple, devait suffire à combler les vides. Il exprima sa reconnaissance aux facules pourpres des bégonias, aux grappes claires du freesia, aux becs-de-grue des pélargoniums, aux mufles chiffonnés, citrins, méticuleusement lisérés de velours tête-de-nègre des œillets d'Inde, à l'héliotrope vanillé, à la violine grisaille des lilas, car ils participaient de la beauté de Maria, une ravagée des fleurs, elle aussi. En l'absence de la Vénus bocagère, il tint au jardin un discours de répétition exemplaire, s'adressa aux pendentifs grêles du fuchsia mexicain, flatta les calices huileux des tulipes saumonées, par chance, aucun de ces glaïeuls que Fouad prisait énormément, surtout sur son yacht où il petit-déjeunait, au vu et au su de la plèbe, hypocritement planqué derrière ces hallebardes revêches.

Espérant toujours la venue de jeunes filles en parterre, en florilèges et en anthologie, ceci pour se rassurer car pouvait lui tomber dessus une bande de voyous, terme dont n'existe pas le féminin pourtant voyelles aurait fait joli, il s'appropria un transat à l'ombre du cerisier, compta les péniches, toutes les trois péniches, tourna la tête pour voir si, du côté de la ramade dont les glycines filtrant le soleil pulvérisaient l'ombre comme un bouquet effeuillé de violettes de Parme, n'apparaissait pas de jeune veuve Bourdel-Lepeuple, sans profession, de Martin du Mans, peintre et personne du sexe, dixit Tiefenthaler, d'Edwige Yuan d'Eurasie, anthropologue au risque de ses dents de devant. En ce songe d'un jour de printemps, il se pouvait qu'il y eût un défilé de gêneurs précédant la théophanie de Maria. Oh ! que lui importaient les autres, êtres d'agrément, larmes de saule, figurantes et serves. D'elles il n'espérait qu'un coryphée en robes de percale blanche, une présence fugace et musicale qui ne déflorât pas la joie aiguë de cette saison sans précédent, sa joie d'incertitude à la pointe de son cœur martelée, la placidité dominicale du fleuve devant lequel l'instant lui devint d'une clarté si déchirante qu'il aurait voulu immortaliser tous ces bonheurs légers, fruitillants, ces rêves de capelines et de canotiers, ces verdeurs de camomille, ce perron et ces rotins innocents, ces glycines et leur ombre menteuse de violettes, cette lumière de régates, de craie poreuse, découpant sur la façade de la maison d'éblouissantes géographies et le blanc gouaché, flanqué sans repentir par la truelle du jour, des falaises normandes (et s'il l'emmenait à Honfleur ?).

Aveuglé par le crépitement morcelé de cette pierre comme dissoute dans un bain de chaux, il fut, dans sa solitude, si terriblement heureux qu'il pensa partir, garder pour lui cette rapine de félicité, ne plus jamais tenter d'approcher celle par qui arrivait ce scandale de gaieté, celle aux doigts de rose qui ne se levait jamais avant le milieu du jour, celle dont il vanterait toujours les vertus faute d'avoir pu les démythifier, celle dont enfin il lirait impartialement les œuvres pour les apprécier ou les critiquer, celle dont jusqu'à cette minute de grâce il était le plus mauvais lecteur... Partir, avec son barda d'imaginaire, ne pas se colleter avec les malpolitesses du réel.

Le mandarin allait reprendre son tabouret et quitter des yeux à jamais le balcon de l'aimée, quand se succédèrent les apparitions. En tête, Edwige Yuan, surnom — il l'apprit plus tard — Chinatown, qu'il eut quelque peine à reconnaître car à l'impavide actrice masquée d'un théâtre nô, se substituait une adolescente en chemise Lacoste, jupette plissée, socquettes immaculées, raquette en main, à la vue de laquelle il se traita d'empaffé, car Maria, loin de dormir, faisait donc, pendant qu'il n'osait la déranger, une partie de tennis sur un court dont il n'avait pas soupçonné l'existence.

— Maria, une partie de tennis ? ricana Chinatown, s'écroulant dans un rocking avec une élégance dont jamais même en sueur et en pompes Adidas ne se départent les Suzy Wong et autres Miss Duty Free Shop de Hong-Kong à Singapour. Dangereuse, la Singapourienne, pensa-t-il in petto. Vous ne la connaissez pas, poursuivit cruellement l'orchidée. Excepté la marche à pied sur le macadam et la brasse à deux mètres du rivage, elle ne pratique aucun sport et les abomine tous. Maria, cher... ? Amine, pardon, eh bien Amine, s'est endormie à trois plombes du mat' comme d'habitude, elle ne ferme pas l'œil avant que son stylo ne lui tombe des mains. Le déjeuner aura sans doute du retard, de ce fait. Rose, qui respecte scrupuleusement le sommeil de NOTRE Tiefenthaler — auprès du sien celui de Proust était d'une simplicité de nourrisson —, s'est levée à huit heures pour faire la tournée des fermes et rapporter le fromage blanc en faisselle indispensable à NOTRE survie. Jeanne Bogdanov, sa sœur Tova et moi-même avons cramé moult calories au tennis, les précédentes se douchent, Martin du Mans finit le portrait d'un de mes chiens, modèles commodes car jumeaux, ils posent chacun à leur tour très gentiment. Voici Clara la bonne qui nous apporte l'apéro et les tortillons ibériques propres à étouffer les chrétiens avant le déjeuner. Immédiatement derrière, vous avez Tova, propre à ressusciter les mêmes et à convaincre Hérode que sa tête ferait très bien sur un plat.

Au vu de celle-ci, on ne pouvait soupçonner Chinatown d'impartialité. Il fallait qu'Amine fût dingue du bas-bleu fantôme pour ne pas s'embéguiner de cette ravissante Byzantine aux justes rondeurs sanglées d'une salopette de manœuvre-balai, d'un bleu délavé comme il faut, qui trébuchait sur des socques de bois lui faisant la jambe héronnière et de grandes difficultés à descendre un escalier.

— Amine, je suppose ? dit celle dont le père rapatria d'Odessa

les phylactères de famille. Eh bien, nous sommes des gibiers de correctionnelle, vous faire attendre comme ça tout seul sans une goutte
d'eau, Clara ne s'est donc pas occupée de vous ?...

— Pas vraiment, mais ça ne fait rien, je me suis endormi sur
une chaise longue, fit le pauvre menteur.

— Espoir, je vois la route poudroyer, la mère Rose se mani-
feste du côté des chênes rouvres, nous allons DÉJEUNER, n'ayez
crainte, il faudra bien en passer par là, dit Tova.

La meute à ses trousses, dont les tibétains las de poser pour
Mlle Martin du Mans, apparut Rose Bourdel-Lepeuple, chargée
d'un énorme colis de denrées virgiliennes infiniment plus trou-
vables à Paris qu'à la campagne, où le lait se raréfie dans les
épiceries-buvettes malgré la proximité des vaches qu'il faudrait
traire soi-même, épreuve impensable à ces filles bien nées.

— Ravie, je suis ravie, bien sûr Maria n'a présenté personne à
qui que ce soit, réparons, Rose Bourdel-Lepeuple — vous êtes
Amine Youssef dont, euh ! Maria nous a tant parlé, ne vous déran-
gez pas, chevrota-t-elle, retenant son paquet sous le menton, tenez
Clara... Où est-elle ? Personne sujette à des disparitions. Elle prie,
sans doute. CLARA. Ma chère Clara, fourguez-moi tout ça à la cuisine, nous passons à table, qui aime le gigot saignant se contentera
du poulet froid j'en ai peur ça sent le brûlé, qu'en pensez-vous
Clara ? Reste-t-il quelque chose autour de l'os ? Vous n'avez pas
d'opinion. Faites-vous une idée rapidement, merci pour le plateau
j'espère qu'il y a le seau à glace, il y a, tout me paraît en ordre, je me
pose.

Ayant effectivement posé son cul sur le siège de Manille, elle
flûta en direction de l'intrus imposé par un caprice que Maria
devait déjà regretter, ce pourquoi elle se terrait au plumard :

— Cher Amine Youssef, il vous manque un turban, je veux
dire, vous ferez le sultan, JAMAIS aucun homme n'est autorisé à
participer à nos séminaires de campagne, simple mesure préventive
à l'accroissement de la pédérastie en France. Ne cherchez pas de
prétexte pour fuir, nous ferons tout pour que vous ne regrettiez pas
votre témérité. Ciel, j'ai oublié la mozzarella, Maria va râler si elle
n'a pas son lait de bufflonne.

Décidément, ce fromage élastique jouissait de la faveur des
femmes, voir Agostina qui l'aimait *in carrozza*, gratiné, ou cru, au sel
ou au sucre, ou avec de la menthe et de l'huile d'olive. A retenir.
Quant au gigot, ces gens qui savaient recevoir auraient dû piger
depuis longtemps que ça finissait toujours mal avec ce plat, question cuisson, vu les éternels retards des invités. Non, ils s'obstinaient. Il se résigna à en consommer beaucoup, dans les réunions
chic, avant de mettre le grappin sur Maria. Ce gigot le narguait, de
même les amazones avec leur faconde sophistiquée et déroutante. Il
se sentit pantin tressautant manié par les doigts du dalang, la conteuse d'Eurasie, ceux, talqués de poudre mondaine, de Bourdel-

Lepeuple, ceux d'ambre foncé de la Slave qui assura qu'à cette heure-ci, potron-minet, Maria prendrait le fromage normand pour de l'italien.

— Silence, chiens, dit Bourdel-Lepeuple à la meute qu'Amine agaçait sournoisement pour qu'ils réveillent sa noctuelle repliée dans l'obscurité des chambres. Amine, du whisky, du porto, du gin, du Tonic, du Perrier, du jus de tomate, tout ce que vous voulez sauf les *churros* de Clara qui sont sûrement exquis, croqués sur les ramblas à Barcelone, mais dont je ne réponds pas à Pressagny-l'Orgueilleux. Les toutounes, qui va tirer Maria du lit ? Un rab de gigot pour qui affronte.

Les toutounes s'alcoolisaient au soleil, et firent des grimaces significatives.

— Je vois. J'y vais, hardi petit, dit la maîtresse de maison. Manque aussi Martin, cette fois c'est sans espoir pour mon gigot. Merde, du pré-salé.

— Plus la peine, dit l'improbable voix.

Surgit alors, sur le perron, Maria Tiefenthaler, en pyjama Old England taille garçonnet, les cheveux tressés en natte mérovingienne, et s'inclinèrent les tilleuls, les chênes et les ormes, exultèrent les feuilles rubanées de l'acapanthe dont la saison n'avait pas encore éclos les fleurs bleues, rougirent les géraniums, s'assombrit la terre de bruyère, s'ouvrirent les corymbes du lantana, clabaudèrent les balayettes du Tibet, quand elle s'avança, somnambule, foulant les grises santolines auprès desquelles elle s'excusa, pardon santolines, mais ce cocktail satanique bu immodérément hier soir... Rose qu'avais-tu fourré là-dedans ?

Orgies nocturnes, donc, avec tapage et usage de liqueurs spiritueuses, de tabac, quoi d'autre, on pouvait tout imaginer, l'absence de cette fille du Mans qui la peignait nue plongeait Amine dans l'horreur, et si ces ivrognesses avaient passé la nuit ensemble...

— Du cherry-brandy, de la Bénédictine, du champagne, du Peppermint, du lait et des fruits, répondit posément Bourdel-Lepeuple. Le même t'attend, frappé, dans le frigo, si tu veux soigner le mal par le mal. Il y a aussi du Vichy-Célestins.

— Flûte, fit la charmante, apercevant le jeune homme menacé par les bacchantes — Amine Youssef Ghoraïeb auquel je comptais plaire... Il ne me manque plus que les bigoudis et ce qu'on appelle vase de nuit brinquebalant avec négligence au bout de mon bras, eh bien, je suis bonne comme la romaine, il m'a vu en pyjama bouffie d'alcool, si on le renvoyait, il ne sert plus à rien... Amine, je suis aux anges.

Elle pirouetta, pouffa, grimpa sur le seuil héliopolitain de la villa, et il admit en son for intérieur que la grâce apprise de Scarlett O'Hara relevant crinoline pour cavaler menu à travers un parc sudiste, que dalle à côté du sortilège dont jouait la jeune fille défaite, un peu pâle, ce toton virevoltant étourdi étourdissant là devant lui. Quant au déjeuner, il s'agissait d'une farce, on ne déjeunerait jamais comme dans un film de Buñuel où toutes sortes d'*impedimenta* interdisent aux protagonistes de toucher aux aliments, encore fallait-il passer à table, mais ne s'en souciaient ni la Chinoise savoyarde, ni la veuve nantaise, ni la Slave membre du ghetto de l'Est, ni sa sœur Jeanne, elle aussi recrue d'écriture dans sa cellule close, ni le peintre du Mans, un chaton barbouilleur qui devait se prendre pour Van Dyck. Elles ne se nourrissaient sans doute que de fumée, celles des Royale Menthol, ou, pire, d'alcool, de mots, de lune ou de soleil dont elles semblaient toutes raffoler, ces sororales et inséparables. Il eut une trouille bleue de leurs paroles codées et de la sémantique pernicieuse de leurs gestes. Certes, le fait de Maria, quintessence du Beau, même dépenaillée et en pyj, était de se partager, et elle ne s'en privait pas, sa caracolante alezane, belle comme le nom d'Hölderlin, fait de hampes altières, de volées de cloches en pures sonnailles, de cabrades et d'audacieuse douceur...

Garder le contrôle de ses nerfs malgré la soif, car on n'avait pas encore servi d'apéritifs, la famine, l'insolation si Amon-Râ tapait sec, et la rage de surprendre la densité de ces rapports entre les jeunes filles, voire entre les animaux du bestiaire qui participaient de leur empressement complice à veiller sur Maria. Internat de crapules, même pas franches, rien qu'à percevoir leurs sous-entendus, on soupçonnait là-dessous le recours à la même extra-lucidité. Comme il avait eu tort de croire honnêtes ces margoulines. Toutes, prêtes au crime de sang, le cernaient et le montraient du doigt. Même la Bourdel-Lepeuple, pourtant pas un nom à jouer *Macbeth*. Se pointa le peintre Martin, qu'il redoutait infiniment, car elle risquait de lui demander d'un ton péremptoire de poser sous la charmille dans l'attitude du Discobole par exemple. Se voir réifié, en public, par le regard perçant de cette Martin du Mans, qui ferait de lui prétexte à une toile, équivalait à une honte sans pareille, impensable pour un Levantin. Elles parlaient en sabir, sans se soucier de lui, s'étant enfin acquittées du minimum civil en lui plantant un verre de champagne dans la main. Il ne bronchait pas, enflait de rage, alors qu'il lui aurait fallu piquer des deux dans un grand envol de cape pour s'en aller pourfendre son moulin de prédilection, Tiefenthaler. Tiefenthaler, elle, jouait l'Arlésienne, à ce qu'il semblait. Pour le reste, les apparences logiques se dissolvaient sous le soleil comme la structure dans un tableau impressionniste. Ah ! il avait rêvé d'un pensionnat proustien, de nymphéas, de clébards joueurs, de jeunes filles au nez retroussé, attentives aux volontés du seul mâle égaré là. Voui. Il était tombé chez des dingues qui jactaient un argot étrange, ne toléraient les fleurs que carnivores sans doute, avaient des malinois dressés à l'attaque mortelle, le nez bourbon, ou sémite, en tout cas volontaire, et l'œil absolument distrait quant au mâle traité en sac de farine. Le fumet de ce gigot lui aussi mentait. Il n'y aurait pas de gigot. On allait lui annoncer un décalage horaire sur simple décision de ces maîtresses du temps, il serait cinq heures, rien que du thé et des biscuits, comme sur le vol Paris-Papeete via l'île de Pâques où l'estomac embrouillé refuse qu'on lui inflige un goûter à l'heure du dîner et une longe de veau braisée au petit matin quand on passe le pôle. Affreux. Maison de folles, où on buvait du champagne dans des tasses à thé au lieu de consommer du gigot. Où on ne consommait pas de mouton, d'ailleurs, car ces homophages accroupies tenaient conciliabule sur la meilleure façon d'accommoder le patient : à l'étuvée, en cocotte, grillé, rôti ou en ragoût. Elles en salivaient d'avance. Combien fausse la quiétude gourmée de cette maison créole. Le coryphée des femmes aux mines presbytériennes gardaient l'absente, interdite comme le repas. Se manifesta la grande druidesse, Jeanne Bogdanov, exhumée elle aussi de ses grimoires, qui fut polie et aussi peu intéressée par l'amoureux profane que quelqu'un d'un peu tourneboulé, s'en revenant du côté des gibets où croissent les mandragores. Quand donc allait réapparaître l'arrière-petite-fille de hassid ? où était le surgeon du ghetto ? Perdue dans la brume des Karpates sans doute. Sa salamandre nourrie de feu, son brûlot incendiant, tel Artaud, l'une après l'autre, méthodiquement, les questions et ses calories avec, bâfrant sans se départir d'une maigreur de sadhu, où était ce mescal à vous faire les yeux émerveillés, il souffrait du manque, lui Job miroir de patience évoqua gravement les lèvres de cinabre, les cheveux tortillés en lacs d'amour, le sourire blanc-bleu — nota bene, récent détartrage des dents, était-ce pour lui plaire ? —, banda sous le soleil qui donne le profit, le bonheur et les héritages selon le Grand et Petit Albert, espéra que le temps d'un Ave Maria elle l'écouterait, ce pourquoi il plantonnerait là jusqu'à ce que se lève la lune des plaies, des songes, du négoce et des larcins, propice à son discours d'amoureux régi par les ténèbres. Alors, il lui ferait brouter du satyrion dans la paume de sa main pour qu'elle se plaise davantage au déduit. Mais ce fichu soleil de la quatorzième heure semblait invincible, et aucun Dieu ne décidait de l'éclipser au profit d'Amine.

Au dieu d'Israël ou à un autre, au Diable, à la drogue peut-être, à la fumée — évidence, elles se torpillaient au menthol par cartouches — recouraient ces garces, pour, à la fin des opérations, accéder au savoir. Pendant ce temps-là, Amine, si plus soif, crevait toujours la faim et le sexe selon formule millérienne, le pyjama et ce laxisme du matin ne l'ayant en rien découragé bien au contraire. Devant la taulière et les larronnes, il se sentait des rigueurs de l'ancien temps, une frime de gaffe, l'air policier, et la mine cave au sens de celui qui se rebiffe. A ces renaudeuses flanquer une peignée et ourler de violet épiscopal leurs châsses d'hypocrites ! si le gigot et l'aimée tardaient, il y aurait du raisiné sur le carreau, l'aimée lui devait une ardoise d'amour qui s'allongeait avec le temps, et Amine le Muet, en plein baccara, très incongru dans la ruelle écologique des intolérables Précieuses, évaluait la dimension accrue d'un sexe en barreau de chaise sous le velours pudique du pantalon, hélas une personne comme Maria ne devait avoir que faire des érections intempestivement déplacées, en particulier de celle d'un type qu'elle avait invité sur un coup de tête. Si ça n'était pas un coup de tête, il voulait comme le diable des gages immédiats.

Enfin ressuscita la lune sans bosselure, le joyau dans le lotus, claudicant comme Jacob après sa lutte avec l'ange, ou l'oncle Camille après les barricades, une cheville tordue bêtement sans l'alibi du tennis, boiterie candide qui embrasa la bouche d'Amine d'une eau ardente, aggrava la manifestation grossière de son amour, par un procédé de poulie appliqué au pont-levis d'un mec qui en d'autres temps fût citadelle à pont dormant c'est-à-dire fixe. Par pure malveillance, la boiteuse en tee-shirt et jean arborait des seins nus sous le coton fin, chose douloureuse de penser que la France entière découvrit ces faiblesses féminines si rassurantes pour l'homme, car palpables, délicates, vite froissées, vite abîmées, sujettes à éboulis et à lactation, preuve de vulnérabilité chez les autres, qui chez elle avaient d'une façon inquiétante la cruauté de deux petits sabres. Une fausse maigre, là encore elle trompait son monde si témoignaient de sa fragilité les petits os en degrés que révélait l'encolure du tee-shirt blanc, et les cuisses étroites, voire creuses, gainées par la rude et chaste toile du blue-jean. Elle s'assit près de lui, il cessa d'avoir faim, comment être un tube digestif quand auprès de soi l'aimée. Les jeunes filles, affranchies de la conduite à prendre par l'attitude de leur fétiche, se démultiplièrent en prévenances, se penchèrent sur le cas Ghoraïeb comme de pâles ombelles de ciguë vireuse sur un moucheron, emplirent son verre, le traitèrent comme un brave chien à pedigree, inclinèrent le parasol pour que Phœbus et ses ardeurs ne le congestionnent pas plus qu'il ne l'était, car elles devaient bien deviner l'émotion de ce rastaquouère venu leur voler Psyché, se firent présentes, séductrices, l'observèrent avec la méfiance attentive des Romains, une girafe débarquée d'Afrique, le cénacle se resserra autour du corps étranger qui ne désespérait pas de briser cette coalition avec, peut-être, l'aide occulte de sa mère et de sa belle-mère à qui il devait de naître une seconde fois à la solitude bavarde et religieuse d'une passion. Quant à escompter des rivalités entre femmes, celles d'antan, ç'eût été pure sottise. Chinatown, les Bogdanov, le peintre sarthois et la veuve du Mans, affiliées à la même franc-maçonnerie, ne charmaient les hommes que pour mieux les désarmer, et, du reste, s'admiraient si manifestement que rien ne semblait devoir troubler cette entente de femmes jeunes, capables de froides escroqueries envers cet autre sexe dont elles n'avaient rien à cirer, évidence aussi flagrante que leur exaspération due à la venue de Ghoraïeb fils qui les rendait curieuses d'évaluer les mérites du malappris, les alarmait, mais si peu...

Ne parlant pas leur langage, il se sentit béotien, superflu, brusquement l'effort titanesque de cette conquête lui parut vain, il se reprit, c'était la dénutrition, perdurer en service d'amour, sinon qu'espérer d'un déjeuner sur l'herbe, d'une chambre d'amis redoutablement apprêtée, avec savon aux amandes et boules de coton sous globe, des prévisions météo (beau temps jusqu'à lundi), d'une sieste sous la ramade, du massif de tulipes crème, pourquoi diantre cette jeune fille résumait-elle, à en hurler d'angoisse si elle disparaissait, l'univers, abrégeait-elle le soleil, lui rendait-elle des dioptries manquantes, jeune fille Harmonie, du nom du dragon, née du sperme d'un dieu mutilé la vénusienne aux yeux de compassion et d'insolence, enfant marchant avec la mort devant laquelle reculaient la prose et l'ennui, raconteuse d'histoires qui chialait pour une mauvaise critique, sensitive inguérissable et d'une force robotique. Cracher sur la croix ou déclarer une guerre à cause de cette bouche en cœur démodée, de ce long cou grêle de serpente, de la soie tréfilée d'or roux de ses cheveux, tout ça à portée de sa main, or il allait craquer par lassitude, complexe d'échec, et il allait, à nouveau limbique, laisser à leurs lectures, à leurs balles perdues, à leurs offices secrets, à leurs siestes ambiguës, à leur saphique amitié, à ce présent humiliant où elles étaient si bien ensemble, les occupantes de la Ramade.

Banderillé et tendu vers un avenir avec Maria, la tête pleine de calculs, il se savait incapable de communiquer avec elles d'un jour trop gai pour son humeur d'atrabilaire, quand Clara annonça en portugais la cuisson adéquate du gigot qu'Amine avait oublié, car nourri, en son âme et conscience, de la vision d'une folingue nue sous un mince coton.

— Il faudra montrer à Amine le buste et le dernier portrait que Martin a faits de Tiefenthaler, dit Rose. Celui de Marianne d'après Bardot en pâlit. Goûtez-moi ce cahors.

— Et si ça ne vous ennuie pas, j'aimerais bien crayonner votre profil, après le déjeuner — toute personne passant par ici est corvéable d'une séance de pose et de la signature du livre d'or (ce que Maria écrivit parut essentiel à Amine qui se promit de s'y pencher attentivement), mais ne vous en faites pas, il vous suffira de pioncer dans un transat pendant que j'officie, fit la Sarthoise dont il remarqua les doigts très longs, très étroits, les ongles de mandarin, et, autour de son cou, la cicatrice barbelée d'une opération.

Edwige l'observait, lèvre supérieure retroussée sur des dents parfaites dont une fausse, indécelable. Tova Bogdanov l'observait, de ses larges yeux d'huître, pupilles de droguée, pensa-t-il, et narines au bord légèrement rougi des cocaïnomanes.

Acculé, il fit front, résolut de briller, pour ce faire, parvint à avaler ses haricots verts irréprochablement du jardin, sans fils, aigrement citronnés, et quelques pommelures crues de choux-fleurs, tout en dissertant sur la religion maronite ; au moins un sujet dont le cénacle savait peu de chose, si Tova Bogdanov s'y connaissait à fond en théâtre et en cinéma, ayant butiné des rôles çà et là, gare au théâtre, sujet qui pouvait être fatal au beau parleur qui n'y allait jamais, éviter de même la peinture ou dévier sur l'architecture, pire que l'oral du bac ce déjeuner, collé faute de connaître par cœur la biographie de Van Gogh, si le jury se révélait vicelard et abordait des sujets scabreux, prendre l'air entendu ce qui ne signifie pas qu'on écoute, l'air entendu, parfait quand on est sourdingue à tout discours sauf au silence de Maria dont la culture revêtait l'aspect d'une catastrophe — apprendre quoi que ce fût de sa bouche, affront viscéral, voire castration.

Jeanne Bogdanov ruminait sa thèse sur les fleuves d'exil, Danube des juifs, Mississippi des Noirs, entreprise formidable qui succédait à quelques années de glandouille universitaire, un an de chômage économique où elle se fit doucement à l'idée de devenir un jour ministre de la Culture, ceci les pieds sur son bureau, orteils en éventail, séparés chacun par un coton, attendant que séchât la laque qui les vernissait en couches de flemme successives, mais maintenant fini de l'indolence, elle bossait, à l'exemple de Tiefenthaler dont la seule respiration lui donnait de l'espoir.

Combien maternelle envers ses amies, Maria. Toutes lui rendaient des comptes, portaient ses couleurs, entraient en lice sous ses yeux pour lui plaire, se battre et qu'elle applaudisse, toutes chargées de la mission d'être à la hauteur, toutes contraintes de se surpasser à cause de l'éminente promise à l'Académie, toutes allant s'englorioler sur des chemins non tracés pour lui rapporter la Toison d'or, avides de se voir approuvées par un juge si tendre, empressées autour d'une Aspasie de Milet qui n'était qu'à elles, Aspasie sans Périclès, pas une ombre masculine ne l'accompagnant. Et le Levantin était déjà prêt à traiter les compagnes de cette machine célibataire avec mépris, à reprocher à Tiefenthaler un entourage de non-contradicteurs, or il se gourait formidablement, il ne cherchait qu'un prétexte pervers pour démolir les rapports merveilleux des jeunes filles, car la machine célibataire n'avait pas besoin d'une huile d'approbation béate pour fonctionner, dédaignait les gens falots et complimenteux, désirait la polémique mais fructueuse, or ce scorpion de Ghoraïeb ignorait qu'existât une polémique autre que destructrice et stérile. Sans complicité des gens de son bord, androgynes, hermétistes, aventuriers, Maria s'attristait, il lui fallait ses francs-maçonnes autour pour regarder les étoiles, voilà. La faire changer de bord semblait trapu.

Elle dégustait ses haricots verts en fixant obstinément le cache-pot de laiton, réceptacle d'azalées, décidément fréquentes dans cette maison, et ne lui accordait pas le dixième d'attention qu'elle donnait gratis aux fleurs. Maria pensait à autre chose. Dans un instant, elle allait pétrir le pain en boulettes, ce qui trahirait son ennui, peut-être même les jeunes filles usaient-elles d'un code secret et tacite pour éliminer ceux qui troublaient leur polylogue de carmélites — un Tel nous barbe, boulette, cliquetis discret de cuiller, raclement de gorge, coups de pied sous la table, condamnation du Trissotin, du Don Miguel de Manara, du maître nageur, bref du mec. A l'affût, il abandonna les maronites dans les hautes vallées du Liban et attaqua les films suisses en commençant par ceux d'Alain Tanner tournés avec deux ronds cinquante comme on sait lorsque arriva le gigot aux carottes.

Elles avaient la bouche pleine, il en profita lâchement pour tenter d'éblouir Maria par ses connaissances en matière de film suisse.

— Y a rien de plus chiant, non ? fut la conclusion de cette horreur. Moi, j'aime les films de la M.G.M., à cause du lion qui rugit avant le générique, ce lion fait qu'on ne doute pas que ça a coûté cher. Ou alors les vieux films de la Rank, avant ceux-là, il y a un costaud qui tape sur un gong, c'est absolument grisant ce coup de gong, ça résonne comme si pleuvaient des millions de dollars. Ou alors Paramount, avec la montagne ocre et une fumée autour, là aussi c'est magique, on vous dit Paramount et le monde s'agrandit soudain. Alors les intellectuels qui se font des bigoudis avec les neurones et sortent comme ça dans la rue, les refusés des comités de lecture, les acteurs au chômage et autres qui trouvent trois sous dans la sciure, je parle de l'avance sur recette, et montent leur truc minable avec ce bakchich, ça me fait pleurer, idem les films suisses. Enfin vous avez une excuse, vous aimez aussi les *Enfants du Paradis*, donc vous ne pouvez pas être tout à fait gâché.

Et là, elle lui sourit, en une seconde fut totalement sienne, un vrai dédoublement, il la vit s'asseoir sur ses genoux, cette fille avait un don d'ubiquité formidable, pas Gémeaux pour rien, en une autre seconde elle se rassembla et fut à nouveau assise loin de lui, se grattant l'oreille et louchant du côté de la maison, claironna avec allégresse : « Mesdames v'là les fraises. » Pas n'importe lesquelles, des fraises cuites dans du vinaigre miellé, servies onctueuses, froides comme des sorbets, assombries d'un coulis de framboises surettes, chapeau, dit Maria à l'intention de Bourdel-Lepeuple qui s'épanouit. Aux fraises, Tova Bogdanov, courtoise, s'adressa à Amine pour lui raconter ce que les autres savaient déjà : comment, quatre ans auparavant, elle renonça d'un coup au schéma imposé par ses parents à leur rejeton bachelière yiddish, cézigue, soit convoler avec

Eppelbaum fils de fourreurs et préparer l'E.N.A. Amine, intéressé car il soupçonnait que Maria avait quelque chose d'important à voir avec le destin de la bachelière yiddish, apprit ainsi que ce refus plongea la famille Bogdanov dans la désolation et provoqua des plaintes héroïques accompagnées d'oscillations du buste fréquentes chez les descendants d'Abraham, avant même qu'ils eussent appris la raison du changement de programme : tout simplement, une première lecture de *Stances Indiennes*, qui, à elle seule, poussa ce fleuron de la bourgeoisie juive n'ayant jamais quitté son douaire familial du boulevard Flandrin, à prendre le métro jusqu'à la station canaille de Barbès-Rochechouart, à acheter un gâteau arabe dans une pâtisserie tunisienne, véritable défi, à l'engloutir tout gluant, et, après ce rite de passage, à rentrer, triomphale et écœurée, dans le seizième pour annoncer aux parents que si de par le monde se trouvait une jeune fille assez culottée pour aller au bout de celui-ci avec des amibes comme seuls compagnons, d'en revenir l'intestin perforé, de bannir compromissions et transactions avec le principe de réalité, de porter son manus dans les maisons d'éditions affrontées par ordre alphabétique car aucun piston, de publier son bouquin, puis d'autres, bref son plaisir, et d'en vivre, quand on sait l'impossibilité de la gageure, que si donc existait sous forme humaine et non celle d'un égrégore quelqu'un d'aussi courageux, elle envoyait aux chiottes l'E.N.A., le fils Eppelbaum des fourrures, et se consacrerait à sa vocation — le théâtre. Elle suivrait donc des cours de comédie, et, rien que ça, puisque la courageuse était éditée par l'Empire V..., rien que ça, entrerait au Français dont elle serait une des plus jeunes sociétaires, après quoi, dès sa nomination, elle se jugerait digne de chercher Tiefenthaler, de lui écrire tout d'abord via son éditeur, pour lui dire merci et lui narrer l'épisode du gâteau à Barbès, acte de contestation aussi virulent que de manger du porc, dans la famille Bogdanov. Elle réalisa son vœu, et le rôle d'Agnès fut tenu par une juive polak à la satisfaction de tous, même des parents Bogdanov qui sourcillaient devant cette génération sabra et son irrespect des rites. « Tant qu'il s'agit d'Agnès et de cette histoire de chat, ça va bien mon enfant, dit M. Salomon Bogdanov, mais (Éloigné soit le Malheur !) ne va pas quitter cette maison de Molière de bon renom pour t'afficher dans des films vénaux et prostitués dont la honte retomberait sur la tête de tes parents. » Or, lasse de la mort du petit chat et des rôles de duègnes qu'annonçait l'avenir, Tova s'éclipsa du Français pour courir la prétentaine avec un Gentil et là ce fut abominable, le Gentil lui aussi œuvrait dans le septième art et réalisa avec elle des œuvres de stupre où Tova parut en patronne de bordel pendant la dernière guerre, exploit après lequel elle fut bannie pour un temps de la maison du père, quant à celle de Molière, l'accès lui en fut également interdit jusqu'à ce qu'elle se repentît de ses errements. A vingt-cinq ans, Tova Bogdanov vivait à nouveau sous le toit paternel, avait affiché

dans les w.-c. plusieurs affiches de la Comédie-Française mentionnant son nom accolé à celui de Jean Piat ou de Jacques Toja, perdurait en hardiesse, jugeait avoir suffisamment expié ses premiers
rôles de tendron avec le précédent réalisateur goy aux intentions
louches, venait d'ailleurs de le jeter, pensait avoir trouvé un
moyen terme entre Agnès et une tenancière de claque grâce à un
autre metteur en scène dont elle s'était amourachée, et qui s'appelait Mendeleïev, nom agréable aux oreilles de ses parents. Sur
l'heure, elle s'apprêtait à filer avec ce Mendeleïev pour une audacieuse tournée théâtrale au Mexique, dont la capitale verrait la
perle d'Odessa dans l'emploi de Lady Macbeth, de Rosalinde et
d'Ophélie, car Mendeleïev n'avait que deux passions : Shakespeare,
et elle.

Tova, os de mes os, chair de ma chair, disaient les yeux de
Maria, qui entendit l'histoire d'innombrables fois et toujours avec
la même attention, subjuguée par les prunelles perses — exactement
celles, vitrifiées, d'une brillance inquiétante, d'une teinte irréelle de
mercure, du scribe accroupi du Louvre. Tova allait partir. Flagrant
délit, entre ces deux-là, d'*agapè*, affection désintéressée, d'*eunoïa*,
dévouement, et *storgè*, tendresse. Pas étonnant que le Christ fût juif,
lui aussi capable de charité, indulgence, échauffements du cœur et
de cet infini amour que réprouvait tant Amine, frappé de mania,
enchaîné et déchaîné, qui se mit à en vouloir très profondément à
cette Bogdanov, s'il ne soupçonnait pas que le départ d'une telle
indispensable amie hâterait le processus de sa love affair, s'il ignorait que, bouleversée par ce manque à venir, Maria, ébréchée, se
révélerait plus vite accessible.

S'il ne sut jamais que le départ de Tova était sa chance
majeure, il entendit le ronronnement distinct de béatitude émis par
l'écrivain admirant sa comédienne, remarqua l'intensité de cet examen, minutieux, patient, inlassable, de personne amoureuse, nota
que le regard de Maria suivait chaque beau geste de Tova, qu'elle
ne perdait pas une miette de la présence de Tova, que les yeux de
Maria disaient aussi « je ne t'oublierai pas, ma Bogdanov, six mois
sans toi, tu ne perds rien pour attendre » — dans six mois, promettait Tova à haute voix, dans six mois, Tiefenthaler ma douce, non
sur l'Acropole, mais chez Goldenberg où nous mangerons d'excellentes truites farcies, où je ne te ferai grâce d'aucun détail de la
tournée, où nous parlerons de Shakespeare et de ce mec lituanien
qui ne métamorphosera en lady criminelle — et ses yeux transparents
demandaient pardon pour l'escapade et l'assentiment de Maria qui
le lui donnait de tout son cœur chagriné.

— Oh ! ma Tova, dit Tiefenthaler, persévère, comme Léonard.
Si on te qualifie d'ambitieuse, rajoutes-en. Moi itou. Affirmons que
nous voulons les palmes, les oscars, les césars, les lauriers, le bol
d'or, même si au fond on ne veut qu'une belle et bonne transe sur
les planches et devant une machine à écrire. Proclame le droit à la

fuite, gueule bien fort, pas plus idiot, dixit Sollers, de dire que tout est esthétique, que de réduire tout au politique à cause de Karl Marx ou au sexuel à cause de maniaques comme Reich. Parlons trop, jouons trop, écrivons trop, soyons là plantées sur nos deux jambes, ne décarrons pas, n'en déplaise aux terroristes de la critique et aux emmerdeurs de tout poil. Foi de Tiefenthaler, j'ai dans mes tiroirs — et ils en sortiront — ma tragédie grecque, des poèmes sur le Brésil, et l'étrange histoire d'une nymphomane du Rajasthan. Marre des canons de médiocrité de cette époque flagada. Marre des zozotantes au sein en gourde laitière revenant du marché baguette bien moulée pas trop cuite sous le bras. Ceci pour les camions qu'on nous inflige au cinéma. Et on te reproche tes yeux d'exil ma Tova, tes yeux danubiens, ce corps ambré tout de menues rondeurs briochées ce qu'il faut, la scandaleuse longueur de tes cils, moi on me lyncherait pour défier les lois promulguées par les fanas du degré zéro de l'écriture, à la vie comme à la scène de ces fanas œuvrent que c'est un désespoir, exigent degré zéro de la beauté degré zéro de la plume, encensent les orphelines les assistées les porteuses de cilice retroussant leur bure pour qu'on s'en aperçoive, les masturbées exsangues, les laborieuses, les méritantes, les bancroches, les tièdes, les concis, les à-peu-près, eh bien, puisqu'on nous prête des ambitions, nous les rendrons avec les intérêts, haro sur le misérabilisme, il te faut, après Shakespeare, des films au budget colossal, à mort les racornis, ma Tova, te souviens-tu d'un jour chez Rumpelmayer... C'était notre premier rendez-vous, rue de Rivoli.

Elles se payèrent un fabuleux flash-back, dans le salon de thé Rumpelmayer, sous l'indicible lustre tuyauté, près des fresques où s'estompe le souvenir d'une riviera dorée, elles et elles seules, le dos meurtri par celui, sinueux et implacable, d'un vieux fauteuil — Maria, alliant la fragrance de girofle d'une krétek, cigarette indonésienne, au lourd café du Nicaragua, et contemplant sa nouvelle trouvaille, admirait les prunelles fluviales assourdies de cils balaibrosse, se réjouissait qu'une telle rareté ne reculât pas devant les douceurs viennoises, attaquât un mince gâteau rectangulaire baptisé Fragilité, deux étages de crème au beurre, de pâte almandine et de pistache sommé d'un précieux glacis de café et d'une violette en sucre conférant à la chose un air de Parme. Les petites amoureuses en scandale de bonheur quittèrent ensuite cette enclave austrohongroise aux miroirs d'eau figée où tea time for ever où rendezvous de jeunes filles divines, où cannelures, stucs et distinction, où café liégeois, granités, schnecke, roulé, baba, conversation friable et mont Blanc en vermicelles de sucre, où linzertarte cannelée de blanc sur fond de groseilles un vrai vitrail, où amour renouvelé d'une femme pour une autre femme, où adolescence et reconnaissance d'une égarée du même lignage, connue quelques vies auparavant. Puis baguenaude aux Tuileries, suivant les pistes claires de ce jardin où basculent encore des chevaux polychromes tels ceux des frontons grecs, sauf que ces derniers ne basculaient pas sous le poids des gniards, puis instant précisément superbe où Tova, future yiddish Mamma, s'agenouilla devant les enfants et aida aux dérives de leurs voiliers sur l'eau écrêtée d'un vent aigre, gâtifia devant un bambin au profil judaïque... Saveur de la tendresse des femmes, frondeuse insolence que de l'afficher, mais leur jeunesse balayait tout miasme accroché à leurs personnes par le regard lubrique de quelques vipères, dispersait la sénilité et les mesquineries du monde dans une valse drue comme celle des spores roses du marronnier et de la poussière blanche des allées. Autre moment magnifique, devant la Place de la Concorde dont une lumière venue des Cyclades structurait les claires géométries, où un vent pur soufletait des joues de nuages, et plus loin la Seine charriait des moires de la couleur des yeux de Tova, et plus loin la Madeleine caricaturait le Parthénon avec une bonne volonté éléphantesque, pour elles Paris ouvrait ses places comme les bras d'un géant d'albâtre, particulièrement cette Concorde, place pulmonaire, thoracique, dont le halètement varie selon les saisons mais dont jamais ne se brise l'orgueil qui cabre ses chevaux et Tova gratifia Tiefenthaler d'un Goncourt en or massif comme le Bouddha du Vat Trimir et d'un baiser aigu comme une petite morsure — c'en était fait, Tova méritant son visage d'enfant mature, sans rajout, exemplaire, ses prunelles de givre scintillant sous sa frange sauvageonne, son sourire de saine vraie joie lui ciselant deux lunules sur la joue, Tova, quinze et mille ans, inclinant sa petite tête d'épervière, éteignant ses yeux-bijoux, couvant son feu intime, enclose en elle-même, méditante, pasionaria d'amitié, sagace personne, choisissant gens, objets et animaux avec la même conviction instinctive, glissant du charme jusque dans les gâteaux à la cannelle recette de sa grand-mère polak, dans le choix pointilleux de ses robes, petite mariée de Chagall enlevée par un prince dans un tourbillon de roses bleues, Tova, résolue à l'ascétisme et aux gourmandises, jugulant ses tendresses, plut définitivement à Maria et elles conclurent le pacte d'amour.

Au café, qu'ils burent sous le cerisier, Amine avait pris conscience du paroxysme de haine qu'il vouait aux amies de Maria, jubilait déjà du départ de Tova, agonisait encore devant leurs confidences roucoulées, le partage de leur rire lui causait des élancements, un geste de Tova, soulevant les cheveux de Tiefenthaler pour masser sa nuque crispée par une nuit d'écriture, lui provoquait des névralgies faciales, lanciné, mordu, tenaillé par le mal des ardents, il créait ses propres démons, se suscitait des humiliations, titillait sa blessure, bourreau de jalousie comme on l'est de travail, l'avait-elle donc fait venir pour le gifler ainsi en public, ne manquait plus que le séance de pose, pendant qu'il serait statufié (rêve éveillé mais si précis qu'il crut devenir fou), capturé par le pinceau de la Sarthoise, ces deux gousses allaient se rouler une pelle d'adieu là tout tranquillement et, magiquement sidéré, il ne pourrait que subir ce supplice visuel. Pas de doute, il finirait aux dingues. Cette villa était un clandé : commerce galant, fumeries et jeux interdits par la loi (il avait repéré des rouleurs de joints dans un cendrier, et flairé une odeur grassement suspecte). Lui, immobile, le zob au garde-à-vous, plus attentif aux vétilles d'amitié dispersées dans l'air comme un pollen printanier à lui foutre de l'asthme, qu'un maton à la sûreté d'une banque, à ce propos, restait à fric-fraquer la maison pour en subtiliser Tiefenthaler avant d'en être réduit à la paralysie catatonique. S'il y a les caves, et les autres, il participait en ces circonstances de la première catégorie. Quant à la belle, avec un stylo Mont-Blanc et une feuille de papier, elle remontait le blé tout seul, donc pas besoin d'être cajolante envers un héritier friqué, oh l'étendre sur cette pelouse, la garce, et la sabrer directe. Repu de trivialités non dites, vaguement soulagé, Amine le Coriace refusa net sa condition de cave, « personne n'étant pas du milieu et donc, méprisée, bonne à dépouiller par la truanderie » (Auguste Le Breton), envisagea de la troquer contre celle de violeur de joueuse de cerceau, de rapteur d'enfantine gonzesse rôdailleuse madrée dont la famille comme celle de Freud venait de Galicie et dont cinq cent mille Golems interdisaient l'approche, voire de meurtrier d'un être bisexuel (selon la conception du Zohar, avant le viol et le meurtre, il dépouillerait la Shekinah de ses vêtements à l'exemple des satyres et de Moïse, qui asservit cette Partie Féminine de Dieu à ses désirs, et cohabita peinardement avec Elle).

Le chœur des vierges, massé autour de la Première Voix, en défendait l'approche de plus en plus âprement, et grondait avec la perceptible véhémence des tibétains et des malinois renforçant les mesures de sécurité, tant il y avait de malveillance dans l'œil d'Amine, incapable à présent de juguler ses émotions. Il écumait, comme atteint du virus rabique.

— J'espère, dit Rose soulevant avec doigté la cafetière d'argent pour emplir d'un café fraîchement torréfié et moulu la tasse de l'indésirable, que vous ne préférez pas l'expresso. Vœu pieux, car au cas où il eût adoré l'expresso, il était floué, car elle ajouta : LA CHAUSSETTE, il n'y a que ça, NOUS faisons toujours du café-filtre, moins toxique, et NOUS en buvons au moins trois tasses chacune, j'avais oublié de vous prévenir, c'est du décaféiné, NOUS ne supportons pas le vrai surtout Maria qui gamberge jusqu'à l'aube en cas de café, et se came au Mogadon pour finir, pourtant, NOTRE Maria, jamais un rhume, seulement un tel pèse-nerf que voulez-vous, donc faux café et faux sucre, le sucre est une saloperie lisez Atkins, jamais d'hydrates de carbones ici, Tova ma chérie ne cherche pas ton Sucaryl, en voici un bidon sur le plateau.

Rituel infrangible. Faux café, faux sucre, et cocaïne pour tout le monde, sans doute. Un couvent, quoi. Ou un kibboutz. On rompait les pains de l'alliance, on mangeait pieusement la même chose que les autres, on s'identifiait, on suivait la même règle carmélite, et il se vit, lui qui n'avait rien fait, condamné à ces ersatz de café et de sucre, *pour sa santé*.

— Soyez gentil, Amine, buvez votre café de profil, ne bougez pas trop, là, parfait, vous êtes parfait, fit Martin qui sortit d'un sac de paille son carnet d'esquisses.

Ainsi réduit à l'état monolithique, pendant les dix minutes de pose et de gerbique caoua aux cyclamates cancérigènes, le rat piégé, fusillé par ces Nous en rafale, par l'importance de ce cérémonial du commun décaféiné, se dit qu'il n'en réchapperait pas sans un début d'ulcère dû à l'inhibition de l'action et à sa rage que les jeunes filles l'ayant réduit au silence en profitassent pour l'inventorier aussi soigneusement. Il se trouvait incapable, d'ailleurs, de protester, véritablement envoûté par ces folles de grimoires (après la pose, elles prendraient le rat mâle tout vif, le fendraient en plein milieu, en extirperaient les deux rognons pour les planquer sous leur aisselle gauche pendant vingt-quatre heures, puis les feraient sécher sur une pelle et les pulvériseraient, ces rognons, dans du tabac, pour que le condamné suivant et prochain invité de Mme veuve Bourdel-Lepeuple, amoureux imprudent d'un des membres du cénacle, fumât du rognon de rat mort — ce qui restait d'Amine Youssef Ghoraïeb), certes envoûté par ces manipulatrices d'épingles, par ces gorgones gardant la plus belle d'entre elles, Méduse, soit ces salopes couvant la fiévreuse géniale qui parlait leur commun métalangage impoliment devant l'étranger, afin que celui-ci sût l'étendue du pouvoir des consœurs sur l'aimée, pour qu'il constatât qu'il ne leur prendrait pas comme ça... Il ne pouvait s'interdire de percevoir les vibrations télépathiques par lesquelles elles communiquaient, écroulées dans les chaises longues, le visage criblé de la mitraille du soleil, les joues dorées de pépites qu'orpaillait le tamis du chêne rouvre et du cerisier ; cédant à la tentation de scruter la face de Maria, jonchée de ces confetti de lumière, il n'y décela rien d'autre qu'une béatitude somnolente, se demanda comment Rose Bourdel-Lepeuple avait accédé au désir de son amie : le recevoir, et de quelle façon celui-ci avait été formulé, à la légère, avec insistance, avec des sous-entendus égrillards, ou avec le ton grave qui sied aux choses d'importance... Percevant la houle agressive qui soulevait les poitrines des acolytes (celle, imperceptible, dont les médailles chocolatées pointaient sous la chemise Lacoste de l'Eurasienne, les rondes-bosses lactées de Rose sous son plus pudique sarrau, celle, un peu lourde, de Tova, digne des décolletés de soubrette, pensa-t-il méchamment) il se posa en second lieu la question de savoir comment elles refrénaient si bien leurs pulsions criminelles à son égard, comment elles n'ordonnaient pas aux chiens d'attaquer, comment le chat persan de Tova qui le surveillait griffes rentrées ne lui sautait pas au visage, non seulement elles refrénaient, mais encore elles lui montraient de la déférence, une civilité roublarde, elles lui donnaient l'obole due au clébard des limbes pour qu'il n'aboie pas, elles faisaient semblant de vouloir convertir le déca-filtre en expresso à sa demande, elles le reléguaient avec une parfaite excruciante civilité au rang d'hôte incongru mais accepté et de modèle muet, rien dont il ne pût ouvertement s'offusquer, aucune preuve patente, aucun flagrant délit d'impolitesse. Le rejet du corps étranger était absolu, or elles veillaient à ce que rien apparemment ne lui portât préjudice, Rose dans la salle de bains de l'invité avait sûrement disposé le savon idoine, l'eau de toilette citronnée, le rasoir et de l'aspirine, elles le neutralisaient à force de prévenances suivies d'oubli abrupt réparé par une nouvelle prévenance, les singesses cultivaient l'altruisme mensonger et cette forme de dignité qu'est parfois le snobisme, exigeaient qu'on parût ne voir que la surface des choses, qu'on tût faillite frauduleuse, cancer, ou cri primal, obscène, d'amour — en cela lui métèque primaire défavorisé, mystifié devant ces pudeurs polies de faussaires, incapable de répondre à ces agacements larvés, se prit à envier leur aisance câline, leur adéquation avec l'élégance jamais démentie même au naturel car en creusant on ne trouvait que des strates superposées de naturel acquis, jusqu'au fin fond du naturel snob, en face de ces perfections élevées à Lübeck il ne devait ni roter ni cracher, ni tringler Mlle Tiefenthaler sur son rocking parce que ça ne faisait pas partie du programme commun. Veule immonde porc bandant devant ces fleurs préraphaélites, abjecte machine raidie de désir devant ces défoncées de lecture, d'alcool, d'opiacés, de barbitos et de polyvitamines, ces arrhéphores sur leur acropole, lui au pied de cette éminence attendant que prît la fuite l'une d'elles, Charis en personne, lui bouc priapique stupide coupable d'érection allant vers l'échec bref d'une flaque dans son falzar, réalité imminente de la Splendeur des Justes, que faisait-il dans ce monde de femmes, il bandait indignement alors que ces fragiles merveilles jamais ne pensaient à ça, pouah, horreur du sexuel, apologie du sensuel, il était à pendre vraiment, ces raffinées lui en remontraient chaque minute davantage, savouraient des plaisirs électifs de yogis lui là-dedans grossier commissaire des interrogatoires fascistes de l'amour, sentiment de même honni pour sa vulgarité, guimauve du peuple, connerie de feuilletonniste, aberration racinienne — autre problème classique et plutôt cornélien : qu'aucune ne s'aperçoive de la tache sur le falzar, ici que personne ne bande, vous entrez dans l'antre synagogal de la chasteté où tout est édulcoré, inoffensif et n'empêche pas de dormir, comme, dans l'ordre, le sucre et le café, à la chaste Dulcinée que d'insomnies il infligerait, en attendant, mal en patience devant les princesses encore affaiblies par le jour de fausse somnolence, que serait donc la nuit, leur nuit de vin, de fumées et de poème, leur nuit commune, lors rouleraient les dés oraculaires, quand la bonne Clara réglerait son réveil sur l'heure où Mme veuve Bourdel-Lepeuple usait du *buen retiro,* car échiquier rituel que cette maison, aux cases aussi immuables que la disposition d'un village balinais, incendier cette baraque de sorcières au chalumeau, pour voir. Sauver des flammes Dulcinée et l'embrasser pour lui filer sa rage en récompense. Éperonné de désir envers cette créature de complexion froide qui, dans un certain temps, lécherait miel et vinaigre rosat sur son sexe, voire chocolat, à genoux lécherait dans l'alcôve, furibarde non à cause de la succion mais des gnons aux rotules car il l'obligerait à garder cette posture (la femme peintre le contraignait toujours à ne pas bouger) furibarde surtout à cause du chocolat qui fait grossir, or dans l'avenir, il la ferait boire son sperme chocolaté dans un but d'engraissement. Elle lécherait. Il enfreignit le commandement de la créatrice, et regarda avec lubricité Maria, qui, pour la première fois, eut l'air légèrement anxieux d'un vampire encore à la tâche après le point du jour.

Vierge non saccagée, ma frigide sélénite, tu lécheras, donc, l'objet que je te cache aujourd'hui honteusement. Job miroir de patience te contaminera de sa lèpre, de ses poux et de ses lentes. Je te sauterai sur du fumier. Tu fleureras agréablement le purin et non l'Eau de la reine de Hongrie. Mon amour. Finies les contemplations du coucher bleu des Pléiades avec ta copine slave, finies les danses de la montagne nocturnes avec toutes les autres. Tu lécheras, chérie aux tempes frôlées de soleil, toi si croyante et pieuse et révérentielle envers le monde sacré tu ramperas dans les bas-fonds du profane où aucune ombre de la kabbale ne t'accompagnera, je briserai ta foi désespérée quant aux miracles et aux résurrections, je te réduirai à l'athéisme et à un univers congru où tu seras interdite de lyrisme et des aïeux de Galicie et les présents cousins de Méa Sharim contemplant la lune rouge au-dessus du Mur sauront que tu pleures et que tu te laves les cheveux pour me plaire et que tu manges du porc et que tu ne respectes plus que les volontés du mortel ton dieu dont tu lécheras le pal vif et dru et par conséquent la bouche pleine ne proférera plus aucune parole et que le logos donc aille s'incarner ailleurs que dans ta perfection qu'il m'appartient de détruire.

Elle lécherait sur son sexe la poudre de cantharide et la moelle de loup et les poisseuses eaux baptismales. Elle ne reposerait plus ni de jour ni de nuit, souffrirait comme il avait souffert, il la mènerait par sa charmante menotte jusqu'au bout du cloaque où ne filtre pas le rai de la lune, elle partagerait son bourbier, son pucier et sa porcherie et son obscénité idiote d'amour. Il la haïssait, le provincial laborieux, acharné à ce que disparût son accent du quartier d'Achrafieh, il en était vraiment à la tartouille d'immondices, excréments et défécations morales, très bas, quand, médium, elle lui accorda un regard imprévu qui le fit rougir d'un tel déballage d'horreurs muettes. Elle savait, ou soupçonnait, la nature de ses pensées ô combien chevaleresques et pures à son propos, elle savait les mots abominables de la cantilène qu'il lui chantait sourdement, elle savait tout ça et le regardait comme elle fit si doucettement chez la maharanée. Il flancha, miséreux coupable d'atteinte à la personne, être immonde auquel elle accordait déjà sa clémence avant que ne fût accompli le forfait, par avance pardonnait, maudite sainte qu'il ne pouvait que follement aimer, à genoux aimer, demander pardon, sa miraculée, son diamant blanc-bleu, sa gemme jonquille jetée dans le purin, sa vierge noire tzigane ainsi immolée, engluée de flots de chocolat et de sperme qui tache, comment avait-il pu. Fatima, Enfant des sept douleurs, tour de David, etc., pardon. Il l'adorait. Ce regard le remettait en selle, chassait les démons, le réhabilitait, glorieux fils de parvenu, il défia la garde scythe assoupie sur les rockings, se promit la prochaine fois de trouver quelque endroit dérobé au jour pour y cacher sa belle de miséricorde, qui se vit à ses genoux en orante fangeuse condamnée au cunnilingus ou imagina quelque chose d'approchant – ça, elle ne manquait pas d'imagination –, le lui pardonnait, et l'exorcisait de cette puissance satanique. Pour elle sa vie, qu'elle en dispose. Cependant, s'il pouvait lui arriver juste un petit accident, qui déviât la cloison cynique de son nez... Bah, en raison de ce magnifique regard d'amnistie, laissons-lui un nez horripilant, jusqu'à ce que nous décidions de la vitrioler. Tenons-nous-en à un *british agreement* jusqu'à ce qu'elle se rendît à merci. Il crânait, tout gravé à l'intérieur de ce regard qui le ressuscita presque propre, après expulsion de ses fantasmes de mâle dégueulasse, plus impur que celles qui le sont douze fois.

Les jeunes filles se replièrent, pour aller dormir à l'ombre des chambres que scellaient les stores ocrés.

Cette sieste lui imposa plus encore que le déjeuner les incohérences d'un karma d'amoureux : que faire, décider, proposer, accepter ? Un bâillement réprimé de Rose, un mal languissant à se lever de sa chaise longue témoignaient d'un éreintement qui exemptait l'hôte de la visite du propriétaire, de l'atelier et des chambres. Cet atelier l'attirait énormément ; il pensait, le flic, y découvrir des pièces à conviction d'une trouble débauche, mais ce serait pour plus tard. Tova annonça sa décision de rester au soleil, se lustra d'huile parfumée au Monoï tahitien, Martin du Mans rangea son carnet avant que le modèle pût voir à quelle sauce il avait été accommodé et fila avec Edwige sur le court de tennis. Restait, apparemment indécise et disponible, Maria, que le soleil, la sieste ou le sport épuisaient tout autant, Maria debout sous les glycines, treillissée de mauve et d'un or d'ancien évangéliaire, droite sous les grêlons de soleil qui la métamorphosaient en arlequin, puzzle recomposé par la lumière et le désir d'un homme. Plus imaginaire que Sita, Radha la Bergère ou Kali la Noire, Prima Pandora fignolée par ce sacré de damnation auquel seule l'existence d'une telle jeune fille obligeait à croire, de même certaines grèves indonésiennes, certaines cathédrales de palmes, certains sables de craie à l'infini, qui silencieusement démentent toute la théorie de l'absurde.

Muette elle aussi, Maria, lèvres closes, regard biseauté, muette et nue, dépouillée de son attirail de mots, acceptant en sa vérité cet instant où tout discours aboli elle se livrait et renonçait à ce sourire de Joconde qu'elle prodiguait à ceux qui l'indifféraient. Mais, prudente, elle rompit vite la complétude de cette trêve, reprit ce mutisme comme un gage, proposa une marche jusqu'à la Seine et, au passage, une razzia dans le verger.

Elle croquait les premières cerises hâtives, il remerciait déjà Lucullus d'avoir introduit à Rome ces fruits de Cappadoce qu'elle aimait, sur ce elle lui confia sa préférence pour les bigarreaux noirs, un peu tapés, et les griottes, qu'il déplora de ne pouvoir faire mûrir hors saison. Sorcière pire qu'il en fut à Salem, elle crachait pudiquement son noyau dans la paume de sa main, et savait reconstituer de mémoire le goût du bigarreau. Pour lui, dans l'ensemble, il s'agissait de fruits rouges de peu d'importance mais diurétiques, pour elle, ceux du jardin de Bosch, elle se grignotait en juive un coin de tableau, s'il n'est de vrai plaisir qu'implicitement référentiel. Hélas, il ne trouva aux cerises aucune sapidité et l'envia de croquer les fruits du génie d'un peintre.

Dans la cuisine, elle déposa sur une claie les cerises épargnées et prédit que Rose, demain, ferait des confitures. A présent, puisque celle-ci dormait, elle se chargea de lui montrer sa chambre. Grimpette jusqu'à l'Étage Noble. Au seuil de la chambre de Maria dont la porte était entrouverte, il hésita, aperçut sur le secrétaire, un manuscrit, près duquel, à la place de l'Olivetti redoutée, un stylo Mont-Blanc aussi dangereux mais tenant moins de place, que signifiait donc cet arrêt devant son alcôve, dont elle ne lui défendait absolument pas l'accès, mais dont toute intimité se trouvait exclue par la présence de l'outillage d'écrivain, et le discours gazouillé d'icelui : chacune notre chambre, Edwige, la saumonée, Jeanne et Tova celle aux coquelicots, Martin, celle aux Jacinthes, Rose, celle aux Capucines , et vous, celle du mort, son époux, avec du jute viril sur les murs. Suivez-moi.

Fasciné par le lit où couchait Maria, recouvert d'un piqué

blanc, sommé d'une tête en volubilis de rotin, il jugea que méritait d'être violée cette pie-grièche, colombe de la paix, alors que lui ne voulait qu'apporter la guerre, celle en terrain plat, celle sans merci du pancrace passionnel, chose ardue en ce lieu bourgeois, sucré, cocasse retraite pour ces folles, planque qui tenait d'une vaste loge de concierge. Il suivit sa juive et même de Paname, si truande et gouailleuse, qui affirmait marcher au cachet, que son souteneur actuel, c'était la maison V..., et qu'elle en changerait par pure versatilité. Il la suivit sur la pointe des pieds pour ne pas troubler la sieste des houris, honteux de ne rien oser avant la fin de ce propice couloir, froid et silencieux comme un déambulatoire de sacristie, avant qu'elle n'ouvrît la porte de la chambre du mort et ne prononçât des banalités défensives. Honte *ad vitam aeternam* s'il ne la coinçait pas contre le mur et ne l'embrassait avec le sentiment très vif de briser une porcelaine chinoise, de cette façon, elle se tairait, bouche scellée, or elle le regardait bien en face, après un retournement rapide qui le figea tel Loth à Gomorrhe du Néguev. La charmante avait sans doute rencart avec elle-même et son stylo Mont-Blanc. Voici votre chambre, dit-elle impavide, insupportable, irréprochable, incorruptible, œil d'eau lustrale et peau sans alliage. Ô boire à la margelle de tes lèvres l'eau moisie d'or et rougie de jus de cerise, ma barbouillée dionysiaque — je vous laisse, j'ai un chapitre à finir, il s'agit de la fête des anthestéries à Athènes avant la mort de Périclès, actuellement Iacchos et la fausse Ariane sont dans le temple avant la hiérogamie, il faut que soit consommée cette formalité à laquelle tiennent énormément les citoyens grecs — je vous verrai pour le thé.

Pédante buveuse de théine, copulant avec l'écriture. Cette tâche d'écrire, ce besoin pressant comme de pisser, déjà ses yeux flambillaient très loin et les nerfs gonflaient sous sa peau fine, écriture, épée séparant de son fil clair et net les amants dans la forêt de Noroît. Sans laquelle peut-être il ne l'eût pas aimée. Avec laquelle il la haïssait mais la voulait tant et tant. Écriture qui *commence là où tu n'es pas*[1].

Intraitable, la bien-aimée, piaffante de retourner sur l'agora d'Athènes, qui la gratifiait plus que les bras de l'homme, interdit à celui-ci d'embrasser. Déjà, il suait d'angoisse au cause d'une trahison provisoire, quand elle lui ouvrit largement les portes de sa chambre d'homme et l'y relégua comme au cabinet noir, pour les soixante terribles minutes où elle se branlerait onanistiquement le mental devant une feuille déflorée en moins de deux, phobie de la page blanche connais pas, aussitôt dessus, la couvrait d'hiéroglyphes tranchants. En déesse grecque, elle eût été non pas Aphrodite, cetes pas Junon en raison de l'exiguïté, mais assurément Pallas

---

1. R. Barthes, *Fragment d'un discours amoureux.*

Athéné Minerve précieux xoanon de bois, celé dans l'Erechtion, ou grande effigie érigée par Phidias, la géante chryséléphantine, devant elle tout phallus devenait ridicule, inadéquat, à cacher de suite, à ne pas sortir du futal d'où pourtant il aurait été ravi de bondir, objet rose ambré, répulsif aux yeux des virginales filles de Sion. Cette créature mosaïque devait chaque matin constater une réparation miraculeuse de son pucelage, sans recours à la terre bénite de Venise et au jus astringent de la prune verte, si elle commandait aux éléments comme aux fonctions sophistiquées d'un corps baudelairien — à faire bander Baudelaire — que rebutaient la normalité et ses asservissements. Pluie, orages et menstruations à volonté, palais aussi, à l'italienne. Il la concéda à son *palazzo mentale,* espéra au dîner de la laitue qui dit-on amortit les convoitises des sens et ôte les aiguillons de la chair, satanées écharsdes de sa crucifixion, il bandait depuis plusieurs heures. Sinon, du bromure, Bourdel-Lepeuple aurait dû penser à en pourvoir généreusement l'armoire à pharmacie.

Sur le lit du défunt, espérant que ce dernier ne clamsât pas à la place exacte où il était allongé, il se vit prêt à tout pour échapper à cette tyrannie génitale, pour se contenter de rougir comme autrefois les femmes, ou d'une délicate humidification entre les cuisses comme aujourd'hui encore les femmes, en cas d'émotion. Au lieu de ça, sa propre émotion se traduisait en brutalités organiques, en durcissement du zob, hideux à effrayer les nymphes bocagères de Pressagny-l'Orgueilleux aussi bien que les putes de la rue Saint-Denis, comment faisaient-elles ces putes pour ne pas verdir devant un spectacle qui lui donnait, à lui-même, la nausée... ?

L'autre veinarde, Maria, s'envoyait en l'air par tous les bouts avec sa littérature, serrée, jubilatoire, dont il tenait de moins en moins à prendre connaissance car sous l'émeute des mots, on devinait l'immense joie sans soubresauts de l'auteur, et, camouflé derrière ses écrits, son bonheur glandulaire, charnel, immérité, on entr'apercevait quelque chose d'un magnifique combat, on entendait des chocs de glaives, on soupçonnait une décharge d'énergie colossale, dont on ne savait ni d'où elle venait, ni pourquoi, ni quand elle finirait, un ravage de plaisir, une tourmente volubile et fourmillante, sûr que ça lui picotait les mollets et les lombaires quand elle retrouvait son agora d'Athènes et ce cinquième siècle hellène où personne n'irait l'emmerder, cette sensuelle chavirée, sombrant déchirée dans un naufrage divin, démembrée, foudroyée, le feu, contrairement aux apôtres, ne lui léchant pas l'occiput mais montant, reptilien, dans sa colonne vertébrale, feu de la force kundalini qu'éveillent les tantriques dans l'Himalaya, à elle, il suffisait de Pressagny-l'Orgueilleux pour que la trombe spirale s'enfle, écarte ses vertèbres et, parvenue au bulbe rachidien, explose ; en face de cette passion-là, que lui proposer, un sexe affaissé ou érigé, la belle affaire, un mouvement gymnique régulier aussi excitant que

le battement d'une horloge dans sa partie excavée et, médicale-
ment, sans innervation, que pouvait bien lui apporter ce besogneux
pantelant rudimentaire zob et son spasme ultime de moribond ?
Qu'est-ce qu'un mec peut apporter à une fille qui jouit des heures
sans sexe ni alcool ni drogue ? Autant vouloir séduire un jésuite.
Supplice de bander pendant que les chastes s'occupaient à des
tâches ménagères ou psychiques ou dormaient peinardes. Elles sar-
cleraient, après la sieste, désherberaient, sucreraient leurs confitures, il serait sur le gril, absolument déplacé, est-ce qu'on se permet le rut dans un tableau de Renoir, à la rigueur il aurait fait
bonne figure à Pompéi, mais là, plus que trivial, il se savait commun. Imbécile foreur de trous, il était l'aveugle poussée des commencements, il était le système clos, la Faiblesse, l'Anxiété
et le Mensonge originel dont parle, dans ses Méditations sud-
américaines, Hermann de Keyserling, attribuant à la femme la *gana*
tellurique, cet obscur instinct désévolutif, statique, monomane,
cette peur et cette faim qu'il est dévolu au courage masculin de
vaincre et d'apaiser, eh bien cher Keyserling, Ghoraïeb fils a tout ce
que vous reprochez aux femmes brésiliennes, une apathie d'ana-
conda, un penchant à la nécrose cultivé avec un sérieux méthodique
par celui « que nie l'ascète et prostitue le poète dont il est la muse »,
mézigue. On voit que ses lectures aggravaient le cas de Ghoraïeb
fils, qui devant l'aimée se voyait planant et morne comme la
musique andine qui poussa les Espagnols, au temps de la Conquête, à se suicider en masse.

La ferais-tu jouir, pensa-t-il avant de prendre un comprimé de
Témesta (Lorazépam), que là encore elle défierait les éphémérides
et roulerait fracassée à l'abîme et oublierait les causes du séisme et
te bannirait violemment de sa folie, te circonscrirait à ton hagarde,
à ta pauvrette éjaculation, sans se préoccuper de toi l'humain qui,
par hasard, le truchement d'un phallus sans importance, l'envoie
au ciel sans que tu cesses d'être captif de ton enfer. A ce moment-là,
Suprême Acmé de l'Union, Preuve de Concomitance, elle serait à
mille lieues de toi, ignorerait ta triste chimie organique, te léserait,
userait de toi, te jetterait ensuite, après cette fameuse copula-
tion (à moins qu'elle ne fût frigide, point à élucider) chausserait
ses boots de petit lord, zipperait son jean, oublierait le nom du
porteur de biroute et comment espérer de flatteuses actions de
grâces ?

Par bonheur et par définition, le principe actif du Temesta
dosé à un milligramme, recommandé par Maximilien, qui le lui
filait gratis, favorisait le contrôle de son équilibre nerveux, lui permettait des somnolences fatales aux conducteurs de véhicules, sans
quoi insomnie depuis le début du cycle Tiefenthaler, générateur
d'anxiété et de tension que sa précédente vie — autre karma, pour
ainsi dire — lui épargnait. Le lorazépam lui permit donc de roupil-
ler et de se réveiller pâteux, mais lavé de sa boue mentale, si l'in-

conscient d'Amine Youssef ce samedi à cinq heures ressemblait d'assez près à un cloaque, et assurait à la promise des fonctions d'égoutier.

Convoqué au jardin, il se promit de cacher à Maria le vieillard couvert d'immondices et de malheur, et, la trompant avec habileté, de rester à ses yeux le marin du Levant, le naufrageur sidonien aux boucles d'hyacinthe, sans quoi aucun espoir qu'elle ne s'en laissât conter, sans quoi, devant le monstre éructant son désir, fuite dans les forêts paniques. Il s'intima l'ordre de ressembler à son Sur-moi, de faire illusion, de taire son grand âge, de dissimuler les preuves turgescentes (que nivelait tant soit peu le Témestal) de son amour, de s'interdire l'aveu, chose ardue, car sa perversité voulait qu'il s'acharnât à se démasquer et à lui flanquer à la gueule cette giclée de pus, cet amour en déclarations (don sournois car elle en paierait les taxes), qui lui écrasait le plexus comme un boa devant la délivrée dont le souffle, pur même après le gigot niçois, s'enflait du bas des poumons. Rester calme donc, se répéta le commissaire tout pesant de gravité, ne pas flancher devant le yogi suspendu en l'air, corps astral retenu par un fil à la terre obscure, être aérien aux morves scintillantes comme celles d'un éternuement d'étoile. Du calme et du bon sens, encore et toujours du bon sens.

Déterminé à la montre d'une politesse boréale envers les jeunes filles, il acquiesça aux signaux véhéments de Rose qui, en bleu de chauffe, arrosait ses tulipes, sortit de la chambre du mort et descendit, tout à fait dépressif.

Les sorcières procédaient à la cueillette des simples. Depuis une bonne heure, dans le potager, les Bogdanov binaient, désherbaient, cueillaient l'échalote, l'oignon rouge, la romaine et les précoces tomates, récoltaient l'ail, le cerfeuil et les navets, tandis qu'au verger, Mme veuve Bourdel-Lepeuple assistée de Chinatown raflait les groseilles à maquereau, les cassis sanguins, les abricots verdelets, la poire doyenné dont elles firent croquer à Amine Youssef l'Endurant une bouchée grumeleuse.

— De quoi vous réconcilier avec la vie, assura, à propos des poires doyenné, Rose qui n'avait pas le teint d'une personne brouillée avec cette dernière. Et mes *prunes Monsieur !* superbes, cette année, regardez-moi ce jaune translucide ! J'ai entrepris les confitures, les gelées, les sirops et les liqueurs, poursuivit Bourdel-Lepeuple intarissable sur ce chapitre, juin est un mois crevant, mais je n'aurai de repos qu'une fois mes confitures prises, tous mes extraits de fruits en bocaux, après les semis de cinéraires, d'œillets et de bulbes de lys. Edwige, tu n'as pas oublié l'origan et la menthe pour les tisanes ? Clara vient de casser une assiette en Gien, remarquez ça n'est rien à côté des dégâts opérés par mon mari, naguère il se chargeait de fracasser l'ensemble du vaisselier, la campagne lui mettait les nerfs voyez-vous.

Amine, conspirant avec et contre lui-même, ne voyait rien du tout, si bien que sans les compter, il dévora six prunes Monsieur au détriment de son intestin coliteux. Rose, ravie du succès de ses prunes, lui imposa le portement vers la cuisine d'une partie de la cueillette, pas moins de deux kilos dans un cabas, pointa l'index vers le ciel, décréta l'approche d'un orage et l'urgence d'un thé pris à couvert. Tout ça n'informait pas Amine sur l'endroit où se trouvait Tiefenthaler, mais, se parant de négligence tout à fait inutile car demeurant inaperçue, il se défendit toute question à propos des coutumes campagnardes de Maria, juste avant cinq heures.

Maria, dans sa chambre aux glycines, remplissait son stylo Mont-Blanc d'encre bleu-noir, et se tachait les doigts comme toujours.

— Ce mec m'a l'air fin compliqué, dit-elle au stylo, un instrument de confiance, il répétait tout sur le papier — mais je me le ferais volontiers ce soir, sans le départ de Tova. Tu penses bien, Mont-Blanc, que je ne vais pas abandonner Tova pour une baise. L'envie de baise m'était complètement passée, mais là... Un *mais* gros comme le pâté dont je viens de crotter cette page pur vélin. Bon. (Elle grimaça à la vue des mains maculées.) Je vais quand même prendre un bain au cas où cette envie me reprenne, ou bien si Tova soudain décide de ne plus jouer Lady Macbeth à Mexico. Dans tous les cas, on se lave, pardon Lydie mon aïeule, c'est sabbat, mais il y a un type aux yeux verts que je...

Elle était légère comme du pain azyme, soudain. Un shoot de cruauté dans les veines. Ouvrit les robinets. S'il me disait, *I want to fuck you under the papaya tree,* enfin, under le cerisier, je répondrais majestueusement *O.K. Bob* et *no comment.* Tiens, j'ai des pêches aujourd'hui. Voilà qui ne trompe pas. Quand, très rarement, je veux qu'on me saute, elles redoublent. Mmmm. Dans la fable de l'Égée, sucrer des références, tâcher de ne pas trop employer de mots grecs, bien que ce soit difficile, une chlamyde est une chlamyde et non un vêtement à plis.

Elle regardait couler l'eau dans la baignoire, et enfler la mousse sentant le sapin des tombeaux car ne jamais s'écarter du seul sujet. Se déshabilla, tâta la température du bain, séduire ce type dans les formes, réussir une jolie martingale.

Dans son bain, elle sourit en pensant à lui comme à un steak saignant, on coupe et le sang perle à l'intérieur ce qu'il faut, à l'extérieur c'est tout cramé, on voit la trace du gril. Bain rapide, il s'agissait d'aider un peu aux cuisines, et puis tout de même que son invité ne s'emmerdât pas trop. Ciel, jambes velues. Pas possible.

Elle s'épila avec une pâte idoine, qui hélas sentait l'œuf pourri, donc jambes glabres mais sulfureuses, tant pis.

Elle termina l'opération, sécha, talqua, se rhabilla, laissa la salle de bains dans l'état de Mare Nostrum et les serviettes à la nage. L'univers était en ordre.

Il la trouva, à la cuisine, surveillant avec un respect incrédule l'élaboration des confiotes, messe servie par Bourdel-Lepeuple dos au public, et se fit la verte réflexion que Maria était vraiment un superbe petit lot, qu'il serait épatant, quoi qu'en pensent ses ancêtres directeurs d'écoles talmudiques sous Boleslas le Pieux, de la pénétrer tels les jésuites, la Pologne, de la perforer à la Tartare, de réchauffer sur-le-champ la maigre couenne de cette demi-juive de cour fille de prêteurs à gages ou de fripiers établis en Roumanie, mais la passion rend empoté comme le gel gourdit les doigts, et *quid* des pensées de la jeune fille, apparemment si préoccupée d'une histoire de confitures.

La jeune fille, qui reçut en héritage côté hébraïque l'obsession d'être aimée de Dieu et des hommes, côté français, quelques dons pour la débrouille et l'embrouille malignes, jouant impromptu Célimène, s'accola au bras de l'amoureux qui, dès lors dans le potage, renonça à comprendre, accepta de calmer sa fièvre d'interprétation, sur ce gagna deux pouces de taille, prit l'air d'un caïd (de l'arabe kaïd, donc convenant très bien à son physique), se fût frisé les bacchantes en guidon de vélo s'il n'eût été rasé de près, troqua sa défroque de mendiant frappé par une éternelle cerise contre le manteau de Boabdil, lequel, selon sa tante Ayesha, lui aurait été comme un gant sauf que c'était un manteau, et, doutant encore de sa chance, écouta la douce lui vanter gentiment les mérites de Bourdel-Lepeuple tout en (félicité !) lui griffant le bras à la manière des chats pignant en signe d'allégresse une brave couverture.

— Je suis une noix, dit la délicieuse, quant aux travaux ménagers. Je ne sais strictement rien faire d'autre qu'écrire. Une tare. Au foyer, c'est la Bérésina. Voyez Rose, elle joue du piano comme Chopin, ça vaut mieux que d'écrire comme George Sand à mon avis, ne me croyez pas féministe, je ne sais pas ce que ce mot-là veut dire. Rose est à épouser d'urgence. Imbattable sur le haricot de mouton et ce qu'elle appelle les roux, plus personne ne sait faire ça, elle jardine, elle pilote, elle conduit des voitures, moi pas même un vélo, elle parle quatre langues dont le portugais à cause du personnel de l'Algarve, elle brode des nappes à l'ancienne telle sa blanquette qui est à hu-mi-li-er ma grand-mère spécialiste pourtant des ragoûts et accommodements des bas morceaux à cause des deux guerres, ainsi en va-t-il de la vie remarquez, parfois il faut une sauce car le goût du produit brut laisse à désirer, non ? Aimez-vous le thé ? C'est la seule chose domestique que je sache faire, pour la bonne raison que sans théine, je survis à peine. Nous sommes toutes des buveuses de théine, mais j'ai la main la plus diabolique en matière de thé. J'ai converti à ce breuvage sacré la plupart des cons qui en ignorent les propriétés phénoménales, d'ailleurs vous allez constater par vous-même, mais si vous n'aimez pas MON thé, il y a ici, acheva-t-elle d'un ton méprisant, du Banania et du Nescafé.

Entendu qu'il aurait pissé pour elle le contenu du Gange, en saison des pluies, il la loua pour ses talents de théinomane, ne broncha pas pendant qu'elle officiait, disposait sur la table les ingrédients nécessaires à son philtre, emplissait d'eau la bouilloire qu'elle mit à chauffer en recommandant à Amine de l'appeler quand ça sifflerait, car elle tenait à récupérer sur un transat un livre qui risquait de mollir sous la pluie de l'orage prévu.

L'eau frémissait dans la bouilloire et, pas de doute, le vent tournait en sa faveur de même qu'à un orage d'été provoquant le repli des parasols et des troupes vers le salon. Cette intempérie, de toute façon, éliminait un rival de taille : le soleil, car il n'y a rien à espérer d'une jeune fille décidée à brunir, tâche incompatible avec l'écoute des galanteries.

— Vous voilà dans un chié pétrin, siffla la bouilloire. Envoûteur envoûté. Vous allez vous casser les reins, mon ami. Elle est polygame, bisexuelle, adore sa famille, ses chats, hypostasie l'ombre du Commandeur son Père, tolère, je dirais même affectionne son éditeur, s'embéguine de tous les paumés slaves, nourrit des sentiments passionnels à l'égard de Tova Bogdanov qui va bientôt la laisser sur le carreau pour une tournée théâtrale, en sus je crois qu'elle aime Dieu or je sais que vous n'aimez pas son amour de Dieu. Inépousable, je vous dis ça en tant que théière, instrument matériel, je vous parle de choses simples, les complications du mental me sont étrangères, INÉPOUSABLE. Rien qu'à l'idée d'apparier Mlle Tiefenthaler, les feuilles de thé en gonfleront et en frissonneront sous l'eau bouillante, et vous entendrez à travers mon sifflement un avis tout aussi catégorique.

— Filez avant l'irrémédiable, rugissait le vent. Cette enfant est ma progéniture, vous ne la piégerez pas plus que l'aquilon de ses semelles. Autant ancrer le simoun. Tentez donc ! elle s'élèvera à une hauteur où vous ne pourrez la saisir, fraîchira, mugira sa colère, vous cinglera des fouets de la tramontane et vous renversera d'une rafale impérieuse à décorner les bœufs.

— Vous ne me découragez pas plus que ma mère et ses prédictions, dit Amine. J'épouserai la juive de cour. Sifflez, frémissez et gonflez tant que vous voudrez.

— Elle n'a plus de règles depuis quatre ans, déteste la baise, doute de l'obligation de baiser et de mourir, grave remise en question d'actes qui passent pour fondamentaux. Du moins, la façon occidentale de copuler et de s'en aller *ad patres* lui semble une malversation. En tant que théière, j'ai le droit de penser qu'une personne qui soulève ces problèmes-là ne peut se pencher sur ceux du quotidien. Habituée à lever le nez elle ne voudra jamais courber la tête pour voir ce qui se passe en bas. Et ses amies... ! Jeanne la Folle qui hante les cimetières juifs, cette Tova dont votre écrivain s'est entichée, eh bien cette Tova, quelqu'un comme la Voisin croyez-moi, itou le peintre et, bizarrerie, Mme Bourdel-Lepeuple qui consulte en secret. Roses de Flamel et de Paracelse, filles convulsionnaires comme les nonnes de Loudun, bien que ça ne se voie pas le week-end quand il y a du monde et pas de visite d'esprit. Vous serez réduit à l'état de zombi, morts-vivants employés comme jardiniers par les propriétaires fonciers haïtiens.

— Parfait, dit Amine. Je vais le dire à ma mère, elle pétrira une dagyde de cire rouge et...

La bouilloire poussa un sifflement d'une inhabituelle acuité, un éclair fractura les nuages, la grêle s'abattit sur le jardin, Maria entra, demanda à Ghoraïeb fils s'il préférait le Chine, variété Yunnan ou Souchong, le Darjeeling, l'Assam, le Ceylan *pekoe* ou les fantaisies à la vanille ou à la mangue. Ignare devant la théinomane, qui avoua en boire jusqu'à dix tasses par jour, il lui laissa le choix, il boirait ce qu'elle voudrait les yeux fermés, même du tibétain au beurre de yak, elle élut le Sou-chong pointes blanches, ébouillanta la théière, y jeta un demi-kilo de cette drogue riche en alcaloïdes, l'humecta pour qu'il gonfle, versa sur les feuilles le contenu de la bouilloire, le thé se mit à infuser le fiel de son courroux, lui non plus ne pressentait rien de bon au su d'un flirt ébauché entre les deux personnages que le destin mettait face à face dans une cuisine, quelque part non loin de Rouen. Amine effleura les doigts de Maria en lui tendant le crémier pour qu'elle le remplisse de lait, apparemment on était à mille lieues de l'Affaire de poisons, or il se sentit tout envenimé rien qu'en respirant le parfum des cheveux de Maria, non l'eau de chez Crabtree, mais celui des biscuits Boudoir qu'on permet aux gosses de tremper dans le champagne des anniversaires, quand elle lui passa le sucrier, s'inscrivit dans le bétyle noir de l'orage l'idéogramme de cette seconde fabuleuse, et le mandarin ne regretta pas d'avoir attendu la centième nuit. Ça gazait. Plus besoin de recourir aux procédés satanistes prônés par maman. Plus besoin d'enduire son sexe de placenta d'ânesse, de fiente d'antilope (sept mesures), de bile d'ibex (une) et d'excréments de crocodile (à volonté) pour prononcer sur cet engin ainsi paré de multiples contre-oraisons afin de vouer Mlle Maria Tiefenthaler aux gémonies d'une passion. Elle le regardait, ses lèvres comme des fleurs carnivores, plus charnues soudain et brillantes. Plus besoin de plumes de hibou et de tablettes d'exécration plombifères pour, mon ange, y écrire ton nom, plus besoin d'enclouer violemment l'ombre qu'imprudemment tu laisses derrière tes pas. Par mesure de précaution, fixer attentivement les plis des draps qu'a froissés le jeune corps pour s'en approprier le reflet, ça, de la gnognote, le préambule d'un envoûtement de haine et d'angelolâtrie. Y renoncer pour le moment, elle flanchait sous l'emprise d'une autre volonté que la sienne et de son seul désir, ne pas tenter davantage. Mais à la première défection, maman indiquerait la marche à suivre. On passerait plus tard aux choses irréversibles, au salon en attendant. Au salon, dit la malheureuse, ignorant le Vœu aux gémonies, lui confiant sans méfiance le plateau du thé qui, infusé pendant dix minutes, le temps d'un frôli-frôla, de quelques regards, d'une gêne irrésolue et partagée, avait acquis une puissance en théobromine capable de faire cavaler des mules à fond de train du Tibet au Ladakh, sans qu'on pût les rattraper.

Devant le zénana établi au salon, Maria manifesta une volonté imprévue de présider aux phases d'élaboration de la confiture, ce qui sidéra tout le monde. Le thé, dit-elle, je le prendrai après, quand il sera noir, ceci d'un ton sans réplique. Très frustrées, les bagouleuses copines admirent que le moral de l'écrivain dépendait de l'issue des confitures, qu'il lui fallait absolument apprendre comment on obtenait ce magistère, au risque d'avoir à éplucher la rhubarbe. Étrangeté. Rose, inquiète mais respectueuse des caprices d'une telle cinglée, servit le thé sous serment que, si quelque chose n'allait pas, l'appelât à la rescousse cette lunatique qu'on n'avait jamais vue dans un tel état d'excitation ménagère, d'autant qu'elle ne mangeait jamais une cuiller de confiture à cause des périlleux hydrates de carbone et de son attachement à la maigreur, or il semblait que rien ne la banderillât plus que d'éplucher de la rhubarbe en compagnie de son invité personnel, Amine Youssef le Glorieux.

Ainsi fut fait et nul besoin de réciter la miserere à l'envers, l'esclave docile entrait d'elle-même dans la tente d'Achille, le fromage blanc s'égouttait gentiment dans la faisselle, les cerises, groseilles et airelles macéraient dans le glucose, et ils rabotèrent ensemble la rhubarbe purgative aux feuilles sinuées, sans mot dire, coupèrent les pétioles veinés de rouge, avant de les jeter dans la bassine, où, édulcorés de sucre roux, ils devaient mijoter jusqu'à ce qu'effleurât à la surface de ce bouillon une acide écume vermeille. L'opération, pour captivante qu'elle fût, se déroula dans un silence où, en probe amoureux, Amine entendit jusqu'aux infrasons, mais que Maria, en séductrice rouée, se plut à rompre car il traçait déjà autour d'eux un halo de capture.

— La bonne humeur de Rose après sa cueillette et malgré la flotte me fait craindre, pour le dîner, une soupe d'orties, ou une gratinée de chardon à la Béchamel, soupira ladite môme. Sa passion pour l'écologie la pousse à ruminer du sarrasin, aliment complet, excellent pour les veaux, clause résolutoire d'un contrat de mariage car elle imposait le sarrasin à son époux qui en mourut avant le divorce. Quand elle découvrit la Diététique céréalière, ce fut un de ces rudes moments où on compte les vrais amis — ceux de l'époux avaient fichu le camp après quelques-uns de ces repas de paysans bourguignons au temps des grandes famines. A présent, elle s'est calmée, se permet une petite fournée de beignets d'acacia de temps en temps — merde !

A son index éraflé par le couteau perlait du sang qu'elle suça, qui reparut, qu'elle resuça, il se leva pour partir en quête de Tricostéril, fonça dans la salle de bains, en rapporta le matériel idoine — tenez-le droit, pria-t-il, tamponnant à l'alcool et bandant dévotieusement le doigt de la chérie qui plus jamais n'aurait à s'occuper de cuisine. A cause de ce caillot de sang, il pigeait tout à présent, portait la responsabilité de cette égratignure, pour le prix de cette goutte d'hémoglobine versée elle porterait au médius un caillot de saphir, à l'annulaire un blanc-bleu grand comme le Koh-i-noor, preuve de ses sentiments, ordalie, elle souhaitait ébarber des côtes et pétioles de rhubarbe uniquement pour rester seule avec lui, si d'ordinaire, elle ne mettait jamais les pieds dans l'officine mais sous la table, si elle éprouvait une nausée à la vue de cette macération glauque et filandreuse, douce à gerber, avec ça comment pouvait-il encore douter de la foi d'une jeune fille qui se coupa tout exprès pour qu'il prît soin d'elle, lui qui remuait des pensées moroses dans sa chambre une heure auparavant, sans statuer sur le fait qu'elle l'avait invité car à l'évidence elle voulait le voir, et lui qui l'air janséniste, masseters bloqués, ne comprenait pas sa griserie due non au soleil, mais à sa présence, comment croire à une politesse ou à un caprice quand lèvres si près des siennes, si près ses yeux clarifiés comme le jus de la canne, contre le sien son genou aigu comment avait-il pu se voir en pèlerin mendiant, en mauvais bateleur, à la place desquels elle le voyait en rasta aux yeux verts séducteurs d'innombrables gamines dans les souks de Beyrouth, image qu'il retint au passage dans les yeux élargis de Mlle Tiefenthaler. Jizess Chraïst, dit-elle à l'Américaine, sa manie de routarde — il faut une orange épépinée dans cette rhubarbe et écumer dans dix minutes ! Elle le regarda, lui rendit l'intégrité de sa santé mentale, le rajeunit de dix ans, ôta son masque de vieux prof bafoué par une classe impossible, lava ses miasmes, purifia son haleine aillée, brûla ses contradictions, jeta ses bras autour de son cou comme l'écharpe qui strangula Isadora Duncan, tandis qu'au salon le thé, dans la citrouille de terre, en était à la force quatre, le vent, neuf, celle des cyclones, que le lait tournait dans le crémier, qu'en mer sombraient des navires du côté de Fladdenhumber bref des banquises boréales dont on parle à la radio, que le zénana piaffait, les membres roidis de théine et de jalousie, que les chiens glapissaient comme les meutes sauvages qui hantent les cocoteraies balinaises quand sous la lune pleine une certaine folie tranche le corps safrané des jeunes chamanes, Maria Tiefenthaler découverte grâce à une belle-mère qu'à cet instant il oublia de bénir car le bonheur rend ingrat et qu'il l'était déjà prodigieusement en son malheur routinier, Maria Tiefenthaler l'embrassa, renversa un visage estafilé par ce baiser comme par le fil d'un kriss, lui permettant d'observer impunément la perfection de ses paupières closes, le frissonnement de ses cils, ailes repliées d'une piéride, d'apprendre la texture serrée de sa peau que venait de gréser son oblation au soleil... Il rassembla d'une main ses cheveux gaufrés, volatiles, puis, pause avant le second baiser — par le Rafacale qu'elle embrassait bien la gueule, ne dut faire que ça dans son jeune âge, à peine survivait-elle dans l'intervalle, où avait-elle appris à tourner la langue en vrille de cette façon élégiaque, à mordiller ce qu'il faut, à ployer le cou avec telle souplesse, à glisser le long d'une joue mâle ou peut-être femelle, ses doigt aux ongles d'onyx, à élever le baiser au rang criminel de chef-d'œuvre, à simuler la reddition égarée, à vous lancer après un regard rissolé et repentant — en l'espoir d'un troisième baiser spéléologique, il pointait un menton prognathe, quand elle lui demanda d'écumer la rhubarbe qui bouillonnait en tronçons depuis quarante minutes dont quinze de trop. Il agréa. Ayant versé un tel acompte sur ses droits d'amant, la débitrice poursuivrait des paiements quotidiens, pas de doute, donc il écuma la rhubarbe sans moufter, préleva tout de même avec un machisme évident le dernier baiser sous prétexte de goûter cette mousse picotante mêlée à sa salive, puis dans une triomphale confusion, ils firent leur entrée au salon où les mousmés, s'estimant trahies, n'interrompirent pas pour eux la partie de scrabble disputée avec quelque hargneuse attention.

En revanche, rendu patelin tel un ours repu après saccage d'une ruche, à l'égard de l'internat des camées théophiles, Amine Youssef jeta un regard bienveillant sur celles qui brusquement ne lui semblaient plus si redoutables, car l'aimée venait de lui accorder un privilège inouï, vu qu'il attendait cette lécherie de fiançailles depuis le printemps, et que faute de l'obtenir, il songeait à cette célèbre opération pratiquée en Malaisie après laquelle, tapineuse à Bugi's Street, il y aurait exsudé toute cette féminité stagnante et sournoise qu'il portait en lui.

Victorieux, il reconnut à Rose une ossature admirable, les pommettes de la Jeanne d'Arc de Dreyer, creusées d'une ecchymose fatale qu'enviait Maria (elle lui fit cette confidence quand il lui vanta, hypocrite, les pommettes de son amie) qui hésitait à se faire arracher les molaires pour obtenir cette vacuole intéressante, ô niaise chérie qui voulait abîmer son visage au poli de médaille, pour que le cabossent ces deux appréciables gnons ! visage de Maria à la douceur désavouée par l'angle sec et saillant des maxillaires qui lui assuraient pour longtemps une peau sans rides et l'aspect lolitesque, refusé à ces détentrices de pommettes aux yeux vite cernés de violine et à la joue excavée de bleu sous la saillie de l'os, voire après une insomnie, aspirée de l'intérieur, ce qui donnait à leur faciès l'air aimable de Nosferatu.

Le type d'Edwige Yuan faisait la pige aux problèmes de pommettes, d'âge et aux éboulis faciaux conséquents au manque de sommeil : un glacis intemporel vernissait cette figure bouddhique, pommelée, charnue, toute de rondeurs cursives, tel le nez, de la pointure d'une virgule, et de plans fixes, résolument statiques comme ses yeux étales, du noir micacé des estampes nippones, assortis au carré géométrique de ses cheveux, laque épaisse d'une irréelle uniformité de ceux des jeunes filles médiévales du roman de Genji dont elle avait la paupière fuyante, ondulée, griffée de carbone jusqu'à des tempes d'un ivoire jauni d'antique osselet, si sa bouche ne se résumait pas d'un trait bref, comme celle des nippones, mais s'épanouissait en tropicale platée de mangues.

Quant à Tova, la configuration de ses pommettes russes changeait selon ses régimes, ses crises, dues aux paniques avant les tournages, de boulimie ou d'anorexie ; dans le premier cas, à peine l'os affleurait-il, engobé de chair d'enfance, rocher à marée haute, mais dès qu'elle renonçait à s'empiffrer de religieuses et de crème de marrons additionnée de crème fraîche fatales aux pommettes, on redécouvrait avec surprise celles qu'on croyait oubliées, hautaines, larges, dramatiques bosselures qui lui restituaient sa dignité de slave menacée par les hydrates de carbone et une gourmandise nerveuse. Ce jour-là, ces deux bouts de squelette dont à l'instar de Marlène Dietrich dépendait le succès, les contrats et la célébrité de la jeune Bodganov pointaient d'une façon cadavérique, ceci car elle partait, quittait Maria qui avait tout l'air, fulminait Tova, en douce, de compenser la tristesse de cette séparation, non par un abus de religieuses, mais par une proche fuite avec ce rastaquouère bronzé visiblement en adoration baveuse devant elle.

Jamais, bien sûr, ces observations physiognomoniques n'eussent concerné Amine à ce point si, grâce à elles, une complicité neuve ne s'était nouée entre lui et Maria. Acceptant de juger les pommettes de ses amies, de critiquer même avec aménité les caractéristiques de chacune de ces protubérances, Maria s'alliait à lui aussi sûrement qu'en partageant son lit (enfin, presque). Ainsi, elle sortait du cercle, devenait personne extérieure, affichait l'élection de l'amant futur, en sus lui servait le thé avec une aisance presque soumise de bayadère et la gorgée de cette boisson grisante qu'ennuageait une vaporeuse fumerolle de lait le propulsa au ciel septième, là où se forgent les sceaux, car Maria, lapant la même décoction, s'était lovée près de lui, au creux du divan qui, lors de son arrivée, avait supporté son propre et seul poids d'angoisse.

Négligemment, il feuilleta de la dextre le livre d'or, de la senestre captura la rotule que n'émoussait aucune graisse, emmanchement aux archifines soudures, et tout en palpant fiévreusement cette jonction d'ossements (le genou des jeunes filles l'avait toujours profondément ému), il recherchait avec perversité un paragraphe délictueux inspiré à l'auteur par ses retraites à la Ramade, songeait avec un attendrissement narquois aux V... qui interdisaient à Proust de s'épancher sur leur Bible sociale sous prétexte que ça suffisait comme ça, que ce petit Proust écrivait trop, qu'une signature suffirait, et qu'en lieu et place d'une sublime page proustienne, figurait sur le livre des V... le grafouillis d'une comtesse poitevine vantant les mérites de la table et de l'écurie des V... car le petit Proust offensé ne signa même pas. Il ne trouva aucun poème de Maria à la paix rurale pour la bonne raison qu'elle la détestait et venait à Pressagny uniquement dans le but de se planquer, mais tomba sur quelques lignes de cet Edmond Moïse, poète, auquel elle dédia *Stances Indiennes.* Sur le coup, il s'étrangla avec une gorgée de thé, écrasa la queue d'un des tibétains qui lui mordit immédiatement le mollet, manqua flanquer par terre sa tasse à semis de graminées, un cimeterre de soleil se ficha ironiquement sur le tapis menacé par l'équilibre précaire de ladite tasse, il conclut qu'il était voué aux pires avanies en buvant du thé, *remember* le jour où il cassa du Sèvres dans son bouleversement après découverte d'un portrait de l'artiste, décida de refuser systématiquement ce poison de l'esprit, le téléphone sonna, Rose décrocha le combiné, avertit Maria qu'on la demandait, ajouta un « veux-tu prendre la communication dans le vestibule », franche grossièreté envers le briseur de tasses auquel on laissait à penser que la divine avait des choses à lui cacher, ce qui devait être, car la divine fit un petit bond de springbok, tirailla son tee-shirt et se rua vers le poste du vestibule.

Un vent décapa les moisissures du ciel, échevela, dans le jardin, les chrysanthèmes ébourgeonnés et les euphorbes, un parfum de lilas s'immisça au salon, il sut qu'à ce bénéfique orage succéderait une chiante éclaircie et une conflictuelle situation. Le zénana interrompit sa partie de scrabble, devint sucre et miel, Rose annonça qu'elle allait vérifier le cours des confitures, les Bogdanov se lancèrent dans une âpre discussion au sujet du programme de l'école du Louvre et de la chienlit que c'était pour s'inscrire, tandis que, très malheureux, il tendait l'oreille pour tenter de surprendre la sacro-sainte converse de Tiefenthaler avec celui (celle ?) qui la sonnait si péremptoirement et auquel (à laquelle ?) elle répondit avec une promptitude indiquant qu'elle attendait cet appel et savait d'où il venait, le nom du demandeur n'ayant pas été prononcé.

— ... Le quatrième étage de la tour Eiffel, trop bas ? Mais non, il est assez haut, enfin, je ne voulais pas dire ça, j'arrive, je prends le train de sept heures, ils ne t'auront pas, moi vivante. Tu viens me chercher à Saint-Lazare. Je te prie de ressusciter. On dînera, mais si, mais non, eh bien on marchera le long des quais. Prends un Témesta. (Lui ou elle aussi, Témesta, remarqua amèrement Ghoraïeb fils, cette génération perdue comme celles qui l'ont précédé, ni plus ni moins, va marcher en rang de zombis au lorazepam, nous sommes les meilleurs.) Mais non tu n'es pas navré, je t'embrasse, à tout de suite.

— Edmond, dit-elle à la cantonade, qui demeura frappée de saisissement, Edmond a reçu ce matin un sac postal de chez Julliard, un autre de Fayard, un troisième de chez Stock, cinq manuscrits refusés. Il en a douze dans ses tiroirs. Mon cousin admire Montherlant, surtout pour sa mort, s'il se passe comme moi de sa vie et de ses œuvres. J'ai très peur. Seul espoir, quelque chose me dit qu'il ne se butera pas avant d'avoir au moins un exemplaire de ses bouquins à la B.N. Et moi qui lui ai dit d'avaler un Témesta, c'est un tube qu'il va gober. Bon, je rentre. Que personne ne sorte. (... ici, proposition conne du chevalier servant quant à la raccompagnade) non merci Amine je ne supporte pas la bagnole surtout le week-end, le train met deux heures, accompagnez-moi juste à la gare de Vernon. Désolée de ce chambardement, mais je sais ce dont il s'agit. Si V... m'avait refusée, au sixième niet je craquais, et alors quoi, devenir pute à Shangaï bien que Shangaï ne soit plus du tout ce qu'il était pour les putes, et Edmond n'a pas ce recours.

Après ce discours faux-derche camoufleur de souffrance, elle cingla vers Tova qu'elle embrassa sur la tempe — celle-là aussi était en partance.

— Je vous accompagne, articula péniblement Amine, mais la Bentley est très sûre, je roulerai doucement...

— D'accord, fit-elle après une hésitation. Mais respectez ma frousse en voiture. La malédiction de Camus, voyez-vous, rien que ça. Vous me déposerez à Saint-Lazare puisque Edmond m'y attend.

Chassé d'Eden tel les premiers coupables aux fresques du Carmine de Florence, il grimpa dans la chambre, empaqueta ses hardes, fit un tour dans celle de Maria, chercha les supports intimes d'un maléfice, quelque trace de ce sang qu'il tarit avec inconséquence, or elle n'avait pas de règles (il l'ignorait encore) très peu de pilosités, des dents solides, des cheveux à toute épreuve et des ongles acérés comme des becs. Ah, il aperçut sur la tablette de la salle de bains quelques fils roux sur une brosse, et le bout de ses griffes imprudemment émondées le jour même, s'en saisit dans un but de viol psychique, ce crime impunissable, geste d'épouse trompée, recourant à l'obscur et à ces techniques que ne réprouve pas la loi, ceci depuis Sumer en passant par le XVII\ :sup:`e` siècle où brillèrent d'un éclat particulier les lumières noires de la fatale magie. L'aliéner, l'empoisonner, pensait Amine l'Abject, user de pentacles aussi puissants que ne le sont ses livres...

Il redescendit, trouva Tienfenthaler, chercha son regard disparu, escamoté sous les paupières inexpugnables, closes quelques instants auparavant, il y avait de cela si longtemps déjà, avec une telle sérénité, et renonça provisoirement à l'espoir. Soucieuse, Tiefenthaler laissait sa brosse scalpée dans la salle de bains et ne se préoccupait pas du sort de ses rognures d'ongles. Quand la centenaire portugaise chargea les bagages à l'arrière de la voiture, il surprit chez Maria outre une sincère inquiétude, quelque chose d'un soulagement et d'un appétit de fuite, à un rictus qui ne parvenait pas à l'enlaidir et à deux rides sur un front têtu et obscurci.

— Ce cousin Edmond Moïse n'est pas une sinécure, lui glissa Rose sur le perron. Jeune prof de linguistique qu'on a sauvé de justesse, l'année dernière, d'une collision dans des platanes antisémites après le troisième refus de la maison V...

Des houlettes de nuages rosirent au ciel, Maria avait le sens de la famille voilà tout et il reprit celui des réalités. Si restaient à flinguer les lecteurs ignares des maisons d'édition, il ramènerait l'auteur à Paris en simulant un vif intérêt pour l'œuvre du cher cousin, en planquant les rognures d'ongles et la touffe de cheveux, Seigneur ce qu'il se sentait fier-à-bras après sa razzia d'objets occultes ! Il ne valait pas mieux que les cocottes et autres Beauharnais en mal de pythonisses. Ce vol des rognures de l'aimée lui sembla inqualifiable, il était non seulement fou amoureux mais fou tout court — la suave avait donc un petit tonneau sous le menton, désirait le salut de son cousin, bien, sa grandeur d'âme envers ce cousin permettrait un duo dans la Bentley aux avantages de laquelle elle ne serait peut-être pas indifférente bien que seules les coiffeuses fussent encore bluffées (braves shampouineuses, tiens ! compagnes de choix, femmes faciles à combler, mais trop tard) par cette conventionnelle merveille et son tableau de bord d'acajou. Il ouvrit la portière, elle s'immisça dans l'écrin, il remarqua avec effroi un changement de vesture, elle portait un jupon blanc et un caraco de broderie anglaise, pour séduire qui ? Et si le prof sioniste n'était pas son cousin ? Et s'il s'agissait d'un coup monté ? Si au lieu du scribe en rade il y avait un amant en manque ? En ce cas, proie de l'*amok*, il planterait la voiture dans un tronc, à l'exemple du pseudo-cousin, elle avait fort raison de craindre l'accident car l'idée perverse de mourir avec elle lui semblait le nec-plus-ultra. Moins vite je vous prie, gémit-elle, accrochée à sa ceinture de sécurité. Il ralentit poliment, puis fonça à nouveau, percevant une trouille bleu marine chez sa passagère captive, sanglée, ficelée, arrimée au bon vouloir du conducteur qui jouit jusqu'à la gare Saint-Lazare de cette situation privilégiée :

225

la tenir à merci dans une machine folle, savoir qu'elle dépendait entièrement de lui à moins qu'elle ne sautât en marche, qu'un coup de volant pouvait abréger sa vie et la sienne. Exultant, il se promit d'user par la suite de ce pouvoir, d'abuser de sa peur des accidents, pour la sentir pantelante, fixant la route avec une terreur de damnée, incapable d'interrompre ce voyage, aussi irréversible que celui du camé à la mescaline à partir de l'instant où il a avalé sa bouillie hallucinatoire. Prisonnière du carrosse aux sièges de cuir tabac d'Espagne, conduit par un furieux, Maria, s'emmêlant les pinceaux avec l'enrouleur de sa ceinture, ne pourrait tromper sa crainte qu'en introduisant, dans l'orifice adéquat, des cassettes qui lui permettraient de redouter ses fins dernières au son du Requiem de Verdi ou de l'ouverture de la Pie Voleuse. Sans doute devinait-elle grâce à un pouvoir télépathique accru par l'état d'agonie où la mettait tout déplacement en voiture, le souhait du conducteur de rentrer dans le décor avec elle, coupant égoïstement le cours de la vie messianique d'une personne ayant encore tant et tant à donner à ces autres qui indifféraient au criminel en puissance autant que sa propre vie, sans elle. Ainsi en une heure de bagnole, lui fit-il payer très cher ses sentiments pour le cousin Edmond ou, dans le pire des cas, pour un inconnu.

Or elle n'avait pas menti, Cousin Edmond Rosenthal il y avait.
Ce dernier scrutait désespérément l'horaire de la S.N.C.F. pour s'assurer qu'il ne s'était pas gouré de train, quand Maria le débusqua dans la cohue et le draina vers Amine. Aucun doute, il ne pouvait s'agir que du cousin Rosenthal Edmond Moïse, qui à priori ne présentait aucun inconvénient, rien que des vices de formes et handicaps rédhibitoires à une liaison incestueuse, admit Amine le Flicard, tels les doubles foyers de lunettes qui rendaient ses yeux globuleux quasiment exophtalmiques, une calvitie précoce, une peau mitraillée de salves d'acné tardives, une poitrine concave, un dos convexe, un air confit, ne lui manquaient que les anglaises, la lévite et les pompes chapliniesques pour sembler sortir de Méa Sharim — juste prémonition, il revenait de Jérusalem et particulièrement de ce quartier, seul donc le renvoi de sacs postaux contenant ses manuscrits pouvait flanquer dans une telle déréliction un juif encore tout imprégné des visions extatiques dues au retour à Sion. Soulagé, Amine fourra charitablement le rat talmudique dans la Bentley. Edmond considéra d'un œil méfiant l'engin à l'intérieur duquel il resta muet de stupeur jusqu'à ce qu'on le débarquât, soutenu par sa cousine, devant la maison Goldenberg où celle-ci entendait lui faire croquer ne serait-ce qu'un cornichon pour lui remettre les esprits. Une fois arrachée à Maria la promesse qu'elle répondrait à son coup de téléphone, le lendemain, et ne l'envoyât pas au diable ou à la table des matières de son dernier bouquin avec hom-

mages de l'auteur absent de Paris, il lui assura qu'il partageait son inquiétude devant la déprime du cousin, argua qu'il aimerait en avoir des nouvelles le plus rapidement possible, et mit le cap sur le parc Monceau muni d'une odyssée fabuleuse qu'il n'épargnerait pas à sa belle-mère, s'il lui dissimulerait le menu scalp et les ongles, durs comme des ergots, prélevés à Mlle Tiefenthaler sans qu'elle s'en aperçût.

Sa belle-mère l'accueillit avec des transports canins, vu la solitude à laquelle l'acculait la défection de ses amis, les samedis soir d'été, et l'absence de Fouad parti au Koweït surveiller l'édification de son complexe balnéraire, après avoir gagné deux briques au tiercé. Misérable Edmond, que fout donc ton Dieu de justice, s'il laisse les maronites gagner au Grand Prix d'Auteuil et les juifs hassidiques dans le pétrin ? Après cette réflexion, Amine jaugea l'état de détresse d'une belle-mère esseulée suffisamment patent pour la bassiner à son aise avec le récit du déjeuner sur l'herbe, de la séance de pose sous la charmille, de l'épisode des confitures et de la fin hélas bâclée par le fils-de-la-sœur-du-père de Maria Tiefenthaler. Belle-maman flippait assez en ce samedi soir caniculaire pour supporter l'ensemble, y compris l'évocation du poète crotté qu'il espérait le seul à être nourri de force par sa colombe chez Goldenberg. Eh bien on s'y ferait à ce poète, provisoirement s'entend, pour l'apprivoiser, rumina Amine l'Oiseleur à cet instant emmitouflé dans la robe de chambre à cordelière de Jérôme Bosch, bonnet de feutre sur les oreilles, tel qu'en lui-même, sans son masque de séduction et d'adventice jeunesse — pour l'apprivoiser cet oiseau blanc des tempêtes, ce fulmar, cette folle de Bassan, on transformerait la réception en Armée du Salut pour auteurs d'élégies hassidiques, Israël apporterait son aide en cas de guerre au Liban chrétien contre les Arabes, et Amine Youssef pourrait œuvrer sous couvert de politisation, avant qu'il ne capture l'oiseau de paradis dans la cage du harem, où au son de la quinzième nouba jouée par des Persans, tout à fait semblable à la quatorzième, elle claquerait, d'ennui.

De la politique, du sort de sa terre natale, de la tension au sein d'icelle, et du souci futile qui minait Agostina quant au dix-neuvième Festival de Baalbek où les attendaient Georges Schéhadé (encore un poète) et la *gentry* locale, il se fichait singulièrement, s'il s'aperçut avec épouvante que ce festival commençait dans quinze jours, qu'il lui faudrait un alibi en béton pour l'éviter, à moins qu'il n'y emmenât Tiefenthaler, problème qu'il soumettrait à Agostina après l'avoir gavée de *fettucini, bucatini a la matriciana, tortellini* et autres vermicelles, chez un Italien respectant les huit commandements de la cuisson des pâtes.

Assurée de consommer sa ration de blé dur, belle-mère ne moufterait qu'à bon escient même si Amine le Lépreux l'assommait avec sa seule histoire d'une importance supérieure aux conflits ravageant le Moyen-Orient, le Valpolicella ferait le reste.

— Ça barde à Chypre, fit Agostina en enrubannant sa fourchette de *fettucine* fumants, pâtes familiales, en tuyau, recette napolitaine donnée aux Romains *in illo tempore*.

— Ça barde à Chypre, que la fête continue, ça n'empêchera pas l'ouverture du Festival, dit gaiement le beau-fils qui évidait un melon. Ça avait beau barder à Chypre, les pieds de Mlle Tiefenthaler effleureraient en une impondérable alliance le sol de Canaan — pieds osseux, veloutés de poussière éolienne comme ceux des enfants qui jouent dans les squares, pieds observés dans le salon de Bourdel-Lepeuple, elle se baladait souvent sans chaussures, d'où le souvenir impérissable de ces extrémités, du cou à l'orteil passant par cheville et malléole, pieds auxquels se jeter, maigres pieds de Christ espagnol, à la cheville en acrotère, modelés des larmes d'un cierge sombre, pieds liturgiques, décharnés, pieds de tragédie ou de croisade, absolument shakespeariens sans la laque colorant les ongles des orteils, semblables à une incrustation barbare de cauris, ou à l'effeuillement d'une rose de Chiraz.

— Elle se vernit les ongles des pieds, dit-il rêveusement (et en connaissance de cause puisqu'il possédait les lunules assorties de ceux des mains, morbides reliques déjà scellées dans un coffret avant d'être confiées à sa mère) d'un rose incarnadin.

— Non ! Une intellectuelle, se vernir les ongles des pieds d'un rose comme tu dis, ça doit prouver qu'elle n'est pas de gauche. Garçon, vous pouvez apporter le second plat, dit Agostina salivant à la perspective de *passatelli* romagnols, mets de Carême aggravé de moelle de bœuf. En tout cas, reprit-elle à l'intention d'Amine, tu es beau comme un doge. La campagne t'a réussi. Alors, la petite... ?

— Beau comme un doge ?

Il se regarda dans la glace du restaurant, interdit. Oui, beau. Quel trompe-l'œil. Doge, non, plutôt berger madianite. User du subterfuge, ne pas craindre le don de double vue de Maria.

— Fornarina, dit-il, je bande comme un bouc devant l'image de la petite en pyjama garçonnet, nous en sommes à un niveau très bas, empoignade aux tripes, et ça n'a pas de fesses ni d'efflorescences, un Giacometti, sauf une coupelle lotiforme de sein, enfin deux, j'ai vérifié, ce n'est pas une Amazone, je redoutais que le droit ne soit brûlé comme celui des guerrières de la souche de Mars, eh bien, non, une paire de lolos je dirais même florissants qu'a peints, désespoir, sa copine du Mans. Être témoin d'une telle séance me mettrait dans le coma, chose sûre. Faccia d'Angelo a des miches du feu de Dieu. Une énigme de plus. Ce nymphique sac d'os, sous son tee-shirt, révèle des formes fouettées, hardies, placées là incongrûment, sur un corps de douze ans... Fouad m'avait prévenu car il lit *Paris-Match*, mais je suis tout de même surpris.

Pendant que refroidissaient ses *scaloppine al marsala*, il projeta sur son écran personnel une petite scène, entra dans l'atelier où Maria posait le buste nu, la vit se crucifier sur le chevalet pendant la pause, les seins barrés par la poutre de bois, une main posée sur la mortaise verticale comme si elle jouait d'un instrument fourbe, d'une lyre cornue de l'Éden tronqué de Bosch, supplice musical, frotter sa joue de brugnon contre le bois au risque d'échardes, puis replier sur la poitrine fascinante ses bras si minces, elle était des pieds à la tête pyrogravée, sa Primavera linéaire, sa fausse maigre selon le vulgaire, une longue enfant en vérité, un mètre soixante et des muscles étirés de grande perche, un échalas miniature, une enfilade de merveilles, avec adjonction des seins aux pointes drues et mouchetées comme des fleurets.

— Même avec les seins, on n'en voudrait pas au casino de Maalmeiten ni aux sérails du Golfe, dit-il pour se rassurer. A part les seins, elle a aussi du cœur, si les nymphettes sont d'ordinaire sadiques et foncièrement teignes. Elle point. Au type maso qui pleurnicherait à genoux sur son paillasson, elle ferait la vacherie de ne pas flanquer un seul coup de ces pieds dont j'ai déjà parlé, par gentillesse, cruauté au second degré, application des principes sophrologiques ou évangéliques.

— Amine, ne t'emballe pas, elle a démoli quantité de pères de famille, un rabbin, un maffioso, un industriel belge, quelques sciences-po et un avocat qui ont échoué en service de réanimation, les bruits vont vite, je te dis ça pour ton bien. D'accord, ton bien est aussi de te l'attacher. A mon avis, tu devrais l'emmener au Festival, voir le *Fou d'Elsa*. Les étoiles, le temple de Bacchus et un coup de sirocco, elle ne résistera pas. Ne crains rien d'Aragon, une vie avec Triolet l'a écœuré des bas-bleus pour la suivante, et il ne regarde plus les jeunes filles, de toute façon. Et si je prenais une morue frite ? Tu trouves que c'est trop ? Tu as raison beau-fils. Ma gueulardise m'endommage le corps, et, aujourd'hui, je ne ferais plus le même succès sur mon volcan dans ce cabaret de Beyrouth où on ne voudrait pas plus m'engager que ta maigrissime, malgré ses avantages connus de tous les Français. J'ai jeté le numéro de *Match*, par égard pour ta sensibilité, mais tu as vérifié sur pièces. Bien. Donc je renonce à ma morue et aux olives dénoyautées dessus, quoi qu'il m'en coûte, garçon, voyons, je serai raisonnable, quatre petits jaunes d'œufs reconstituants, faites-moi un super-sabayon.

Amine, off : Une bombe sur l'hôtel Saint-Georges et que la guerre soit, lors d'une nuit d'amour où j'écarterai tes genoux pointus, où me heurteront tes coudes aiguisés à la meulière, me caresseront tes mains fugaces de prestidigitatrice, où sur mon ventre tombera la grêle de tes cheveux légers comme poudre de lycopode, où sur mon corps tombera ton corps de manioc, où je me cognerai, ô mon délice, aux aspérités de tes os iliaques, pendant qu'explosent les bombes à ailettes, les obus percutants, les torpilles et crapouillots, que pleuvent donc les roquettes pendant que je pleuvrai sur toi, ma terre, aussi mince que le Liban, pendant que nous célébrerons nos noces au pays des premières écritures où seules les ronces du feu mêleront à jamais nos cendres et le sable des ergs sculptés à l'infini des crêpelures exactes de tes cheveux, fille du simoun que j'ancrerai, moi, seul, indigne, et derniers des derniers.

Il la disputerait au monde entier, s'apprêtait à soudoyer ses voyantes, à tracter ferme avec sa mère, Satan, et Moadhib le Doreur, à construire mieux et plus haut que la Chase Manhattan, à battre les records de son père question fric, pour elle, il décamperait à huit heures du matin, puisqu'une légende populacière allègue d'un rapport entre l'avenir et les lève-tôt... Il aimait selon le Lévitique cette prochaine lui-même, c'est-à-dire de travers et aux dépens futurs de la prochaine, que poursuivrait de son amour vicié, hypnotique, ce jeune homme la veille grabataire, aujourd'hui guilleret car inoculé par la morsure d'un baiser, flambant foyer d'infection, jeune homme qui se serait frotté les mains, si on ne lui avait signifié la vulgarité de ce geste, car il venait de s'assurer, après une longue quête initiale, le seul tabou permettant encore la passion une prise de pouvoir hégémonique, et c'était une urgence pour lui que d'être pris par une force dictatoriale sans laquelle il n'était appelé à connaître que la débâcle, soit des années de festins maussades avant l'Apocalypse – ni Héliogabale ni Néron n'avaient pu éprouver davantage de dégoût sybaritique, ni Hamlet plus de mélancolie, que le jeune homme de la veille. Or, paf dans le mille. Dévolu jeté sur la parturiente d'écriture, la missionnée, la dévouée aux autres, l'amoureuse d'une Bogdanov, des orfèvreries de l'automne et de toutes les canicules, celle qui le trompait avec un rai de soleil donc le cocufierait avec la création et lui interdirait l'ennui car il ne serait plus que, éternellement, sur ses gardes, traquant les innombrables splendeurs qui lui déroberaient la jeune fille nomade, si étroitement fidèle à elle-même encore, en indivision, Maria qui dans sa voiture lui parut un peu saignée, pâlie, inquiète, légèrement abîmée, à conquérir avant qu'elle ne recouvrît une santé incompatible avec l'amour thanatique d'un forcené. Agir promptement. Ne pas lui donner à voir le vieillard usé, creux, démantibulé, bavotant devant une vierge impubère. Lui réserver la vérité pour plus tard. Quand trop tard. Quand ferrée, jugulée, l'Atalante qui semblait, en ce samedi soir d'été, un peu courbatue de ses chasses et de ses dévouements. Que marmottait donc Agostina, cette racoleuse distinguée ? Invite-la subito à dîner. Après le baiser probant, tel que tu me l'as décrit (il avait décrit le baiser ? amnésie) elle ne te refusera pas un dîner. Il faudrait que ce soit demain, il n'y a personne à Paris, peu de chance qu'elle soit prise, achète-lui une bricole, je ne dis pas qu'elle est vénale, mais entre le rabbin, les sciences-po et le cousin mosaïque, celui de la gare Saint-Lazare, elle a dû être gâtée comme Cosette, cette petite. Tiens, un auteur, ça a des rendez-vous, ça déjeune avec des membres de jurys, on sait qu'elle se lève tard, j'ai vu un nouveau modèle de montre chez Piaget...

Il apprécia l'à-propos de l'entremetteuse. Acheter l'aimée à coups de Piaget. Elle ne lui intenterait pas d'actions en trouble de jouissance, celle de son écriture, pourvu qu'elle fût sensible aux cadeaux. Remplacer un à un ses attributs guerriers, jean, tee-shirt, boots, par des crinolines et des voiles d'orfroi qui l'étoufferaient lentement, lui interdiraient toute randonnée pédestre, loin de lui. La flanquer sans préavis sur le lit d'un hôtel borgne ou clandé du genre Ritz. Du joli, antique baderne du Parc aux Cerfs, se félicita l'amoureux. La couvrir de bijoux, et lui interdire l'accès des bibliothèques où elle puise sa culture, ce cuistre, son amour.

Dîner donc. Malgré les apparences, elle n'avait plus quatorze ans, âge où on pille le frigo de nuit, et où on se fiche pas mal des étoiles au Michelin faute de papilles qui se manifestent plus tard, il ne risquait pas la correctionnelle en l'emmenant dîner, mais devait se montrer vigilant sur le choix du lieu, car papilles. Pas de brasserie éclairée au tungstène, avec concerto de couverts, annonces de boudins pommes en l'air à la deux. Candélabres indispensables aux menées du transi. Quel que fût l'endroit, lui conseilla sa belle-mère, éviter la brandade ou les purées qui font douter de l'état de la dentition, pas de veau en pieds poulette, ni en tendron qui font pétainiste et viscéral, pas de tripes, dont le côté organique risque de la rebuter, pas de soupe au vermicelle alphabet qui te ferait passer pour un castrat infantile, et que, de toute façon, on ne trouve plus qu'au menu des hospices. Au désert, ne louche pas sur les flans et les sorbets, mets d'eunuque se vengeant sur les douceurs, n'entame pas une mousse au chocolat avec des circonvolutions inspirées, ce qui fait pédale, bref pas de dessert, contente-toi d'un viril café. Et s'il l'invitait rue Murillo... ?

— Bêh, fit Agostina qui avait des interjections gentiment paysannes, ce peut être un faux pas, dans sa courte existence Faccia d'Angelo a risqué plusieurs fois sa peau, mais si les références de *Minute* sont valables, et si deux Balinais plus un musulman de Chiraz l'ont véritablement violée, elle risque de trouiller en dernière minute. Lasserre, Taillevent ou Lapérouse en cabinet particulier.

Ce cabinet, idée de génie, les garçons frappent trois fois avant d'entrer, on attend une heure entre les hors-d'œuvre et le plat de résistance, on crève la dalle mais on pousse ses pions.

La Fornarina se déclara ravie du dîner, tant la gratifiait cette affaire ourdie par ses soins. *Cortigiana da lume,* hors service, compensait le manque d'aventures par une massive absorption de nouilles et lestait sa vie du poids des mots d'amour prononcés par d'autres.

Mon sort, de même que celui de Chypre, va se jouer d'un moment à l'autre, conjecturait Amine avec l'amoralité de ceux qui ont bu le philtre et pour lesquels l'issue d'un dîner, le choix d'une montre et d'un bouquet, revêt une importance métaphysique, si les choses ne sont que ce que l'on en fait, et si l'homme meurt aussi inéluctablement des follingueries du code d'amour que d'un éclat de bombe au napalm. Très sincèrement, l'avenir du Liban le préoccupait dans la mesure où il comptait fouler avec Maria les sables de cette faucille sommée des rudes montagnes chrétiennes et druzes, et dans celle où ce pays lui semblait receler assez de ruines, de cimes fraîches, d'ombrages bibliques, de sources, de grottes, de sarcophages, de souvenirs lapidaires du temps des Baal et des Baalat, pour intéresser une diplômée de l'École du Louvre férue de l'eschatologie du Moyen-Orient — d'autre part, transplantée en terre étrangère, la mie lui serait sans doute plus accessible qu'au milieu de sa secte, à Pressagny-l'Orgueilleux.

Le lendemain, ouvrant ses fenêtres sur le parc ensoleillé, il chantonnait : Nous irons donc à Baalbek, merci Aragon pour ce *Fou d'Elsa*, pourvu que le Liban tienne le coup jusqu'à la représentation du *Fou*, après Druzes, Syriens, maronites pourront bien se flanquer des peignées, j'aurai ligaturé des bandelettes d'envoûtement ma princesse qui marchera, somnambule, vers le fuseau où elle se piquera et ainsi, nécrophile, je jouirai d'elle durant son sommeil que personne jamais ne viendra interrompre, merci Aziz pour ce café, particulièrement turc ce matin, une vraie soupe, Aziz, réservez-moi pour ce soir... non, je m'en chargerai, si vous oubliez, nous risquons le bouillon Chartier.

Le fou d'Elsa sortit à midi, en quête de fleurs, hésita à cause de leur langage, craignant barbarisme ou pléonasme que même des fleurs ne peuvent se permettre vis-à-vis d'un écrivain, dédaigna les orchidées qui lui évoqueraient l'île de Penang et un planteur de ces bulbes cité dans *Stances Indiennes* avec mention Très Bien quant à son comportement intime envers elle, élut la rose de Damas à cause de son parfum étourdissant, de ses pétales charnus et ourlés comme l'oreille de la mie, déposa le bouquet damascène sur un siège de la voiture, qu'il avait garée devant le Ritz, puis erra rue Royale à la recherche d'une montre. Pour cet achat, il disposait d'une heure, puisque Maria ne serait accessible au téléphone qu'à son petit lever, treize heures. (Il n'osait espérer que l'irruption d'un Ghoraïeb dans sa vie noctambulatoire eût différé ses horaires comme la sienne le fit des siens, considérablement avancés : à la grande surprise des proches, Ghoraïeb fils se levait dès potron-minet et on le surprit en flagrant délit de gymnastique devant la croisée, à l'aube.)

En proie à un mal vénérien qu'il souhaitait contagieux, il frotta son nez aux vitrines de la rue de la Paix avec une concupiscence de midinette et, dans les poches, toutes les cartes de crédit d'un Gatsby contemporain. Chez Van Cleef, après déballage de toutes les montres, il balançait entre le bleu sourd de la turquoise des Rocheuses, cerclant un cadran d'opale noire serti dans un boîtier diamant, et un cadran d'onyx inclus dans un hexagone de chrysoprases, quand la vendeuse sortit du tiroir une chose digne de la reine de Saba, alliant le lapis pharaonique, les diamants en baguette et la verte malachite, un bijou discret devant lequel elle ne pourrait que calancher d'extase. Héritier de la fortune et des goûts discutables de Fouad, il opta pour le lapis pharaonique, et quitta le magasin sur une pirouette. Restait le choix du restaurant qui lui infligeait une colique convulsive. Au George-V, niet, rien que des poules et des pétroliers, Lasserre restait un bastion sûr, s'il pleuvait on en refermerait le toit, mais l'intimité précieuse de Taillevent, ou la sécurité du cabinet particulier de Lapérouse sur le miroir duquel il pourrait graver leur nom à l'instar de certains héros de Zola... Réserver une table dans les trois restaurants, où le nom de son père servait de passe. Elle choisirait au dernier moment.

A genoux, après ce dîner byzantin, la Centauresse, front dans la poussière s'il vous plaît, avant que lui seul la relève et adoube d'un embrassement son front impur de toutes les trahisons à venir, qu'il la tienne contre lui, la martiale Penthésilée, déchue, le regardant d'un œil las et étourdi, déjà possédée et enfantômée, déjà s'ouvrant à ses paumes des plaies envenimées semblables à celles du fils de Tyr, qui ferait de cette vaincue la reine recluse et, jusqu'à la mort du soleil, aimée d'*émerveillable amour* [1].

1. *Tristan et Iseut* (traduction de Béroul).

DEUXIÈME PARTIE

UNE HEURE DE SES SONGES
(ou : Maria, Mercure en Trône
et en Exaltation)

... Bah, les nombreux travaux dont tu me parles ne valent pas une heure de mes songes !

Laurent de Médicis
(à un importun qui lui reprochait de se lever tard).
in Balthasar Castiglione,
L'homme de Cour.

II

Entretien de l'auteur avec Emmaüs, Marthe et Marie, ses chats.
Promenade du même au Palais-Royal. Où s'éclaire sa psychologie.

Albedo, ou de la fameuse extase des juifs hassidiques.

Chagrins d'un bourgeon de sorcière — Où ça s'assombrit — Où elle
oublie de se suicider à cause d'un courrier de Dijon.

Une des trente-six personnes pour lesquelles Dieu ne détruit pas le monde —
Son magot, tissu mental — De ses voyages et de ses amants.

Quelques mouches de Belzébuth — Sous le pont de Galata — La cerise —
Quatrième et exécrable critique.

Le bal des Rajpoutes (avant et après).

Entretien de l'auteur avec Emmaüs, Marthe et Marie, ses chats. Promenade du même au Palais-Royal. Où s'éclaire sa psychologie.

— Impostures. Écriture leucémique, inanimée. Cautère sur une jambe de bois. Eau de boudin. Imaginaire dépravé. Stoppons là.

Comme on peut le déceler, les doutes de Tiefenthaler sur la rédaction du livre en cours étaient, davantage que des conjectures, des affirmations tranchantes qu'elle ne tolérait que d'elle-même à elle-même.

A l'heure où Amine Youssef découvrit dans son salon un des ouvrages de l'auteur, né, en définitive, vingt-sept ans plus tôt, celui-ci tétait fébrilement son fume-cigarette à la recherche d'inspiration et n'arrivant qu'à soupirer sur sa page, la chiffonna et la jeta sur le plancher pour la plus grande joie de son chat aîné Emmaüs le Blanc qui le disputa à Marthe la Beige avant que Marie la Tavelée ne se ruât à la curée d'un feuillet qui finit en miettes et non à la Bibliothèque nationale.

— Pipi de chat, poursuivit-elle, pardon Emmaüs, animal aux mictions dépréciées d'ailleurs les tiennes sont DE TIGRE donc ne te vexe pas. Si je suis bredouille d'écriture aujourd'hui, vois-tu, c'est à cause du réveil duquel dépend la journée point de vue cérébral. Ce matin réveil à une heure moins vingt, je rêvais du Commandeur mon père quand Mme Mamine Bachelard me secoua suivant mes consignes, car déjeuner chez mon éditeur, M. V... Or le Commandeur voulait me dire quelque chose de capital, il avait son air d'avertissement qui ne trompe pas.

Marthe, une fois le tapon convenablement lacéré, vint, menton tendu et flancs labourés de beige offerts à la grattouille, quêter le pardon de Tiefenthaler, au cas où celle-ci eût regretté ce geste d'écrivain multipliant envers lui-même les exigences impatientes bien que la critique ne lui en sût pas gré. Tiefenthaler grattouilla, pleine d'un souci éperdu de véracité, affirma à la chatte que la vie n'était pas un roman, qu'elle n'aimait que la vie, pur sucre, pur fruit, ne réussirait jamais à manigancer des fictions, mais que cette vie n'étant que l'idée qu'on s'en faisait et par là structure imaginaire, qu'il fallait donc trouver le juste milieu, serrer de près le vécu, en garder la dimension mythique intrinsèque à la pensée de l'auteur et biffer toutes les fioritures. La chatte approuva. Merveilleux était ce peuple des yeux fendus.

Puis, rien de bon ne venant de ses quarante milliards de neurones, elle pensa à son père. Elle et lui, deux fuyards. Elle dans son champ psychique à l'abri des emmerdeurs, lui, dans la mort, cent comprimés d'Imménoctal. Elle avait réussi la prouesse d'effacer de sa mémoire presque tous les signes liés à sa forme temporelle, sauf dans les moments de cafard où ils revenaient l'attaquer et dessiner au pochoir la silhouette du vif disparu. Père, tragédien sublime des derniers jours. Être de transit. Sacré rappel à la créativité que sa défection. Et les cons de lui reprocher de trop écrire. Et d'un, ils oubliaient le caractère prolifique des auteurs du siècle dernier. Et de deux, ils ignoraient que chaque tranche de vérité sur vélin écrite par sa fille glorifiait la mort d'Adam Tiefenthaler, même si, dans le texte, il ne s'agissait pas de lui, bien qu'il se dissimulât toujours quelque part entre les lignes. Papa. Dans son rêve, il lui était apparu à la fois inquiet, désireux de s'entretenir avec elle d'une préoccupation récente, et épanoui car on venait de déclouer, sur la façade, sa plaque : ADAM TIEFENTHALER, conseil fiscal, sur rendez-vous. Ignominie. Pour la façade, qui le voulait conseil fiscal ou exerçant tout autre métier libéral, lucratif, bourgeois, honnête, grâce au salaire duquel on entretient d'ordinaire une famille, ce qu'il fit, pour cette façade inadéquate à un type qui se savait musicien, LE PLUS GRAND DU SIÈCLE ajoutait sa fille, pour cette façade grise, et cette pierre de marbre noir qui avait l'air tombal afin qu'on ne s'y trompe pas, il avait déjà donné, Adam. Plus de plaque. Soupir de satisfaction du papa. Un problème d'identité en moins.

Ne lui restait plus là-haut que celui de l'identité juive, qui pouvait susciter des débats intéressants avec interlocuteurs valables, ce dont un destin affreux le priva sur terre, surtout pendant la période des bilans où il devait affronter les grossistes en tripaille, les bouchers chevalins, M. Mouillefarine, Produits et traitements ignifuges, à Courbevoie, M. Biberon, imprimeur et son fils, le mec de la Stimap, moulage par injection, celui de la Société Silène, prothèses mammaires postopératoires 100 % gel de silicone, pour tenter de gentilles tromperies à l'égard du fisc, argument de son métier.

Père, toi qui avais tant envie de discuter le coup avec les soufis, les brahmanes, les biologistes, les anthropologues ou les moines Carmes, à propos de l'existence de Dieu, le reste n'étant que crétinisme et piètre massacre et véritable malheur, jusqu'au jour où tu résolus de t'abstraire du monde phénoménal pour voir ce qu'il y avait en deçà, moi qui à jamais t'aime, moi Antigone, et Chimène, et amante délaissée je t'aurais volontiers occis de ma main pour que tu cesses de souffrir, je t'aurais filé cent comprimés, la bonne dose, j'aurais attendu dans la chambre voisine que tu reposes enfin délivré, grâce à ta fille, criminelle aux yeux de la loi — connaissant mieux que moi le code pénal, pauvre merveilleux qui broutas des codes et des codes ta vie durant, tu avais des scrupules à me demander ce service, et il était délicat de te le proposer. J'aurais dû. Mais entre nous, complicité, pudeur anglo-saxonne, allez savoir d'où elle vient, tout se passa dans les silences, entre mon départ pour la Grèce, ta promesse de rentrer en cure de sommeil, mon hésitation à le croire, puis ma certitude que tu mentais, ma révolte et mon refus de te quitter, et, le geste dernier, le plus dur : te donner la permission de mourir, décider d'aller en Grèce, voir le tombeau d'Atrée et les murailles cyclopéennes d'Argos, outillée d'un appareil photo pour te les montrer après sachant qu'il n'y aurait pas d'après, oublier le dimanche où nous déjeunions ensemble et où tu te sentais mieux, un seul jour de mieux, après quoi six de malaise que tu vivais sans moi impuissante à te guérir. Alors partir, te reconnaître le droit à la gifle magistrale dans la gueule des Parques, si l'absence d'une bonne raison de tenter encore une inhalation d'oxygène : ta fille, t'accordait congé en se détournant de toi au juste moment, ce qui revenait à te donner la ciguë comme on ne doit pas passer le sel, de la main à la main. Mais ceci est une autre histoire, chat. Aujourd'hui mon père a l'envergure des aigles et rigole devant le déclouage de cette plaque mystificatrice de conseil fiscal. Père mon amour que je vis moisir sur pied, flétrir, se racornir, se recroqueviller jour après jour sans que je n'y puisse rien, ô toi le plus valeureux, cachant tes angoisses, tes phobies et tout le tremblement de migraines et de souffrances, tels des brodequins appliqués aux tempes, que tu résolus par inhumaine fierté, de me taire pour disparaître avant que je ne sache ce que tu estimais une honteuse vérité, ton mal, ce sort jeté. Maniaco-dépression, disaient ces écorcheurs, je finis par l'apprendre. J'étais naïve, si croyante en mon pouvoir absolu d'amour fou, d'amour réciproque, sans ses corrélats d'exigences, de meurtre inconsciemment souhaité, sans danger d'ensevelissement, d'immersion, de naufrage, d'asphyxie, de dépersonnalisation, sans tout ce barda de passion criminogène à vous abattre en vol... Pardonnez, vous de l'autre royaume, à ma mère nesciente qui l'englua doucettement dans son miellat d'implacable tendresse, ma mère toute de vertu et de candeur, qui, simplette, jeunette, fille de Gentil, ne lui demandait que peu, mais le pire : des preuves incessantes d'attachement, car elle ne s'aimait pas assez pour se persuader d'en être digne, elle se jugeait de peu d'intérêt et seul son époux pouvait revaloriser son image imparfaite, la rassurer, lui dire et lui redire les mots majuscules de l'engagement... M'aimes-tu dis-le dis-le, répète, encore, ne t'en va pas, oh je ne suis pas certaine d'avoir bien entendu, ceci jusqu'à ce qu'il ne puisse plus s'éloigner d'elle d'un pouce sans se qualifier de Judas, jusqu'à ce qu'en son ombilic se durcisse le noyau de la culpabilité qui grandit et lui perfora les tripes et ce furent cent comprimés d'Imménoctal et le sommeil de Criton sous un plaid dans sa voiture.

Innocente, j'en suis témoin, la femme qui ne parlait pas son langage et croyant de ne pas le mériter, lui fit expier les doutes qu'elle avait d'elle-même... Mon père, par-dessus les étoiles de Dieu, ne cesse de me mettre en garde. Passion — en éveiller une — danger d'implosion, de désintégration, dont peuvent me sauver plume et papier, chiures mentales, pas de quoi se vanter, déjections organiques, parfois accomplissement d'une folie maîtrisée et rédemption, hélas le métier de conseil fiscal exercé avec un juste sentiment de persécution par un père juif à vocation de chef d'orchestre n'a jamais procuré le salut à personne. Certes, Marthe, ma peur panique de l'investissement des forces noires, je la dois à la mémoire du commandeur, qui m'a légué aussi ce rien et cette totalité : aimer la vie d'une façon profuse, rapace, gratuite, plurielle, prodigue, dispendieuse, en inflation progressive car cet aberrant potentiel d'amour souvent dispersé à tort et à travers sans souci de rapport et d'investissement me pousse aux pires conneries — mais je ne crois qu'en cette vérité, chat, le don du rien voir M. Duvignaud, le plaisir impromptu, immédiat, de bazarder le mental et de recevoir derechef la caresse complice du soleil, quand on lui livre son corps jusqu'au moindre intime pouce de chair sans souci de brûlure ou de problèmes hépatiques, la gifle soyeuse d'une averse parisienne, le cafuné brésilien du vent, cafuné c'est ce que je te fais sous le menton et qui provoque ton bombillement de béatitude, le sourire du boulanger quand j'achète mon pain viennois piqueté de grains de pavot, l'assouvissement d'une gourmandise des sens qui transmue les poubelles en floralies — as-tu remarqué que, sous les effluves de pourriture des poubelles, on parvient toujours à renifler un relent de moisi qui rappelle le tropique du Cancer ? Sais-tu la beauté de cet infâme faubourg Montmartre, avec sa crasse, ses néons, ses citronnades algériennes qu'on sert à la louche, aussi beau ce faubourg qu'un défilé des collections Dior avenue Montaigne un jour de printemps ou que de lire des heures à la B.N. sous la lampe d'opaline, demi-astre vert cerné du même cuivre que tes yeux ? Mon père, dont j'aurais tant voulu ramasser les morceaux pour les recoller comme Isis ceux d'Osiris, soin qu'on ne m'a pas laissé, quand j'appris ta mort en Crète je trouvai juste la force de crapahuter jusqu'aux palais vermeils et blancs du roi Minos car tu ne m'aurais pas pardonné de négliger ce labyrinthe sous prétexte d'une petite défaillance de ta part. Maria, me dis-tu alors, vois le palais de Minos, tu es là pour ça, et les déesses crétoises aux cheveux serpentins en leurs temples où s'effeuillent les colombes, entends le thrène funèbre des cigales à midi ce sera pour toi la messe de mes funérailles, sous la crémation méditerranéenne du jour, ici je suis incinéré près de toi dans cette île sèche sous l'impavide clarté noire du soleil, ma mort est celle de ce jour et accepte-la, toi mon enfant mon Ariane dionysiaque, jamais je ne t'abandonnerai, je ne te fais défaut que pour un moment, pardon, enfant de France et d'Israël j'exige je répète j'exige qu'en mon lieu et place tu vives sous les astres géants et nains éternellement vivants, que tu regardes sans ciller les montagnes de Crète, l'Ida où naquit Zeus, les âpres garrigues, les douceurs crues des fleurs du laurier-rose qui berceront ton deuil et ma renaissance — et j'assommai la douleur et je tuai la mort sous le pilon de l'été grec et je restai immobile sous la coupole d'Atrée pendant qu'on vaquait, de l'autre côté de la mer, aux choses légales exigées par les circonstances d'un décès dont Il m'épargna la sordide matérialité et les derniers devoirs qui ne sont qu'infantiles mascarades occidentales. Jamais je ne reverrai l'Égée, tombeau de mon père, et les terres blêmes des rois comme lui assassinés. Mon livre s'appellera l'Égéide et tous mes livres lui seront dédiés — stop les mots, ne me faites pas dire ce que je veux taire. Donc, chatte, ma léonine gorgone, belle entre les bêtes, au ronron du muezzin à l'heure de la cinquième prière quand tu bois à la vasque où je verse le lait que tu flaires, prudente dame médicéenne, prête à user de poudre de licorne au cas où je voudrais t'empoisonner, chatte aux tendresses chauvines et sectaires, descendante de Bastet l'Égyptienne, chatte aux inexpugnables regards, toi que j'aime pour ton refus des compromissions serviles chères à la gent canine, chatte pacifique, imprévisible, mercurienne et gémellaire comme moi, chatte stylite perchée sur le haut du bahut normand, chatte cachée sous le lit de ma grand-mère pour que nul intrus ne t'y débusque, chatte aux yeux de nyctalope, Kâ pharaoniques ou astres d'or des bacchanales auxquelles souvent tu te livres, toi qui aussi gaspilles, quand l'envie t'en prend, ta force nocturne en de diurnes débauches, toi l'irraisonnable qui dissipes brusquement ton mystère d'hiérophante en de puériles javas tout autour de ma chambre, toi veilleuse de nuit aux gardes discrètes et secrètes, toi au regard de chimère, t'ao-tie des bronzes chinois, jouet de velours interdit à la hargneuse gaucherie des enfants, toi d'intelligence de subtile rancune, toi mémoire infernale et savoir païen, toi de la souche des tentateurs, sœur du serpent, à toi chatte sibylline consacrée à la lune comme les prêtresses de la carthaginoise Tanit, toi en ton Zaïmph très doux qu'on ne peut te dérober, constellé de macules parfaites et frappé des multiples anneaux saturniens, à toi je dis, je persiste et je signe : jamais je n'aimerai que mes amis élus et le reste de ma tribu, Mme Mamine Bachelard, sa perruque et son dentier qu'elle ôte le soir et qui la rendent plus émouvante encore, lèvres absorbées ne pouvant plus que, toute honteuse, bafouiller, si contrite alors que j'ai envie de l'embrasser au creux de ses joues poudrerizées, Mamine de tous les jours qui branche mon fer à friser à l'heure scandaleuse où je daigne me lever, Mamie, l'autre, ma grand-mère yiddish qui mit au monde ce chef-d'œuvre écroulé, Adam, et qui, depuis sa fuite, perdure dans une maison de retraite près de Senlis où je ne vais la voir, par lâcheté, par refus du masochisme ou par instinct vital je ne sais, si je m'en accuse, que deux fois par an — noble femme qui enterra trois maris, carnassière entre toutes, yiddish mamma de Roumanie ayant épousé riche diplomate hollandais, vendu des bonbons à Barbès après le décès d'icelui, élevé Adam en sachant, sans avoir lu Freud, que toute éducation est perdue d'avance, gardé sa dignité sous ses successifs voiles de crêpe, incapable, au contraire de Mme Bachelard la Nordique, de signer un chèque, de payer la note du gaz et de s'enquérir de ce que représente une succession, négligeant ses parts d'héritage et te faisant plumer trois fois de la même façon par ces bandes de charognards, on dit belles-familles, seconde grand-mère Judith née Blumberg toute de sensualité terrienne, génie du cœur ne pigeant rien aux complications psychiques de son rejeton, femme d'un autre âge, courtisane désintéressée, mère qui subit la mort de son fils comme un inéluctable jugement.

A six heures du soir, quand à la fourrière de Crépy-en-Valois sonnait la cloche du dîner des vieux dont les fils attendent sans doute que s'efface toute buée du miroir autrefois offert aux lèvres des agonisants, Maria lui rendit une première visite impromptue, pour vérifier que la geôle clinique où on l'avait cloîtrée ne ressemblait pas à un chenil, à la Petite-Roquette ou à une goyesque prison de fous. C'était pire. Espérant banquer pour une pension de famille chaleureuse où des vieillards homériques, de dignes mémés à tricots (Maria en connaissait un bout sur les mémés, car, donnée en élevage à sa grand-mère maternelle, la goy, elle bénéficia quelques années de la présence à domicile de la seconde grand-mère, la yiddish, un peu abîmée après son troisième veuvage, avant que son état ne la condamne à la maison de retraite) s'entretenaient des deux dernières guerres, Maria, chargée ce jour-là de truffes Bourdaloue et d'une tarte aux poires dont raffolait Mme Judith née Blumberg chez qui la gueulardise remplaçait avantageusement les soucis amoureux sur ses jours déclinants, resta, son paquet enrubanné à la main, coite devant le spectacle du réfectoire où sous des lampes impitoyables aux ravines des gorges femelles en démolition, des infirmières menaçantes servaient une soupe aux vermicelles à une assemblée de parias caducs, tous en robe de chambre et en chaussons qu'elle supposa écossais faute du cran de regarder sous la table, ce qui en dépassait suffisait largement au cauchemar, Füssli et Goya cités plus haut et Daumier, dépassés, elle n'osait pas franchir le seuil en chic tailleur à jupe fendue sur le côté, bafouilla dans un silence troublé de gargouillis et d'éructations : Mme Tiefenthaler... ? Sur ce, suspensions de cuillers et hoquets déglutitifs.

Elle est toujours en retard, lui répondit-on sèchement. Mamie Judith, bien sûr, jolie femme de soixante-dix-neuf ans, était toujours en retard, professionnellement en retard, savait combien l'attente rehausse la beauté même en son arrière-saison, la soupe aux vermicelles d'ailleurs pouvait attendre, si elle fit attendre des bassines de caviar offertes en sa primavera par des soupirants que la légende disait innombrables, la soupe refroidissait, sinistre potage réservé aux bannis de la société : enfants et vieux qui ne servent pas encore ou plus du tout la machine étatique, sinistrés de l'Occident, tels tous les débris médaillés à cause des deux guerres, jouissant de rentes viagères et aussi totalement au ban que les intouchables védiques. Dans les yeux myopes, presbytes et purulents des intouchables, Maria découvrit avec horreur le reflet de son seul signe extérieur de richesse : ses vingt et quelques années, qu'elle apprécia d'un coup, car jeune, on ne sait ce qu'est la jeunesse...

Elle se vit donc, frétillante, ingambe, apprit brusquement sa peau lisse, ses genoux turbulents, ses allègres épaules, passèrent un alizé de jeunesse irréfléchie, une brise de fraîcheur acide, à l'entrée de la bachelette, l'à peine nubile, l'hirondelle, cézigue, découvrant dans les yeux des séniles une image incongrue, ignorée d'elle qui se croyait aussi intemporelle que Socrate ou le colosse de Memnon, elle qui, niant le clivage opéré par le scalpel social entre les générations, appliquait son éthique en choisissant ses proches sans se préoccuper du nombre de leurs décennies. Soudain très gauche devant l'hommage jaloux rendu par tous ces fronts injustement envieillis, de septua, octe et nonagénaires, doyens, duègnes et gérontes européens sur lesquels on ne décelait rien de la gloire des patriarches d'Orient ou de l'orgueil savant des vieux samouraïs. A ces ancêtres spoliés des attributs du Temps, personne n'octroyait leur dû de respect, ça se voyait à leur renoncement pathétique, à leurs charentaises éculées, à leurs peignoirs troués, à leur indicible hideur, or Maria était sûre que si des enfants leur servaient le thé du Cachemire et recevaient de la bouche des aïeux les dons de leur mémoire, ces aïeux se patineraient aussi bellement que d'antiques marabouts, que les bouddhistes centenaires, que les sadhus qui ont perdu le sens du quotidien et vivent de souvenirs futurs, que les Africains des tribus du Bénin, les Anciens à l'ossature parfaite, dégraissée, auxquels il ne reste que l'indispensable pour passer du côté des dieux, un souffle, comme les purs brahmanes s'en allant finir sur la route gangétique, appuyés sur leur bâton de pèlerin, expirant dans une poussière de grâce. A Crépy-en-Valois, les anciens n'étaient plus majuscules, et ne portaient que le poids de honte dont ceux qu'on dit adultes les avaient chargés.

Ô vous dépossédés, pensa Maria rageusement, vous pillés de vos trésors, relégués à la vétusté, au bric-à-brac déjà mortuaire, puant les chrysanthèmes moisis des cimetières français que fuit le sacré et qu'emplit le profane sous la flotte à la Toussaint, puant la décomposition déjà, l'antimite, et le parfum d'abandon de la maison des Morts, pourquoi vous refuse-t-on la beauté, le charisme de ceux qui vont passer à l'absolue connaissance du mystère, pourquoi ce dérapage de l'Occident chiassard, planqué, tremblotant devant la science de ceux qui vont mourir ? Ainsi black-outés, les voilà parqués avant l'heure dans le mouroir, comme un peuple de lépreux dont on craint la contagion... Vos fils ont créé à votre intention l'article légal et numéroté de la mort, vous ont flambés, fichus, fricassés et encagés, ces Hamlet aujourd'hui se détournent pudiquement du crâne de Yorick (et encore, un crâne, ça ne sent pas), on voile les Vanités baroques, du ciel expurgé des dieux ne sourd même plus la colère. A dix-huit heures vingt minutes, en descendit quand même − et les yeux du potage, et ceux des entôlés cacochymes d'en pâlir de haine − Judith Tiefenthaler, veuve de Samuel Tiefenthaler, banquier, mère d'Adam Tiefenthaler, née, non dans l'ancienne Juderia de Séville, mais bêtement dans le secteur de la rue des Rosiers.

Vacillant à peine sur ses jambes bandelettées qu'épaississait l'éléphantiasis (on disait qu'elle la ramena d'un mystérieux voyage en Afrique du Nord, on ne savait avec qui, et que c'était justice), appuyée sur sa canne avec l'élégance d'une jeunesse allant aux courses munie d'une ombrelle, ce reproche très vivant portait, pour dîner à sa table de guenilleux, chemisier de soie à lavallière, gilet de cachemire, collier de perles dû à son premier mari, broche avec camée due au second, aux doigts, ses bagues, au nombre de quatre, dont une topaze de provenance inconnue, et le diamant de ses noces avec le troisième larron, jupe de flanelle impeccable, assez longue pour planquer les mollets de grognard blessé, et chaussures plates, à son grand dam, car renoncer aux talons fins fut pour elle le pire des supplices. Quand Judith Tiefenthaler balaya l'assemblée d'un regard glacial, s'éteignirent les râles et borborygmes des condamnés, Thanatos l'occidentale mordit la poussière, assommée d'un coup d'ombrelle, pardon, de canne d'infirme, que lui flanqua la grand-mère de Maria, mère d'Adam, mère du courage, ce furent les obsèques des puissances létifères, les défunts se levèrent dans le val de Josaphat, et les dentiers s'arrimèrent dans les bouches pincées. Mme Tiefenthaler, en grande majesté, se dirigeait vers sa table. Elle y avait place réservée comme dans les wagons-lits au temps où cette hébraïque madone des sleepings usait de la S.N.C.F. pour un Paris-Genève à destination d'un riche amant helvète (sa petite-fille, de même, pratiqua le Paris-Genève et but du champagne frappé avant de s'écrouler sur moelleuse couchette et d'être réceptionnée ivre morte par un de ces fiancés suisses qui ont en général bon goût et des villas sur le lac). Apercevant Maria, elle laissa choir sa canne ce qui donna à l'auteur des inquiétudes quant à son équilibre mais, sachant lui déplaire en courant à la rescousse, elle attendit que Judith la ramassât elle-même, béquilla noblement jusqu'à la visiteuse, et murmura : « Maria, ma petite-fille », de sa voix altérée par beaucoup de cigarettes, qu'elle continuait de fumer en douce, ciel, Maria avait oublié les brunes qu'elle affectionnait et qu'on lui interdisait dans l'intérêt de ses poumons époumonés, de même qu'on défend aux gosses les marrons brûlants de l'hiver sous prétexte que le soir ils n'auront plus faim pour les poireaux, or ils recracheront les filandreux poireaux et regretteront, butés, muets et désormais pétris de rancune, les écorces craquelées du plaisir inaccessible.

    — Mme Dujonchet, M. Lardé, Mme Tribouilloux, Mme veuve Malavois, dit Judith, ne renonçant pas plus aux présentations formelles qu'à la tenue parfaite de son extérieur, aussi briqué que son intérieur parisien avant et après la seconde guerre qui la contraignit à fuir en Suisse pour sauver son fils, Adam, d'un camp tel Dachau où mourut gazé Samuel Tiefenthaler que jamais ne connut Maria, qui jamais elle ne toléra les Boches et si à huit ans, Hitler, elle connaissait. Grand-mère Judith s'assit, en face de sa descendance, renvoya le potage d'un geste sans réplique, ordonna du même ton un thé des Indes pour la descendance, déclara à la fille de service qu'elle prendrait juste un peu du plat principal...

    — Qu'est-ce donc, aujourd'hui ? Du jarret de veau, ah, excellent, pourquoi pas de l'échine de porc ou du gras-double ! (à Maria). Cette tambouille d'hospice, ma chérie, à l'heure du thé... Enfin, résignons-nous au jarret de veau, mais pas de purées, vos purées, merci bien, je n'ai pas, MOI, de dentier. La descendance jaugea le hargneux respect dont on entourait Judith Tiefenthaler, admira sans réserve une telle personne qui, par respect d'elle-même et des autres, défi et sens de l'honneur, prouvait à l'humanité les vertus d'un strict esthétisme, admira sa coquetterie provocante, la bénit de ne pas être en charentaises, l'adora de ne pas être en peignoir, la respecta pour le port d'un collier de perles sans qu'on eût prévenu mamie la Juive d'une visite, pour l'orient de ses perles la vénéra donc, ainsi que pour la finesse de ses mains et l'irréprochabilité de ses ongles, la remercia pour les feux ironiques du plus beau de ses diams, à son doigt tavelé — nasarde à la décrépitude que Judith Tiefenthaler toute de gloire empesée jetant aux pourceaux l'ignition nacrée de son pâle collier à trois rangs, se bichonnant en toute connaissance d'une cause perdue, pour son dernier bal (y réussir ses entrées) dans la maison des sourds, immaculée Judith aveugle à la boue fécale, sourde aux expectorations glaireuses, ne sentant pas l'urine amère et le faisandé imprégnant les lieux dits d'aisance, fermant ses belles paupières sur la fange, la souillure, les détritus, les résidus, les scories, les glaviots et les eaux ménagères, époussetant la crasse d'un revers de main polie comme ambre fossile, allant, parée, prête, dans un halo de solitude, au rendez-vous ultime, pour lequel il s'agissait de garder ses armes de féminine belligérante, qui jamais ne baisserait pavillon devant l'ennemi et le présent déchu qu'elle maquillait avec une si altière pudeur.

Jadis sa prestance de forte juive, un peu trop brune, sa taille à l'étroit dans des tailleurs Paquin qui exhaussaient une poitrine aussi généreuse que son caractère, détournait le chemin des vieux marcheurs revenus de tous les fronts, avides de suivre le sillage des femmes et de humer la poudre de riz après celle des canons. A soixante-dix-neuf ans, Judith portait encore l'illusion héraldique de sa beauté enfuie, et, à force de négliger sa difformité, elle parvenait à ce que l'entourage l'oubliât également. C'était un exploit énorme, quotidiennement renouvelé.

En conséquence, elle continuait à susciter des élans du cœur, peut-être même des sens, et la pérennité d'un tel pouvoir contribuait à lui épargner l'affaissement moral et dermique. Dans le réfectoire entra un homme, un minuscule goitreux qui tenta de se précipiter vers la table de Mme Tiefenthaler, laquelle, à l'approche de ce nain, laid comme un sonneur de cloches par mimétisme avec les gargouilles, sortit son poudrier, matifia le bout de son nez, pinça les lèvres à la manière des dames d'autrefois, qui répartissaient ainsi, d'une prompte gymnastique des muqueuses, leur rouge Baiser indélébile en arc de chasseresse sur les lèvres inférieure et supérieure, puis, armée, présenta à sa petite-fille « Fernand, l'infirmier qui s'occupait d'elle », c'est-à-dire lui achetait, à Crépy, tout ce que, immobilisée par ses jambes traîtresses, elle ne pouvait se procurer, magazines, fards, médicaments, cigarettes et gâteaux, nicotine et glucose, ses derniers délices, qu'elle fumait et savourait en cachette, à l'instar d'une écolière grillant ses Gitanes dans les cabinets et dévorant des éclairs chocolatés avant de rentrer aux pénates où on lui impose la chienlit des menus.

— Cette fois-là, Emmaüs, mais tu dors ? peu importe, chat, auditoire distrait de mes gamberges, Marthe prendra une succession fervente, la voilà qui pointe son museau renfrogné et son oreille plumeuse au revers pâle comme un cauri de Casamance, Marthe, tu as de belles oreilles, ouïs donc que cette fois-là, je fus bien heureuse d'avoir apporté la tarte bourdaloue à ma Yiddish grandma, et morfondue de ne pas pouvoir la reprendre avec moi, ni l'installer dans le caravansérail ouaté qu'elle mérite, avec une gouvernante qu'elle gouvernerait à loisir, qui l'aiderait à se mouvoir jusqu'aux water et à descendre un peu dans la rue, rien que quelques pas de promenade dans l'île Saint-Louis ou dans un square où elle verrait des arbres et des enfants, ceci au lieu d'une telle réclusion dans un garde-meubles, et de cette obligation de se laquer les lèvres pour corrompre l'épouvantable Fernand car sans ce sigisbée, point de magazines, cigarettes, etc., ah ! lui éviter le goitreux qui bavait d'amour à ses pieds, bien que je crusse remarquer que ça ne lui déplaisait pas, et que peut-être, elle fermait résolument les yeux sur le goitre, car cet hyperthyroïdien, après tout, était le dernier mâle qui s'évertuât à lui rendre la vie facile et remontât son réveil. Chat, cette fois-là, je me sentis plus morveuse que Caïn, moi la petite-fille chérie qui n'envoyait jamais de cartes postales, moi dont Judith subissait vaillamment l'absence, qu'elle regardait, faute de mieux, à la télé avec Fernand, auquel elle ordonnait de partager son légitime orgueil de posséder une telle descendance l'abonnant à *Modes et Travaux* pour se déculpabiliser de ses silences, surgeon dernier des Tiefenthaler, mézigue qu'elle continuait d'attendre, taisant ses crises d'aérophagie, ses mauvaises chutes, particulièrement sur le rebord du bidet, dont le preux Fernand la releva sanguinolente mais s'estimant protégée du Très-Haut qui n'avait pas voulu qu'elle se cassât une dent — si elle fit un fromage de la chute sur le bidet, ce fut pour remercier ce dieu d'Israël tout à fait épatant qui préserva la dentition d'une mécréante, irrespectueuse du shabbat, maîtresse de plusieurs Gentils et épouse de deux d'entre eux. Et petite-fille chérie, mézigue, dans le train qui la ramenait à la gare du Nord, de rêver sur le trésor d'un galion naufragé au large des Grenadines, sur l'utopie d'un éditeur plus prodigue que les autres, sur celle du producteur de films qui lâcherait un paquet de dollars pour l'adaptation à l'écran de ses bouquins, bref buzillant toutes sortes de postulats qui permettraient de déverrouiller Judith et de lui épargner le rouge à lèvres à cause de Fernand. Puis je rentrai démantibulée, craignant que de ces solutions, on ne me proposât aucune, je me privai de dessert et me nourris d'un brusque désespoir, en pensant qu'après mon amant des Célèbes qui repartit en Indonésie sous les menaces de suicide d'une épouse javanaise et le poids des âmes dont il s'était lesté (huit gosses) puis la désertion de mon père, passé du côté où se résolvent les problèmes matériels, aucune épaule masculine ne me déchargerait plus de rien. Marthe, de masculin il n'y a de bon que l'épaule comme dans le mouton, bien sûr le sentiment exceptionnel que je vouais à cet Indonésien et à papa durant la présence du premier et la vie du second n'avaient rien à voir avec l'épaule de mouton, mais c'étaient quand même les deux seules épaules sur lesquelles j'aurais pu poser doucement ma tête sans crainte que ne me la coupent Marthe, les autres ignobles, suffit de s'en remettre à eux rien qu'un minimum, de leur donner l'auriculaire, une nuque légèrement ployée, comme ça, tu vois, un regard de martyre stoïque, l'aveu qu'on a vachement mal aux dents, et ils vous bouffent crue, ou vous dissolvent, acétone sur vernis, oh ils vous déchargent, certes, pour vous accabler d'une vacuité effrayante, ils vous lobotomisent et pourtant ils affirment en chœur qu'ils ne veulent — comment disent-ils...? ah oui, que votre épanouissement. Seulement macache épanouissement. Tête tranchée. Mystérieuse alchimie qui résout l'or en pierre ou en cendres dispersées à tout vent, quand il n'y a pas de vent, ils soufflent eux-mêmes pour qu'il ne reste plus trace. Évidemment, il y a des gens d'élite...

Complices fidèles, époux, pères et frères à la fois, pourquoi fallait-il qu'elle fût privée des deux seuls qui la comprenaient et se ressemblaient, son amant du diable vert et son père fracturant encore et toujours ses nuits, son père dont elle rêva qu'il fût son amant, son amant et seigneur des îles plus proche d'elle que tous les ressortissants français et d'outre-mer, or partis ces deux-là pour des lointains où elle ne pouvait les rejoindre. Seule en l'accouchement d'une soudaine solitude, elle se jeta sur son lit, mordit et boxa l'édredon qui ne rendit pas les coups.

Albedo
(De la fameuse extase des juifs hassidiques)

Treize heures trente, 9, rue de Maubeuge.

Emmaüs bâilla, se raidit, étira ses muscles à la façon guépard, opta pour la position ventrale, se tortilla sur sa chaise placée dans l'embrasure de la fenêtre, mirador d'où il surveillait les effervescences de cette cour grise d'où montaient les effluves chimiques des Plissés Robert. Catastrophe que cette entreprise de plissés répandant dans la cour, jusqu'alors inodore car les bureaux d'assureurs l'occupant précédemment étaient d'une absolue innocuité olfactive, une vraie puanteur d'empois et de buanderie d'où pétition des locataires menaçant d'expulser l'entreprise Robert invitée à s'en aller plisser ailleurs — Emmaüs, souffrant plus encore de par ses sens félins que les locataires généralement enrhumés, pétitionnait en silence, se contentant de supplier d'un regard éteint, la moustache tombante manière phoque, Maria et sa grand-mère maternelle, qu'on lui épargnât les plissés, faute de quoi il devrait renoncer à l'observation panoramique de la cour, sa seule joie, car les expéditions dans la cave lui étaient refusées depuis la disparition des rats, bien qu'avec une habileté satanique il assurât la compagnie qu'il en restait sûrement quelques-uns même tout petits, et qu'un raid punitif... Non, Emmaüs, plus de rats, plus de cave dont tu reviens noir comme après un coup de grisou dans une mine, voire la queue endommagée après une bataille, pour, selon ton excellente et obstinée habitude, te lover dans la doublure tiède et parfumée celle-là, au Cinq de Chanel, de mes fourrures parmi lesquelles tu privilégies mon renard. Encore, si tu n'usais que du côté doublure, passons sur les poils et le charbon, mais quand j'ai l'imprudence de jeter à la volée cette bête de prix sur le couvre-lit griffé, lui, de partout, disons carrément en lambeaux, tu as, toi, l'impudence d'user comme sofa, niche écologique et griffodrome, sa face extérieure, la labourant, la piétinant, dans un délire de joie, bavant dessus éventuellement... Un regard de Chombert fourreur !... Puisqu'il en est ainsi, mon prochain geste dispendieux rapport aux rigueurs de l'hiver sera inspiré par le slogan lu à la vitrine de mon pharmacien « la peau de chat est un rempart contre le froid », tu vois où je veux en venir.

La cigarette du réveil, chue de l'assiette estampillée Royco, venait de cramer le parquet ; elle souffla sur les cendres dans l'intérêt de celui-ci, mais sans conviction car il n'avait rien de sublime ce parquet, mais beaucoup d'échardes. Je gamberge, je gamberge maronna-t-elle, voilà une heure que je m'entretiens avec les chats, je n'écrirai rien de bon sur les Grandes Dionysies athéniennes, tant je me sens flemme et enthousiaste à la fois...

Enthousiasme, le savez-vous, Marthe et Marie, mais oui vous le savez, vient du grec *entheos, plein de dieu,* le plein de Dieu, j'ai fait et du super, j'en suis remplie ras bord, de quoi rouler longtemps. Suis d'humeur, aujourd'hui, à exécuter tous les pharisiens, à nouer une love affaire avec un émir d'ascendance samanide, à pactiser avec les sépharades, à renflouer tous les clodos de Saint-Germain, s'il s'en présente sur le chemin de la Maison V..., il se peut qu'y passe toute ma mensualité, dommage que le Diner's Club ne marche pas pour les clodos, ça permettrait de faire du bien autour de soi et de ne s'apercevoir qu'un mois après du trou dans la caisse. Analysons, donc, les raisons de cette allegria. J'ai bien bossé cette semaine. Construire un livre, c'est comme une maison, des assises aux tuiles, puis s'agit d'y mettre une âme, que le feu incinère correctement les bûches dans la cheminée, que ça ne sente pas la sueur de bon ouvrier, qu'on oublie l'effort d'avoir charrié les briques, on oublie, d'ailleurs, immédiatement après le mot FIN, les douleurs inhérentes du travail, tels, si l'on en croit les parturientes, les spasmes de l'accouchement.

— Le courrier, dit, laconique, Mme Bachelard, entrant en tablier, perruque bien ajustée, et des ailes aux talons, prête à disparaître derechef vaquer dans la cuisine à des tâches obscures.

— Je lirai après, gémit Maria. J'ai à m'entretenir avec les chats, puis, pas de déjeuner, écrire une chronique pour *Vogue* et surtout le Bouquin car je suis si pleine de mon sujet que je ne peux rien avaler.

— Vierge mère ! Ne pas déjeuner, ma fille, ça non, il y a du jambon de Parme, de la laitue et du melon que j'ai acheté pour toi ; si tu sautes encore un repas, tu vas perdre encore un kilo — Maaaaange.

— Voui, mais si je maaaaange, je m'alourdis ; ça encombre de manger, et Bouquin demande une légèreté que tu ne soupçonnes pas, du jeûne total pour la clarté d'esprit, d'autre part, Bouquin c'est comme le plâtre, faut pas qu'il soit trop mou sinon il lâche de suite, mais s'il est trop dur, il ne sert plus à rien, et là...

Mme Bachelard jeta à sa petite-fille abhorrée un regard d'incompréhension, haussa les sourcils, ce qui remonta d'un cran sa perruque dont les guiches bleutées cornaient gentiment sur son front lisse, Maria bouleversée par le sursaut de la perruque rectifia que, certes, elle déjeunerait, ceci sur un ton de victime démenti par un œil qu'adoucissait la perspective du parme, irrésistible dérivé du porc poétisé par le souvenir des violettes et de la Chartreuse. Elle grignoterait donc du parme en fins copeaux vermeils accompagnés d'une barquette de melon aqueux, avalerait quelques pépins par distraction, et trois feuilles joufflues de la salade ruisselante d'huile d'olive vierge réservée à son usage car Mme Bachelard ne la digérait pas.

— Le goût puissant, la teinte glauque et la viscosité de l'huile d'olive, Mamine, toute l'Italie ! Les palais florentins, les cours à bossages sonores, les fontaines susurrantes avec chérubins et le baldaquin de Saint-Pierre ! Je t'assure que l'huile d'olive est indispensable, elle concentre la culture méditerranéenne première pression, de même que l'huile de noix au goût de ferment et d'automne, le Périgord des bastions médiévaux et des sources que le soir safrane...

— Je ne digère pas l'huile d'olive, dit Mme Bachelard, c'est cher, en plus, cette huile, moi l'arachide me convient très bien, bref, viens déjeuner, j'ai mis la table. Accroche ton renard, ma fille, je te le répète, tu le fiches n'importe comment sur ton lit, les chats s'installent dessus, Marthe et Marie, tout à l'heure...

Elle leva les bras au ciel qui, accoutumé à la voir dans cette posture d'invocation, demeura muet.

Bonheur constant, mêlé de plaisirs sporadiques, d'une inquiétante acuité, apprentissage quotidien de l'espoir, bonheur cohérent et disparate, adroitement cultivé, paix violée des seules effractions du songe, joie immanente, animale, cérébrale et sensuelle, en marge des idéologies, ignorant le système pénitentiaire imposé à l'intellect par les écoles aux sectateurs endoctrinés jusqu'à la garde, qui la rejetaient et dont se passait la jeune fille payant de sa plume eau gaz électricité, etc., même une femme de ménage portugaise et du jambon de Parme, a-t-on déjà vu ça, un poète béni, ce scandale devait cesser, et pourtant il durait.

Le poète se mit à table, seul, car la quatorzième heure n'est pas celle du déjeuner d'une grand-mère debout depuis l'aube, sept plombes, par aversion de ce qu'on appelle grasse matinée. A son lever, Mme Bachelard collectait les petits mots gribouillés par la noctambule qui la tenait au courant de la qualité de ses soirées par l'emploi des adjectifs BONNE, TRÈS BONNE, EXCELLENTE,

SUBLIME, parfois ÉTRANGE, précisant : avec Tartempion ou Polanski, pour que Mme Bachelard fût vraiment au parfum et participât de ses dîners en ville. Que ce fût Tartempion, Polanski, ou un escroc international, Mme Bachelard s'était fait une raison, il y avait de la diversité dans les relations de la gosse, et au fond, quoi qu'elle en dise, cette atmosphère d'intrigue qui planait sur les nuits de Maria Tiefenthaler la mettait en joie. Le petit mot commençait par *darling* parce que Mme Bachelard, dans sa jeunesse, avait beaucoup apprécié l'Angleterre, seul pays étranger qu'elle connût, et finissait par *gros bizous,* ce que jamais Maria n'aurait révélé à personne. Entre darling et gros bizous, prière instante de la secouer — pas trop fort — à une heure de l'après-midi. Le rite des mots du soir durait depuis des années. Des années et des grasses matinées merveilleuses, sauf celle où Adam Tiefenthaler descendit acheter des biscottes et ne remonta plus jamais. Mais Adam aurait sûrement été satisfait d'apprendre que les petits mots tombaient toujours, dans la nuit, devant la porte de Mme Bachelard, que rien n'était changé bien que tout changeât chaque jour dans l'existence turbulente de sa fille, qui plusieurs fois avait frôlé la maison de redressement, qu'on avait omis de redresser grâce à lui, Adam, et qui finit par pousser de travers d'une façon épatante. Maria ex-délinquante, kleptomane, ayant tâté des passes à Pigalle, plus exactement près de la Trinité, et fait le tour de la plus jolie planète bleue d'entre toutes, la plus atroce aussi, ne se couchait jamais depuis dix ans sans avoir écrit ce fameux mot, sans avoir bu un verre de Vichy, et, hélas ! depuis la fugue du père, sans absorber quantité de barbitos. Ça n'empêchait pas le bonheur, au contraire. Autour d'elle, ébouriffés par ce don qu'elle avait reçu de disposer la vie comme un bouquet japonais, des tas de malheureux redoublaient de malheur par réaction, ou d'autres, contaminés, charmés et enchantés au sens premier de ces termes, suivaient la piste de la magicienne blanche et ça allait mieux pour ces gens-là jusqu'à ce qu'ils la perdent de vue, car c'était son lot que de fréquemment s'absenter. Ce bonheur commençait à faire chier les dieux, qui trouvaient qu'il y avait là *ubris* grecque, c'est-à-dire démesure. Et les dieux jaloux se penchaient sur le cas de la petite qui dégraissait son jambon de Parme, à l'heure qui lui plaisait, dans un appartement vaste mais plutôt moche, ce dont elle se foutait, elle y était bien, et libre. Il faisait beau, elle sortirait, mais rentrerait à cinq heures car c'était l'heure du travail, et des poèmes. Une loi, mais la sienne, édictée par elle. Elle vivait à l'envers de tout le monde, et ça aussi lui plaisait énormément. Elle avait des chats qui catalysaient des fluides, une grand-mère qui tricotait des layettes, un téléphone qui la reliait au monde ou parfois la persécutait de ses trop insistantes sonneries. Elle avait ses vingt-sept ans. Elle avait eu beaucoup d'amants. Elle avait beaucoup d'amis. Et surtout, environ huit heures par jour, sans mescaline, peyotl, ni L.S.D. 25, elle hallucinait, sans compter ses rêves de la nuit. Ça devenait vexant. Elle tenait sur ses deux jambes, menée par une foi démente. Et, rendez-vous compte ! à vingt-sept ans, elle se payait dans les restaurants chics des fous rires obscènes à rouler sous la table et à mordre dans les rideaux s'il y en avait à proximité. Elle bâfrait et ne grossissait pas. Son père était mort, et elle n'en souffrait pas, il était le dieu toujours vivant. Une sourde lampe l'éclairait. Les forces noires, là-haut, s'étranglaient devant la tranche de jambon de Parme. Un écrivain heureux ! Il fallait œuvrer. Évidemment, elle avait de son côté cette Yémanja du Bénin, déesse de la mer, une fortiche, qui menaçait de naufrager toutes les flottes du monde si on touchait à un cheveu de sa fille spirituelle. Le protectorat d'une déesse d'Afrique noire sur une demi-juive, baptisée catholique sur le vœu de sa mère, malgré les grincements de son père qui admit le fait car l'ère des tourments pouvait se représenter, on n'avait également jamais vu ça. Dès que cette Yémanja aurait tourné les talons... Il y avait aussi le barong indonésien, il y avait Apollon père des arts, il y avait Diane sœur des chasseresses, il y avait le grand Civa de l'Inde qui lui voulaient du bien. Celui dont le nom est Légion maronnait. Bouffe ton jambon, ma fille, et goûte ta quiétude et souffle avec le vent quand la grande terreur politique te chavire, et passe tes soirées avec le gratin ou les clochards, à ta guise, à ta guise... Danse, donc ! Tu vas si bien danser qu'un jour tu t'essouffleras et dégringoleras, et Yémanja aura une affaire urgente à traiter du côté de Salvador de Bahia, Apollon sera en grève, la chasse sera fermée et Rangda la veuve noire de Bali aura arraché les yeux du barong le soir où. Le soir où j'investirai une enveloppe charnelle, pas n'importe quoi, pas une raclure, non, une défroque assez belle pour te plaire, pour que tu trouves encore là une occasion de jouir, je sais bien que je ne t'attraperai pas avec du vinaigre, moucheron du Seigneur ! et ce soir-là tu boiras les poisons.

Lucifer, ne parvenant pas malgré quelques basses manœuvres, à couper l'appétit de cette luronne qui finissait le jambon, décida, en attendant, de lui flanquer une petite angine, en manière d'avertissement. Mais il se pouvait que le virus, charmé lui aussi, renonçât à attaquer cette fille trop heureuse pour avoir une angine. Il essaya quand même, douta du résultat, et se réserva de frapper fort, un peu plus tard.

Revenons sur la terre, dans une cuisine modeste du neuvième arrondissement, sur une table nappée de linoléum.

Absolument ravie, d'une façon extravagante, biologique, question d'hypothalamus, de chimie interne côté médiateurs, et de métabolisme carburant comme une chaudière sur la surface corrigée de son mètre soixante, elle lapa son décaféiné, trois tasses, consuma sa nicotine mentholée jusqu'à la première toux d'un jour dont elle ne voulait rien savoir avant son exact milieu.

Avant midi, ou mieux, treize heures, elle trouvait au matin de Paris l'air d'un mal blanc, à l'opposé de celui des Tropiques où la nuit chasse dès la cinquième heure Surya le soleil, prompt à s'en aller coucher au berceau vert de l'océan, las d'avoir fusillé les cocoteraies depuis son lever où, déjà féroce, il fourbit ses armes pour guerroyer contre les palmes à grand cliquetis de sabres au clair, avec chocs mats de flèches décochées, tous les bruits séditieux des jardins maoris et chants de relevailles après une douche pluviale... De l'autre côté de la planète, elle aimait écouter les symphonies de l'aube. Mais à Paris, le début vitriolant du jour, appel rancunier à un labeur grisâtre, lui fibrillotait les nerfs, la flinguait de détresse, car jouir de quoi, le matin ? Écrire, pas question, cervelle vide, petit déjeuner, encore moins, hoquet à la vue d'une tartine lui barbouillant l'estomac à cette heure chrétienne, donc éviter absolument l'aube d'Europe, pétainiste, sans pitié, scission du précieux sommeil paradoxal et mort du songe. A la campagne, d'ailleurs, elle rêvait d'une hécatombe de coqs, ces gallinacés de l'enfer.

Pour cette seule raison, pensa-t-elle en ce jour de printemps, devant les folâtreries d'un chat en reptation dorsale sur le parquet, dans la lumière blonde : mon incapacité à me lever tôt, il m'est IMPOSSIBLE de m'insérer socialement, au peuple de la nuit ne reste que la marginalité, le noble métier de pute exercé chez Mme C... ou celui d'écrivain chez M. V..., vendre de l'éros ou de la psyché, le haut ou le bas, or le haut peut rapporter plus, hé, messieurs des Gros Tirages, que le creux que la nature a foré dans le bas des femmes, et tapissé de muqueuses si insensibles qu'on peut les sonder sans anesthésie, chose que les hommes, pour garder l'espoir qui fait vivre, font semblant d'ignorer. *Fuck your mind*. Juste expression. Cela dit, c'est pas demain que mon *mind* sera enfouraillé par un pistachu. Je me suffis à moi-même en ce domaine.

Elle aspira une bouffée de menthol qui lui évoquait certain vent cru de l'Himalaya et le jour en cristal de roche où un avion de la Royal Nepal Airlines après survol des montagnes pyramidales aux rizières étagées d'un vert sans équivalence, propre à pâlir la plus authentique émeraude, la déposa à Katmandu — ses chats de Lutèce ne savaient rien du vent de Katmandu, de sa piqûre acide, charriant tous les aiguillons d'un soleil que seule la mousson dérobait sous ses linges pesants.

Emmaüs le Blanc venait d'engrosser Marthe la Beige et Maria exultait à l'idée d'un chaton tout neuf et encoconné de soie.

— Il était temps, Emmaüs, dit-elle au chat qui bombait son poitrail au clair blason — bravo mon fils, tu as officié avant que

Mme Bachelard n'exécutât sa menace : t'infliger cette castration à laquelle, paraît-il, n'échappent pas les chats domestiques. Dès maintenant, je te préserverai de cette inique boucherie, quoi qu'il en coûte aux chattes des concierges. Quant aux deux miennes, je sais qu'on attend ma prochaine bourlingue pour leur ligaturer les trompes, malgré mes protestations, et je ne peux pas éternellement marner à Paris, en raison de cette histoire de trompes...

— Merrouing, fit le chat extrêmement gratifié du début de ce discours.

— Ne miaule pas comme ça, l'emmoustaché, on croyait entendre Chirac. Ah ! cette propension des mammifères masculins à se goberger d'avoir accompli la chose la plus commune : procréer. Tous pareils. Apologie du spermatozoïde. C'est dégoûtant, Chat. Garde ton british flegme, s'il te plaît. Quand même, des chatons grège, couleur de désert, dunes blondes et cendrées où j'enfouirai mes doigts... Je les garderai, tous. Mamine Bachelard va grincer comme une poulie. On avisera en temps voulu. Peut-être en donnerai-je un à ma gitane Zorica, si son griffon, gigantesque à garder les ziggurats, n'y voit pas d'inconvénient (il faut voir Zorica, manouche de Bohême, un mètre cinquante, promener le griffon dans son périmètre du Marais, elle vole, zzzt, les commerçants du coin voyant filer ce météore au bout d'une laisse l'appellent Mary Poppins, un vœu de son mari, le griffon, Zorica a cédé d'où interruption de son boulot d'artiste pour que pisse le chien, par bonheur le Marais est un digne endroit pour cela, et les exigences urinaires du chien permettent à ma bohémienne d'en mieux connaître les recoins), un chaton pour Zorica, donc, un pour Mlle Edwige Yuan qui ressemble tant à la gent féline qu'on peut confondre, un pour... ah non, Rose, pas capable de s'occuper de sa fille, le sera encore moins d'un chat, elle va me le laisser crever, donc je garderai le surplus. Une chatounière que cette maison. Sans chats, point d'écriture, condition *sine qua non*, que d'autres ont mise avant moi.

Elle s'approcha de Marie la Tavelée qui lui rappelait tant Coulino son amie, sa Bilitis des voyages, que, souvent, elle lui parlait comme à celle-ci, Coulino envolée, mère de trois mômes et les élevant Dieu sait comment dans une finca d'Ibiza. Rapetassée sur la table roulante qui ne roulait jamais, la chatte guettait à la fenêtre de la salle à manger les pigeons attardés sur les volubilis de fer du balcon ; à l'approche de Maria, elle tourna vers elle une merveilleuse face inquiète, arrondit une craintive échine (cette chatte souffre d'une névrose d'angoisse, toujours sur ses gardes, prête à affronter les pires agressions, on dirait qu'on l'a battue dans son jeune âge, ou que ces salauds du chenil...), se fronça, frémissante, incertaine, que lui voulait-on, puis offrit à la paume de Maria un dos encore houleux d'apeurement, leva sur elle son immense regard, ses yeux rassérénés de déesse psychopompe, disques à peine verdis, qui tantôt semblaient d'antiques gongs thébains, tantôt pupilles dilatées, des champignons lamellaires dont Maria, gâtifiante, ne se lassait pas de dénombrer les stries.

Programme éventuel avant cinq heures et départ pour Corinthe où m'attend Aphrodite : voir les collections chez Dior avec la Bourdel-Lepeuple. Elle applaudira la robe de mariée car le nuptial légitimé par Dior la met dans les transes, je lui ferai remarquer une fois de plus qu'elle s'inflige des supplices inutiles en se rendant aux invitations des couturiers alors qu'elle doit juguler son boursicot en raison de rentes insuffisantes ô combien à un étourneau pareil, pire que moi, recevant dans sa maison de Pressagny, table ouverte pour dix, maniaque d'Interflora, incapable de passer devant une boutique d'inutilités sans acheter les chandeliers qui à coup sûr plairaient à ses invités lors du prochain week-end, offrant à sa fille des goûters plus somptueux que des raouts afin qu'elle se lie avec les gamines Bien du Lycée Molière et ne racole plus la fille de la bonne portoricaine...

Si seulement elle pouvait se faire des amies au lycée, gémissait Rose, des petites filles qui ne se ramonent pas le nez ni se soufflent dans le potage pour faire des vagues, bref pas des horreurs comme elle, tu la verrais en Liberty, dans la robe que je lui ai achetée chez Laura Ashley, on dirait Mowgli déguisé en femme de député, insoutenable, d'autre part hier j'ai trouvé un mot adressé à la fille de Bianca la bonne (où Rose trouvait-elle le fric pour la bonne, mystère non moins opaque, quand on menaçait de la saisir par des papiers régulièrement collés sur la porte de son immeuble qu'elle décollait avec une grande application), « les mecs faut les ankuler — avec un k comme Thouthankamon — et pis larguer » je te jure je n'invente rien, ce mot à onze ans et à la fille de la bonne, cette raclure qui sent le skunks, toujours fourrée à la maison, du rouge à lèvres jusqu'aux trous de nez, j'ai honte, je lui interdis la fille de Bianca, je me tords les mains, je me promets de la séquestrer entre le Racing, le lycée et la patinoire quoiqu'à la patinoire y'a pas que la crème loin de là — tu lui parleras, si tu viens à Pressagny, ce week-end, elle t'écoute, avec moi elle rue, sur toute la surface du mollet j'ai des traces de ses coups de sabot.

Je vous assure qu'il fallait avoir le sens de la communauté pour se farcir une Rose Bourdel-Lepeuple, déconnante parfois à vous donner envie de vous enrouler dans le lin retors, bleu, pourpre et écarlate, des tentures des Tabernacles, pour ne plus rien voir ni entendre des aberrations frivoles d'une brave goy élevée aux Oiseaux. Ce sens, Maria ne l'avait que trop. Néanmoins, elle décida d'éviter ce jour-là les collections trop chiant vraiment, et il lui prit une envie apocalyptique de se balader au Palais-Royal où elle avait de longs entretiens avec Colette, cette autre personne pour laquelle les chats étaient la sagesse du monde.

Elle assura à son antique machine Underwood que ça n'était qu'un au revoir, et la planta là, se promit de sermonner à loisir la jeune Bourdel-Lepeuple décidément réfractaire à l'orthographe, sous les tilleuls de Pressagny, envisagea, avant le footing au Palais-Royal, d'appeler son cousin Edmond Moïse Rosenthal, songea qu'il venait d'essuyer le sixième refus de l'ensemble de ses manuscrits, qu'il la culpabiliserait tant soit peu d'être mensualisée par la maison V... et la réduirait pour un instant au rang d'auteur commercial face à un poète méconnu, situation fausse et désagréable.
Commerciaux ou pas, tous dans le même sac, condamnés aux reproches tel celui de ne pas s'occuper de l'Intendance, à passer pour des assistés aux yeux de tous même des meilleurs, à ce qu'on leur fasse lourdement sentir qu'ils pourraient bien porter eux-mêmes leurs slips au pressing, savoir brancher une prise de courant, s'y entendre en matière de carte de crédit, de placements immobiliers et de droits de succession — quel cauchemar que l'héritage de son père, comme elle aurait donné avec joie ce fric immérité, plutôt que de subir les discours abscons des hommes de loi et d'argent, sans oublier ceux, moralisateurs, d'une lointaine famille brusquement vicinale dans la mesure où il s'agissait de la vente d'un cabinet rapportant trois cents briques par an, d'où usufruit et chapelets d'insanités mercantiles incompréhensibles. Seule clarté, la frousse des proches de voir la petite tout flamber. Or Adam Tiefenthaler, se souciant des vieux jours de sa fille, auteur peut-être alors passé de mode si jamais il le fut, recommanda par écrit qu'on laissât le fruit, l'usu et le reste à celle-ci mais pas avant le décès de son épouse née Gabrielle Bachelard. Monde du Tohu ! Usufruit d'un drame cosmique ! Son père avait rompu l'esclavage du corps, pouvait souffler là-haut car, ayant fortement expié, il ne renaîtrait pas de sitôt suivant la chaîne du ghilgoul, avait suivi la voie du Juste dans l'allégresse coutumière aux hassids et rétabli l'ordre de son destin (Sagesse et Intelligence ! Présence de Dieu en toute chose !) et quel rapport y avait-il entre le fric et le retour à l'éternité d'une âme en exil ? misérable mystère ! Gabrielle, bravant la volonté d'un père sans doute trop prudent, avait fait en sorte que touchât illico quelques millions anciens une progéniture obstinée à sauter dans des avions, des voitures rapides, et sur toutes sortes de risques, par là risquant de calancher avant celle qui la mit au monde et se cantonnait à Neuilly d'où elle prenait le métro à Sablons pour descendre à Poissonnière, nom élégant de la station la plus proche de

la rue de Maubeuge — de fait, Maria erra sur la planète, de quatorze à vingt-sept ans, entre Singapour, Goulimine, Manihi (Tuamotou), Baden-Baden, Ventiane (Laos), etc., et Poissonnière.

Il était juste, d'après Gabrielle, que Maria profitât de ce fichu héritage ou d'une partie à la fleur de son âge, histoire de ne pas se ruiner la santé à force de plancher à la B.N. pour satisfaire ses éditeurs ; son père en aurait certainement décidé ainsi après une courte réflexion, mais sur sa fin, Adam ne réfléchissait plus qu'aux problèmes de l'au-delà. Toujours selon Gabrielle, les mauvaises lectures de sa génération, Camus, Kafka, Sartre et Gide, avaient commencé par miner son époux avant les psychiatres, et il se pouvait que sa fille prît le même chemin, lueur espoir, ses livres de chevet, la Kabbale, Sexus, Les Sept Piliers de la Sagesse, ne semblaient pas faire l'apologie de l'autodestruction, mais on ne sait jamais avec les artistes. Ça gratte sur du papier jusqu'à trois heures du matin ça se réveille à une heure de l'après-midi, déviance pénible à accepter. Savent-ils, les Autres, ce que coûtent dix minutes dans la chaleur d'un pressing quand un roman germe et mature et qu'il faut absolument accoucher ? autant demander à une femme enceinte d'attendre pour mettre bas quand ça vient, qu'à un écrivain de mettre un point-virgule et de s'en aller quérir, chez le bougnoul du coin, café, œuf et fromage, par refus de coopération d'une famille brusquement hostile — consciente, Maria, de cette inéluctable loi : être encensée, promue, louangée par certains pontes des arts et lettres (oh ! pas tous ! en cas d'unanimité en sa faveur, je crois bien qu'elle n'aurait pas eu de talent) et rejetée de la bourgeoisie qui l'éleva, dont les représentants femelles, avec lesquelles elle devait composer, la tenaient pour infirme à cause du décalage horaire et des menus services qu'elle leur demandait, si menus, si aisés à des femmes qui ne font que s'occuper de cette fameuse intendance. Et fusaient les reproches éternels à là moindre brèche (insomnie, déception, avortement d'un chapitre, chronique mal venue, chat éclopé), dès lors les impitoyables juges de lui flanquer à la gueule, au nom de tous les laborieux méritants, que ci, que ça, qu'elle n'avait qu'à répondre elle-même au téléphone, tu fais cavaler ta grand-mère d'un bout à l'autre de l'appartement à son âge avec ses jambes, éructait Gabrielle, mais bêlait Maria, ça prouve qu'elle a encore des jambes, je veux bien installer un répondeur seulement faudrait une deuxième ligne et là problème P.T.T., attente de plusieurs mois, à la fin immergée sous La Matérielle, Maria s'écroulait en larmes à cause du chapitre loupé, de l'usufruit, du notaire, du téléphone, du pressing et tout rentrait dans l'ordre et de nouveau cajolée cette enfant malade et pas même douze fois impure car, n'ayant plus de règles, cette géniale, victime d'un imaginaire dévergondé, cette vénusienne indéchiffrable, cette fille froide et hypersensible, si visiblement armée qu'on pouvait après quelques jours de calme se permettre encore une petite agression et le « comment te débrouillerais-tu si on n'était pas là va-t'en voir ailleurs si ça se passe mieux », là-dessus l'amazone de sangloter à nouveau rien qu'une gamine à consoler, désarmées mère et grand-mère se mettaient en dix pour lui faciliter la vie, arrondir les angles jusqu'à la prochaine fois, où, encore, toujours, obtuses, maladroites, stupéfiées, admiratives et méprisantes pour ce travail de scribe qui n'en était, à leurs yeux, pas un, renonçant à comprendre, se contentaient d'accepter, de se rendre utiles et de se juger indispensable à l'impotente, oubliant les années de voyage où cette dernière se démerda seule. Ainsi vivaient dans leur bon droit les gynécocratiques aryennes bousculées par cette passion irréductible, tour à tour flamme à préserver par ces vestales, ou tas de merde à foutre aux chiottes, l'écriture, cet amusement, cet onanisme, ce divertissant exercice, qui, étrangement, valait à la fille détestée et chérie les honneurs, des chèques, les critiques et l'approbation de gens célèbres, fille détestée et chérie à laquelle on reprochait de ne pas faire son plumard.

Jamais on n'aurait idée de faire aux grands hommes le coup du pressing, je vois mal Troyat accusé par son épouse de non-pressing alors qu'il aborde le xième tome de ses sagas russes, sûr qu'à Max-Pol Fouchet, être admirable, on porte le café tout chaud, sûr qu'à tous ceux-là on épargne les avanies du quotidien, qu'on vide leurs mégots, qu'on les traite avec les précautions dues aux gens d'élite devant lesquels il n'y a qu'à s'agenouiller, sûr qu'on filtre les coups de téléphone sans râler, ces mecs-là sont archipréservés, ne savent pas signer un chèque, ignorent tout de l'aide sociale due à une grand-mère sous camisole à Crépy-en-Valois, conduisent à peine une automobile, ceci sans se sentir coupables ou redevables de quoi que ce soit à un entourage femelle qui recueille avec dévotion les bribes de génie accordées distraitement par le mari ou père académicien, remercie mains jointes leur Balzac de trouver le gigot moelleux, lui sert le blanc du poulet, se contente des rebuts, terrifié à la pensée qu'un peu trop de vinaigre dans la salade provoquerait chez le Perpétuel des aigreurs d'estomac dont pâtirait le chapitre interrompu, qualifie de criminelle toute intervention de l'environnement susceptible de briser l'inspiration du maître, prend son pied en beurrant les tartines du ponte, le chausse de ses pantoufles en grondant de tendresse et cavale vers l'unique librairie vendant encore les seules plumes dont use le grand écrivain, ou change le ruban de sa machine à écrire avec une concentration liturgique. Point ne doit se salir les mains le grand homme, ni de carbone ni de beurre ni du graillon quotidien, ni ne doit ouvrir une enveloppe avec un coupe-papier, il se blesserait, ni allumer le feu, il se brûlerait, voir le despote et démiurge Hugo hissant le drapeau noir quand à Guernesey, lui prenait l'envie de sauter sa bonne, qui accourait ventre à terre satisfaire aux besoins du Pair de France — moi, se disait Maria, je ne suis que maniaque, pêcheuse de lune, ma seule respiration est un esclandre, ceci dans les mauvaises passes car il y en a de bonnes où on m'accepte et me lèche la pomme, seulement il reste encore du chemin à parcourir avant qu'on ne me fiche une paix académique.

La sonnerie du téléphone tinta alors qu'elle s'apprêtait à partir et l'incita à se hâter de le faire, puis, torturée d'un remords excruciant, non-assistance à personne en danger, elle se rua sur l'appareil, décrocha non sans appréhension, et ouït le chevrotement de son cousin.

— Maria, j'ai fait le parcours sacré, le chemin de Gallimard, du Seuil, de Minuit, Grasset, Plon, Fayard, à la course, comme on fait le Mexique, ne me reste plus que la Pensée Universelle, où, à compte d'auteur... je n'en ai pas, en banque, de compte, et de toute façon si j'en arrive à la Pensée Universelle, je me bute.

— Ah non, déjà papa, d'universelle pensée, alors toi, victime de la salopardise elle aussi universelle, pitié — Edmond, tu m'entends ? Termine ton doctorat de théosophie, ta maîtrise de linguistique, écris une brave histoire de juifs dans une collection format poche à la portée de tous, cesse d'assaillir les terroristes des comités de lecture... Tu les emmerdes, oui, je sais, les terroristes, mais ils ont droit de port d'armes et de flinguer à vue un type comme toi... Oui j'en ai parlé à M. V..., il m'a dit que l'exégèse du Talmud revue et corrigée par un fou du degré zéro de l'écriture, ça ne se vendait pas... Mais attends la réponse de D..., j'ai plaidé ta cause, je lui ai juré que si j'étais directrice de collection à l'instant je te publierais... Non, ce soir pas kosher, je vais à une fête, l'anniversaire de ma copine eurasienne, non je ne peux pas t'emmener question de voitures disponibles et tu détestes le sucré-salé... Je te rappelle avant de partir.

Tous de bonne volonté, pensa-t-elle raccrochant l'appareil avec une promptitude vengeresse et pas de quartier pour eux — l'obscure perversité qui pousse les éditeurs et leurs sbires sans talent à fourguer dans un coin, user comme papier chiottes, ou oublier chez le comptable les manuscrits de mon cousin coupable d'érudition, poussa également mon cher unique aimé père, renonçant à une vie cafardissime, à confier son ennui léthal, ses troubles psychosomatiques, son désarroi et ses migraines aux bras de Morphée — barbitos, boutant définitivement hors de son territoire l'imbécile hiérarchie occidentale et toute la mouise d'un fatum écrit de travers par le calame, avant que las d'impuissance il ne décidât d'agir plus efficacement une fois de l'autre côté, par fille interposée, soufflant à celle-ci les mots pythiques qui s'abattent en dure grêle sur le velin dans le bruit fulgural de son antique Underwood... Ô mon père à jamais tout-puissant, dont je commis l'erreur de regretter la disparition, preuve d'indélicatesse et de sottise, quand saignait la blessure de sa mort aux flancs des collines — plaie aujourd'hui cicatrisée des épines de sa couronne —, mon père, immolé à des lois aberrantes, telle Iphigénie marchant au supplice rompant l'étreinte de mes bras, marchant vers le mystère m'abandonnant là, à genoux, prosternée, devant cet homme, cher patriarche au front d'orgueil, qui d'un coup se leva du lit de grabataire où le clouait un mal qu'il estimait fétide et si ammoniacal qu'il eût préféré en finir avant que son joyau de fille ne le connût, ô toi seul révéré, te croyant avili, contagieux, voulant farouchement ignorer que ce joyau de fille t'aurait remercié de nettoyer ses glaviots et de te panser quand tombant dans la douche en état d'ivresse barbiturale tu te faisais un bleu — gloire, mon père, que tes nausées, tes hoquets, tes souffrances si pudiquement occultées, gloire que tes derniers jours où tu refusas dosage de lithiémie, électrochocs et autres corrélats de la psychothérapie institutionnelle pour flanquer le tout à la poubelle et choisir ta fuite avec discernement. Dans la voiture, on retrouva des reliquats de cassettes, d'après les indices, outre 100 Imménoctal tu élus la Symphonie Fantastique — la mort, mon père, n'est qu'une leurre carnavalesque, car subsiste ton message inséré dans mon système nerveux aussi profondément que le manteau ondulé du bénitier bleu dans l'antédiluvien récif de corail.

Ses doigts secs, empennés, de messagère fugace, caressèrent la nuque du chat beige, qui, de contentement, émit son bruit de rhombe. Bon, se dit-elle, si je n'ai pu sauver mon père, je peux toujours donner du plaisir à un chat, et aux quelques lecteurs qui m'aiment, en quelque sorte, je suis encore d'utilité publique. Là-dessus elle affronta le miroir de la salle à manger devenue salle à écrire, évalua son reflet d'hétaïre inachevée, le trouva décent, déroba le parapluie à crosse d'ivoire de la grand-mère et se dirigea vers la sortie de sa tanière, du pas prudent d'un renard qu'aveugle la lumière diurne mais part néanmoins en chasse, ferma la porte à double tour suivant les recommandations de Mme Mamine phobique du cambriolage, mit le cap *pedibus cum jambis,* de bonnes jambes frêles mais musclées, sur les jardins sur Palais-Royal dont elle appréciait la hautaine mélancolie et le calme clair que seules violentent les secousses saccadées du printemps.

Devant la B.N., elle hésita un instant, alléchée, puis décida de se l'interdire comme les maniaques de la roulette, les casinos, point de lumière cédrat sous la glauque opaline, point de caresses aux dos de tortue noblement écaillés des multiples tomes du Dictionnaire de l'Antiquité Classique, car méritait le détour. Ce premier soleil qui ne ferait pas long feu, mais à cette heure-là frémissait, d'un blond nacré, sur les bassins dormants, et émerillait la sève des arbres encore nus. A la boutique de jouets, près du Grand-Véfour, elle achèterait des tasses à thé anglaises avec frises de lapins pour Rose et sa fille, peut-être une boîte à musique, des poupées de chiffon et une corde à sauter. Elle était en humeur de cadeaux, et les dâkinis qui la suivaient depuis le Sikkim lui emboîtèrent le pas sur la route du Palais-Royal tout au long de laquelle elles lui firent le mûdra de fascination, et Maria se prit une vraie congestion de ciel bleu.

Du Palais-Royal et des entours, revint les bras chargés de jouets et de douceurs destinées à ses intimes, ses confraternels en création, qui créaient tous quel qu'en fût le résultat : Edmond écrivant dans l'ombre ses exégèses du Talmud, Zorica avec succès, cinq pièces de théâtre, des scenarii, un roman hélas en rade grâce à un comité de lecture profasciste, des poèmes magnifiques publiés à ses frais chez O. qui fit faillite, poèmes introuvables, même sur les quais, autre épine dans son pied brun de gitane râblée : six mois d'attente, de ferveur et d'angoisses elle aussi avant de savoir si on prendrait son roman (un seul, gaudeamus !). Zorica, ta fille dans le monologue des *Chevaux du Manège* reste inégalable. Souviens-toi du soir où nous nous connûmes, mon ex de sciences-po m'avait entraînée au théâtre Récamier, sur invitation, entendre cette chose-là, ce poème lu, hurlé, bramé, en me prévenant que c'était un peu gaucho ; le pauvre au vu de mon renard de Corée, celui que me valut mon premier scénario financé par la Gaumont et au su de mon stage au Figaro, me croyait sans doute émule de Michel Droit, parmi tant d'invraisemblances il ne faisait pas le détail car, au-dessus du col de renard vert, le minois sans doute méritait quelques brèches dans le contrat moral le liant au parti socialiste ; merci à Sciences Po d'exister, sans lui pas d'alliance avec une gitane des lettres, femme de chirurgien-dentiste et mère de famille — tous des artistes, dont Isabelle qui si admirablement chanta son texte ce soir-là au Récamier que (déception d'un sciences-po attentif), pétrifiée, je ne mouftai pas durant tout le spectacle, ignorant si la jeune fille en longue robe fleurie déclamant sur la scène était l'auteur de cette rhapsodie. Profil tendu narines palpitantes jusqu'au final, après lequel je me ruai vers les coulisses pour, croyant à un monstre bicéphale, féliciter le poète et la comédienne, trouvant mère et fille, découvrant Zorica l'Auteur dans les bras de laquelle je tombai cuite en la saoulant de louanges quelle que fût la surprise grincheuse de sciences-po. Je m'aperçus alors que ce type-là non plus ne savait pas dire merci.

Et comment ne pas remercier. Le bravo nourricier, l'éloge rémunérateur de tant d'efforts qu'on veut gratis et qu'on souhaite si lucratifs en sentiments, comme le gamin Mozart s'enquérant, auprès d'une comtesse qui lui témoignait de l'admiration, de savoir si, plus simplement, elle l'aimait — vous appréciez ma musique, mes poèmes, mes phrases, donc vous m'aimez. D'où les ravages de la critique dont on reparlera. Zorica la Manouche entra par ce *bravo* dans le territoire de Maria, dont devrait disparaître l'économiste distingué dans un délai qui aurait dû être plus bref sans la distraction des scribes à l'égard des remous passionnels qu'ils suscitent chez ceux du sexe opposé ; de l'inanité de ces remous, ils se persuadent par égoïsme, refus des emmerdements et négligence, car ils sont irréductiblement ailleurs, car aux complots amoureux, à la tenue de leur comptabilité et aux arguments captieux du percepteur, ils ne pigent que dalle, ainsi se trouvent devant des arriérés d'impôts, de sentiments, une chasse d'eau détraquée et une fuite de gaz, ne savent que faire, acculés, débiles, navrés devant tous ces phénomènes, toujours coincés à la fin des opérations et pénalisés par les Autres, qui, pour avoir été dédaignés, leur font subir en retour les pires supplices — affolés, ils ont alors recours aux légistes, aux experts comptables, aux voyantes, appellent les flics pour que décanille l'amoureux suicidé sur le paillasson (pourquoi donc ? que lui avais-je fait ? de quoi suis-je coupable ?) et le comptable pour que se calme le contrôleur des contributions directes devenu agressif comme un poisson baliste (mêmes questions sans réponse), entre autres.

Le confit d'oie de Corcellet, donc, pour Zorica la Manouche, friande de plats sapides et vigoureux comme elle. Maria sifflotait en arpentant la rue des Petites-Écuries, parvint en vue de l'église Saint-Vincent-de-Paul où elle fut baptisée, ne résista pas à son square incurvé, où les grilles de fer retombaient, claquées par les enfants ludiques sur lesquels veillaient des ancêtres perchés sur les bancs comme des hirondelles sur les fils télégraphiques, sonnailles de ces grilles de fer, squares aux mêmes gros pigeons ternes, et mêmes moineaux au plumage d'un brun empoussiéré que lorsque, petite, elle les bourrait avec frénésie... Mes oiseaux de Galilée, pensait-elle, mes potes, qui jamais ne m'infligent ni brouille, ni refroidissements, ni malentendus, spécialités des Autres — désormais, en rester là. Ne commercer qu'avec ces fous des arts libéraux, plastiques, décoratifs et en général. Plus de diplômés, d'énarques ou de sciences-po épousables. Rien que ma cour médicéenne à laquelle fait défaut un Laurent le Magnifique. Rien que la Manouche, la Chinoise, Edmond qu'il faut toujours remonter des abysses jusqu'à ce qu'un magnifique Laurent, donc, rémunère ses fresques, rien que les Bogdanov mes sœurs juives ashkénazes, soyons racistes, pas de sépharade ni de marrane dans l'histoire, je hais la Méditerranée et ils font fortune ces mercantiles rue du Sentier comme chacun sait, ne pas négliger le rabbin Finkelberg homme d'utile fréquentation qui se coiffe avant de dîner, tout en s'excusant, et, magnanime, me permet le yaourt après la viande, par autorisation spéciale, si lui, bien sûr, n'y touche pas, à cause du respect fondamental et de l'obligation professionnelle, incluons donc le rabbin capable de parallèles magistraux entre Ishtar-Mardouk et Esther-Mardochée, affirmant qu'Abel et Caïn, à la lettre des textes qu'il commente si admirablement, entretenaient des rapports pédérastiques, sûr de la question le rabbin, moins sûr de lui quand il me demanda en mariage...

La demande, hélas, interrompit ses rapports amicaux avec le rabbin, le temps que celui-ci en digérât le refus. Ce fut chose affreuse que de le prononcer à la face de cet homme de Dieu, autant lui assener sur le crâne les tables mosaïques. Par une subtile logomachie, elle tenta de lui exposer l'aberration de ce mariage, outre les difficultés qu'il impliquait car la future rabbine n'était qu'à moitié juive et ne respectait pas le rituel. Mais le rabbin, furieux, prit son visage parcheminé de phylactère et la bouda plus d'un an, après quoi, contrairement à la morale de son Dieu, il pardonna, et elle eut la satisfaction de le garder parmi ses fidèles, bien qu'un peu plus lointain qu'auparavant. Au fond du rabbin, il y avait un petit garçon auquel on avait infligé un *non*. Au-dessus du rabbin, le grand ciel de Dieu. En faisant la moyenne, ça donnait un coup de téléphone trimestriel à la jeune fille qui avait dit *non*.

En ce jour gras (elle avait décidé qu'il le fût), elle dénombra les fidèles de peur d'en perdre rapport aux cadeaux — par l'ange Azraël, elle avait oublié Rose ! réparer ça. Et Chinatown ? Rien ne ferait plus plaisir à Chinatown que la collection complète des chaussures Jourdan, ne pas se gourer, éviter les objets exotiques, masques de Kâli la Noire au bout d'une chaîne népalaise, ou bracelet de jade onctueux, une fille de Singapour ne marche que sur des talons Jourdan et se cache d'honorer l'autel des Ancêtres.

Oh combler de présents ses édiles du rêve ! hypothèse : prix Goncourt ou scénarii hollywoodiens. Gambergeons, sur le banc public du square Saint-Vincent-de-Paul. Acquérir un hôtel particulier dans l'île Saint-Louis pour les loger, chacun à un étage, outre la grand-mère délivrée de sa tôle à Crépy-en-Valois. Offrir des voyages à sa mère, non pour s'en débarrasser, mais parce que frustrée jusqu'à son veuvage de déambulations, elle ne vivait plus que pour eux dont sa fille se sentait un peu lasse, ses intestins de même, lui refusant en souvenir d'une amibiase tout accès à l'India Gate de Bombay — ah non, ça jamais plus, lui intimaient le gros et le grêle, oublie la mousson et le Taj Mahal par pitié, assez d'imprudences, finis les currys, ciguës convulsivantes, et cette torpeur indienne qui nous offusque dans nos plus intimes convictions et circonvolutions. Les intestins de Maria étaient plutôt partisans d'une vie peinarde à Lutèce, cautionnaient le clan V... et tentaient de l'orienter vers un poste de directrice de collection où, piégée, elle ne démarrerait plus de cette France aux nourritures clémentes. Sensible à leurs arguments, par paresse, par bonheur, par abus de décalages horaires, par trop-plein d'images encore vivaces, elle ne désirait plus vraiment le voyage. Étanchement d'une soif hier si intense. De temps à autre, alarmée de sa sédentarisation, elle essayait de se passionner pour un ailleurs, et, frileuse, chattemite, regagnait son douaire du neuvième pour y sévir sur le papier portant encore l'en-tête « Adam

271

Tiefenthaler, Conseil Fiscal », stock inépuisable dont elle refusa tout d'abord d'user puis cédant à la facilité et au vœu d'économie prôné par sa mère désireuse d'écouler tout ce papier à en-tête, s'accoutuma à écrire sur la face vierge, suffisait de tourner la feuille après tout. Rapiaterie familiale, un des sept péchés capitaux. Donc, sceau paternel estampillant le dos des feuilles écrites. A présent, ça ne lui faisait plus mal du tout. C'était même comme un rappel et une bénédiction.

Du côté des Pyramides, le métro, elle huma les pestilences de la rue Sainte-Anne, trouva dommage que, le jour, dorme la racaille de cette venelle embourbée, quand au numéro sept, de nuit, tanguaient étroitement accolés les jeunes gens hermaphrodisiaques, où on admettait, au restaurant du premier étage, quelques femmes pourvu qu'elles ne fussent pas trop voyantes ni de mamelle romaine ; Maria, elle, répondait aux critères et franchissait la douane en costume strictement masculin, suscitant même quelques remarques flatteuses grâce à ses hanches exiguës et le reste androgyne excepté les seins qu'elle planquait et les cheveux qu'elle nouait par goût du travesti. Du Sept, l'après-midi, rien à attendre, peut-être demain irait-elle gambiller à Sodome, dans une lumière funèbre de miroirs sans tain, traînerait-elle dans la rue encombrée avec une des Bogdanov ou Yuan — certainement pas Rose qu'épouvantaient ces lieux —, de mâles tantouzes er de très féminins machos, quelques Japonais égarés et des clodos bon genre.

Cinq heures, rentrée rue de Maubeuge et embarquement pour l'Hellade.

Il lui restait à vivre quelque mille et une nuits où elle parlerait avec Jeanne Bogdanov de la métempsychose enseignée par l'école de Safed, et si elles entamaient un sujet à propos duquel elles avaient des quasi-certitudes, on passerait plusieurs shabbat là-dessus sans tirer la chasse d'eau. Quelque mille et une nuits à boire du vin rouge plein de tanin et de vertiges en compagnie de la tzigane qui autrefois pèlerina avec les voleurs de chevaux et les ermites hassidim vers Czestochowa, à donner l'obole de ses yeux, à tenir le macro et le microcosme dans son misérable poing, à être la servante de ses dieux, à cavaler avec les siens sur la route de Loubavitch en hiver, à plaindre les sans-foi et à leur livrer des sourires modiques, à lire Cendrars, Miller, Cohen, à se plonger dans le torrent de leur vie, en ces auteurs elle avait la foi du charbonnier et aimait avec une intensité particulière ce qu'ils firent du moins bon, car ces hommes-là émancipaient le cœur et la langue et parlaient de vérité, et quand ils ne savaient pas très bien la dire, c'était encore plus beau. Mille et une nuits à chanter psaumes et sourates, à écouter les discours et propositions exclamatives de M. Rosenthal, père d'Edmond, époux de la sœur d'Adam Tiefenthaler, le ghetto quoi vous l'avez dit, émerveillée quand M. Rosenthal fâcheusement prénommé Juda lui affirmait qu'elle était comme le Soleil en sa Force, qu'il fallait se garder des démons Semeurs de Maux, ceci dans sa boutique de la rue de Trévise où on trouvait autant de fourbi synagogal qu'à Méa Schéarim. Et quelques nuits encore avec Tova, la fille aux yeux d'argent, ou couleur de la feuille du peuplier frissonnant entre les cils si noirs, Tova cette rareté qui allait partir, teindre ses mains du sang d'une rate de lapin pour les besoins du rôle de Lady Macbeth qu'elle jouerait à travers le monde, coupable chaque soir de multiples meurtres et l'œil rivé sur Dunsinane d'où descendrait fatalement l'armée des arbres conduite par Shakespeare, quel prodige c'était de jouer Shakespeare, quelle tristesse de perdre la Bogdanov, mais les créatures vivantes doivent aller et venir, selon Ezéchiel. Tova, lumière des Séphiroth issues de tes yeux, hier un crétin dans une soirée m'a bassinée avec cette histoire d'appartenance à la juiverie, un gars encalotté, alors là rébellion et dissidence, non mon brave je ne respecte pas la loi thoraïque, si j'évite de monter dans une voiture le samedi c'est à cause des ploucs sur la route — le type est reparti l'oreille basse et moi encore plus basse car j'avais médit du peuple de mon père mais cet encalotté seul croyait savoir trier les bris du mal mêlés aux étincelles divines quand les vases se brisèrent, or sur ma personne rutilaient quelques diams voilà sans doute pourquoi il me tint la jambe jusqu'à deux heures du matin.

Au métro Cadet, elle croisa une femme au beau visage. Sachez l'importance du Visage, éclat de lumière jailli du front de l'Adam-Kadmon, l'homme mystique ! chaque séphira est une face de Dieu. Maria passait sa vie à les traquer et à déchiffrer leur symbolique touffue. Cette inconnue avait l'air préoccupée. Elle hésita à lui demander l'heure, ou un chemin qu'elle savait depuis toujours, pour faire connaissance. Puis elle se souvint de la légende d'un certain Joseph de la Reyna, qui la détournait de ce vice, et l'informait qu'à vouloir percer et racheter les âmes, elle courait des dangers : ce Joseph soumit le démon lui-même (condition nécessaire à la venue du Messie) mais, trouvant l'ange déchu bien sympathique, lui permit de respirer l'encens consacré, après quoi Satan, profitant de cette témérité, fondit sur ce trop bon, l'entraîna à la débauche, et se voyant perdu, Joseph se suicida. A force de croire avec une stupidité acharnée que les êtres humains furent tous créés de l'aleph et valaient le détour, de vouloir rapatrier toutes les âmes en exil, elle porterait les dix couronnes de l'Impur et commettrait beaucoup de bévues, mais elle le savait, et demeurait inenseignable. Heureusement, cette femme, l'inconnue Lumière de l'Emanation, avait disparu dans la bouche du métro.

Chagrins d'un bourgeon de sorcière. Où ça s'assombrit. Où elle oublie de se suicider à cause d'un courrier de Dijon

Le bourgeon de sorcière, poisseux de sève d'écriture entre les doigts et de liqueur entre les cuisses car désirant TOUT d'une façon diabolique et pérenne, l'irréductible du fil à plomb pour sondage des profondeurs, s'étonnait qu'avec tout ça, la grâce, le dharma, son tonus du matin, enfin de treize heures, ses potes illuminés, la mort comprise et apprivoisée de son père, elle chialât encore après lecture d'un papier défavorable paru dans les *Nouvelles Littéraires* et lu au téléphone par une exquise attachée de presse. Incapable, oui, de souligner son nom en rouge et d'être aux anges car on parlait d'elle. Un truc d'homme politique. Une force qu'elle n'avait pas. Elle en crevait, simplement. On la haïssait donc, en cet Occident de terreur millénariste, elle la baguenaudeuse réjouissant ses fanatiques lecteurs d'Angoulême, mais pas la clique de ceux qui avaient des tribunes dans les journaux. Qu'était alors la dictée farouche qui la guidait, à travers une rigoureuse déraison, vers un absolu qu'elle entr'apercevait et qui la foudroyait net ? Pauvre écorchée. N'en aimait que davantage tous ceux qui comme elle cherchaient, célébraient au sommet des mondes leurs messes que personne n'entendait, à fortiori pas les Comités de lecture des maisons d'éditions, tel son infortuné cousin... Elle n'était qu'amour, situation peu commode, mais celui de la planète, vue de Saturne, en attendant qu'on en connût d'autre. Ne chiale pas, répugnante, s'admonestait Maria. On te publie. Chère la passe. Cher l'à-valoir. On te paye. Or tu paierais volontiers pour ne faire qu'écrire. Transcrire, plutôt. On publie tes miasmes de folle. Les autres, les prudents, n'abordent la folie qu'avec les pincettes de la psychanalyse, de l'anthropologie et bientôt la mettront au banc d'essai comme les bagnoles. Certes n'y plongent pas les mains, non ignifugées, gare aux cloques, aux tatouages de la femme, crachez sur l'onirisme, étouffez-moi le brûlot créatif je vous prie, les gueulantes lyriques aujourd'hui sont aussi mal venues que de peindre des montres molles... Pourtant, jamais elle ne renoncerait à transborder où qu'elle se rendît, SON monde, à jeter SA vision à la tête des aveugles creusant leurs galeries avec l'obstination des taupes, qui ne forent avec ferveur qu'à cause de cette cécité. Péché : voir ce monde d'une façon unique (ces milliards de neurones coudés sous chaque crâne et par un parcours semblable !) et le relater. Donc la brûler, sorcière, l'occire, car ni juive ni goy ni socialiste ni lesbienne, en sus, seule et en première ligne. Ou alors l'interner, processus courant. *Vous avez dit envoûtement, monsieur Artaud ? Un électrochoc.* Trop d'efforts à fournir pour comprendre cette jeune fille : accommodation, attention forcenée, recours au dictionnaire à cause des termes exotiques et de cette rage de la métaphore si virulente qu'on la dirait mordue par la tarentule italienne, laquelle paraît-il produit ce genre d'effet.

Le jour où les autres pigeraient qu'elle écrivait son univers sans rime ni césure mais si loin de la prose, clairvoyante, elle jusqu'à meurtrissure des yeux, que cet univers était infiniment complexe et infiniment simple, qu'on pouvait admirablement le résumer ou merveilleusement le ramifier, ainsi qu'on abrège Dieu en quatre imprononçables lettres ou qu'on démultiplie celui des hindouistes pour signifier que le facettage infini du sacré résume son insécable essence, le jour où on comprendrait qu'autour de la seule silhouette de la Mort dessinée au pochoir, elle jetait des couleurs affolées mais précises jusqu'à visibilité des contours et obtention d'une stase supérieure, elle qui tentait l'aventure du savoir et de la folie où déjà elle se grilla les doigts moins cauteleux que ceux des surréalistes, ce jour, pardonnerait-on... ? Pourquoi s'exposer ainsi à souffrir, pourquoi tenter d'incarner le Logos avec la cruauté d'un ongle dans un orteil martyr auquel il ne manquait plus que ça pour morfler. Pourquoi, elle ne savait pas, mais continuait d'obéir à la dictée.

Un jour, particulièrement atteinte par une flèche d'un certain Auguste Ricin qui ne devait pas risquer ses os à la guerre comme les Parthes, désolée qu'on eût d'elle une image tout à fait fausse, qu'on ignorât qu'elle entendait poursuivre le journal *Match* en raison d'une pose demi-nue dont jamais elle n'autorisa la publication, que ce fût vicelardise, de la part des gens de ce journal, que de lui présenter un dossier de quinze clichés où on ne pouvait voir poindre le bout tapioca de son aréole, qu'on crût qu'elle se résolvait après la publication de six bouquins, à montrer ses miches pour accroître un tirage déficient, infamie, navrée de tant de maldonne, de souffrir pour écrire, de mourir pour l'œuvre et (jour de déprime) se voyant conduite par la peau du dos au Salon des Refusés, elle se crut définitivement entourée de la détestation universelle, ne se préoccupa pas du fait que l'auteur de la critique avait trois ans de moins qu'elle et, peut-être comme elle et Louis XI, des crises d'hémorroïdes qui le

saisirent pendant la lecture de l'ouvrage — compter avec les gonflements vasculaires des parties postérieures de la critique lui parut
une tâche dantesque — donc elle se prépara à déchirer ses contrats,
filer son pécule aux nécessiteux, reprendre l'aventure où on ne risque
qu'amibes, vérole, viol, assassinat, RIEN en comparaison du fait
qu'existât et sévît dans les eaux littéraires cette bande de barracudas
(on sait que ces poissons ne s'attaquent qu'aux proies faciles et non
aux grosses susceptibles de les étrangler), pensa s'enclore dans une
abbaye des Fraternités monastiques de Jérusalem, ne plus écrire,
mais semer des actes, des paroles aussi peu continentes que celles
du Sermonneur Jésus ou de l'Éveillé Siddharta, hardi prêcheur, ou
de Mohammad le Prophète, pas muet non plus celui-là. Ses seins
vus par un million de personnes sans son assentiment, pire viol que
celui dont elle connut les joies à Isfahan. Elle se sentit d'une douceur dévastée et morose, le derme à vif d'une grande brûlée, sensitive telles les fleurs qui résorbent leur duvet au moindre frôlement,
or hier elle partageait avec ses amis le pain du rire, ne coupait pas
son vin d'eau, faisait montre d'un culot à fracasser la montagne,
hier encore, après lecture d'une autre critique au vinaigre, elle
regretta seulement de ne pouvoir flanquer une dégelée au salopard
qui perdait son temps en inutiles exécrations. Mais là, abattue sur
son lit, le front enduit de Baume du Tigre, elle dégoulinait de
larmes, incapable de griefs envers le malotru, vaincue, discriminée,
chassée hors du Paradis. Où donc, en quelle strate enfouie de l'inconscient, frappaient ces immondes truies verbeuses, comment se
permettre ainsi d'assassiner sans préavis ni droit de réponse ni possibilité de duel dans les fossés de Vincennes, ces C.R.S. agissaient en
toute impunité, sachant qu'elle n'avait pas de colonne dans le
Monde où elle pût les matraquer à son tour ; elle émit quelques
petits râles d'inhibition et de peine meurtrière, son cou pivota de
quatre-vingt-dix degrés sur ses épaules de façon à montrer sa face
tsigane — interdit aux gitans de camper sur le sol français et à elle
d'y planter ses métaphores. Cent Imménoctal comme papa. Sur
l'esplanade des Invalides, pas en hommage à ce faff de Napoléon,
mais à cause du grand air, de l'espace, d'un théâtre éventé où jouer
la dernière scène. Se leva péniblement, chercha un plaid écossais,
pour suivre avec exactitude le mode d'emploi du suicide qui réussit
parfaitement à Adam Tiefenthaler. Merde, pas de plaid, ni de voiture d'ailleurs. Il faudrait trouver un autre arrangement scénique.
   On sonna. Comme beaucoup de candidats suicidomanes, elle
hésita noblement, puis alla ouvrir, d'abord d'un pas traînant pour
feindre de donner le temps au sauveur, derrière la lourde, de filer,
puis en pressant l'allure dans le vestibule de crainte que le sauveur ne se sauvât car elle avait une bonne soixantaine de livres et
plus de cinq cents poèmes à écrire au jour d'aujourd'hui et ne les
rengainerait pas comme ça.
   Ouvrit, sur Tova resplendissante, chargée de fleurs et du cour-

rier ramassé sous la porte. Tova mon amour. Tu as, dit Tova mon amour, deux lettres, dont une de Dijon. Ah Dijon très intéressant, de Dijon on voulait peut-être la sauver, arracha l'enveloppe des mains de Tova, la déchira, parcourut la missive d'un regard de mouche, lut qu'on l'aimait, qu'on la remerciait, que bravo, que Mlle Hortense Dujonchet de Bourgogne lui jurait qu'aucun livre auparavant ne l'avait emballée au point de faire part de sa jubilation à l'auteur à supposer qu'il fût vivant, que les longues phrases élégantes de ce présumé vivant (elle s'y prenait à temps pour le complet laudatif, cette mirifique inconnue, un chouïa plus tard et elle s'adressait à un macchabée, reprenons) valaient bien celles de Proust et son humour celui de Giraudoux, que de fines remarques, si drôles, en pensées exprimées à vous serrer la gorge, ses livres étaient des poèmes et des paraboles, dont certains Bourguignons apprenaient des morceaux par cœur... Dijon ! les ducs ! Le Téméraire ! Le nuits-saint-georges ! Iniquité de sa part que d'ignorer jusque-là, voire de mésestimer les Bourguignons ! Seconde missive, de Porrentruy, route de Bure, 2900 SUISSE, adressée à l'écrivain par une Christine qui l'avait choisie « comme auteur pour l'examen final de l'école de commerce de Porrentruy, petite ville du nord de la Suisse venant d'obtenir son indépendance », or ladite Christine n'ayant trouvé aucune biographie de Tienfenthaler lui demandait une photo signée, énonçait des câlineries au sujet de l'écriture, et brisait là en espérant réponse.

Bouleversée, sauvée par Tova cette messagère de bienfaits, elle entama une gigue et exprima le désir d'une côte de bœuf saignante accompagnée de saint-estèphe, menu de vierges non kosher. Ainsi fut fait, elles déferlèrent au restaurant la Gauloise, près du Village suisse et des Invalides qu'on avait évité de peu.

— Monde sublime, Tova, saupoudré de grâce du crépuscule à l'aube et de l'aube au crépuscule, qu'importe que certains rincent ou non la viande, ciel loti de dieux, jeunes filles de Dijon ou de Suisse m'aimant, toi aussi je pense, mais tu es partiale. Et cette côte de bœuf du Charolais, elle aussi vaut la peine qu'on se donne à ne pas mourir, non ?

Tova ouvrait ses yeux de givre, écoutait et ciselait un sourire au coin de ses lèvres et c'était assurément, cette beauté de Tova, une preuve de l'existence de Dieu, une monstrueuse prouesse de la nature, en sus Tova la juive comprenait son irrépressible besoin de réparer, d'apaiser les faims et de tarir les soifs, Tova animiste croyait en la spécificité vivante des arbres, des fleurs et des coraux, Tova, à la délicatesse de madrépore, elle aussi nigromancienne, savait que son amie venait d'oublier de crever, repartait glaive au côté pour combattre auprès des siens jusqu'au prochain puits que défendrait le vieux dragon qu'il faudrait éternellement abattre.

Bringue ce soir-là. Avant Lady Macbeth, surprise ! Tova allait jouer une Clorinde de Crébillon fils au Petit Odéon. Pas une gloire que ce Crébillon, mais elle avait le rôle auprès d'une tête d'affiche du Français, et elle réhabiliterait Crébillon, après quoi Tienfenthaler lui écrirait un rôle pour ce théâtre, n'est-ce pas Tief, il est vrai que tu es toujours plongée dans tes fichus textes et que tu négliges tout autre mode d'expression mais ce soir point de regrets, bringue façon tahitienne, à la gauloise. De l'alcool pour immédiatement insuffler de la chaleur au creux des seins de Maria, et des viandes rouges très salées, très poivrées, très moutardées, bref du sang relevé d'une vinaigrette de salade qu'elle broutait à la façon des lapins ; ravie, Tova regardait son amie manger et boire ses panacées magiques, ses brûlots, l'hémoglobine emperlant une chair rustaude, cramée sur les bords... quand elle allait bien, Maria se nourrissait de l'esprit igné du vin, matière vermeille du feu, et de dense barbaque, graves substances qui la soutenaient, si, quand elle déclinait, ne pouvant plus couper même d'une lardoire un filet trop mou, ni le mâcher, ni le digérer, elle se contentait de poissons pâles qui lui bousillaient le foie et traduisaient un mal profond chez une personne faite pour la consommation belliqueuse de carne. Il fallait la voir vampiriser de sang frais son demi-kilo de protéines, pavé, rosbif, entrecôte avec croisillons du gril, venir à bout des plus durailles, en son royaume cannibale rien ne lui résistait, jamais elle n'aurait pu se soumettre au régime kosher car il fallait qu'elle absorbât la quantité de nerfs, fibres, gras et sang, nécessaire à un dogue pour trois jours ceci en un repas. Dans son état normal (l'exultation) elle repoussait les préparations compliquées, les sauces qui ôtaient leur goût primordial aux nourritures ayant perdu la dimension du mythe, son estime, et gagné une toque dans le Gault et Millau. Pas difficile, Tiefenthaler. Outre un kilo de viande par jour, un kilo de salade à l'huile d'olive, de palme, de noix ou d'arachide, car il lui fallait cette douce glissade de lipides dans la gorge, et la pointe aigre, sur la langue, d'un vinaigre serré comme une piquette. Tova partageait ses goûts pour les nourritures essentielles, qui n'obéissent qu'à de profondes lois, et ignorent les caprices édulcorants des cuisiniers cuisinant pour ulcéreux. Déchirer à belles dents la viande, c'était la santé. Deux côtes de bœuf pour deux, les voisins s'étonnaient.

— Promis, ma Tova, je t'écrirai un rôle dès que tu sortiras de cette chose, *la Nuit et le Moment*, de Crébillon fils...

Elle buvait, Maria, la frileuse, par besoin de cette chaleur qui lui manquait souvent, par pur désir d'embrasement. Rien de tel en sus que l'alcool pour délivrer la métaphore gelée, dont dès lors fondait l'engobe de neige au cœur duquel elle s'enfouissait et qui tintait comme les paroles prises dans la glace du héros de Rabelais. Après absorption de son feu liquéfié, une demi-bouteille de chouette bordeaux, revenue aux pénates, Maria, aussi brûlante qu'une salamandre, le cerveau sans ankylose, écrivait jusqu'à l'aube où se résorbait la flamme de psyché, ce bol de punch d'Hoffmann.

Ayant l'alcool folâtre, masculin et énergétique, la salamandre ivre brasillait de tendresse envers ses frères humains et brûlait ses griefs contre ce critique, homme si malheureux certainement, un type qui venait de perdre sa mère ou ne bandait pas et on sait quelle importance étrange ils accordent à cet édicule, peut-être venait-il de faire piquer son chien, on sait quelle épreuve, ou de rompre avec son ou sa petite amie, là elle ne savait pas mais devinait, à la fin du repas l'inconnu Ricin se trouva affligé d'une grand-mère à charge, de verrues plantaires, d'une douloureuse scoliose, d'hémorroïdes, d'impuissance, d'homosexualité conflictuelle, d'amante en fuite, d'un chien tibétain asthmatique et irrécupérable car d'âge canonique, tout juste si elle ne lui aurait pas écrit pour le remercier de son article, tant le vin la choyait, la déverrouillait, allumait ses pointes de feu à chaque synapse des neurones dans lesquels l'influx circulait avec des pétarades de feu grégeois, et Tova voyait s'exalter tel celui du vin, le bouquet aromatique de son amie, caustique brusquement, répandant de ses doigts une poudre de cynisme sur les apparences du monde qui tels des métaux se corrodaient, quand éclatait son grand rire sec comme une toux, rire d'oubli, de vieille science bouffonne, rire d'un mandarin buvant de l'alcool de riz sous la lune de la mi-automne devant les collines du Yunnan, rire criblant d'or les maussades jours, rire de provo, plus-value de rire acquise sur le terrain de la mort... Tova, ma gazelle, on va parler jusqu'à ce que le jour honni nous bouscule vers les merveilleux cercueils des vampires que, comme nous, le soleil frappe d'une regrettable impopularité. Avant toi il y eut d'autres compagnes, Coulino la Rousse et son char de feu cabré dans les cocoteraies de Sanur, elle aussi souffrait de conjonctivite, et ne sortait, rôdeuse des carrefours, leyak aux cheveux rouges, pas avant la nuit... Ses indispensables, les belles de frime et de jeunesse.

Autour d'elle, l'Écorchée, il y eut toujours beaucoup de monde. Un rassemblement charismatique international, un séminaire avec session — sans engagement dans le monde ouvrier, seul article qui différât des retraites payantes à Paray-le-Monial. Tiefenthaler hébergeait, moralement et gratis, une foule considérable, faute de le faire sur le plan temporel, ne disposant que de son petit lit, et n'ayant aucun droit sur le plumard d'une grand-mère enfin veuve et tenant à cette volupté : occuper les deux places du plume effondré comme une des tranchées de Verdun où s'illustra son époux. Compte tenu de l'affluence, Tiefenthaler hébergeait les potes en son cœur par ordre d'ancienneté, ordre théorique souvent battu en brèche, submergé par les milices de l'ordre émotionnel, le seul à vrai dire dont elle tolérait le gouvernement. Or lesdits potes se seraient rués sur les lits de camp d'un dortoir, faute de box individuel, pour pieuter dans son camping anarchiste si Mme Bachelard n'en eût défendu avec fermeté l'accès aux non-résidents. Une catastrophe que cette pasionaria d'amitié. De l'aaamour d'un bipède velu, rien à cirer, mais alors les convulsives tendresses... C'était comme un mascaret ingénu, charriant toutes sortes d'étrangetés, roulant sur sa bosse des candidats à la noyade, des tsiganes, des ducs, des princes, des misérables, des animaux, des rabbins, des juifs et des demi, des Asiates transbordés depuis les bouches du Mékong, s'échouant trempés quoi qu'en pensât la concierge devant la porte cochère d'un immeuble bourgeois du neuvième arrondissement parisien.

Normal pensait Tova. La Tiefenthaler, carrefour théologique et spirituel qui sent l'eau de la reine de Hongrie non le caleçon de chanoine, un étourneau jetant çà et là des sourires enjôleurs recueillis par les mecs blousés qui en tirent des conséquences à son insu, des sourires à la suivez-moi jeune homme et au goût de revenez-y même quand, avec ses deux paquets de menthol par jour, elle a les quenottes entartrées... Elle s'étonne, la naïve, d'une émeute autour d'elle. Qui, aujourd'hui, a ce regard de franc-maçonne étourdiment lancé à un quidam qui illico se sent du même bord ? Qui, ces yeux à rester plissés de rire pour la vie ? Bah, que vienne à s'effriter ce visage d'ange métèque, il en viendrait toujours, des candidats à sa main, des adhérents à sa secte, de Fribourg, du Mans, de la Loire, du Rajasthan, de Jérusalem... Qu'elle devienne une vieille féline ridulée à force de pleurer sur la misère du peuple et de rigoler homériquement, que sa face magistrale se ravine des stigmates d'émotions excessives et (eh eh) d'un abus de saint-estèphe ou autre sainte gnôle, que les souffrances initiatiques la parcheminent et lui donnent l'aspect translucide et moisi d'un grimoire, la Tief, sans se coller d'escalopes sur les joues comme Diane de Poitiers, restera ceinte d'amitiés râblées, graves, gouailleuses, passionnelles, esthétiques, intellectuelles, effrayantes d'intensité parfois. Tova se souciait de ces « parfois ». On suçait le sang de sa copine. On l'obligeait à parler, car elle était brillante, quand elle demandait à se taire afin de conserver intacte assez d'énergie pour couvrir d'hiéroglyphes une rame de papier. Cinq cents feuilles, elle avait de ces appétits !... Or elle ne résistait pas, saint Martin ou tout comme, partageait son énergie en deux et donnait la meilleure part au mec en face qui en avait moins besoin qu'elle... Ponctionnée, après, exsangue, sur une simple feuille. L'autre, repu, regonflé, fringant, ignorait qu'il l'avait à ce point fatiguée, qu'elle venait de lui filer toujours gratis et pro Deo une voyance qui lui coûtait beaucoup, à la spasmophile en verre de Venise, et de le brancher sur un haut voltage d'électricité qui n'était pas le sien, mais celui de l'auteur qui tombait d'épuisement après le passage de ces nécessiteux.

Mais la Tief avait des lèvres en prière du cœur et des yeux de louanges au Très-Haut et derrière elle ça sentait autre chose que l'eau de la reine de Hongrie, quelle que fût la gadoue où venait de se rouler cette abbesse de Thélème, ça fleurait le nard et l'onyx parfum de la sagesse mentionnée dans le Talmud. Mais la Tief avait le sourire attristé, en acrotère bas, des gens expiant un trop grand discernement, la prunelle glissée toujours vers le ciel où elle lisait à livre ouvert, et des mains de compassion, un peu nodulées et cabossées comme l'écorce d'un beau bois de Macassar trop roulé par les mers...

La Tief, découvrant dans la presse — décidément un truc où on se salit les mains, cette encre-là tache, pas de hasard si on finit par jeter les journaux ou y emballer des salades — une image d'horripilante-narcissique-aventurière-flagorneuse-bas-bleu, à laquelle on prêtait toutes les audaces, se disait que la Pucelle, qui connut le sort qu'on sait, même combat. Mensonges captieux et stupides de ces gens de peu d'honneur, marnant dans les chiottes dont ils affectionnaient les bruits ! Ce qu'elle savait, c'est que, selon la formule de Malraux (dont elle détenait une lettre affirmative quant à ce cadeau divin qu'elle reçut, l'écriture, et assez rassurante pour qu'elle fût sourde à ces bruits chuintants, or ils continuaient en dépit de Malraux à la persécuter), IL N'Y A PAS DE GRANDES PERSONNES [1] et qu'elle n'était rien qu'une petite fille harcelée

_____
1. Formule appliquée d'instinct par le protagoniste mâle de l'histoire et déjà citée, pardon, mais avec le même à-propos, à la page 31.

de rêves questionneurs, haussant les sourcils devant les malversations et s'effarant qu'on la prît pour quelqu'un de costaud.

— Vous la faire simple, Tief, disait posément Tova à ceux qui venaient aux renseignements, est impossible car il se trouve qu'il n'y a pas plus compliqué. Que les premiers découragés sortent de la queue, ça fera de la place.

Et quand Tiefenthaler abasourdie se cloîtrait strictement dans sa chambre, Tova recevait parfois à sa place les journalistes du Luxembourg, du Canada, de Finlande et hélas ! de Paris, les pires, auxquels elle résumait le plus platement possible la bio de l'auteur, faute que ces abrutis comprissent que le déroutant personnage pouvait être aussi roué, charmant, tête brûlée, pamphlétaire, donjuanesque — séduire, pour qu'ils m'aiment — que gamine rincée au savon abrasif, sa soyeuse face non flattée de roses et de bruns, guenilleuse du conte craquant chaque soir l'ultime allumette pour son ascension vers Oniroland.

Tiefenthaler, toujours entre deux vins ou entre deux thés. Alcool et alcaloïdes, ses couteliers, affileurs, aiguisant sur la meule de son cerveau faucilles et rasoirs, affûtant ses sens jusqu'à l'hallucination, lui donnant une sagacité perforante pour fouailler le monde, les aperçus sur le *naos* d'anciens temples interdits, une récapitulation précise, extraordinairement rapide, de l'évolution depuis les origines, lui offrant un cosmos expansionnel ou rapetissé à la dimension d'un dé à coudre. Le bordeaux lui donnait le mode d'emploi, l'argument et la pierre angulaire de la création, un verre de trop lui livrait une sixième essence supérieure à la cinquième, dite quintessence. Alcools, *solve et coagula*, argyropée et chrysopée. Après trois plombes du mat', barbituriques pour émousser les armes du mental qui aurait guerroyé jusqu'à exténuation avec les phénomènes.

*Une des trente-six personnes pour lesquelles Dieu ne détruit
pas le monde. Son magot, tissu mental. De ses voyages et de
ses amants*

Accidentellement ravissante, d'une beauté catastrophique au
sens de la formation de l'univers qui l'intéressait tant, la Tief sans
cette sauvegarde aurait fini aux dingues because sa vulnérabilité aux
persécutions. Elle se fignolait avant les occasions de rencontrer certains détracteurs, et, une fois belle comme une anomalie, inquiétante pour le commun, se pointait dans le monde, chez les honnêtes, où elle affichait l'air de quelqu'un qui sautille d'un pied sur
l'autre à l'orée d'un sanctuaire et dont on ne sait s'il en sort ou vient
d'y pénétrer. Chez les raisonnables et les épouseurs de vérités, allait,
promenait son petit mufle de barong, animal sacré balinais, son
étrangeté si flagrante qu'on la disait chue de là-haut tel un météo-
rite. Chez les fous ses amis, allait, voyante, par leurs chemins dérobés, non euclidiens, vers les plus lointains minuits. Allait, puérile,
chez les doctes adultes, qui ne comprenaient pas ses jeux, son langage, son parcours cohérent bien que hachuré, la lente continuité
de son regard, ne comprenaient pas, donc s'apprêtaient à détester
la Blandine dans l'arène, couchés lions, ils se couchaient sauf
quelques regimbants au cœur inconciliable, se gardant des dispositions affectueuses de toute sa personne si les autres lions, férus,
entichés, foutus, faisaient cercle et écoutaient ses chansons à boire.
Un mot en *phile* et en *mane*, que cette môme brouillonne, si famélique d'émotions.

Le lendemain d'une critique acerbe n'allait plus nulle part.
Assassinée par un tueur à gages ou pigiste. Ne se prenait plus, si elle
le fît jamais, pour un écrivain. Faux métier. Vrai, au temps où il
était public, et avait une utilité à cause des braves actes notariés et
légaux qu'il fallait enregistrer. Aujourd'hui, plus besoin d'écrivains, rien qu'un désir, éprouvé par une proportion minimale de la
population, donc elle n'avait aucun métier, écrire était sa façon
d'être au monde. Alors les pions, censeurs, ces gens du Code Napoléon qui la diffamaient touchaient pile, faute qu'elle se distançât de
ses poèmes.

284

A son corps osseux se devinait le squelette de ceux qu'accompagne la goguenarde faucheuse, la rancardée attendant devant son jeu de patience. A propos de ce corps fait du bronze des gongs oraculaires, du piment de sa langue et de la sombre tiédeur de sa nuque, de cet air de lassitude fatale et amusée qu'ont celles qui jettent l'ordre que la fête continue, je vous cite un commentaire de sa concierge, de M. Tartempion critique et autres dégoiseurs : donc, elle est une des trente-six personnes pour lesquelles Dieu ne détruit pas encore le monde, cette gamine ! Ça se pourrait, disait Tova.

Ainsi aboyaient les gouffres et parfois elle rugissait, répétant le défi hugolien, et en assumant le superbe ridicule.

A huit ans, elle recollait les enveloppes, les pots, tout ce qui se trouvait brisé, dans une volonté farouche de réparation. Cette situation infantile perdurait. Les psy dont elle se défiait lui auraient affirmé mordicus qu'elle avait fantasmiquement foutu en pièces le sein de sa mère pour le recoudre ensuite au fil imaginaire. Sceptique, elle leur aurait répondu que sa mère ne l'allaita pas, étant sèche, et que seul le biberon... Or elle n'en voulait à aucun biberon, ni à personne, incapable de vindicte, quant à l'instinct de dévoration elle le possédait ou plutôt il la possédait avec une force d'empoignade, à l'égard de la vie, certes. Rien de patho là-dedans. *Apud inferos,* les psy.

Elle ne pouvait donc s'empêcher de tenter des réconciliations inter-raciales, d'abolir les schismes, de réajuster les décollations, se désolait de ne pas avoir sous la main la tête et le cou de Marie-Antoinette, si la plus mince faille l'insupportait. S'identifiant aux autres avec une facilité de médium, les aimant déraisonnablement, elle s'exténuait à panser leurs blessures, tandis qu'elle planquait ses propres cocards. La vie, selon elle, ne devait être qu'une partouze de tendresse, pendant laquelle infinie câline partouze d'entrelacements, un moine blanc lirait les Évangiles hérétiques aux yeux de ses demi-frères juifs (eh oui, elle fumait le samedi et se nourrissait de sang, apostasie !) et les désirs des uns pour les autres se devaient d'être fous malgré la réprobation des bouddhistes du Petit et Grand Véhicule se voilant la face de leur robe safran — cette sainte vie était loin d'interdire les infidélités sans lesquelles on n'échappe pas à la tristesse des moralistes sévères et intolérants. Appliquant ce précepte, elle était la meilleure amie de vingt personnes, grâce à une capacité d'accueil immense, à une intention arrêtée de les garder indemnes pour toujours dans ses bras, de les restaurer quand le temps ou les circonstances les outrageaient, de les combler en cas de carence, de les orienter vers la claire lumière théologale... Éventuellement, elle les emmenait à la messe de Chartres, le dimanche, où défoncés à zéro, les potes écoutaient les orgues et la musique des sphères, persuadés d'entr'apercevoir le bon chemin. Elle éclairait des correspondances jusque-là obscures, et clarifiait les situations comme du beurre. Si on pressait Tiefenthaler, (chose facile vue la minceur de sa taille, celle de Scarlett sans le corset à busc) par les paumes, les naseaux, les lèvres et au-dessus du dernier çakra à l'endroit où se formait naturellement une auréole à la Fra Angelico, en sortait du pus délicieux et torride, des rayons de miel, des substances fertiles et les soleils d'un sacre. Lors, l'assemblée se rendait aux évidences des féeries. Elle emplissait l'existence avec hâte frénétique que parfois elle se reprochait, car être à la bourre est le fait de Satan d'après les textes, et cette existence ressemblait au tonneau des Danaïdes question remplissage et à son organisme qui laissait impitoyablement filer le calcium d'où crises de tétanie. Mais, têtue, elle continuait, malgré les dissuasions, d'étirer la vie comme une pâte de farine blutée, d'en reculer les limites au-delà des portiques du songe vers les terres de désir et de fuite qui n'appartiennent qu'aux vagabonds, aux fous, aux enfants à cent lieues au-delà de Thulé et aux rois dont le royaume n'est pas de ce monde.

Voici pourquoi Tiefenthaler comptait beaucoup d'amis, qu'elle recensait comme autant de trésors dans ses moments heureux de solitude plénière, au sens de la rémission et de l'assemblée.

Néanmoins, elle avait besoin de rompre cette solitude toutes les nuits. Ce feu follet, cette vagabonde, cette gracile et souple colombe, adolescente éternelle, astre sec, sable vous filant entre les doigts, cette rétractée longiligne si prompte à lever le pied dès qu'elle reniflait un danger d'enfermement, Maria née sous l'obédience de Mercure en exaltation et en trône, assujettie aux seules lois de son caprice bohème, Maria l'Infidèle, éprouvait tant de terreur à l'idée que disparaissent les personnes aimées qu'elle les accumulait — quitte à les planter là quand le vent la poussait ailleurs — pour ne jamais en manquer si dans le tas, il y avait des disparitions. C'était sa seule façon de thésauriser ou de faire des placements.

Dans les moments joyeux, elle dialoguait avec le plafonnier, les chats, ses grands-mères dont le double de l'absente depuis qu'on les lui avait dépareillées, le bahut Napoléon III, parfois faisait un tour du côté de la rue Pierre-Sémard, interviewait le petit pont qui l'enjambe d'une arche gentille, les Catherinettes cambrant leurs reins de pierre et leur faux cul au square Montholon, les platanes et les troènes, exultait, rentrait déballer son stock mnésique de voyageuse repentie et non impénitente, ô splendeurs, relents tenaces du clou de girofle indonésien, flambée d'un curry lui emportant la bouche et le reste vers de folles décarrades direction Maharashtra, odeur de brûlis lui restituant les cathédrales de palmes sous lesquelles on incinère les morts dans des sarcophages de fleurs et d'or gaufré à Bali, ô se disperser en cendres de brasero portées par le vent jusqu'au récif de corail loin des cocoteraies aux fûts hauts et grêles... Ces évocations d'images magnifiées et patinées déjà lui suffisaient pour ennoblir encore la douce majesté de Paris sa ville, son ombilic, son terrain de chasse, sa Lutèce futile au peuple exaspérant, dont jamais elle n'exorciserait, parmi ses sortilèges, ceux du pavé sonore, des néons fuchsia, des zincs crus, des cabines téléphoniques aux murs salopés de graffiti phalliques qu'elle décryptait avec autant d'intérêt que les palimpsestes d'une grotte périgourdine, ceux des coupoles de pluie, des soirs vernaux où la Seine, sous un éclairage portuaire, charrie de tremblantes aigues-marines.

Le jour où, venant de Djakarta, digne égout des Tropiques, elle posa ses valises, les lombaires concassées à force de sommeils pâteux en position momiforme dans les avions, fatiguée de baguenaude et haïssant les explorateurs, elle sut que ce serait pour longtemps, qu'elle avait clos une boucle récursive, qu'elle souhaitait que le vert naufrage du soleil dans la mer de Java, à l'heure où sortent les barques à palangres, ne blessât plus ses yeux de cette terrible lumière, pire encore à midi quand le ciel a le bleu aveuglant des céramiques égyptiennes. Elle désirait à présent les agoras rondes, les crépuscules au pastel, la paix des fortins insulaires endormis aux berges du fleuve cassé de moires sous un firmament d'ardoise blême, ou du mauve fané des hortensias, au printemps, ou si studieusement encré, à l'automne, ciel de répit, de trêve et d'étude ; dans sa niche, elle pourrait *à volonté* faire croître les hibiscus et les gardénias vanillés, changer le velours miteux du tabouret de son piano désaccordé en Trône du Paon, conter à ses multiples Dinarzade, à son cousin Edmond et à l'ombre de son père, l'instant où on livre le Fort Rouge de Delhi aux cobras évadés des jungles, rampant dans les douves, escaladant les balcons de marbre d'une blancheur lisse de lait gélifié, puis cachetant les écrans lapidaires de l'empreinte anguleuse de leurs crocs.

Aussi exigeants que le roi Schariar, ses proches, se vengeant de sa propension à s'absenter soi-disant pour deux jours et à revenir un an après, lui demandaient : un récit ou la vie, car ils savaient que sa bourse était vide et son magot, tissu mental.

Ainsi se détourna-t-elle de la route des jongleurs et écrivit-elle des livres pour la collectivité. Jésus, qu'elle l'avait nié, cet Occident qui ne lui offrait aucun recours quand, à vingt ans, elle décida de partir. Que pouvait-elle, alors, monnayer pour vivre ? Quelques livres de chair, pas bézef, cela s'appelait prostitution et traite des blanches institutionnalisée en mariage, grâce auquel, usant de la culture classique (latin-grec, école du Louvre) et de l'acquis de ce vieil humanisme, elle aurait pu meubler les converses dans les dîners mondains d'un probable mari, à choisir parmi les nantis qui se bousculaient au portillon, banquiers producteurs énarques députés armateurs PDG tout acabit, du matelas à la brosse à dents électrique, ou les intellectuels snobs et faux-derche ravis d'arborer accorte jeune femme bien éduquée mais fumant du hash pour jouer les gauchistes. Ces conditionnels futurs résumaient un programme impossible à suivre. Acculée, elle lâcha la proie pour l'ombre suivant le conseil de Breton et prit son billet pour l'Inde, espérant qu'on l'oubliât. Ceci fut d'autant plus promptement fait qu'au su des ravages de la drogue et des décalages horaires sur une si frêle constitution, on conclut que probablement elle reviendrait chauve, décalcifiée, les dents déchaussées par la pyorrhée alvéolaire, les bras perforés à la shooteuse et non négociable dans l'ensemble.

Elle revint deux ans après, avec toutes ses dents, l'air si jeune que les hommes n'osaient l'aborder craignant des poursuites judiciaires, dans ses bagages plusieurs cahiers qui après cinq avatars éditoriaux furent publiés avec enthousiasme par la maison V... dont le directeur la berça dans son enclave feutrée, stimulante et aurifère. Elle redécouvrit alors Paris avec une cordialité que lui rendit la ville où elle fut fêtée, décriée, promue, reconnue, qui lui permit de vivre de ses bouquins rejoignant par là la brève cohorte des cent scribes croûtant grâce à iceux, chance inouïe due à l'intervention d'un académicien premier lecteur de *Stances Indiennes* et beau-père de Rose Bourdel-Lepeuple qu'elle connut lors de la remise du prix Roger Nimier. Un célèbre médecin chinois soigna ses amibes, on lui ouvrit les bras et les bibliothèques, et immergée dans un bain de lait, elle ne sentit plus, à son grand étonnement, l'aiguillon du voyage la pousser vers les labours désormais pénibles des terres étrangères — elle redoutait seulement, après son retour et l'annonce miraculeuse de la publication de son premier livre, que le Théâtre-Français n'ait plus ses rideaux cramoisis, la maison Angélina, rue de Rivoli, ses gâteaux dits Mont-Blanc et son café africain servi dans des tasses de porcelaine à l'engobe crémeux, vérifia le contraire, soupira de soulagement, récupéra la grand-mère qui l'éleva, sa mère, personne exquise mais totalement incompétente quant au dressage des bambins, et son père, en sursis, ce qu'elle soupçonnait sans l'accepter, son père que beaucoup d'autres hommes désirèrent, plus tard, remplacer... Outrageusement indemne, elle lui survécut, depuis sa disparition, ne cessa plus d'écrire, mais savait porter un Karma d'épreuve et que tous ces gens aux extases contrefaites ne la gracieraient pas.

Les soupirants juifs entamaient des démarches auprès d'Edmond qui répondait :

— Ma cousine ? Non, on ne lui connaît pas d'amant. Indignes d'elle sont ces outres pleines de liqueur séminale ! Chose dégoûtante ! Loué soit l'Éternel qui nous a ordonné de toujours nous en laver les mains ! Quoi, sous les yeux de ma cousine, ces amanites phalloïdes dressées sur un terrain foisonnant de vices, et de quel droit lui imposer cette vue abominable ? Dressées, les amanites, à cause de son visage d'Éden et de ses seins, boucliers d'Abraham ! Casse-toi, bonhomme !

Ou encore :

— Fils de la Babylone infernale ! Menteur éhonté ! Ses lèvres sont dignes qu'on y porte une autre coupe de salut ! Ses lèvres prouvent qu'en Haut, en Bas et sur les Côtés, il n'est d'autre Dieu que le Roi des rois de tous les rois !

(Famille de cinglés, pensait le soupirant, pas découragé pour si peu.)

— Que Mammon soit éloigné d'elle ! Je ne serai pas l'entremetteur ! Laissez ma cousine au service de Dieu, à l'heure qu'il est elle se trouve dans son oratoire devant le lutrin, sa machine à écrire, qu'on lui fiche la paix !

Les postulants aux faveurs de sa cousine, comme on le constate, mettaient Edmond en ébullition, lui provoquaient une verve sans mesure, et, recouvrant sa lucidité après renvoi sur les fleurs du candidat, il marmottait :

— Il est clair que je suis amoureux de Maria, qui, quand elle m'ouvre la porte dans sa robe de chambre avachie, élégante comme un vieux fripier juif de Venise, éclipse en beauté les orangeraies, elle plus délicieuse que poisson du shabbat, plus douce qu'une alcôve, plus sanctifiée que le septième jour durant lequel l'imprudente manie le feu et se lave avec du savon... Moi, à partir du vendredi soir, si je ne me lave pas, un agrément, je moque les interdictions rituelles, je feins l'irrespect, et je me cache dans ma chambre pour me balancer au-dessus du Pentateuque. Bâtard je suis. Elle devine que j'écris à son propos, et rouspète. Edmond, je vais te tirer les papillotes ! JE SUIS APATRIDE, je n'ai pas la fibre yiddish quoi qu'en pensent des gens comme toi ou le rabbin. Pitié, pas de folklore !

Mais ses yeux sont ouverts comme la Ville des Cent Portes, ses cils longs comme les franges des châles de prière, et elle est de mon sang, concluait Edmond avec la satisfaction d'un hassid tout à son anachronisme.

Quant aux mecs... Baiser la rendait triste en la perspective, pendant — après, n'en parlons pas. Étrangeté que d'entendre prôner l'orgasme comme panacée contre tous les maux de la terre par M. Reich et suiveurs, énarques de ce truc qui leur importait, à l'évidence, infiniment, bien qu'on ait assez bagoulé à ce propos en cette fin de siècle pour que ça les barbe à la longue... Or nenni, les hommes n'en finissaient pas de guérir d'une telle gangrène et le Sexe subissait (à leurs dépens, songeait Maria, perplexe) de terrifiantes tribulations, on le calibrait, on le rendait obligatoire comme le service militaire pour les garçons, hélas aussi obligatoire pour les filles qui s'en acquittaient bon an mal an avec la résignation qu'elles avaient à banquer pour le fisc, et, depuis peu, d'habiles pamphlétaires le décriaient avec la virulence de Fellini attaquant les pompes du Vatican dont, au même titre que de l'orgasme, l'élite intellectuelle aurait dû cesser de se soucier. Bref, on glosait là-dessus d'un Noël à l'autre, que c'en était désolant. Maria ne pigeait pas très bien ces histoires-là. Ses recherches alchimiques, ses cavales à Corinthe où nul ne venait la débusquer au fond d'un claque où les marins rapportant la pourpre de Tyr venaient sauter Aphrodite sous la garde de l'auteur, témoin oculaire de scènes très bandantes qu'il aurait été quasi impossible de reconstituer dans la réalité faute de gonze à l'imaginaire adéquat, la variété des aventures de ses complices qui comme elle flirtaient avec la folie, l'ensemble bien vivant captivant à observer et si proche de ces merveilles du monde, la comblaient d'émotions assez ramifiées et assez riches POUR QU'ON NE LES LUI BRISE PAS AVEC LE LANGAGE PHYSIOLOGIQUE DU CORPS FÉMININ — celui qu'elle aurait dû, selon certains obsédés, adopter dans ses œuvres. Elle l'ignorait, ce langage. Elle préférait celui de Shakespeare ou de Sophocle, et dans le texte.

Certes, il y eut, jadis et pas si loin que ça, d'innombrables chutes, sur son ventre qu'ils prenaient sans doute pour celui de leur mère, d'anthropoïdes terrassés, de virils indo-européens, aryens, sémites, malais, mongols, tout à fait jaunes, ou tout à fait noirs, manquait la race indienne, mais, à présent, la perspective d'un essai la plongeait dans l'épouvante. Elle avait carrément peur de l'état déplorable où se mettaient les hommes à la vue d'un corps de femme, même androgyne comme le sien. Elle redoutait l'instant de leur plaisir, qui ressemblait trop à une mise à mort taurine, le contraire d'une mise au monde, elle craignait la seconde où une flèche occulte transperce ses pauvres outres taries auxquelles par décence aurait refusé de boire un chamelier du Sinaï, et les termes du discours sexuel suffisaient à lui donner la chair de poule, depuis qu'un jour, vaguement alarmée par la disparition de ses règles qui pendant trois ans lui avaient fait faux bond, et sa totale indifférence devant tout ce qui concernait le sexe, elle s'en fut consulter un toubib auquel elle ne tira qu'une réponse sibylline dont elle retint les mots scrotum anus et sphincter. Interdite, elle demanda au toubib si on pouvait être fracassé d'amour pour un sphincter. Ecœurée, fonça, espérant crever l'abcès, chez un psychiatre où pires furent les déjections, ressortit de là bouleversée, délestée de vingt sacs, résolument furax, jugeant le sujet définitivement SHOCKING et ces édiles, des abrutis, ignorant les douze mille façons de jouir par tous les pores de la peau et d'exercer les milliards de neurones alloués à chacun dans le même but récréatif et fécond. Priveraient-ils le genre humain, ces pontes, de toute sensualité, leurs branlettes hagardes si dûment préconisées méritaient tant d'attention aux dépens des plaisirs de la terre promise et immanente, ouverte à ceux qui avaient des yeux, des narines et des oreilles ? Grossiers pédants ! Et sacrément culottés, encore ! Ne disaient-ils pas à propos de l'écriture, qu'il s'agissait d'une sublimation de l'instinct sexuel ? Soit, ces diseurs de bonne aventure constituaient l'arrière-garde freudienne, mais quand même ! Elle résolut de laisser cette parole discriminatoire aux gogos dans le cervelet desquels ne grésillait aucun influx, quand dans sa propre moelle épinière un invincible courant électrique allumait des sapins de Noël, puis pria les Entités favorables qu'une bourrasque de charité emportât ces miasmes fétides, qu'un vent implacable se mît à charrier les soleils moisis de Venise, les flammes des palais de Vérone et les crépuscules brésiliens, d'un vert d'avocatier.

Personne n'étant parfait, elle tenta encore quelques ballons d'essai, quitte à cesser tout commerce galant dès qu'elle aurait outrepassé la trentaine et que ce grand âge la pousserait à ne plus perdre une miette de son temps.

Ainsi, une nuit de ce mois d'avril 1974, après éviction d'un sciences-po, entra dans le lit de Maria (façon de parler car elle ne faisait jamais ça sous le toit de sa grand-mère) un jeune énarque qui dura huit jours et dont l'éviction se solda par une concertation de jeunes filles comme suit, au salon de thé Angélina, toujours le même, particulièrement proustien et idoine pour ce genre de palabre.

— L'aventure... soupira la Tief, exsangue, devant un blanc de poulet, sans mayonnaise à cause de sa phobie pondérale. *Une aventure avec*, si seulement ça pouvait encore signifier quelque chose... Un antivoyage, oui. En rade, oui. Un amarrage, pardon pour cette question de bite et ignoble jeu de mots graillonneux. Donc...

Les Bogdanov retinrent leur souffle, Tova cessa de se curer les dents à table, privauté que réprouva Érasme, Mlle Yuan pantela, Martin du Mans avala tout rond l'arête de sa truite.

— Donc rupture hier soir avec le jeune énarque, assez de culturisme suédois, de religieuse portugaise en ciseaux et de petit tramway sénégalais. Un grand sportif. Je connais admirablement le plafond de son studio, tout à fait plat comme sa conversation, étrangement ressemblant au parquet des gens du dessus, en plus aménagé car laqué de vert épinard. Monter à un plafond laqué vert épinard, couleur bilieuse des peintres de Barbizon, impossible, surtout quand l'aggravent des spots, éclairage masculin et clinique convenant aux performances qu'il comptait sur moi pour l'aider à accomplir sous son plafond ceci en grandes pompes funèbres. Pour l'aide aux mecs handicapés par cette béquille à l'orientation imprévisible, j'ai déjà donné. Par-dessus le marché dès le premier jour, dissensions, qui évoquaient au Jules celles des socialistes et des communistes, d'où pluie de comparaisons politiques édifiantes, si Mitterrand et Marchais se toléraient, s'appréciaient[1] et s'estimaient destinés à partager le pouvoir malgré leurs menus conflits, il devait en être de même entre *nous* qui ne pouvions nous empêcher de nous engueuler, présage d'un avenir commun riche en péripéties, selon ce juvénile ayant commis sur Mitterrand une thèse dont on parle encore, surtout sa mère. D'accord, Mitterrand et Marchais se gnognottent et s'entradorent, mais les poules auront des dents quand un communiste partagera quelque chose, lui dis-je, imprudemment. En plus, vous voyez le rapport, vous ? Bref, mon énarque

_____

1. Rappel de l'auteur : nous sommes en 1974.

admettant la fameuse différence et recherchant nos différends qui paraît-il l'enrichissaient, de me demander en mariage et de me jurer une sensibilité militante au problème féministe dont je n'ai rien à gratter, ce qui s'appelle le serment du coup d'épée dans l'eau. Avant l'observation minutieuse du plafond, hier, j'eus droit à quatre heures de Brecht, Maître Puntila, bon, j'ai fait dans le social, pleine de bonne volonté pour éviter les conflits sans lesquels le zèbre ne concevait pas notre union légale, j'ai même applaudi lâchement, sur ce, entracte, n'importe quel zigue indigne de canonisation m'aurait gracié de la suite, Brecht en rondelles, Marx en brandade, mise en scène cabotine et immonde, or nenni, il tenait à ingurgiter la seconde partie de cette purée, et moi idiote de rester jusqu'à l'extinction des feux crevant la dalle, estomac insensible à la lutte des classes ce que le zigue me reprocha avec véhémence — je lui dis mon grand, il déteste que je l'appelle mon grand vu ses un mètre soixante-dix plus talonnettes Lobb (du sur mesure), moi j'ai traduit Brecht en philo, dix-huit au bac, me semble qu'après lecture du titre : « Maître Puntila..., etc. » On a déjà compris, faut pas quatre heures de massacre après ou c'est du pilonnage, le traducteur en outre doit être un Chinois vu ce qu'il a fait de ce pauvre Brecht, donc après le théâtre, souper muet et exquis, puis plafond et par bonheur ce soir-là sans doute l'avais-je indisposé, éjaculation précoce, d'où désespoir du gars. Exit l'énarque. Qu'on ne m'inflige plus jamais un zob circoncis ou non. Ce jouet bosselé, cette breloque, triste comme une haridelle, mal sanglée, peau qui pend, mufle cramoisi, ridé, aveugle, cette chose à la fois puérile, vulnérable et sénescente... ce télescope, cette babiole démantelée qui par l'opération du Malin devient flamberge, champignon bistre veinulé turgescent — une sorte d'amanite, Edmond dit vrai.

— Bah, dit Mlle Yuan, qui t'oblige à regarder ?

— L'espoir de comprendre, pourquoi je préfère les roses de Bagatelle.

— Seul cet espoir tue, dit Mlle Yuan, regardée par ses amies avec une brusque admiration — elle avait décidément du génie, chinatown, bien qu'elle le cachât par conscience professionnelle.

Après avoir subi les deux diplômés, Tiefenthaler se promit de redoubler d'ascétisme et de se préoccuper d'un événement beaucoup plus important : la venue au monde d'une portée de chats dont Marthe la belle était pleine à craquer. Tiefenthaler se sentait d'une humeur excellente, digérait à merveille ses protéines, lisait en se pourléchant d'excellentes critiques parues sur son dernier bouquin, rien n'allait de travers, allegria, évohé ! Les hommes, trouillant à la vue d'une si triomphante allégorie, changeaient de trottoir et n'osaient se retourner, le producteur Abramovicz agenouillé devant son talent à en choper un lumbago, n'attendait que son bon vouloir pour banquer le prix fort d'un scénario original, Monsieur V... lui organisait des dîners charmants où elle avait l'énergie de faire le singe, on la mentionnait dans la sélection du Prix des Libraires, bref Maria ne présentait aucune brèche ni poterne où Satan soit, un amoureux désirant sa destruction, pût s'infiltrer, elle était colmatée comme les murs du Fort Rouge de Delhi qui lui évoquait de si bons souvenirs car pullulant de serpents, animaux qu'elle chérissait. Au su de la situation, le jeune homme qui déjà songeait à toutes les façons de se l'approprier aurait connu une grave crise de marasme. Comment corrompre quelqu'un d'aussi odieusement satisfait que la jeune fille qui cinq heures de jour et trois de nuit dérivait sur ses radeaux de bouquins ? Il fallait que ce bonheur cessât pour que commençât le combat.

A ce moment et pour la première fois, Amine Youssef Ghoraïeb déchira la couverture d'un des trois exemplaires de *Stances Indiennes* qu'il se procura pour les contempler dans la salle de bains, le salon et sa chambre — les contempler, non les ouvrir — et, répréhensible manœuvre, perça le bas du cou de Mlle Tiefenthaler dont la photographie ne révélait pas le buste, d'un clou prélevé à un fétiche tribal acquis à Sotheby par son père. Fouad ne connaissait rien à l'art primitif, mais trouvait très chic les bois piqués de ces longues aiguilles dont il tenait à ignorer l'usage qu'en font les sorciers et pas seulement du côté de l'île de Nias ou au fin fond de celle de Bornéo.

Edmond, en proie à un bizarre malaise, appela sa cousine pour lui certifier que Bélial, cette fois, la guettait de pied ferme et qu'elle allait voir ce qu'elle allait voir si elle n'en parlait pas immédiatement au rabbin. Absolument épatée qu'on fût plus fou qu'elle, elle lui raccrocha au nez en rigolant.

Le présent de cette jeune fille, magnifié par la présence de sa ligue cosmopolite, contrastait avec le passé, où, gamine timide que la chute d'un crayon faisait hurler de panique et la fichait sur son siège, toute crampue, incapable de ramasser l'objet, elle ne traîna à ses basques, systématiquement, que la dernière de la classe, dont elle restait non moins systématiquement la première, médaillée de croix d'excellence. Les extrêmes se rejoignent, juive rital (eh oui une sépharade) vivant avec sa mère veuve d'un cordonnier d'Albe-robello (patelin sis près du talon de la botte) dans un gourbi cra-dingue du Faubourg Montmartre entre un magasin de corsets à l'air orthopédiques et la maison Pronuptia, de la vitrine promet-teuse de laquelle les deux naines commères ne se lassaient pas, ni d'ailleurs des glaces tortillonnées à la pistache, ni des crêpes hors Chandeleur, ni des citronnades comme à Alger, délices de ce fau-bourg oriental. Zénatti, pour se garder Maria, veilla à rester der-nière mais à ne pas redoubler, judicieuse stratégie qui préserva leur entente jusqu'à la douane du secondaire dont par pure malveil-lance on refusa l'accès à Zénatti. Tiefenthaler regretta presque d'avoir passé brillamment l'examen d'entrée en sixième.

Excepté Zénatti, l'enfance de Maria fut un désert affectif. Une torride solitude. Celle que connut son père jusqu'à la fin, et à laquelle par le miracle des lunaisons, elle échappa dès qu'une tache vermeille rougit le fond de sa culotte, à douze ans. Cet âge prodi-gieux offrit enfin un univers neuf à la nubile empressée de rompre la désespérance d'une amère condition de Petite Fille pour qui la vie se résumait à un vaste NIET et à une chiée d'interdictions qu'elle se fit un plaisir de transgresser grâce à toutes les formes de délinquance possibles sauf le crime car plus d'une décennie derrière des barreaux suffisait.

Sept ans après, les saignements de Maria, offusqués par les décalages horaires inhérents à ses tribulations, commencèrent à lui poser des lapins, d'une fréquence grandissante après deux mous-sons en Inde et une amibiase. Les amibes ou nous, lui intimèrent les règles. Maria, ravie d'échapper à celles-ci, qui jadis prouvèrent quelque chose mais avaient fait leur temps, soigna efficacement ses amibes, et du côté ovarien perdura un silence humilié. Cas d'hys-térie tout à fait courant, diagnostiqua le gynécologue. Puis, les carambolages passionnels et le climat émollient qu'elle connut en Indonésie amadouèrent ses trompes de Fallope qui daignèrent à nouveau officier — bien, maronna-t-elle, me revoici dans l'impi-toyable norme, *enfant malade et douze fois impure,* ne pas oublier

295

dorénavant le barda anticonceptionnel, promesse non tenue, elle oublia par flemme, et son intimité dont elle se préoccupait si peu décida d'une nouvelle grève du zèle. Laissant aux autres les soucis du fait féminin, les problèmes hormonaux, le diaphragme, les obscènes gelées colloïdales, et la pilule (horreur que de s'esquinter, de se modifier les tréfonds, de bousculer son métabolisme et d'en sacrifier le fonctionnement naturel à des exercices physiques il faut bien le dire exténuants et souvent idiots, que l'Église réprouve hors mariage avec bon sens et dans l'intérêt des fidèles). En ce qui la concernait, soyons sérieux, elle ne vit jamais la relation de Dieu et de la Shekinah dans ces gymnastiques abstruses, abêtissantes, ni quand un gentleman lui broutait le baba, en ce dernier cas, hélas, elle n'avait pas du tout l'impression d'unir sa source à l'Intemporel, quant à ce distingo entre femmes clitoridiennes et vaginales, QUID, la tête dans les mains elle tentait de se souvenir... Oh ! non pas frigide, capable de dix jouissances de suite, et alors ? Elle ne se remémorait pas très bien ces événements d'alcôve. Ceux qui la partagèrent avec elle se souvenaient, son sexe fragile comme un cauri broyé par le fuseau des lunaisons, piqué par une aiguille de quartz juste sur la hampe fine, tige de digitale ou corps velouté d'un bombyx selon les nuits, fil ténu sur lequel ils jouaient, éberlués de ses délivrances aiguës, proches de la douleur, répétées, se chevauchant, soupçonnant rarement que dans l'encéphale de la demoiselle caressée, se tramaient des menées étrangères à eux, des fictions en trois actes bien plus impudiques que les attouchements de ceux qui devinaient sur son visage le reflet d'un incendie allumé par elle seule, qu'elle maîtrisait et qu'ils ne faisaient qu'attiser. Adolescente, elle savait déjà qu'Éros relevait de la catalyse des fluides, de la convulsion magnétique, et pas de la tringlette laborieuse, ce pauvre servage d'une libido circonscrite au museau du bas. Adam était mâle et femelle et ne fut séparé qu'ultérieurement, silence, chantres des mucosités et sécrétions, que soient préservés les mystères magiques d'un sexe restreint par vous à une superficie anonyme et poisseuse, débarbouillé par vous de sa couleur secrète et primordiale, le noir cruel, *inexplicable* (merci Artaud), des arcanes et des messes... Le désir, rien de plus beau, le besoin, rien de plus bas. Besoin des besogneux. Elle d'avant la scission du yin et du yang, se brossant les dents avec précaution à cause d'une gingivite qui la tracassait plus que les problèmes de cul avec lesquels elle entretenait une guerre larvée de Sécession, elle cette transgression anatomique oubliant de saigner chaque mois — son côté Cosinus — entrevoyait comme unique solution, pour remettre les choses à leur place, éviter les malentendus et propositions déshonnêtes, d'acheter une barbe postiche qu'elle se collerait au menton suivant l'exemple de la déesse Ishtar, mais que les doctes n'aillent pas gloser à propos d'une envie du pénis car là miction due à la rigolade... Bah, le ridicule les tuerait bien un jour.

Quelques mouches de Belzébuth
Sous le pont de Galata. La cerise
Quatrième et exécrable critique

> « Méthode, méthode, que me veux-tu ? Tu
> sais bien que j'ai mangé du fruit de l'in-
> conscient. »
> Jules Laforgue : *Moralités légendaires*.

Elle marcha gaiement jusqu'à l'ancienne maison René-Rumpelmayer, où il se passe beaucoup de choses dans ce livre, et où, en cet anecdotique après-midi, l'attendait Mlle Yuan, qui connaissait les positions de l'auteur sujet sommier, mais déplorant quand même son célibat, n'avait de cesse qu'elle lui trouvât un mécène pour la libérer de ses signatures contraignantes avec des Maisons d'Édition osant réclamer aux prosateurs poétiques telle son amie, des bouquins à la chaîne. Inutile de préciser qu'elle en était incapable, et livrait ses ouvrages avec une bonne année de retard, en général, si ces échéances la mettaient dans tous ses états. Elle savait ne pas pouvoir les respecter, néanmoins, elles étaient là, fatales aux claustrophobes. Mais un type sur le dos, n'était-ce pas pire ? Certainement, se dit Maria en cherchant des yeux Miss Duty free shop égarée parmi les toques de loutre ou les capelines de ces dames.

Mlle Edwige Yuan baissa ses courtes paupières, la grille raide de ses cils presque bleutés, escamota ses prunelles de nuoc-mâm dans lesquelles défilaient les buffles roses de Vientiane quand elle s'ennuyait, très rarement car la pose de faux ongles et leur vernissage l'occupaient beaucoup, et Maria put à loisir observer avec l'intense curiosité qu'elle éprouvait toujours à l'égard de l'Asie et de ses filles les étranges paupières, stores sinueux susceptibles de se camoufler dans la mandorle oculaire, dévoilant un œil étiré privé de tout ombrage en l'absence de rimmel.

— Tigre et Coq, scanda Mlle Yuan, de toute façon avec ton énarque ça ne pouvait pas marcher. Il te faudrait un singe...

— Pardon ? fit Maria, que la rêverie avait emportée en Chine

297

mais loin de l'astrologie.) On s'en fout. Mais le retard des Bogdanov risque de nous condamner à l'assiette anglaise, à quatorze heures trente finis les plats chauds tant pis pour elles, si l'assiette en question est un coup dont on met la journée à se remettre — une truite aux amandes, un quart Vichy, une salade, et toi... ?

— De même, avec des amandes, j'adore les amandes brûlées nageant dans le beurre, dit Mlle Yuan. (Ayant trouvé un banquier, elle se permettait les amandes et les matières grasses, pour un temps, vu que les mecs, ils regardent une fois, pas deux, que si dans l'intervalle on prend quelques kilos, ils ne s'en aperçoivent pas, et que dans l'intervalle on peut en trouver un autre quitte à de nouveau exclure les amandes hypercaloriques.)

— Ma *rosa chinensis*, dit Maria qui, comme Rimbaud, jugeait que les poètes devaient s'y connaître en botanique, le débat portant sur les jeunes gens qui me donnent la sérénade sous les volubilis de fer gardant mon balcon est clos, on rouvrira le dossier plus tard. Pour l'instant j'ai d'autres soucis et d'autres espérances. Il s'agit de M. Abramovicz, producteur, qui me demande l'impossible, le scénario d'une histoire d'amour, seulement voilà, pour vingt briques. Ne t'en déplaise, je préfère vendre ma matière grise que mes fesses et quelques personnes autorisées savent qu'elles sont sans prix, vu le galbe imperceptible et leur teinte ambrée. Ceci dit, je suis peut-être une pomme car vendre de la poésie maquillée en roman implique une tension bien supérieure à celle de s'allonger sous un monsieur. Imagine. Une insomnie, un dîner nouvelle cuisine, genre foie de veau aux anémones, quelques scènes de jalousie, voilà le travail fichu pour le lendemain — la poésie exige une terrible ascèse. Tandis que les fesses, bien ou mal dormi, ça ne bouge pas. Je lis dans tes yeux réprobateurs que je ferais bien de m'en servir avant qu'elles ne prennent l'aspect de longues poires blettes, mais ça ne fait rien, démone prévaricatrice. Je continuerai, comme disait Léonard de Vinci. Attends que je te lise ce petit orage cérébral, un nuage d'encre apparu ce matin dans un hebdo... Critique du calmar, donc : « Négligeant les vrais problèmes physiologiques de la femme (encore !), elle (c'est moi) se lance dans des entreprises littéraires nébuleuses (évidemment, j'évite de rancarder les lecteurs sur la date de mes règles à fortiori de leur signaler que je n'en ai plus, ce qui passionne mon gynécologue et sans doute ne laisserait plus un fil de sec à mon public, mais une étrange pudeur m'interdit d'aborder ces sujets exaltants). Je continue : « Veut être poète maudit et best-seller, écrivain marginal et Prix Goncourt. » Il y a du vrai dans cette assertion, choisir c'est sacrifier. Attends le final : « Tiefenthaler reçoit une confortable mensualité de son éditeur et vit de sa plume sans gros tirages. » Là-dessus, évocation pathétique de Rochefort et Duras qui crevaient la dalle à vingt-sept ans. Quand tu penses que je touche 10 % du prix d'un bouquin, et vingt-deux centimes sur le format poche ! Voilà encore le fiel remâché et les sonnettes de crotale ! Je suis furieuse et j'ai de la peine. On m'en veut, Orchidée. On ne me pardonne pas d'écrire des fresques comme *le Pont d'Alcantara* avant la ménopause. On pardonnerait, on encenserait un vieux marabout confit en littérature — moi, au pilori. Argument massue de ces gens : pourquoi faire simple quand on peut faire compliqué. Je vais leur en donner moi du simple, et des prairies émaillées de fleurs, au moins là, je leur épargnerai toute surprise et le recours au dictionnaire, ils trouveront peut-être ça bon. La poésie simple, c'est les variétés. Guy Béart, effectivement.

— Tu vois bien que tu en as ras le bol de cette vie, dit la fille de Mara, espionne balancée à Siddharta pour le tenter.

— AH NON AH NON, je ne vois rien du tout, sauf mon intolérance totale à la critique. Ou bien ce que je voudrais voir c'est la gueule de cette bonne femme. Il faudrait que les critiques, exerçant un métier à présent corrompu, ces démolisseurs, qui ne s'en prennent aux écrivains que dans la mesure où n'étant pas directeur de collections, ils sont im-puis-sants, sans droit de réponse, sans droit à rien qu'à recevoir les châtaignes, que les critiques, disais-je, nous racontent un peu QUI ils sont. L'ombre est trop propice. J'exige un curriculum de chaque critique. Si je savais de quel droit un type qui vient de s'acheter son premier rasoir, ou une gonzesse envers laquelle on a aucun tort, vous flingue à bout portant... On se demande pourquoi s'infliger un bagne pareil : douleurs d'écriture et post-opératoire... Avant, pendant, après, on crève. Réponse à ma question : on ne peut pas s'interdire cette fabuleuse et unique baise dans la divine solitude, si parfois trop forte cette baise vous déglingue mais que veux-tu, Diamant dans le Lotus, elle réserve des sorties de soi d'une violence si inouïe qu'on a l'impression de s'accoucher soi-même, de naître deux fois, de grimper jusqu'à la hauteur d'où Dieu nous entend — toujours une montagne, à cause de l'écho. Et ne me dis pas que j'ai une petite mine et qu'il me faudrait un roi nègre pour m'épargner ce labeur, mon adorée maquerelle, née avec dans ta paume un banyan, ta solution est un peu simpliste... Bravo pour ton racolage de banquier helvète, amie chère enfantée par une maquerelle chinoise dont l'aventure avec un coopérant de l'Agence Denis Frères me doit ta présence métissée, mais ne cherche pas à m'imposer tes vues. (Oh, Miss Yuan, ne rembrunis pas ton front d'un ocre si clair, tu n'es pas faite pour le hâle, la colère et les intempéries, reste de jade poli, Chinatown qui sur tes vieux jours comptabilisera les allumettes et tiendra un restaurant, peut-être à Tahiti, tu as toutes les excuses ma Yuan, continue de faire tes bilans et de putasser, ma mercantile suave, mais je t'en prie, cesse de m'imposer à tes dîners le voisinage d'un jeune député, d'un propriétaire de fazendas, du cousin de ton banquier, ou d'un pistachu au profil d'identité bancaire idoine et solvabilité assurée par son fondé de pouvoir, pria-t-elle en silence.)

— Les idées pures font des crétins comme l'eau pure fait des goitreux, coupa Chinatown furax. Je maintiens qu'il te faudrait un Singe qui...

— Je vois poudroyer le clan de Sion en marche ! On parlait d'amour, les Bogdanov. Il est trois heures, assiette anglaise ou poulet froid. Que pensez-vous de l'amour des Bogdanov ?

— *Mens sana in corpore sano*, il faut de temps en temps, émit avec audace Tova qui fut regardée par les trois mousquetaires avec la méfiance d'iceux devant le quatrième, au début du roman.

— La profession de comédienne laisse des loisirs, éructa Maria. Mais vu l'état où on te ramasse après chaque liaison, tu ferais mieux de remplacer tes parties de lansquenet avec des gonzes rarement blanc-bleu par quelques longueurs de piscine, ça fatigue autant et tu dors après, au lieu d'affronter la dernière cigarette et les discussions nases. Quand je dis : ça crève de même, hélas, si c'était toujours vrai, mais souvent ça crispe, avoue qu'il t'arrive de déplorer qu'il soit presque l'aube et que le type sourd au rossignol se gargarise par hygiène buccale au cas déjà exceptionnel où il ait osé quelques lécheries du pistil, variante relativement soft comparée au reste y compris le goût de beurre salé, après le dessert, mmm...

— Je crains que nous n'incommodions la table voisine, néanmoins je tiens à placer mon mot, dit Jeanne Bogdanov, dans l'intérêt de Tova, je préconise l'ensemble des sports y compris la canne, ou le cheval quoique pour le fondement ça ne soit pas très bon non plus.

Tova, réprouvée pour pratique gratuite de fornication, devait bientôt quitter les saintes femmes qui, terrassées par la douleur de cette amputation, lui pardonnèrent son immaturité. Le sujet était, crurent-elles, éclusé pour un an, on ne passerait pas Yom Kippour dessus, oublier les vulgarités, chacune se devait de retourner à ses œuvres vives, Mlle Yuan à ses rapports tarifés avec le banquier, pendant lesquels elle songeait très fort aux aborigènes d'Australie et non aux manifestations aussi surprenantes que choquantes du sentiment courtois, Jeanne Bogdanov à ses errances dans les cimetières juifs et à ses écrits, itou Tiefenthaler sauf les cimetières, puis à nouveau les bravaches filoutes se rassembleraient pour louer la Création tel au septième jour Yahvé, pour banqueter dans la joie, se féliciter des truites meunières, des quatre saisons, des bals chez les maharanées, des belles et bonnes occasions offertes par le monde, des réclusions, pour lutter ensemble contre la peur, et la clarté de leur alliance voulait à priori qu'on ne les chassât pas de l'Arche.

Or, l'agacement de Belzébuth couvert de mouches croissait au vu de cette démesure joyeuse et de l'efficience d'une telle chaîne occulte.

Or Maria battit la semelle en attendant M. Abramovicz avec lequel elle devait s'entretenir au Fouquet's juste après ce déjeuner de jeunes filles. Or de retour chez elle, bredouille quant à Abramowicz et étrangement soucieuse, elle apprit par un coup de téléphone de son agent que M. Abramowicz gisait à la clinique Montsouris après une fameuse biture aux somnifères, conséquente à l'insuccès total de la production onéreuse d'un film portant sur la flibuste. Maria gémit qu'Abramowicz aurait dû donner pour un film intimiste, économique et intellectuel prisé par les contemporains au lieu de se planter avec ses pirates. Elle relut avec masochisme la dernière mauvaise critique — il y en avait plein de bonnes, mais elle ne les relisait jamais, les trouvant justifiées, point final — se passa de dîner, s'angoissa, confia à Emmaüs qu'elle n'irait pas chez la maharanée pour ce cotillon absurde, le vendredi suivant, et finit par s'endormir grâce à l'absorption de quelques barbituriques au goût de fiel et de pissenlit.

Pourtant, le lendemain, elle semblait à nouveau imprenable, à la manière de certaines vues.

Verre chez un rédacteur en chef, dans le seizième arrondissement. Intérieur jour.

— Elle vous a un petit air de Saint-Sébastien androgyne et martyr, susurra Mme C..., du Cognac qu'on vend hors taxe dans les avions.

Rivée devant une esquisse à la sanguine du pont de Galata, au creux d'un rêve turc, Maria ne bronchait plus, inaccessible.

— Elle n'a d'air à rendre à personne, coupa Martin du Mans, avant de constater la résurrection au présent vindicatif du martyr dont les prunelles bistres fixaient Mme H... avec moins de tendresse que le pont de Galata car celui-ci avait le mérite de la faire rêver, et dont le seul point commun avec Mme H... était que dessous, ça devait sentir pareillement la saumure.

Puis elle retourna à Istanbul, sous le pont de Galata, où il se passait indubitablement plus de choses que dans le salon. Ce pont à la sanguine lui évoquait son premier voyage, et le lui faisait tant regretter qu'elle dut admettre qu'une turbulence perverse chamboulait le cours des événements jusqu'alors si constant avec juste ce qu'il fallait de rebondissements imprévus et ensoleillés. Istanbul.

Dix-neuf ans, fauchée, départ initial d'une baccalauréate au chômage. Le Pera-Palas où l'attendait une certaine Évelyne en rupture de ban avec l'Europe et son fiancé, laissé en carafe la veille du mariage. Le taxi turc identifiable à son élégant scotch quadrillé sur les côtés. Les chauffeurs de ces bolides, au cas où on envisagerait tout autre moyen de transport, cornant « taxi taxi » dans la trompe d'Eustache jusqu'à ce que l'on renonce à la marche à pied après lavage de cerveau. Le premier barguignage oriental avec le chauffeur de ce *dolmus* farci comme feuille de vigne, de passagers allant en principe dans des directions opposées d'où empoignades. Dans le bazar, objectif : trouver la moumoute idoine et afghane. Froid de gueux à Pâques. Un vendeur ceylanais la propulsant dans le souk d'un Mongol causant très peu d'inglise. Pendaison à l'étalage de diverses biques, brodées, retournées, fourrées, teintes, les dollars tout frais tressautant dans le boursicot, en essayer une dizaine dans lesquelles elle avait l'air de Tamerlan bambin affublé du manteau de son père. Elle exigea du sur mesure. Débarqua une Jane qui parlait un anglais délicieux, bien trop oxfordien pour l'endroit où on ne la comprenait pas, parvint à fixer pour elle la dimension des poches, la forme du col et autres broutilles — le résultat inquiétait un peu Tiefenthaler car le Mongol ne savait que répéter : « best quality ». Après une glandouille avec la providentielle Anglaise dans ce capharnaüm poivré, *bitte schöne, ladiezz, mamizelles, cominn*, où elles passèrent l'œil transversal (ne pas sembler éblouie, sinon les prix montent) sur des foultitudes d'œufs d'onyx, de cendriers d'agate, de bagues en saloperie et de tissus pailletés, elles regagnèrent le Pera-Palas, prirent un ascenseur dantesque, cage en fer forgé à volutes, foulèrent des tapis carmin que peut-être Loti contribua à élimer, traversèrent de vastes salles désertes aux armoires recelant des potiches Ming, rien que des bleus et blancs.

— Alors, chèrre petite, le sujet de votrre prrochain rroman ? rronronna Mimi Obolenska qui avait tout de slave sauf le charme, c'est-à-dire ressemblait à la concierge de l'immeuble où végétait Raskolnikov.

Question idiote. Logogriphe. Elle se reprocha de s'attendre à autre chose, fixa Mimi Obolenska jusqu'au fond de la prunelle dans un but pétrifiant et lui assena « une thèse sur les guerres Médiques en trois tomes », ce qui la laissa sur le carreau.

Revint aux vases Ming du Pera-Palas. Cette nostalgie, jamais, depuis cinq ans de sédentarité... Voyage naïf d'étudiante, et quoi. Et tout. Et pas de commandes éditoriales. La crème dense sur le yaourt du Püdding Shop, le grésillement musqué des brochettes, le Turc de service qui lui proposa les siens, lui déconseilla les virées nocturnes dans les restaurants réservés aux hommes, excepté avec lui qui était sans doute une paramécie, les thés de brûlante émeraude cloquant les lèvres avides au rebord des étroits verres galbés, les torchons bruts, mités, effrangés, brodés de floralies géométriques, acquis après une heure de palabre — coûteuse la serpillière, mais près du Bosphore, le temps c'est pas de l'argent, le temps se gaspille et d'argent on dépense si peu et à grand-peine, au Güngor Hotel, trois liras la nuit. Dans le port, sirènes déchirant le jour, fritures, fumées derrière lesquelles vacillent les coupoles des mosquées, ô pont de Galata tremblant mirage ai-je respiré du nitrite d'amyle, ça bouge vraiment ce pont, une fois par jour, à la même heure.

— Le titre de votre dernier ouvrage, Mlle Tiefenthaler ? Pardon, je n'ai pas de mémoire, et je tiens ab-so-lu-ment à l'acheter pour ma fille en sortant d'ici...

Pas de ma faute, dit Maria en voix off, si elle n'a pas de mémoire, pas que ça qui manque apparemment à cette maritorne, la Contessina di Albizzi Perone, quant à sa fille, elle doit approcher des cinquante berges, quant à sortir d'ici voilà une bonne idée...

— *Eh ben mon colon*, répondit-elle civilement, ou *mon cul sur la commode*, j'hésite.

Sainte-Sophie, la froide Byzantine, mammouth trapu aux gri-
sailles dorées, reçut la main d'Allah sur une de ses colonnes, ce qui
entraîna Tief dans un élan touristique et pieux vers les bas-côtés où
un Turc se débraguettait déjà à son intention, envol de pigeons sous
le dôme de la Mosquée Bleue, un second Turc s'asseyant près
d'elle sur le trottoir, place Sultanachmet, s'obstinant à lui demander si elle était inglise ou francise, puis dans l'ignorance lui désignant sa joue en lui intimant un « küssküss », un peu abrutie par le
soleil, elle ne saisit pas sa chance, le même küssküss peu après se
remanifesta flanqué d'un Yilmaz destiné à se faire sa nounou et son
gorille. Visite au musée des mosaïques, où elle se pâma devant un
combat de gladiateurs et de fauves, et soutint à Yilmaz que la Tur-
quie était une réserve de tigres à l'époque, non, dit Yilmaz, qu'elle
commença à trouver contrariant.
Sur le bateau qui voguait vers les îles des Princes...

Approche furtive d'un jouvenceau à lunettes dont le double
foyer, à son âge, n'augurait rien de bon.
— Mademoiselle, voudriez-vous me faire l'honneur, le plaisir,
la grâce de jouer Sonia dans *Crime et Châtiment* que je monte en janvier, je vous ai vue à la télévision, vous êtes exactement le personnage...
Cette fois elle resta coite, pensa : tiens, c'est drôle, tout à
l'heure j'évoquais la concierge de Raskolnikov, puis :
— Et le cinquième pied de la tour Eiffel, vous voulez que je le
fasse, aussi ?

... îles des Princes, le lustreur de bottes aux yeux pers qui se fit
photographier en sa compagnie et lui infligea une poignée de main
au cirage, et ce Belge noblement encasaqué dans la moumoute de
rigueur qui sauta la copine anglaise dans la chambre du Güngor
Hotel, sans étoiles ni ciel de lit... Ça il l'aimait bien, l'Anglaise. La
preuve, il disait : quand j'ai faim, j'aime bien avoir du chocolat
dans ma poche. Ingénuités. Les poissons frits sous l'arche de
Galata et l'opium inhalé, vue sur le Bosphore et ses crayeuses, sei-
gneuriales demeures de commedia funèbre, les gants de toilette
garnis de plaques de H, les archanges hiératiques arpentant à
petits pas saccadés les coupoles d'or de la Kahriye Djami, les scouts
aguerris, les louveteaux candides du Püdding Shop, quelques Suédois la boule à zéro, tous sociologues, et la route vers l'Anatolie, en
camion, tournoi d'éperviers là-haut, premières morves des enfants
à l'Asie, un sigisbée gaulliste et soi-disant *progressiste*, pourquoi
pas, surnommé Gros Biquet, censé la protéger des agressions après
Yilmaz, Bursa déserte, pas un rat à Altiparmak Caddesi *main street*,
des magasins de corsets, un seul hôtel vide, trônant dans le vesti-

bule près du poêle un buste doré de Mustafa Kemal, dieu lare des hôtels de passe, quelques fleurs en plastique agrémentant son couvre-chef, et la piaule, cette cage laquée de trois couches délicatement superposées genre cassate, bleu céruléen, rose églantine et vert pomme reinette – de la croisée, euh, de la fissure, voilée d'un plumetis en loques, on jouissait du panorama de l'escalier et des slips séchant sur un fil électrique, glapissements des fous rires de Maria et du Biquet gaulliste qui interdisaient le repos à tous les occupants de l'étage et de l'hôtel en général, soit, deux Finlandais.

Yaourt du matin, avarié, craché, réclamations, suivaient cinq yaourts apportés successivement par tous les membres du personnel. Second volet des délices de Bursa : surprise, le lit remuait, comme le pont de Galata. Craignant qu'une famille de rats ne s'agitât là-dessous, elle s'aplatit, vérifia, aucune bestiole n'y avait ses quartiers d'hiver, et le sommier de continuer à vibrer, chorus la lampe, puis spasmes de la commode, qui n'en menait déjà pas large avant d'être malmenée, le plumard de Biquet se mit au diapason, cette chambre avait la danse de Saint-Guy, à deux heures du matin en liquette de descendre aux nouvelles, de découvrir la tenancière de ce lieu en plein séisme, attablée devant une épaisse tranche de viande crue, la découpant au couteau – de la poitrine, dit Biquet, c'est de la poitrine, c'te viande –, devant Maria annihilée l'ogresse bâfrait la viande crue tremblotante, prenant les morceaux à pleines mains et les avalant directement mastiquant à peine, jeta un regard serein sur les deux en chemise très inquiets – certains de la présence d'un vampire et de monstres chtoniens créchant dans cet hôtel sous la haute surveillance d'Atatürk, et pressés de se changer les idées, les voyageurs sortirent sous une pluie cyclonique. Arrêt devant une librairie-mercerie-buvette, en première page d'un quotidien, photo d'un défunt, coincé sous une coupole islamique, le bras pendant en dehors et la main crispée, il semblerait que ce ne soit pas le seul cas, dit Maria, le chiffre de 1750 accompagné du reste en turc évoque à ma brillante intelligence qu'il s'agit de celui des trépassés.

La liste des victimes s'allongeait d'heure en heure, les paysans fuyaient l'Anatolie, scènes de panique dans les foyers français des jeunes nomades. Ceci n'empêche pas les gus de dévaliser une pâtisserie de ses Filandreux (ainsi nommés les triangles à la croûte craquante et aux fibrilles engluées de miel), addition réglée par un Turc. *Jeune fille manger, Turc payer, normal.* Charmée par ce propos, elle envisagea de plus longs séjours en Orient, celui-ci risquant d'être fâcheusement écourté par ce léger tremblement de terre. A l'heure de la troisième prière, retour à Istanbul en triporteur, les fesses dans la laitue...

Istanbul, crasseux brouillard aurifère, fumées célestes, éclats de pierres dures sur les vagues de lavande du Bosphore, elle crachotait l'opium et ses poumons à cause d'une sacrée angine, aphone, abreuvée de lait bouillant à la Maïzena, dans la chambre de Güngor à nouveau. « LE L.S.D. M'A PRIS MON FILS », lu dans un Sélection subtilisé dans l'entrée de l'hôtel, quinte de rire croupale partagée par l'Anglaise retrouvée, « MAMAN C'EST MERVEILLEUX JE SUIS ENFIN HEUREUX », interview du fils, cette fois il n'allait plus lui rester un poumon et elle n'en avait que deux. Malgré l'angine, descente opiacée du Bosphore, aujourd'hui noces de la reine des méduses, les dames d'honneur flottaient en robes à panier diaphanes.

Maria, ton raide pantalon de cuir gourmé, tes blouses de turqueries tréfilées au rouge, le glaviot d'ambre caramel entre tes seins au bout d'une chaîne d'argent, le fumet de ta moumoute ovine durcie de crasse, tes vingt ans, tu écoutais alors avec passion les Maîtres du Mystère à la T.S.F., édifiée de lectures telles que Lanza Del Vasto et Arnaud Desjardins, et l'Inde Que J'Aime collection les Belles Images, Maria tes trips au bout du jour, tes copains, Toto l'Africain, le Nègre, Jasmin, Katanga, Mescaline, Nüremberg, Coulino, les voleuses, les michetonneuses, les vendeuses de sang pour un peu de came, les turbulentes, les dilettantes compagnes raflées dans les aéroports où les avions faisaient moins de bruit que ta jeunesse...

— Je craque, dit-elle à Martin du Mans, avant de se frayer un chemin vers la sortie. Hier, à une vente de l'Unesco, j'ai fichu le camp. Plusieurs agressions de suite, d'abord un étudiant miteux qui me reprochait mes photographies en couverture, et une journaliste odieuse, ceux-là m'obsèdent, je me demande s'il existe d'autres corporations, je ne vois plus que celle-là, c'est l'oppression tyrannique des arts mineurs sur les majeurs, à l'opposé de la Florence des Médicis, qui elle aussi employait le poignard et le poison, mais entretenait les artistes ce dont personne ne se formalisait tandis qu'aujourd'hui on veut nous assassiner dès qu'on écrit des poèmes...

— Tu développes un sérieux complexe de persécution, dit Martin. Moi évidemment, on me fiche la paix car je ne vends pas une toile ou alors si, je viens d'en fourguer une au comte D... seulement les clous ne tiennent pas à ses murs pourris et elle dégringole tout le temps, du coup je vais la reprendre avant qu'elle ne s'effrite, tu saisis le prétexte, pour ne pas me séparer de mes tableaux... Maria, tu ne te feras donc jamais une raison ? la jalousie, bien sûr !...

— Non, je ne me ferai jamais de raison.

Elle appuya sur l'épaule de Martin une joue fatiguée et pâlie. La vente à l'Unesco, le verre chez le rédacteur en chef, un dîner chez son éditeur avaient eu raison d'elle, qui s'en étonnait. D'ordinaire, la comédie humaine l'émoustillait au plus haut point, elle y grappillait toujours un raisin bien mûr, et là, brusquement, une confuse révolte, un dégoût extrême devant cet inutile charivari...

Tour à tour, investie, acclamée, embrassée, coincée, griffée, mordue, niée, sollicitée, elle se sentait une peau cabossée de vieil alligator, une peau publique, sur laquelle le monde entier avait des droits, cela doit s'appeler le succès ou même la célébrité, sinon la gloire. Cette dernière vous préserve d'autrui en vous rendant intouchable, mais le moment précédant la définitive sacralisation, celui où un concile pharisianique décide du sort d'une personne encore si vulnérable, éprouvait Maria au point que, sans l'épaule de Martin du Mans, elle eût laissé choir la maison V... et la France, pour se cloîtrer dans un monastère ou un atoll des Tuamotou... Tentation perverse de briser un édifice si minutieusement érigé, désir fou de briser le jouet. Nostalgie des débuts — assez de tous ces cons qui la contestaient sur tous les points, à croire une cabale (comment ma chère, vous vous préoccupez de vos couvertures, de la mise en pages ?... vulgaire prostitution !). Vertuchou, quand on engendre un livre après deux ans de grossesse nerveuse, on a le droit de veiller à sa finition, non ? eh bien non, elle avait tort. Toujours tort. L'artiste se doit de planer au-dessus de ces contingences. Il paraît que c'est chic. Elle n'était pas chic, et aurait imprimé elle-même ses bouquins, si les spécialistes de chez Floch ne s'en étaient chargés. Oh, repartir ! Sinon elle allait donner dans le truisme de l'écrivain juif persécuté. De fait, se reprocha-t-elle, elle y donnait déjà.

Ainsi cette résurgence du pont de Galata jeta le trouble dans un esprit déjà atteint par trois critiques à propos desquels elle se tapait une parano maison. A cause du pont de Galata, de Lady Macbeth qui lui enlevait Tova, d'une atrabilaire, pigiste dans un hebdo, plus de joie hassidique. Il lui fallait trouver un dieu, Yahvé de préférence, un chant nouveau, vite, vite, avant toutes ces aubes mortelles, sinon elle s'écroulerait comme Ninive. Edmond dirait pour elle la prière du Kaddish, celle des orphelins. Aux carrefours, les dâkinis se détournaient déjà d'elle et ne faisaient plus le mûdra de fascination. Alors, s'en aller dormir sous le pont de Galata, sur les ruines de Fatehpur Sikhri, soit quelque part au royaume lépreux de l'Inde, noblement assise sur un pneu, descendre le Gange...

❋

— Moi que gouverne Mercure, me voilà bloquée en Occident par des contrats. Je suis prête à tomber malade. La sédentarité ne me réussit pas. J'ai l'impression de traîner après une patte écorchée ce piège à fric. Paris tout entier est un piège, déclara-t-elle à Mlle Yuan après enfermement des yorkshires dans la salle de bains. D'ordinaire elle supportait les yorkshires pour l'amour de Mlle Yuan mais là, signal d'alarme, les jappements de ces balayettes l'agressaient autant que le timbre impérialiste du téléphone.

— Je croyais que le souvenir de trois ans de vadrouille te suffisait et que tu avais assez de matière pour écrire tranquillement ici jusqu'à la fin de tes jours...

— Hier, c'était vrai. Pourquoi bouger ? Assez de vues imprenables, d'explorations, d'aéroports, tu sais combien depuis mon entrée fracassante dans la République des Lettres, j'ai dégueulé à la seule perspective d'un déplacement spatial, même la vallée de Chevreuse, surtout la vallée de Chevreuse à cause de cette chlorophylle débilitante... Le macadam, vingt arrondissements, le vingt et unième dans ma tête et j'étais comblée, la vue d'une ambassade me donnait de l'eczéma, me suffisaient les ambassadeurs qui t'embarquent pour le Pérou entre la poire et le fromage, jours de plaisir, la fameuse allégresse hassidique que célèbre Elie Wiesel en quelque sorte. Et là, je cane. Masse-moi les tempes, s'il te plaît.

Elle baissa un front de chevrette têtue, attendit que Mlle Yuan, de ses mains expertes, lui frottât les tempes de ce Baume du Tigre dont le froid camphré la ressuscitait presque infailliblement. Une tension trop basse, quelques influences saturniennes, et, encore une fois, tu acceptes trop de travail, diagnostiqua Yuan en frottant. Ils se ruent tous sur ta matière grise la main sur le cœur c'est-à-dire le chéquier, et toi tu te gaspilles.

— Le directeur littéraire de la maison Beaujeu, hier, a menacé de m'assommer si je ne lui pondais pas un pamphlet dicté au magnétophone qu'il veut pour la semaine ou l'année prochaine peu importe, il va l'annoncer dans le Monde, je te jure que j'étais si crevée... je ne pouvais même plus miauler un vague non, ni lui envoyer ma sole à la figure, bref je me suis tirée, je cours encore, il doit s'agir d'une conjuration, les éditeurs veulent ma peau et mes os... Je tremblais de peur, devant ce directeur littéraire, le cervelet en citronnade, plus un gramme de jus, pulpe sèche, lui me buvant à longs traits comme un chamelier dans l'oasis de Tataouine après traversée du Sud saharien.

— Du repos, des vitamines, du magnésium, et le temps de t'amuser...

— Je m'amusais très bien toute seule, avant, dit Maria. Plus envie de jouer avec quiconque, aujourd'hui. Plus envie de jouer ma vie et de parier des sommes folles sur le tapis vert. Plus envie de vagabondage spécial. Plus aucune incubation de chef-d'œuvre.

— Un moment de spleen, ça va passer. Pense au bal de la maharanée, mets-toi en vacances, un bon week-end chez Rose...

— La seule campagne que je tolère ! tu as raison — mes chats, mon toutounier, le sérail avec quelques sultans en cage, assez loin du patio pour qu'on ne les entende pas, des précautions quant à la nourriture, ne pas trop ingérer, ni parler, ni phosphorer, ni brûler de combustible, écouter Rose des heures, par exemple, ce qui lui fait du bien elle en a tant sur le cœur et moi qui en ai tant dans le crâne, répartition inégale, si tu savais dans quel état est ce crâne sous sa calotte. Les Durga tibétaines n'en voudraient pas en sautoir.

Elle tira sur son vieux pull-over qui boulochait, retroussa du doigt des cils nus et doux comme aile de frelon, émit une toux quinteuse due au cigarillo, trois paquets aujourd'hui décidément ça n'allait plus, tarit sa cup of tea, une larme franchit la douane des beaux yeux las.

— Yuan, tu as raison, balbutia-t-elle, je suis un cadeau pour mon éditeur, je ne demande pas de publicité sur les autobus, ni de réajustement de salaire suivant l'indexation du coût de la vie, ni rien à personne, et je me crois obligée de donner réponse à tout le monde, c'est du vampirisme collectif, ça ne peut pas continuer comme ça, ce droit de cuissage d'autrui sur ma personne, qu'on m'oublie, ci-gît sainte Tiefenthaler, morte dans la chasteté. CINIS ET NIHIL.

— La chasteté, c'est ça ! Il te faut un type bourré de fric qui te nurse, te dorlote, te mette dans du coton, il te faut du neuf, des voyages, des gardénias, des lagons, des palaces, les étoiles de nuits différentes...

— Les nuits étoilées, on les contemple seul, les nuits sont métaphysiques, la lune blanche comme la mort, tu imagines Hamlet méditant en galante compagnie devant le crâne de Yorick ?

— Ça s'appelle dépression, ma belle. La voilà devant le crâne de Yorick. Toi, la gaieté même. Tu n'as toujours pas de règles ? non, donc on ne peut imputer ton état à l'attente de. Promets-moi de cesser toute activité mentale avant le raout chez l'Indienne.

— Je prendrai du Cogitum, ça aide.

— Du Cogitum ! elle est incorrigible. Justement non pas de Cogitum, tu vas encore m'écrire plusieurs volumes et on s'étonnera que...

— Le Cogitum ça fait dormir, dit Maria, contrairement à ce que le nom de ce médicament suggère, le Cogitum est un narcotique puissant... Je te laisse, le banquier va rentrer, c'est l'heure de

rentrée des banquiers et de sortie des chiens, je ne tiens pas à voir
ça.

Mlle Yuan, soucieuse, vit s'éloigner la menue silhouette,
remarqua que les talons de Maria sonnaient moins haut et moins
clair qu'avant sur le macadam, et tandis que les yorkshires effec-
tuaient leur petite miction sur le trottoir pollué, rue de la Faisan-
derie, grommela sotto voce :
— Mûre pour toutes les sottises, y compris de s'amouracher
d'un clochard poétique ou de repartir en Inde avec Terre des
Hommes.

Oh s'abstraire du monde. Bannir toutes ces nourritures
offertes aux riches. Vivre comme Simenon et Le Clézio, sur les
bords d'un lac sinistre. Oublier tous ces gens, devenus abstraits,
véhiculant des Sujets de Conversation sur roulement à billes, jac-
tance, pas une vérité là-dedans, rien que des cartes à jouer sans
envers abattues d'une gifle de vent. Elle consumerait son dernier
brandon d'éloquence, de brio et d'énergie chez la maharanée à
laquelle elle devait une convalescence à Srinagar, Cachemire, puis à
vingt-sept ans, connaissant la totalité courbe de la planète y compris les fosses bleues du Pacifique, ayant observé un échantillon-
nage complet de ses occupants, bu assez de vin lourd et chambré
aux dîners des éditeurs, rempli sa mission d'écriture, claquerait d'une
gigantesque, rabelaisienne indigestion de vie.

Le réel se mit à la cravater sec itou un rappel d'impôts, le matin au-dessus de son crâne un nouveau voisin clouait une moquette, ce boucan l'aspirait d'un profond sommeil barbitural, ne pouvant se rendormir, elle devenait progressivement folle, d'une folie qui ne se ferait pas œuvre ou alors celle de tuer le voisin. A l'aube donc, le vicelard du dessus enfonçait dans son crâne une belle couronne de clous, puis vaguebullante vers midi elle se levait, buzillait des pensées sombres, déplorait le départ proche de Tova, la faillite d'Abramovicz et celle de son espoir cinématographique. A cause de l'échec d'un film sur la piraterie, elle n'aurait pas assez de pèze pour reprendre à domicile sa seconde grand-mère, vœu masochiste car depuis que tout allait de traviole, la première lui causait beaucoup de soucis. Ainsi sont les gens, chiens à la curée dès qu'ils reniflent le sang du dix-cors. Embrumée, éprouvée par son canal cholédoque qui faisait de l'obstruction et lui imposait des nausées, elle n'osait plus ouvrir un journal, certaine d'apprendre qu'il y avait des guerres partout et qu'on l'attaquait elle en particulier. Ça faisait trop de morts. D'autre part, elle soupçonnait chez son éditeur un abus de pouvoir ou un désavœu, sans doute les deux ensemble, pressentiment que M. V... ratifia en lui écrivant qu'elle arrivait au terme de son contrat, et que, si elle ne signait pas pour un septième livre dans sa maison, il cesserait de lui verser une mensualité et ne banquerait plus que lors des comptes annuels, donc qu'elle ne toucherait plus un fifre avant un an et demi. A cela, M. V... ajoutait civilement que son compte était largement débiteur, ce qu'elle avait du mal à croire. Ayant un besoin urgent de changer d'herbage, elle ne signerait pas pour un autre livre, autant se mettre soi-même les menottes, et donc grand-mère Judith risquait de rouler les r à Crépy-en-Valois pendant un certain temps encore. Grand-mère Judith s'ankylosait de plus en plus, et Maria pourrait juste lui offrir, pour Pâques, un déambulatoire.

Dans cette semaine bénie, elle apprit son éviction de la liste des candidats retenus pour le Prix des Libraires, perdit le sceau de Salomon inscrit du nom de Dieu, du cœur, de la croix et de l'étoile à six branches, talisman puissamment chargé, qu'il ne s'agissait pas de porter à l'envers sous peine de se prendre une gerbe de malédictions plein la gueule, très affectée par la perte de ce pentacle, le rappel d'impôt, un chômage proche, s'aperçut que dans son Fort Chabrol, elle ne jouissait pas de conditions idéales pour bosser et ne jouissait de rien du tout, s'attirait des remarques, éveillait des hostilités d'autant plus virulentes que son nouveau comportement de femme battue aiguillonnait les bas instincts de l'entourage.

Mme Mamine tricotait une layette pour un des quinze arrière-petits-enfants de goïms dont elle s'obstinait à savoir le nom, indifférente à l'étrangère, la fille à la machine à écrire. Ce tricot et l'écriture voisinaient agréablement, avant le début de la cerise. Or Mme Bachelard désapprouvait, d'un implicite cliquetis d'aiguilles xénophobes, une petite fille rêveuse contant des songes forcément creux. Guère oniromancienne, Mme Bachelard n'approuvait pas qu'on rêvât sur le feu qui flambe pour chauffer une pièce et non pour égarer l'esprit.

Mme Bachelard avait fini de rêver, si elle le fit jamais, preuve que la création était achevée, à contrario de la belle maxime de Roger Bastide : « Si on n'a pas fini de rêver, c'est que la création n'est pas achevée. » Ce monde achevé refusait les dissipations du songe. Seul mystère, les rêvasseries de Maria lui valaient chèques et promotion sociale, quelquefois semonces comme on l'a vu — quand Maria découvrit qu'un On anonyme qualifiait sa prose poétique de « style nouille » qu'elle ne prit au sens d'art nouveau qu'à la seconde lecture, à la première elle s'évanouit et ressuscita sous les baffes de sa grand-mère qui profitant de l'occase se vengeait (rude journée) d'on ne sait quelles exactions de l'auteur, d'une sourde amertume, d'une envie aigre, d'une hostilité des tréfonds, du conflit de son conscient qui affectionnait Maria à cause des devoirs de filiation et de l'inconscient qui la blâmait surtout de se lever impudemment à treize heures, *comme les putes*. Mme Bachelard première détractrice de Maria affirmait qu'elle L'AIMAIT BIEN, AU FOND, un fond si lointain qu'il fallait se pencher au risque d'un tour de reins pour débusquer le sentiment, si on trouvait, en orpaillant, des pépites d'or. Mais là, Maria ne voyait que des gravats. D'ordinaire peu désireuse de se pencher, préférant s'en tenir aux apparences, Maria acceptait que sa moitié de sang youtre, son faciès de pietà sémite et sa vie de bohème suscitent chez Mme Bachelard des émotions ambiguës et ne lui inspirent que des tendresses rétives, de rares abandons et des colères froides.

L'ordinaire avait fui, cédant la place à quelque chose de tout à fait inhabituel — l'alliance de la guigne et du spleen.

Tandis que Mme Bachelard tricotait, donc, Maria écrivait la chanson d'Aphrodite attendant dans son claque le marin de Tyr, lucre et stupre s'immisçant impunément dans la pièce où dormaient les chats. Paix sournoise. Mme Bachelard, exaspérée par la seule présence endolorie de celle qui ne faisait jamais rien comme les autres, lui avait carrément ouvert la porte mais alors là en grand, le matin même, après une rouspétance de Maria à cause des coups de marteau. Si l'Originale était incapable de vivre NORMALEMENT dans un immeuble où les gens ont des horaires NORMAUX, elle n'avait qu'à s'acheter un hôtel particulier, cette princesse, où elle finirait poitrinaire à force de torpiller des blondes menthol, et, en tout cas qu'à foutre le camp après quoi cet appartement cesserait de ressembler à un bordel, à une caravane, à une yourte, à une loge maçonnique, et vlan pour le matricule de l'écrivain qui fléchit sous cette offensive. Eh oui. Mme Mamine en avait ras le baba de protéger les arts sans savoir exactement de quoi il retournait, de cavaler au téléphone pour préserver l'infante des chronophages, *hic et nunc*, elle souhaitait la fin calme des femmes eskimos et virer la yiddish aux yeux coupablement agrandis par la transe devant une machine à écrire. Transe non catholique. Les aiguilles en cliquetaient de rancœur et d'horripilation.

Pulsionnelles en diable, ces aiguilles se seraient volontiers prises pour des fibules dans le but de crever les yeux bistre plombés de cernes à cause du manque de sommeil que leur infligeait le Poltergeist ou nouveau voisin. Crispée sur sa machine, Maria ne pouvait s'empêcher d'entendre les commentaires pointus des aiguilles :

— Boit trop de thé, quatre tasses, puis avale des calmants, aha, cachés sous ses chaussettes dans un tiroir, où il y a de quoi suicider un régiment. A quoi tout cela rime-t-il ? Devrait se lever à huit heures et travailler dans un bureau, gagner honnêtement trois mille balles par mois pour répondre au téléphone. Le reste n'est que Vie de Patachon, Sodome, Gomorrhe et lazaret. Écrivain, est-ce un métier ? Voit trop de fous. Toutes ses amies, folles. On se demande ce que tous ces types accrochés à ses basques lui trouvent. Maigre ce chien, sauf de poitrine. Dépense trop. Lit trop. Des tonnes de livres et de vêtements encombrent cette maison où sa grand-mère n'a plus une pièce pour recevoir. Chassée est Mme Bachelard de son logis. Du Tiefenthaler, il y en a partout. Elle prolifère et gagne du terrain comme une jungle. De quoi maquiller, cultiver, habiller cinq personnes NORMALES ceci pour elle cette demi-portion. Pourquoi DIX crayons khôl ce truc baveux qui fait fatma et VINGT-TROIS bâtons de roooouuuge à lèvres. Aux w.-c. un jour ira l'ensemble. La peur juive du manque, sûrement. Quand elle trouve quelque chose qui lui va — enfin, ce sont ses goûts ! — de peur juive qu'on ne la trouve plus dans le commerce, elle achète la totalité du stock, au lieu de placer son argent sur livret... Cette maison ressemble de plus en plus à un entrepôt, voir ses chemisiers pendus au séchoir à linge qui va finir par craquer idem les placards.

Et Mme Bachelard rêvait — elle aussi, mais à des fins pragmatiques — d'un appartement désolé, désert, sans rien qui évoquât la vie, le sexe, l'esprit, les mots et leurs turbulences, que, très mode à ce point de vue, elle désapprouvait. Rasibus de l'entassement d'opuscules, d'antiquailles à dépoussiérer, de terres cuites javanaises auxquelles tenait énormément cette vésanique, d'étoffes dites batiks anciens, quoi, de vulgaires tissus imprimés puant la colle, qu'il fallut ranger dans d'inaccessibles malles au-dessus de la penderie afin que jamais personne ne vienne les y dénicher, et l'Odieuse de se plaindre de la disparition des fétiches, mais bientôt, Odieuse, on ne pourrait plus respirer ici, alors que le vide soit, un néant où s'abîmerait enfin, comblée, Mme Bachelard qu'incommodaient le poids et la caresse des objets, des phrases, des fourrures, des bijoux offerts à l'Odieuse par des cinglés qui, la trouvant digne de bijoux et d'attachement, voulaient, summum de l'inconscience, se l'approprier...

De l'autre côté de la machine, la Tief pensait qu'il était bien triste de *réussir* dans ces conditions, près d'une Mme Bachelard désapprouvant en dernier que l'auteur ne fût pas une frénétique de l'avancement, et que, dès qu'on employait devant lui le terme de *carrière*, l'auteur fît une mine de chat échaudé. Décidément, on avait cessé de l'aimer. Elle se sentit *fiu* comme une Tahitienne muchée dans son faré par crainte de la chute d'une noix de coco à la verticale de son occiput, et navrée qu'au moment vasouillard des tristesses, presque sans précédent chez elle qui connut la tragédie, mais pas cet abominable tangage de l'âme, Mme Bachelard la reniât implicitement et prît ouvertement le parti du voisin qui lui clouait le crâne.

Horrifiée, Tiefenthaler s'aperçut que, depuis quelque temps, elle cultivait la formule négative. N'a pas eu le Goncourt. N'a pas réussi à sauver son père. Même les chats, flairant son aura sûrement fuligineuse, désertaient sa piaule et la doublure de ses manteaux. Ponctionnée par le fisc, agressée à cette vente puis dans la rue par un tire-laine qui faute de réussir à lui arracher son sac faillit la laisser sur le carreau, molestée par ses souvenirs, l'altesse poitrinaire, pour une fois désorientée, suivant des routes fallaces sur une carte ptolémaïque, ne discernant plus le Septentrion, incapable d'élucider son angoisse, d'en lever le voile, sentit l'approche de cet effroi diffus qui lui raidissait les muscles, jusqu'à dureté de quartz fantôme. Quand le l de sa machine sauta, personne pour réparer, elle pensa se cyanurer, car côté bricole zéro. En sus, la veille, empoisonnement aux putrescines d'une viande à l'aspect grillé mais sûrement faisandée.

Tief ne sublimait plus rien du tout. Le foie en hélice à cause des putrescines, et le for intérieur en capilotade, bref *nicht sehr lustig*, elle se mit à évoquer, avec une perversité de gamine titillant d'une langue habile sa dent branlante, les circonstances de la fuite du Commandeur, à se remémorer, jusqu'à obtention parfaite d'une image mentale, le long crâne ovoïde, les bontés douloureuses de son visage lisse comme une pierre ponce polie par des marées de larmes qui jamais ne coulèrent, sa fine moustache, la rectitude de son nez, la blessure de son sourire, la jaquette de métal sur sa seconde canine gauche, son écriture ramassée, tassée, au contraire de celle, haute et ample comme une caravelle s'éloignant des rivages connus, d'une fille aujourd'hui plus seule mais moins jouasse que Zarathoustra sur sa montagne. Elle s'accrocha à tous ces repères qu'elle savait d'une absolue vanité, puisque ces détails temporels ne distinguaient plus Adam Tiefenthaler des autres vivants, et n'étaient que les balises d'une mer démontée de souffrance.

Machine hors d'état, allez écrire sans l, lettre terminale du nom des anges, comme le lui rappelait souvent Edmond, elle sombra dans une morbidité complaisante, léthargique, effarée, se posa les trois questions (insolubles dans son état) de Gauguin, n'osa pas sortir car dehors le pavé était gras, les taxis déraperaient, au menu des restaurants ne figurerait que de la viande avariée servie couverte de mouches, dehors on disposerait contre elle une artillerie lourde, et elle y laisserait ses grègues. Son fichu corps d'hystérique prenait tout à son compte, lui imposait des spasmes, des hoquets, une anorexie, car l'énergie y circulait à l'envers, chose à proprement parler satanique.

— Ma pôôôvre, j'espère que le papier de *Elle* ne t'a pas traumatisée...

Et Mlle Yuan, téléphoniquement, de lui infliger par le menu la quatrième dégueulasse critique qui lui était faite par, encore, un anonyme, dans ce canard qu'elle n'achetait pas, et donc aurait pu ignorer... Reprenant avec quelque naïveté chaque terme diffamatoire, la brave Chinatown s'évertua à lui commenter favorablement cet article qui la traînait dans la boue, lui intimait l'ORDRE de ne plus écrire une ligne et SURTOUT dorénavant d'endiguer tout lyrisme. Cet air connu, revu et corrigé par Mlle Yuan, devint dans sa bouche un véritable dithyrambe, mais la victime connaissant le processus, hurla dans l'ébonite que ÇA SUFFISAIT COMME ÇA et raccrocha. Il s'agissait donc bien d'une conspiration mondiale dirigée contre elle.

Elle eut la dernière audace de s'avouer qu'un tel verdict lui ouvrait au flanc, peu généreux et déjà estafilé, une blessure tout aussi profonde que celle qu'ouvrit le suicide de son père. On ne pleure jamais que sur soi-même. Admettre une équivalence entre le choc de l'été grec et un misérable meurtre écrit et non signé ne lui donnait pas, en outre, une haute idée d'elle-même. Tant pis, elle était abjecte, et refusait de se le cacher. Quelle gerbe ! Si seulement elle pouvait gerber, mais ça jamais, trop vilain à voir, elle préférait crever de nausée que d'expectorer le poison. Œdème d'angoisse, rétention d'eau et de peur. Dislocation. Riposte impossible. L'Anonyme, encore un planqué. Elle se vit redoutablement passive, ensevelie sous la crainte, souillée d'un beau jet de salive envoyé sur sa belle gueule, gémit : « Cher critique allez donc au bout de votre pensée, ne faites rien à moitié, ne soyez pas dupe de vous-même, vous me détestez, que les injures pleuvent dès que je mettrai le nez dehors, guettez ma sortie, lapidez-moi, qu'il y ait du sang en place publique, et non cette perfide schlague en privé. Écrivez donc que je suis la dernière des dernières, une merde, un ennemi public, vous avez réussi votre coup, je doute de moi-même, et je risque de vous obéir, si vous m'ordonnez de ne plus écrire, je n'écrirai plus, et je me supprimerai puisqu'on ne m'aime pas, ou pire, plus. »

Tiefenthaler, te saborder vite fait. L'Empereur a baissé le pouce. Plus moyen de se dérober à l'attentat par un raisonnement logique. Logique aurait été de constater que, sur une vingtaine d'excellents papiers, il y en avait eu quatre mauvais. Mais ça, elle ne voulait pas le savoir. Seule la tenaillait sa faim de l'amour des créatures. Elle n'était plus qu'une décharge de la haine municipale. Autour d'elle, la colère hallucinée des Anonymes. C'en était fini de l'humeur aussi primesautière que la musique d'Offenbach. Bâtarde elle était, comme Oreste, et tout un peuple lui courait après avec des fourches pour que cessent ses cabrioles.

Cette critique d'un inconnu fissurait grièvement son image, qu'elle avait eu tant de mal à restaurer après douze ans d'enfance schizoïde, qu'elle ressouda avec une hargne vitale, que fêla encore l'exode du père. Elle se fit la réflexion fort juste qu'on ne faisait ça à personne. Qu'il y avait, en ce siècle, tant de thérapeutes dorloteurs d'âmes que souciaient les moindres brisures d'inconscient d'un gamin de quatre ans, et que seuls les auteurs étaient victimes de ce crime impunissable, de cet assassinat, pas d'autre mot, employé d'ailleurs par M. V..., démagogue (on NOUS a assassinés dans le Midi Libre...). Il y avait des masses de gens qui commettaient des fraudes, des vols, des délits, brisaient le fémur des vieilles dames pour piquer leur magot, or on les jugeait devant un tribunal, avec témoins, avocat, possibilité de recours, de référé et de relaxe. Dans son cas, ni jurés ni arbitres ni experts, mais judicature de l'ombre, elle était condamnée sans enquête ni instruction, ni confrontations, ni procès-verbal de conciliation, arrêt définitif sans autre forme de procès, comme celui des Rosenberg. Et le commun de bavasser sur ce cher si fragile inconscient et le sien d'être endommagé par ces tyrans obscurs, sans qu'elle eût même publié un pamphlet duquel la partie visée aurait pu s'émouvoir, mais un roman honnête. A elles les myriades d'Ephraïm qui de leurs cornes frapperaient l'ennemi, soit l'Anonyme.

Rabbi Tief se sentait dans l'état du youpin cité par Freud qui tenta d'aller à Karlsbad sans billet et reçut des beignes à chaque contrôle. A propos de Sigmund, lui revint en sa mémoire démise et luxée une phrase d'icelui (*Moïse et le Monothéisme*) : « La déformation d'un texte se rapproche, à certains points de vue, du meurtre. » Il n'y a pas pire déformation que la bonne vieille technique de l'extrait, propre à ridiculiser Saint-John Perse, et Rimbaud, et Eluard...

Se remémora également une scène d'enfance, qui la détériora alors de la même façon. Un jour, une dénommée Evelyne Girault, neuf ans, ouvrit la porte de la salle d'études, et, sans explication, lui cracha dessus. Pétrifiée, Tiefenthaler, dix ans, ne trouva rien à répondre et alla tenter de dégueuler dans les w.-c., sans jamais y parvenir comme d'habitude. Elle savait très bien le pourquoi du crachat. Sa gueule sémite et sa place indéfectible de première en classe. De quoi être adulée ! Depuis, la gamine mal-en-point, inapte au combat, avait recollé ses morceaux jusqu'à ce que ça tienne sec, que ce fût du solide, du marouflé, du mastic, à force de goudron, de poix et de Seccotine voire de colle de poisson, et une fois consolidée et sans faille, partit sur les routes en contrebandière. L'inconnu qui la haïssait tel naguère le censeur du lycée Lamartine lui restituait cette ancienne condition de désajustée et de désagencée, cet état vulnérable qu'elle connut à dix ans, quand n'importe qui pouvait la morceler. Ce type venait de commettre, ni plus ni moins, un infanticide.

Reprendre une vie hasardeuse, s'il n'en est pas d'autre, se promit Rabbi Tiefenthaler. Retrouver l'harmonie. Fuir cet univers discontinu, grumeleux, incohérent, appauvri, où je perds mon temps et mes instants d'immanence. Me voici impopulaire, la maison V... ne va plus me filer de mensualités avec retenue de Sécurité sociale, j'en ai marre de la retenue, de la sécurité et du social il va de soi — en cas d'autres contrats signés avec d'autres maisons, elle courait à sa perte, ne résisterait pas aux futures agressions des mammifères du contexte actuel, mammifères orientés, politisés, idéologues, possédant notice explicative de l'existence, très heureux primés, superlativement certains de leur bon droit, dogmatiques et dominants, éduqués civiquement, votant, allant en bande anonyme serrée tels des harengs, ou les seiches, organisation caractéristique des premiers invertébrés. Ces sous-ensembles aux criailleries hargneuses la scalperaient avec la cruelle promptitude de singes hurleurs. Déjà, une poignée de cheveux sur la brosse. Bientôt, elle perdrait ses dents à cause de la pyorrhée. Elle serait hideuse, et on l'amnistierait. Fuir, fuir, fuir les vœux de mort de ce monde lui-même mourant.

Survint Emmaüs le Secourable, qui se frotta à ses mollets en fuseau horaire car elle avait perdu quelques kilos depuis le début de la poisse. Le chat exigeait qu'elle vécût. Elle le souleva, merveilleuse grosse poupée poilue, monstre lustré, l'embrassa entre les oreilles, le reposa sur la courtepointe, s'y affala près de lui qui contempla le désespoir de la bête humaine, ravagée de sanglots, se labourant le visage de ses ongles — symboliquement pour ne pas s'abîmer, en cas de suicide qu'elle offrît un visage correct.

Entra Mme Bachelard qu'émurent les râles de la dernière des dernières, en reptation sur le lit, se donnant des larmes à cœur joie, une ivrognerie de larmes. Tiefenthaler leva sur sa grand-mère une face d'enfant avinée de chagrin, grisée de vin triste, ou de vierge andalouse chialant sa cire éternelle, bref elle pleurait comme un veau, et entendit Mme Bachelard lui demander d'un ton troublé mais débonnaire si elle comptait aller au bal d'une maharanée, ce soir, ceci de la part des Bogdanov qui ne voulaient pas la déranger.

Tiefenthaler, *ex abrupto*, tourna à la colère panique, décida d'en finir avec les détériorations, d'ordonner le capharnaüm sous son crâne, se releva, tituba, résolue à marcher de nouveau sur des tessons de bouteille et à danser sur ses petits pieds d'ondine meurtris par des couteaux glissés sous sa voûte plantaire, danserait donc, ce bal serait spatial, et mangerait encore et encore du *fruit de l'inconscient* et dédaignerait la *méthode* selon le vœu de Laforgue auquel de son vivant on ne fit pas la fête non plus, de l'angoisse passa à une sorte d'extase vengeresse, dans ce bal ferait une descente fulgurale, on en verrait encore la trace des siècles après comme celle de l'éclair de Zeus sous l'hypaton de l'Acropole, elle serait comme ces rudimentaires baraqués qui encadraient leur nom en rouge et adoraient les polémiques pourvu qu'on les citât, accrocherait au-dessus de son lit la formule : IL VAUT MIEUX QU'ON EN PARLE, SEUL LE SILENCE TUE, s'infligerait à ce sujet la méthode Coué, décommanda son suicide, pensant qu'il serait mieux venu après un ultime bal en habit bleu barbeau, couleur consacrée. De toute façon, tout simplement, avant d'en arriver là, elle tuerait l'Anonyme et les trois autres salopards qui l'avaient chourinée.

Hardi ! se dit-elle, attaque ! et coinça son pied plus osseux encore qu'à l'accoutumée dans une spartiate à lanières, s'encotonna de jupons ravissants et bleus, tout en remuant d'agréables pensées de meurtre contre l'anonyme et les autres. Après, problèmes judiciaires et embêtants. Mais en théorie, leur peau ou la sienne. Tout en se maquillant, chercha comment les trouver. L'anonyme courageux serait le plus calé à débusquer.

En un spasme tonique, elle transforma la peur incohérente en logique régulée et évolutive, aboutissant à une nette conclusion : le meurtre de ces gens, et non plus la fuite devant eux.

Le bal des Rajpoutes
(avant et après)

Encore contusionnée, elle se camoufla donc de fards et de jupons, pour qu'on ne vît pas l'intérieur, rien que des tripes convulsées comme celles des saintes médiévales dont les sculpteurs ébréchèrent le ventre. Paracheva ses résolutions, tout en se rimmelisant les cils : dessouder les quatre affreux. Buter sa grand-mère, si celle-ci ne se résolvait pas à l'aimer. Flinguer son éditeur s'il sucrait sa mensualité. Rectifier tous ceux qui l'attendaient avec fusils à lunette, avant qu'ils ne prissent les devants. Barbotant hilare dans ce bain de sang, se tatoua la face avec justesse, s'embellit jusqu'à ce qu'elle fût à fermer les tiroirs-caisses, les persiennes, et à crier Police s'il n'y a pas plus dangereux que la beauté. Ouf. Redevenue une vraie de vraie, une zonarde, avec des yeux à braquer toutes les banques, à fricfraquer des suites au Ritz, cézigue bandait à nouveau pour la vie, gagnante pour le cancer du poumon à cause des blondes menthol, mais gagnante en tout, fringuée non au Carreau du Temple, mais Saint-Laurent nom d'un fleuve, avant le bal d'une hindoue tueuse de panthères joueuse de polo et émancipée de la réclusion du *purdah* ; pour être digne d'une telle femme, se fit des châsses au vitriol.

Quant aux maquisards qui trouvaient son langage cryptographique et usaient du Petit Robert pour la lecture de Spirou... que la peste de la male heure étouffe ces emmanchés ! Comment avait-elle pu tenir masochistement compte de leur avis, d'où inhibition fatale, au lieu de décider de les emplafonner dans un des journaux où elle pouvait riposter. Mais ce serait trop peu. Les refroidir, donc. Elle piqua un camélia à l'endroit du cœur, sur sa blouse sombre. Prête à emballer comme on disait dans le temps, et dans les surboums. Drugstorienne de quatorze ans.

Appela un taxi qui répondit illico, question de grâce retrouvée, dans cinq minutes assura PEL 22 22, cinq minutes qu'elle mit à profit, femelle janiceps, pour que pivotât sa tête dans l'axe du tronc, et que changeât sa face de sainte contre celle d'une fille de la troupe dyonisiaque. Ce soir elle serait digne d'elle, et le monde, repeuplé, par la vertu de sa magique solitude.

A nouveau, ses yeux élargis de la transe chichimèque, scrutant les superbes lapsus des apparences, qui révèlent aux voyants l'Intel-

319

ligible, Indicible Figure — elle aborderait ce bal, belle comme Ariane et tête en l'air comme Perséphone cueillant ses pavots avant le rapt d'Hadès le Lubrique, un type du mitan.

Le printemps du dehors l'attendait, d'une froideur clinique et d'une vivacité pointue de jeune jacinthe. Saison des chocs, des abordages, de heurts, secouée de rafales, bousculant les nerfs, aux ciels de ressac, aux soirs entretaillés de plaies shocking pink, couleur qu'elle privilégiait. Printemps cahoté comme une calèche sur des graviers, violent comme une volée de cloches nuptiales, séisme adorable, printemps cisailleur, dentelé comme un harpon.

En ce soir vernal encore déficient, stridente trille de violoneux tzigane, crincrin obsédant de boîte à musique, en ce soir de transmutation, monta dans le taxi PEL 22 22, aigre-douce et désemparée, assortie à la neuve saison, avide de séduire car il lui fallait presto de sérieuses marques de reconnaissance, mit pied à terre devant la portail de l'avenue de Suffren, au fond blessée encore, d'une joliesse de pierre dure, au fond suturée, portant la souffrance orgueilleuse des bafoués et un renard bleu sur ses épaules.

Chaloupant du valseur à la balinaise que c'en était un programme, mais ne comptant pas le suivre, manches de son corsage baissées pour faire un décolleté Comédie-Française, sa menue personne, du poulailler au paradis, parfaite, entra sous la porte cochère escortée du Golem qui combat les ennemis des siens. Alla, en livrée d'idole, ointe d'eau de la reine de Hongrie, vers le bal, pour y être aimée, après avoir été aussi vilipendée qu'un docteur juif qui viola les censures du conscient. Ce soir, être aimée pour ses appâts glandulaires, la longueur de ses cils, roue du char de Konarak autour de ses prunelles d'or brun, être aimée pour ces babioles sans mérite, puisque ses poèmes duplicement qualifiés de romans par son éditeur seraient bientôt en vente à trois francs sur les quais.

Dans son poudrier, vérifia un haut front d'archange, se tourna, salua son profil, récif transparent, caressé par la retombée de ses cheveux longs comme des varechs, sa toison de nonne, dansant en ondes élastiques sur ses friables épaules, apprécia le retroussis des cils séparés un à un à l'aiguille, sut que la nuit teinterait ses yeux de cidre clair, que l'excitation, le vin et les nourritures (ce soir, elle dînerait solidement, ayant retrouvé sa grande faim heureuse, farderaient ses joues d'un rose âpre de fleur de laurier, jugea, dans les glaces du vestibule, l'armature d'ensemble de bonne qualité, balafra ses lèvres de laque prune (un petit remords, comme ça) avant d'ascensionner vers la fête, en Roux-Combaluzier. Elle devait être foutrement en retard car déjà plus personne devant le Roux. Dans ce Roux, pour oublier la claustrophobie, elle admira en hommage à Schliemann sa bague grecque, copie de celles qu'on trouva au Trésor d'Atrée, un lion lui cerclant l'annulaire d'une orbe de saphirs, nous arrivons au septième étage Béni-soit-Il, cette porte de zinc semble vouloir s'ouvrir, elle rectifia une mèche en copeau alezan sur son front, gomma à la hâte une estafilade de fard trop théâtral sous le maxillaire gauche. Ulysse ne se fut pas présenté au roi Alkinoos sans, auparavant, prendre un bain et la peine de dérouler ses boucles d'hyacinthe. S'agissait pas d'un roi mais d'une paire de maharanées rajpoutes qui vivaient encore aux temps odysséens, parfait, la porte se replia, elle se trouva au seuil de l'appartement, vaillante, dans son renard couleur de perle, allons-y, ce sera tohu et bohu, il y aura de l'alcool, des gens à découvrir, cette soirée peut tout changer (incertitude si goûteuse) si ça ne change rien, espoir de trouver un recoin, une fenêtre ou une terrasse — ah oui, la Rajpoute avait promis une terrasse — d'où elle regarderait les étoiles, en compagnie du jeune homme le moins tarte possible, dans ce bal se dépenserait sans compter par horreur des maths, et partirait à minuit accrochant çà et là quelques regards louangeurs.

Elle entra du pas conquérant des rois, des putes et des voleurs qui sont partout chez eux, comme l'écrivit Honoré de Balzac, privilège dont elle était consciente, itou le personnel qui l'introduisit avec une vigilance respectueuse et (trop tard pour reculer) la poussa sur le parvis des fêtes patriciennes.

Elle mentirait. Dirait qu'elle avait eu une excellente critique de Poirot-Delpech dans le *Monde*. Personne ne l'aurait vue, mais elle soutiendrait le fait mordicus, et ça l'aiderait beaucoup à supporter cette chouette société, où il s'agirait de se farcir tous ces caves. Elle piqua le camélia blanc dans ses cheveux, c'était plus choc que sur son corsage, renoua la lanière d'une spartiate, et d'un pied à nouveau mercurien, prit son essor dans le salon.

De quoi se serait-elle méfiée ?

Après le bal, elle se souvenait très précisément qu'un jeune héritier, dont le profil offrait une similitude troublante avec celui du prince des Célèbes qu'elle aima, donc tout à fait son archétype, la raccompagna en Bentley. Comme d'habitude, afin d'éviter les explications, elle s'était immiscée sous le porche du 9 rue de Maubeuge, pour attendre le démarrage de la voiture, ressortir, et faire sa promenade postprandiale, de nuit, autour du square Montholon. Personne ne comprenait cette circumambulation hygiénique préparatoire au sommeil — ainsi, une fois, un raccompagnateur stoppé au feu rouge, découvrit son manège dans le rétroviseur, crut qu'elle arrondissait en cachette ses fins de mois ceci à partir d'une heure du matin après un dîner chez un ambassadeur et s'empressa de divulguer ses conclusions. Pour éviter ça, elle patienta donc derrière le portail, et, bagnole hors de vue, se glissa prudemment à l'extérieur pour le tour requis.

Pensait-elle au jeune homme ? guère. Elle s'aperçut seulement qu'elle frétillait à nouveau. Se dit que l'incarcération sur ordonnance lui serait épargnée. Qu'elle se trouvait derechef en mesure de soutenir Rose qu'elle évitait depuis peu car la fuite imminente en Guyane d'un amant du Quai d'Orsay la conduisait à l'abîme au bord duquel Maria craignit de chuter avec elle. Qu'elle avait conjuré le mal sans l'aide des phylactères. Que demain elle harcèlerait diplomatiquement au téléphone tous les éditeurs auxquels Edmond Moïse envoya ses manuscrits. Qu'elle se sentait le cran de défaire les armées philistines.

— C'est Yom Kippour ! annonça-t-elle à Marthe et Marie, mêlant deux cultures de la façon osée qui défrise les critiques littéraires, non la moustache des chats, animaux de synthèse. Que faisait Marthe à une heure du matin siégeant sur son futal ? Ses griffes. La chatte pignait consciencieusement la flanelle du pantalon pour exprimer sa joie, lévitait de quelques centimètres au-dessus de la chaise sur laquelle traînait feu le futal, tout en continuant à faire ses griffes, exploit impossible aux chamanes les plus doués. Faire comme si Yom Kippour, hors saison, sonnez trompettes de Jérusalem, des bleds africains et des villages de la Forêt-Noire, d'un crépuscule à l'autre il sera défendu de parler politique (aucun danger, elle parlait rarement pour ne rien dire) et de fumer, problème plus ardu, il faudra méditer uniquement, ne pas écrire, l'ennui du Yom Kippour outre la prohibition des cigarettes, c'est qu'on ne doit même pas tirer la chasse des w.-c. si on s'en tient à la lettre — après cette trêve, deux jours de calme et de tisanes à Pressagny-l'Orgueilleux, lundi forme fabuleuse, ponte des articles promis, accueil souriant des coursiers qui n'en reviendront pas, habitués qu'ils sont à se faire recevoir tempêtueusement par les auteurs ainsi pressurés, acheter des Snoopy adhésifs pour la fille de Rose qui, entre autres tares, en colle partout — Marthe, ce falzar est fichu dans les fondements.

L'esprit (*nous,* en grec) occupé des Snoopy et d'un fond de pantalon à pinces dont Marthe venait de labourer regrettablement la flanelle neuve, incapable d'éprouver à l'égard de cette boule la moindre rancune, elle se fourra au lit, et, juste avant d'éteindre la lampe de chevet saumonée à crépines blondes se dit qu'elle inviterait chez Rose le jeune homme à la Bentley car ce jeune homme décidément très joli lui semblait la gratification propre à lui remettre les idées en place, mieux que le Cogitum. Du jeune homme elle ne savait pas très bien ce qu'elle ferait, mais son profil suffisait, ressuscitant quelques échos d'une ancienne et mythique passion, lui inspirant un désir électif, bah, tant mieux si se trouvait sur son chemin un Chrétien d'Orient, l'air un peu clergyman, un peu milicien, un peu janséniste, avec des yeux d'animale pureté et de mélancolie, des yeux de dérobade égarée devant elle, oui elle était bien ce soir-là, les jupons volantés sémillants à souhait... Elle n'établit aucun rapport entre le plaisir d'être raccompagnée à une heure du matin en Bentley par un garçon qui visiblement la trouvait à son goût, et l'état de grâce rédemptrice à nouveau octroyé. Jouer avec ce jeune homme, comédie légère, séduisante, elle se réjouissait de l'inédit, et de cette péremptoire envie d'avoir envie — du côté du jeune homme, il y avait peut-être autre chose, un état d'âme, c'était le genre à états d'âmes, pas très rigolo, héritier, bon, Yuan ma pythonisse une fois de plus ne se trompa point, une bouffée d'adrénaline grâce au profil stendhalien et voilà... pour le choc et le chic, séduire ce jeune homme et n'y plus penser après. Elle éteignit les feux.

On ne sait si Tristan profita de ce qu'Iseut, avant l'absorption du philtre, eut la colique, perdit ses cheveux et ses facultés mentales, subit une grave chute de tension, ou si les effets du philtre la réduisirent à cet état de grabataire, toujours est-il que la confusion mentale réduisant Maria Tiefenthaler à la chiasse, des insomnies, des difficultés de coordination gestuelle, des pertes de mémoire, que la rupture d'un contrat éditorial et la perte de l'espoir d'un scénario lucratif, le souvenir du pont de la Galata, la culpabilité à l'égard d'une grand-mère moisissant à Crépy, et quatre mauvaises critiques jouèrent indéniablement en faveur d'Amine Youssef, si l'amour, à l'opposé de l'enfant, est une *créature de circonstance* — un mois avant, il se serait vu poliment envoyer aux pelotes, mais Civa, maître des Danseurs, décida sans doute que le soir du bal chez une maharanée, Maria affaiblie, 5-6 de tension, allergique aux directeurs littéraires, méfiante envers les producteurs et, bien que cela ne se vît pas (question d'ossature), éreintée, accablée, recrue, rendue, moulue, prête à succomber sous le faix des contrats, à larguer cette vie de galérien et à détacher de son cou délicat un collier de misère jusqu'alors de perles d'un rare orient, s'échouerait, légère, déchue et floconneuse, sur une terrasse du septième, facilitant au jeune homme triste une tâche qu'il s'imaginait aux origines plus ardue que de pêcher la lune avec les dents.

TROISIÈME PARTIE

ÉROS

III

J'enclouerai ton ombre

L'amor che move il sole e l'altre stelle

Un dîner chez Lasserre

Ce que les autres pensaient d'eux

Le Paradis, avec des restrictions. Consultation des Yeux Fendus.

Commandements de l'esclave qui, docile, à vos pieds...

Liban, dernier ballet avant la guerre

J'enclouerai ton ombre

J'enclouerai ton ombre et l'empreinte de ton pas. Fini de ton talent, mécréante. J'émousserai les pointes affûtées de sens et tairai les salves crépitantes de ta damnée énergie. Tu perdras ta folie sagace, ta tendresse pour le règne animal, végétal, minéral (tu en inventerais d'autres si je te laissais la bride sur le cou), ta jeunesse pathologique (j'ai ta vie devant moi, le si vieux bougre), ton esprit ricaneur, offensif, tes joutes oratoires avec la mort qui me vexent affreusement car je n'y participe pas (j'ai enfin lu tes livres et je te connais, imprudence autobiographique !), oublie, donc, ta moquerie câline et tes pieds de nez au quotidien, cette faculté d'être à la fois croyante folle de Dieu et iconoclaste... Amour, je guérirai ta folie, ce sera la fin du dialogue avec Dieu et gens faisant suite, et du don que tu Lui dois. Oublie l'écriture, chose phallique, les mots, tes mantras charmeurs-du-monde. Oublie tes chères correspondances entre la mer, la musique, les parfums, et tes recours aux *sciences diagonales*[1]. Je te veux mon épouse et s'esbaudissant au théâtre de boulevard, déjà maximum de cérébralité. Ma poupée, je glisserai des croix de plumes sous ton oreiller pour t'interdire tout sommeil d'embellissement et de jouvence, tu haïras ta famille, tu casseras ton image, grosse, dodue, tu ne seras plus divine, mais seulement mignonne, les ouvriers te siffleront (et Dieu sait qu'il y a des travaux dans Paris) si tu te risques encore à franchir le seuil de notre thébaïde, or sur les déesses passantes, on n'ose pas se retourner, et, affront, on ira jusqu'à te siffler. Tu n'auras plus de baise-main et sous tes yeux, de solennels fronts chauves, mais seulement droit aux flatteries familières dues aux bêtes domestiques.

Quand je t'appellerai au téléphone, tu répondras tout de suite sans me faire attendre, abjurant tes écritures, et quand tu leur reviendras, il y aura un grand vide dans ta tête, tu ne trouveras plus la métaphore exacte, tu seras coupée de ton inconscient et il en sera ainsi chaque jour. Je t'infléchirai comme l'erg sous le vent du désert, je te friperai comme les hautes dunes des kévirs persans, je placerai sur ton siège des coussins de soie, je couvrirai ta tête des voiles d'une reine morte, silencieuse gisante de Castille, et l'éti-

---

1. R. Caillois.

quette de ma cour ne sera pas moins astreignante que celle de l'Escurial.

Finis les exploits cénesthésiques, les lectures de boules de cristal et de géographies palmaires, interdit de rêver mon amour, le monde est clos, inutile de brûler des questions, je ne brûlerai que tes livres, je désinvestirai ta vie du sacré, je t'interdirai le déchiffrement des runes et de la glyptique des sceaux, de traverser une rue sans mon bras, de chausser des baskets offensants pour l'homme car tu ne dois pas penser à ton confort mais à son plaisir, donc je te veux cahotant sur de cruels talons aiguilles, je te veux en robes trop longues, dont des servantes porteront la traîne, je veux ta taille étranglée à la crétoise et le décolleté pulpeux, vulnérable, que, à mon gré, tu donneras à voir aux autres ; d'ordinaire, en public, tu seras boutonnée jusqu'au menton et les vêtements d'impudeur que je t'offrirai, tu ne les mettras que pour nos fêtes nocturnes, devant moi, tu iras en cotillons et crinolines, en corset et cache-corset, en corselet opaque et serré, en gangue de velours, en brodequins ridicules, ô mon infante et ma béguine, je veux que tout te soit carcan, incommodité à te mouvoir, tu ne bougeras plus que lentement, trébuchante, et moi seul piquerai tes cheveux d'un camélia et retrousserai ton voile pour la joie de mes yeux.

Je comblerai ta grand-mère de chocolats jusqu'à ce que mort s'ensuive, et tu seras matronita, tu porteras mon nom, ô mon épouse ronde et non plus escarpée comme Tolède, à toi d'être, mon amour, chloroformée, altérable, périssable, inerte, maussade, niaise en société, ma merveille déchue. Il me reste quelques efforts à fournir avant que tu ne puisses te passer de moi, moelle de mes os, mais quand tu m'aimeras, tu ne sauras plus quel irréversible lien magique t'unit à moi, et plus tu te débattras, plus tu te ligoteras. Je te montrerai, une fois entravée, un autre monde que celui du mouvement où tu vas et tu viens comme une bourrasque : un monde existentiel, hiérarchique, brut, sans grâce, sans issue et sans stase d'aucune sorte, tout de prose linéaire, et tu jureras que c'est le seul vrai, que tu t'étais trompée, que nous ne sommes pas en Paradis. Face à ce joli néant, tu renieras tes espoirs d'hier, et je t'en consolerai. Je n'aurai pas de repos avant que tu ne te fasses un tort rédhibitoire. Une fois tes yeux bien imprégnés de cette vision négative qui est mienne, tu n'auras plus d'autre recours que de te dire folle naguère, et sensée aujourd'hui. Je t'interdirai, ma câline, l'accès de la maison de ton père, tu trahiras ta secte, jamais plus tu ne salueras la venue des ténèbres, car je t'assignerai à l'éternel pilori du jour qui crucifie les chouettes. Jeune fille qui ne saigne, ni ne sue, ni ne dort comme les autres, je changerai ton sang et ta chimie interne, tu prendras cette excellente pilule anticonceptionnelle, mon immaculée, et une nausée t'éveillera jusqu'au jour où je déciderai de te foutre enceinte, apothéose de ta déformation. Au cas où la pilule te rendrait trop malade pour que je puisse te faire l'amour, le médecin que je choisirai clouera un stérilet de métal au fond de ta blessure, qui pourra, éventuellement, s'infecter. Je te veux grabataire, reconnais-moi le mérite de la sincérité. J'éliminerai grâce à un tri minutieux les agents de ta santé, pour qu'entre mes bras plaignante tu te réfugies, hors d'usage et d'espérance, toute élimée, tu auras même peur de la nuit, des rats et des serpents, tu seras lâche, et pour ton réconfort, il n'y aura pas le moindre chat dans notre demeure, ils te rappelleraient ton ancienne sournoise vie de puissante, rien que chiens et chiennes aux ordres, affectueux et léchant les poignets après correction justifiée, toujours justifiée.

Il y aura d'autres clauses... Mon amour, je suis contraint de vouloir la mort de ton insolente personne. Mon amour, potelée et idiote, je t'adorerai comme personne ne t'adorera. Infirme et étouffée tu seras ma vie, et dans ce festin empoisonné pire que l'inceste, la souveraine que pétrifie une archaïque emprise. Que les hommes cessent d'être hypocrites, il n'y a aucune autre déclaration d'amour que celle-ci.

Il cacheta le billet doux, sifflota, et le rangea dans le coffret, avec les rognures d'ongles. Se loua du style, un peu emphatique, un peu gourmé, mais convenant à la gravité du propos qui, de toute façon, était hors littérature.

L'amor che move il sole e l'altre stelle [1]

D'accord, elle était lessivée par l'agression psychosociale, la môme Tief, mais de là à succomber au regard enjôleur (engeôleur ?) d'un héritier fils de Tyr... Vrai, ce type avait le pouvoir du malaise, fixa ses lèvres indécemment, lui infligeant son étrange, implicite volonté de magnétiseur. Évidemment, elle ne le surprit pas en train de lui faire des signes derrière le dos en répétant maléfiquement *corna corna,* mais le résultat ressemblait d'assez près à celui d'un envoûtement. Le fils de Tyr avait l'air de cacher un cancer qui le dévorerait jusqu'à la folie, ce qui faisait tout son charme. Dans ses yeux les fumées d'aloès des liturgies noires. Un sourire déchirant comme un couteau cérémoniel, traçant autour d'elle le contraire d'un cercle de protection. Elle allait se faire harponner comme la dernière baleine bleue, sauf qu'on en tirerait pas bézef de graisse. Un slow dansé contre lui, et rapt de son corps par un désir pur, imprévu, oublié, un enchantement spontané et secret. Démembrée de plaisir comme au plus profond de ses songes. Quinze ans à nouveau, étonnée devant les remous nés sous son ombilic, œil du cyclone, et dévastant toute la contrée. Ne maîtrisant pas, ne connaissant pas, cet instrument de joie qui lui fut ôté depuis la primauté hégémonique de l'écriture, pendant quelques années où elle fut sèche, resserrée, compacte, invulnérable, marmoréenne jusqu'en ses crises de tétanie où l'ensemble se raidissait, se pétrifiait et devenait géode.

Elle s'effraya qu'on lui rendît ce corps du délire, fourmillant, bourrelé de nuages et fissuré de foudre, envenimé d'un délicieux curare, empoigné par l'orage, puis fissile, très doux et semblable au déluge. Pourquoi dans son ventre cette désagrégation d'atomes kaléidoscopiques, ce tournis, cette jubilation immense, ce naufrage, pourquoi contre lui domptée, énervée tels les enfants de Jumièges, écartelée, membres rompus, lapidée de mille diamants, secouée comme un tamis d'orpailleur... Ce plaisir la passait à tabac, débridait des plaies anciennes, était à gémir et complaindre, à demander ex abrupto au jeune homme dont le regard lui assurait qu'il n'y

---

1. L'amour qui meut le soleil et les autres étoiles. (Dante, *la Divine Comédie.*)

aurait plus de paix en elle-même avant longtemps, qu'il la saute de suite et par terre. Seigneur. Danse nuptiale, cuisse contre cuisse, ça se fait dans le monde, et brusquement cette effraction, cet éveil et ce brasero entre les os iliaques, à cause d'un regard de cruauté — pourvu que l'inconnu tînt cette promesse et ne fût ni tâtillon, ni trop poli — inconnu, s'il vous plaît, pas de baise au liniment, ni de baume sucré sur un sentiment qui doit ressembler à la colère de Dieu ou ne pas être.

J'ignore qui a bu le philtre, Amine, dit-elle à son miroir. Votre mutisme, votre gueule de forban fournisseur de sérails, votre teint sec de rose des sables, vos yeux à la paupière ondée, courte, votre rictus austère, vos yeux de jade souverain ; j'ignore ce qui de vous m'a séduite. Je ne suis rien qui puisse s'apparier à un homme. Excepté quelques crises de *morbidezza,* dues aux critiques littéraires et à mon narcissisme crétin, j'aime la vie, spectacle qui peut vous devenir intolérable car je sens que vous ne la prisez guère, chic formule, en d'autres termes qu'elle vous fait chier. Une azimutée qui aime la vie, le rire et les autres, réalité âpre à embrasser pour le chevalier noir que vous êtes, ne pensez-vous pas ? Il se pourrait que les cabrades affolées de mon corps qui commence à me poser des conditions dès que vous le regardez, le regard suffit, ne touchez pas surtout, ne tripotez rien, vous n'avez pas la tête de quelqu'un qui se préoccupe des zones érogènes et autres conneries libidineuses, il se pourrait donc que ces cabrades m'amènent à embrasser vos mains et vos genoux, non en signe de servilité, mais parce que je trouve ce geste homérique et qu'ainsi fit Thétis aux pieds de Zeus. Votre regard vert, derrière vos cils trop longs pour être honnêtes, suffit à me faire oublier le spasme grimacier des hommes au moment où ils ne se contrôlent plus, certes plus, car ils sont plus coquets que nous et éviteraient bien d'être laids quand ils prennent leur pied seulement cela ne se peut pas. A cet instant, leur laideur me répugnait si fort, Amine, qu'il me fallait un regard comme le vôtre pour que je bande, à ma façon hermaphrodite, et à nouveau.

Ne craignez pas de me blesser, de me cogner, de me bousculer, vous m'offenseriez de vos délicatesses. La passion ne se nourrit pas de petits fours et de mignardises. Elle est rupture, viol et messes interdites. Il vous faudra me briser jusqu'à ce que des vases scellés d'En Bas coule l'eau lustrale et que les draps soient à tordre, s'il vous plaît. Je vous demande de me tuer pour que je renaisse, suis-je claire ? Je vous demande de détruire mon ego dans une belle et bonne salve, mais seulement quand je dirai « feu ». Si je rampe à vos pieds, ne vous méprenez pas. L'instant d'après, je peux redevenir autonome et, si vous m'avez épargnée, vous en vouloir terriblement de ne plus me susciter de tourments dans les lombaires, là vous serez jeté et vous risquez de morfler. Mais si vous satisfaites au contrat, si dans la calèche..., non, ça, je vous expliquerai plus tard, si vous m'épargnez le génital, la performance, et autres pataquès, si vous servez avec moi les liturgies du sang, si vous changé en âne me violez correctement dans un temple héliopolitain, ne vous étonnez pas que je joue, le temps qu'il me plaira, le rôle de la première odalisque de votre sérail, mais gardez-vous d'oublier qu'il s'agit d'une métamorphose qu'inspira votre pouvoir occulte, et qu'une seule maladresse transformerait à nouveau le carrosse en benoîte citrouille, soit l'odalisque en jeune fille rancardée, branchée et à la coule, remettant jean et boots et appelant elle-même un taxi pour la ramener chez elle. Ce serait con d'en arriver là car personnellement j'éprouve à votre endroit des sentiments dont la violence évoque Shakespeare et Turner, alors regardez-y à deux fois avant d'être médiocre.

Vous tombez bien, Amine Youssef. Mon seuil de sécurité s'est effondré au niveau d'une pénéplaine. Le départ de Tova Bogdanov m'affecte énormément. Cette joie brutale, fustigeante comme un châtiment qui me fond dessus dès que j'entre dans votre champ magnétique, cette joie que m'extorque le frôlement de mes doigts sur le ressac brun de vos boucles — vous avez des cheveux à damner saints et saintes je vous prierai de ne point les couper ils auront leur rôle de caresse à jouer et sans eux vous risquez de ne plus m'infliger ces voies de fait dont je vous parlais tout à l'heure, à quoi tient une passion, me direz-vous ? eh bien crûment je vous répondrai que Maria Tiefenthaler ne mouille les ancrages du désir et sa petite culotte au point d'Alençon que grâce à des mecs aux longs cheveux, c'est ainsi. Vous pouvez d'un jour à l'autre manquer d'esprit, perdre une dent, porter une barbe, vous vernir les ongles, engraisser de quelques kilos, arborer un bourrelet stomacal, ou vous amenuiser jusqu'à devenir rikiki ce qui n'est pas plaisant et contredit l'image du chevalier noir, à la limite, je perdurerai en ce désir, qui m'emportera d'assaut et me poussera à relever mes jupes sous les portes cochères, Jésus Marie Joseph pourvu que vous ne soyez pas janséniste à ce propos, j'adore les décharges municipales, les banquettes de taxi, les cabines de bain, les chambres d'hôtel à la porte entrouverte, les calèches marocaines ah ça le summum, l'empyrée, je vous reparlerai de ces calèches dont les sonnailles encore m'évoquent des forfaitures divines à mon honneur d'ascète, j'avais oublié tout cela mais aujourd'hui je me souviens aussi des bords du lac Dal à Srinagar quand tombe le soir et des plages italiennes au petit matin quand — j'avais quinze ans, Amine Youssef — un autre que vous chevauchait cet étrange cheval fou, mon corps plus mince que celui d'une Asiate pendant que s'éteignaient les lucioles de la nuit et qu'on aménageait au ciel un autre palazzo pour qu'y entre le soleil. Alors je n'étais plus que fourche plantée dans le sable et tringlée à vif et se levaient au-dedans les aurores dont les doigts effeuillaient des brassées de roses comme convenu dans le poème, une à une tombant, neige de feu, implacable et éblouissante cocaïne, dans le creuset ouvert entre mes cuisses qui sont sacrément nerveuses sous la provocation comme vous vous en apercevrez je vous dis ça en toute sincérité, après quatre ans d'absence ce corps me revient quand je ne l'attendais plus et ça mérite un entrefilet. Donc j'en reviens aux cheveux, seule clause de séparation entre nous : que vous les émondiez à la faff, car dès lors vous perdriez ce caractère androgyne qui m'est fort cher et probablement a quelque chose à voir avec la passion neuve que j'éprouve pour vous. Triste chose. Mais vision kabbalistique que celle de vos cheveux aile-de-choucas glissant sur vos yeux quand vous me regarderez, moi d'amour flinguée. Cheveux, et vous m'artillerez à volonté. Cheveux, et nous passerons contrat car les juifs sont gens de pacte, si tondu, je vous enverrai aux fraises.

Ainsi elle aborderait le diable avec non pas la témérité de ceux qui n'ont plus grand-chose à perdre, mais l'ardeur au combat d'une folle de connaissance qui savait prendre de grands risques, si elle échouait.

— Comme vous voudrez, mentit Maria la Sirénaïque, frôlant de sa lèvre inférieure l'ébonite de son vieux téléphone (susurrer dans le récepteur imprimait à la voix un timbre caressant, innocent stratagème caractéristique d'une jeune fille native des Gémeaux, se sentant ce jour-là aussi gaie que sourdement menacée) bien que j'aie un petit faible pour Lasserre. Non, ne montez pas, garez votre voiture en face, j'attendrai sur le balcon, c'est traditionnel. Oui, mon cousin a survécu, et emménagé chez le rabbin Finkelberg pour quelque temps. Rassurez-vous il ne surgira pas au café. Les juifs sont endémiques autour de moi et pour cause, mais je m'en vais les renvoyer à Sion. Je vous embrasse.

Elle raccrocha, demeura une minute devant l'agent muet de tels bouleversements, arqua les sourcils, retroussa la lèvre supérieure dans un hennissement imperceptible mais trahissant des gencives bleues de pyorrhée et une profonde perplexité.

Sursum corda, il était temps de faire le point. Marre des avocats, des mondanités, et de la chiourme éditoriale. M. V... va me sucrer ma mensualité, donc, si je refuse de signer pour un autre bouquin. Marre de pondre à la commande. Je trahirai donc les espoirs de M. V... et vivrai de mes talents d'hétaïre, je n'ai pas dit de mes fesses, non, je vivrai comme une vieille geisha conteuse et affable, voilà.

Elle ne voulait plus entendre parler du droit de préférence accordé par l'Auteur à l'Éditeur, clause XI de son contrat avec la maison V... « pour les ouvrages qu'il se proposerait de publier dans l'avenir, droit limité à cinq ouvrages nouveaux à compter de la date de signature », clause léonine qu'elle ne lut même pas, quand, Hosanna, elle apprit qu'elle serait publiée ; ce fut le plus merveilleux des noëls, son père vivait encore, même de travers, et personne ne pinailla le texte de l'alliance avec « les soussignés... ci-dessous dénommé Auteur d'une part, et la Société Anonyme M... dont le siège est à Paris, ci-dessous dénommée Éditeur », personne ne s'alarma du droit de passe, soustrayant à l'auteur ses droits sur un nombre de livres fixé forfaitairement à 10 %, dont tout le bénef tombait dans la caisse de l'éditeur, ni des droits, dits annexes, dont M. V... s'arrogeait la moitié alors que seul l'auteur ramait pour qu'on portât son œuvre au cinéma, ni de bien d'autres iniquités...

Donc, avant de changer de métier, Mlle Tiefenthaler devait légalement remettre à M. V... son dernier livre, la tragédie grecque, du théâtre-roman en cinq actes, elle avait lu, approuvé et donné son bon pour accord quant à cette œuvre-là, et envoyé ses amitiés à

M. V... par-dessus le marché de dupes. Pas question de renoncer à l'histoire de la mer Égée pour un pistachu. Mais aucun doute, le chrétien maronite la tentait comme jamais personne, depuis ses quinze ans nymphiques et presque nymphomanes, si son éternelle peur de l'engloutissement lui faisait redouter une réclusion d'amour. On en sort, mais dans quel état, dit le peuple. Un chrétien maronite... Très embêtant. La clique Bogdanov, Edmond Moïse et quelques autres allaient hurler à la mort devant le non-circoncis. Tout choix la troublait et la désolait, impliquant un sacrifice, si la gouvernait cet instinct de tout garder à jamais indemne, intact ou restauré. Amine Youssef, ou sa tranquillité créative de célibataire ? La psyché de ce gars ne semblait pas d'une simplicité biblique, il embrassait à merveille, obéissant d'une façon périlleuse à tous ses critères de beauté, y compris celui de sa fortune. Après un an de dîners dans des bistrots puant le graillon et le suif, entre des couples d'énarques et son sciences-po, de vacances en charter, et de misérabilisme gaucho affecté pour la galerie, elle pouvait s'offrir un Ghoraïeb fils chez Lasserre, où elle succombait toujours aux pannequets soufflés crème citron, mais après les pannequets ? Instinct animal de fuite, dérobade, spécialité mercurienne, aucune envie d'ouïr des râles d'amour, déjà, elle avait repoussé un premier rendez-vous. Séduire, et ficher le camp, technique vandale de la terre brûlée. Une passion risquait de la déranger dans l'écriture de l'ultime bouquin concerné par le Droit de Préférence, si oralement, une passion, ça crève, physiquement, n'en parlons pas. Et puis cette obligation d'officier au lit avec un monsieur sous prétexte d'amour, gabelle due à la libération sexuelle, misère ! Or avec le monsieur elle ne serait sûrement pas frigide, vu qu'en un seul combat de langues, éclosion du champignon au cobalt dans ses reins. Après ça, allez plancher à la B.N. dans l'intérêt de l'éditeur qui spolie allègrement l'auteur des trois quarts de ses droits. Renier en faveur de Ghoraïeb fils sa chère B.N., ses lampes en opaline verte, et le vague, ultime espoir de décrocher un prix, ce truc en nougat en haut d'un mât de piètre cocagne, lui sacrifier en tout cas l'Aphrodite d'Or travestie en pute marnant dans un lupanar de Corinthe pendant que Charis l'héroïne tissait avec les arrhéphores le péplos d'Athéna en vue des prochaines Panathénées et à la récréation jouait au ballon dans une petite cour ensoleillée de l'Acropole, ça jamais – M. V..., que vivent Aphrodite, Charis, la cité d'Athènes, Périclès filant ses derniers jours avant la guerre du Péloponnèse ! quant à la juiverie de son cénacle, elle aurait grande affliction d'une telle affaire qui risquait de nuire non seulement à la maison V... mais à sa carrière bien qu'elle refusât d'employer ce mot-là, de nuire également aux talmudistes, au rabbin, à une tzigane et à une Chinoise, ça faisait beaucoup de monde et des gens conséquents. Quelle idée d'avoir ébauché un flirt avec le maronite, épluché de la rhubarbe et communié avec lui d'une morsure de crotale dont elle garda pendant quelques jours sur la pulpe de la lèvre une cicatrice fine comme une gerçure, et le goût de sa salive, souvenir tout aussi émouvant que celui des batida au lait de coco qui la saoulaient à Salvador de Bahia ! Yémanja ma mère, que penses-tu des égarements de ton enfant qu'initia une *babalorixa* experte sur le *terreiro* d'Itaparica ? D'ici, tu ne m'entends pas très bien, et il m'est difficile de me propulser là-bas pour savoir. Cette histoire vaut bien messes, tarots, et quelques sorcières méritantes se réunissant sur le sommet nocturne du Harz, s'il n'est pas plus grande force magique que l'amour. Soit, des stryges roumaines qui sont aussi très efficientes. Il s'agit donc, stryges, d'un sortilège dont le seul précédent fut celui qui me ravit à moi-même en Indonésie, du côté de Java Central, et dont me délivra un *dukun* grâce à des chants incantatoires et par le truchement d'un enfant possédé, lors d'une nuit noire comme la prunelle d'un nègre pour ne pas dire le troufignon. Il se pourrait que me poursuive le sort lancé d'île en île...

Elle ne savait pas, la joueuse tatouée de toutes les pyromagies, qu'une boîte scellait ses rognures d'ongles et quelques cheveux, et combien elle disait vrai, si ce mal-là est de tous le pire sortilège, sans qu'il soit besoin de faire bouillir dans une marmite la langue de juif et le fiel de crapaud des trois pythonisses de Macbeth.

On sonna. Elle reboutonna la braguette de son pyjama, se racla la luette avec l'élégance d'un gravatier, parcourut le couloir en traînant ses ballerines à la tahitienne, ce qui lui donnait l'air de la reine Pomaré, ouvrit avec l'empressement d'un gardien de nuit réveillé au milieu d'icelle, et se trouva face à un geyser floral protégé par un raide papier conique précédant un coursier.

Elle déchira l'emballage, l'enveloppe jointe, lut la carte sur laquelle Amine Youssef avait écrit ces simples mots : « A ce soir, mademoiselle, mon amour. » Hébétée par ce premier envahissement d'un chrétien libanais, par la taille colossale de ce bouquet qui n'eût pas déparé un salon de l'Élysée, le jour des grandes réceptions, elle tenta d'apprivoiser cette jungle, d'ébarber les épines des tiges, se piqua les doigts, resta songeuse devant les gouttes de sang qui coulaient sur la nappe, n'eut aucun souhait à émettre au sujet d'une enfant à la bouche vermeille comme ces macules et à la peau blanche comme la nappe, pardi, de gniards même du genre Blanche-Neige elle ne voulait à aucun prix, et puis Blanche-Neige véritablement trop cave se faisait truander par tout le monde, pas question de mettre bas une telle irresponsable... Non, chose curieuse, dès qu'intervenait Amine Youssef, il y avait du raisiné sur le carreau, et l'ennui, c'est qu'elle était hémophile. Laissant à Mme Bachelard qui domptait les bouquets les plus rétifs le soin de policer celui-là, elle alla dans la salle de bains, imprima sur ses joues des empreintes digitales écarlates, se barbouilla de sang comme un cacique de rouge d'urucu, puis digne fille du cacique, s'accrocha à la narine gauche une plume d'oiseau-lyre destiné en principe à orner son oreille, grimaça, de l'outre céleste percée par Cheou Sin pleuvait du sang sur sa face, sang véhicule des passions, lien d'inféodation, sang de la robe des Papesses, rouge de la Mer sacrée d'Israël, ça pissait dru de son pouce, elle demanda poliment à Mme Bachelard qui la surprit en pyjama et en fille de cacique où diable elle avait planqué l'anticoagulant, produit utile dans une baraque où vit une hémophile spasmophile (littéralement et pour plus de clarté, amante du sang et du spasme) car si on n'agissait pas dans le quart d'heure malgré la bénignité de ses écorchures elle allait s'appauvrir en globules rouges et mourrait innocemment d'avoir voulu mettre en pot le bouquet empoisonné d'un certain Ghoraïeb. Mme Bachelard ne s'étonna pas du maquillage digité sur les joues de la fille du cacique, sortit l'anticoagulant du panier à chat où il se trouvait planqué car Mme Bachelard rangeait énormément et en de bizarres cachettes connues d'elle seule, qui, hélas, perdait un peu la mémoire, mais continuait à ranger.

Ayant endigué l'hémorragie, Mme Bachelard, loin de s'offusquer des traces rouges zébrant la face de sa petite-fille, brindezingue engendrée par un brindezingue, fut frappée de sa mine étourdie, enfantômée, *enherbée* tout comme, dans la légende de Tintagel, la mie de Tristan. Dans les yeux marins, une rare bonace. Cette petite aurait-elle fumé à nouveau du chanvre indien, bu du haschich, elle titubait d'une ivresse placide, comme certainement les membres de la secte des Hashichins bien connus pour leurs crimes (d'où le terme assassin), pourtant Maria assurait que, bien avant ses voyages en Asie elle avait cessé de tirer sur ce qu'elle appelait shilom et que sa grand-mère confondait avec shalom. Kif, chanvre ou préparation opiacée, la petite incubait une de ces drogues qui vous mènent à la démence incurable et héréditaire. Mme Bachelard se promit de renifler ses draps pour y traquer un suspect relent de foin et d'église, de surveiller la fréquence de ses expectorations et de ses enfermements au buen-retiro s'il était encore temps d'agir. Jésus Marie, etc., si on laissait seule cette gosse, il faudrait s'attendre à la voir sombrer dans les douces, si les dures la rebutaient, se dit Mme Bachelard parachevant sa pensée en des termes qu'une vigile femme de quatre-vingts ans apprit et retint grâce à la lecture des livres du docteur Olivenstein et à une remarquable faculté de mémorisation. Vraiment la jeune créature semblait bizarre. Vérifier, tout de même, si ne traînaient pas des seringues. Depuis les signatures de contrats, on se croyait à l'abri, elle bossait en studieuse, une vraie écolière, mais si de nouveau, appel des lointains impossible à satisfaire en raison des contrats, il se pouvait qu'elle recourût aux substances euphoriques ou psychéquelquechose, dont beaucoup de champignons tel l'amanite aux mouches, en sus des hypnotiques qu'on ne pouvait lui interdire, Mogadon, Imménoctal, Binoctal, et de l'alcool car Mme Bachelard avait déduit de ses récentes observations cliniques que la jeune créature picolait sec —

effectivement, depuis cette période de cerise, Maria rentrait vers deux heures du matin biturée au beaune-clos-des-mouches, et se camait aux narcotiques puissants, un par voie rectale, deux par voie orale, après quoi volait à Corinthe et revivait en détail les événements politiques de l'année 432, rien ne lui échappait du tissage du péplos dans la maison des Arréphores ni des palabres sur l'agora entre le fils du prytane Démotokos ni de la fête des Anthesthéries où elle jouait le rôle d'Ariane épouse de Dionysos, sur le vaisseau sacré fendant la foule athénienne dont elle s'écartait pour aller vers les silences cendrés des crépuscules delphiques, tout ça les doigts dans le nez que c'en était prodige.

Humant non les volutes caramélisées de l'opium mais le parfum de chez Crabtree dont elle s'aspergea pour se retrouver car prise d'un insidieux malaise après réception du bouquet, elle venait de se perdre de vue, Maria procéda scientifiquement au rituel du milieu du jour, branchement de la machine à café, du fer à friser, recherche éperdue de son cigarillo d'une heure cinq, emmêla les fils des deux premiers instruments, alluma le cigarillo par le filtre, geste qui ne trompe pas — il y avait glissement de terrain, il se passait quelque chose de rare et de terrible — eut un brusque arrêt de biche étonnée devant l'apparition d'un intrus dans une forêt danoise, or il s'agissait de celle d'Amine dans son champ psychique, si tôt se dit-elle, ce type est un enquiquineur doué d'ubiquité. Par malheur n'a pas l'aspect d'une sécrétion séminale comme les autres sur lesquels je glisse sans que ça me porte bonheur, celui-là me voue semble-t-il des sentiments d'un romantisme tout à fait exotique sur la place de Paris encombrée de fornicateurs, de pharisiens et de marchands tout comme au temps de Jésus. Celui-là a pour lui une tronche d'escarpe, de flibustier, de malandrin, de riverain du Styx, pardon, de l'Oronte, de Baal Seigneur des Mouches, des yeux ombroyés de désespérance et l'air diaboliquement tristounet, l'ensemble à vous faire calancher sur un plum sans les sacrements et les préparatifs recommandés. Amine partie femelle de Dieu, sourire de petite fille, exact ramassis de tout ce qui m'aimante, éphèbe à la nonchalance ennuyée, sombre comme un Sarrasin, camoufleur, tentateur secourable comme Sorath porteur du nombre 666, embûches et coupe-gorges que ses timidités, sa gaucherie rechignée, ses exigences de monarque destitué, provisoirement destitué, son teint café crème et ses yeux d'émeraude, ses regards insoumis à aimer dantesquement sans rater un seul cercle, à vous chavirer comme une barque, regards hypnotiques à la puissance de drogue dont le manque taraude les nerfs, regards d'abîme au bord duquel planté on vacille, ô Amine, vos yeux embrasures découpant une hostile nuit verte, avec ça sûrement emmerdeur des pires, en raison de votre visible jalousie de More, loi cruelle que je crois régir vos amours assermentés. Reculer mais pas pour mieux sauter, Tiefenthaler, je te prie. Ce mec est capable d'actes dénaturés (là, elle flancha sous la délicieuse perspective) derrière lui comme l'odeur du Schéol et de quelques damnés fumants, devant lui des promesses de cruauté, mais alors que faire, ombre du Commandeur, si ce calife me force dans mes retranchements, me tire de mon ouvroir, de ce vieux Ker Maubeuge du temps de Louis-Philippe pour m'enlever au harem de Grenade où je n'aurais plus qu'à languir, et à engloutir des bakhlavas ? Que faire si cet Éros qui ressemble à un pèlerin chérubinique comme moi à Woody Allen dans le rôle de la Grande Catherine me rapte en son palais ? Mmmm. Une passion ou une passade. En tout cas ça me pend au nez.

Tout en tortillant ses cheveux d'érable sur le fer terni par l'âge, elle songea à ses dernières tribulations, rares et piteuses, dans le lit de l'avocat. Quoi qu'il se fût passé, hélas rien de grave, elle se rebottait façon marlou dès la chose faite, raclait au strigile un ventre creux sur lequel parfois se coagulait une tache germinative, glissait son soutien-gorge dans son sac, allumait un clope, l'avocat toujours allongé, pendant qu'elle rassemblait ses fringues, faisait de même, n'osait rien dire, impossible qu'un mot floral sortit de la bouche du Maître, rien que des crapauds telles les sœurs chafouines des belles du conte, féminisé par le noble sentiment qu'il jurait éprouver, certes, réduit à l'état de tapon et de méchante sœur, au moment où Tiefenthaler appelait son cher PEL 22 22, il crachait donc quelques médisances et ses poumons, le pauvre fumait quatre paquets par jour. Elle, rentrant de cette idiote échauffourée, croquait un Imménoctal et une eau amère lui revenait à la bouche ainsi qu'un intolérable goût de haine. Que faire, elle aimait tout, aucune athame ne pouvait briser son mur mental ni sa belle humeur, sauf la position du missionnaire grâce à laquelle elle connaissait la forme d'innombrables suspensions, toujours un acquis. Ce légiste, au lit, point de vue médical et statistique, zéro. Ou alors, clitoris. Ordonner à l'officiant de titiller dix fois cette hampe souffreteuse, jusqu'à épuisement nerveux, dix fois éprouver un spasme mesquin, le pincement d'une harpe d'ombre, elle criait alors, possédée par l'esprit d'Allan Kardec ou de Tarass Boulba, jamais l'officiant n'était plus cocu qu'en ces moments de douces caresses, infligées à une écorchée atteinte de mentisme et ayant sous la main une horde d'amants fantasmatiques qui la faisaient jouir sans se fatiguer, au contraire du jeune homme qui ramait tout ce qu'il savait à l'autre bout d'elle-même. Quand Tarass Boulba était sur le flanc, elle recourait à Raspoutine, à un conducteur de calèche marocain qui la sauta fort bien près de l'Oukaïméden, puis dans les jardins de la Ménara, ou à Terence Stamp, comédien britannique qu'elle avait tant aimé dans l'Obsédé, à un ânier de Tamanrasset voire à son âne, ou à quelque magnifique chien rôdaillant sur les landes et la bousculant dans la boue des roselières... Question mécanique de tringlerie, inutile de soulever cette dernière, la réponse du corps était niet nitchevo, dénégation, rejet, rétraction, fin de non-recevoir dans l'ensemble de sa constitution, les seins à la froideur de sorbet et les reins souples de repiqueuse de riz clamaient *non*, et en cas de manœuvre coercitive, elle mordait.

Absorbée par ses réminiscences, elle ébouillanta la queue de Marthe avec le café, tenta une réconciliation en lui présentant de la levure de bière dont l'animal se détourna pour se diriger d'un pas noble vers son plat, puis, désolée, elle se brûla avec le fer à friser, et jeta le café, mystérieusement imbuvable.

Démissionnant, elle admit alors que la civilisation devait au Liban les vingt-deux lettres de l'alphabet phonétique, le stoïcisme de Zénon, et l'existence d'Amine Youssef Ghoraïeb, né du creuset où fusionnèrent Chaldéens, Babyloniens, Assyriens, Perses, Grecs, Romains, Turcs et Arméniens, Grand Œuvre auquel un alchimiste audacieux rajouta quelques gouttes de sang maghrébin prélevées à sa mère, elle ne douta plus que le déferlement des peuplades orientales sur le croissant cananéen n'eût pour objet la mise au monde de cet être aux yeux de mage hindou qui, chez la maharanée, la dévisagèrent pour la première fois jusqu'à l'os. Frémissante, tenta un second café, le réussit, songea aux cheveux bois de cèdre, à ce sourire effronté et triste de mendiant, à ce hiératisme de jeune berbère et à cette démarche de petite frappe de banlieue — l'ensemble, olfactivement, gustativement et tactilement, lui suscitait la même frénésie de consommation que, par temps de canicule, des fraises rugueuses, durs écueils incarnats humectés d'un jus de citron, râpant la langue, soit nappées de crème fraîche, comme les aimait Ronsard, afin qu'elles deviennent de velours quitte à perdre un peu de leur identité, risque encouru par Mlle Tiefenthaler déjà édulcorée par un sentiment naissant. Fraise sous la crème, oui.

Ce soir, Morphée-Mogadon, il s'agissait de dormir dix heures pour avoir au réveil l'œil prismatique d'une libellule, élargi par des cils qu'elle érigerait à la verticale grâce à l'artifice d'une minuscule tenaille, la joue lisse comme une poupée 1900, la bouche irriguée de rouge fraîcheur, avant ce soir était prévu un déjeuner chez Goldenberg avec Edmond Moïse, au cours duquel elle pourrait... mais non, remettre ce déjeuner. L'affaire Amine Youssef exigeait recueillement, solitude et préméditation. Inquiète, elle constata que la seule perspective d'un dîner en tête à tête le lendemain suffisait à la satisfaire pour la présente journée, se demanda si elle ne régressait pas à l'âge pré-pubertaire, mit sur le compte du départ de sa grand-mère pour Caudebec-en-Caux, lui permettant d'user de l'appartement à son gré et d'y préserver soigneusement le capharnaüm paperassier dans lequel elle seule connaissait la place exacte de certains feuillets qu'on lui rangeait méthodiquement dans des chemises pour qu'elle ne les retrouvât pas, la farouche gaieté qui la poussa à décommander sans remords son cousin, à descendre chez le boucher acheter, au lieu du foie de génisse, du foie de veau pour le chat, estimant que lui aussi avait droit à quelques delikatessen, puis à se diriger avec son écritoire dans un sac de jute vers le Palais-Royal, et à s'installer à la terrasse d'un salon de thé où, déjeunant de toasts beurrés, elle renonça rapidement à la création littéraire, repue de lumière, ronronnante, offrant au soleil son visage nu en vue de bonne mine. Le soupirant eût été aux anges d'apprendre cette révolution : Maria venait de décommander son déjeuner avec un des indispensables qu'il comptait descendre chacun à leur tour comme les célèbres petits nègres d'Agatha Christie, de déroger à sa règle de travail quotidien, et à celle de son régime monacal, en occultant de beurre — fait sans précédent — les pores d'un toast carbonisé.

Il sortait de chez Mme Benkamou, à laquelle il venait de porter les rognures d'ongles qu'attendait avec une impatience non dissimulée cette honorable dame qu'on eût traitée comme combustible quelques siècles auparavant, et qui au vingtième échappa à Sainte-Anne grâce à l'indubitable protection des djounns, des ifrits et de son ex-époux. Malheureusement, l'emploi qu'elle faisait de sa liberté n'avait rien de messianique comme on peut en juger.

Amine blindait à travers Paris dans la nouvelle jeep RUSSE qu'il avait acquise pour la frime, les pare-chocs et la sûreté du véhicule — Tiefenthaler mourait de trouille en voiture, il lui fallait des camions, même la Bentley ne la rassurait pas. Elle accepterait mieux la jeep. Avant ce soir, il tenterait d'oublier tout autant son vœu de mort sur l'éditeur de la belle, sur ses amies qui osaient l'appeler leur amour, que ce jeu équivoque qu'il se permettait avec le phénomène magique dont il ne pouvait s'empêcher de se moquer (affaire de femmes) tout en le respectant comme une périlleuse aventure poétique. Sur l'ombre du Commandeur son père, le travail fut effectué, on ne pouvait plus rien, seulement Là-Haut ça devait batailler ferme entre les troupes chérubiniques et celles d'Iblis le Noir venu de La Mecque, de même qu'en bas ça pétait entre les Arabes et les juifs comme on sait.

Enfin, il avait convaincu sa mère de la nécessité du rapt de la jeune fille en vert peinte par Botticelli. Précisant : il me la faut, maman, mais, le jour où la lune entrera dans le Ventre du Bélier Céleste, défense d'envoûter. De cela je me charge. Draine-la vers moi, mais ne lui fais pas de mal. En revanche, quelques torgnoles à ses amis ne peuvent nuire. Si je l'ai vite, je risque de ne pas l'épouser ; or tu n'en veux pas comme bru. Alors, du doigté, de la diplomatie, de la ruse, des nuances. Si ça va plus mal, nous passerons à un autre exercice. Réfrène tes ardeurs. Je ne veux pas d'une moribonde entre mes bras. Je veux une succession d'impondérables qui la fassent choir sur mon lit. Après, je ne t'embêterai plus, et je te prierai de ne plus rien tenter.

Mme Benkamou convint que son fils avait raison. Qu'il valait mieux qu'il la sautât promptement, qu'il n'ait pas le temps de cristalliser sur elle quelque chose de fatal et d'immense, sinon elle courait le danger d'avoir une bru calamiteuse. Donc, elle œuvrerait pour qu'il la troussât sur le bord d'un sofa, s'aperçût qu'une tache de vin, par exemple, maculait sa fesse gauche — elle prierait pour cette tache de vin — qu'elle avait les narines noires à cause de la nicotine, que cette baphométique était par trop maigre ce qui n'empêchait pas la cellulite, et son visage, un leurre, un appât, car en dessous il n'y avait rien à caresser. Ainsi pensait de plus belle Mme Benkamou, peu après le départ de son fils qui la quittait avec l'air vaguement honteux d'un agnostique donnant par nécessité dans les bas-fonds de l'occulte, faisant semblant pour se déculpabiliser de jouer à un jeu innocent, fils qui, merveille, reprit deux fois du couscous. Il faut préciser, lecteur, que Mme Benkamou mijotait des couscous des mille et une nuits, dignes de réjouir le palais du Glaoui, et qu'aucune semoule n'égalait la sienne, beurrée, douce, maternelle, roulée main, à l'odeur grasse dont ne se départaient pas les tarots qu'elle maniait aussi souvent qu'elle triturait la farine de blé dur.

— Diable caïd ! Toi qui jamais ne manges de sel, toi diable à tête de bouledogue et aux pattes de poule, qui te nourris d'ossements ! Diable caïd qui n'apprécies que les estomacs de vache ! Enfin toi, diable caïd qui porte la barbe et ressembles à un juif ! Les parfums sont jetés sur l'encens. Ramenez-moi ici, en mon pouvoir, Maria, fille d'Adam, la bien-aimée sans laquelle meurt mon fils. C'est tout ce que je vous demande. N'outrepassez pas mes désirs. J'en garde de plus secrets dans mon cœur. Ce sera pour la prochaine fois. Si, la nuit du Bélier Céleste, cette garce renvoie mon fils de chez elle, ou s'il se passe quoi que ce soit de mal entre eux, si je vois venir à moi mon fils *medjoûn,* fou, je prendrai sous mon bonnet la suite de l'opération. Alors pas de zèle, c'est entendu. Limez vos griffes. Elle sera dans les siennes et les serres du Scorpion, la nuit idoine. Mais ça n'apaise guère mes inquiétudes. Si elle détruit mon fils, ses yeux s'éteindront comme la braise sous l'eau, et elle boira elle-même ses poisons. C'est tout pour aujourd'hui.

Ainsi parla Mme Benkamou au réchaud où suffoquaient les charbons saturés d'encens, dès qu'Amine eut le dos tourné. Puis, elle nourrit une petite perruche verte que son cher fils avait eu la délicatesse de lui apporter, et qui lui tenait compagnie au même titre que les djounns et la nurse helvète. — Perruche, dit-elle à l'oiseau, j'aurais préféré que l'aimée de mon fils fût ronde, jolie et sans danger comme toi. Un peu idiote, quoi. Or d'une bête d'écriture, mon fils veut faire une bête de sommier ! Sur ce point, il rêve. Malgré ses interdictions d'agir directement sur la bête en question, je vais tenter de la rendre froide le soir où la lune entrera dans la demeure des Serres du Scorpion. Je ne sais pas si j'y parviendrai, c'est peu probable, elle est toute pâmée devant Amine, chose normale, et risque d'avoir des frissons de la racine des cheveux aux orteils s'il la renverse, comme il dit, sur le bord d'un sofa. Enfin, qu'arrive ce qui doit arriver, ensuite nous verrons comment faire une petite entorse au chemin de la fatalité. Il faudra bien que mon fils cesse de phosphorer sur cette enfant fugueuse, inadmissible bru. Qu'il la consomme, qu'elle soit froide ou, tiens tiens, penser à cela, qu'il ait l'aiguillette nouée à cause de sa maigreur. Évidemment, elle a des seins. Mais peut-être ça ne suffit-il pas. Ce cas-là serait optimum. Bon, s'il arrive à coincer cette volage et à la ramoner convenablement, l'essentiel est qu'il s'en dégoûte et la rejette comme une truie impure. Perruche, vois le gâchis : toutes ces aryennes friquées se roulant à ses pieds depuis son premier poil au menton, et le voilà qui les boude et leur préfère une mariolle rêveuse sans le sou. A l'heure où ce soir ils dîneront, des mauvaises herbes, et si j'en trouve dans le jardin — peu probable à cause du jardinier — des orties, brûleront sur mon petit réchaud, ce soir devrait être celui d'un flirt poussé, car nous n'avons plus beaucoup de temps avant que la nuit du Scorpion, ô Borquan la Foudre, et toi, Moadhib le Doreur... J'avais juré de ne pas vous invoquer avant de décider d'une procédure d'ensorcelage. Tant pis. Faites comme si vous n'aviez rien entendu !

Elle appela sa gouvernante pour qu'elle prépare le thé, pendans l'infusion duquel elle se surprit à penser que l'ingérence fracassante de cette *mjnounna* dans la vie de son fils lui assurait de fréquentes visites de celui-ci, et de même après la rupture ou... (points de suspension pudiques) ce qui arriverait à cette sauterelle environnée de juifs surgissant à tout bout de champ dans les tarots, il faudrait consoler Amine, l'avenir s'annonçait rose, car le fils chéri serait bien obligé de revenir voir sa vieille rouleuse de semoule, celle qui pouvait faire descendre la lune dans l'eau et, tout aussi sûrement, consoler un fils en détresse. Cette *mjnounna* était détestable, mais au lieu de lui dérober sa progéniture, elle ne ferait que la lui rendre, au bout du compte, et cela primait l'ensemble des opérations. Cette imprudence : s'en remettre aux pouvoirs d'Ibbis et aux siens, pour un bricolage d'amour, le lui livrait d'une façon bien plus terrible qu'il ne le croyait. A cette heureuse pensée, elle ferma les yeux et s'assoupit sur son fauteuil pour une gentille sieste de vieille dame, comme un serpent endormi par l'odeur de l'encens montant encore des braises.

Raison de l'achat d'une jeep russe, voiture épatante pour l'Amazonie, Java Central ou Paris en cas d'inondation : à la lecture du second livre de Maria retraçant son épopée d'amour avec un métèque d'Indonésie, il apprit qu'elle traversa Java Central et les terres anciennes de Modjopahit dans une Range Rover rouge, Léonard Cohen en musique de fond et de chambre car elle baisait dans la voiture, la hyène en rut qui se racontait ingénument et ne cachait rien de ses tressaillements viscéraux sur un siège de bagnole, que de choses à se faire pardonner. Va pour Leonard Cohen. Il tentait le pari, aller la chercher ce soir en jeep tomate, et vlan lui infliger du Leonard Cohen dans cette haute caisse de résonance, pour voir si elle bronchait, si elle était encore intoxiquée par ce mal inflammatoire avec dépendance et effets secondaires, encore souffrante des séquelles d'une passion pour un rasta, ricana Amine Youssef le Gaulois, la tester donc, grâce à restitution matérielle d'un décor qui naguère fut celui de ses noces. Le lendemain du dîner, il lui enverrait un billet pour Beyrouth.

Autour d'elle, il désirait une hécatombe. Seul resterait en place le spectre du seul homme qu'elle aimât plus que l'Indonésien, son père invoqué si souvent, qui, ayant goûté de toutes sortes d'aliénations, devait lui conseiller la décarrade. Imprenable roi en sa citadelle de mort. Contre la présence du défunt et l'absence de sa fille pendant ses heures d'écriture, il faudrait lutter, ô Iblis prince des djounns !

Amusant. Bander pour un écrivain à la mode, grogna-t-il en parquant sa babiole russe, et ne rien découvrir d'une réalité émolliente, des mesquineries d'une ambitieuse à la petite semaine, d'un narcissisme pusillanisme de gosse épatée par son succès, le mot affreux de « media » souvent fleuri en bouche... ce mot-là, le contraire de « sésame », il se serait refermé de suite !

Or elle se moquait de tout, d'elle-même, du tirage de ses livres, du pouvoir, de cette Europe chevrotante devant laquelle elle faisait révérence de couventine, puis se mettait à tourner comme un toton, et pied de nez au jury du Goncourt, non pied-de-grue en l'espoir de ce prix. Parfait transfuge de ce qu'il eût rêvé d'être. A ce soir, mon amour, ma cathare, mon Templier, mon poison de l'esprit, ma buveuse de théine, profite bien de toi-même avant que tu ne te perdes à jamais, avant que ne dissolvent tes voyances, que l'Oiseleur ne t'encage, à ce soir mon interdite, mon seul vice, ma première maladie du sang, projection de mon âme côté soleil, très coûteux comme les appartements plein sud, mais, moi, vieillard

travesti, je paierai le prix d'une adolescente de vingt-sept ans semblant quinze grâce à la cognition du divin, voir les nonnes au glacis
d'enfance, se mouchant avec intempérance, se récurant l'oreille
goguenardement telles les nymphiques, devant son antagoniste de
vingt-neuf ans, plus crombi et cagneux que le roi Lear sur sa fin, ou
tous les barbons moliéresques salivant d'une façon bestiale devant
les Agnès attentives à la santé de leur chat. Lui presque mort saisis-
sant la vive. Combien de temps durait l'action du philtre ? Trois
ans, d'après Béroul. Songer avant l'expiration du délai à un accident de voiture mortel, de manière qu'on ne pût les distinguer
l'un de l'autre dans le grabuge, os mêlés, main dans la main et
moelle dans la moelle. Première bagnole, la Bentley, pour la frime.
Seconde, la russe, pour narguer le souvenir du métèque et aussi,
pour être sûr que montât dedans celle qui craignait tant les collisions
frontales où périrait sa joliesse. Troisième, un bolide, une basse, plate,
folle voiture de course où (réminiscence délicieuse du retour de
Pressagny-l'Orgueilleux) il la cadenasserait grâce à la ceinture dite
processus légendaire. Tout, plutôt que (vœu de troubadour) *l'amour*
déciderait de leurs vues d'avenir, tout bêtement sur la route de Barbizon, ou plus romantiquement sur celle d'un exode lointain qu'il
choisirait, un petit coup de volant suffirait pour que s'accomplît le
processus légendaire. Tout, plutôt que vœu de troubadour, *l'amour
ne tournât à réalité.* Amour, complot si proche d'un destin. Amine le
Lugubre en sa phase tristanienne grimpa quatre à quatre l'escalier,
ce soir le succube retrouverait son absolu, lequel absolu devait déjà
se sentir tout chose depuis que les djounns s'occupaient de son dossier eh eh peut-être même Moadhib le Doreur avait-il tari son inspiration pythique, peut-être que la malheureuse sybille, avachie,
prostrée, ne trouvait plus dans un horizon rétréci que des formules
brillantes du style « à bon chat bon rat » dont il la féliciterait avec
toute la chaleur d'un cœur embrasé.

   — Un fortiche de la pédagogie des auras, un maître praticien de
magie cérémonielle avec succès nord-africain, un prêtre vaudou
point de vue charisme, ce mec dégage de l'alpha, et moi, devant lui,
l'énergie tsing union du yin et du yang, j'en attrape des congestions
de lumière astrale. Le zèbre est très fort, et sans doute disciple d'une
secte sataniste, ou simplement de sa mère, un genre de marabout.
   — Aaaah, fit Jeanne Bogdanov, une des Branchées. Ça promet.
Tout dans le subtil.
   — Tu l'as dit. Kundalini suit la voie foudroyante, j'en ai déjà
mal aux reins.

Elle tenta une posture spéciale, un asâna propice aux reins, mais sans succès.

— A part le subtil, j'envisage des mithuna tantriques du feu de Dieu avec ce garçon. Comme tu peux le constater, j'ai déjà l'œil bovin de la bergère Radha. Ou l'air d'un cancre, trois articles en rade. Je te quitte, j'ai à procéder aux ablutions pompéiennes avant le soir où je dois me faire une frime fatale. Le khôl ira très bien. Salut Bogdanov, pardonne ce commencement des trahisons.

Elle avait bu en songe sept grains d'orge volés à un mastaba égyptien, neuf mesures de jus de pomme, du sang de tique d'un chien noir, celui du second doigt de sa main gauche et avalé les pellicules des cheveux d'un quidam mort de mort violente. Ragoûtant cauchemar. N'empêche que de ce cauchemar, elle s'éveilla en une brève jouissance, aiguë et douloureuse comme un viol au ciseau de Tolède.

Bon, ça n'était pas l'Astrée. Le chemin de sa Carte du Tendre ne passait pas par de mièvres rus. Captive de l'image mentale du chrétien maronite mèche sur l'œil, souriant de ses petites dents de fauve, irrégulières, à vous donner des aphtes... Seigneur des Mouches Baal Zeboub avec vous ramper jusqu'aux monts du Liban et de l'Anti-Liban pour nos noces. Une bouche à lécher encore des eskimos géants, le Seigneur des Mouches. Faute de Liban, elle grimperait bien sept étages à pied, elle, une fumeuse, pour qu'il la culbutât dans la chambre d'une Pilar employée de maison. A nouveau, douze ans, âge de Laure aimée de Pétrarque. Jouvence du désir. Amine, sa hargne de gosse pourri exigeant des câlins. Presque Solal des Solal, en plus compliqué et davantage meurtri et prêt à meurtrir, bon augure. Nue, elle s'apprécia dorsalement dans la glace, avant le bain. Refusa un téléphone qui l'arracherait à ses considérations dorsales.

Il venait du Levant comme le marin de Sidon qui séduisit Aphrodite au cinquième chapitre de L'Égéide. C'était donc la jonction du Hasard et de la Nécessité, s'il n'arrive jamais rien d'autre que ce qui est déjà écrit dans les livres.

Kubera dieu des richesses lui octroya des amants riches, grecs, armateurs, russes, antiquaires, tout dans le chic et le patiné, de Londres à quatorze ans elle colportait ces ampoules d'Amyl Nitrite qu'on craque sous le nez au moment des plaisirs. La vie alors, fraîche comme un rouleau de printemps viet avec feuille de menthe, épicée comme les sauces brunes du Santal, un restaurant près de l'Opéra où virevoltaient les Chinoises portant de tout petits plats. Quatorze ans, des rêves lui montaient dans tout le corps, et seul le jeune homme au-dessus penché, comme sur la margelle d'un puits, en recueillait les reflets dans ses yeux élargis. 1964, la drague, le gringue, les fringues, plein de houles d'alcool pur dans le ventre, des chambres suffocantes d'encens et d'éther, des baisers au quinquina rouge et l'absolue liberté d'envol. Les Mustang des copains comme le char d'Apollon. Tant de germes de vie inoculés. Derrière ses pas, terre brûlée. S'envoyer en l'air dans le cagibi près de son ascenseur, dérangeant le sommeil de Lebidois Assureur et de la concierge encore française. Alors le sommeil lui mangeait du Temps-à-Vivre, elle ne s'y réfugiait pas en avalant des barbituriques dont un par voie rectale, comme à présent. Tout ça à cause des contrats. Avant, c'était le gala et l'humeur de rose. Au moindre soleil, des taches de rousseur sur le nez, remontant en faucilles de miel ce qui lui donnait l'air de rire tout le temps. Free love, hashish, route des jongleurs, friponneries, recel d'armes, passes à Pigalle, grivèlerie, vol de sacs, faux papiers, ramassage des gueuses par les flics, fugues, kleptomanie, fichée aux Galeries Lafayette, barbus à fleurs autour des minijupons, elle bouffonne, maigrichonne à clochettes, en spirale sur la piste du Bus Palladium, mineure noctambule, inscriptions en fac pour la sécu, bidon, passant par le COPAR la MNEF le CROUS et le CHPROUFT, et nous voici étudiante en swahili aux Langues-O pour pacifier les géniteurs, tamponnée dûment, on va pouvoir travailler, hihi. Quelle santé, crénom, à l'époque. Automnes de Tief, hier, naguère : toujours la joie. Influence étrange du temps sur la Tief : de meilleure humeur quand il ne faisait pas beau. Le soleil, le banal beau temps, le stupide avril qui incite les bonnes femmes à sortir en robe sans manches infligeant vue sur l'aisselle moite, pouah ! Juillet, pire, les gens étaient quasi répugnants, étalaient leur graisse, puaient des pieds, écrasaient les autres répugnants sur les routes, on en voyait partout en dehors des heures du bureau. Affreux. Dix ans avant, Tief bachelette navrée contemplait la panurgerie des travailleurs investissant la rue La Fayette un matin de grève, déferlantes légions ébranlant le pavé, chacun pour soi, troupeau mal réveillé, têtes de bétail, elle jurait qu'on ne lui persillerait pas les narines comme ça, priait pour les camarades prolétaires, et portait des ceintures indiennes à clochettes qui heurtaient ses cuisses au moindre mouvement, tintaient avec allégresse, grelots de folle, de lépreuse ou de chat. Aujourd'hui, pleine de son sujet et d'une humeur de grizzly envers les Autres. Présage favorable à Ghoraïeb fils, qui éveillait un religieux fanatisme dans son intimité. Une émeute aussi effrayante que celle soulevée par un Occidental écrasant un cheptel de vaches sacrées à Ahmedabad, ville située dans l'ouest de l'Inde, sur le Sabarmati. Bouleversée comme jadis, au temps de l'apprentissage où elle savait déjà tout, quand elle cabriolait avec son loubard de prédilection juste sous le logis de François Mauriac qu'elle croisait le dimanche matin quand il sortait pour aller à la messe et tandis qu'elle descendait l'escalier à quatre pattes. Temps des ashrams et de la route des Himalayas, dix-neuf ans comptait la gosse. Temps du gin-fizz et de la musique des Stones, recueillie des talons à la nuque. Elle se frotta au savon de chez Crabtree. En ce temps elle mêlait ses cheveux clairs à d'autres cheveux très doux au creux de divans de cuir culottés, dans lesquels elle s'endormait, réveillée par les bruits d'automne, d'enfants et d'école tournoyant sous son crâne, car si au-dessus François Mauriac, au-dessous, c'était un lycée. Entre les deux, la fiesta. Dominique, son amant, Dominique vingt ans, Breton. La main de Dominique lui frôlait le cou, passe magnétique, et elle n'était plus rien qu'une plaine marine et (titre d'un livre de Max Gallo, cité pour sa beauté et l'adéquation avec les circonstances évoquées par Tiefenthaler dans son bain) *que sont les siècles pour la mer ?* Une mer originelle battait là-dedans, vagues démontées, salive sur la grève de sa bouche, océan engouffré dans son ventre, onde douce-amère léchant des baies, des rades inconnues, des polders, des lagons et des lagunes, eaux vives de jeunesse, houle lancinante, puis lame de fond et vloff paquet iodé de plaisir fouettant les reins de sauvageonne, elle perdait conscience de ses limites misérables et mortelles, elle mer archaïque, crêtes houppées déferlant encore et encore de l'aine aux hanches, écroulant son ressac dans l'estuaire de ses cuisses — c'était au temps où escaladaient les hautes jambes des nymphiques, des bottes de cuir fin, au-dessus desquelles on apercevait un ruban de peau mate, voir le slip si elles se baissaient car à l'étage supérieur, minijupe, et c'était à se flinguer pour les mecs que de mater les superbes petites filles si à l'aise dans leur attifement de sexe-parade, oh les merveilleuses aux ongles de poivre rouge, et ras-la-motte leur bout de tissu. A l'époque Maria ne quittait jamais sa panoplie de survireuse, elle ne pensait qu'aux mains de Dominique sur ce corps célébré et les mouillages d'or vers lesquels elle allait grâce à lui, qui savait la lente, inéluctable montée des marées équinoxiales dans son ventre, dans la crique divine entre les os iliaques pointus, sous un baiser elle pliait et ondoyait, brasillait dans ses yeux l'écume phosphorescente, dans sa bouche pétillait un vin fou, côté face mer océane, côté pile, vertèbres de feu, kundalini la serpente allumant son incendie, courant en feu de brousse le long de la moelle épinière, lui brûlant la nuque et explosant à l'endroit de l'hypophyse, le sinistre rougeoyait dès l'effleurement des doigts de Dominique, lui aussi mage à l'iris haut placé, sommant une faucille claire toujours un peu humide, Dominique qui la griffait doucement, jugeait des limites de résistance de cette fille immobile celant eau et feu de la planète, puis l'amenait jusqu'à ses lèvres, la regardait et lui interdisait de fermer les yeux pendant que, très suavement toujours, il la rendait à sa condition de folle, suivant sur son beau visage la décomposition du plaisir, cet avant-goût de la mort. Dominique savait qu'il était le seul remède au mal sorcier du désir et, fol tout autant de la gosse peau de pêche qui lui tendait les poignets pour qu'il les attache, la maniait sans précaution, jusqu'au matin des marelles enfantines. Ou bien, dans la planque offerte par la cage de l'ascenseur, celui de l'immeuble de la rue de Maubeuge, ou nul Mauriac, mais des pas d'oncles, de pères et de mères d'où grand frisson, au milieu de la nuit, Dominique la baisait sur la doublure de sa pelisse qui sentait bon la petite bête chaude, et clignotaient les lumières rouges de l'appareil Roux-Combaluzier excellente marque, derrière cet ascenseur du genre échafaud baisait donc à remporter le prix de Diane, Maria dont le corps emballé cabré galopait entre les soleils, tête oscillante, breloque jolie, heurtée comme par des gifles contre le faux marbre du premier au-dessus de l'entresol, corps raidi comme pour une exécution capitale, là elle jouissait de désir et c'était véritablement l'apocalypse, elle avait dix-sept ans, ses yeux disaient l'éloge du noir, du sauvage, du brut, du pur, du sans fioritures, ni ambages ni technique, disaient déjà la haine du civil, du guimauve, du médical, ses yeux de soumise triomphante brûlot d'orgueil, ses yeux qui récompensaient tant et tant le gamin qui domptait la poulice cabrée à coups d'éperons, et elle, tendue vers lui, arc-boutant, figure de proue des anciennes trirèmes, Victoire cent fois plus victorieuse que la Samothrace mais sculptée du même envol, empoignée d'un même élan ascensionnel, gagnant sans mérite ses paradis, fichée sur la clé de voûte de son seul désir. Il y eut — répertoria-t-elle en se savonnant — des caves du seizième, beaucoup de plages italiennes, des wagons-lits, des couloirs de train, par terre, dans la poussière et les crachats, des décharges municipales, des bagnoles encore des bagnoles, elle était fille des rues trouvant niais le beau Capitaine Phœbus mais provoquant les enlèvements, les frénésies bousculées, les hostiles amours sur moquette, tapis ou parquet. Assez maso pendant les jeux pour souhaiter, avec une franchise qui l'honorait, le passage sur son corps charmant d'un escadron de lanciers, mais après, mais après, mes boots, merci, ma culotte où donc est ma culotte sacré nom, mon ceinturon, diable, le voici, j'ai paumé un faux cil, et de ramper sous le divan, et les potes de préparer des œufs frits et Mauriac de s'habiller en vue de la messe c'était *panem et circenses* et les voluptés de l'âge tendre. Il y avait alors, dans le même lit, des passions adventices, celle qui la jeta vers une jeune fille blonde, pour se frotter à la même peau, pour se rassurer et cicatriser ses écorchures, puis retour au marlou princier qui attendait son heure — pensez si ça l'ennuyait, le Dominique de vingt ans, que sa divine cajolât une longue fille blonde, il en était tout rassasié d'images, louait ces juvéniles pures gemmes de leur complicité, de leurs sourires carnivores de gosses qui réinventaient Sade mais en plus propre et en fêtes toujours neuves. François Mauriac descendait et saluait la troupe au passage dans l'escalier, soit laissait poliment l'ascenseur aux jeunes filles. Pas joli, l'état des mousmés. La mèche tombant sur son œil clair, cerné, Dominique gardait le charme ailé d'un dieu des voleurs, raccompagnait chez elle en douceur une Tief encore euphorique mais un peu amère que les lampions de la bringue fussent déjà éteints, et que demain l'école. Enfin, l'école, selon la conception tiefenthalerienne des années soixante-dix, égalait quelques jours de repos dans le coin fenêtre-radiateur, croquage de Crunch, roupillon idéal, pas de Jules, et mots en hiéroglyphes pseudo-sumériens glissés à la copine Larbaud, Apolline, à la copine Lydie, Tristan, à la copine Papazian et à quelques autres monstres.

— Ben, se dit la même Tiefenthaler dix ans après (j'insiste : LA MÊME, pas bougé d'un iota), si j'avais su qu'ensuite il me fallût bosser de la sorte pour gagner ma croûte, aurais-je été si jouasse qu'on publiât ma littérature ?

Car après, s'assoupit le serpent au bas des reins, vieux naja sans croc et flapi qu'aucun charmeur ne faisait plus danser, et Maria émaciée d'écriture, lestée de culture, ne croyait plus jamais retrouver la nature et ses résurrections charnelles comme la peinture de Giorgione. Crever au milieu de ses bouquins, ça, non. Et elle adorait dire non. Plus de parents à lénifier, à tromper, à blouser, à escroquer, plus d'arsouilleries, plus de délinquance, elle était sous contrat, briffée, strangulée et à nouveau surgissait sur sa route un marlou, oriental celui-là, aux yeux verts (un signe que ce vert) comme l'anis étoilé ou le pastis avec lequel on flambe les dorades, ou de la couleur des palmes d'une oasis.

Elle sortit du bain et s'ébroua à la chien. Alpaguée par le social, voilà. Tenue de rendre sa copie, comme jamais elle ne l'accepta, avant. Et elle avait pu vivre comme ça pendant quatre ans ! Au début, normal, elle bandait pour le truc. Et puis le désir s'était érodé, et les dates de remise des manuscrits l'épouvantaient. Ils baisaient quand, les autres scribes ? Aucune clause ne lui donnait l'autorisation de filer leur manuscrit en retard pour cause de passion. Qu'est-ce que les éditeurs voulaient donc qu'on écrivît, si on ne vivait plus ? Son Aphrodite allait ressembler comme un frère à Mauriac, si elle s'enfermait rideaux tirés pour inventer ce qui ne s'invente pas. Avant, c'était Mélodie en sous-sol et en permanence. Merde. Aujourd'hui donc, résurrection pascale, que ça saute et que tous se réjouissent ! Plein de choses à déblayer. Du plumeau, sur la poussière dont elle se sentait revêtue, un chic manteau, avec des moutons. Troquer cet alléchant rase-pet comme l'habit de lumière, car ce soir potlatch avec un mec et pas des moindres, un mec à s'allonger illico sur les talus zonards, en (croyait-elle) Bentley, ce serait donc plutôt sur les coussins, ce soir *crève-la-faim* une faim digne de Lasserre et *crève-le-sexe*[1] un sexe digne de l'attention du roi Salomon (un de ses seuls regrets : n'avoir pas pu séduire le roi Salomon, elle en voulait à la sabéenne, à la Sulamite et à tant d'autres, car ce roi eut beaucoup de connaissances bibliques), ce soir renaître comme l'opulence symphonique des roux vénitiens après les macérations crues et les géométries ligneuses des tableaux de l'école flo-

---

1. Henry Miller.

rentine. Elle hésita à déchirer ses contrats. Remit l'opération à plus tard. Puis la trouva stupide. Elle ne pourrait pas s'empêcher d'écrire, donc garder les contrats qui promettaient du blé. Mais alors, le cénacle des intellos, le droit de passe, les diffuseurs, les libraires, tous ces dévitalisés du genre rutabaga, les roquets de la presse, AUX FRAISES. Ne penser qu'à séduire. En humeur de bataille navale, elle maudit ceux qui voulurent la citronner et jeter la pulpe hâve à la poubelle, après. Les salauds. Négliger tes devoirs d'écrivain et les dates de remise des manuscrits, oui, mais... entendit-elle chanté par le zénana affolé que leur auteur favori se démît de ses fonctions, n'apparût plus presque à poil dans Paris-Match et simultanément sur la liste des candidats au prix. Scandaleux, ce système de prix. Et on vous éliminait comme ça, après vous avoir collé sur la liste, d'où espoirs en millions de dollars, puis pfft plus personne. Fini d'être le Poulidor des prix, si ce n'est que Poulidor était drôlement plus friqué que les autres gagnants, et elle, pas. De toute façon, il n'y avait pas de MAIS dans la vie de Maria Tiefenthaler, qui à cet instant s'écorchait vive à l'aide du gant de crin pour dépouiller sa vieille peau de serpent.

Vingt heures. Pendant que Mme Benkamou se retenait de toutes ses forces pour ne pas modeler une dagyde de cire, rien qu'une toute petite, à l'image de cette freluquette, son unique fils nouait son nœud pap, agrément du smoking, avec une science apprise dès sa sortie du berceau, et, rue de Maubeuge, Tiefenthaler nue et invincible, longue fleur graphique, fière de son architecture de nuage, belle comme le dessin des marbres, rythmée comme un kakemono japonais, mince comme une geisha d'Hiroshige marchant sur la neige et s'abritant d'une ombrelle ou comme une de ces jeunes filles à la peau sombre sous la kalasyris égyptienne, étroite porteuse d'offrandes, Maria la Mince hésitait entre une vingtaine de tenues festives dont un sari acheté à Bombay, une djellaba noire ourlée d'or marchandée à Fez, une robe vert jade de soie népalaise, et un ensemble de soie grège avec pantalon de mamamouchi serré à la cheville, pensa élire ce dernier, mais elle claquerait des dents sous deux milligrammes de soie grège, en sus la soie grège faisait mémé, mettre plutôt la robe de Bethléem, acquise en ce lieu saint, devant l'église et la crèche, un lendemain de Noël. Cet oripeau rouge, genre de drapeau flottant, serti d'un pectoral de verres colorés, cette robe d'Esmeralda exigeait un tambourin et Djâli, véritable robe de fille du soleil vu sa couleur aztèque, celle du sang réservée aux princes et aux cardinaux, interdite sous peine d'amende aux bourgeois du siècle dernier. Elle enfila la robe de Bethléem, guenille arrogante et bédouine, malicieusement acquise à Sion, et chaussa ses sandales d'argent.

354

Récitant sournoisement la Patenôtre du Loup, pauvre sorcier tremblant de la mort-diable, il attendait dans la jeep russe, sous son balcon, celle qui menait une vie aussi exécrable que Guillemette Babin, sorcière, puisque de cette vie il était encore absent.

Ladite meneuse de vie exécrable, en pied, vêtue de rouge, devant son miroir, songeait au choix d'une fourrure qui donnât quelque air de civilité à cette guenille de Bethléem et l'espoir de ne pas s'enrhumer à une personne qui attrapait vite des coryzas (mot fleuri de Madame mère) d'une ampleur sans rapport avec son calibre. Dans le placard aux murs pleurant le salpêtre, ses mains nervurées, sensuellement rapaces, fouillèrent, palpèrent le loup roide, taillé en biseau (son parquet Versailles, disait-elle), puis le renard de Corée, teint en vert, sauf les pointes demeurées claires qui frôlaient ses joues d'aigrettes soyeuses, jugea la bête un peu spectaculaire, le port d'un renard vert, en juillet, même s'il faisait froid, une preuve d'audace que n'approuverait peut-être pas son nouveau fiancé, d'autre part le vert plombait le teint après vingt et une heures, elle condamna sans appel le goupil vert bronze pour ne pas dire épinard, jaugea au toucher une ou deux pelisses doublées de chevrette fauve et brune, tripota son autre renard de la teinte du bouleau, un renard de taïga, exceptionnel mais Il l'avait déjà vu chez la maharanée, la jeune enfant aurait peut-être pu penser qu'en juillet, une simple veste... mais la jeune enfant souffrait d'une phobie du froid, gelait car trop peu de chair l'enrobait, et prétextait de frimas au beau milieu de la canicule rien que pour s'enfouir dans les peaux de bêtes, sa convoitise à l'égard des fourreurs s'approchait d'une vocation, et la vue de tout poil bouclé, moussu, crépu ou plat lui donnait des extases réprouvées par les hassidim. A vingt-sept ans, elle possédait six manteaux de fourrure, en aurait compté deux de plus sans l'oubli dans un taxi d'un vison blanc offert par son armateur, électrocuté depuis dans sa salle de bains (ça sentait la cerise du côté de cet Héliopoulos), et d'un trois-quart du même animal qu'on lui troqua lors d'un fric-frac rue de Maubeuge contre une casaque de ratine brunie de sueur sous les bras. Ce sera le parquet Versailles, décréta-t-elle, du loup jusqu'aux pieds en juillet être ce soir de la beauté du glaive s'armer se casquer pour le cérémonial. Sur ce, enjolivures, elle se pollinisa la joue de fard *Sugar Metallic,* sabra le dessous de la pommette de poudre *Vin de la Lune d'Argent,* enduisit ses paupières de céruse, traça une faucille *Œil-de-Tigre* en haut de la supérieure, noircit l'inférieure de khôl khâjal avec lequel elle assombrit aussi le liséré ourlant le bas du globe oculaire, comme les petites filles népalaises se fardant de la cendre que leur doigt ramasse au rebord des marmites pour qu'après ce coup de grisou les yeux deviennent ceux — miséricorde pour le malheureux jeune homme glacé, ganté beurre frais, raidi et recru d'espoir, bourrelé de dols et d'amoureuse haine qui l'attendait en bas ! — des fatales Kumari Devi, déesses vivantes, et épouses symboliques des rois qui finissent dans le caniveau, près du ciel quand même car sous le Toit du Monde. Sort enviable, pensa Maria. (Seigneur, déjà neuf heures moins dix et elle ignorait qu'il était en avance.) Muni de bras çivaïtes, elle lustra ses lèvres de *Miel Noir*, frisa ses cheveux, s'aspergea de l'Eau de la Reine etc., vérifia l'absence de peaux autour de ses lunules, puis en sa tenue foraine et fantasque s'avisa que l'absence de Mme Bachelard, traîtreusement installée à Fontainebleau chez sa seconde fille, la condamnait à préparer la bouffe des chats. Mme Bachelard demeurait persuadée que sans elle, Emmaüs, Marthe et Marie, plus un chaton récent, la Pythie fille de Marthe, périraient d'inanition ou de rétention en cas de besoin à accomplir, car Tief ne changerait pas la sciure et on sait l'immédiate constipation qui s'ensuit chez ces bêtes si propres... Outre l'occlusion intestinale des chats, Mme Bachelard craignait un incendie, une inondation, l'oubli commis par Maria de fermer le robinet du gaz d'où asphyxie, et la porte à triple tour d'où cambriolage, hantises qui, bien qu'elle emportât son pain de son, vu la vocation sédentaire de ses intérieurs qui faisaient le mort dès qu'elle quittait la rue de Maubeuge, la constipaient pour l'été. On voit que les vacances de Mme Bachelard chez sa fille condamnaient énormément de monde à ce châtiment, si la situation s'améliorait dès cette corvée familiale accomplie ; l'appartement retentissait alors d'un joyeux bruit de chasse d'eau et la sciure volait partout, témoignages de la satisfaction de Gabrielle Bachelard et des félins, retrouvant leurs habitudes et la régularisation de leurs fonctions intimes.

Constipés, peut-être, mais crevant de faim, ça jamais, fit Maria quel que soit le gamin qui plantonne sous mon balcon (ce paragraphe nouveau dans mon journal) donc Vous aux Yeux Fendus voici la bonne gamelle, pas de raison de vous priver si moi je vais chez Lasserre vous aurez un rab de levure et dès demain du bifteck haché DANS LE FILET. Qu'attende ce jeune homme, un peu sépulcral, cassant, resserré, l'air d'un faux prélat, style Julien Sorel, l'âme un peu gourmée je crois, le mec à l'air d'enfant méchant dont j'ai envie — elle sortit du frigo le foie qu'elle hacha à la pointe du couteau, de ses mains aristocratiques aux doigts encore piquetés de la cicatrice des roses, aux phalanges chargées de ses trois bagues hellènes, aux ongles couleur des flamboyants, elle prit garde de ne pas s'entailler carpes et métacarpes, serra sous l'effort ses lèvres laquées de *Miel Noir*, finit de débiter en cubes la tripaille destinée aux grippeminauds, parvint tout de même à se balafrer l'extrémité du pouce qui pissa immédiatement son hémoglobine et tacha la robe, rouge sur rouge, tant pis, elle courut s'entoupiner le doigt d'un Tricostéril, soumise à cette malédiction : se cisailler les mains comme des crevés d'un pourpoint médiéval dès qu'elle voulait en user dans un but domestique, puis revint aux Yeux Fendus, tendit la soucoupe à leurs narines flairantes, à leur museau madré qu'ils renfrognèrent, sachant la malice, les affrioler avec bectance pour les enfermer dans leur trou à chats, néanmoins affamés se frottèrent contre ses mollets, par bonheur nus, ne risquant pas la maille filée, puis se laissèrent benoîtement conduire vers leur réfectoire, la salle de bains, où se trouvait également leur w.-c., le Plat à Sciure, et les divers paniers auxquels ces outrecuidants préféraient la valise de Maria, qu'ils ensemençaient de poils à sa grande fureur. Ne pas passer Noël sur le dîner des chats, s'ordonna-t-elle, bouleversée du regard réprimandeur de la Pythie, sur laquelle elle venait de refermer la porte, et qui proclamait clairement son ire d'être ainsi abusée, menée par le bout de son nez ravissant, piégée dans ce cagibi alors qu'elle aurait tant aimé profiter de la chambre de sa maîtresse interdite en raison des poils, dans l'intérêt du couvre-lit et du sommeil tardif de Tiefenthaler, car la bête dès sept heures du matin lui dansait jovialement sur le ventre, quand après des palabres africains, elle acceptait de la garder pour la nuit. Pythie se mit à pousser le cri d'angoisse des muettes peintures de Münch, et, approchant de la sortie, Maria pleine de remords cavala sur des talons de huit centimètres jusqu'à la chatière, ouvrit, s'aperçut avec horreur que la Pythie démoniaque, enragée par l'abandon de cette vierge folle, avait volontairement ignoré le Plat, éparpillé la sciure tous azimuts, et usé du plancher pour ses besoins naturels. Jugeant incompatible avec la fraîcheur de sa robe berbère déjà tachée, sans que ce fût visible, avec la perfection des ongles, onyx rougis, et la note poivrée de l'Eau hongroise qui embaumait sa nuque et ses sept orifices, le fait de remédier à cette abomination (peu probable qu'Amine Ghoraïeb fût grisé par l'odeur de sciure à chats sans parler du pire) elle claqua la porte avec une rancune désespérée contre l'engeance chérie, lut vingt et une heure cinq à sa montre suisse donc inexorable, glissa ses clés dans son sac avec un pragmatisme surprenant tant son étourderie, jointe à l'état d'hébétude où la mettait cette soirée, l'exposait à les oublier et à passer la nuit sous les ponts en robe berbère, car elle n'aurait pas calanché dans les bras du jeune homme triste pour un oubli de clé, sursauta quand sonna le téléphone, faillit répondre, effondrée (on sait que Tief ne loupait pas une occasion de se culpabiliser) à la pensée que Jeanne Bogdanov en pleine aridité devant sa thèse danubienne, Rose lourdée par un bonhomme du Quai d'Orsay en partance pour la Guyane, Edmond Moïse exsangue après réception d'un pénultième manuscrit retourné à l'envoyeur, tentaient sans doute de la joindre, ne fit pas de quartier, laissa l'appareil lui vriller les tympans, songea qu'elle méritait la damnation pour non-assistance à personne en danger, se répéta que le fils de Tyr était à damner les saintes, donc que l'affaire suivait son cours, défaillit à la pensée que peut-être il

l'appelait cinq minutes avant l'heure pour se décommander, se rasséréna si, en ce cas, ce n'était qu'un goujat et qu'elle ne perdrait
rien à ne plus l'attendre sauf un dîner, or il n'y avait dans le frigo
que des pâtés pour chats, et elle se faisait difficilement à l'idée de
bouffer du Ronron à la place d'un suprême de barbue, à moins
qu'elle ne dégringolât au bistrot du coin croûter dans cette tenue —
une contraction cardiaque et la pointe acérée de l'infini lui perforant étrangement le ventricule gauche confirmèrent la gravité de ce
qui se passerait si un héritier levantin ne venait pas la chercher à
neuf heures quinze, elle se sentit orpheline veuve et amputée, paralysée comme par la piqûre d'une murène, au téléphone succéda la
sonnette de l'entrée, elle ferma un instant les paupières, manqua
refuser d'ouvrir la porte, s'octroya quelques minutes d'abîme,
recensa tous les signes d'alarme donnés par les Yeux Fendus, ne pas
ouvrir pour préserver l'image mentale du jeune homme dont elle
avait peur. Mlle Tiefenthaler, sorcière, dont on ne ferait qu'une
mince et sèche flambée, pressentit que derrière la porte plantonnait
Méduse, Satan, Azraël et cie, vacilla, se sermonna, genoux coupés
brutalement d'une hache de géant, que ferait-il d'une infirme,
monta un grand flot de tourbe sacrée en elle qui se réprimanda de
cette crainte et de cet attrait conflictuels la tétanisant devant la porte
dont retentit à nouveau la sonnette,

    Maria tu te vois trop ces temps-ci, il faut que tu te largues
    pour te retrouver, Maria tu en arriverais même à des
    familiarités avec un toi-même trop connu, tu ne t'étonnes
    plus donc tu t'aimes moins, tu lis trop les livres des autres,
    tu t'éventes comme un parfum débouché, va vers le jeune
    abbé satanique auquel tu mentiras selon ta nature enfin
    retrouvée, c'est-à-dire comme une arracheuse de dents.

    Elle ouvrit, sur Amine Youssef tapi derrière la porte, prêt aux
exterminations, aussi prêt que Sartre à celle du surréalisme. Et flancha devant la poésie en rouge robe de Bethléem, le fou, dont le
front policé, le rictus amène, les longs beaux yeux d'Orient à l'iris
toujours plus haut, ne trahissaient pas le souvenir d'une journée sur
le gril, en suspens, ni l'insomnie la plus scrupuleuse du rituel
amoureux.

    Il s'inclina pour lui baiser la main en dépit du Manuel du Pro-
tocole, bafouilla les sésame de convention qu'elle n'entendit même
pas, et procéda à la descente, qu'un mâle doit effectuer devant la
femelle pour parer à une éventuelle chute de l'escalier, qu'il ne
s'agissait pas, en ces circonstances de dévaler sur les fesses ou sur la
rampe. On était dans les solennités, dans les minuscules touchantes
bêtises du lai des ensorcelés pour lesquels l'aimant de leurs doigts
tient lieu de Mort et fait, avant l'heure, de leur vie un destin.

    Ils descendirent donc l'escalier, lui en toute gravité, elle
éméchée sans alcool et joueuse tel le peuple des Yeux Fendus, la
déraisonnable. Résumée à un élan et agrandie à des dimensions

océanes, se trouvant assez belle pour qu'on fût à ses genoux, merci genoux d'être là (moins troublé, il eut discerné dans ses larges yeux une soif pure comme l'élévation de l'hostie, s'il devinait à une brève capture de son regard, dès l'instant où elle lui ouvrit, qu'un feu sombre escaladant les fameux genoux, elle étirait devant lui, flamme sans bobèche, une fine charpente brûlée de lumière).

Maria sautillait sur les marches, sa pie voleuse, son allegria, devant elle descendant pour lui épargner toute avalanche bien qu'il les souhaitât, il lui offrait la nuque hautaine du Chevalier à la Peau de Tigre, encore deux marches, quelques frôlements, bousculades et jeux d'escarpolettes, sur ces degrés où, à danser comme ça la séguedille, elle finirait par se casser le col du fémur, sauf qu'il la rattraperait à temps et que... Ghoraïeb fils appuya sur le bouton de la porte cochère. Elle lui souriait dans l'ombre, lui faisait douce face de sincère oblation et regard de guerre déclarée, l'honnête naïve empressée de courir vers tous les horizons magiques dans ses oripeaux de voleuse. Prête au noble sport à main nue, combat passionnel sur terrain plat. Guerre franche, comme elle les aimait, pour laquelle déjà elle paradait dans ses atours d'Amazone, un sein faisait toute la différence. Mains nues (de même, les deux seins sous la robe), visage d'offertoire, front de Croisade, quand lui planquait dans ses poches des grenades quadrillées, s'embusquait dans ses tranchées, et préparait ses philtres et recourait aux djounns de l'Islam et au Diable apatride.

Adorant, grâce à la présence de l'homme désiré, la caresse de la robe rouge, glissant, floche, sur son jeune corps que vermiculerait la nuit dans une brève cinquantaine d'années, pendant que les coursiers des journaux sonneraient à d'autres portes pour arracher à d'autres auteurs d'autres humeurs, érigée d'adoration tout à la fois pour un soir d'été, pour son Seigneur des Mouches, pour l'ascenseur cossu de Lasserre où d'autres amants en sursis passeraient après eux, Tief les Yeux Fendus, ludique personne, franchit sa porte cochère, découvrit garée, juste en face la jeep rouge, resta coite, se maîtrisa, et, impavide, grimpa. Il n'observa pas un cillement, et estima avoir perdu une manche s'il voulait la désarçonner et jouir de son trouble, à moins que ce flegme ne prouvât un oubli absolu du prince des Célèbes ou d'une de ces îles poivrières... Les pieds dans ses arçons, le cul sur le siège haut placé de ce majestueux camion, Tiefenthaler, seconde surprise, avisa les cassettes de Leonard Cohen, et, sans commentaires, en introduisit une dans le lecteur idoine. La musique de ses premières noces les accompagnerait jusqu'au restaurant, elle assumait le fait et exerçait cet art du coup de gomme qu'ont les femmes, même de sexe intermédiaire comme elle. Il admira. Elle avait donc oublié avec rectitude l'autre métèque, le prince, oublié si bien qu'elle chantonnait et envoyait des baisers à la lune, ronde, ce soir-là, pleine et plâtrée comme la face de Yang Kwei Fei, favorite d'un des derniers empereurs Tang. Il lui fit, pendant le trajet, des compliments sur sa robe. Et si tu savais, ajouta-t-elle en voix off, qu'au-dessous je n'ai pas de slip et qu'en étendant ta main tu découvrirais un sexe de rosière, non pas une moule avariée comme celui des vieilles malévoles du Bas-Berry.

Elle se moqua sous cape du type qui lisait si attentivement ses livres, n'attribua pas cette jeep rouge à une coïncidence, mais se résigna à garder pour plus tard les secrets scellés, donc ne releva pas sur-le-champ sa robe jusqu'à la taille. Le jeune homme risquait d'être moins décontracté qu'un Henry Miller, donc s'abstenir d'y aller franco.

Un dîner chez Lasserre

En ce tiède 4 juillet 1974, quand, au sein du neuvième arrondissement, les concierges en charentaises à pompons traînaient
devant leurs portes cochères, observaient le vol aigu des oiseaux qui
éraflait un ciel vinaigré par le crépuscule, et chassaient à coups de
balai un jour tenace du parvis des loges, le char russe aborda les
parages du restaurant Lasserre, Ghoraïeb junior descendit de cet
engin remarquable dont il contourna les parois avec une mine
dévote, ouvrit la portière, tendit à l'aimée, en un geste de chasseur,
faucon au poing, une main sur laquelle elle s'appuya tout en déga-
geant gracieusement sa jambe droite, puis pivota genoux serrés,
s'amarra en virtuose au trottoir où sonnèrent ses talons d'argent, le
chasseur s'en fut garer non loin l'automobile qui le stupéfia (il
garait rarement, aux entours de Lasserre, un tel blindé) l'escadron
bichrome de service, professionnellement travesti en bandes d'hirondelles et de cormorans, lui fit une haie d'honneur, à cause du
nom de Ghoraïeb — celui de Maria, célèbre dans le périmètre
germano-pratin, restait inconnu en ce lieu — et surtout de l'effrayante splendeur de cette pariade d'étrangers, de quoi devenir
xénolâtre.

La porte de l'ascenseur théâtral s'ouvrit sur le panorama étin-
celant d'argenterie de la grande salle chère à Malraux, où caquetait
une volière de perruches bijoutées comme des icônes russes,
assemblée à l'éclat terni çà et là par les mâles, sombres blattes destinées à l'addition. Le maître d'hôtel accueillit Ghoraïeb fils et ce
qu'il pensa être une de ses nouvelles conquêtes, le maître d'hôtel
lisait *Vogue* et *Jours de France*, pas les *Nouvelles Littéraires*, une fois de
plus Tief passa pour une pensionnaire de la Comédie-Française ou
quelque chose d'approchant, se vit conduite à la table réservée,
entre celle d'une tribu de samouraïs et d'une famille de propriétaires fonciers apparemment du Middle West, si rien ne compte en
ce lieu sybarite que l'apparence. Jeune Couple Nanti indubitablement rasta prit possession de la Table avec la morgue désinvolte des
jeunes héritiers et des gloires précoces, et personne ne soupçonna
là-dessous le début d'une initiation héroïque. On aurait seulement
pu dire que ces deux-là étaient nés coiffés.

Amour, *sorte d'agonie due à une extrême méditation sur une personne du sexe opposé,* définition (dont bien entendu vous pouvez retrancher les trois derniers mots) d'Andrea Cappellanus *in* Liber de arte amandi. Il agonisait et méditait sur celle dont les yeux de hors-la-loi lui donnaient une vraie faim de travailleur, non pas une de ces fringales énervées d'oisif, mais une faim brute de poulet rôti ou de viande grillée ou de mets simples dont la saveur enfin lui était révélée grâce à celle qui était à ses côtés, la plus vivante des créatures. D'elle, il aurait tout gobé, avalé jusqu'au dernier de ses cils, tari l'hydromel de ses yeux, il aurait souhaité qu'on la lui apportât gigotante, comme les singes ainsi consommés à Hong-Kong, qu'on fît sauter délicatement sa calotte crânienne, et qu'il pût savourer à cru la cervelle de l'animal. Faute d'une telle manducation, il se montra le plus courtois, le plus galant, l'auditoire le plus ébaubi, reconnaissons qu'il y avait de quoi, il écoutait donc, d'une façon pour lui exceptionnelle, prêt aussi à exploiter les moindres détails révélateurs de ce que cachait son discours.

Elle alluma une mentholée avec le briquet Dupont qu'il avait remarqué chez Rose Bourdel-Lepeuple, et il regretta immédiatement que ce ne fût pas un Cricket — un cadeau de moins à lui faire, maudit soit le donateur du briquet laqué, qui le spoliait d'une façon d'autant plus intolérable que les Dupont font long feu et qu'il risquait de l'avoir sous le nez pendant longtemps. Après trois ans, et l'extinction des effets du philtre, elle pourrait bien allumer ses blondes avec des Dupont en or, laqués, des Cartier, des Dunhill ou à la flamme d'une bougie, il resterait suprêmement indifférent, de même qu'à cette preuve outrageante de libération féminine : le fait qu'elle allumât elle-même, vite fait bien fait, ses cigarettes... Silence, s'intima-t-il, fils de Ghoraïeb paternaliste, recueillez plutôt les roses rubescentes qu'effeuillent les lèvres assorties de ta princesse en sucre d'orge, de ta Cinderella aux métamorphoses, sortant de son gourbi en sa robe de brigande nomade, recueillez plutôt ses propos, pétales tombant comme s'il en pleuvait du toit de ce restaurant, ouvert, car nous sommes en été, sur un rectangle de nuit aigue-marine.

— Ma carrière littéraire, dites-vous ? (Il avait vagi quelque chose à ce propos, bêtement.) Pour tout vous dire, je ne fais aucune carrière. Je suis incapable de vivre autre chose que l'instant. Bref dans le but de vous éclairer, un coup de pied donné par mon père, après une des fugues que je fis à l'âge de treize ans, me défonça le fondement d'une manière magistrale, et, doutant qu'il pût resservir, je plantai là mes espoirs de demi-mondaine et décidai de m'orienter vers les Belles-Lettres. C'est tout ce que vous vouliez savoir à ce propos ?

Achèvement du paragraphe sur ton malicieux. Il prit son regard et ses mains, la ferra de ses yeux dont il savait le pouvoir fakirique, pria pour que sa mère et les djounns vinssent à la rescousse au bon moment, mais tout semblait aller bien, elle oscillait comme un pendule dans sa direction et déjà parlait moins. Enclouée, la belle. Il eut le calme sourire d'un savant fou. Aux joues de Maria domptée, monta la chaleur mystique des yogi de Kamarûpa, l'Assam, terre tantrique. Muet, concentré massivement, sourdement, sur ses yeux, ses lèvres, symboles de ce qu'il devinait sous sa robe, la demeure du feu de la mort, un yoni de devâta. L'empoisonnant doucement, la vampirisant, la suçant, pour l'imprégner de sa substance, de son seul fluide, pour l'épuiser et rompre la barrière protectrice de son langage. Bâillonnée, ma sirène, les marins ni Ulysse ne tomberaient dans les rets de la mer dont tu es fille, initiée au Brésil à Yémanja, ne crois pas ma chaste que j'ignore tes livres, celui-là s'appelait *Amérindiennes*. Réduite à la page blanche, à la grève blanche du silence mortel. L'absence de récit tuait, purement et simplement, cette fille loquace et avide de contes, Chahrazade de pissotières et des grands chemins, toujours narrant et plaidant pour obtenir sa grâce, pour expier un crime ancien, toujours racontant pour ne pas être exécutée au matin, et très méfiante envers les pages non écrites tel le roi qui, feuilletant celles d'un ouvrage dont la tête du médecin Doubane après décollation des épaules du susdit lui recommandait la lecture, mourut en tournant les feuillets vierges, empoisonné. Sous la blancheur venimeuse du silence qu'il lui imposait, il la condamnait lui aussi à décapitation, lui volait ses enchantements, usait de magie plus puissante que celle des lacs d'amour, des linges imprégnés de parfum, de l'hippomane, ou du Salut à l'Étoile du Berger, opération faite en l'honneur des trois rois mages. Le silence était à Maria Tiefenthaler plus dangereux que la conjuration, au nom d'Eschiel, des génies Palavoth et Elcuors en un jour consacré à Vénus. Le silence était un peu sa mort, il l'avait deviné et il la tenait ainsi, fascinée sous son regard vert, comme un lapin devant un cobra. Après dix minutes de mutisme, les doigts tremblants, elle ajusta sur son nez des lunettes oblongues cerclées de métal, s'empara de la carte, et il flancha, à nouveau replongé au Shéol, lui fils de Lucifer qui voulait ériger son trône au-dessus des étoiles de Dieu et l'y bercer sur ses genoux, lui au Shéol à nouveau car elle avait repris son regard. Il se résolut aux basses oraisons se murmura in petto la suivante :

Kirios clementissime qui Abrahæ servo tuo dedisti uxorem et filio ejus obedientissimo per admirabilem signum indicasti Rebeccam uxorem indica mihi servo tuo quam nupturus sum uxorem...

— Je crois qu'il est obligatoire de commander quelque chose à manger, dit-elle car le maître d'hôtel grimaçait stoïquement derrière sa chaise.

Une traînée de foudre dans ses lombaires n'empêchait pas Tief d'avoir faim, on le constate. Tief avait bon appétit, et ne soupçonnait pas l'oraison du fou.

— ... per ministerium tuorum spiritum Balibeth Assaibi Abumatih amen. Flûte, se dit-il, nous approchions d'un résultat.

Essayer le yantra Grand-Charmeur capable de subjuguer rois et reines, don de Civa, exigeant du cuivre, de l'étain, du zinc, des cendres de bouse, une plume taillée dans l'écorce de jasmin, de l'encre mêlée d'huile de santal et du fiel de vache, toujours les vaches, ces Indiens sont impossibles, en cas de défection des djounns, voir par là, adorer le mahâmohan ou susdit Grand-Charmeur, lui offrir des fleurs de lotus blanc, œuvre de sorcellerie plus belle que le travail visant à la domination d'autrui par le biais des excréments fermiers. Il étouffa un rire qu'elle ne releva pas. Jamais il ne prit davantage conscience que l'envoûtement, ce viol de l'âme, et le vecteur d'une passion étaient une seule et même chose.

— Une terrine de tourteau au Ricard, et des grenouilles aux gousses d'ail, ordonna Maria qui, ayant brisé la chaîne du regard magnétique dont l'effarait la bizarre intensité, crut qu'il avait deviné l'absence de slip — pour les vins, je ne bois que du rouge, ici la cave n'est pas mal, SUR CE POINT je m'en remets à vous.

Fichue snob, à nouveau pied à l'étrier, et l'expérience était à recommencer. S'il ne pouvait l'amener à régression et résipiscence que dans une bagnole filant à deux cents à l'heure, ceci au su de sa panique des accidents de la route, eh bien, il l'entraînerait dans un rallye autour du monde. Comme elle se reprenait vite! Il officia, commanda du volnay 41, pour lui un saumon cru et une sole fourrée, renonça à l'emprise fluidique, et se retrouva en manque, inassouvi, devant cette femme d'action lancée sur son dada et sujet favori : elle-même. Sales femmes, en leur portement perpétuel, d'enfants, d'alexandrins, de désirs et d'images, combien de fois plus riches que son père cet imbécile.

Bâtons rompus :

— J'écrirai la mort de mon père, plus tard, j'ai des notes en lieu sûr. Catharsis nécessaire, mais dans dix ans. Ne tombez pas amoureux de moi, au sens de la chute, de l'erreur et du péché, même mot en hébreu.

Elle avala son premier verre de volnay, à jeun, et un peu poivre, poursuivit : On — un *on* qui vous ressemble — m'a dépucelée à quinze ans deux mois mais à quatorze ans quinze jours j'étais la plus fausse des fausses vierges. Et vous? (Quelle santé, se dit-il, rien de trop en ce qui concerne le yantra séducteur des rois il faudrait même y adjoindre le treizième, Charmeur-du-monde-entier, yantra magnifique tracé en carré avec encre de safran et musc, rien de trop, rien de trop...) Il éluda la question, lui en posa d'autres, rien que pour observer en paix la gestuelle des longues mains, paumes cambrées, comme pour, déjà, repousser une indéfinissable attaque.

— Dix ans de maraude, quatre ans de marinade dans le bain

éditorial. L'Inde, mon pays. Combray, en quelque sorte, et en toute simplicité ! Revenue en Europe, je grignote ma petite madeleine sous forme de curry verdâtre, chapattis boursouflés, disques de musique balinaise — connaissez-vous la petite mélopée scintillante des xylophones les soirs de pleine lune...

Alors, au souvenir de certains dîners avec un mannequin suédois d'une beauté arctique, mais si chiante qu'au dessert elle se transformait à ses yeux navrés en phoque à la moustache tombante, il se laissa circonvenir, l'écouta vraiment, Charahzade saoule qui parlait de voyages pour échapper à son sort écrit, qui plaidait si merveilleusement et tant contre un adversaire deviné qu'il ne pouvait en placer une, mais plus tard ma fée électricité motus, tu ne couvriras plus d'encre sympathique que cent volumes de silence.

Elle avait décidément des seins en coupes de champagne, une rareté.

Au saumon cru et à la terrine de tourteau au Ricard, ils escaladaient les sentes himalayennes, pêchaient la truite au Cachemire, avec la maharanée de J... à laquelle ils devaient quelques bonnes pensées, ils surprenaient une panthère noire buvant à une source glacée du Teraï népalais, le troisième verre de volnay les entraîna au Maroc, dans la vallée du Dadès que, Allah Akhbar ! il connaissait, au quatrième, ils campaient sous une tente dressée à l'envers près des grottes d'Aryam par le cousin du consul d'Autriche en poste à Casa, au cinquième, en panne au cœur de l'Atlas, ils poussaient la jeep, secondés par une horde de bergers membres de la tribu Aït-Addidou, qui un instant auparavant tentaient de lapider l'auteur surpris en bikini, se savonnant dans un cours d'eau entre deux bosquets de lauriers-roses, au sixième, ils dérobaient des figues violettes comme le sol et les kasbahs hermétiques de la vallée du Dra qu'ils exploraient à pied, les chèvres déferlaient des escarpements, chassées vers leur bergerie dans une symphonie de clochettes tintinnabulantes, survint le moment du dessert — sous le parfum de chez Crabtree, comme elle se penchait vers lui, il respira le sien propre, de vanille et musc, qui l'estourbit tout net. Ainsi elle déjouait ses sorts, s'enracinait dans ses tréfonds, et accrochait le destin d'un jeune homme malévole, à deux dents de la chance, une fossette en lunule, un retroussis de lèvre légèrement chevalin, un front déconcertant d'ingénuité, deux yeux fendus (mimétisme de ses chats, espèce qui crama sec, elle aussi, sur les croix médiévales) et une paire de seins ronds.

Quand elle commanda des pannequets soufflés crème citron, il se demanda si elle n'était pas uniquement fascinée par le titanesque amour qu'il lui manifestait en sourdine, et, autre question de confiance, le maître d'hôtel lui posa la colle du dessert. Un viril café, avait dit Agostina. Mais il fallait prolonger le dîner. Il opta pour des fraises, au cas où lui en volerait une, celle qui les aimait tant.

La créature élisabéthaine, les pieds dans la tourbe du carbonifère, le regard sur Orion et Bételgeuse, à sa ceinture, peut-être un flingue, coupant civilement ses pannequets, lui offrait un *Theatrum mundi* qui lui suffirait à jamais — il n'espérait pas que la réciproque fût vraie, sinon, nul besoin de recourir aux yantras, aux djounns et aux rois mages. La garce vous distillait des philtres naturels, vous speedait d'un sourire, vous shootait à l'héroïne d'une exclamation, c'était précisément cela, la sensation d'un fixe, d'une longue aiguille entrant dans sa veine quand elle le regardait, si son rire, au contraire, lui faisait l'effet d'un stupéfiant, aucun charme donc ne serait assez fort pour l'occire, sous-entendu, d'amour. Il se pouvait qu'elle n'aimât que les crèmes au citron et les fraises, après tout.

A présent, il comprenait pourquoi on déroula sous ses pieds cloqués par les galets des ruisseaux marocains ou torrents himalayens, tant de tapis d'Arabie ou de l'Inde — rien n'était de trop pour la récompenser du talent injuste de percevoir avec une acuité que lui, Ghoraïeb, ne connaîtrait jamais, couleurs, parfums, sons, formes, et leurs symboliques carrefours, pour collecter cette manne et décocher sa flèche imaginaire juste au milieu d'Alpha du Centaure ou Véga de la Lyre, oh cette tête dans les étoiles telle Marie vue à Patmos par un saint, lui le diabolique voyait la même chose, une vierge enceinte de l'Esprit qui avait accès à toutes les nébuleuses et entrait au Ciel par la grande porte alors que lui, même par la petite...

Sur ce, il dégringola d'Alpha du Centaure et des constellations, se souvenant brusquement de la montre, et le caractère intempestif de ce cadeau lui donna la chair de poule. Elle n'accepterait pas. Il aurait dû lui acheter la robe de schintz adéquate à la réception des prix littéraires en province. A ce moment, elle leva vers lui un visage de rivière, après absorption de la dernière bouchée de pannequet car une joue gonflée ne fait pas fluvial, lui adressa un sourire auprès duquel celui de la Joconde restait d'une extrême simplicité, et dit :

— Les gens heureux n'ont pas d'histoire. Vous connaissez mon penchant pour celles-ci, quand il n'y en a pas, je ne vis plus, or votre air franchement sinistre me promet énormément de satisfactions. Gardez-le, il vous va. Est-ce que le baiser est prévu, dans la voiture tous terrains ?

Elle arrondit les lèvres et lui souffla sur le nez, s'ensuivit une réprobation discrète de la table des Nippons.

— J'ai mangé de l'ail, vous suivez toujours ma pensée. Le vampirisme, affaire des Karpates, je m'y connais. Mon arrière-grandmère Lydie...

Elle éclata de rire, l'idiote, et il l'adora.

— Il est prévu ce que vous voudrez, Maria. Danser ?

— Parfait. Deux décaféinés d'abord. Les deux sont pour moi et pour l'illusion du doping. Après, frottis moite et divin. On pourrait aller au Régine's, seule boîte où il y ait encore des slows, que croyez-vous que je veuille danser avec vous ?

Pourquoi diantre les lapis et diams en baguette autour du cadran de malachite ? Fouad n'aurait pas fait pire. Pourquoi pas des chocolats, en évitant toutefois les files d'escargots bourguignons destinés aux fêtes de famille ? Si seulement grâce au djinn invoqué par maman Benkamou, pouvait disparaître de la boîte à gants, dans l'auto, le menu paquet estampillé du sceau Van Cleef et de son inconséquence... Cette montre, elle allait la jeter dans le caniveau après avoir piétiné le boîtier d'un coup de son haut talon d'argent, leçon sévère mais juste, prouvant l'impossibilité d'affrioler Mlle Tiefenthaler par le fric. Il pria Moadhib le Doreur de changer ce trésor compromettant en hamster, en ballon sauteur, en patins à roulettes devant lesquels sa symphique aurait sûrement battu des mains. Si ça ne marchait pas, présenter la chose d'une façon siouxxx. Exemple : j'ai vu cette montre par hasard, hélas on trouve déjà des copies de votre Rolex, très pratique pour la plongée mais plongez-vous tous les jours, entre deux immersions avec bouteilles, peut-être accepteriez-vous de porter...

La situation devenait dantesque, et elle finissait de laper son second décaféiné.

Dans l'ascenseur — encore un, et une occasion de la respirer, l'ail en supplément — du Régine's, descendant vers les profondeurs laquées d'un aurore crème comme celui de certaines tulipes, il s'étranglait d'angoisse, n'osant soulever le problème du colifichet, peccadille de cinq briques, dans un coffret de velours rouge. A propos de rouge, il lui vint à l'esprit que, telle la dagyde de cire vermeille que, sur son ordre, confectionnerait avec ses ongles et ses cheveux sa charitable mère, elle portait ce soir-là la couleur d'un double dont le cœur serait lardé d'épingles. Ragoûtant procédé. Il se détesta, comme de coutume. Sombrer dans la niaiserie charlatanesque ! User de ce procédé typiquement femelle ! Iniquité, mais s'il le fallait vraiment... Ignorant l'existence de la dagyde sur laquelle se concentrerait Mme Benkamou à qui le Maroc apprit énormément en manière d'occultisme, Maria, ivre de volnay, inclinait sa tête sur l'épaule d'Amine, pauvre poupée rouge comme sang de crapaud, sur son front, de courts serpents rebelles frôlaient la tempe du méchant, ses cheveux volatiles glissaient sur l'épaule du même méchant comme l'aile d'un faisan mordoré qui a reçu le plomb. En fait de plomb, elle en avait un dans l'aile, effectivement, car rien n'est plus grisant que le vin des cépages bourguignons, opulent breuvage qu'il convient de servir au chevet du lit des amants, pas dans un dîner après lequel on doit rester debout et maîtriser les humeurs animales.

Maria Tiefenthaler avait la dalle en pente, mais assez de tempérance (arcane XIV du Tarot) pour s'arrêter avant que ne s'enluminât son petit nez, qu'elle ne bredouillât des insanités d'une voix de rogomme, elle se contentait de trébucher joliment, de battre un tantinet les murailles sans jamais rouler sur le macadam, c'était une pocharde bien élevée, une gracieuse ivrogne, qui avait le vin tendre et gai. Vu qu'elle avait avalé une demi-bouteille de volnay et vu ses proportions, Amine ne mit pas immédiatement sur le compte de son charme ni des recettes à base de rognures d'ongles la danse des sept voiles que lui fit cette vendangeuse des plants du Seigneur. Pompette, Maria roulait sur son épaule une tête rieuse de troubadour soûlard, de séraphin ayant fait carrousse du pinard liturgique, refusa le whisky et commanda un Perrier rondelle de citron appuyé du commentaire qu'elle n'aimait que le vin rouge, ce dont il venait de s'apercevoir.

Il apprit d'autres choses des lèvres de la jeune fille blottie contre lui dans ce lieu nocturne où ils ne virent strictement personne. La jeune fille, après son tastevinage, saltimbanque étourdie, lui assena entre autres mignardises qu'elle partageait l'opinion de Baudelaire au sujet de la baise au cours de laquelle il était séant de rester vêtu car la nudité a quelque chose de commun et seule convient aux examens de santé. Alors, susurra la très tendre, garder des accessoires de théâtre, des masques, des loups, des vêtements d'abîme et de cérémonie, éventuellement ecclésiastique soit une nudité sertie de fleurs et de bijoux comme celles des femmes du Rajasthan ; sans fards et sans joyaux, elle se sentait véritablement dévoilée, or pas pudique du tout, Phryné au tribunal, mais Phryné avait un tchador de longs cheveux, rien d'une nudité organique si bien traduite par l'élégante expression « à poil », cette monstruosité.

Première danse, en autarcie : une samba qu'elle voulut danser pieds nus. Ainsi fut fait, et il souffrit énormément de la voir ainsi, seule, lui offrant souvent son dos, car elle tournait en virtuose, possédée, dansant seule comme, chez Lasserre, elle avait savouré seule les pannequets, son régal de gosse, pirouettant au son des rhombes, des tambours et des atabaques, telle qu'elle le fit sur les terreiros de

Bahia, enfourchée par son esprit buveur d'alcool, sauf que là, aucun esprit ne recueillait la substance ignée de la boisson et qu'elle était vraiment beurrée, sans recours à une Yémanja qui cuvât à sa place ; en face de cette extatique, les yeux clos sur sa mélopée intérieure, éclipsant par sa souplesse désarticulée les professionnelles des cabarets, mêlant le one-step au fandango et à la séguedille, il eut envie de la ceinturer, car d'autres, alentour, la désiraient, et lui souhaita une crise de tétanie sur la piste pour qu'elle cessât de le narguer ainsi d'une sarabande irrévérencieuse de bayadère ô combien trop sensuelle. Amine le More soupira d'aise, comme au bal de la Rajpoute, quand à la samba succéda un slow, maudits soient ces entrechats brésiliens.

Elle s'immobilisa devant lui — le cœur lardé, pensa-t-il avec une triste ironie, ça ne faisait pas de doute. Hésitante, avant d'entrer dans ses bras. Ils se regardèrent gravement, sans se toucher, pendant un temps trop long pour que ne les bousculent les voisins impatientés, qui auraient même pu piétiner, sans qu'ils s'en aperçussent, ces Dormants ensomnolés comme ceux d'Ephèse pour avoir mangé des viandes impures. Mais elle s'avança vers lui à petits pas entravés et l'enlaça moins folâtrement, avec moins de malice délurée qu'elle ne le fit dans la cuisine où ils épluchèrent la rhubarbe et où coula son premier sang, auquel il porta l'intérêt et la convoitise d'un authentique vampire valaque.

Pour Amine pétrifié comme les pirogues des dieux de Kataragam cinglant vers Ceylan, et pour Maria, changée en pierre de Palestine, même le piétinement du slow présentait des difficultés majeures. Tout au plus, pris sous des rets de pesanteur, réussirent-ils à esquisser quelques pas titubants, dans la foule d'une promiscuité désertique. Le plafond valsa, avec ses lumières de point du jour. Contre lui, allié tiercement aux esprits nés d'une flamme sans fumée et à Satan Ruclamont prince de tous les diables d'enfer, le corps fou de son amante soudé au sien sans que jamais personne n'y puisse mettre empêchement. Il se dit que ça allait très bien comme ça, et que demain dès l'aube il téléphonerait à maman Benkamou afin d'éviter qu'elle ne perçât un cœur d'oiseau ou de mouton avec deux cents liards d'aiguilles, elle était capable de toutes les ignominies pour le bien de son fils, comme toute génitrice du Maghreb.

Maria, le nez enfoui dans les cheveux de l'aimé, se promettait désormais de ne se livrer à des investigations que sur la personne de celui-ci, l'humanité souffrante attendrait, elle irait vers son unique prochain. Qu'il l'enlève et la viole comme le fut Psyché. Elle se subordonnerait à sa volonté tant qu'il lui éveillerait ce désir rédempteur, tempétueux, et, loin de Java Central où fut le premier, un second Paradis. Au moment du slow, elle vivait déjà son amour comme une forme de salut, dans les bras de celui qui le vivait déjà comme un enfer, c'était toute la différence.

Baiser conjuratoire et exécratoire, salives d'hypocras mêlées, échanges de morsures comme dans une pomme, que restent donc de leurs lèvres trognons, reliques et dentelles, plaies contuses, tatouées des cloques du feu. Que foutre des bienséances. Sexe dur comme le linga de Çiva accolé à la cuisse de la mie qui sans méfiance recevait la plus grande des charges magiques, à bout portant. Rendez-vous compte, hommes, de ce que vous faites, symboliquement, en appliquant votre trique sur de douces cuisses de mie. C'est plus offensif qu'un chantage, plus péremptoire qu'une menace, cette trique sacrale prête à percer en place publique quelque chose de plumeux et d'offert comme le ventre d'une colombe.

Spectral, il regardait son rêve, elle y correspondait abominablement. Il comprit le sens de l'expression « aimer comme un damné ». Aussi inaccessible que la fresque du Louvre, aussi immatérielle que Marie de Nazareth, pauvre femme, elle voudrait l'entraîner dans son Paradis or lui au Paradis ne pouvait que se sentir de trop, donc il tenterait pour ne pas la perdre de l'entraîner aux Enfers, ainsi fit Hadès de Perséphone. Ils tanguaient, ivres d'une commune somnolence magnétique, se frôlant avec précautions car un contact trop violent les aurait fait crier de souffrance. Il fallut, à la fin de la danse, qu'ils se dédoublent, ce qui en fut une autre.

Source capturée, drainée par cette force étrange qui émanait de lui, démantibulée, engourdie, vaincue, attirée dans un songe plus puissant que ceux où autrefois l'aspiraient les drogues, elle ne fit plus, pour le reste, que de le suivre, ou plutôt de le précéder dans l'ascenseur aux parois de verre où ils échangèrent une autre morsure au curare qui débarbouilla les lèvres de Maria du Miel Noir, sous lequel elles apparurent nues, lèvres de petite fille crevassées de gerçures et sabrées de l'empreinte des dents du fou qui l'emmenait au firmament (provisoire, ce firmament, provisoire) sans la classe ouvrière, dans l'ascenseur d'une boîte dont les habitués s'étonnaient de voir ainsi enchâssés, membres rompus, visages rivés en cette lutte linguale qu'immortalisa Rodin, que laissait deviner l'aspiration de leurs joues et qui n'avait aucun rapport avec les gentillesses d'un flirt, personne en ce lieu n'ignorait qu'ils étaient en train de croquer du fruit de l'inconscient, la pomme du jardin d'Eden ou tout autre agrume planté par un diable qui savait ce qu'il faisait, et les noctambules, conscients qu'il s'agissait d'une affaire d'importance, d'un combat surnaturel ou de la plus immense histoire d'amour, levaient le nez pour suivre l'ascension de la mince jeune fille couronnée d'étoiles, et du sombre garçon dont les mains savantes relevaient une robe rouge jusqu'à dévoiler les jambes d'échassière, un genou dont l'emboîtement était à affoler Polyclète et l'aine pure comme un névé, les membres du Régine's, avant que l'ascenseur ne s'arrête au rez-de-chaussée, eurent même le temps d'apprécier le fait que la mince ne portait pas de culotte, un grand silence s'ensuivit.

Malheureusement pour les voyeurs, l'arrêt de l'ascenseur les priva de la célèbre vision reçue par saint Jean à Patmos : la sainte Vierge montant au ciel dans les douleurs de la parturition, la lune dans les cheveux, les pieds sur le serpent, sauf que là la sainte n'était pas vierge, se tortillait avec ardeur mais sans risque d'accoucher vu ses quarante-cinq centimètres de tour de taille. Quant à l'ascenseur, un instant transformé en châsse mystique des amants qui en auraient volontiers fait leur tombeau en cas de panne à perpétuité, cette prison de verre qui contint lune, étoiles, ciel, serpent, madone et démon, il se prenait d'un coup pour un reliquaire ascensionnel. Or, quand la dame de l'entrée en ouvrit la porte, il redevint ascenseur, se dit que rien ne serait plus comme avant, mais ragea d'être ainsi relégué à son ancienne humble condition à laquelle, implacables, les sorciers le laissèrent pour s'en aller plus loin exercer leurs pouvoirs conjugués et à présent illimités.

— Des aphtes, j'ai des aphtes, la peau se détache à l'intérieur, je pèle, me voilà lèvres lépreuses, dit Maria, se civilisant à coups de houppette dans la voiture. Amine, je vous aime. Elle lui sourit de ses trente-deux perles auxquelles elle avait promis un détartrage tous les mois pour cause de passion.

Ça la rend gaie, pensa-t-il. Elle brille comme si on avait allumé une lampe à l'intérieur. Sous des rafales de baisers, au lieu de s'amocher comme les autres, elle porte comme un nouveau maquillage, plus violent que tous les fards créés par l'homme. Je la dévore des yeux, à grands coups de mandibules, et elle atteint la magnitude des étoiles géantes. Elle m'aime, donc. Que sa mère retienne cette envie de modelage d'une statuette cireuse, truffée d'épingles ou d'aiguilles à tricoter trempées dans le sang, puis enterrée sous une pierre du jardin ! La ficeler sur son fauteuil, pour qu'elle ne tente plus rien ! toutes ces croyances, fatras inique ! néanmoins si, lui, ne leur accordait consciemment que peu de crédit, inconsciemment, elles le fascinaient — que dire alors d'elle, cette fille de l'arrière-monde qui connut d'autres sortilèges et dont l'esprit s'imprégnait de cette bile du diable comme un buvard, d'encre bleu-noir. S'il enclouait son ombre, elle crierait, et le sang coulerait de ce pied qu'il avait blessé, elle était spirite, médium, poétesse, recevait un dieu, cette médaille avait un revers, elle était le meilleur sujet à hypnotiser, la proie de ses songes et du songe d'autrui, elle qui vivait un temps simultané qui la reportait vingt mille ans en avant ou en arrière, surtout ne pas lui faire de mal.

Cet amour élationnel et joyeux le prenait de court. Honte sur lui, il ne s'était pas préparé à cette joie, mais à l'envoûter comme un émeu, un kangourou ou tout autre gibier convoité par les Canaques de mentalité prélogique. Néanmoins, il la savait capable de couper le fil du sorcelage, crac, entre le pouce et l'index, cette troisième jeune Parque, nom Atropos. Alors... Alors le réinvestit Satan Ruclamont, il redevint apeuré, maniaque et prélogique, il lorgna la toile de tente de ses cheveux qui masquait son profil quand elle se penchait pour fourrager dans son sac — il devait y avoir là-dedans un fourbi lycéen, des gommes, des bubble-gums, des chewing-gums, des tickets de métro poinçonnés, des flacons de paillettes, un ou deux échantillons de parfum hongrois, du sel qui ne fait pas gonfler et du sucre qui ne fait pas grossir, et des mots griffonnés, et les palimpsestes de toute une existence sans lui — de douleur, devant ce sac ouvert si plein de signes d'indépendance, il envisagea de s'approprier un des beaux cheveux mais il n'était pas dans un préau d'école et elle se formaliserait sans doute que, d'un coup sec, il lui prélevât ce trophée. Oh ! juste pour l'enclore dans un médaillon, tout ce qu'il y a de plus neu-neu, eau de rose et miel rosat, plaida-t-il pour lui-même, et à l'adresse des entités du Maghreb qui se mirent à pleurer de rire comme si on les avait chatouillées. Il avala sa salive, renonça au cheveu ; elle continuait de ne pas s'occuper de lui, de dévaster le contenu de cette gibecière qui ne la quittait ni de jour ni de nuit, son camping-gaz. Bien trop commode, cette gibecière de chasseresse, il lui achèterait un sac du soir, un réticule emperlouzé, où elle ne pourra glisser que son peigne, son miroir, un poudrier, un rouge à lèvres, ses armes de chétive adorée, tenez, par exemple, cette poisseuse résine sombre qui laquait si joliment les plaies ouvertes de ses lèvres fendillées au sang, une hémophile, elle saignait pour un rien, merveille qu'elle saignât sous ses baisers et perdît un peu de cette substance rouge qu'il aurait voulu recueillir pour... Ta gueule, magiste obscur, dépravé, quintessence de fou, digne fils de ta mère — ange, te préserver des maléfices, et toi Satan, vade retro, je sais bien que quand tu m'as trouvé pour me montrer la beauté du monde (cette fille à côté de moi) j'étais seul au désert depuis beaucoup plus de quarante jours, et je jeûnai dans le désert des grands restaurants de France et que l'heure était à la tentation, mais à présent FOUS-MOI LE CAMP, ou passe sous mes roues. Il démarra.

Dans la glace de son poudrier, elle découvrit un peu de sang déjà coagulé au rebord de sa lèvre inférieure gonflée comme un pétale d'hibiscus sous la pluie — voilà ce que c'était d'embrasser jusqu'à suffocation, jusqu'à apoplexie, comme en son heure dernière, un fils de Tyr qui la lacérait, la déchiquetait de son baiser corrosif, caustique, incisif, d'une rare profondeur et d'une dentée à emporter la pièce, elle s'estima heureuse qu'il lui restât les deux plaies tailladées, froissées, exfoliées, fameux bobo, chairs à vif, escarre enflammée, à pommader cette nuit de Dermophile Indien, sinon recourir aux points de suture. Il l'embrassa encore, à un feu rouge, et elle accepta infection, effets secondaires, gangrène, pus, virus, n'étant plus que frappée de cette peste bubonique, ce mal vénérien, Kâma le désir fiché là où les samouraïs plantent leur sabre, très exactement là, au-dessus d'elle penché, au-dessus d'elle Amine muet, lui dérobant le ciel, la couvrant tel le grand chien du songe, et elle voulait le ciel dérobé, l'écartèlement, la dissolution, n'accepter que ses lois et qu'il plante ses crocs là où saignaient ses lèvres, se douloir et doucement geindre pour en appeler non à sa compassion mais à sa cruauté, elle qui jamais ne porterait plainte pour dol, coups et blessures, commotions exigées pour que son menu corps si peu nubile colportât encore rafales et bourrasques.

Vent coulis, alizés tendrelets, brise trop délicate que les baisers des autres, auparavant, seuls ceux de Dominique... Ceux d'Amine cinglaient, fouettaient dru et coupaient le visage. Elle aurait l'air de quoi, demain au déjeuner chez son éditeur. D'un trognon de rose violé par ladite bourrasque, en cas de bol. D'une demoiselle de la rue Saint-Denis battue par un client sado et dessaoulée de frais, plus probablement.

Elle lui fit part du déjeuner prévu chez M. V... avec un abandon qui l'émerveilla (quoi, elle se sentait déjà obligée de lui rendre des comptes !). Pendant qu'elle cherchait ses clés, il eut un geste prompt vers la boîte à gants, en retira le paquet de chez Van Cleef, le glissa dans son sac avant qu'elle ne refermât cette besace de braconnier (demain, acheter un réticule de croco, employer la journée à trouver le plus cher) et, satisfait du haussement des sourcils de Maria, lui ordonna (une petite phrase sur ce ton de commandement valait bien cinq briques) de n'ouvrir l'emballage qu'une fois dans sa chambre. Lui dit *A demain mon amour mon chef-d'œuvre jetaime jetaime jetaime,* lui ouvrit la portière, la souleva pour la poser au sol en raison de la hauteur de la voiture et de ses sentiments, en proie à un lancinant vertige, elle s'emmêla un peu les pinceaux, trop de volnay, eut le geste imprévu d'elle-même de lui baiser la main, sublime chevalière agenouillée comme il l'avait tant voulu depuis si longtemps imaginé, puis pirouetta, lui fit une nasarde ravissante et bêtifiante, ouvrit la porte cochère, disparut, et au ciel décrépit la lune se cacha.

Il ne remonta pas de suite dans son char d'assaut, contempla cette honnête porte de bonne bourgeoisie, leva le nez, conjura les étoiles derechef pour l'amour d'elle, et pour qu'elle fût davantage à lui qu'à l'ombre de son père, grimpa dans la jeep, bénit les rognures d'ongles et lacs de cheveux, ricana démoniaquement sur la sottise des superstitions et la splendeur des mythes, puis cessa de ricaner, conscient qu'il se permettait une ingérence armée sur terres étrangères, qu'il ne pourrait s'empêcher de pervertir un jour ce qui aujourd'hui était magie brute et joie étale, car son attachement aurait les grandioses errances et les conséquences regrettables de tous les fanatismes religieux. Il expiait à travers cette jeune fille toute une existence d'athée, à travers elle si éperdument croyante, si expansée comme l'univers, elle aux yeux de foi, aux paumes ouvertes et blessées, elle qui un jour saurait qu'il ne pourrait lui offrir que ses tortures car, à l'instant de la grâce, à cette nuit où la lune entrait dans le Ventre du Bélier Céleste, et où sans doute sa mère ferait sans sa permission ce qu'il y avait à faire, ne pourrait succéder que des années de chaos où seraient lâchés les chiens du blasphème.

Cependant, intrigué par l'ouverture d'un éden qu'il ne soupçonnait pas être de ce monde, Amine se promit de combattre ses propres démons, de signer une paix avec la donzelle, et non un pacte des ténèbres avec le sang de ses lèvres, de superbement lui faire l'amour, de quérir pour elle sac en peau de dragon ou de croco et des vétilles comptant au moins quatre zéros, d'enchaîner en lui l'énergumène qui plus tard hélas ne pourrait que se déchaîner... Il ne le quittait pas depuis sa naissance, ce double possédé, ne pas espérer qu'il la laissât en plan pour les beaux yeux de Maria Tiefenthaler, au contact de cette sainte, il risquait même de croître de quelques pouces et de se fortifier — enchaîné néanmoins il serait, pour qu'Amine Youssef Ghoraïeb goûtât cette incroyable embellie : un bonheur de Thélème dont il jouirait jusqu'à ce que ne s'élime le parchemin de la paix et qu'il ne recommence à souffrir des sacrées douleurs du mal des ardents.

Amour, j'étranglerai ma mère *black-foot* pour qu'à cette date fatidique du Bélier Céleste aucune poupée ne s'adorne de tes mignons ongles et de tes clairs cheveux. Je la tuerai plutôt que de subir les conséquences de ses terribles enfantillages. Amour, je m'interdirai d'être méchant, jaloux, torturé, torturant, je m'imaginerai être né sous un signe pacifique et vénusien tel celui du Taureau, je tâcherai d'oublier ce Scorpion d'étoiles qui, outre l'énergumène, me ronge le foie. Je m'interdirai la perversité, mais je t'en prie, aide-moi. Ne regarde pas les jeunes gens qui cet été sont plus beaux que les autres étés, ne t'attarde pas à contempler une rose au jardin de Bagatelle, je risquerais de ne pas résister à l'arracher devant toi. O mon amour, fais que je ne me parjure pas et te laisse vivre !

Nu devant la glace de sa chambre, il rit de sa propre beauté de pétrel roulé au creux des tempêtes, cette mystification, Dieu que la guerre et le mal sont jolis, il tenta d'ôter le masque pour, en dessous, voir la vérité du squelette, ou sans écorchement, le visage d'un exhibi aux blêmes branlettes, d'un déchet putride, d'un satyre pestilentiel, d'un mec dégoulinant d'humeurs mauvaises, rien à faire, la peau adhérait, il fit un pied de nez au portrait juvénile qu'il ne méritait pas et dont lui seul savait la fallace, pria que la fille qu'il aimait ne vînt pas à savoir la vérité, et que surtout elle ne le poussât point par son inadvertance légère, à la lui montrer, car alors elle saurait qui était son adversaire et cette impressionnable en mourrait comme meurent, même très costauds, ceux qui en savent trop, ça s'est vu depuis les origines.

Apparemment, il était jeune, riche et beau. De fait, il était un véritable Mathusalem, pauvre, si Fouad mourait centenaire, et beau, oui beau de la beauté du diable il va de soi, beau comme l'esprit immonde et le mensonge incarné, à lui seul un Pandémonium. Pour vous en convaincre, bonnes gens, vous n'avez qu'à constater le changement quand je plaque mes cheveux en arrière, dit-il, voyez donc cette face crue, trop fine, ravinée déjà, cette face qui a nom Tourment et ne porte pas de chair, cette frime d'assassin toute tendue d'os perforants comme des poignards, et maintenant miracle, dois-je dire abracadabra... Il laissa ses cheveux retomber, adoucir les angles, rendre le nez moins aigu, estomper les bosselures du squelette, guérir les coups de poignard de ses yeux, dulcifier les méplats de ses tempes et de ses joues qui se remplirent d'un reste d'adolescence. Voilà un beau tour de joué, messieurs, mesdames. A cause d'un magnifique système pileux, d'une ample plantation de ces bulbes capillaires, Dulcinée est cuite et ne verra malice nulle part. Gare à la teigne. S'acheter un postiche en cas de pelade pour sauver la seule face qu'elle doit connaître.

Insomnie. Il décida d'un bain à la température japonaise. Y soliloqua tout aussi bien que Tiefenthaler, dans le sien, avant de sortir. Il la revit danser, vaisseau fantôme, jamais arraisonné, si loin de lui, cambrée, reins creusés, lanières de ses cheveux sur le visage, ménadique, sous sa robe, muqueuses de velours, ô son corps tapis de prière, ô la tringler avec percussions, et, sa Brunehaut de Neustrie, l'empoigner par sa crinière et lui cogner le crâne et lui fouetter le ventre de chardons bleus, cette nostalgique du viol dirait merci.

Il s'aperçut qu'il pleurait, et se dit qu'il devenait fou, et que Maximilien ne pourrait plus que dalle pour lui. Somnifères. Dormir, provisoirement mourir.

Elle est du territoire non inscrit où jamais tu n'entreras, dit une vieille *babalorixa* (...) devant les cauris du Bénin jetés sur le sable. Entends le Tambour de Pleurs et de Résurrection du Maranhao, là où elle fut initiée à Yémanja la mer. Elle est de celles qui aspergent en grande solennité les carrefours et protègent les vifs de l'emprise des morts. Prends garde, néophyte, qui veux te l'approprier par des moyens crapuleux. Elle te répondra, et tu risques le choc en retour. Pour l'instant, elle veut le servage, le service de l'homme, car elle vient de recevoir la grande baffe aller-et-retour du désir, mais ne crois pas que ce désir soit suscité par ta seule personne. Tu n'es que confluence, et arrivé au bon moment, quand s'éveillait son corps qui s'endormait sur ses tentations comme saint Antoine. Elle attend, immobile, la descente fracturante des Egun, esprits de son candomblé. Servante des Tambours, tremblante, prostrée, remerciante, pleurant de joie. (La babalorixa avala un litre de cachaça, bu par l'esprit qu'elle recevait, donc sans conséquence pour son foie.) Il y a en elle xylophones et conques de l'Afrique, gamelan de Java, tambourins de la Chine, cymbales du Tibet. Toi qui te soucies de technique amoureuse, tu te fourres le doigt dans l'œil. C'est une des filles les plus compliquées de Yémanja qui, elle-même, ne la comprend pas toujours. En tout cas, ne lui laisse pas le temps de la réflexion, rien qu'une minute, celle d'ôter ses chaussettes à losanges, imagine qu'elle remarque quelques poils sur ses mollets, elle s'obnubilera sur cette villosité, et tu es perdu. Elle n'est folle que de son propre corps retrouvé grâce à toi après une longue absence. Attention attention, ne va pas entamer des transactions fiduciaires dans l'astral pour te l'apparier. Ses narrations dépuratives, je veux dire ses livres, lui suffisent, et dès le moment d'égarement dû à tes yeux habiles, je le reconnais, de vrais beaux yeux de magnétiseur à iris presque escamoté, cassera le bien magnétique et... Rien d'aléatoire dans ses maigres formes, ni dans sa façon de mener sa barque, comme une épave sur les rapides. Tu me suis ? Toi aux ruses de nécromant, toi du revers et du rebours, toi qui veux moucher cette bougie filant vers le ciel, amoureux d'outre-tombe, fichu imprudent, prends garde au choc en retour !

Ombre faisant suite, apparut sa belle-mère, geignarde, qui s'assit sur le coin de son lit.

— *Faccia d'angelo !* Malheur sur moi pauvre femme qui t'ai

entraînée dans une telle affaire. Détourne-toi de l'enfant femme, Amine Youssef, cet amour est tout vicié de l'intérieur, il te pourrira comme une gangrène...

Merde, dit-il posément. Arrière les goules. Voilà ce que c'est d'avaler des barbituriques. Je hais les médicaments. (Il se leva, nu, haut, brun, de longue, plate musculature, et alla jeter les boîtes dans la cheminée du salon, où il ranima le feu pour que crament ces agents léthifères). Donc je ne dormirai pas. Re-bain, je barboterai ainsi jusqu'à l'aube à la température du ventre de ma mère qui... Je donnerais cher pour voir ce qu'elle fait en ce moment. J'espère qu'elle n'envoûte pas. Amour, petite dagyde vermeille. Tes seins héraldiques, ton corps de minuscule hippogriffe. Je t'aime si mal, mais tant et tant. Je t'aime pour te respirer, te contourner, te saccager, tel un bibliophile fanatique du livre pour la reliure et le cuir, non pour l'œuvre. Nécrophile, je suis, tu écris du vivant avec de la lymphe rouge et blanche, et moi, je ne veux que respirer l'odeur de saumure d'un corps noyé. (Il grimaça dans le miroir rond accroché au rebord de la baignoire, se trouva la thyroïde proéminente et l'air d'un condor à une seule bourse, bizarre malfaçon.)

Je ferai relier tes six livres en peau de pingouin, j'en palperai les feuillets comme un aveugle tâtonnant sur du braille, ainsi je tairai le signifié de ces nobles ouvrages sous un catafalque de prix, ils n'auront plus de valeur qu'esthétique, trop beaux pour être lus, ainsi je te ferai six fois taire, ma belle, comme plus tard je te couvrirai d'or et d'argent et te muselerai et te briserai les doigts pour empêcher l'écriture... Tes livres, muette, luxueuse abstraction, rangés dans une bibliothèque en bois de Macassar. Archives, admirables, intouchables reliques. On ne te lira plus.

Ce projet de reliure, symbolique d'une mainmise, l'enthousiasma. Demain, elle recevrait le billet pour Beyrouth. Il gambilla dans l'appartement, dont, faute de s'être séché, il aspergea avec générosité la moquette.

Puis — sans doute sa mère se livrait-elle à une opération en cet instant précis — il se sentit tout chose et comme possédé, se planta devant la pile des livres de Maria, fixa la photographie.

Amour pardon de ce qui s'ensuivra pardon d'abuser de toi pardon de ce vice de forme dont je ne peux me départir car il est aussi ancré dans le fond. (Il eut la tentation de faire ses bagages, de foutre le camp à jamais, de ne plus la revoir avant d'irrémédiablement, tôt ou tard, la spolier, l'outrager, l'avilir. Ce fut, cette fois, le diable qui douta.) Mais l'aube se levant, il résolut d'aller aux Beaux-Arts et chez un relieur, donc se munit de la pile des livres qu'il étoufferait sous une peau de pingouin. Il aurait envisagé la peau de chagrin, mais il renonça par peur qu'elle ne rétrécît.

Elle, ensuite...

Arracha les rubans du paquet, découvrit le coffret rouge, recelant la montre, ses brillants et son cadran de malachite. Fracassé, dit-elle, il est tout à fait fracassé. La belle chose que voilà. Mais ce fermoir, une vraie souricière. Nous voilà bien. (Elle avait imprudemment, à trois heures du matin, cerclé son poignet de la montre, clos le fermoir, impossible à rouvrir, et le bracelet argenté lui écorchait la peau.) Voyons — dégager cette barrette méchamment prisonnière d'une sorte de créneau, ici...

Elle s'énerva, son poignet claustrophobe ne supportait pas le cercle métallique, don maudit que cette montre, le temps ainsi obligatoirement sous les yeux, un bijou que jamais on ne peut ôter, elle suffoqua. Démaquiller ce qu'il restait, après les lècheries amoureuses, de khôl khâjal, de *Miel Noir, de Sugar Metallic,* d'ombre d'*Œil-de-Tigre,* de fard *Vin de la Lune d'Argent,* sur les yeux, les lèvres, le haut de la pommette et la joue, puis en revenir à la montre, rétive, agressive, carcan d'étincelles.

Calmée, elle éteignit ses yeux couleur d'agate, de lichen ou d'étain, selon la lumière, ses Yeux Fendus de chatte qui peut-être virent s'ériger les Colosses de Memnon, quelques milliers d'années auparavant.

— Desséché comme un if, le jeune homme baudelairien, confia-t-elle à Marthe et Marie qui se partageaient le sommet du radiateur, agrémenté d'un coussin pour qu'elles y fussent plus à l'aise car l'appareil était à redends. Souvenez-vous, chattes de mon lignage, du conte d'Andersen, « la Reine des Neiges ». Premier chapitre : « Qui traite du miroir et de ses morceaux »... Un petit garçon reçoit dans l'œil l'éclat du miroir brisé que transportaient à travers le ciel quelques démons maladroits. Résultat, à cause de cette étrange lentille de contact, il voit tout en noir. Eh bien, les Yeux Fendus, j'ai trouvé un petit garçon aussi méchant. Il n'a pas l'air comme ça, mais au fond c'est une teigne. Il n'est pas blond comme ce petit Hans ou Kurd, mais brun, le mien vient d'Orient, des mers de lavande et des lourds jasmins. Devant vous, les Yeux Fendus, je jure de faire fondre l'éclat de verre de la prunelle de ce gamin. Il m'est arrivé, il est venu vers moi, taciturne, maussade, blessé, borgne, à cause du miroir. Réparer ça. Moi Grande Thaumaturge, le guérir. Ma manie. Qu'on ouvre les Sept Sceaux ! j'y parviendrai. C'est un défi. (Elle admira, dans la psyché, ses yeux non rincés et le khôl étiré jusqu'à ses tempes en ailes de phalène.) Avec ces yeux-là, j'y parviendrai. Avec ma bouche, mon ventre, mon sexe, toute mon intelligence, j'y parviendrai. Le jeune homme est périlleux comme un poisson caillou, et tout aussi immobile, sauf quand il bande, je peux vous dire que c'est un hommage dru. Si, un jour, je traite du jeune homme et du bris de miroir qui lui encre la vue, et de l'effet renversant qu'il me cause, ce sera sur vélin pur fil Lafuma Navarre, trente exemplaires maxi, car j'ai mes pudeurs.

Elle ôta d'un coton imbibé d'eau de bleuet son écran de camouflage. Pensa très fort à lui, suscita son image, sentit dans son ventre naître la première phase d'une alchimie embryonnaire, s'appuya sur le rebord du lavabo pour parer aux faiblesses et ne pas choir dans la sciure des chats, diluée, barattée d'une pagaie aveugle, là-dedans effervescence d'un comprimé de Calcium, illuminée du bas-ventre, giflée à cet endroit limbique de chocs mats et réguliers comme une pirogue oscillant sur de courtes vagues, ce type était donc le plus grand télépathe, le spécialiste du tantra, pour lui susciter à distance ce qui semblait une continuité d'orgasmes linéaires, sans plus de début ni de fin qu'une arabesque coranique. Ça boügeait dans ses tripes comme pour un accouchement. A l'effervescence, succéda un désir poignant, nonchalant, subtil, fortuit, qui la balança dans un hamac sous les étoiles au large d'une île de l'océan Indien, puis effleura sa peau interne, cette doublure de soie, de palmes insidieuses, la clairsema toute, la répandit, l'exténua, la confondit jusqu'à ce qu'elle dérivât, ductile varech léché par une marée ascendante, spongieuse au-dedans comme anémone de mer, proie des algues, infinie, morte, naufragée, que des cloques éclatent aux abysses, que les varechs crachent leur iode, en cette merveilleuse nuit des divines saumures, que faisait-il donc de son côté, le Seigneur des Mouches, il aurait dû être là, la sauter derechef, au risque qu'elle ne se ranimât point d'une telle pâmoison.

En l'état, elle songea à se rhabiller et à demander leurs services aux routiers qui d'après la légende radiophonique sont sympas. Absurde idiot amour de n'être pas là. Et elle prisonnière de sa montre, de son image, torturée bel et bien. Une douche froide, et ôter cette montre. Un truc à quelques briques. Ah ! il l'enchaînait déjà, le sataniste à gueule de curé. Casser à la pince le beau fermoir argenté. Cette montre la brûlait. Elle n'en voulait pas. Brusquement affolée, fouilla dans le placard aux balais chercher une vieille tenaille... Accroupie, elle ressentit la première douleur d'une crise hémorroïdale qui déclencha le premier symptôme de la tétanie, cul défoncé et mains d'accoucheuse, la petite marquise était un peu souffrante, en slip champagne devant le placard aux balais, réprima des feulements, chevelure horripilée, se tordit sur le carreau froid de la cuisine, rampa jusqu'au frigo, fit sauter un glaçon ovale du bac qu'il fallut extirper du freezer chose peu commode en pleine spasmophilie qui vous ôte le contrôle des paluches, ouf, elle se saisit du glaçon et se l'introduisit dans la chose, seul remède pour décongestionner les parties tuméfiées, par voie orale ingurgita 20 milligrammes d'Oxazepam et une ampoule de Magnésium, si le jeune homme avait reçu du froid dans l'œil, elle c'était autre part, nom de nom, horreur que ces hémorroïdes, là derrière au fond, battements de quelque fleur du mal vivante et souffrante, elle crapahuta jusqu'aux w.-c., s'effondra, finit par crier de cette douleur atroce à son exquis troufignon, au risque de rameuter Mme Bachelard qui connaissait ce mal, atavique, selon les dires de cette dernière.

Congestion du bassin, diagnostiqua, le nez au niveau du plancher, écroulée dans la position érotique d'un éléphant de mer sur la banquise, celle qui une heure auparavant faisait fureur au Régine's et sur qui les hommes n'osaient pas se retourner. Manqua s'évanouir, et pas d'un excès de volupté. Le glaçon commençait à œuvrer. Elle sentit avec délices les parois intimes se refermer progressivement, après avoir été ouvertes au couteau comme les valves d'une praire. Inutile de préciser qu'aucun de ces engins répugnants appelés godemichets ne la sodomisa jamais, et que le mal de Louis XI lui ôtait toute envie d'essayer. Le rectum se décrispait. Elle se releva sur un genou, chancela jusqu'à l'armoire à pharmacie, s'empara (Seigneur merci, le tube n'était pas vide !) de la pommade Adrectal au nom sans équivoque, étendit cet onguent brunâtre sur les parties contusionnées, puis, à l'aide d'une canule vissée sur l'embout, atteignit les régions profondes qu'elle pansa d'ouate et recouvrit d'une culotte usagée ; le fondement ainsi colmaté d'extrait mou de belladone, de marron d'Inde et d'onguent populeum, soupira d'aise, certes la responsabilité de cet enculage sans vaseline par un esprit malin incombait à son amour et cher seigneur lui causant turgescence des vaisseaux du bas, mais elle ne prit même pas le temps de lui en vouloir, attentive à la fuite délicieuse du mal, de la maladie et de la mort, si cette crise imprévue lui prouvait une fois de plus que ces deux épreuves et le brillant final se vivaient SEULS — rampant dans les w.-c., elle se souciait non des fantasia de l'amour chevaleresque, mais de son rectum, au cas où Goethe eût été sujet aux hémorroïdes, *quid* de son œuvre, de cette grosse Charlotte si cruche qui aurait perdu toute importance, puisque le charisme noir du chevalier maronite se révélait inefficace au moment où elle se badigeonna de la Pommade Adrectal bénie, comme quoi la passion déchaînée pesait peu dans la balance en face de l'extrait mou de marron d'Inde employé quand il le fallait.

Que vous disais-je, les Yeux Fendus, à propos d'un glaçon et d'un bout de verre... marmotta avant de s'effondrer sur son pieu la jeune fille plus belle que les korés acropolitaines quand l'aurore rosit les cannelures de leurs cheveux, la jeune folle refusant de croire à l'infrangibilité des miroirs, et à laquelle un féroce mal du postérieur venait d'occulter d'un seul coup le mythe tristanien et une magnifique histoire d'amour, qui ne valaient plus deux francs dans la sciure, au moment où elle s'endormit, montre au poignet et, comme on dit, brisée d'émotions.

Ce que les autres pensaient d'eux

Le pathographe Edmond Moïse, Zorica la tzigane, Mlle Yuan, la seule Bogdanov restante, et Martin du Mans se lamentaient. Misère, on avait volé le totem de la tribu ! châtiment prométhéen pour le coupable, et récompense en millions de dollars pour qui la retrouvera. Son éditeur appelait désespérément. Tief faisait des apparitions de plus en plus espacées au logis, travaillait de moins en moins, femelle Desdémone vers son More allant, dans l'état d'une mangeuse de lotus, tatouée de morsures, marchait dans une fruste hypnose vers un horizon d'une force à attirer l'acier, on l'aurait dit chloroformée, prête à ce qu'on lui ouvrît le ventre sans anesthésie, aveugle au clignotement des étoiles et des insectes.

On admit que Tief pratiquait un commerce galant, que la frangine jouerait relâche pour le temps, qu'on souhaitait bref, où elle désirerait son Levantin — un caïd sûrement pour l'arracher à ses chères études, à son Underwood, à ses alliés, zélateurs et exégètes de son œuvre, admettant de mauvaise grâce qu'elle flambait haut et sec, que c'était de son âge, pas à se biler, la future Immortelle expédierait ce type dans le potage dès qu'il aurait cessé de servir. Tout de même, chose litigieuse et inouïe. Les truandes se désolaient. Ce catho à la mie de pain ! Depuis la partie de campagne, elles auraient dû se douter qu'il allait la leur extorquer — seule Mlle Yuan souriait façon khmère, et approuvait en silence qu'enfin, Maria usât de ses charmes pour se rendre la vie facile, voir arrondir ses chiches mensualités éditoriales, et ne plus bosser comme on casse des cailloux sibériens. *So long*, mais elle leur reviendrait, les doigts alourdis de gemmes navettes et le compte en banque renfloué si l'héritier oriental tenait de son père. Yuan ne commencerait à s'inquiéter que si Maria lui parlait d'épousailles.

— L'inflation au Liban, le congrès économique du 7 août, la commission destinée à modifier l'article cinquante sur les licenciements arbitraires, le projet d'amendement du 28 mai, amendez, amendez, mon père, je m'en fous, cassez donc la hausse des prix mais pas mes oreilles, la démission de Boutros el-Khoury me paraît un dommage mais je m'en fous, une apothéose de je-m'en-foutisme. Quoi, ce Boutros, protestant contre le projet d'amendement de l'article cinquante du Code du Travail, que voulez-vous que ça me fasse, je veux moi amender une jeune fille trop libre, et fixer mes baisers aux marges de ses lèvres, ni industrielles ni commerçantes, quant à la probable fin du ministère Taqieddine Sohl, je me permets de vous dire que de mon côté ça ne fait pas sensation, je vois dans vos yeux la colère du patronat devant la hargne des syndicalistes exigeant une immunité et la reprise des pourparlers, pourparlez donc jusqu'à l'apocalypse, j'aime Maria Tiefenthaler et je l'emmène à Baalbeck, voir une pièce de théâtre et un ballet.

— Ah bon, fit posément Fouad. Sans doute mon exposé de la situation au Liban est-il loin de tes préoccupations. Mais mon fils, il y aura la guerre.

— Hosannah, gaudeamus, et youpi. Le souvenir de Maria est un voisinage brûlant. Ses seins comme œufs de l'autruche qu'on suspend auprès des tombeaux des marabouts, sa fourche intime précieuse comme un brûle-parfum consumant l'ambre, ses cheveux comme un étendard sur la Ka'aba, elle a des réminiscences de l'avenir ou si tu préfères une mémoire du futur, que soit célébré, exalté, honoré, loué son nom, qui seul me ressuscite. Je vais aux Beaux-Arts. (Sortie de Ghoraïeb fils.)

— Il travaille du chapeau, dit Fouad à Agostina. La demi-yiddish a achevé ce qu'il lui restait de raison. Mais ceux qui s'arment actuellement au Liban n'en ont guère plus. Sois gentille de m'apporter une aspirine.

— Papa, dit Edmond à Samuel Rosenthal qui fourbissait des chandeliers dans sa boutique de la rue de Trévise, elle n'est plus la même. Que penses-tu de cette histoire, dont je t'ai dépeint le protagoniste... ? Songe qu'elle ne met plus un mot ni un pied devant l'autre. Fini de l'écriture et des marches dans Paris. Elle prend des taxis, et met des talons trop hauts pour marcher, de toute façon, la voilà esclave de la lubricité d'un homme, ce chrétien, qui m'a l'air athée ou pire.

— Bien pire, dit Samuel. Maria se détourne de sa voie, à n'en pas douter.

— Avec un type comme ça, elle peut dormir sur ses deux oreilles et ne jamais se réveiller, vois-tu. Il a une force indicible.

— Sûrement, s'il l'empêche déjà d'écrire, ce Vase d'Iniquité ! Homme semblable à la nuit, je vois ça d'ici, qui lui interdira les synagogues, or j'espère toujours qu'elle se convertisse à la seule religion. Un chrétien athée ou bien pire ! Porte de la Mort ! Puits de l'Abîme ! Séphiroth sombre ! (Il s'enflammait, croyant Maria vierge ce dont elle avait l'apparence, voire ange céleste du plus haut degré avec ailes immobiles comme le précise Ezéchiel, et juste un peu plus petite que les saints en général.) Sarah, ma chère femme, viens voir Edmond qui a des nouvelles de Maria, cet ange de Dieu !

La mère d'Edmond entra, chargée de loukhoums qu'elle servait systématiquement à son fils pour tenter de parer à la consomption.

— Mon fils ! dit-elle, as-tu des réponses des éditeurs ?

— Sarah, je t'ai déjà dit de ne pas aborder ce sujet en présence d'Edmond. Sinon, il ne nous rendra plus visite. Nous parlons de Maria. Figure-toi que cette créature dont grande est la capacité de recevoir des messages de l'au-delà va droit à sa perdition, à cause d'un chrétien...

— Fermement décidé à l'épouser, j'en suis certain. Elle l'accompagne au Liban pour je ne sais quel festival.

— Le fils de Bélial ! si elle l'accompagne, ils vont coucher dans la même chambre et accomplir les interdits avant des noces impures ! C'est donc le neveu de Belzébuth !

— Il en a la tête, et des yeux magnétiseurs, j'ai vu ça en une seconde à la gare Saint-Lazare, où je suis venu la chercher après une partie de campagne.

— Je suis sûr que c'était un dimanche avant la nuit, dit Samuel. Va, je sais que tu fumes pendant le shabbat, mais revenons aux affaires urgentes. Donc il va la suborner vite fait. Une petite dont les cheveux sont oignons blondis, et les yeux, oignons frits, presque brûlés, recette transylvanienne. A propos de nourritures, prends des loukhoums mon fils je vois que tu as encore maigri. C'est à cause des éditeurs. Pardon, revenons définitivement à Maria. (Il croqua un loukhoum maison.) Tes loukhoums, Sarah, sont plus durs que mastic de Chio, je ne comprends pas ce qui se passe aujourd'hui, ce doit être l'influence du goy, à distance, de plus ils ne sont pas assez sucrés, et il y manque du gingembre, détail considérable. Donc le goy va la pilonner comme mortier, là-bas, en Palestine.

— Liban, c'est à côté.

— Résultat du pilonnage, engrossement, c'est couru d'avance, mariage, et jamais la communauté d'Israël ne reprendra ce membre éminent des lettres et de notre famille ! gloire perdue pour tous à cause du Souffle de Discorde ! d'une créature coliteuse ! d'un sans Dieu ! pleurons sur l'aveuglement de cette jeune fille ! aucun doute, ce garçon d'Afrique du Nord mélangé au Liban est une bête puante, frère d'Astaroth et de Mammon, homme d'Abbadur, Exterminateur, Démon de Midi !

— Il n'a pas trente ans, papa.

— C'est pareil. Parent de Python ! tous le maudissent ! la

démonologie n'y suffit pas, ni ma salive ! J'aimais tant cette jeune Maria, qui jamais ne voulut avaler un loukhoum pour ne pas grossir malgré la désolation de ta mère... Perdue, perdue pour tous ! pourquoi donc, sur sa route, alors qu'elle allait devenir une bonne juive, après beaucoup d'errements, ce général de l'état-major de Lucifer ? Histoire diabolique et affreuse ! Que faire ? Un seul de ses regards décrochait au ciel le quart des étoiles ! et la voilà aveugle à cause de l'amour, il paraît que c'est inévitable. Finalement, ce garçon serait plutôt Bélial lui-même, qui apparaît en beauté, puisque tu me dis qu'il est plaisant, oui, Bélial qui commande quatre-vingts légions de démons soit 522 280 en tout, développe la perversité et la force génésique, donc, définitivement Bélial. Eh bien mon fils, nous allons prier. A ta place, sachant combien tu affectionnes ta cousine, je respecterais plusieurs shabbats, je me noircirais moins les dents avec le tabac, et j'en parlerais au rabbi Finkelberg.

— Ce sera fait.

Et, après quinze minutes de bénédictions, Edmond s'en fut, les poches déformées par les loukhoums et extrêmement pantois devant le courroux inopiné de son père qui invoquait facilement le Ciel, mais ne manifesta jamais une telle déréliction à cause des égarements humains. C'était, conjectura-t-il, que papa Rosenthal, fervent lecteur des livres de Maria, la considérait comme le meilleur jeune écrivain JUIF, mais aussi que le séduisirent sans qu'il se l'avouât les cheveux d'oignons blondis et l'ensemble de cette primevère qui restait pour Samuel Rosenthal une émanation tangible de l'univers séphirotique.

— Beyrouth, vagit, télégramme en main, Maria dont la montre scintillait treize heures, eh bien, il veut déjà m'emmener sur ses terres natales, sous prétexte culturel de Festival à Baalbek, sous prétexte que c'est le dix-neuvième et qu'on ne sait pas si on verra le vingtième, à l'évidence c'est un argument, Beyrouth, mon amour quel est ton nom, en vérité je ne sais plus... Quand ça, Beyrouth ? Dans quatre jours. Je ne mets jamais moins de temps pour foutre n'importe comment mes hardes dans la valoche, et via. Sur ce plan, il ne me prend pas de court.

Elle se souvenait seulement de ses contorsions sur le parquet à échardes, dix heures auparavant, quand ses fondements ouverts au couteau de plongée lui faisaient un mal de chien. Qu'étaient ce papier bleu et, à son poignet, le bijou carcéral avec lequel elle avait dormi, et dont les baguettes de diamants et le bracelet de métal lui tailladèrent quelque peu la peau là où bleuissent les veines... ?

Elle tenta de rassembler quelques souvenirs de cette veille pendant laquelle elle but trop. Ah oui Volnay 41 chez Lasserre devant son Seigneur des Mouches, l'héritier Ghoraïeb aux yeux de jade, auprès de telles châsses mesdames (à Marthe et sa progénitude Pythie, s'esbignant en duel sur le couvre-lit) celles des houris du jardin d'Allah sont misérables quinquets, or mon Ghoraïeb est baptisé maronite, qu'est-ce déjà qu'un maronite, il me l'a expliqué hier pour la seconde fois, mais, sourde alors, je n'accordais d'attention qu'à l'arc des lèvres de ce jeune homme.

Elle tâtonna sur sa table de chevet, trouva son indispensable Baume du Tigre, se frictionna les tempes pour apaiser une violente migraine ophtalmique (ce Volnay, du feu de Dieu, mais sans merci) puis, rejetant les draps, examina les fuseaux décharnés de ses cuisses, la nodule parfaite du genou, la minceur surprenante des mollets, grimaça à la vue d'un duvet agrémentant jambes de chasseresse, se promit une séance immédiate d'épilation à la cire chez l'esthéticienne en face, virtuose de l'application torturante des lanières de caramel brûlant sur les gambettes, qui, après arrachage de cette glu, révélaient un derme (d'épi, n'en restait plus) poli comme pierre ponce volcanique. Pour lui, s'épiler, preuve de passion que ce scalp abominable. Mais qu'il découvrît une jambe de faune, abomination pire. Elle tituba jusqu'à la salle de bains en chantonnant un poème de Râbe'è la Persane : « L'amour est une mer, la côte hors de vue, sages vous le savez, à quoi bon tenter de nager ? Je me suis débattue comme un poulain sauvage qui ne sait pas que, plus il tire, plus il serre ses entraves... »

— Finie la bohème, dit-elle à Mme Bougault l'esthéticienne, qui touillait la poix, pardon, la cire bouillante dans son chaudron. Madame Bougault, je suis raide dingue d'un mec, voilà pourquoi je vous confie mes jambes, peu de surface à épiler, mais alors jusqu'à l'aine je vous prie, je veux oublier ce système pileux d'une façon définitive. Allez-y franco.

— Vous, amoureuse ? fit Mme Bougault qui en aurait laissé refroidir l'ingrédient du scalp. Je vous croyais à l'abri de cette chose vulgaire, appauvrissante, tenez, c'est tout juste si je ne préférerais pas vous voir poilue pour l'éternité.

— Tiens, vous aussi, vous avez de ces théories... Implaidable, le sentiment, de nos jours. N'empêche qu'il sort des Beaux-Arts à cinq heures, et que je vais le chercher, et c'est comme si j'avais douze ans.

— Mais vous écrivez, à cinq heures, d'ordinaire ?... gémit Mme Bougault, qui connaissait les horaires de sa cliente, malgré la rareté de ses visites.

— Eh bien, je n'écrirai pas.

Elle ferma les yeux sur le scandale délicieux : laisser choir les pensionnaires du bordel de Corinthe, et la clause exigeant la remise du manuscrit, titre provisoire : l'Egéide, à la maison V... le 1er août. A ce train-là, si se profilaient des voyages extatiques non plus ceux des chamanes solitaires, mais de Baal des Mouches et de sa parèdre Maria jusqu'alors chaste, la maison V... pourrait reprocher à l'auteur non seulement l'irrespect de la clause, mais encore s'endeuiller de ce que l'auteur sacrifiât l'espoir d'un Prix Littéraire pour lequel M. V... se démenait à une allure chaplinesque dans les ruelles où se magouillent ces affaires-là.

— Aïe, madame Bougault, vous m'écorchez, gémit la pauvre femelle brûlée vive pour cause de séduction. Madame Bougault, je renonce aux Prix Littéraires et à ce merdier de la rentrée d'Octobre, l'époque des asters mauves me trouvera dans les bras d'un homme, lequel m'entretiendra, et macache question Goncourt. A la limite, j'écrirai des chansons à boire ou des goualantes à la gloire du sexe fort et opposé. Votre technique d'épilation, madame Bougault, surpasse les écorchements de Maldoror, qui aimait les jeunes gens avec la peau épluchée jusqu'aux talons.

— Parlez-moi donc du fiancé, ça vous aidera à supporter la cire, fit Mme Bougault, aussi curieuse que maternelle.

Et pendant qu'elle arrachait d'un coup sec les bandes de cire bouillante, et, à la volée, ce qui prouvait que, très lointainement, ce génie de Tiefenthaler descendait du singe, celle-ci, oubliant la souffrance, dépeignit dans les moindres détails son Bédouin ravisseur.

— Fils unique, on peut s'attendre à tout, dit Mme Bougault, courage ma petite enfant, encore un mollet. Latin de surcroît. Vous aurez des prières dans l'alcôve, un combat permanent, avec ce genre de type ça commence au premier jour et ne cesse que faute de combattants... Vous m'avez dit Scorpion ? J'ai peur du désastre. Récapitulons. Scorpion, fils unique, libanais, pied-noir, le genre sinistre. Vous adorez ça, mais prudence.

(Oh oui elle adorait ça, être ainsi sacralisée, et elle se fichait qu'il haïsse sa mère avec persévérance, et la visitât une fois par semaine pour entretenir cette bonne haine, marre des théories freudiennes, ça n'empêcherait pas Amine Youssef de la saccager superbement, heureux contraste avec le légiste, cette prothèse dont elle s'affubla on ne savait pourquoi ; chez Amine Youssef l'Oriental, elle décelait déjà une capacité de souffrance extensible à l'infini et une subtile dictature de quémandeur d'amour, mais ça n'empêcherait pas non plus qu'elle risquât le coup, partît dans quelques jours au Liban qui allait bientôt tomber, donc voir Beyrouth et surtout la source Afqa rouge du sang d'Adonis, quant à son noble souci d'Edmond et de ses proches, les menacés, elle l'escamoterait, si le désir est contrainte, urgence, toujours pressant, toujours oblitérant de façon subite les besoins des créatures avoisinantes.)

— Sur le tendon d'Achille ça tiraille particulièrement, madame Bougault, d'autre part il faut vous dégrouiller je dois être aux Beaux-Arts à cinq heures.

— D'autre part ma petite enfant vous me l'avez déjà dit, donc vous radotez, vous voilà dans un état curieux, mais vous ne partirez pas avec un lambeau de cire collé au mollet. Enfin, je vous donne mon opinion sur cette histoire. Épousez donc à trente ans un quinquagénaire peinard, qui vous dorlotera, et laissez tranquilles les jeunes chiens, surtout ceux qui ont ce pedigree...

Même langage que Mlle Yuan, pensa Maria. Toutes maquerelles. Ce nonobstant, je suis d'accord avec ces cyniques. Si Ghoraïeb me rend nymphomane pour, voyons, quelques mois, soit, ce sera toujours ça de gagné sur la durée indéterminée et tout à fait sereine dans le cercueil où on ne bronche pas d'un pouce.

Elle contempla ses jambes glabres au prix d'une douleur initiatique souvent infligée pour gagner un ailleurs et une nouvelle condition aux petites filles des mythes, se dit qu'elle ne regrettait pas son ancienne queue de poisson grâce à laquelle les hommes, charmés, ne pouvaient que naufrager et non la posséder — en vérité, elle eut une impression bizarre, devant cette paire de guibolles étrangères, jambes récentes de l'ondine montant de la mer pour danser sur les couteaux au bal du prince, la peau inconnue, abrasée de ces jambes à présent glissantes de douceur comme un marbre froid l'effraya — pendant que Mme Bougault rangeait son attirail, elle palpa discrètement sa poitrine, qui, nul doute, avait pris une dureté nouvelle et quelques centimètres, révolution hormonale, elle muait, seconde puberté, son corps la trahissait, ce Juda se métamorphosait, il se faisait ductile aux canons requis par la main d'un amant, vrai de vrai, pardon madame Bougault, je ne me livre pas à des pratiques solitaires, ne croyez pas que je m'agace les tétons en vue des piètres joies d'Onan, je CONSTATE simplement que mes pêches sont mirifiques, que tout ce corps s'en va débridé lâché à l'aventure vers l'inconnu qui en saura bientôt la géographie, ne voilà-t-il pas que, sans prise de poids, j'ai les seins arrogants, montée de désir aux conséquences semblables à celle du lait. Vingt dieux, moi qui ai horreur des courbes, pourvu que la hanche ne s'arrondisse pas...

Elle se vit en petite grosse, frémit, loucha à nouveau sur son décolleté, superbe vraiment, il se trouvait que, par bonheur tous les cinq ans, chaque érotisation de ses trente-neuf kilos dû à un homme d'exception réveillant l'altesse de son sommeil rigide, perturbait sur-le-champ et remodelait du même coup une anatomie qui du stade Fra Angelico passait à Botticelli (au maximum) — en raison de l'amant mais aussi du riz au lait de coco, quarante-trois kilos en Indonésie. S'étant avec imprudence pesée à Djakarta, elle fondit en larmes devant le constat, devint pendant une semaine absolument indifférente à celui sans lequel elle croyait ne plus pouvoir respirer, s'obnubila sur le pneu catastrophique que ses quatre kilos supplémentaires lui infligeaient à la taille, souffrit malemort dans des jeans débraguettés, l'amant perplexe ne comprit pas pourquoi, soudain, elle ne le regardait plus, pourquoi cette enfant si folle de lui, prête à vivre au diable vert pourvu que ce fût en sa compagnie et à changer pour lui sa destinée, à lui fourguer ses vingt ans pour qu'il en fît ce qu'il en voulait, pourquoi l'aimée ne lui lançait plus des regards rissolés, grognait méchamment, oubliait une passion démesurée et consumante, or l'aimée loin de se consumer venait d'engraisser, et d'une guerre atomique, d'une flambée métaphysique pour un mec, d'un séisme mondial, ne se souciait plus cette personne qui ne redevint spectaculairement folle du spécimen asiatique qu'une fois le pneu gommé, à nouveau menaça de crever sur pied s'il l'abandonnait, car se plaisant à vérifier qu'elle flottait dans son jean. (Chose remarquable, la monomanie de cette — parfois — infantile créature ne dépendait pas des modifications affectant l'objet de son désir, mais de celles qui, la détériorant, la mettaient hors d'état de s'aimer donc, hors de portée du discours amoureux d'un bipède redevenu étranger.)

Il ne s'agissait pas de pneu ni de graisse ni de ces répréhensibles débordements, mais d'un corps de désir pétri, sculpté, déjà moins androgyne, mais sans qu'il y eût matière à s'alarmer. Néanmoins, cette légère transformation et les réticences de son esthéticienne la troublèrent au point qu'elle rentra chez elle en se demandant si les turpitudes d'une passion étaient absolument indispensables à sa santé. Premier doute qui lui fut ôté par l'heure indiquée par une montre si fidèle et presque incrustée dans sa chair : seize heures trente, elle se changea et fonça aux Beaux-Arts.

Le Paradis, avec des restrictions.
Consultation des Yeux Fendus

Ainsi, Maria ne pensait plus du tout à la faillite de M. Abramovicz, à la perte de son sceau de Salomon, à ces saloperies de critiques, ni à la colère de la camarilla devant sa désertion. Elle avait TOUT oublié, peut-être même Judith à Crépy-en-Valois, elle ne voulait plus continuer l'écriture de l'Egéide, l'Égée attendrait, ne changerait plus avant la fin des mers et du monde connu, Maria, femelle, était éprise, le décor avait basculé, plus rien ne comptait que la joie, et sa moitié de sang juif râlait car il n'est pas plus jaloux que le Dieu d'Israël (à peine, peut-être, qu'un certain Ghoraïeb du Levant) or cette fille-là le trompait non plus avec le sable, le soleil, les autres femmes, mais avec un jeune homme à l'air barbaresque qui lui aussi voulait l'exclusivité de cette personne. Le Dieu d'Israël, découragé, se détourna de cette brebis, galeuse d'amour. Qu'elle se prosterne donc, l'idolâtre, devant ce nouveau soleil ! Je lui en ferai manger l'or en poussière dès que je l'aurai abattu, tout comme Moïse le fit du Veau. Quand les juifs crachent, eh bien, c'est encore cette poussière de Veau d'Or. Voyez-la ! Hier absorbée par son poème grec, studieuse, méritante, aujourd'hui ébouriffée comme devant les miracles du Baal Shem Tov natif de Podolie ! De ce coup de sang de Dieu, les anges eurent les ailes et le cœur froissés. Un seul, au Schéol, rigolait, et se disait que bientôt il aurait la compagnie d'autres fils de l'Aurore coupables d'avoir voulu escalader les cieux. Tout spécialement, de son fils Amine Ghoraïeb.

Sous un ciel d'iniquité, la jeune fille ne rigolait pas, mais souriait continuellement, autour de son cœur se resserrait un lierre rouge. Jamais elle n'avait éprouvé autant de voracité pour la vie. Dehors, c'était l'été et des nuits douces comme de grandes baignoires renversées d'où pleuvait du lait bleu. Ainsi les femmes vivent-elles plus de cent vies en une, puisqu'elles changent avec plus de promptitude que les saisons. Celle-là connaissait une nouvelle puberté, son sang coulait comme un baume miraculeux, et jamais elle n'avait joui d'autant de pouvoirs, tant et tant qu'à son heure le Baal Schem, si elle l'eût rencontré quelque part en Podolie ou Valachie, en aurait véritablement pris ombrage. J'ajoute un dernier détail : figurez-vous qu'elle laissa sa grand-mère dispatcher les chats fils de Marthe, frères et sœurs de la Pythie, qu'elle garda pour ses yeux d'or et son pelage de dune, à peine les autres eurent-ils droit à un regard d'elle, c'était définitivement le monde à l'envers et une autre face de cette gemellienne réversible. Et maintenant, voyons ce qui se passa dans la cour des Beaux-Arts.

Archère aux seins nus sous tee-shirt de coton blanc, elle vint le débusquer à la sortie de son école, ce qu'il n'espérait pas, bien qu'il lui eût indiqué ses horaires dans ce but.

L'épilation non partielle mais totale de ses jambes permettait à l'amoureuse de les montrer *ad libitum*, ce qu'elle faisait, pourquoi se priver, grâce à une jupe de satin gainant ses hanches étroites du noir de la fatalité, et, chinoiserie, fendue sur les côtés jusqu'à l'aine, accoutrement qui, ajusté à ses proportions tanagréennes, ne donnait pas encore aux hommes l'audace de se retourner, mais deux kilos de plus, et ils oseraient. Dans la cohue investissant la cour, elle s'accrocha des deux mains à la nuque d'Amine, visage penché, cou offert à l'entaille des crocs, plus belle des victimes, ils s'embrassèrent d'où confuse clameur de leurs entrailles, planté au beau milieu de la cour des Beaux-Arts, Amine ithyphallique, c'est-à-dire bandant, embrassait Dulcinée, préambule d'un meurtre rituel. Quelqu'un fredonna quelque chose à propos des « zamoureux qui s'bécotent sur les bancs publics bancs publics », refrain qu'ils n'entendirent pas, seuls grondaient à leurs oreilles le boucan de la machine infernale, le bruit sourd de la terre tournant sur elle-même et Carmina Burana.

Attendrie, elle léchait perversement et en public les mains d'Amine, sa seule imperfection, car ces paumes épaisses et ces doigts spatulés ne semblaient pas appartenir à sa noble personne. Mais ces mains, curatives, saturées de fluide, dont les impositions (pression de la face palmaire) branchaient Mlle Tief sur un voltage encore ignoré sur notre planète, possédaient des pouvoirs momifiants, paralysants, ceux de faire parler les verres et de provoquer chez Maria un piaulement endolori et un « encoreencore » quand il interrompait les caresses dorsales si opérationnelles effectuées (hier dans la jeep russe et sous sa robe) aujourd'hui dans le dos de l'aimée qui en redemandait avec en sus quelques passes rotatives dont il était champion. Devant le portail des Beaux-Arts, ils s'embrassaient sans parvenir à se décrocher (caprice de Maria qui adorait les mateurs, caprice auquel il cédait en se le reprochant et en ajoutant POUR LE MOMENT) au vu du choryphée, égrillard, envieux, qui conseillait vertement au jeune garçon de culbuter la jeune fille sur le capot d'une voiture, vers lequel ladite lançait des regards séduits, mais LÀ NON, LÀ NON, il n'obtempérerait pas, ce mec plus austère et farouche qu'un huguenot que tant désirait la mesmérisée, pâmée comme jamais il n'aurait osé l'imaginer dès qu'il soulevait sa jupe et doucement effleurait, du bout de ses ongles rongés (sale habitude, qu'aucun badigeon à l'arnica ne put vaincre), ses longues jambes parfaites de sirène mutilée. Ses longues jambes entre lesquelles (un peu plus tard dans la jeep), comme il progressait vers un de ses soixante slips amoraux d'exiguïté (s'il n'en connaissait pas encore le nombre précis, il soupçonnait que le rayon lingerie de sa garde-robe devait être particulièrement chiadé, et que peut-être d'autres en apprécièrent les ressources...) il recueillit une liqueur qu'il prit pour la rosée des nymphes émues, mais le visage de Maria se contracta soudain en une grimace franchement enlaidissante, il retira ses doigts rougis, en conclut qu'elle avait ses règles, entrant dans cette période impure où seuls les ifrits, malignes chimères de l'Islam, acceptent de copuler avec ces enfants malades, seuls les ifrits et lui, qui la caressa sauvagement sous sa porte cochère, exercice qui finit comme il se doit dans une mare de sang.

Perclue, Mlle Tiefenthaler endossa la fatalité qui à nouveau lui tombait dessus : avoir des règles comme tout le monde. A force de la secouer selon ses vœux, ou presque — car elle aurait souhaité complétude de l'acte — Ghoraïeb fils finit par décrocher l'ovule solidement ancré au fond de son utérus en museau de carpe si charmant, et donc, rendue aux conditions du corps femelle, elle connaîtrait migraines, gonflements, rétention d'eau, tout le toutim de ce bagne ; très soucieuse, ce soir-là exceptionnellement, elle lui manifesta quelque froideur et sans lui dire au revoir fila s'introduire un tampon dans l'intimité, consciente de perdre, un à un, ses pouvoirs semi-divins, et de redégringoler au niveau des mortelles.

Pendant deux jours, elle bouda, il n'eut aucune nouvelle, regretta de ne pas l'avoir bourrée sous l'œil de sa concierge ; la mie semblait privilégier les lieux interdits par une loi répressive mentionnant l'outrage à la pudeur, allez comprendre, envers cette chétive qui semblait n'avoir que le souffle, il fallait donc se conduire en spahi — en vérité devant le débridement imprévu, un tantinet hystérique, de cette convulsionnaire, il se sentait dépassé et jugeait que le djinn Moadhib en avait trop fait. Le reste était tempête, il ne dirigeait plus le navire, son seul but demeurait d'emmener Maria sur son territoire d'Orient. Affolé par sa disparition et l'impossibilité de la joindre au téléphone (il se prit à haïr sa grand-mère qui lui nasillait l'absence de l'auteur, à l'instar des pharaons exécutant avec volupté les porteurs de mauvaises nouvelles, mais d'occire Mme Bachelard ne l'aurait pas beaucoup avancé), il fila en bon fils latin, tel que le pressentit l'esthéticienne, chez sa mère interlocutrice chrétienne des esprits arabes.

La réapparition de ses règles plongea Maria dans une seconde transe méditative. Elle comprenait, à présent, son gonflement mammaire. Le mage se révélait de plus en plus fort. Capable de faire tomber la pluie et l'ovule scellé commodément depuis cinq ans au fin fond d'elle-même, il surpassait tous les illusionnistes recensés jusqu'à présent, aucun Branché ni disciple d'Allan Kardec ni du Zen ni du Tao ni des Martinistes ne lui décrocha l'ovule récalcitrant, du caractère planqué de laquelle elle se félicitait. Et, après le voyage, s'il se mettait à chercher un appartement? Elle serait donc réduite à normalité : douze fois impure comme la chair du chameau, et cohabitant avec un jeune homme qui la tringlerait même dans ces moments de chameau. Rapport aux gniards, se gaffer. Capable de lui en fourrer un dans le tiroir, le Lucifuge. Se sentant très nettement *sous influence*, elle fit brûler un buisson d'encens dans sa chambre, suffoqua un bon coup, prit de l'aspirine car elle souffrait de migraines conséquentes au (disait-on naguère) débarquement des Anglais, préleva un peu de son sang qu'elle lécha, se dit qu'il y avait un peu trop de raisiné sur le carreau dans son idiome argotique et favori, depuis l'entrée par effraction, dans sa vie de stylite, d'un jeune homme qui l'enfantôma et provoquait de si insolites résurgences. Fable du sang que leur amour, depuis les premières roses qu'il lui envoya et dont les épines lui écorchèrent les doigts. Périlleuse était la magie des mains de ce jeune homme et de ses yeux à l'iris plafonnant pour une hémophile maniaque de la somatisation au pied levé.

— Des Tampax super, balbutia-t-elle, courbée de honte, dépouillée de sa stérile perfection, à la pharmacienne qui ouvrit des yeux grands comme des soucoupes. Depuis belle lurette, l'écrivain se fournissait chez elle en dentifrice, shampooings, savons, vernis, dissolvants, médicaments en quantité extraordinaire, somnifères (regrettable, à son âge), diurétiques, cyclamates cancérigènes en pastilles, en poudre et en liquide, fume-cigarettes censés vous dégoûter progressivement du tabac, or sa cliente perdurait en nicotinisme et achetait stoïquement le même MD 4 (stade final) depuis un an, bonne pour le cancer du poumon ou d'ailleurs vu les cyclamates auxquels l'auteur promettait de renoncer quand les poules auraient des dents, mais de ces tampons prouvant une menstruation coutumière aux femmes au-dessus de douze ans, point. La pharmacienne ne se posait plus de question. Cette demande de Super, à employer pour absorption majeure, la foudroya. Elle empaqueta cet agent de sécurité, d'hygiène, et de confort, le remit entre les mains de Mlle Tiefenthaler, qui en fait de confort n'avait pas l'air dans ses pantoufles, faillit oublier de payer, farfouina fébrilement pour trouver de la monnaie, mèche sur le nez, et s'enfuit sous les huées d'une invisible foule et l'œil ébaubi de sa pourvoyeuse de cames diverses, mais uniquement sur ordonnance, depuis l'usage qu'en fit son papa.

Maria faillit se reprendre, en proie aux prémonitions. Plus qu'un jour pour décider : partir avec Ghoraïeb ou ne jamais le revoir. Il la chamboulait par trop. Elle tint conseil avec les Yeux Fendus, attentifs, en cercle, dans la position, qui du sphinx, qui du poulet, qui du Bastet l'Égyptienne, qui du guépard tapi. Matriarche, reine de son royaume félin, aux ministres rassemblés en session extraordinaire, dit.

— O mon peuple. Ci-gît Maria Tiefenthaler, écrivain, que jamais aucun homme ne préoccupa au point de l'empêcher d'écrire. Ici présente, la même, ventre ballonné comme Akhenaton et ses filles. Menstruée donc sujette à fécondation, chose terrifiante. Talonnée par l'envie d'un jeune homme − ô mon peuple, cette allure en smok, ces yeux à savoir tous les raffinements de l'Ananga-Ranga, ces mains si insolites, brutales à vous sataner sous les portes cochères, cela fait partie des merveilles du monde, qu'on n'a pas le droit de négliger. Les hassidim comprendront. Néanmoins, je me pose une dernière fois des questions, en vertu de l'avertissement inouï : ce sang lourd qui à la minute où je vous parle imbibe une protection, espérons-le, périodique, car si je n'ai pas connu cette tare pendant des années, peut-être va-t-elle se rattraper et n'en plus finir au su de ma tendance hémophile. Cas de relaxe point de vue passion, car à moins d'une vocation de boucher, le merveilleux seigneur perdra patience après un mois de besognes ensanglantées. Tâchons donc, mon peuple, de nous en détacher avant l'acte irrémédiable et fort proche, quand on sait que les buveurs de philtre le consommèrent immédiatement dans la nef qui les menait au château du roi Marc. Imaginons que mon amour, sans smok grain de poudre, le cordonnet du pyjama relâché, marche dans mon ombre dès le réveil, me soutienne que l'innocence du décaféiné n'est que pure fiction, lappe le sien en déglutissant bruyamment et bâfre sa tartine (je ne supporte pas les gens qui s'empiffrent au petit déjeuner sous prétexte d'anglomanie et font de la boulimie au grand déjeuner sous prétexte d'effort à fournir par la suite), supposons que Ghoraïeb fils rote après les repas pour manifester le contentement de son estomac et sa fidélité à une culture ancestrale car, maronite ou pas, on ne peut, à le voir, que penser qu'est arabissime jusqu'aux tréfonds ce jeune homme un peu lambin, un peu fourbe, très menteur, extrêmement généreux, et, en ce qui me con-

394

cerne du moins, passionnément jaloux... Oui, déjà jaloux, les Yeux Fendus, vous le sentiriez à ma place vous qui percevez les infra-rouges ! Continuons d'imaginer ce que Levantin ait le cheveu plat à l'aube et m'expose de travers d'ennuyeux projets de maquettes et tout le programme des Beaux-Arts section archi — encore heureux qu'il n'ait rien à voir avec ces gens du Golfe dont je flaire l'odeur de pétrole à vingt pas — figurons-nous qu'il m'ait raccompagnée chez lui après Lasserre, chose facilitée par l'abus que je fis du volnay... En ce cas, mon peuple, ç'eût été hiéroglyphes de nos débuts finaux, un beau fiasco bien stendhalien, un flop magistral, trop amoureux le mec, second cas de figure, pas de flop, persuadons-nous qu'il m'ait sautée admirablement, que j'aie ainsi atteint le palier orgas-mique prescrit par Masters and Johnson, preuve de santé, panacée contre le rhume des foins, brevet de libération, ouiche, boxe ténébreuse d'où on sort martelé, fer à cheval cloué sur l'enclume et je te tape là-dessus, courbatures garanties, nébulosité des petits matins qui déchantent, nous voilà tranquilles quant à notre norma-lité, bref, le fond de l'angoisse. Donc, s'il m'avait sautée, nous n'en serions pas là. Dans cet état divin. Cette stase supérieure. J'aurais partagé le réveil d'un Oriental et voilà, dégagez, y'a rien à voir, comme dit Coluche. Or cela ne s'est point passé. Or à la pensée de ce jeune homme, je suis au bord du coma, exit Coluche ici Lady Chatterley. A un réveil partagé avec un homme que je désire, j'ai toujours préféré mon aube non déflorée de treize heures, l'absence voluptueuse de l'aimé que je peux, au moins, me le représenter à loisir et le ranger quand j'en ai plein les yeux. Chats, il y a de quoi se repasser le film. Profil de faucon d'Arabie, grand tangage de pru-nelles, battements de cils comme des papillons feutrés, on dirait des faux, ô mon peuple, faites qu'il reste ainsi, inviolé, utopique, hypo-thétique, fantasmagorique, prestigieux, in situ, en smoking, que je puisse me le savourer à mon gré et qu'il ne carillonne plus jamais à ma porte pour briser le songe où je l'ai enfermé comme dans une mandorle de cristal...

— Pourtant, quand tu l'invitas chez cette Bourdel-Lepeuple, tu n'avais rien à perdre ni à préserver, feulèrent les Yeux Fendus. Ce sentiment du danger est tout neuf. Il fallait le flairer plus tôt. Femme, tu es une bête tout à fait imparfaite. Nous l'aurions su.

— Je sais que vous savez, dit-elle, l'échine basse. Mais votre vie est si préservée des tentations... Vous auriez su, alors que moi, je me demande d'où vient la soudaine gravité du présent, quand il n'était question que d'un vaudeville simple et léger, un flirt, spécialisé des Gémeaux... Et voilà que ce départ à Beyrouth exige de moi une énergie que rien ne semble justifier. Vous n'ignorez pas que dès mes quinze ans, j'ai bourlingué partout avec des hommes innombrables et de presque toutes les couleurs, sans me poser de questions. Et me voilà ponctionnée, ahurie, devant un piège caché, une sourde échéance... J'aurais dû rentrer en taxi de chez la maharanée, de là vient tout le mal. PEL 22 22 et j'étais sauvée d'une passion. Pourtant, chats, l'intrusion de ce jeune homme en Bentley me paraissait bénéfique, pendant la semaine qui suivit, je me sentis guillerette et productive comme jamais ! L'erreur fut de ne pas m'envoyer le chrétien sataniste à la campagne, et puis la porte. Bon, j'en ai fini avec ce conditionnel passé qui ne me réussit pas du tout.

Les Yeux Fendus, par des miaulements, gratouillis d'oreilles, regards d'approbation ou de réprobation, allaient lui donner leur sentiment sur les périls qu'elle s'apprêtait à affronter, quand le téléphone tinta, elle sut qui l'appelait, se leva, marcha jusqu'au bureau où l'appareil la sonnait avec l'impudence de tous les téléphones, apprit qu'il l'aimait, que bafouant son orgueil il ne résistait pas à la harceler ainsi, humble et impérieux, qu'il voulait venir la voir sur-le-champ, demande à laquelle elle accéda d'un oui presque nuptial et gorgé d'émotion, un oui parfaitement désespéré.

Elle ne remarqua pas que les chats, rageant qu'elle les consultât puis fît bon marché de leur sentence, avaient fui son lit où ils siégeaient d'ordinaire au détriment de la couverture. Pour tuer vingt minutes d'attente ou trente selon les embouteillages, elle commença à faire sa valise, avec une ardeur divagante et absolument inefficace.

D'accord, en cas de disparition du sang après cinq jours, je vais me le payer ce Chrétien d'Orient, mais alors qu'il soit aux pieds de Marie la Juive, emporter des robes du soir et des châles, on s'habille au Liban et Baalbek en altitude, passion résumée à un gigantesque rhume, il serait bien attrapé, comment hoqueter d'amour devant une morveuse, bien que je le croie capable de m'aimer malade ou même de me préférer impotente...

Le saut de la mort, donc. Elle empila une cinquantaine de slips, puis parjure d'elle-même, coupable d'entrer dans le cercle absolu, elle ferma la valise, s'assit dessus, et adressa une prière à Yémanja dont rosirent les oreilles de coquillages.

O Yémanja, qu'il reste empreint de ce parfum mystérieux, d'Orient et de Méditerranée, de coriandre et de garrigue, qu'il ne soit jamais sordide, qu'il replie les notes de restaurant sur les billets, qu'il n'utilise pas de brosse à dents électrique, qu'il ne repasse pas lui-même ses chemises dans les buanderies des palaces par économie, qu'il évite les préservatifs *black negro*, qu'il ne me dérobe pas ma fiction, qu'il mente sans cesse et jamais ne se montre à nu, qu'il respecte les règles du jeu, la distance et les obstacles qu'au besoin je créerai, qu'il ne déchoie ni ne me déçoive, qu'il reste ce David du Bargello, ce genre d'Hamlet sarrasin, qu'il ne me reproche pas, tel mon précédent diplômé candidat à ma main, d'ôter le gras des côtelettes d'agneau si onéreuses dont, une fois dégraissées, il ne reste plus que deux grammes de noix (elle frémit, se revit, les doigts beurrés et sanguinolents car elle venait comme à l'ordinaire de se couper, dans la cuisine du prétendant qui lui reprochait ce massacre des côtelettes, sourit en pensant que ses démêlés avec ce gras résistant et dialectique symbolisait assez bien cette vieille histoire). Avec cet Amine Youssef et un peu de chance, point de vue gras, il y aurait le foie, dont on donnerait l'excédent aux matous. Ça changerait. Ce serait mieux sauf qu'elle n'aimait pas le foie gras. Caviar, donc. Vous êtes d'accord, Yémanja, il y aura du caviar.

Renonçant aux valises, elle affronta son miroir. Elle lut une enfantine convoitise dans ses yeux havane, passant selon la lumière du châtain au sépia, du sépia au noisette, ou à une certaine teinte d'or verdi semblable à celle des prunelles félines, loua le creux de ses joues vermillonnées de sang comme celles des poupées anciennes, se murmura : pourvu qu'il me permette de croire en lui, je ne demande que l'illusion, une somptueuse duperie, j'ai bientôt trente ans et ceci est mon dernier amour.

Puis ferma les yeux sur la représentation mentale du jeune homme qui la délivrerait du monde dont elle était lasse, vit dans le regard de ce jeune homme une ardeur gnostique — un Sans Dieu, auquel elle seule suscitait cette flambée — sentit s'ouvrir la brèche, la déviance, fourmiller dans ses reins les turbulences obscures, se jura de les préserver, de vivre le mythe avec acharnement, de n'en pas démordre, de poursuivre ce nouvel absolu à tout prix, de ne s'en détourner qu'après un échec cuisant. Du même coup, elle renonça à sa vie de stylite, la jugea trop ordonnée — elle devenait rangée comme une pile de draps fleurant la lavande et l'antimite dans l'armoire de Mme Bachelard — non, elle serait héroïque et encagoulerait sa lucidité d'épervière, jamais ne le verrait tel qu'il était, ferait la sourde oreille à toute vérité profanant l'oripeau d'idéal, le sublime épouvantail, sa vision légendaire d'un homme dont le seul angle facial la mettait sens dessus dessous.

Elle se croyait à nouveau armée, la jeune Pallas d'airain, elle oublia son bref recul, décidée à Lui modeler d'un doigt décisif la face d'or d'un roi, résolue à incarner son rêve impérialiste, qui ferait peu de cas des avanies, caries et maux de reins affectant une créature humaine. Elle ne redoutait ni son propre inconscient, ni, malgré ses expériences de chamane, d'autres forces noires qui provisoirement investissent les vivants, tel le démon de la perversité qui venait de s'introduire dans Pythie, la chatte au masque vénitien, ricanait dans ses moustaches et ouvrait des yeux aussi cruels que clairvoyants sur cette histoire où on parlait d'amour, donc de magie sexuelle, la plus grande de celles que déploie la nature, force capable de faire saigner impromptu une ménopausée de vingt-sept ans, et d'envoyer sur les villages les forêts en marche.

Sonnette. Elle vola jusqu'à la porte, ouvrit, il lui parut plus grand que la veille, ainsi, à l'improviste. Elle glissa dans ses bras, oublia tout, consternée de bonheur, sous le baiser incisif, tout sentiment de danger aboli, elle ne différa, ni ne polémiqua plus avec elle-même, ne fut plus qu'holocauste se demanda à peine comment elle avait pu reculer et devant quoi, une chose si biblique de simplicité, une telle fulguration... Plus d'incertitudes, ce baiser trahissait d'un coup tous les siens sauf peut-être la Yuan qui serait flouée elle aussi, on verrait si elle ne se fustigerait pas d'avoir encouragé Maria dans cette voie fatale ; après ce baiser, *mors oculi* de la Kabbale, ils se dépareillèrent sur un « à demain » idiot, il bredouilla « Charles de Gaulle » elle pensa qu'était non pas amoureux fou mais fou tout court celui qui traversa Paris pour ce baiser, que venait faire de Gaulle, en ce lieu de vie interdit aux défunts, ah ! certes, Roissy, non le temple où O vécut de sublimes tortures, Roissy aéroport.

Après son départ, elle se jeta sur une feuille de papier et écrivit ce que jamais ne lirait celui à qui le message était adressé, et que je restitue in extenso au risque de froisser la pudeur de Mlle Tiefenthaler, où qu'elle soit. De Mlle Tiefenthaler, à laquelle il ne faut en vouloir de rien, car toute *enherbée* alors, bien plus *enherbée* qu'avec un joint de haschisch, Mlle Tiefenthaler ne savait plus ce qu'elle faisait, ni qu'à jouer au fantôme, on le devient.

Sur un geste de toi, une façon d'allumer ta cigarette ou de sourire méchamment, je serai, mon corps sera, terre non inscrite, croisée des chemins, carrefour hanté où je t'attendrai toujours. Je serai Aphrodite dans son bordel de Corinthe, j'arquerai mes sourcils vers le haut, je dilaterai mes pupilles d'une goutte d'atropine, je soulignerai mes lèvres, ce sexe posé là-haut, de khôl brun, je serai nue sous ma tunique grecque, ici rien de nouveau, attendant tes injonctions. Sur un regard, je serai à tes ordres, mais UN REGARD, entends bien, ne va pas m'imposer une posture gymnique ou les caresses irritantes d'un lycéen abusé par ses lectures tardives de manuels traitant de cette absurde sexualité. Comprends que le jeu que nous allons jouer n'est ni licencieux ni égrillard ni graveleux, mais lent et obscur comme la danse de minuit des enfants possédés, qui, à Bali, prunelles révulsées, la sueur délayant la chaux de leurs fards, se partagent une étroite estrade et jamais ne se frôlent. Au parlement des instincts, sache que je suis seul juge, tu n'es que la pierre de foudre qui s'imbriquera en moi, quand je goûterai un plaisir qui t'exclut et que je ne gouverne pas. Que feras-tu, toi, si lointain ennemi, face à un corps de Vierge thaï qui indocilement te fuit quand tu crois le posséder ? Jamais je ne te serai plus étrangère qu'au moment où je me mettrai à vivre, à me disséminer, à imploser en bouquets d'artifices que tes yeux ne verront pas. Oublie donc, les provinces et cantons et chefs-lieux de mon corps, oublie ce qu'on t'a appris, les mots scatologiques telles zones érogènes et toute cette maldonne à propos du sexe. Mon corps est plus qu'une capitale, il est planète et paradis dont tu ne connaîtras que la surface et non les gouffres. Je soulèverai mes hanches comme un autel sacrificiel, mais n'outrepasse pas l'heure, inscrite par les astres, où le couteau doit tomber, car tu n'entendrais plus qu'un rire, je disparaîtrais, et, dépouillé des atours de souverain dont je t'ai affublé pour croire, ardemment croire en toi, tu seras piètre bouffon de la reine qui hier se courbait jusqu'à être l'escabeau de tes pieds. N'outrepasse pas l'heure du couteau, sinon pfft, plus de chienne adorant ton sexe comme le rhizome du figuier bouddhique, à la place de la chienne, une chatte muselée de nuit, et jamais plus tu ne reverras la petite vestale rampant sur ses genoux nus, sous la tente de ses cheveux d'orfroi, vers le maître dont elle se voulait la captive. Si tu hésites, si tu te montres pusillanime, si tu veux te baigner avant l'amour afin de sentir bon — je me fous que tu sentes bon — si tu prétextes que sur cette terrasse, c'est dangereux, qu'au-dessus il y a un ciel où les dieux nous regardent, ces voyeurs, en face des voisins qui de même n'en perdent pas une, alors que la terrasse est rose et bleue et baigne dans l'été, si au moment où j'exigerai d'être asservie, où je quémanderai mon délabrement, où moi gypsie poignardée, Lilith et femme du Kâli-Yuga désirant consommer avec toi le pacte de l'ombre, tu recules, si tu as peur de moi, de mes mains tendues vers toi, de moi tout entière, la faim et l'amour mêlés, si tu me crains comme l'incube craint l'aube, si tu me déçois, si tu joues de travers le rôle magistral que je t'ai dévolu, si tu ne délivres pas une fille amoureuse du désir qui la jugule et que toi seul peux briser, si tu me refuses la vie, la mort, et la satiété, si tu me condamnes à une errance inquiète, tu perdras la plus belle des racoleuses du monde, la plus verte des rainettes clouées sur une plaque de liège et offerte à ta dissection, et jamais tu ne me reverras, quels que soient les caprices de mes métamorphoses.

Or donc je veux que tu m'attaches, poignets et chevilles, que tu me sabres jusqu'à éventration, au millième de seconde où je m'ouvre pour toi, à ce millième de seconde où tu n'auras pas plus soumise, plus vaincue, que la loque divine bousculée sous tes genoux, ô mon amant, transfuge de Baal. Je te déconseille formellement la pudibonderie et le jésuitisme. Ça va de soi, mais je précise quand même. On ne fait jamais assez attention aux clauses des contrats. *Ergo*, dans la cabine de bain où tu me baiseras debout, fiche-toi comme le roi que je veux que tu sois, de la présence d'un balayeur devant la porte, crucifie-moi sur le mur comme pour une radio des poumons ou comme on le fit du Fils de l'Homme, fais-moi saigner, tu es le seul médecin de mon angoissant désir, tu es le seul anti-prêtre qui puisse me donner les sacrements de ma vie, j'avalerai sans jamais recracher tes merveilleuses hosties de sperme, alors PAS DE RÉTICENCE AU SUJET DU BALAYEUR ET DES HEURES DE FERMETURE DES PISCINES SUIS-JE CLAIRE, pas de précautions indues quand j'embrasserai ton vajra de diamant et où tu tiendras ma tête comme on flatte celle d'une pouliche.

Quand dépendante ainsi aliénée, je lèverai sur toi, combien plus haut que moi, mes pupilles qu'élargit l'atropine, et mon visage dont je sais l'enfance, les repentances heureuses et l'air navré, accablé, comblé du futile cadeau que tu lui fais, ne te détourne pas de la serve prostrée qui s'accroche à tes genoux et ne juge pas le moment plus propice et plus convenable ailleurs et plus tard pour recommencer, ce sera trop tard, et tu pourras toujours te retourner, je serai à nouveau le sel de Sodome, de Gomorrhe et d'une mer morte que jamais ton souffle n'agitera.

Ne te perds pas dans le labyrinthe de mon baiser, enlève-moi, jette-moi sur un lit de grabataire, une meule de foin pourvu qu'elle ait un petit air à la Jérôme Bosch, pas une meule bête, viole-moi quand à l'acmé de mon rêve je délire, écarte ma main hypocritement portée devant ma bouche pour simuler l'étouffement d'un cri. Écarte-la d'un revers de paume vif comme une gifle. Ou ordonne-moi de l'ôter pour entendre mon merci. Au risque de paraître cruelle, je t'avoue que ce merci ne t'est pas destiné, étranger, inconnu, truchement de mes songes. Pauvre amour bluffé. Mais il n'y a pas d'autre sorte d'amour. Celle-là est pure comme la secte des Nazaréens. Que me font, à moi, quelques centimètres de chair bandée entrant dans une fissure de mon corps ? Je peux très bien m'en passer, et jouir sans toi, à la seule pensée de tes doigts m'écorchant. Je t'aime, et tu n'es que le jouet de mon imaginaire qui te magnifie, qui fait de toi mon œuvre, qui t'incorpore en moi, pour te recréer à la démesure de mon fantasme qui éclaire la nuit comme une oscillante lampe-tempête. Le reste, tu le devineras. Tels sont les premiers commandements de l'esclave, qui, docile, à vos pieds...

Elle cacheta l'épître dans une enveloppe frappée à son sceau chinois, dissimula dans un tiroir, sous ses chaussettes et à côté de ses drogues, ces pages trop sincères, mit un mouchoir sur sa franchise rugueuse et s'adjura d'être idiote pour que la fête continue.

Il attendit le dernier moment pour prévenir sa mère de son départ. Fernande attendait fiévreusement une cousine de Casa qui devait lui apporter de la Pâte Lunaire (Indispensable, mon fils, pour la magie du haram, la noire...). Malheureuse cinglée qui berça son enfance de ces sataniaqueries. Il s'en voulait déjà d'avoir trempé dans cette affaire poisonneuse. Quoi, ses yeux verts, une rareté, son air de figure maniériste à la Pontormo, air qu'il cultivait avec soin, le recel, sous son crâne, de toutes les gaietés de la damnation, bref l'aspect ténébreux de sa seigneuriale personne et ses propres facultés d'envoûteur, expérimentées à dix ans avec succès sur les Beyrouthines de son entourage et depuis sur de belles aryennes sans intérêt, devaient suffire à énamourer la jeune fille, ce chef-d'œuvre disparate, labyrinthique, brusquement simplifié par le *naturel* d'une passion, moins sophistiquée depuis que la taraudait cette envie impétueuse qu'elle avait de lui et qu'elle ne cessait de lui prouver. La chose était acquise, elle cédait, il lui provoquait même des saignements, ce qui prouvait qu'il devait être quelqu'un, nom de Dieu. Ne pas trop invoquer Dieu en ce moment, se conseilla-t-il. Ranger les lames du Tarot dont la quinzième, le Malin. On se passerait du Malin, sa puissance de suggestion sur la petite suffisait, il n'était plus utile de mettre les Entités dans le coup, seuls les parfums d'Orient pour qu'elle fût en condition, de pâte lunaire point, malgré les vaticinations de sa mère la folle au sujet de ses vertus irrémédiables, de vaseline, encore moins, songea le vieillard salace évoquant l'image de sa pénitente transpercée telle sainte Thérèse cette masturbée mentale d'une javeline d'or équivoque, voir la statue du Bernin et l'exégèse de Lacan. Alea jacta est, amen et amen.

Triomphal, niant la misère révolue de ses jours, oubliant les détails affolants de la traque qui le mena à son embusquée, il annonça à Fouad et Agostina son départ pour Beyrouth, les prévint qu'il ne tenait pas à les voir là-bas, chacun pour soi, s'il emmenait sa chérie en voyage nuptial, c'était pour avoir la paix. Ils acquiescèrent, jurèrent qu'ils feraient comme s'ils ne les voyaient pas au cas où ils se trouveraient sur la même rangée à Baalbek devant le temple héliopolitain. Amine exultait et fit lui-même sa valise avec une joyeuse méticulosité.

Agostina ne regrettait qu'une chose dans l'histoire : aller moins souvent chez l'Italien bâfrer des *lasagne verde* en compagnie d'un beau-fils maussade mais si honorable à sortir, aujourd'hui très gai et sortant exclusivement celle qu'elle lui avait désignée.

Une chose perturbait Mme Benkanou : si son fils ne se grouillait pas, la lune sortirait des Serres du Scorpion, on en serait encore au baiser sur la bouche, et ça provoquerait des décalages à n'en plus finir dans l'intrigue. D'après ses savants calculs, et les indications du djinn le Doreur, son fils devait sauter cette jeune fille au moment idoine pour l'esclavager et ne plus rien avoir à redouter d'elle. S'il pénétrait la même quand la lune siégeait dans la demeure d'Al Sad Al Su'd – l'Infortuné des Infortunés – ou dans celle d'Al Awwa – le Chien Aboyant – les règles mathématiques de la magie seraient transgressées, et on pouvait s'attendre à tout. Y compris qu'il l'épousât. La pénétration urgeait. Il ne s'agissait pas qu'il divaguât devant la nuit et le temple de Bacchus. L'opération devait être faite au bon moment, sinon, elle ne pourrait plus rien pour lui. Très peinée de la condescendance méprisante que son fils affichait à l'égard de ses recherches occultes – de plus, Mme Benkamou perdait un peu la tête, ses calculs n'étaient plus si exacts, elle le savait et en souffrait – elle se dit que si ça continuait comme ça, ce serait le diable juif et son train juif, et tant pis pour ce fils qui bafouait Shaïtan, prince des djounns, apparu à sa mère ce matin même dans son miroir d'encre. Qui bafouait l'honneur et (de cela elle avait encore les larmes aux yeux) la cuisine de sa mère, qui croyait lui faire plaisir avec un couscous auquel elle avait apporté tous ses soins, plus de soins encore qu'à l'ordinaire car Amine allait traverser la mer en avion et de ces aventures on ne sait jamais si et quand on revient. Un couscous d'exception, qu'elle roula avec amour à la paume de la main, dont chaque grain fut séparé avec un soin sévère, qui fut pétri jusqu'à agglomération d'une boule chaude et farinée de tendresse, qu'elle travailla de la façon la plus cajoleuse, pinça, secoua et calibra dans le tamis comme le font les bourgeoises fassi ou casablancaises, comme plus personne ne le fait à Paris, où on le trouve – profanation ! – dans le commerce en paquets. Ce couscous avait cuit quatre heures, avec son épaule de mouton, des ailerons et un gésier de poulet, sa livre d'oignons et de carottes, ses navets, ses courgettes, ses pois chiches, ses raisins secs, ses tomates, son cœur de choux, son bouquet haché de coriandre, sa pincée de fleur de safran, son poivre, son sel, et son soupçon de piment soudania. Il était doux, chaleureux, conciliant, pimenté, à lui seul, pèserait de tout son poids de semoule, navets, etc., dans la balance le jour du Jugement, et risquait, ce couscous, de sauver Mme Benkamou car si elle avait beaucoup péché par ses trafics sorciers, la blonde perfection de ce cône au creux duquel fumaient la viande et le poulet arrosés de bouillon prouvait d'une façon odorante qu'elle avait aussi beaucoup aimé.

402

Or Amine n'y toucha pas, et chaque grain intact de cette semoule devint un grain du mépris de son fils, et elle eut envie de pleurer devant ces milliers de grains de mépris à l'intolérable et excellent parfum. Puisqu'il en était ainsi, qu'elle se retrouvait avec ce couscous et son sentiment maternel sur les bras, elle ne confectionnerait plus pour cet exemple d'ingratitude le moindre pentacle d'envoûtement contre ses ennemis, de chance à ses examens, ou en vue d'améliorer son humeur, ses migraines et sa santé. Ceci pensé, elle eut un vif remords. Rien qu'un petit pentacle contre l'impuissance, qui lui servirait à quelque chose là-bas, car le cas pouvait se présenter, et l'autre redoutable kabbaliste lui nouer l'aiguillette de la façon retorse propre aux juives. Allons, autorisons-nous ce petit pentacle. Et elle se dirigea vers sa chambre où dans les tiroirs d'un bureau Empire, on aurait pu recenser un étonnant matériel, dont un stock de cire rouge, d'aiguilles à tricoter à la pointe vermillon, de charbon de bois, de soufre, d'encens, d'essence d'aloès, et quelques couteaux gravés de caractères arabes, dont l'extrémité était dirigée vers l'opposé de son lit, sinon Mme Benkamou s'en serait pris recta plein la gueule, même jeu que pour le sceau de Salomon.

— Tu reviendras à moi, fils imprudent et ignorant des lois qui gouvernent le monde, dit-elle, en s'installant devant le bureau sur lequel fumaient les parfums dans l'encensoir de cuivre. Parions que la lune, alors, sera dans la demeure du Désarmé, Al Simac — ce serait d'ailleurs un bon cas de figure, car cette situation planétaire permet d'envoûter même les Chefs d'États et les Puissants en général. Or j'ai bien peur que ce petit trésor juif soit de la même envergure que le plus grand Chef des États et autres Puissants, réunis.

Elle sourit, et ordonna gaiement à Ruth, la gouvernante, de jeter tous les ingrédients du couscous, car elle ne mangerait pas les grains du mépris de son fils. Ruth déplora la perte d'une telle réussite, et se vit autorisée à ratisser le couscous, dont il restait assez pour que, s'en étant nourrie exclusivement pendant une bonne semaine, elle ne veuille plus jamais entendre prononcer ce nom.

A son balcon shakespearien, vue sur la rue de Maubeuge, Maria, tout aussi novice que Juliette, guettait l'arrivée de la jeep qui devait l'emmener à Roissy. Regrettant que les débuts d'une si grandiose entreprise fussent cachetés de tampons légaux, embarrassés d'attente et d'enregistement de bagages, elle aurait souhaité un tapis volant de Boukhara, et choir directement au pays de Baal, sur la Montagne du Septentrion aux temples de cèdres, or macache tapis volant, se contenter d'un Boarding Pass.

— N'oublie pas ton Entérovioforme, avait recommandé Edmond, furibard, dans ce pays-là tu vas encore te bousiller les intestins.
— D'accord, ces pays-là ne sont pas kosher, et je risque l'intoxication au poison arabique, admirable cousin qui n'exige cette nourriture kosher que dans les avions pour emmerder les membres du personnel — par chance pour eux tu ne prends presque jamais l'avion. Mais, en raison du jeune homme beau comme la lune de Canaan, j'irai jusqu'à la mécréance et...
— Kol Touv[1] ! On te revoit quand ?
— En août. Théoriquement le premier de ce mois je dois livrer l'Égéide à mon éditeur.
— Dans tes membres est la loi du péché. Je ne donne pas cher des espoirs de ton éditeur quant à ta nomination sur la liste des prix.
Il eut droit à un haussement d'épaules exaspéré, à un baiser d'adieu, à un regard à la fois glorieux et penaud, puis s'en fut dire à son père que Maria convolait avec le Corbeau de la Mort et qu'il s'engageait à respecter tous les shabbats requis pour qu'elle revienne intacte. C'était l'absolue déréliction.

— Te voilà reprise de ton virus, grogna Mme Bachelard, on tenait le bon bout, depuis un an, tu restais tranquille, au lieu de tourner autour du monde sans donner de nouvelles ou alors un coup de téléphone du Tonkin quand j'ai du lait sur le feu.
— S'agit pas d'un voyage, rectifia Maria. Le voyage exige la solitude. Simple déplacement. Destination : Amine Youssef Ghoraïeb, sans escale.

----

1. Que le meilleur t'advienne !

404

— Effectivement, ça n'a rien de commun, dit Mme Bachelard qui sur le tard avait des clairvoyances. Ne reviens pas enceinte. Prends ton diaphragme. Bonne chance avec le... enfin, le bougnoul libanais si j'ai bien compris.

Elle prit un air de ratonnade — au temps du rabbin, soupira Tief, c'était mine gestapiste, mais je dois tout pardonner à une femme née quand la lune de Méliès recevait une fusée dans l'œil, TOUT, à une femme dont le lait déborde quand je l'appelle de Singapour, TOUT à la stoïque qui boursicote si judicieusement à plus de quatre-vingts berges et qui me glissera Diaphragme dans ma valise en cas de prétérition — admirable Gabrielle !

En retard, le bougnoul libanais, lune de Canaan. A présent, utile précaution que le diaphragme, si les Méditerranéens sont prolifiques dans tout le bassin.

Comme l'achera, pieu sacré de Sichem, j'oindrai ton bétyle sacré de vin et de miel, psalmodia-t-elle égrenant le chapelet des secondes, ô mon chéri désiré, lieu d'asile, Terre Promise où finit mon errance. Palsambleu, les boules Quiès et le masque, oubliés, elle se rua dans sa chambre, s'en saisit, les rangea fébrilement, Baal au foudre, toléreras-tu les tampons de cire et le loup noir qui m'autorisent le sommeil, j'essaierai de m'en passer, mais en cas d'échec, il faudra bien que tu me découvres au matin en l'état de momie sourde et aveugle, Iseut certes ne s'enfonçait pas avant de dormir des boules rosâtres dans le conduit auditif, surtout, ne pas les laisser traîner sur la table de chevet car y adhèrent souvent quelques cheveux. Ranger de même les somnifères pour qu'il croie que sa seule, charismatique présence et les joies charnelles m'assouvissent, m'épuisent et me livrent à un repos réparateur. Aucune illusion, il pourra toujours limer sans compromis, le Mogadon sera tout de même indispensable, mais faire croire le contraire.

Les Yeux Fendus surveillaient avec une frayeur immobile ses furieuses randonnées entre la chambre et le balcon. Désolée de les abandonner, itou Mme Bachelard et la camarilla, elle se consolait en pensant que les chats jouissent d'une longévité de dix à quinze ans, espoir de vie égal à celui de sa grand-mère, et que, la passion en revanche étant coupure du temps, elle pouvait nourrir l'espoir de retrouver indemnes les vraies valeurs et les tendresses durables.

Aimant aux lisières féodales de la courtoisie, il venait de se couper en se rasant, et bêtement se dit que les entailles, écorchures et écoulement menstruel, bref ce sacre du sang n'était que le début d'un drame prométhéen. Sachant déjà, pauvre homme, que cette transe serait la seule qu'il pourrait connaître, pressentant en une contondante lucidité jusqu'en quelle géhenne le mènerait la route des trouvères qui chantent leurs dames aux cheveux de joncs tressés, il faillit pour cause de préméditation criminelle renoncer à Maria, puis avisant l'heure sursauta, et s'ils rataient le vol de Beyrouth...

— N'as-tu pas décidé d'une passion, Amine Youssef ? s'interrogea-t-il bien trop tard, n'est-ce pas là l'homicide prémédité d'une personne qui ne t'a jamais rien fait ?

Inhalant un parfum mal éteint sur sa manche, ce Crabtree que la peau de Maria transmuait en fragrance inédite par une de ces alchimies dont elle possédait le secret, il reçut dans les tripes une salve de feu qui brûla les questions inutiles.

Liban, dernier ballet avant la guerre

Il lui donna à choisir entre la suite de l'hôtel Vendôme que son père louait à l'année pour une armée de parasites familiers et familiaux, et la maison d'Achrafieh. D'instinct, elle opta pour la plus anonyme des solutions : l'hôtel dont il fallut chasser quelques cousins qui, courroucés, se répandirent dans Beyrouth en disant des homme pressé, égoïste, vite en tirer tous les délices, se hâter de de les déloger et, bizarre fantaisie, de s'installer au Vendôme avec une maîtresse (les ragots allèrent bon train) sans la faire profiter des splendeurs de sa propre maison.

A l'hôtel Vendôme, la note Ghoraïeb atteignait des sommets. Amine, cynique, s'en foutait, persuadé que l'hôtel sauterait avec le reste dans un avenir proche, et qu'il fallait jouir de ce pays en homme pressé, égoïste, vite en tirer toutes les délices, se hâter de crier le nom de sa fiancée dans les ravines, de lui cueillir les oranges pulpeuses du Kesrouane, de dévaliser pour elle les joailleries du quartier de Hamra... Il la protégerait du khamsin syrien, vent de mer et d'été, ils monteraient vers les sources et les vallées où se réfugièrent les maronites, ils iraient à Baalbek, à Byblos et à Tyr, puis reviendraient à Beyrouth.

Il ruminait son plan de guerre, sur la terrasse du Vendôme, devant la Croisette de béton, face à la mer polluée (il eut un geste d'agacement, éviter cela, qu'on enlève sur l'eau trouble ces flocons suspects dont elle risque de se formaliser...). Ce pays va craquer comme une marqueterie aux pièces tronquées dont les bois jouent aux entournures, et je me soucie d'une vue-sur-la-mer insuffisamment propre pour réjouir Maria au réveil, bien, il soupira. Trop tard pour endiguer la pollution et la gangrène amoureuse.

Sur la Méditerranée dérivaient des atolls de mousse détergente, les Palestiniens campaient aux portes de la capitale, place des Canons les vieillards homériques tiraient éternellement sur leurs narghilés, les gosses sirotaient la glace pilée dans le jus poisseux de la canne, les strip-tease de ce bazar factice sentaient la poudre et l'escroquerie. Ils se réfugieraient dans les anciennes ruines blanches, fuiraient le marbre noir des banques et le front-de-mer aux palaces hostiles.

Le chauffeur attendait devant l'hôtel, pour les emmener à Beit-ed-Dine puis à Baalbek. Maria son amour daigna ouvrir la porte à une heure moins le quart et professa une sacrée faim.

Au restaurant Al Ajami, elle osa la tétine de brebis au citron et le mouhalabié au dessert, gamine ravie devant ce flan gélifié d'agar-agar, poudré de noix et de fleurs d'oranger. Il n'y eut qu'une pression de mains et une contiguïté de genoux sous la table. Débiles profonds, ils se sourirent d'un bout à l'autre du repas arabe, muets, s'admirant — au café, il tenta une petite description touristique du pays, s'entendit ânonner des imbécillités du genre, de décembre à fin avril, on peut se baigner le matin et skier l'après-midi, s'entendit vanter les télésièges de la station de Foraya, à quarante minutes de Beyrouth en bagnole, le Casino de Maameltein à la pointe de la baie de Jounié, où les cheiks brûlent les pétro-dollars, là elle battit des mains, elle voulait voir ça, le show ne perdurerait pas long-temps, voir également le palais de Béchir II à Beit-ed-Dine, donc lever le camp pour arriver avant la nuit dans la plaine de la Bekaa, à Baalbek. J'ai retenu, dit-il, deux chambres au Palmyra un hôtel vieillot avec jardin à l'entrée de la ville. Ce ne sera pas trop fatigant pour toi, le spectacle n'a lieu que demain soir, puis nous irons à Byblos... Le sarcophage d'Hiram roi par chance lui importait beaucoup. Une vocation d'archéologue. S'accommoderait aussi d'un déjeuner chez Pépé Abed propriétaire du Fishing Club qui (il la rassura de suite) n'a rien de ronflonflon, juste une auberge sur un port près de ruines sept mille ans d'âge, on y sert de l'arak et du poisson grillé...

Ils se miraient l'un dans l'autre, les yeux embués, ce qui conférait à leur reflet un halo de grâce, elle s'enquérait du voltage, cent dix merci bien, et de l'heure du show à Maameltein, et bientôt sonneraient les trompettes et tomberait Jéricho et ne subsisteraient que cendres du pays aux blanches montagnes et on massacrerait les peuples des dix-sept cultes, musulmans, chiites, sunnites, métouali, Druzes, chrétiens, maronites, orthodoxes, grecs, catholiques romains, Syriens, Chaldéens, protestants, et en leur amour enclos, sur les rives où échoua le cercueil d'Osiris, ils ne pensaient qu'à eux, seuls au royaume d'El père des années, dieu thériomorphe.

A Baalbek où s'élevait le temple phénicien de Hadad et de sa parèdre Akagartis, dont les Romains firent sans scrupule un Jupiter et une Vénus, ils parvinrent à la nuit tombante, hébétés, les oreilles bourdonnantes d'injures arabes, ayant risqué plusieurs fois, grâce aux conneries du chauffeur, le ravin ou l'emboutissement dans un camion, et se réfugièrent en hâte, pour rompre une tension insoutenable, chacun dans leur chambre du Palmyra.

Elle apparut à l'heure de l'arak, divine.

Du *Fou d'Elsa*, ils n'entendirent ni ne virent rien, préférant aux évolutions du ballet la contemplation du ciel (halètement des

étoiles, tremblement vaporeux des galaxies légèrement pulmo-
naires ce soir-là) et des hautes colonnes héliopolitaines, devant eux
au premier rang, nuques d'Aragon et de Georges Schéhadé, le
spectacle dura cruellement jusqu'à deux heures du matin, transis,
enrhumés, hagards, ils regagnèrent le Palmyra, commandèrent
encore du champagne et laissèrent vacante la seconde chambre
réservée.

Et ce fut le combat acharné, insensé, il chercha à coups d'épée
dans ses reins la justification d'une absurde existence, il lécha sa
peau de palissandre, bois des îles dont on fait les jonques chinoises,
Maria regardait attendrie son amant que visitait une obscure splendeur, fier des défaites héraldiques de ce tournoi rouge où, prince
emblasonné, il croyait l'éblouir à force de lances rompues. Maria
disjointe subissait l'hommage vindicatif et brutal de celui qui, avide
de lire dans ses yeux un ultime hommage, l'effeuillait comme une
rose violée par la maturation d'un été trop lourd, elle fut telle qu'il
l'espérait, soumise de soudaine gratitude, il eut l'indécence et l'imprudence du « je t'aime » niais, fuite en avant, un « je t'aime » draconien, convaincu, de possédé, sa simple formule d'envoûtement,
répétée comme un pentacle, un *djedouel* arabe, répété dès que proféré, de quelle vertu croyait-il donc empreinte cette prière entêtante
jusqu'à l'écœurement comme l'odeur du broyat de jasmin dans la
chambre close où, au cours des lécheries désespérées, Maria, très
loin d'elle-même et de lui, suivait la scène de ses beaux yeux
d'amande amère, apprenait le rictus tourmenté de cet étranger
attentif pour sa propre gratification à la jouissance de celle qu'il
martelait, étranger auquel l'amour donnait un visage de revanche,
qui se mordait les lèvres en labourant avec application, émerveillé
devant l'investiture que lui donnait cette femme. La nuit du Palmyra fut une grande battue rouge comme les chasses d'Uccello, ils
s'égarèrent dans les halliers vermeils, s'acharnèrent à quêter l'impossible à travers de charnels paysages, amants de traque et d'affût,
asservis à eux-mêmes, répétant à coups de reins, de poings, scandés
de regards vierges, des rites plus anciens que ceux des mystes bai-
gnés au Phalère.

Il épiait en sentinelle le reflet de l'attente sur ce visage renversé
de cantatrice, il tergiversait encore, voulait ne jamais finir — si peu
de gloire que sa propre fin gluante sur un bout de drap raide, que
sa façon pitoyable d'échouer sur une grève morne, quand elle, dans
un grand ciel confus, tournoierait de ses ailes d'aigle femelle, si
haut, si loin, si irrécupérablement fuyarde, comprenant qu'au
moment où il la chargeait avec ultra-violence, où il la connaissait au
sens biblique, elle ne se connaissait plus elle-même et lui ne reconnaissait plus et aurait été bien en peine de connaître celle qui tremblait d'un plaisir né d'elle seule, l'entraînant vers des mers dont les
vagues effrayaient l'homme qui se disait vaniteusement son amant.
Donc, il atermoyait, observait avec application cette figure hier

409

translucide, abstraite, aujourd'hui dense, charnelle, juteuse comme les figues d'Orient, ou la Madone de Piero della Francesca peinte en la chapelle de Monterchi, austère icône, pleine d'une continente folie, un doigt sur la fente de sa robe sous laquelle germinait le fils de l'Homme, si sensuelle Madone, à vous faire douter du caractère immaculé de sa conception.

Lors de cette attente, pendant laquelle, avec une menaçante, venimeuse, déchirante, scélérate douceur, il la prenait *à la Persane* selon les prescriptions du Cheik Nafzaoui, et poignardait son sexe de demi-vierge avec une lenteur diabolique, il décryptait sur sa face de lampe sainte les stigmates du miracle, lisait et relisait cette supplique où il y avait innocence, déraison et rédemption. A la voir jouir, on aurait cru que d'un coup, elle se délivrait de tous ses péchés, ce qui allait à l'encontre du dogme catholique mais n'en était pas moins la vérité.

Elle, toujours un mot en « mane », eh bien, c'était nymphomane à présent, du grec nymphè (jeune fille) et mania (compréhensible). Il la sautait donc d'une façon insurpassable, bien qu'il eût presque peur de sa beauté, de ses cheveux d'ange préraphaélite dont elle usait comme un vêtement, tour à tour se masquant ou se dévoilant dans un divin strip-tease de cheveux, ô sa Godiva, peur de son sourire acéré et très loin de la complicité en ces graves moments, de son désir en avalanche, de ses ruades énervées, de sa soudaine latence, quand, toute molle et chiffonnée, sous lui écartelée, elle l'attendait, guetteuse d'un cavalier venant de très loin, lui apprenant sa gestuelle soudain rompue comme une arme fracassée et son silence auxquels succéderaient furia et embolie ; sous lui quand montait le vieil océan, sous lui qui déjà jouait si bien de son corps, cet instrument musical d'un enfer édénique, elle ne bronchait plus et il savourait avec une joie emportée et ambiguë l'impatience de ses membres raidis — ô non ma porteuse d'amphore, ma petite thébaine nue, ma médiévale du rouleau nippon de Genji, tu ne jouiras pas encore, ton plaisir dépend de mon vouloir, d'un coup de boutoir suivi de bien d'autres rythmant la danse syncopée de tes reins, ô non ma merveilleuse, pas encore —, avec elle, il ne se rangeait plus dans la catégorie infamante des éjaculateurs précoces et tenait jusqu'à ce qu'elle demandât une récréation, grâce, sursis, et une cigarette pour le cancer du poumon. Elle l'appelait, l'aspirait, le convoquait au vertige, il refusait pour retarder sa brève échéance d'homme et entendre encore sa prière si douce, si véhémente, éprouvait un orgueil stupéfié à recenser ces bouleversements, et se sentait Dieu, capable de changer le cours des fleuves et de susciter des vols de sauterelles au-dessus de Canaan puisqu'il détruisait, ressuscitait et modelait à sa guise Maria Tiefenthaler, Eva Prima Pandora, Étoile hors ligne de Galanterie (jaloux, le chrétien maronite, de cette fête qu'elle avait pu et pouvait offrir aux autres, jaloux de la savoir Étoile de Galanterie, si le rassurait, hier, sa présumée froideur de cérébrale anémique, l'Étoile pourrait donc briller pour un autre que lui, en ce cas tuer l'autre et la tuer, sans hésitation). Jamais il ne trouva à aucune femme cet air de magnifique décombre arasé par ses soins, cette grandeur de fort ruiné, jamais il n'entendit cet appel plaintif montant d'une gorge de femme, cette litanie primitive dite d'une voix d'enfant possédé. Exaucer cette femme, la mener à l'immense océan où elle naufrageait dans un typhon spirale pendant que lui, sur la plage de son corps, la suivait du regard, subjugué d'être celui qui la conduisit là, envieux de cet ailleurs et nostalgique de ne pas pouvoir l'y accompagner, lui qui éjaculait virilement, joli travail, se libérait d'une tension, et puis, quoi, rien. Alors, le meilleur était avant. Il s'émerveillait de la liberté noire, du lyrisme de cette fille presque totalement inconnue et livrée à son aventure, son épouse serve qui le répudiait quand elle entrait dans la Demeure de Démence où il n'avait pas accès. Mais avant d'y entrer, seule, elle révérait son amour et maître, plaignante, enfant malade, et, la barattant tels les nagas la mer de lait, il disjoignait leurs lèvres, ne se lassant pas d'observer l'étrange contraste d'un visage d'adolescente immolée et de l'exaltation d'un corps soudé, admirablement enchâssé au sien. Puis, allant vers sa propre fin résolutoire, il ferraillait jusqu'à désarmement cette créature sélénite qui avait les mouvements pelviens hardis des Trobriandaises, des Abyssiniennes et des filles de Zanzibar, d'après les sociologues. Il ne s'agissait pas du sexe, messieurs les socio-anthropo, etc., mais d'une déraison, d'une emprise dionysiaque, d'une offense à la mort, d'une chair foudroyée, étourdie, candide, neuve, étonnée, d'un roseau traversé par le souffle d'une énergie formidable, d'une dislocation des membres comme pendant le songe, d'un pur corps de gloire, autonome, disposant de lui-même, naissant et mourant sous celui d'un jeune homme qui, guéri provisoirement de sa peste mélancolique, tringlait superbement une jeune fille amoureuse.

Éveillée de sa transe, elle s'interdisait, par respect humain, de lui dire : « Tu ne peux pas savoir... » Évidemment, il ne pouvait pas. Dans son ventre brèche de lave, crachats de lapilli et de pierres rouges, déflagrations, geyser de soufre brûlant, feu grégeois, puis désancrée d'un port imaginaire, elle se démultipliait, devenait flottille de nefs, puis retournait au chaos d'avant la création et dans son ventre naissaient des milliers de jeunes soleils. Que le pauvre aimé, pensait-elle au moment de la cigarette, ne croie pas à l'effet technique probant d'une tringlerie, ce type, c'est Mesmer et son baquet, un transformateur d'ondes, a-t-il seulement une existence objective, dans ces moments-là, j'en doute, moi si solitaire dans le naufrage... En moi charivari cosmique, Hymne à la Joie et Symphonie Fantastique, en lui (matant du coin de l'œil Amine à la recherche d'un briquet) une chansonnette de variété, et un disque qui s'enraye bien vite... Quoi qu'il soit de cette injustice,

Amine mon amour vous êtes radioactif et moi je suis sans abri.

Je t'aime, disait platement l'agent hypnogène, le magnétiseur au regard ondulant ou plus exactement frisant à la manière d'un jour qui tombe, au pouvoir susceptible de charger à volonté chaque parcelle de son corps de cette pyromagie... L'aimée réclamait du thé au jasmin, s'autorisait avec le thé des pistaches, des grenades au miel et des citrons verts, qu'on leur montait sur des plateaux d'argent dans la chambre dont ils ne sortirent que peu, en ces premiers jours de voyage spéléologique et exploratif ; elle suçait la pulpe vitriolante des agrumes en songeant que ce jeune homme d'Orient, à la mine d'autant plus califale qu'il pouvait se vanter de l'avoir bien baisée, possédait une force d'attraction susceptible de s'inverser et de devenir répulsive. En attendant, jouir, jouir, rester en cet état de crédulité, de catalepsie, de somnambulisme lucide (elle crachait les pépins sur le tapis, regrettant de ne pouvoir égaler, quant à la portée des jets de salive, les Arabes, authentiques cracheurs d'étoiles), d'agitation démonique et de léthargie (plus un seul comprimé de somnifère, cela défiait ses espoirs les plus fous à propos d'une légère réduction de sa dose barbiturale). Ayant achevé le citron, elle revenait s'ancrer au port, le lit où Baal des Mouches croquait les tranches d'une pastèque aqueuse, fraîche et inconsistante, lui proposait un concours de pépins, ricanait sombrement, défiait et adorait le magiste qui à volonté lui créait une abolition des réflexes tendineux et de tout réflexe de défense. Eh bien, qu'il en profite, mon amant de Phénicie, avant que je ne me resserre si étroitement sur moi-même que... Stop. Amine, verse-moi un peu de thé. Sans sucre, malgré ton sourcillement, je le prendrai aux cyclamates. Le sucre est criminel. Si je prends deux grammes, je jeûne à mort. Mais tu pourrais, tout de même, suggérait-il, atteindre les quarante-trois kilos sans qu'on dise « voilà la grosse », crois-moi. Ça s'appelle anorexie, mon amour.

L'anorexique laissait discourir le mâle, aboyer les chiens et pisser le mérinos, du miel sur sa grenade suffisait comme infraction à sa règle cistercienne, du sucre, il voulait rire... Elle le fusillait d'un regard chargé comme un Browning, lui conseillait de s'occuper de ses oignons, et de ne pas trop se fier aux apparences de la suave qui, tout à l'heure, se fendait comme la montagne et tombait en vol, tels les oiseaux quand la colère de Dieu détruisit Pompéi.

Amine, des défauts ? Cave, marlou, héritier ou éboueur, elle lui devait ses fourmis rouges en colonie rampantes dans ses reins et le nirvâna tantrique, alors, de toute façon, il s'appelait Çiva, et de son matricule d'identité, elle se fichait éperdument, de même qu'indifféraient à l'épouse félonne du roi Marc les contours psychologiques de Tristan — rien à cirer, la belle Iseut, des problèmes du héros. Seul les liait le breuvage herbé, encore un peu de thé, mon amour.

Votre servante, après votre départ, Effendi, ne se tourmentera pas de ses longs doigts de cierge — en adoptant la Posture dite de la Dératée d'après le Livre des Voluptés d'Ibn Souleiman, vous fîtes fort bien, cette étreinte sur le côté m'a mise sur le maigre flanc que si subtilement vous flattiez tout à l'heure, à présent érotomane repue, admirant votre splendeur funeste, ô mon Sire à gueule de gouape, souhaitant que vous préserviez fermement votre aspect de victorieuse voyoucratie, déjà mes yeux se ferment sur l'Erèbe, un demi-Mogadon serait de trop, je vous prie pas de rappel nous avons assez joué ce soir, disait le quart de juive et (apparemment) quart de vierge, l'opiniâtre et extrême personne, trop douée, qui faisait de tout un vocation et suivait, au lit, celle d'hétaïre si longtemps réprimée... Votre servante, Effendi, plonge dans un sommeil comateux qui lui aussi dispersera ses membres comme flocons de laine cardée, interdira à son esprit de brûler des questions, son corps étant crémation de réponses.

(Hélas, quand leur lien serait démagnétisé, tristement profane, abomination que de reprendre conscience de chaque partie de ce corps, de son clitoris à cause d'un adroit titillement, de ses lèvres grâce à un suçon buccal ou une morsure gingivale — un jour, ce corps reviendrait aux conditions temporelles, l'hypnose n'agirait plus, elle aurait des douleurs d'articulations, et c'en serait fini de l'intense diaspora colorée et dissolvante, elle aurait, comme tout le monde, une anatomie avec des contours et des problèmes viscéraux, elle serait duelle, coupée du Tout et devrait recenser, au pire sur cette anatomie à nouveau matérielle, scindée et compacte, des régions, des plaines, des orifices, certains plus sensibles que d'autres... *sic transit gloria*. A ce moment, elle se vouerait de nouveau à l'écriture, vice distingué aux yeux des bien-portants et des cons, manière aussi efficace que la jouissance sexuelle de craquer les membranes la séparant de l'univers depuis le tranchement du cordon ombilical.)

Jouissance sexuelle... Il s'agissait pourtant d'autre chose. Maria Tiefenthaler en ce mois de juillet 1974 faisait l'amour avec Amine Ghoraïeb, alleluia, c'est entendu. Mais elle seule avait le secret du rite. Il croyait qu'elle s'abandonnait à lui, quand elle ne s'adonnait qu'à elle-même, à son continent océanique que jamais il n'arraisonnerait. A des lieues, lui et sa raison discriminante, de ce monde équinoxial, à des lieues de la miséricorde qui apaisait son visage lilial, quand le sien se contractait (à ces moments-là, l'homme se donne un mal fou) avec une sorte de hargne... Un tiers, prenons Edmond Moïse, eût constaté que ce type-là avait l'air de commettre idolâtrie et meurtre, deux des trois péchés capitaux réprouvés par le Talmud, si la jeune fille amoureuse semblait renouveler une alliance avec l'univers, quand lui se brisait profondément en elle. Edmond eût été fort intéressé de surprendre, à ces moments-là, le regard célestement absorbé de sa cousine, à croire qu'elle se récitait in petto le Cantique des Cantique en hébreu, seule langue comprise des anges, mais pas du jeune homme laborieux, l'astiquant comme un os à polir, la limant avec virulence et force grattage, ramonage, onctions, évoquant la façon dont on fourbissait l'argenterie dans les bonnes maisons, jadis, Dieu béni-soit-il a voulu par fantaisie qu'ainsi se succèdent les générations, grâce à ce travail d'employé de maison, Ne Cherche Pas à Connaître le Mystère et les Choses hors de ta Compréhension, c'est aussi dans les Textes, mais tout de même, il y avait de quoi s'interroger en douce. Or le retroussis des lèvres de sa cousine au moment de l'acmé traduisait, indubitablement, un arrière-plan piétiste insoupçonné du fourbisseur d'argenterie. Preuve de l'amour de Dieu pour les créatures, et voyez (ricanement d'Edmond) ce goy Outre de Mécréance convaincu des vertus de son mouvement de va-et-vient ! On pouvait être tranquille, le visage de Marie la juive, ouvert comme le Livre de l'Émerveillement, restait fermé au limeur penché au-dessus par accident, fût-il Bélial lui-même. Que les dix-huit bénédictions pleuvent sur ma cousine, je ne lis sur ses traits qu'une louange à la Gloire du Sublime dans les Demeures de Grandeur, et le sans Dieu n'y pige rien. Soyons rassurés.

Ainsi aurais-tu très justement compris la chose, mon cousin, approuva la fille amoureuse qui prit un petit air penché pour parler au cher lointain, et Ghoraïeb de lui trouver la mine tendre, et elle, Lune de Mensonge, d'en revenir à autrui, le plus proche, ce type dans un lit, auquel elle demandait du sperme sur son ventre et quelques tasses de thé pendant les entractes, ce comédien respecté, applaudi, investi à fond de son rôle — son amant, choisi parmi les hommes.

Maria préférait dormir dans la chambre voisine, qu'elle regagnait, inflexible aux prières de l'amant, souffrant d'une légère cystite, pleine de gnons, plantant là le fils de Bélial qui, perturbé par ses élucubrations au sujet de leur avenir commun, mettait à trouver le sommeil plus de temps qu'une fille bien incapable de

s'empêcher de dormir pour conjuguer le futur grammatical, surtout simple et à la première personne du pluriel.

Puis ils parcoururent la sémite Phénicie aux cèdres imputrescibles, burent comme il se doit aux sources secrètes des montagnes
dont se défiaient les hommes du désert venus en Canaan, partagèrent les granuleuses purées d'aubergine, le fromage caillé lourd
et crémeux, rompirent les sèches galettes de pain mordoré, cro-
quèrent les abricots duvetés pointillés d'éphélides comme peau de
vraie rousse et les figues bleuâtres, plissées, craquelées sur des
fissures de sucre rouge, goûtèrent ensemble l'ombre des pins de
Cilicie, furent géorgiques à souhait, cueillirent les âpres fleurs du
laurier, épelèrent les premières écritures au sarcophage d'Hiram,
revinrent à Beyrouth, pourquoi quitter cette ville ludique et ses derniers soleils, jouèrent et perdirent beaucoup d'argent au casino,
avec la perte il lui offrit un collier de rubis qui égrena ses gouttes de
sang autour de son cou et sur ses clavicules, stylets aigus à percer la
peau brunie, ils applaudirent les danses du ventre des huileuses
filles d'Orient officiant dans des cabarets cradingues, écumèrent le
quartier de l'Étoile, les souks, se saoulèrent de menthe et de poivre,
d'obscurité fluide et brûlante, de néons verts, de films indiens, évi-
tèrent la corniche américaine et inepte, lui préférèrent les vieux
quartiers où des regards glutineux s'attachaient à de si jeunes appariés, se farcirent dans l'éblouissement et jusqu'à la fin l'épouvantable show de Maalmeitein, le pianiste jouant « Rêve d'amour » au
détriment de Liszt, virent sur scène des Touareg, des mules, les
guerriers de l'Atlantide cimeterre au côté, une obèse chaloupant du
pelvis et portant sur le crâne un chandelier allumé, et beaucoup de
califes, les narghilés géants dans lesquels nageaient des sirènes de
brocart, l'orgie chez les Sioux sur une musique électronique, le
décollage d'une fusée, une énorme araignée à la carapace de papier
chocolat, des gurkhas, des cosmonautes, les chevaliers teutoniques
au cache-sexe diamanté, puis dans une puanteur sulfureuse, des
jeeps spatiales démarrèrent au-dessus de leurs têtes et des crânes
des Arabes du Golfe, impavides devant la charge d'une demi-
douzaine d'éléphants, l'apparition d'une reine des singes à la tiare
de corail, sur un palanquin de léopard hissé par des esclaves
nubiens emplumés de reliquats de faisans, pendant que grondait un
volcan chthonien, après quoi sur des ponts de lianes, défila une
tribu noire dont le chef exhibait des jarretelles de mousseline, le
sultan d'Abu-Dhabi ne broncha pas quand s'abattit à deux centimètres de sa table une mousson torrentielle, des Gitans charriant
des totems de chaume sautèrent à travers des arceaux ignés, puis ce
fut le Yucatan, les montagnes bleues, les vapeurs rousses, des
femmes-oiseaux bottées de plumes, quelques pirogues sur des iga-
rapés artificiels, surgirent des guerriers aux boucliers d'oursins
géants, un prêtre maya égorgea la captive blanche pendant qu'é-
ruptionnait un second volcan, apparurent les Francs portant leur

chef sur un pavois de strass, s'y joignirent les Bantous, quelques Eskimos, le Cid, un roi Lear aux cuissardes de peau d'ours blanc et faux sexe d'acier, final sur des houris à aigrettes neigeuses, une fleur bleue lisérée d'or dans le nombril, quand le rideau se referma, les amants riaient à demander grâce, seule véritable communion que de pleurer ensemble d'hilarité au milieu de la désapprobation générale.

Elle devait rentrer au mois d'août, mais il n'eut pas grand mal à la persuader de prolonger le sursis, et pendant que M. V... éditeur prenait des calmants dès que l'effleurait la certitude de ne pas présenter son poulain pour les prix, ils pénétrèrent plus avant dans le viel Orient d'émail. Peu importaient le temps et l'argent, rien n'importait que leur dérobade, les chambres fraîches des palaces, les voitures climatisées et leurs chauffeurs paranoïdes, les mille et une friandises qu'ils s'offrirent sur les routes de l'est de Téhéran à Isfahan et Chiraz, pèlerins inlassables, passant dédaigneux devant les vestiges ruinés des anciennes théocraties, allant d'un non-lieu à l'autre, partageant les mêmes faciles ravissements, buvant les cafés sirupeux, les liqueurs anisées, s'entre-dévorant dans un festin homophage de baisers et de caresses, découvrant les dédales des bazars et les venelles poivrées d'ombre. A la veille des bouleversements, ils parcouraient l'Iran ou Perse achéménide, volaient au roi Djamchid la coupe au fond de laquelle s'enroulent les orbes abstraites du temps coranique, et s'enfermaient au Shah Abbas Hotel d'Isfahan dont ils ne sortaient que peu avant la nuit.

Elle était heureuse, sur la route écrivait des poèmes, l'arche de sa mémoire contenait toutes les cruelles nuits d'Islam et une grande quantité de mulets, au ciel de jais brillait, dispersé, l'or des Scythes. Avant l'obscurité, le crépuscule se teintait d'un chrome artificiel, ou d'un ocre volatil comme le safran moulu par un chameau, tournant, morne, les yeux bandés, autour de sa noria, tandis que sur les terrasses blanches séchaient les écheveaux de laine indigo à l'offusquante odeur de suint. Ils se perdaient dans le bazar d'Isfahan où les tanneurs lissent le cuir à la pierre ponce, où les ferblantiers domptent le métal dans un fracas fulgurant, où sous les voûtes ogivales, tourbillonne un pollen de coriandre, girofle et cannelle, où çà et là les blocs de sucre candi luisent de l'éclat d'une pointe de quartz jaune, ils erraient sur la Meidan-E-Schah, place oblongue du jeu de polo, elle songeait à subtiliser la coupole de la mosquée Lotfollah, ove de buée, sorbet léché par une langue de djinn, d'un beige lustré de mirage désertique, emprisonnant ses tendres kashis blonds sous le jade pâle d'un réseau d'arabesques infinies comme le sanglot du muezzin. Elle écoutait, fascinée, le lent appel à la prière déchirant la chaleur vierge, adjurant de sa mélodie récurrente tels les rinceaux d'écriture coufique, inconcevable ellipse, le Dieu abstrait et sans visage de l'ancienne Arabie, elle lévitait jusqu'au dôme étoilé de la Mosquée du Roi dans un cosmos de faïence bleue, portée par un air raréfié que traversaient des ouragans de cobalt et de turquoise, puis s'en allait scruter les miroirs d'eau, d'argent et de rouille aux murs du Palais des Quarante Colonnes, songe d'albâtre, de verre, de brocart et de givre des califes qui, dans les caravansérails du désert salé, faisaient halte pour boire du yaourt battu, manger le riz aux longues aiguilles diaphanes épicé de mangue et fumer l'opium.

A Suse, les lions marchaient jusqu'aux creux des sépultures, à Chiraz les pèlerins semaient des roses sur le tombeau de Saadi, l'été était une lumière noire, au marché, elle frôlait les crinolines de gaze rouge zébrées d'or et ponctuées de sequins cuivrés des nomades Kasgaï, elle enviait l'opulence de leurs tresses mates, torsadées en macarons à leurs tempes bistres, à nouveau saoulée par les bazars d'Orient, repue de couleurs, à jamais éprise de ces torrides saisons et de la naissance du jour sur les déserts aux longues dunes fripées par le doigt gigantesque du vent de sable qui gerce les lèvres, attentive au chant des peupliers masquant les hautes maisons de pisé, entrant seule dans les gynécées où les femmes aux yeux fardés de cendre et d'émeraude quittaient leur tissage pour lui offrir des galettes craquelées de pain chaud, des verres de thé mentholé coulant en filet dru du samovar, et les tranches d'eau fade des pastèques rouges comme le germe du soleil. Trop heureuse, vraiment, pour que déjà il ne fût pas jaloux des bazars, des nomades, du pisé, du thé, des peupliers, du désert et du soleil. Elle les lui racontait, il ne les voyait pas. Déjà, elle disait ne pas vouloir l'ennuyer, retournait à la Mosquée du Roi, toujours seule, s'accroupissait dans un coin sous le bleu d'encre d'un ciel de céramique, le bleu lapis, le bleu indicible d'un noyau céleste, intense énigme, pour suivre patiemment les monotones calligraphies de l'Islam, les accolades cernées d'un filet d'or comme aux marges du Shah-Nameh, elle seule lisait ces calligraphies légendaires, pénétrait le rêve de l'émir samanide qui mécéna le poète Roudaki, recevait le baiser des princesses aux doigts de cornaline, balançant l'encensoir des nuées à la face de poix d'une nuit d'aveugle fanatisme. Demain ne serait pas, ainsi le voulait la folie des fils de Sem. Emmurée dans les sanctuaires de l'Islam, elle pensait passionnément à ceux de l'austère Jérusalem, autour d'elle tremblait une foi avide plus brûlante que les Kévirs persans sur lesquels rampent les feux de Zoroastre, autour d'elle l'hyperbole arabe, l'incréé, aride plénitude sans début ni fin. Le désert était pur comme une lame et l'incorruptible croyance. Elle ne savait plus très bien le nom de son amant. Après méditation sous les coupoles, elle rentrait à l'hôtel Shah Abbas où il lui fallait de plus en plus de temps pour reprendre le fourbe cérémonial d'une cour d'amour.

Ayant à s'asseoir quelques difficultés dues à une cystite devenue perforante, Maria se tortillait sur le siège du Boeing qui survolait l'Italie, et s'avouait à elle-même une grande exhaustion. Après ce voyage nuptial, elle désirait ardemment retrouver ses pénates. Marre de s'esbroufer perpétuellement au sujet du sentiment amoureux. L'envie de cet état lui était passée, elle n'en décelait plus que les inconvénients, digestions difficiles, pourquoi un estomac apposé au sien après dîner, pourquoi des nuits si tardivement prolongées, les paupières nictitantes de sommeil elle se promettait deux jours de plumard en la seule compagnie des chats confucéens — non qu'elle fût décidée, après un moment d'exaltation, à renier Amine Youssef, que non, elle le désirait toujours avec la même convoitise rageuse et véhémente, voir Amine chaque soir serait aussi bon que de croquer dans une pêche nectarine, la Bentley glisserait (ou la jeep cahoterait) sous ses fenêtres à l'heure exacte où après séjour à la Bibliothèque Nationale, finition perlée du travail, bain, onction à l'huile vanillée, choix judicieux de toilettes, elle serait prête pour les saturnales nocturnes, mais le philtre avait néanmoins cessé d'agir et plus rien d'une *mania* ne la possédait. Elle allongea sur le genou de son amant une fine main gantée de hâle, contempla, navrée, les lunules de ses ongles qui exigeaient les soins de Mme Bougault, ronronna de bonheur quand on annonça la descente sur Paris, et le cliquetis de ceinture la bardant de sécurité retentit aux oreilles d'Amine comme un glas.

— J'ai gagné un collier de rubis et des problèmes de fondement, est-ce bête, songeait Tief arrimée à sa ceinture, mais avec une carie dans une molaire le plus grand savant est foutu, ainsi en va-t-il de la chose charnelle, foutue, j'ai mal à l'orifice, je souffre égoïstement et je me demande vers quoi élève la douleur, c'en est fini de mes yeux de noyée et des pommettes embrasées lors des tête-à-tête avec Ghoraïeb — nous descendons sur Orly, hip hip, il semble ardu à présent de trouver un sens à ces transports nocturnes, quelle en est la cause, mystère, et la conséquence, chienlit, un avorton possible, merci mon Dieu il n'en sera rien (car Dieu lui-même avait veillé à l'insertion d'un cercle de caoutchouc lubrifié dans la partie basse de sa Shekinah).

— Paris va la reprendre, il va falloir joué serré, cogitait son voisin auquel elle sourit avec la prévenance de ceux qui savent qu'il faut déjà parer aux hostilités. Il lui sourit également, il y eut un trou d'air, il espéra déceler chez elle un semblant de frousse, mais nenni. Extase d'occasion, procurée par un charmant malheureux qui n'a que les cinq sens, et encore, pas très vaillants, le sixième est au juif, moi j'en ai cinq et demi, pensait cette teigne de Maria avant de lui sourire à nouveau, chaplinesque — fadeur émétique des romances, mon pauvre amour, et moi qui en étais presque à me tatouer le thorax d'un cœur percé d'une flèche comme les nauto- niers et les capitaines au long cours, romantisme mensonger, dou- ceâtre et nauséabond ! Tout à l'heure il a raflé le contenu de mon plateau et bâfré deux salades russes, mayonnaise des serments, voyez-vous mon cher Edmond, devant l'absorption massive de salade russe à l'heure du thé, je devine que ce garçon compense quelque chose, en tout cas, le voilà tout désacralisé.

Il ignorait tout de ses dispositions, de sa prompte faculté gémellienne à se déprendre, mais il devina, à un cillement, à un regard distrait, à un soupir, qu'une boussole, si près de lui, indi- quait à nouveau le Septentrion, quand sans méfiance, elle lui don- nait quelques preuves (sa joie de retrouver Paris) de la fin d'une passion, — fort bien ma chérie, finis donc ta passion et renvoie l'as- siette vide, après la passion sera le début du Chemin de Croix qu'au contraire de Jésus je ne grimperai pas seul jusqu'à la colline où nous serons deux, crucifiés.

Demeurait l'extraordinaire. La sensualité, incomprise d'Amine, qui réveillée au creux de Maria lui procurait des joies enviables, sans autre cause que l'évocation de certaines petites particularités ou de quelques attitudes propres à son amant ; aucun besoin qu'il fût là, il valait mieux, même, qu'il fût absent, de la sorte, aucune remarque incongrue ne risquait de faire dévier cette pointe de sagaie à l'exacte trajectoire, qui la frappait aussi bien dans l'autobus que chez elle. Songeant à tout autre chose, elle préparait le thé, et brusquement surgissait l'image d'Amine, son sourire chérubinique, un certain regard en dessous, remarquablement faux-derche, s'accrochant aux lèvres de son interlocutrice lui donnant conscience de la forme exacte de ces muqueuses jusqu'à ce qu'elle eût envie d'elle-même et de lui par-dessus le marché. Alors, immobile devant sa machine à écrire, les flancs grignotés par son armée de fourmis rouges, elle regrettait qu'à cette précise seconde il ne fût pas là pour la niquer entre deux portes, s'efforçait de croire à un hasard pernicieux ou à une fourbe obstination de son corps à prendre du plaisir en l'absence de celui qui était censé le lui procurer, mais le corps est aveugle aux lumières de la raison, et continuant de jouir en intérim, elle décidait de tenter à tout prix une coïncidence entre les ébats amoureux et ce plaisir fantasmatique, reconnaissant à ce dernier une violence extrême, bien plus impitoyable que ce résultat du forage opéré par le cher garçon. Pensait qu'une nuit enfin peut-être il la sauterait dès l'éclosion rouge de cette braise au fond des tripes, et refusait d'entendre son instinct qui lui rétorquait, pessimiste, qu'Amine Youssef n'était pas le genre à sauter une femme quand Elle en avait envie, qu'il sentirait de flair le moment précis où elle en mourait, et trouverait toujours un alibi pour différer cet acte sans importance s'il n'accompagnait pas l'orage psychique, et s'achevait sur cette chose ponctuelle, stridente et discordante qu'on appelle orgasme — non, ce plaisir dû à l'évocation d'un sourire de chat du Cheshire revêtait une forme de visitation, relevait de l'explosif et non de la balistique, commençait sur une détonation abdominale, puis ça détonait dans les hypocondres, un bassin d'effondrement se creusait entre l'alvin et le cœliaque, ça sautait de partout, feu à la poudre d'amorce côté ombilical, à la nitroglycérine en traînées dorsales, dans la soute pelvienne, sainte Barbe, patronne des artilleurs, que se passe-t-il ? soupirait-elle sous l'œil naïf de Mme Bachelard tricotant en l'ignorance des collisions exquises, chocs et dévastations affectant sa petite-fille qui l'air très sage fixait le ruban parfois récalcitrant de son Underwood, vacillait les yeux mi-clos sous l'avalanche du grésil, ébranlée et contuse, fouettée et estoquée par un invisible démon, attentive à sa fulmination intérieure, torpillée d'un miracle, déracinée, lieu foudroyé par les éclairs en chapelets d'un ciel où seul régnait son démiurge, Amine, tel qu'elle le rêvait opiniâtrement, Amine dont le premier rival n'était que lui-même (maniaco-dépressif aux intestins fréquemment relâchés entre autres problèmes existentiels) sans rien de comparable avec Zeus hypatos maître de l'orage.

Aux écoutes, elle poursuivait le songe érotique et son farouche plaidoyer pour l'ombre, or lui se serait volontiers mis à genoux devant le col de son utérus, son utérus lui-même, une longue poire d'été, ses glandes de Bartholin (divines grappes uvales que les glandes de Bartholin de la menue altesse), une incursion dans son intestin grêle même après amibiase n'aurait pas rebuté ce fou fasciné par le viscéral (jusque-là, elle l'ignorait) et à l'encontre d'Odon de Cluny, « doué comme les lynx de Béotie d'intérieure pénétration visuelle », dénonçant au xve siècle le caractère puant des intérieurs féminins et la fausseté d'une grâce qui n'est que « saburre, sang, humeur et fiel, saletés partout », Amine aurait pratiqué avec enthousiasme une dissection de Maria dans un but de recherche et hésitait raisonnablement à lui confesser cette envie, au cas où elle eût émis des objections. Peu après leur retour, en son appartement de la rue Murillo, il défaisait les valises, et éparpillait dans sa chambre les vêtements que rangerait le valet de chambre, tout en suppliant Priape d'être à la hauteur la prochaine fois et d'honorer sa belle de façon répétitive, tel le nègre Mimoun qui pour combler le sérail ingurgitait grande quantité d'asperges bouillies dans du jaune d'œuf, après quoi il besognait pendant cinquante jours (l'histoire ne révèle rien de sa fin hâtive), Amine trouillait que la mécanique ne s'enrayât, tant grandissait jusqu'au soir neuf heures son désir d'une femme, il lui faudrait recourir à différentes panacées pour interdire l'éjaculation précoce, au cas où se produirait cette catastrophe, il se sentait prêt aux actes les plus héroïques, avalait sur les conseils de la Fornarina experte en philtres reconstituants beaucoup de sabayon, sa belle-mère ordonnait pour les jours à venir des menus à base de truffe, de piments jamaïcains, de corail d'oursin, de crustacés, et de grillades bleues aromatisées de sarriette dite herbe à satyre, espérant que Maria les admettrait lors de leurs dîners futurs *à la maison,* Amine renâclait un peu devant les potages aux ailerons de requin éminemment aphrodisiaques auxquels il préférait, toujours sur ordonnance, le mouton au gingembre et curcuma accompagné de sambal, une pâte indienne à base de purée d'oignons et d'huile d'olive citronnée.

— N'oubliez pas le clou de girofle dans le flan, Aziz, ordonnait l'experte, et après le dessert une infusion de menthe poivrée. (A son beau-fils, levant un index doctoral.) La noix de Kola, mon garçon, en extrait fluide, mélangé au quinquina... Une cuillerée avant le déjeuner.

— Il y a aussi le musc, sécrété par une poche de la marmotte, mais ça pue, grognait Amine très agité, le jus de mandragore, la corne de rhinocéros pilée, la poudre de lotus bleu, et boire une bonne lampée du sang de ses règles un soir de pleine lune, malheureusement, à Beyrouth, elle ne les avait plus. (Il ne mentionna pas les rognures d'ongles, etc.)

— Un usage de plus qui se perd, beau-fils, si la race gagne en androgynie.

Eh bien, l'ombre de Platon doit bicher comme un pou, pensa Amine, il n'en est que plus urgent d'aimer avant que ne cesse l'opposition des sexes car quand ce sera la paix, que deviendrai-je, moi, le Scorpion ?

QUATRIÈME PARTIE

ANTEROS

« Désirer, déchirer, cela rime. Qui aime d'amour songe à l'un et fait l'autre. Diane, c'est vrai, je me suis bien méprise. »

W. Kleist, *Penthésilée*.

IV

Lui épargner la guerre, lui interdire le songe,
et l'épouser avant Noël

Apud inferos regnat. (Quatre carats blanc-bleu.)

Lui épargner la guerre, lui interdire le songe, et l'épouser avant Noël

Si, en ce septembre 1974, au retour d'un voyage en Orient, Maria n'avait plus de passion pour lui, elle l'exigeait quotidiennement avec ardeur, pétillait sec, se portait admirablement, le blanc de l'œil bleuté et le dessous vermeil, la tension à 9-12 sans Coramine-Glucose, savourant l'instant ne s'inquiétait pas de savoir quel temps il ferait à la fin de ce mois privilégié, et utilisait sans vergogne les services de l'animal amoureux. Jamais ne fut si belle, si courtisée, si prolifique, celle qui tenait à ignorer que les liens tissés entre eux, trame et chaîne, comptaient cinq cents nœuds par rangée comme les tapis du Cachemire.

— ... Mais s'il craque aux entournures l'habit de brocart que je lui ai cousu main afin de le désirer toujours, s'il dément le portrait intemporel que j'ai peint les yeux clos et exige que je les ouvre sur un modèle d'argile périssable, confiait-elle à Marthe dont le ronflotement s'accordait avec celui de la chaudière allumée à la lisière d'un précoce automne, je le tuerai avant l'aube comme l'impératrice Théodora, ses amants d'une nuit.

Or, en ce début d'automne, il lui épargnait sa morose application d'amant élégiaque et déjà trahi, il l'appâtait, la subornait encore, la harponnait dans ses palangres, lui donnait des sérénades ibériques, lui écrivait des bouts-rimés, acceptait encore de lui mentir ou n'avait pas encore pris le temps de lui dire la vérité, de la rappeler à la réalité terrifiante d'un sentiment concret, avide de légalité, dissipateur des caprices de l'imaginaire en les menaçant d'avenir et d'épousailles.

Tout à sa furia césariste et, disons-le, barbare, la semaine qui suivit le retour, il ruminait déjà des invocations en pensant à ce damné futur ou futur de damné. Monsieur V... s'arrachait les cheveux, le livre de Maria n'était pas présentable pour les prix, la personne de Maria n'était plus présentable dans les salons où elle ne jouait plus Rastignac mais les divas somnolentes, et c'était la seule manche qu'Amine avait gagnée.

Au bar du Plaza, fixant avec une intensité suspecte le mince râteau rouge à remuer les glaçons dans son verre de gin, il répétait à Max :

— Je l'épouserai avant Noël. Si elle est au courant ? Aucune idée.

Max touillait sentencieusement son Bloody Mary, plaignait le rabâcheur et s'attendait à une urgence médicale au cas où la jeune fille demi-yiddish fiche le camp dans le Néguev pour y planter des tomates à l'abri des murs d'un kibboutz.

Parfaits ennemis, ils s'attendaient à vingt et une heures chaque soir, elle pensait séduction, précarité et désir, il pensait durée, couple et besoin, y pensait si fort que parfois il en gâchait l'instant, lui écornait son allégresse, lui infligeait une descente de droguée, la devinait — bon, en argot de camés, elle était accro. Agir avant que plus accro du tout.

Même antienne chantée à son père qui, alarmé par la lecture de l'*Orient-le-Jour* ou du *Monde*, recourait au masseur pour calmer ses angoisses :

— Je l'épouse. Au besoin, je l'achète, me voilà prêt à monter les enchères. Eh, maître Puntila, tu m'écoutes ?

— Ça oui, je t'écoute. A propos, la note du Vendôme me paraît légèrement hors de proportion avec celles de Mlle Tiefenthaler. Elle mange donc beaucoup de caviar ?

— Il lui en faut cinq cents grammes par jour, pour le phosphore.

— Coûte plus cher qu'un labrador. Il lui faut aussi, bien entendu, des truffes au petit déjeuner, une montre en or plus sportive que celle, en brillants, qui orne déjà son poignet, et une petite parure, note du Diner's, en quel alliage, la parure ?

— Rubis birmans sang-de-pigeon, papa, si tu me demandes d'annoncer la couleur.

— Sang-de-pigeon. Parfait. Il faudrait aussi à cette enfant un chaînon d'huissier, avec des rubis, et quelque quarante visons avant l'extinction de la race, quoique tu préfères sans doute les fourrures tachetées, du genre lynx. Dieu ne m'a pas assez béni, en définitive.

— Allons donc, intervint Agostina, rustaude et narquoise, les Ghoraïeb ont toujours aimé les femmes chères.

Devant ce parangon de vulgarité, crue et croquante, Fouad

432

haussa les sourcils, récapitula bravement le coût de ses divorces, avala sa salive et resta coi par décence.

— Un salon littéraire, mon ami, nous aurons tout le gratin, alors, qu'est-ce que ça fait, quelques pétites paroures... ? Et regarde ton fils : avant, il battait de l'aile, et maintenant, *perbacco ! uomo robusto e risoluto... Uno vincitore !*

— Moui. Maintenant, c'est le Liban qui bat de l'aile et mon fils *uomo robusto*, etc. Nous en reparlerons.

Et, pour aller faire un tour du parc, il laissa Agostina qui se rua sur l'*Orient-le-Jour*, dont la lecture la plongeait elle aussi dans les transes, si la certitude du compte bancaire loqueté en Suisse par Fouad Youssef la rassérénait un peu.

Au restaurant des Beaux-Arts, elle venait parfois le rejoindre et partager un menu à dix-neuf francs cinquante, quand il aurait voulu qu'ils déjeunassent ailleurs, mais non, autant que les trois Toques elle aimait les Bouillons, le parfum doré des frites, d'ailleurs elle ne déjeunait presque pas, prisait les nappes à carreaux, la pellicule de papier gaufré que la serveuse défroissait à la hâte pour, avec un talent de jongleuse, apporter l'entrée (carottes râpées) le plat (un infime steak) et le dessert (de la compote de pommes ou un yaourt), nourritures saines et scoutes, ils se rencontraient à treize heures trente pour dix-neuf francs cinquante, mais non, pas de schproum au déjeuner, priait Tiefenthaler, je ne suis pas un tube gastrique, le dîner suffit, c'est pour te voir — ah ça, preuve évidente de son amour, elle ressentait le besoin de le humer, caresser et flairer au milieu du jour, et il aimait bénéficier de sa présence diurne, précieuse en sa rareté, car ne pouvant plus dîner avec ses amis, elle leur consacrait la trêve d'une collation ; tâche ardue que de pratiquer la *philia* et le métier d'amoureuse. Rien à faire pour qu'elle renonçât à une de ses premières vocations, et rien à faire pour la transformer en violon d'Ingres, cette vocation : les Autres, dont il savait bien le caractère irremplaçable, les Autres, son paradis. Qu'elle lui concédât des ersatz de déjeuners le comblait d'aise, mais il percevait néanmoins qu'elle s'y forçait un peu, qu'elle aurait préféré glisser dans l'assiette de Martin du Mans, par exemple, le rectangle de beurre persillé dit en cette gargote Maître d'Hôtel, au lieu de le gratifier, lui, de la matière grasse honnie. Échapper à Martin du Mans qui sévissait encore aux Beaux-Arts, en auditeur libre, lui posait un chié problème : « mon amie peintre » claironnait Maria, très gaie à l'entrée de Martin, blonde mèche de page occultant un œil châtaigne et frôlant un nez gamin ; estudiantines, complices, elles choisissaient les mêmes plats sur l'interminable menu, se réjouissaient de la compote de pommes, du yaourt et du double déca, il fallait les mêmes impondérables nourritures à ces deux créatrices dont la fragilité et l'exiguïté stomachique ne pouvaient s'accommoder de plats en sauce... Il fulminait, ivre de rage devant les deux génies penchés sur le menu, déchiffrant les hiéroglyphes violets, cherchant le steak et le trouvant, hosanna, deux steaks, et lui, un bœuf bourguignon — à nouveau rien ne passait plus sans crème, béarnaise ou mijotis au vin. A ces jeunes filles transfigurées par les macérations et porteuses du cilice créateur, visionnaires communiant avec une frugale gourmandise de mêmes carottes râpées, il vouait soudain une haine d'autant plus féroce qu'il croyait découvrir dans leurs yeux son reflet d'homme porcin lesté de denses ragoûts.

— Psyché, pensait-il fixant le pot de moutarde vert des resto-U, pendant qu'elle piapiatait avec le membre élu du gynécée, Psyché je te violerai la nuit dans ton sommeil et naîtra l'enfant borgne qui n'aura d'autre visage que le mien, puis ma combative je t'épargnerai la guerre et tu oublieras jusqu'au maniement du couteau à couper la viande sèche et tu n'entameras plus ce steak des Beaux-Arts de si bon appétit, je te nourrirai à la becquée de grasses et coûteuses bouillies, je te défigurerai ma douce tu prendras au moins sept kilos, ma constante en son sacerdoce, ma volage intacte de toute sécrétion, sans muqueuses sans spumosités sans miasmes, je baptiserai de foutre tes cheveux d'ambre pur dont une mèche si scandaleusement frôle la tempe de cette amie que je déteste, tuer tous les amis, aux jardins de Saadi nous retournerons et tu marcheras voilée comme les femmes de Perse, vitriol peut-être, ma résolue, ma chevrette du petit matin à l'aube tu céderas, ma disciplinée tu enfreindras ton éthique si férocement adéquate à ta santé, je te veux lourde et arrimée au sol et à moi par quelques livres de chair, ainsi je posséderai davantage de toi, la rondeur ne te sied pas, on te regardera moins, ma rêveuse je t'interdirai le songe qui t'éloigne de moi, de cette façon tu t'éveilleras bouffie, stérile, idiote comme une capsule de yaourt, et fardeau pour moi seul. Sur ce, il tendait le pot de moutarde sur injonction polie de Martin ou plutôt le lui balançait à la figure, l'aimée ne remarquait rien, juste quelque indifférence d'Amine à l'égard de Martin qu'elle ne se résignait pas à exclure des déjeuners si le Restaurant des Beaux-Arts appartient à tout le monde, à fortiori aux peintres. Je prendrai tous les risques, se promettait-il, je n'ai rien à perdre n'ayant pu me trouver, je te condamnerai au profane, au diurne, à une morale étrangère qui te déformera comme les brodequins, les pieds tronçonnés des Chinoises, je n'ai d'autre échappatoire, moi nécrophile, conscient du crime que je vais perpétrer au moment où tu susurres à Martin des mots tendres. Puis s'apercevant de l'immensité de sa folie, il s'en effrayait. Jurait qu'il ne lui voulait pas de mal, puis cessait de se mentir, car elle venait de passer un bras mince autour du cou de Martin et riait avec elle, alors trop orgueilleux pour accepter de composer avec le double noir qui exigeait la reddition de Maria, il ne tentait plus de raisonner son inconscient, chose tout à fait impossible au demeurant.

Elle sirotait le déca quotidien, avec autonomie, vitalité et on sentait une profonde sécurité ontologique à sa façon d'y rajouter un chouia de saccharine.

— Du poison, fit-il, stupidement insistant. Et puis tu n'as pas besoin de ça pour maigrir...

— Et mon diabète ? Je ne tiens pas aux piqûres d'insuline, plus tard.

— De toute façon, le sucre est plus nocif renchérissait Martin. Et si Maria se sent bien comme ça... Cette manie des mecs, qui prétendent aimer les minces, de nous faire grossir ! Le refrain de mon ex, c'était : mange la pâââte, question de tarte. Je me suis lassée, bien que chaque matin qui se lève soit une leçon de courage surtout à une heure de l'après-midi.

Martin les quittait à trois, et il n'osait encore rien dire, car bientôt fuirait la Tief diurne sur laquelle il exerçait moins de pouvoir que sur celle qui, le soir, l'attendait, car les sorties nocturnes, les fêtes patriciennes, ou la solitude dans un douaire privilégié de gastronomie dont le menu la grisait beaucoup moins que celui du Restaurant des Beaux-Arts (comment se dépatouiller de ces cuisineries-là ?) puis les festivités du lit lui en conféraient infiniment plus.

— Je-me-sors-le-chien, annonçait Maria qui n'en avait pas mais faisait semblant, histoire de se donner du courage pour marcher jusqu'aux Galeries Lafayette, et retour via Bourdaloue où elle achetait un puits d'amour ou un alibaba pour Madame Mamine, pêchant par gourmandise et personne interposée. La Pythie, deux mois, ne manifestait aucune appétence au footing. Elle renonça donc à une chatte nomade, admit sa vocation sédentaire et bourgeoise, rien qu'à la voir se débarbouiller avec une promptitude de tricoteuse et une précision de dentellière, coup de patte derrière l'oreille, repasser la patte sous la langue, re-derrière l'oreille, on comprenait sa mentalité et ses opinions : une chatte de la majorité silencieuse, avec des élégances de jeune fille élevée au Couvent des Oiseaux, une chatte de boudoir et de tapinois, de napperons, de corbeilles à ouvrages, de lampes saumonées et d'écriture certes, elle tapait quelquefois du bout de la griffe quelques caractères sur la machine, une chatte de confidences et de coquette sérénité, qui, si attentive au travail de Maria, se montrait docile et louvoyante jusqu'au soir où celle-ci accourait à la porte dès le coup de sonnette.

Pas un frais à Amine Youssef. La chatte fuyait sous le lit, sphinge accroupie et hostile au prédateur qui lui enlevait son esclave ou maîtresse selon la dialectique du moment.

Tiefenthaler sortait donc un invisible chien pour s'aérer entre deux pages. Le temps que le chien pissât, flirtât avec les chiens, etc., elle piétonnait en rêvant, d'Amine bien sûr. Se souvenait de ses petites erreurs, les comptabilisait, s'y attardait, émue, maternelle. La veille, après la Première d'un exécrable film policier, soupant à l'Espadon, il lui révéla sous le sceau du secret les origines prolétaires du père de Fouad. Lumpenprolétaires mêmes, car il naquit dans le caniveau les fesses sur des pelures d'oranges, dans une ruelle près de la Place des Canons, non en l'aristocratique quartier Sursock aux maisons ouvragées de balcons et moucharabiehs. Mon père, disait Amine, hait l'anonymat, adore qu'on sache que *Dieu l'a béni,* sa nonchalance et sa confiance en lui-même m'accablent, à part ça, un vrai nouveau-riche libanais, hospitalier, assommant ses invités à coups de prévenances...

Elle apprit ainsi que Fouad s'inquiétait du sort de son fils, aux mains d'une intellectuelle. Tiens se dit-elle, intellectuelle, correspondrais-je pour Amine à cette image surfaite ? Me voilà classée, et quel cliché ! Il sort, donc, avec une intello... Qu'étaient donc les autres, avant moi ? Mieux vaut l'ignorer. Hélas, je crains que cet avoueur de jour en jour plus prolixe ne me laisse pas longtemps dans le doute !

Erreur, troubadour occitan, de lui répéter le jetaime tautologique, formule insane qui déjà l'assommait, mais encore la charmait au sens du sortilège. Un peu enfantômée, donc, elle l'écoutait d'un soir l'autre, victime d'une subtile dominance, écoutait le discours intarissable de l'amoureux parlant beaucoup de lui, multipliant des aveux qu'elle ne souhaitait pas, se racontant avec l'opiniâtreté de quelqu'un qui veut briser le halo du mystère et veut, désespérément, être aimé pour lui-même (que resterait-il de ce lui-même, après une telle réduction ?) en sa nudité — or il n'est pas de roi nu. Amine persévérait dans son soliloque et dégelait peu à peu la fameuse cristallisation, à croire, songeait Maria, qu'il détruit son image avec une sorte de jouissance, or, pour le moment je le désire, mais jusqu'à quand... Une force perverse le poussait à se dépouiller devant elle des oripeaux qui d'emblée la séduisirent. Pressentant que bientôt elle ne l'aimerait plus, croyant, puéril, qu'il existait dans le sentiment passionnel, autre chose qu'une mystification, il désirait la fin de celle-ci et le début d'une souffrance qui la lierait plus sûrement encore à lui, à un être inconnu d'elle qui l'ayant en sa possession pourrait révéler son véritable visage, le masque pétrifiant et méduséen, occulté jusqu'alors par celui, attractif et factice, du jeune David du Bargello. Mais il y avait là une discordance, car s'il s'acharnait à ce qu'elle oubliât le David du Bargello, l'héritier oriental, le prince maronite fils d'un parvenu et d'une institutrice de Casa, elle demeurait pour lui la jeune fille en vert de la Villa Lemmi. Je devrais m'enlaidir, pensait-elle, pour voir. Me tondre, ne parlons pas de kilos, il les souhaite ces kilos, quelques kilos d'amour palpable et rassurant, du surcroît, un boni, du rab — pas question. Néanmoins, serais-je obèse, ou émaciée, ou ravagée, qu'il ne verrait, le borgne, que ce qu'il veut voir et le fera toujours bander : l'objet qui, lui échappant, peut se permettre la hideur absolue, restant désirable puisque impossible à connaître et à alpaguer. Sa mère donc, institutrice casablancaise, tireuse de cartes. Je n'aime pas ça. Que m'a-t-il donc confié à ce sujet hier soir... ? Ah oui, qu'il resta puceau jusqu'à dix-neuf ans, chose alarmante, et éjacula une fois sur le coton avec lequel maman bardait son entrecuisses lors des périodes, d'où certitude de l'avoir mise enceinte, fierté et remords. Me dire ça à moi. Je vais de ce pas retourner à Lesbos. Un miracle que ça marche encore, la baise, après une telle révélation.

Elle s'efforçait de ne pas trop en entendre, levait sur Amine l'œil patient d'une Némésis assagie attendant la fin d'une belle confession d'autodestructeur pour savoir si, après ce gâchis organisé, elle éprouverait encore quelque chose pour lui. N'entr'apercevant pas la fin de cette confession, elle se demandait s'il irait plus loin que la mise à nu, jusqu'à la mise à mort, dans le jeu interdit auquel il se livrait, parade désolée devant une seule et irremplaçable spectatrice. Flagornerie de matamore que cette représentation gratuite ! Un gamin, décidément, cherchant le pardon de sa mère dans les bras d'une autre femme. Un adulte penserait à cette autre femme et n'assouvirait pas une telle faim de franchise à ses dépens. On appelle ça tact, éducation, délicatesse, intuition, self-control, respect humain. Nul besoin de savoir qui il est. Elle pressentait si bien ce sordide étalage de vérités, qu'avant leur voyage, elle en conjurait déjà la malédiction. Echec. Piégée, il lui fallait subir le discours, le déshabillage, comment se révolter quand elle avait encore envie qu'il la sautât derrière son ascenseur. Les cuisiniers ne bouffent rien, c'est connu, je t'en supplie ne m'énumère pas les ingrédients de tes recettes, j'en aurai vite la nausée, aurait-elle dû lui dire pendant qu'il en était encore temps. Amour, ne commets pas l'irréparable, disaient clairement ses yeux.

Il commettait et pourtant, elle restait, souriait, approuvait, s'attendrissait, Vierge mère, il venait encore de lui offrir un bijou, lui promettait une fourrure pour la saison froide, parlait de projets fitzgeraldiens, de yacht, de Gstaad, de Côte d'Azur, de Bahamas, du Gritti à Venise, ne manquait plus, songeait-elle, que le Relais de Campagne chambre aux poutres apparentes, le voilà mais oui, Barbizon Bas-Bréau rochers fougères rousses à l'automne, elle acquiesçait.

Reniant la tribu, les ors salomoniques des Tiefenthaler, très intriguée qu'il s'accusât d'une mère folle, pied-noir et occultiste,

437

elle acquiesçait au Relais de Campagne elle qui haïssait la campagne et ses établissements de goguette. Son système perceptif dit P en prenait un coup, mais elle encaissait, prête à fuir dès que lui passerait l'envie de ses cheveux à l'odeur poivrée, de son regard pathétique, de sa fébrile indolence, ne s'inquiétant que de ce détail qui ne concordait pas avec l'ensemble : ses mains, trapues, courtes, un peu moites... et s'il se résumait à ces mains-là ? si le profil androgyne, don natif, n'était là que pour tromper son monde ?

Désir d'être la grève qu'il sculpterait de petites vagues et sable qu'il roulerait en fine semoule, très ancien désir palencéphalique et reptilien, auquel se heurtait le quotidien somptueux (les restaurants, les boîtes, Barbizon, les voyages, la Bentley, les bijoux, les peaux de bêtes, les dîners rue Murillo en l'absence de son père et de sa belle-mère, que pour l'instant il lui cachait, les facilités ludiques de l'argent) et déjà misérable (les aveux). Elle lui écrivit une lettre sincère pour le mettre en garde, car si elle finissait par croire à ce qu'il disait, elle le rejetterait de sa vie, objet usé et banal, or elle voulait son rasta magnétiseur, romantique jusqu'à l'extravagance, elle le priait de rester en l'état, elle tolérait qu'il fût défonceur de bagnoles dans les parkings, fléau des palaces par baignoires débordantes, bricoleur malavisé de prises des susdits hôtels, et seul la révoltait son jeu de la vérité.

Sujet sommier, elle lui affirma dans cette mise en demeure, qu'elle n'avait trouvé que très rarement, dans sa vie d'allongée, des mecs aussi mecs que lui, que ça le dérangeait peut-être de l'apprendre, mais que c'était comme ça, que sans doute il l'ignorait, qu'il affichait outrageusement cette ignorance et que devant cette ignorance on se mettait à douter. Qu'elle ne désirait pas être tringlée à la hussarde, mais seulement qu'il gardât son charisme et ses secrets, sinon misère, impasse et décadence.

Te voilà fort troublée et mal en point ma belle, marmotta-t-il à la réception de l'épître. Que m'importent les fibrillations sismographiques de ton cœur. Tu resteras avec le triste sire nauséabond et malencontreux que je suis, tu le sais déjà, tu t'affoles, tu veux ta parfaite passion, tu ne la ressens déjà plus et la regrettes amèrement sans doute, mais j'ai créé le manque — t'apparaîtrai-je comme un boy-scout coliteux, que tu cavalerais tout de même à la porte vingt et une heure pile, avant de cavaler à la porte de NOTRE appartement. Demain protocolaire demande de fiançailles. Cette lettre m'enchante. Poursuivons les récits qui l'agacent. Gare, néanmoins, n'en remettons pas trop avant l'anneau de diamants au doigt et la certitude des bans. La voilà rétrécie comme une huître sous le citron. Allons-y prudemment tout de même, l'entourage pourrait nuire, elle, se rétracter et fermer les valves perlières. De toute façon, je suis coincé, et continuerai la fuite en avant, après moi traînant les tenailles du piège, alors pas de raison que je sois seul à souffrir.

Danse, ma bohémienne, sur le parvis de l'église, moi prêtre de malévolence te contemple du haut de ma tour, pour apprécier ta grâce voltigeante et le prix de mon futur otage. Cueille tes pavots, Perséphone, ils ne t'endormiront que pour faciliter le rapt, car je suis un très vieil homme travesti, un roi nu qui jamais ne fut roi, une doublure tout au plus, un être erroné qui va par des chemins plus pervers que les tiens.

Vingt heures. Soixante minutes avant sa venue. Immobile, elle écoutait au-dedans l'ovation d'un corps au savoir devenu effrayant. Ce corps constitué votait, sans elle, un oui non restrictif. Point de ballottage. Il fallait s'incliner. Ce malheureux lui flanquait le vertige, que faire ? Choisir avant vingt heures trente la tenue des supercheries du soir, chères, délectables supercheries, s'embellir pour lui, oublier ce drain sombre derrière lui, homme sans qualités. Elle décrochait le téléphone, tant pis pour les appels amicaux, et méditait devant la penderie.

Dans cette penderie à l'intérieur aussi clair qu'un train-fantôme, elle s'enfouissait, humait ses vêtements, les palpait avec délices, tweed rêche, coton gourmé et frais, flanelle glissante et roide, soie pelliculaire et ductile, hésitait entre ses six tailleurs, ses vingt-huit chemises, corsages et blouses de cow-boy, de tsarine, de petit marquis, à lavallière, à col roumain rebrodé, appariées à vingt-huit pantalons dont dix modèles à pinces et huit tubes gainant de velours ses hautes fines jambes, restaient à élire les bottes, boots, bottines ou escarpins, quinze paires, à recouvrir l'ensemble, dû à ses droits d'auteur qui y passaient intégralement (sauf la dîme à la Sécurité sociale et le loyer d'où la recherche frénétique des Bouillons Chartier quant aux déjeuners de jeunes filles où chacune paye son écot) d'une de ses pelisses d'ambassadeur flamand, doublées de chevrette, de marmotte ou d'un dérivé de rat, mais s'enorgueillissant toutes d'un col de renard comme son blouson vert, elle entretenait une passion tactile à l'égard de cette bête, de ses doigts plongeait dans l'épaisse fourrure moussue, s'enfourrurait avec un spasme de joie, ainsi allait cuirassée contre les frimas et (rare éventualité) les mains baladeuses.

Amine trouvait que ces fourrures l'embellissaient à l'excès, qu'on la remarquait de trop loin en renard argenté, eût banalement préféré qu'elle s'habillât comme une goton pour qu'on la courtisât moins, mais, d'un autre côté, puisqu'il pouvait l'assouvir, comptait utiliser sa manie des peaux de bêtes (les bêtes, elles les aimaient vives, mortes, en pelisses et en rôti) pour se l'acheter à bon compte. Il piétinait un résidu d'amour-propre (banquer à son âge, avec, d'après sa belle-mère, un physique avantageux...) et se tenait prêt, l'hiver approchant, à la vêtir si ça lui plaisait, en juge de la Cour de Cassation ou en Vénus de Sacher-Masoch, à devancer ses souhaits quant à l'hermine, la zibeline ou le tigre blanc, quitte à ce qu'on refroidisse les derniers, pour elle dans le Teraï népalais.

Il lui proposa de l'emmener aux collections de Dior, elle refusa, préférant les boutiques de Saint-Germain, après la ménopause il serait temps, pour le moment l'étiquette ne servait à rien, mais quand il prononça le mot « Révillon », il la vit flancher. Le lendemain, la jeep russe se gara devant Révillon. Il la regardait s'ébattre entre des rangées de peaux, résigné à ce que le lynx la rendît plus féline encore, déplorant une fois de plus de ne pouvoir la déguiser en sœur tourière pour que nul ne la repérât, se dit que le moment n'était pas encore venu de l'éteindre, mais d'en faire ce bibelot flamboyant, à condition bien sûr que ce fût uniquement à son usage.

— Allons bon ! fit Maria, qui ce jour-là portait la parure de rubis pour mieux jouer son rôle d'hétaïre, et touchait fréquemment ces pierres dures à son cou, en guise de pense-bête — qu'est-ce que je fais, moi, entre un manteau réversible en zibeline blonde et noire, un poncho de lynx, une veste de putois russe, sympathique camarade putois, une cape de pékan de Virginie, et un petit paletot houpette en renard améthyste ? J'oubliais le lynx, soviétique lui aussi, au Grand Col Flatteur ? Ghoraïeb, avec vous, c'est le chèque, le chic et le choc, les trois à la fois, je suis sciée et j'admire.

— Fort bien tsarevina, prenez donc le camarade putois et le lynx soviétique, dit Amine vaguement satisfait.

Merci de m'épargner la dépense de Balsamorhinol et de sous-vêtements Zimmerli, pensa-t-elle, si je superpose toutes ces bêtes il se peut que je meure d'étouffement, en quelle vie donc ai-je été hiérodule ou pute, première classe de pute ? Me voilà nichant dans le chaudron du vice, comme le héron de Pétrone. Du coup je suis à nouveau obscènement folle de ce bougnoul libanais, mon cher amour.

Après l'achat de ces broutilles, il se crut autorisé à formuler sa première requête à propos des soirées.

— Tu acceptes trop de dîners en ville, ma chérie. D'abord ça te crève. Et puis mon amour te voir tous les soirs.

Elle blêmit.

— Oh, pas de comptabilité, Amine. Et ma claustrophobie ? Déjà nous nous voyons cinq jours sur sept, ne m'en reste que deux pour les copains...

Il résolut d'attendre un peu pour recommencer jusqu'à obtention du résultat voulu ; naguère, il fonçait tête baissée dans les portes jusqu'à ce que sa mère lui refilât en douce des sous pour aller au cinéma. Tête baissée risquant l'hémorragie interne, ne cédant jamais, confiant quant à la force patiente (parfois spectaculaire) qu'il savait déployer, et aux pouvoirs tôt éprouvés, de l'iris hindou.

— Dix-neuf millions d'anciens francs ! hurla Fouad. Tu as tiré dix-neuf briques avec le Diner's ce mois-ci ? Pitié, épouse-la, elle nous coûtera moins cher. Enfin, je n'ai rien à dire, j'ai toujours flambé avec les femmes, mais une intellectuelle croqueuse de diamants, on ne s'y attendait pas.

— Elle ne demande rien, dit faiblement Amine, pour justifier on ne sait quoi.

— Pire, celles qui ne demandent rien, race hypocrite et rouée, affirma Ghoraïeb père dont la vision des femmes datait de mil neuf cent deux et surtout fleurait bon son Orient provincial. De plus, il faut aller au-devant de leurs désirs, ce qui est fatigant. J'aurais moins d'appréhension quant au futur si tu t'étais entiché d'une danseuse du Crazy Horse, une Pamela Toboggan ou d'une fille reliée à l'Élysée par ligne téléphonique. Celle-là vit dans un foutoir du neuvième, d'après mes informations, ne demande donc rien, au cas où elle demanderait ce serait peut-être moins que ce que tu lui offres, dorlote ses chats et ses grand-mères, et voilà que tu la traites comme un Texan, une pensionnaire de cette Madame...

— Ne traîne pas dans la fange mes nobles sentiments, calife qui entretient un sérail, s'il te plaît. Si j'étais gigolo, tu te plaindrais.

— Certes, je préfère encore cette vocation précoce pour le mécénat, à ton âge je déchargeais des camions aux Halles la nuit pour nourrir ma première femme que je n'ai vue pendant des années qu'en position dorsale et ronflant sur le lit, revenons-en à nos moutons en l'occurrence à la note du fourreur, succédant à celle de mon bijoutier de Beyrouth, un malheur ne vient jamais seul. J'assume tes sottises, Amine, pourvu que tu travailles. Sors diplômé des Beaux-Arts, épouse ta donzelle, fais-lui des gosses, elle tiendra salon avec ta belle-mère, ce sera le paradis, des femmes, des sorbets, et des gazouillis d'enfants, elle aura une nurse suisse, comme Fernande, donc je raquerai en attendant, pour ta santé, mais sois prévenu de ceci : si tu te casses la gueule, si tu loupes le diplôme d'archi, si ta donzelle fout le camp avec un de ces coursiers des journaux, qui sont véloces, si je dois te retrouver pantelant, payer la note du Diner's, cette invention de Satan, et celle d'une clinique bon genre aux environs de Paris, avec tes tendances maniaco-dépressives, selon le diagnostic de ton ami Maximilien, la chose est à prévoir, je te laisse dans ton merdier.

Autre point de détail. Je suppose que tu entends cohabiter avec l'intellectuelle. Ici, la chambre d'amis peut suffire pour un temps, mais après ? Je suppose aussi que tu préfères l'avoir à toi tout seul, donc en appartement privé.

— J'ai l'intention de cohabiter.

— Bien. Alors dépêche-toi. Mon flair me dit que la place est à prendre, vite fait. Cette petite devenant de plus en plus célèbre subira des sollicitations accrues. Tu vois que je veux ton bonheur mon fils. Entends le langage de la raison. La tirer d'un gourbi du neuvième ne me paraît pas ardu.

— Euh.

— Ah bon. A toi de jouer. Bref, d'accord pour l'appartement, à condition que tu ne loues pas le Trianon en exigeant un patio andalou, au milieu, comme tous les patios. Hmmm ? A condition que ça ne me coûte pas la peau des fesses pour rien, ton père est d'humeur légale. Pas de culbute, ou alors sans filet, prends tes risques. Tu déchargeras la laitue, ce qui est très sain, tu ne fais pas assez de sport sauf le polo où je crois tu emmènes déjeuner ta demi-portion de youpine, et où tu te contentes de flatter l'encolure de la jument que je t'ai offerte car aujourd'hui monter dessus t'épuise. Donc tu déchargeras la laitue en cas de catastrophe sentimentale, excellente thérapie. Après tant de pensions alimentaires, ton père n'a aucune envie de se taper un découvert en banque à cause d'un fils incapable, débile et amoureux d'un oiseau de passage qui l'aide à griller tout son fric. Si tu capotes, je serai au regret de te dire en face ma pensée : ce fils est un triple zéro, digne de sa mère, cette fêlée. Suis-je clair ?

— Tu m'angoisses un peu, mais tu es très clair, murmura Amine qui s'attendait à un petit remous, le jour où on recevrait la note du Diner's. Je l'épouserai aux environs de Pâques, j'obtiendrai mon diplôme l'année prochaine, elle tiendra salon avec Agostina, et elle est sapée pour l'hiver, n'aie crainte.

— Oh si, je crains ! Je crains de découvrir cette nouvelle race de pétroleuses penseuses et flambeuses, à côté desquelles les Rosa Fumetto du Crazy m'ont l'air carrément ingénu. J'espère qu'elle baise bien, ta Minou Drouet, à ce prix-là ! Pardon, je vois que ma trivialité écœure un fils si prodigue de l'oseille paternelle. Autre point, qu'elle n'écrive pas trop, ne deviens pas M. Tiefenthaler, ce serait vexant pour un Ghoraïeb, mais le mariage devrait calmer ses ardeurs créatives, ne me regarde pas comme ça, tu penses que ton père est un phallocrate primaire, mais tu n'en penses pas moins la même chose, quel Ghoraïeb souhaiterait véritablement une femme géniale, rions, rions. En revanche, quelques dentelles littéraires, une chronique à Vogue contribuent au prestige. Mais qu'elle renonce aux Chapelle Sixtine. D'ailleurs, au train où vont les choses, le jour du mariage, elle aura trop de bagouzes aux doigts pour les lever sur une touche de machine à écrire.

— C'est le principe, fit Amine en dérobant un de ces petits fours Le Nôtre propres à lui couper un appétit brutalement retrouvé — eh oui, il avait une petite dent, comme ça, à cinq heures de l'après-midi...

— Alors, fais-lui avaler le pépin, épouse, cesse d'inquiéter ta belle-mère avec ta mine constipée et moi avec l'usage que tu fais des cartes de crédit, tout ça est une question de convenances, acheva Fouad dans une apothéose de bassesse si candide que son fils en fut presque ému. Béni-des-Dieux certes que son papa qui ignorait tout des miasmes putrides de la psyché de son fils, terrasserait sous lui encore nombre de juments argentines et d'épouses, bien qu'Amine ne mît pas en doute l'efficacité de la *jettature* lancée sur lui par la Fornarina pour le garder.

Agostina s'impatientait de ne pas voir Maria. Jusqu'alors, il se heurtait à un refus de celle-ci quant à son intromission dans la famille. Non, elle n'irait pas rue Murillo en présence des parents. L'artiche de ton père pue le pétrole, sifflait-elle, quant à ta belle-mère j'en sais assez sur son compte pour alerter la police des mœurs, merci bien. Les dîners aux chandelles en tête à tête puis ton lit tête à queue suffisent et me comblent. (Oh combien le choquait ce langage vert et printanier, qu'elle employait si alertement !) Après une tirade de la mie à la bouche novice de laquelle fleurissaient souvent les mots *baiser* ou *niquer*, il éprouvait bien des difficultés à raccrocher le fil du discours werthérien.

Il l'englua peu à peu dans les mailles de plaisirs sybarites. Lui, la mygale, attendait au centre exact de la toile. Il la saoulait de Château la Vertu, Yquem 21, d'alcools de fruits poivrés, de genièvre qu'elle adorait et de sèche vodka qu'elle avalait d'une lampée gourmette et hardie chez Raspoutine où flambaient les torchères et les chachlicks pétersbourgeois, où ils se grisaient de pénombre, de balalaïkas et de folklore frelaté. Il la nourrissait presque exclusivement de homard en feuilleté (chez Lapérouse, dans un des fameux cabinets particuliers où il commit la bévue de ne pas la sauter alors que ç'est fait pour ça) ou de homard intégral, la regardait combattre avec virtuosité la bête caparaçonnée de vermeil, puis moins virtuose et tout à fait mal élevée, sucer tout ce qu'il y a de suçable dans un homard et maculer la robe de gaze rouge d'Azarro qu'il venait de lui offrir, se promettait de lui en racheter une verte le lendemain, enviait son appétit de plats simples tel ce crustacé tout bêtement grillé, simple et regrettablement diététique, car une des clauses du contrat occulte qu'elle n'avait pas encore signé était de la faire grossir. L'entreprise semblait vouée à l'échec. Le sloughi ne prenait pas un gramme, maigrissait même à force de nuits blanches, question de thyroïde, et refusait les desserts sucrés bien qu'elle commençât à faire de menues exceptions qui laissaient augurer que, d'ici quelque temps, elle accepterait peut-être les rahat-loukoums, mais pour l'instant, squelettique, elle se portait comme le Pont-Neuf que c'en était vexatoire.

Il admirait sa femme-enfant, son Agnès, son Ondine, son héroïne de roman rose, savourant le blanc-manger, les œufs à la neige coulis framboisé d'un restaurant pompeux et versaillais dont ils aimaient le feutré provincial, sa lunaire gémellienne plongeant délicatement sa cuiller dans un fontainebleau de froide écume, effritant à petits coups de dents jubilatoires l'écorce des crêpes dentelle, attaquant avec une douceur précautionneuse les glacis flageolants d'une crème caramel en camaïeux de jaunes, à son doigt scintillerait bientôt un blanc-bleu navette de cinq carats et elle accepterait les loukoums. La bien-aimée, en fourreau noir à fines bretelles de strass, se mourant d'inanition et d'amour, professait sa haine des apéritifs qui coupent l'appétit et les entrées qui gâchent le plat de résistance, or il spolierait cet appétit, elle ne devait avoir faim que de lui lui lui. Ce regard bistre crénelé de cils un à un séparés à l'aiguille et lui vouant allégeance, il le voulait chaque jour davantage, jamais rassasié. Que s'empourprent de rage jusqu'au lilas ses joues à l'incurvation future d'amphore hellène, il lui couperait ce sain appétit de viande — mon amour, tu t'empiffreras de douceurs nocives, je t'interdirai le soleil et t'engraisserai au lait de chèvre comme les fiancées arabes, tu deviendras rubénienne, chairs grasses et teint d'endive qui au temps de Leonora Galigaï faisaient fureur, aujourd'hui ne font plus un strapontin, aujourd'hui seul un squelette bruni suscite les hommages quoi qu'en pensent discrètement les mâles paléolithiques, ces gibbons de lubricité — tu seras grasse, pâle, cloîtrée, bouffie et aboulique, mon aimée, il y aura à date fixe sur le linge ton sang menstruel et (là je me suis fait une raison) non ton premier sang de vierge. Tu finiras par saigner chaque mois comme toute femme. Pour l'instant la venue de tes règles est encore capricieuse.

Or, Tiefenthaler saignait capricieusement et fidèle à son éthique raffolait des viandes grillées, là aucun espoir d'intumescence, les protéines amaigrissent. Ses impérieuses fringales, ses soifs exigeantes si vite étanchées d'un demi-verre de Célestins, témoignaient d'une inébranlable résolution et d'une terrible ascèse. Il aurait voulu, comme elle, avoir besoin du tanin d'un verre de Margaux et du sang d'un steak, calories consumées dans l'heure et re-famine le lendemain, s'il était immonde de trop bouffer, au pilori les morfals, disait-elle, en souvenir des *Stances Indiennes*. Les menus d'Amine, si peu recommandables, l'horrifiaient comme ses goûts dépravés pour les sauces flatteuses et ses caprices de drogué à l'estomac fichu, ne pouvant plus qu'ingérer des sorbets ou des glaces telles les jeunes balzaciennes corsetées de trop près. Victoire que le premier dimanche où chez Berthillon il la convertit aux sorbets à la poire dont la violente fraîcheur masque le ferment du fruit lacté s'accommodant si bien des tuiles minces, gondolées, liserées de brun et cloisonnées d'amandes lisses comme éclats de silex. Malgré cet écart, il savait presque impossible que cette femme extrêmement gourmande, voire gueularde et famélique, transigeât avec un régime étudié, vital, structuré et bien compris, comme hélas le reste de sa vie, à l'opposé des mélancolies et fantaisies stomacales du dilettante énervé, Amine Youssef, son vassal.

Loin des éditeurs (demain, elle canerait sur sa feuille, mais tant pis) ils se scellaient en tangos impassibles et compliqués, s'admirant gravement sous les marbres moirés du Régine's, il jugeait sa beauté ainsi rendue publique proprement insupportable, ses yeux trop élargis par le vin, moins tolérables encore les jerks qui les séparaient et qu'elle dansait avec une impudeur païenne, il serrait les dents et les poings devant le scandale de ces évolutions déchaînées à quelques centimètres de lui, or elle guinchait pour elle seule, outrage, les yeux mi-clos, seins nymphiques, tressautant avec une aguichante élasticité sous sa blouse translucide comme pelure d'oignon (de bure, l'habiller de bure, en pénitent bourguignon, et cagoule s'il vous plaît). Pourtant, l'idée qu'elle se couchât trop tard pour pouvoir travailler génialement le lendemain était judicieuse, mais la jalousie l'emportant, soudain morose, excédé, il l'entraînait à l'écart, ou la raccompagnait trop vite, à son gré, dans l'espoir de la dérober aux rivaux qu'elle ne voyait même pas.

A l'aube, elle ne glissait plus de petit mot sous la porte de sa grand-mère, titubait jusqu'à son lit, s'y effondrait, s'endormait sans ouvrir un livre, et ne regrettait même pas le radeau d'in-folio sur lequel elle s'embarquait pour ses longues nuitées d'insomniaque. Plus besoin de valériane proustienne. Suffisait pour pioncer, comateuse, d'une demi-bouteille de Margaux ou une séance de culturisme avec l'amant. A ce propos, elle avait beau lui suggérer que, de temps à autre, le tapis de la Savonnerie, dans le salon de la rue Murillo, renouvellerait un peu les joies du corps, il semblait décidément peu favorable à toute innovation qualifiée de vice (le vice d'Amine se situait ailleurs, à l'opposé de cette candeur brute). Flûte alors se formulait-elle avant de s'évanouir de sommeil à six heures du matin, lui faire des pipes planquée sous son bureau d'architecte pendant qu'il recevrait, devenu Ghoraïeb bis, rival de Pouillon, aurait eu un côté collégien, spontané et charmant... Mais le fiancé tenait à ses principes, ce jaloux puritain n'usait pas des tapis de la Savonnerie pour la rigolade, d'ailleurs, au contraire des eskimos, il ne rigolait jamais dans ces moments sacramentaux, oh non, il disait sa messe noire, avait-il un sexe, elle ne s'en apercevait pas sauf quand dévotieusement elle l'embrassait, Kumari devi, vierge népalaise à genoux devant le roi qui la chasserait après les noces, son roi à la peau tannée, un peu musquée aux aisselles, son roi d'Orient, Balthazar. Ses présents immoraux, drogue lente et sûre, opium de l'aimée plébiscitant le jeune monarque. Il s'acharnait à la photographier, ce dont elle se formalisait comme du vol d'un secret noyau d'elle-même que risquait de dévoiler la pellicule, il persévérait, officiait en douce, seul le cliquetis du mini appareil nippon trahissait ses sombres menées. Lorsque aux jardins Albert Kahn il l'immortalisait avec une promptitude déjouant toute parade, elle lui en voulait pour quelques heures, mais déjà renonçait à contrer sa fichue volonté hypnotique.

Avant que ne soient rongées et tombées les dents de sa jeunesse, elle voulait la multiplication des pains et des primes de plaisir, les festins d'Hérode et de Nabuchodonosor, les pompes babyloniennes, des encensoirs de rubis, les baisers de ce jeune homme aux lèvres plus rouges que cornaline du Yémen, les limailles d'argent des plages lointaines que nul ne foula, la carrosserie d'une Bentley luisant, requin de la nuit, place Vendôme devant le Ritz, le lynx blanc, le sang des rubis et un brasero d'amour.

Le plaisir arrachait à son amant un râle semblable (se disait-elle *in petto* par délicatesse) à celui du dragon étripé naguère par saint Georges à Beyrouth, Amine tombait foudroyé sur son épaule où roulaient ses cheveux noirs comme des copeaux de réglisse, il balbutiait « repartir avec toi à la mer, hors saison, très loin... », elle le gratifiait d'un *cafuné* brésilien sur le sommet du crâne, marmottait quelque chose d'indistinct à propos des Beaux-Arts, certes, convenait-il, certes... mais leur rituel exigeait l'éloignement de la ville, l'écume et la paix des îles où il la cloîtrerait loin du monde dont il redoutait tant, sur une personne si frivole, les enchantements. Elle le rassurait en l'implorant à nouveau de tout son corps failli, rompu et si doux, de ses yeux de la teinte si rare, ordinairement dévolue à ceux des chats persans, de la bière bonde, de ses mains d'illusionniste trop expertes à son goût — cette science, d'où la tenait-elle ? un doctorat ès. Il n'osait encore la questionner sur ses amants, en devinant beaucoup, subodorait le duc florentin auquel elle dédia *Stances Indiennes*, était sûr du radjah enfin du sultan ou de cette huile des Célèbes, des autres, il distillerait plus tard le poison à dose homéopathique, déterminé qu'il était à tout savoir du passé de cette volage, il s'y prendrait avec machiavélisme pour qu'elle ne se doutât pas des scènes terribles qui s'ensuivraient, quel goût neuf avait l'existence !

Il la sautait six ou sept fois pendant la nuit, toujours la nuit. Il persévérait à ne pas comprendre le délire dionysiaque de cette fille, l'attribuait à tort à son travail de tâcheron, soupçonnait que ça n'était pas tout à fait ça, se formalisait presque de cette joie émiettée, anarchique, hors la loi, se demandait si sa frigidité ne l'aurait pas davantage rassuré. Puis passaient ces nuages, il ne voyait plus devant lui que cette simplicité : le corps nu d'une amoureuse, et se surprenait à être heureux.

Amour sans connivence, pourtant. Pendant qu'Amine, main en conque, cils de bayadère ombrant un nez irréprochable, allumait la cigarette d'un post-coïtum allègre, ouvrait la fenêtre pour oxygénation et vue sur le Parc Monceau, oubliait de rentrer un petit excès de ventre dû à tant de déjeuners et de dîners chez Lasserre où il ne mangeait que les sauces et laissait le poisson, elle, gisante assouvie, l'observait, lentement déçue et folle de compassion, déjà fondaient les glaçons sur le rameau de Salzbourg, mais elle savait qu'en toute connaissance de leur cause perdue, elle ne pouvait ici et maintenant se passer de cette absolue supercherie qu'on appelle une passion.

Elle écrivait moins, à cause des nuits trop brèves, et par égard pour ses ongles que fêlait la frappe ; sur son ordre, Mme Bachelard répétait, téléphoniquement, à M. V... que l'auteur maison œuvrait activement pour terminer sa tragédie grecque, ceci dans une île tout à fait grecque et inaccessible, que ni sa famille, ni ses amis ne savaient laquelle car elle en changeait toutes les semaines, allez la trouver entre Patmos, Délos, Skyros, Mykonos, bref, Tief résidait dans une île en *os* jusqu'à finition d'un travail qu'elle livrerait en retard, mais monumental. Ça doit être quelque chose comme *Guernica*, achevait Mme Bachelard, pas un timbre-poste, voyez-vous. Alors, si on avait talonné Picasso, M. V..., cette toile ne serait pas le chef-d'œuvre qu'on sait. M. V... grognon avait renoncé à ce que le patronyme de Maria et le sigle de sa maison figurent sur la liste des prix, s'il regrettait d'avoir donné tant de déjeuners avec soufflés de barbue pour la promotion de la donzelle auprès des jurés. En vérité, de ces comiques magouilles autour des soufflés se fichait l'auteur, qui avait attrapé la lèpre divine, y tenait, et considérait que les toubibs devraient filer un certificat médical pour tous les contaminés, hors d'état créatif.

La foudre tomba le soir d'automne où on venait de remettre le Goncourt et le Renaudot à deux obscurs, et je certifie que Mlle Tiefenthaler ne retint même pas les noms des obscurs, car elle était sens dessus dessous : Amine Youssef, très content, la nuit précédente, que son amour eût poussé plusieurs fois un gueulement à éveiller le peuple des savanes, très loin, en Afrique, sans parler des vicinaux d'en dessous, du dessus et des latéraux, venait de la demander en mariage — puis, décelant à un froncement nasal quelque réticence de l'aimée, de parler prudemment de fiançailles et d'un diamant d'Anvers avec certificat qui n'attendait que son annulaire pour briller de ses quatre carats. Après quoi, il bénéficia d'un silence de l'auteur, d'un repli frileux, sous les draps que cramèrent une cigarette, d'une quinte de toux catarrheuse, d'une fièvre subite et d'un ordre impérieux de la raccompagner sous prétexte de grippe espagnole. Il maudit la péninsule Ibérique, raccompagna, ne sachant s'il reverrait ce poison mercuriel si prompt à vous filer entre les doigts, pensa aller chez sa mère et consulter les oracles, puis, remettant à plus tard ce recours avilissant, se sut condamné à une marinade de quelques jours où, en effet, Maria disparut et avec elle toute l'Arcadie.

Après la juive arcadienne, il n'y aurait plus personne. Pas d'Iseut aux Blanches Mains après Iseut la Blonde. Il deviendrait impuissant. Déjà quatre jours sans elle. Il tentait des opérations de télépsychie, contention énergétique dirigée sur l'image mentale de la victime, au visage en ovale bref, donc sujet éminemment suggestible. Oyez la misère de cet émule des Sar Péladan et des Papus, pauvre mage de la kermesse des ténèbres, tout asséché devant le mirage qui s'éloignait à nouveau. Sa passion viciée aux racines l'entraînait vers *l'amok* malais, la folie, que seule apaisait la présence de cette créature qui, à présent, lui refusait l'assurance de cette thérapie quotidienne. Sans elle, il ne trouvait aucune corrélation entre les signes, rien que des hasards arides, de funèbres leçons de morale, et, au fond, la cécité de son ubuesque royaume. Il lui fallait sa reine lucide qui, elle, entrevoyait les causes et les finalités. Seul avec ses rabâchages lancinants d'amoureux déserté, il souhaitait la bombe à neutrons, vite, supprimer la planète si Maria le rejetait, si plus que jamais son rire sarcastique de truande éméchée, sa légèreté savonneuse et ses talents circéens, au lit. A ce propos, sans doute craignait-elle cette folie dans laquelle il l'entraînait. Jeu interdit aux auteurs de la maison V... qui, ressuscités de leurs cendres livresques, n'écrivent plus sur la Grèce antique, ne font plus que vivre *hic et nunc,* de préférence sous les draps. Il attendrait dix ans, vingt ans, toujours, sa bohémienne propre à rien et polytalentueuse devant laquelle il se sentait féminin comme une mante religieuse, dressée, mandibules claquantes. Il tenta de garder un peu de raison, mais sans espoir, dès qu'il retrouverait la mie, ce serait pour un commun cauchemar, une monomanie paroxystique, plus jamais comme au début, où elle lui donna un peu de son soleil. Il la voulait, il ne la désirait même plus, il en avait besoin. Sa vahiné, son bas-bleu. Sur son ventre rond, parfois un peu enflé comme celui des enfants dénutris, une flaque de sperme qu'elle étalait de sa main avec le respect dû à la pierre liquéfiée de l'Œuvre Philosophale, soit avec ironie en affirmant que ce yaourt séminal nourrissait la peau, puis s'en fourrait jusque dans le nombril par mômerie, se désolait d'avoir le bide gonflé et les membres si maigres — ainsi ébouriffée, nue, le ventre en coussinet à cause de l'aérophagie (elle n'absorbait que de la fumée, et ne se nourrissait vraiment qu'avec lui chez Lasserre et consorts), elle semblait une petite Eve maladive de Cranach, en plus foncé.

— Je l'enfermerai dans un cachot, dit-il à sa belle-mère, une prison vénitienne aux murs de plomb, une citerne, un puits, logis de fée où je la visiterai à mon gré. Cette perspective ne peut que l'enthousiasmer. Ma chère litote de trente-neuf kilos cinq cents, une livre, elle en a pris une, grâce à moi, qui m'en vante car ce fut calé à obtenir ! Je l'inhumerai d'amour, Fornarina. Il me la faut TOUT DE SUITE.

— Beau-fils, ne me fais pas regretter le mal que je me suis donné pour que tu prennes goût à la vie, soupira Agostina. L'inhumer ! Voilà qui est charmant. J'espère que tu lui as clairement annoncé tes intentions. Sois épouvantable jusqu'au bout.

— Je n'ai pas encore commencé, avoua le beau-fils, cynique mais effondré. Je ne deviendrai démoniaque que si elle refuse cohabitation, fiançailles et union légale. En ce cas je brûlerai tous les dieux qui encombrent son ciel. Exécrable croyante. On me la pille, on me la vole, on me la dérobe, comprends-tu ? Elle aime ce monde et l'autre d'une façon sacrilège. Un vrai cosmorama. Petit espoir, elle m'a confié la perte de son sceau de Salomon, présage de guigne, il y a déjà longtemps de cela, après le bal et maquerellage organisé. Belle-mère, je suis cocu par les cinq parties du monde terrestre et quelques émanations d'un monde meilleur, je suis abject, nécromant, S.S., mais je moucherai cette bougie, comme je mouche son petit nez de mes plus belles cravates quand elle n'a pas de mouchoir, or elle n'en a jamais et elle morve souvent, une enrhumée chronique.

— Ça me semble un programme épatant. JAMAIS PLUS je ne m'occuperai de faire le bonheur d'autrui. Regarde-toi. Arcane 15 du Tarot, *el diavolo, uno povero diavolo. Diavolo adosso,* tu as le diable au corps, et cette gamine dans la peau, si incrustée que je me repens amèrement mon idée première. Fiche-moi le camp, Amine, tu me donnes la migraine.

Il laissa sa belle-mère, agitée et désolée, pour retourner à sa sordide dépendance et à sa voiture d'où il éjecta les cassettes de Leonard Cohen, dans laquelle il fit le tour de Paris, sur les périphériques, ayant embarqué le nouveau labrador de Fouad pour que l'odeur canine remplaçât les relents du parfum de Maria, or il se sentait plus chien que le labrador, soit « chien-fou-qui-veut-mourir », modèle culturel de folie chez les Indiens des plaines d'Amérique du Nord, extrêmement tenté, le chien-fou, etc., par un infime coup de volant qui le planterait dans un camion et le décor d'un théâtre qui ne l'intéressait plus, sans qu'il espérât davantage de l'envers et des coulisses, lieux fascinant jusqu'au vertige sa fieffée ésotériste, son amour, cabrée, sous la tente de cirque d'un ciel tropical, chevauchant une moto Honda, agrippée à une compagne de bourlingue, une Anglaise rousse, qui osait comparer les dents de Maria à la fleur blanche de la sûmana... Il ferma les yeux, ratiboisé par l'évocation de ce passage du premier livre commis par Tiefenthaler, émit un souhait de mort à propos de la rouquine, manqua réellement emboutir un routier à cause d'une brève clôture de paupières — ne pas évoquer de rouquine saphique, Amine le More, sur les périphs, car tu finiras par y laisser les grègues, sans vraie préméditation, donc sans gloire. Néanmoins, la trouille immédiate qui affecta ses intestins à l'approche du camion, la jalousie qu'il éprouvait à l'égard de cette Anglaise si affreusement attachée à Maria laquelle lui rendait ce sentiment à en croire le bouquin et les quelques aveux qu'il lui arracha à ce sujet, lui rendirent le goût du combat. Ainsi, grâce à une ombre de jeune fille britannique, furent épargnés le labrador, un second routier et Amine

Youssef qui rentra piteusement rue Murillo, à l'instant où celle aux dents blanches après détartrage comme la fleur de la sûmana le demandait au téléphone, pour lui dire d'une voix lente, basse, hypnoïde, qu'elle l'aimait, qu'elle se fiançait et qu'elle cohabiterait.

Réprimant une chiasse carabinée, le chien-fou-qui-voulait-mourir se redressa de plusieurs pouces, grandit à cacher la lune, lui assena quelques déclarations ineptes, tandis qu'elle, à propos de géant, traçait sur son bloc, tout en prêtant l'oreille aux chuintements sentimentaux, la forme dudit géant ficelé par les nains — ce type-là s'appelait Gulliver, et lui ressemblait énormément, sauf les proportions.

Entre-temps, chez Mlle Yuan...

— Le fils Ghoraïeb ! le polo ! les dîners chez Lasserre ! les robes d'Azzaro ! deux bêtes Révillon ! des rubis sang-de-pigeon ! et ça n'est qu'un début, crois-moi... une villa à Montfort, un chalet à Gstaad, une maison à Téhéran, un yacht ! et tu as des problèmes de conscience ? mais épouse, ma biche, épouse, un bon contrat, divorce, tu seras épatante en divorcée, avec rente et hôtel particulier dans la tradition orientale...

Boudeuse, elle jeta un regard ambigu à Yuan qui épuçait les Yorkshires rangés par ordre de taille sur le divan, incurva une mèche derrière son lobe droit, signe de trouble car en général elle usait du gauche, côté des sorcières, et se tut sentencieusement.

— Ou alors, reste dans ta marge, rue de Maubeuge, avec ta grand-mère, ton folklore intellectuel, et ton camping louis-phillipard, après tout ça te regarde !

— Ça me regarde de travers. Quelque chose me regarde effectivement. L'œil de mon père. Il m'a donné, la nuit dernière, des avertissements...

— Les FLORS ! annonça pompeusement la caroériste portugaise qui déposa sur la table basse un bouquet d'une taille extravagante.

— Un abonnement à Lamartine Fleurs, expliqua Mlle Yuan, et chez Hédiard en face, à la poularde demi-deuil. Je commence à me lasser des azalées et de ce volatile froid, truffé et en gelée, mais les banquiers suisses ont leurs habitudes. On peut trouver pire. Et ma terrasse, tu as vu ? Un vrai jardin suspendu, on y dînera l'été...

— Terrasse digne de Sémiramis, admit Maria, je ne sais si ça vaut de se farcir le banquier. Quant aux fleurs, j'ignore où Amine s'est abonné, mais il a dû calculer au centimètre carré la superficie de mon appartement, j'asphyxie sous les roses, les magnolias, les orchidées, les héliotropes, les lupins, les œillets, les reines-marguerites, il m'ensevelit sous des tombereaux, ça devient mortuaire. Excepté ces broutilles, tu as vu le lynx, il vaut bien ta terrasse. Si ce type n'avait pas les ardents plutôt aguiches...

— ?

— Zorica de Bohême qui vient de sonner, à moins que ce ne soit encore des *flôrs,* te traduira, elle parle la langue des truands, donc s'il n'avait pas les ardents plutôt aguiches, les abattis canailles et la mèche arsouille, je laisserai choir. Acréé donc ! de quoi filer à l'anglaise. J'ai la quille molle à force de déclarations d'amour.

Entra Zorica de Bohême costumée en Grand Turc suivie d'Edmond Moïse tel qu'en lui-même, drainant un froid polonais, les pieds en éventail, marchant sur l'ourlet décousu d'un imper poussiéreux, les lunettes glissant sur le bout d'un nez de juiverie légèrement couperosé.

— A moi, marauds, saltimbanques, membres de la Grande Truanderie, mes frères! à moi gitane maraudeuse de rafales! expectora l'auteur. Edmond a sa gueule de tous les jours je vois que rien n'est arrivé sauf les manuscrits en retour, par malheur la grève des Postes vient de finir, pardon, Edmond, me voilà sadique, c'est l'énervement, on vient de me demander en mariage. Puis, en fiançailles, il s'est rattrapé sur le fil. S'agit bien sûr du mec non circoncis. Prenez place. Yuan, ordonne à Flôr du café, décaféiné pour les nerfs de l'assemblée, nous allons palabrer, un litron de décaféiné Suavor s'il vous plaît! musique! violes, sistres, psaltérion! Maria Tiefenthaler épouse ou n'épouse pas Amine Youssef Ghoraïeb, héritier fils unique, des tonnes de béton sur la nuque. Son père est dans le béton, au cas ou j'aurais oublié ce détail. Très riche et en dollars, le père.

Ils s'entre-regardèrent un peu inquiets.

— Poète, ton compte est bon, tu seras pendu, dit-elle à Edmond, dans un élan paranoïaque grandissant. A moins que je ne t'épouse en lieu et place de Ghoraïeb. Un chrétien génétiquement arabe et bédouin, ça va faire hurler le clan à la mort.

— Bon, elle avait déja quelques tendances à l'hystérie, mais ça ne s'arrange pas, fit Yuan en route pour l'office. La voilà qui entend à nouveau la voix de son père et se prend pour Esmeralda. Enfin...!

— La Grande Truanderie, dit Zorica en prenant possession d'un rabicoin de tapis, devrait peut-être t'enlever par mesure de prudence avant que le mal ne soit irrémissible. Cette exquise pute indochinoise que nous adorons tous t'a suffisamment monté le bourrichon au sujet des héritiers. Elle paiera ces manœuvres coercitives. Une fille de joie et de Bohême n'a pas besoin d'amant ni d'époux héritier. Chausse tes savates aux semelles de vent, et décanille. Ce mélancolique profond te bouffera la moelle. Le vol feutré du vampire déjà t'assoupit, et tu seras saignée à blanc par les brèches, ouvertes entre tes doigts, sur lesquelles la bête tacticienne dépose une substance anticoagulante, avant de revenir quand tu dormiras et de te pomper jusqu'à exhaustion totale. On ne se réveille jamais. Une mort très douce. Je n'ai observé l'animal que l'espace d'un soir, dans NOTRE salon de thé de l'île Saint-Louis où tu as eu le culot de l'emmener. Passons. Un coup d'œil suffit à une tsigane pour se faire une opinion. C'est un vampire aux ailes membraneuses de la plus belle race — tu n'as pas remarqué ses ailes? il les portait aimablement repliées dans le dos. Moi j'ai vu.

— Moi aussi, fit Edmond. Il loucha vers les cuisines, ses narines ashkénazes frémirent et en une brusque intuition de *philia*, sa cousine devina son problème et gémit :

— Sûr qu'il n'a rien mangé, Edwige Yuan ! trouve quelque chose de kosher, il a faim, j'entends les gargouillis.

— Mais non, mais non, fit le cousin blême je...

— Silence, ton estomac parle pour toi.

— J'ai du canard froid, dit Yuan.

— Du canard ! dis tout de suite du canard au sang, il va se trouver mal.

— Ah bon, le canard au sang n'est pas kosher ?

— Non chérie le canard au sang n'est pas kosher on t'aura enseigné un peu de la Loi aujourd'hui, devant le canard au sang se ferment les Tabernacles. Au sang ! Des œufs, tu auras sûrement ça ?

— Des œufs à la crème, peut-être ? hasarda la malheureuse.

— Surtout pas ! mélange rédhibitoire. A la coque.

Yuan repartit dans les cuisines avec un confus sentiment de persécution. Revint suivie de Flôr portant un petit déjeuner complet.

Maria vit avec attendrissement son cousin tremper des mouillettes sans beurre dans les œufs dont il dévora une file de quatre.

Par flemme, lassitude des travaux de scribe, coup de cœur, de lune, de soleil, un vieux coup en tout cas, par envie d'avoir envie, par goût du jeu, par sentiment juif de culpabilité devant un amour si grandiose voué à ma ridicule personne, songeait-elle pendant que Zorica lui parlait de ses démêlés avec un comité de lecture sans qu'elle l'écoutât, je suis prête à calancher dans les bras d'un monsieur dont la sourde volonté m'effraie. Que veut-il de moi, au juste ? Pourquoi me paie-t-il si cher ? On a toujours banqué pour moi, mais là, ça devient phénoménal. Pointe l'oreille luciférine. Ou alors je me fais des idées. Ou alors je ne m'en porterais que mieux, si je l'épouse. J'aurai du service. Une bonne. Une gouvernante. Une cuisinière. Un chauffeur. Il aboulera plein d'oseille. Il me niquera d'une façon insurpassable, jusqu'à ce que je ne puisse plus arquer. Je m'aperçois avec horreur que je l'aime encore. Que ses cadeaux me bouleversent. Reprenons. Il respectera mon travail. Euh. Moins sûr. Et puis je ne suis pas Victor Hugo pour baiser autant et écrire des fleuves. Ghoraïeb a déjà créé la confusion mentale, que sera-ce après. Vous trahir, mes potes, pour un collier de saphirs birmans dont il me menace, pour la présence quotidienne d'un natif du Scorpion qui œuvre sur moi comme l'opium endort dans ses volutes les serpents verts du temple de Penang, île de Malaisie, me voilà donc lovée autour de ma baguette et raplapla — me passer de lui me semble mystérieusement impossible, il a créé le manque, la dépendance... alors ? alors, me flanquer une overdose, pour m'en dégoûter.

— Une overdose, répéta-t-elle à haute voix. J'irai jusqu'au bout. Mes agneaux, je me fiance.

Plana un ange consterné, chu du Ciel de Saphir. Yuan elle-même fit une mine de bouddha dégringolé de l'échelle céleste, admit qu'elle ne comprenait pas, que peut-être, elle aurait dû rengainer son panégyrique du fils Ghoraïeb dont le corps de cette enfant n'avait guère besoin pour exulter et finalement qu'elle l'avait conseillée de travers. Trop jeune ce Ghoraïeb, et avec ça, plus rembruni que ne l'exige son teint. Elle eut, sans le savoir, les mêmes remords inquiets que la dernière Mme Ghoraïeb, et par compensation se beurra une mouillette qu'elle imbiba de café, bien fait si elle prenait cent grammes, elle aurait dû consulter les esprits ancestraux avant de parler. Une Asiatique, se tromper à ce point, quelle humiliation ! Maria n'allait pas bien du tout. Tremblement des doigts et delirium évident. Ils restèrent tous cois devant ce qui suivit : très agitée, muette et écumante, elle arpenta le salon comme un ourson muselé, faisant des moulinets avec les bras, jamais on ne vit Maria faire des moulinets ni un ourson muselé d'ailleurs, ils n'osaient plus broncher. Elle éructa, après quatre aller et retour de salon, que se sentant au bord de la catatonie, elle allait prendre l'air du Bois, qu'on la reverrait dans une demi-heure, endossa la défroque d'Edmond et continuant les moulinets avec son riflard troué, sortit sous la pluie.

— A Rose qui banque tant de sentiments que le monde entier se doit d'être son débiteur, à mes deux grands-mères dépareillées, l'une vivace en son enclave de la rue de Maubeuge, l'autre clopinant autour de sa chambre, à Crépy-en-Valois, avec l'aide d'un déambulatoire et d'un soupirant goitreux, à mes chats, souples splendeurs du monde, à Tova ma théâtreuse, à Jeanne ma potache, à Edmond mon phylactère, aux collines de Sion et de Rome et de la terre entière, à Yuan, mon apsara bouddhique salie par l'Occident, à mon peuple de saints le temps est venu d'annoncer la trahison de Judas, le plus intelligent de tous les apôtres, celui qui douta et remit en question la Parole. Mes potes. Depuis l'éviction de l'Indonésien, un peu rassurés, ils n'en chassaient pas moins chaque étranger susceptible de briser l'harmonie d'un bonheur si simple, le nôtre et le mien. Le mien, celui d'un écrivain incubant ses œuvres comme des varioles successives, tout empoisonné de littérature, de théine, de nicotine, lévitant au-dessus de son parquet cradingue, s'abouche aujourd'hui sur autre chose. Quoi qu'il en soit de cette chose, elle passe par une trahison et le reniement de la famille que je me suis choisie, au profit du jeune homme qui se dispose à m'enlever. Je jouerai la partie jusqu'au bout. Je n'écraserai pas le scorpion sous mon pied d'apôtre — toujours Judas Iscariote.

Un Noir se retourna, étonné qu'une jeune personne parlât seule, avec cette véhémence, dans le Bois de Boulogne, et se dit que les possessions semblaient se produire de la même manière à Paris qu'au Togo d'où il venait. Ces initiés échangèrent des sourires de marabouts et passèrent leur chemin.

— Soit, Yémanja ma mère, je vais vers une autre initiation que celle qui me fit tienne et au cours de laquelle du sang de poulet coula sur mon occiput, fit Maria à l'intention de cette puissance céleste.

Elle pouffa, tira sur les manches de l'abominable manteau d'Edmond, tiens, elle avait laissé en gage le lynx pour se balader avec cette guenille. Elle pleura sur la mort du lynx dont la dépouille l'enveloppait, et sur une proche mort d'elle-même au cœur du lynx mort, et de bien d'autres choses mortes. Seules, à ses poignets, à ses doigts, à son cou, les pierres vivaient de leur cruelle éclatante vie. Elle serait morte sous une armure de gemmes dont chaque arête lui écorcherait la peau comme le tranchant d'un rasoir. De toute façon, il y avait déjà assez de sang dans l'histoire pour signer le pacte. Rendre à Edmond son vêtement et lui dire qu'il était bien heureux avec sa foi juive, son manque d'éditeur, son papa vendeur de chandeliers, et ses pures journées où il ne voyait pas le soleil car il travaillait rideaux tirés.

Accepter le diamant des fiançailles, qui serait quelque chose comme l'Orlof qui orna le front d'une déesse de Mysore.

La note du téléphone s'allégeait déjà remarquablement, peu avant les fiançailles. Elle n'éprouvait plus le besoin vital d'appeler quotidiennement les membres de la Grande Truanderie. L'écriture et son amant lui suffisaient, si l'on se fiait aux apparences. En fait, elle voulait plonger seule. Lui, avec ravissement, la voyait de moins en moins mondaine et prompte à s'enflammer pour un ou une convive à l'œil intéressant qui lui aurait parlé de la vie monastique au Moyen Age dans les Flandres, qui aurait rencontré Miller à Big Sur, naufragé au large des Célèbes, suivi la route de Castaneda aux Amériques, ou taillé la jungle du Surinam à la machette, flanqué(e) d'un ambassadeur et d'un radiesthésiste pour trouver de l'or et des diamants, récits qui l'enthousiasmaient, tandis que lui, laissé pour compte, s'ennuyait dans un dîner comme les autres, or, merveille, il y avait moins de dîners. Au cours d'un de ceux où elle tenait encore à paraître, et où elle l'emmena pour ne pas provoquer sa grogne soupçonneuse, elle rencontra un émir druze, un prince de la montagne du Chouf, un seigneur de l'ancienne chefferie des Arslan qui lui parla longtemps de sa doctrine, inspirée de l'Avesta iranien et de la sagesse hindoue, ce dont témoignait la présence, aux côtés de l'émir, d'un échappé de l'ashram de Pondichéry, lequel Hindou ne se priva pas d'étaler ses connaissances à la façon didactique, naïve et prosélyte des élèves de gurus. L'émir souffrait probablement de la maladie de Parkinson, cachait une main tremblante sous la table et son cœur battait sous sa chemise comme un gros poulpe blessé. Maria, connaissant le manque absolu de patriotisme et l'irréligion viscérale d'un amant placé très loin d'elle, ne crut pas le mettre au défi en s'entretenant de passionnantes questions de karma avec le prince Arslan, adversaire atavique des chrétiens maronites, ce dont ne s'était pas soucié la maîtresse de maison, une Australienne très répandue dans le monde mais complètement ignare en matière de druzisme et de maronitisme, manque pardonnable sur le plan culturel mais impardonnable quant à celui de la table, si la réception concomitante de membres des deux factions rivales, qui menaçaient de faire du Liban une poudrière, restait une inconséquence grave.

Or, Amine, n'ayant rien à secouer de la cause paternelle, prit très mal le seul fait que sa gazelle prêtât tant d'attention à l'émir et se lançât avec lui dans une discussion collégienne sur les origines et la finalité du cosmos, la vie, la mort, et Dieu. On ne parle pas de la mort à table, même pour cautionner la thèse de la réincarnation. Parlant de la mort, celle qui finit par envoyer tout le monde au tapis, la mort toujours victorieuse quoi qu'il se passe après et quoi qu'en disent les chrétiens, Maria lui échappait, s'acoquinait avec une puissance invincible, d'autre part il détesta dès l'abord cet émir védantiste, ascétique, croyant, bref réunissant toutes les vertus chéries d'un auteur malencontreusement apparié à un gus laïque et indifférent envers toute gnose. Le gus eut peur de cette fille qui parlait de la mort, oubliait le saumon dans son assiette et transformait une mondanité en réunion de socratiques, ou plutôt puisque émir druze il y avait, d'héraclitéens. Le Druze, qui allait s'en retourner dormir près de sa mitraillette dans son fief du Chouf dont il ne descendrait que pour risquer cette enveloppe charnelle de si peu d'importance pour lui, dans le chaos de la guerre civile, riait de tout avec une belle humeur de bonze ou de maître zen, planait au-dessus des contingences qui préoccupaient tant le sigisbée de Maria, sempiternel réprobateur de ses frasques, de son éclat, de sa foi et de ses décolletés pernicieux, le jaloux si malheureux qu'elle eût tant à révérer et à aimer, tant de souvenirs à évoquer sans lui mais au profit d'un émir de passage (ils riaient ensemble, et Amine aurait tout autant souffert de les voir se peloter ouvertement) ceci grâce à un réseau mental plus complexe que l'organisation de la C.I.A. et fonctionnant très bien tout seul, ce qui ne pouvait plus durer.

Il prétexta une migraine, la confisqua à l'Australienne et au Druze parkinsonien avant les liqueurs, et, selon une habitude commune qui au commencement les réjouissait, l'emmena au Palais-Royal goûter la paix nocturne. Pour qu'elle fût absolue, cette paix, il assomma à coups de parapluie quelques spectres susceptibles d'inspirer des réflexions à l'auteur dont on connaît le mentisme. Il estoqua ainsi les ombres de toutes les promeneuses baguenaudant sous les anciennes Galeries de Bois, beaucoup de libraires, de forains, Louis-Philippe, quelques insurgés de 48, Napoléon III, fit ouf, s'en prit à Camille Desmoulins et à Rubempré qui au mépris de la chronologie historique discutaient près du restaurant le Grand Véfour, puis, comme Maria se taisait, allait de son exaspérante démarche de cosmonaute titubant à cause de l'apesanteur (preuve qu'elle avait un peu bu, rêvait, mais pas à lui qui avait le tort d'être présent, donc incommodant), comme elle s'arrêtait pour fourrer le nez entre les grilles hautaines, contempler le jardin bleu et saluer le fantôme de Colette, sous les toits (Ciel, il avait oublié de matraquer Colette, encore un souci), il pensa qu'il n'aurait de paix avec elle que dans la tombe, sauf en cas d'œil mateur, sauf en cas de transmigration, sauf en cas de Paradis où il ne serait pas, et d'Enfer où il serait mais guère plus qu'à ce moment où elle préférait songer devant les bassins éteints du Palais-Royal que de lui démontrer une fois de plus sa tendresse par des mimiques appropriées, qu'elle devait trouver idiotes et surtout exténuantes puisqu'elle s'en abstenait si fermement. Il se trouva l'air d'un manche jeté après une

cognée, la vit s'exalter devant un magasin où on vendait des décorations militaires, un second où on vendait des pipes en écume de
mer, *écume de mer,* ça la faisait rêver aussi, je vous demande que
faire. La création entière se mobilisait contre Amine Youssef, devenait machine à rêve pour la seule gosseline qui, à la minute suivante, au lieu de l'embrasser, lui, collait, créant un point et une
accolade de buée, son nez froid et ses lèvres sur la vitre d'une boutique de jouets où il y avait (commentaire de Maria, à la cantonade,
nom dont il se baptiserait à présent, Amine La Cantonade) de Merveilleux oiseaux en papier de Bangkok, de Superbes marionnettes,
d'Admirables maisons de poupée, de Ravissantes horloges sué-
doises, de Divines boîtes à musique et de Magnifiques cordes à sauter.

Achevé, il était achevé. Hier, il aurait déferlé dans la boutique
et acheté tout le stock de cordes à sauter, pour son enfantine.
Aujourd'hui, il jalousait la petite fille qu'elle fut, qu'elle était
encore et serait toujours, exemptée de majorité et des troubles subsé-
quents à l'âge adulte — seule modification dont il pût se vanter
d'avoir été l'agent sur la personne de Mlle Tiefenthaler, sœur de lait
d'un cinglé comme Nerval, promenant en laisse homards et chiens
imaginaires, *avant* (disait-elle) *de me pendre, mon ami de me pendre !*
(éclat de rire. Débile géniale amour) : la récente réapparition de ses
règles. Pygmalion minable, il observait dans l'ombre des galeries le
sautillement de cette pie voleuse, de cette cocasse tour à tour infante
et naine, de cette hostile et grimacière anomalie, semblant alors
treize ans exactement, suivie par le lent aïeul fanatique, l'amateur
d'adolescentes aigres-douces comme les cerises de juin ; par malheur, elle avait le front d'orgueil d'Iphigénie, par malheur, l'œil
opiniâtre d'une Alice résolue à toutes les traversées de miroirs et il
adora ses treize ans, âge faux-fuyant des ingratitudes et de la
séborrhée, qu'avait-elle donc bu pour garder intacte cette extrême
jeunesse ? Garce, donc ! L'homoncule femelle s'accroupit soudain,
guettant quelque sylphe de l'ombre. En fait de sylphe, c'était un
chat, rôdeur des jardins, qui s'immisça entre les barreaux de leurs
grilles, coula comme une goutte vers Maria, s'arcbouta contre ses
mollets, usa de séduction frontale à petits coups de boutoir, tandis
qu'elle, pantelante de passion, le caressait avec sa science d'ancienne chatte, sachant où les doigts devaient gratter, frôler, lisser,
dans le sens du poil il va de soi, bref se livrait devant son Jules à une
débauche de sentiments et à des actes charnels avec un matou.

— Il est perdu, dit-elle, impossible d'abandonner ce tigré race
européenne et de gouttière. (Suivit un dialogue gâtifiant avec icelui.) S'il nous suit, je le garde.

— Voyons, Maria, ce chat (galeux, galeux, qu'elle attrape gale
et poux) doit venir d'un des restaurants de la rue Montpensier, qui
sont ouverts tard...

— L'a l'air en bonne santé, mais les flancs un peu maigres, je t'assure. Ce chat m'inquiète. Je n'aurai de repos avant de le voir retrouver son chemin.

Il avait une dent contre les chats, le Palais-Royal, la brume d'automne, les feuilles à la pelle, Trénet, les boutiques de pipes, de décorations militaires et de jouets, et les yeux de sa compagne agrandis aux dimensions de lacs volcaniques, n'y tenant plus, il la releva méchamment, lui pinça l'avant-bras, surprise, à nouveau en position verticale, elle s'aperçut d'une vraie colère, dressée en face d'elle, incompréhensible. Il raclait le macadam de la semelle, les mains dans les poches, aussi bêtement agressif qu'un jars, époux de l'oie. Par prudence, elle ne rentra pas dans ce jeu saugrenu, haussa les épaules, accepta de reprendre la marche autour du jardin, se retourna plusieurs fois, constata la disparition du chat qu'elle aurait volontiers suivi jusqu'en les souterrains de malices où sont des trésors imprévus. Ghoraïeb lui proposait une promenade hygiénique, et n'avait rien du lièvre de Mars, sauf une montre, mais pas de gousset (quant à la sienne, celle dont elle avait dompté le fermoir après moult exercices, elle la sentit lui mordre le poignet de son croc métallique). Furax, elle n'admettait pas la jalousie de ce butor crachant sa bile à cause d'un chat égaré ou baladeur. Se retournant une dernière fois, elle vit la bête venir vers elle à petits bonds, se baissa pour la prendre sur son épaule quand Amine, violemment, la bouscula, repoussa d'un coup de pied le matou qui feula et dont la blancheur striée s'évanouit dans le jardin.

— Des chats, lui dit-il, j'en ai crucifié, au Liban, sur des portes... Sales chats menteurs, sale fauverie de sorciers... J'ai dû en tuer une bonne dizaine.

Pâle comme une hostie de sel gemme, elle fixa les prunelles d'arak soudain rétrécies. Il était donc la Mort Bleue des Enfants, le diacre des fins dernières, ver du terreau, à écraser pour le vider jusqu'à la dernière goutte de son parenchyme, un assassin et salaud pas même franc... DIES IRAE ! Elle replia dans un geste de protection les pans de sa pelisse, frissonna, rejeta en arrière un long faisceau annelé de cheveux, fut abruptement belle à ce moment, eut un rictus et retroussa sa lèvre supérieure, stigmate chevalin de crainte, sur ses gencives trop pâles. Il recensa tous ces détails d'un œil d'alguazil, mais ne tenta aucune filature quand elle s'enfuit. Le martèlement de ses bottes rouges décrut sous les voûtes froides et sa toison de renarde s'éteignit, avant qu'elle ne disparaisse pour, sans doute, suivre le chat dans les labyrinthes encrés par la nuit.

Apud inferos regnat
(Quatre carats blanc-bleu)

APUD INFEROS REGNAT. Brisée, l'union merveilleuse d'Éros et de Psyché. Allumant la lampe, elle avait découvert la falsification, et démasqué Hadès qui désormais aux enfers régnerait avec Perséphone, toute ensomnolée après broutage de pavots. Fin des ascenseurs célestes dans les boîtes de nuit. Devant ses livres reliés en peau de pingouin que, légèrement narquois, il lui montra, en bonne place dans sa bibliothèque, elle comprit ce qu'il voulait d'elle, à qui, paralysée, ne pouvant plus fuir, il ne restait qu'à faire front, donc vivre, corporellement, une incarcération. Révélateur aussi, l'épisode du chat. Ça ne va pas être du flan, Maria, se dit-elle, car quand tu te mêles d'explorer les bas-fonds, tu percerais jusqu'au noyau de notre planète, la jolie bleue scintillante.

Le lendemain de l'affaire du chat, il sonna à sa porte aux entours de la dix-septième heure, celle du thé et de la dépuration narrative ; elle sentit frémir ses os, et ordonna à Mme Bachelard de lui signifier son absence. Pas encore mûre pour l'affrontement, et puis finir cette scène où le héros Phainippos pénètre l'antre de Trophonios le Devin lequel a des révélations urgentes à lui faire sur les principes d'entropie et de négentropie. Puis retour sur l'agora où ça palabrait sec. Idéale époque de la discussion. Pauvres loupiotes de la raison des Blancs, allumées pour quelque quinze siècles, jusqu'au chaos régénérateur où nous allons de ce pas. Ghoraïeb son amant n'allait pas occire d'un seul coup d'un seul, par sa bénéfique présence, le meilleur devin de la Grèce, le jeune Phainippos, émule de Socrate, très perturbé par ses expériences cognitives à la page cent deux, le Parthénon en travaux, démolir l'Athéna gigantesque et chryséléphantine de Phidias et saccager l'ensemble du territoire hellène en l'an 492, à la veille de la guerre du Péloponnèse et de la mort de Périclès. L'amant n'avait que foutre de Périclès et de son siècle, à l'abscisse du monde et à l'ordonnée du temps se trouvait son idée fixe, il voulait voir Maria QUI EST CHEZ VOUS, MADAME BACHELARD, j'entends le bruit de sa machine à écrire... (Suivit un conciliabule hostile, Ghoraïeb avait sans doute un pied dans la porte pour qu'on ne la lui flanquât pas au nez, mais bien qu'il fût maso, il n'entendait pas prendre le plaisir orgasmique des vieillards payant les putes pour qu'elles leur refusent l'accès de leur meublé, ce barbare voulait juste voir l'auteur et il le verrait, dût-il étendre Mme Bachelard, projet irrespectueux et euthanatique concernant une dame d'un certain âge.) Craignant pour l'intégrité physique de sa grand-mère, brusquement révoltée et prête à rentrer dans le lard du gars qu'elle seule éconduirait, elle planta là le néophyte, abandonné sans pitié alors qu'il rampait en suffoquant pour accéder à l'antre du devin, et un martèlement de bottes gestapistes annonça au vassal funeste que sa gracile amante venait vers lui (sans doute n'avait-elle pas pardonné le coup de pied au chat, vu la sévérité de ce bruit de bottes, mais qu'importait sa rage, il la circonviendrait, il... il fallait qu'il la reprît dans son réseau tactile, l'odieuse qui se servait de lui à des fins de cocagne récréatives, noctambuliques, bouffonnes, utilitaires, délassantes, celle que les ébats rendaient gaie, celle qui ne l'aimait plus, catastrophe dont il fallait vérifier l'ampleur).

— Que veux-tu exactement, Amine ? dit-elle, les fameuses bottes cavalièrement posées sur le bureau, auprès de ses pieds nus et d'un arsenal destiné aux ongles, dissolvant, vernis, limes, pinces, bâtonnets, coton — Mlle Tiefenthaler ne perdait jamais son temps à ne faire qu'une chose à la fois vu la brièveté de la vie, sauf en cas d'écriture, où elle jouait dix personnages en même temps, mais en cas de discours amoureux chiant, elle se raccourcissait, se durcissait, plissait son front et, par exemple, vernissait les beaux onyx, parure de ses orteils et doigts, ces derniers, hélas un peu détériorés par la frappe Underwood.

Il s'était promis de n'exiger aucune créance de sentiment, mais, moelle liquéfiée, il craqua lamentablement devant l'odieuse, sa déchirure d'âme. Il demanda tout, pardon pour le coup de pied au chat, et, sans transition, les créances et sa main. Il n'attendit pas la réponse, s'empara de la main, écarta les doigts et enfila à l'annulaire une bague qu'il planquait dans sa poche, viol du doigt par cet anneau de fiançailles supportant un blanc-bleu quatre carats, qui excoria la peau de Dulcinée à l'endroit osseux de l'articulation.

— On ne saurait être plus déterminé, Amine Youssef, fit-elle en grimaçant (par-dessus le marché, ce fou venait d'abîmer tout son travail ongulaire, le vernis prune n'ayant pas encore séché — profondément déprimée, au lieu de phosphorer à tout berzingue au sujet d'une erreur karmique, d'une décision à prendre, d'un oui ou d'un non, elle ne se soucia, quand il lui passa avec tant de civilité la bague au doigt, que d'une laque altérée sur le bout de ses griffes, présage d'autres dégâts physiques), A M'ÉPOUSER ET A FOUTRE EN L'AIR MON TRAVAIL DE MANUCURE.

Elle l'épia, sous ses cils alezans. Il incarnait avec une constance allégorique l'image même du malheur attaché aux gens de Saturne. Un nécessiteux, un mendiant, au fin fond de la pouillerie, un pauvre honteux. Il eut un chétif sourire de disette, s'approcha d'elle, demanda asile, charité, roi dépenaillé apportant à la

Sabéenne (très peu reine de Saba en ce jour, l'œil chauve, récurée au savon de Marseille et en survêtement Adidas) le diamant d'Anvers, sa pénurie affective, toute sa tristesse revenue. Dans ses yeux verts, un lac de vase, où il était si tentant de s'enliser.

— Eh bien Amine, je te fiance, dit-elle avec une ironie dernière, si la frange de liberté d'un être humain est bien mince, et si tu te charges de la rétrécir encore. Ainsi parle le Bureau de Bienfaisance.

Amine le Nuisible, raidi sous l'affront, n'en soupira pas moins d'une authentique joie. Elle lui rendait la vie, tout simplement. Quelles que fussent les conditions, un tantinet équivoques, de ces fiançailles, elles lui évitaient un suicide sans gloire et très pénible car en règle générale on souffre, à mourir.

J'irai mon amour en ton royaume de vase et de misère, j'irai puisqu'il faut obscurément livrer bataille, puisque sur mon chemin se trouve un fils de Tyr beau gosse et conduisant droit aux égouts, parfait, se dit-elle, parfait, j'ai de mon plein gré, à vingt ans, recherché la mort en grimpant au sommet de l'Himalaya loin de tout médecin même militaire ceci avec dans le tiroir les amibes grouillantes et déjà quarante de fièvre quand je partis de Calcutta avec le duc mon accompagnateur auquel je cachai férocement la chose — en altitude, après montée des âpres sentiers, je débusquai la camarde, et nous dansâmes ensemble un lent ballet de fascination, elle me fit le mûdra qui subjugue, la monstrueuse Durga en oripeaux tibétains buvant du sang dans des crânes, et nous nous séparâmes en bons termes, après qu'elle m'eut confié quelques arcanes du savoir, et que j'eus dérouillé de chiasses purificatrices jusqu'à atteindre le poids de trente kilos, parfait, depuis nous ne nous sommes jamais vraiment quittées, cette excellente compagne de route me donne de ses nouvelles régulièrement, s'attacha à mon père si fort qu'elle finit par se l'adjuger, donc, ici et maintenant, par le biais louche d'un être réunissant TOUTES les conditions pour m'amener au trépas, je vais à nouveau passer par l'ordalie, la seconde épreuve, cette mort-là ne m'attend pas sur le toit du Monde, elle est là tout près, le nez dans mes cheveux, elle sent la jeunesse et le poivre, parfum de la tignasse bleu-noir comme l'encre de mon très cher amour qui me bavotte dans le cou et m'empêche d'écrire, elle a les dents un peu courtes de mon cher amour, les mains un peu rustaudes mais charismatiques et prometteuses de félicité, sa démarche de petite frappe, ses yeux de clébard abandonné, elle conduit alternativement, cette mort snob, une jeep russe de la marque Lada et une Bentley, l'énigme me semble résolue et la situation tout à fait claire, les amants possédés ne cherchent plus qu'un combat manichéen, ne s'arrêteront pas au premier sang (nous avons largement dépassé ce stade depuis les épines de roses) mais au terme de cette lutte dans une cave, qui sera mangé ? Pour le moment, Mort, tu n'as pas un visage de victoire, c'est le moins qu'on puisse dire. O ma très douce mort, David du Bargello, garde un peu de respect envers toi-même et épargne-nous l'absolue trivialité.

Baiser. Passage où l'âme risque d'être dévorée. Elle se soumit à l'effraction linguale, au choc des dentitions, fameux baiser de jeunes cadavres. Bouche d'Amine, délicieuse moule géante, prête à l'engloutir. Une fois dans l'estomac de ce mollusque atteignant la taille d'une baleine, elle ramerait comme le sage du Kalevala, d'un bout à l'autre du viscère de ce monstre qui serait bien forcé de la déglutir dans la mer. Au second baiser, les rocs s'entrechoquèrent, il y eut dans les coulisses des claquements de mâchoires géantes, les bras de chéri zamor la serrèrent comme des montagnes inexorablement rapprochées jusqu'à ce qu'elle ne fût plus qu'un mince ru d'eau encore vive et brillante, au fond de la vallée. Au troisième baiser, elle consomma sa rupture avec la communauté des vivants, entama (à belles dents, en une accolade forcenée) une nouvelle vie, puis profita d'une pause en raison d'asphyxie mutuelle pour susurrer à l'oreille un soupçon faunesque de chéri zamor qu'elle avait follement envie qu'il la baisât tout contre le bureau ministre, débita de ses lèvres de rosière quelques obscénités à l'intention de ce pudibond, qui ignorait la force conjuratoire des mots crus et déplorait chaque jour davantage l'absence de romantisme de sa jeune fiancée — un langage de pute, adapté à la situation, chéri zamor... Il n'accéda pas à sa demande pourtant conviviale et sympa, lui jeta son regard d'Œuvre au Noir, c'est dommage, observa l'épopte prête à la descente vers les limbes, torche en main, suivie des hululements apeurés de ses proches, c'est dommage, répéta, lui montrant une façade affable et un air de profonde moquerie, la jeune fille qui boirait jusqu'à la lie le calice dont parla un homme, au jardin de Gethsémani.

— Du champagne, chéri zamor, pour fêter les fiançailles. Pardon Sidi Amine, ce ne sera pas du meilleur, nous autres gens de petite bourgeoisie, avons seulement du mousseux qui sent le cuivre.

Elle s'arracha de l'étreinte avec une science de judoka, quatrième dan, fila à la cuisine, revint avec une bouteille de cet alcool qui ne lui valait que brûlures d'estomac, énervement et insomnies, mais elle savait ce qu'elle voulait : vivre, à passion égale, à rebours, jusqu'aux limites de la conscience, sa dégringolade, la vivre froidement, expérimentalement, n'en rien perdre, sachant aussi que cette parade d'avant la chute, que ce sacrifice ostensible, que ce masochisme magistral était sa seule forme de défense contre l'envoûteur de haine. L'envoûteur, scié, la vit déboucher le champagne, qui moussa amplement sur le survêtement Adidas, arrosa la veste de l'heureux garçon et macula le parquet.

— Mais, ma chérie, je croyais que tu ne supportais pas le champagne... osa-t-il.

— Soit. Aujourd'hui moins qu'hier. Je serai malade, peut-être. Tu me soigneras.

Ils sifflèrent le contenu de la bouteille ceci en cachette de Mme Bachelard, Tiefenthaler porta avec brio des toasts à son avenir avec le futur conjoint, l'arrogance brillant sous ses haillons tel le cynique décrit par Platon, puis elle renvoya Amine, ce beau parti, pour cuver tranquillement, et profiter des derniers instants où elle pourrait cajoler l'utopie d'un départ pour le Pacifique Sud.

En la quittant, il ne savait plus très bien qui tirait les ficelles du wayang-kulit, théâtre d'ombres sur lequel l'un des deux antagonistes était vaincu d'avance — en ce moment paradoxal, il avait la vague impression que ça ne serait pas la suave dolorosa, mais lui.

Dolorosa se prit une cuite formidable, skôl à l'acceptation du mensonge : la formation d'un couple, ce misérable commerce. Fichue, la souveraine s'humiliant jusqu'à vomir, éperdue d'orgueil, mais décidée à subir une épreuve dure comme le diamant à son doigt, considérant déjà sa plongée comme le seul exorcisme, le seul rituel de protection contre la souffrance grâce à laquelle prétend se connaître l'homme occidental, espéra morfler assez pour en savoir plus long que ce Trophonios qui bientôt vaticinerait loin d'elle, et entama le processus en ingurgitant assez de champagne pour gerber un bon coup. Cette fois, elle y parvint.

Nauséeuse, elle avalait un verre d'eau sucrée au Sorbitol et ruminait son seul souvenir de la veille, celui d'un jeune homme prêt à mourir pour elle, l'assommant de *je t'aime* porteurs d'une charge meurtrière, attendu que le beau parti, le futur, le promis, voulait sa peau pour s'en faire un coussin. En ce joyeux début d'après-midi, quant à une alliance et une parole donnée au beau parti, elle écartait ses doutes du geste expéditif avec lequel elle plaquait raides morts sur sa cuisse brunie les moustiques attirés par une chair succincte et succulente, deux ans auparavant devant un faré polynésien, pardon de cette digression, j'en reviens au beau parti qui attendait la fiancée, et à l'usage inhabituel qu'elle comptait faire d'un époux jeune, beau, riche et amoureux. C'était vraiment une cocasserie. Tant de courtisanes, de décavées sous couvert de leurs derniers diams, de mondaines dans la pénurie, ou de pucelles de la haute fraîchement sorties du Couvent des Oiseaux, auraient clamé leur joie d'avoir coincé le fils Ghoraïeb, or pour Tief se lier à lui signifiait se dépouiller de tout, lâcher tout, aller vers une ascèse inconnue et terrible, une cérémonie qui aurait lieu dans un silence de pierre tombale, rien de festif là-dedans. O.K., elle serait assez chargée d'or pour que pâlissent auprès d'elle les icônes de l'église russe, rue Daru, mais à y voir de plus près, elle aurait — elle avait déjà — le teint verdâtre, proche de l'olive, des madones slaves ou des siennoises. A ce propos, pas de gniard. Le gniard ne pourrait être oint du Seigneur, mais de cet ample génie, Satan. Le gniard serait dans le pire des cas Scorpion ascendant Scorpion, spasmophile, coliteux, il se pouvait même qu'il fût l'Antéchrist. A cette idée, elle se promit de faire vérifier l'adaptation de son diaphragme ou même de se résigner à la pose d'un stérilet, symbole par trop clair : un objet contondant, métallique, inclus dans sa chair la plus profonde et la plus vulnérable. Ce corps étranger d'Amine Youssef n'était pas autre chose, et l'enchaînement final d'O en son centre n'était pas autre chose.

La bonne âme ! Il l'aimait. Oh, le plaisant museau, et ces embrassements farfouilleurs, taraudeurs, cette chignole jouissive de sa langue, sans parler du vilebrequin d'en bas, si fort pressé contre elle qu'il lui éveillait des désirs de perforation. Ma chère Clorinde, dit-elle à une invisible Précieuse qui devint couleur de rubis balais, les baisers de mon amant sont de sublimes charcutages. Ma chère ridicule, que la bite de mon amant m'empale dans votre ruelle, pour vous voir plus cramoisie encore, vous, lectrice de cette déliquescente *Astrée* ! Il se branle devant les photos qui ornent si effrontément certains de mes ouvrages, et asperge de foutre le sigle de la maison V... divine marquise, si tous mes admirateurs s'y mettent, jugez de l'hommage rendu à une maison centenaire ! Cette preuve de reconnaissance, cette façon originale de dire « vous êtes si belle en ces pages », vaut bien un Goncourt, je pense. La France entière m'adressant ces actives louanges, humectant de la sorte le papier de l'imprimerie Floch à Mayenne — comment ne pas être touchée au vif ! Foin des bégueuleries, ambages, et prix littéraires antidatés, face à la franchise de ce geste ! Moi, à mes auteurs adorés, je dois bien des paradis, moins spectaculaires car étant femelle je ne fais que mouiller ma lingerie, si peu si peu, mais SI FAIT.

Merde, j'ai les quenottes encore entartrées malgré le filtre MD 4, faudra polir ça jusqu'au blanc-bleu pour les fiançailles. Malgré tous les détergents jamais ma denture n'atteindra l'éclat de ce qui brasille à mon doigt. Non seulement il imbibe mes livres de semence honorifique, mais encore il m'offre des gemmes navettes avec certificat d'Anvers, je peux dorénavant me passer d'un gros tirage. Elle replongea sous les draps dressés en tepee de méditation, au détriment du coton brûlé par le calumet de la paix fumé dans cet abri.

Truands et truandes, juifs, gitans, Eurasiatiques, Nantais, je me fiance. Peuple des Yeux Fendus et grand-mères, je me fiance. Humph. Les grandes orgues, une musique ardente, perverse, splendide, la neuvième, en *fa*, avec des chœurs, tel est l'amour de ce Levantin né des jasmins et des épluchures d'oranges, jeune homme tout embrumé des fumerolles du houka, cette pipe persane chantée par Baudelaire et sucée par le Chapelier Fou de Lewis Carroll. Usage du houka, d'où somnolence du jeune homme qui m'attire dans sa fumerie pour me chavirer, me prendre, me déprendre, me reprendre, et m'amener au bord du précipice dans mes vêtements d'envol, c'est-à-dire nue. Devant cet amour sans mesure, impression flamboyante d'entrer à Saint-Pierre de Rome, et, paysanne du XVIIe siècle, de me planter béate et bluffée devant le grand baldaquin torsadé, les ors mirifiques et le grand spectacle factice de la Contre-Réforme. Pour changer de registre mais rester explicite, ce sera la traversée de l'Atlantique en solitaire. Vous avez vu, vous, des *love affair* où on est deux ? La passion, quand passion il y a, est une catastrophe, donc sauve-qui-peut, chacun pour soi. Deux cas de figure, pour le vainqueur : soit il pompe l'autre, soit c'est l'autre qui est pompé par lui. Évaluez la différence.

En tout cas, les Yeux Fendus, il faut s'attendre à des prouesses grandioses. Voyons les chiffres. Ce diam doit valoir dans les vingt briques, je ne soupçonne pas de givre là-dedans. Le beau parti, un mètre quatre-vingts, soixante-dix kilos au jugé, tout bon sur terrain lourd, au contraire de moi. *Terra incognita* que ce gonze. Un bal où rôde une mort certaine. Juvénile et beau gosse, on peut lui pardonner d'avoir de l'argent. Voilà mon fiancé, dont me ligote le sentiment noir. Pauvre bateleur au teint terreux (à cause de sa colite chronique), et aux ruades intempestives, j'oublierai même le coup de pied au chat, car je ne suis plus qu'enthousiasme à me saborder d'aussi belle façon, trophée et proie de mon délire, voilà qui est épatant.

Elle se força un peu, se jura prête à le sauver, le convertir, à l'aimer mieux qu'il ne l'aimait, à s'engager volontaire aux épousailles, tels ceux qu'entraîna la Marseillaise — en cette journée de haute tension, nouvelle puberté, elle toucha ses seins, diable, du marbre, œdème de jeunesse, il fallait se hâter de les offrir aux cajoleries avant leur chute libre, avant de devenir fille du Don Miguel de Manara, Chevalier de Calatrava, de la côte duquel naquit Don Giovanni, *cendre et poussière*.

Elle démolit le tepee, repoussa les draps et les livres dessus, elle n'avait que trop abusé des livres, pire que les fumées du houka, une fois de plus s'était endormie sous une pile de bouquins feuilletés sauvagement, elle irait donc, droguée sans drogue, vers une vie différente qui ressemblait de près à une survie, à un bardo tibétain, au cours duquel elle pourrait reluquer de près le faciès des déités buveuses d'hémoglobine, rien ne l'empêcherait d'aller vers sa curiosité zoologique, vivre un amour conjugal, ou presque, ce pour quoi elle se quitterait momentanément, cinglerait vers ces continents où grimaçaient des masques fiévreux. Elle vira, avec les draps et les livres, le sommeil et l'érudition, rejeta toute prudence dialectique, se défendit l'intelligence, s'apprêta à suivre la mélopée obsessionnelle, et se jura de ne pas chercher à savoir le nom du lieu où finirait la nuit.

Dessoûlée, elle savonna vigoureusement son doigt pour qu'en glissât la bague, aussi coriace que la montre au fermoir écorcheur, si les cadeaux de son *morenito* s'incrustaient à la manière du donateur zélé. Ces objets, déjà, la ferraient, mais moins sévèrement qu'O. O et elle ne menaient pas le même combat. O fut écrite, n'écrivait pas, et n'avait aucune identité à défendre, rien qu'à chercher la fusion nirvânique, le bris de son corps et de son âme, à coups de cravache.

Avant qu'on ne l'encage, elle donnerait libre cours à sa loufoquerie. Elle se fit, dans la glace, un rictus bachique. Il y aura des métamorphoses, de l'extraordinaire, et quelques arlequinades avant de sortir de scène pour entrer dans VOS coulisses, chéri zamor, je vous préviens. Aujourd'hui, aller chez Azzaro chercher ma robe de fiançailles.

Cette robe ne compenserait pas la perte de son sceau de Salomon et l'absence de Tova. Pas de lettre. La chienne. Sans ses deux talismans, seule seule, elle dégringolerait aux plutoniques ténèbres, en robe Azzaro. Ne téléphonerait pas à l'émir druze pour convenir, précisément le soir des fiançailles chez M. et Mme Ghoraïeb au parc Monceau, d'un rendez-vous dans une gargote végétarienne où elle irait en jean et où on traiterait à fond des vies antérieures. Son erreur karmique, le *morenito,* l'attendait chez le couturier. Pas question qu'elle essayât des robes sans lui. Il payait, après tout, pour l'étouffer sous la soie, le lamé, la mousseline, comme on éteint sous une couverture un feu et, sous la peau de pingouin, des livres.

Un télégramme où elle eût reconnu l'écriture de Tova et le cachet du Sénégal glissa sous sa porte, mais elle était déjà dans l'escalier.

Cette robe d'Azzaro, prime de plaisir, comme disaient les psy ces amuseurs publics qui lui avaient quand même tué son père entre deux discours sur l'orgasme.

Elle arriva un peu en avance. Le temps de méditer sur sa moitié de sang français, dont elle se repentait, mais en vain. (Elle prit l'air des Karpates, tenta de busquer son nez, performance inhumaine, se contenta de l'air transylvanien et dépité qui provoqua des collisions de plantigrades abêtis par sa joliesse étrangère.) Ce pourquoi elle s'enticha toujours de métèques. Ce pourquoi l'Oriental chrétien, mais de type plutôt prophétique au sens du Croissant, qui s'avançait vers elle, à pied, ayant garé l'auto aux chiottes, jamais de place pour Amine Youssef, poissard comme pas deux, spécialiste des contraventions coûtant à son père davantage qu'une danseuse, sauf l'effeuilleuse qu'il épousa. Les Ghoraïeb semblaient avoir une vocation de michetons. Ou alors c'était écrit par le calame. Il s'approchait, grand, beau, un peu gauche, sûrement bardé de cartes de crédit. Elle lui sourit, stoïque. Et pour finir, dit-elle à son ombre gardienne et à Tova qui lui manquait terriblement, quelques recommandations à une jeune fille se préparant à essayer sa robe de fiançailles : qu'elle s'abstienne de déplorer, en plein essayage, la perte de la Bibliothèque d'Alexandrie, de mentionner son crabe qui ne se contente pas de la suivre dans la rue comme celui de Sartre, mais lui pince le croupion de façon intolérable au moindre choc émotionnel, éviter la crise de tétanie dans la cabine, elle recelait préventivement du Témesta dans sa gibecière, montrer face lisse exempte de perturbations, après l'essayage, flirter correctement au

Cours La Reine, jouer des mandibules, remuer les parties buccales ce qui empêche le dialogue mais du dialogue mon amour n'a que foutre, à ce sourdingue l'ouïe ne sera rendue qu'au moment où il me perdra. Il entendra, alors, tout ce que je pense, sans que j'aie ouvert la bouche. Il aura intérêt à entendre, pour me reprendre, donc percevra les infra-sons. Pour l'instant, tout ce que je raconte, c'est comme si je flûtais. Si j'exécute bien la manducation, il me manifestera de grandes prévenances. Avant qu'il ne m'embrasse contre un arbre, je lui affirmerai mordicus des choses (et ce sont les seules) qu'il ne pourra que piger. Je lui dirai que son sexe est un banyan tropical dans le tronc duquel peuvent se nicher une dizaine d'enfants, Montmartre, le mont Mérou, le Ba-Phnom des anciens Founanais, le Thabor, le Potala de Lhassa, le Qaf qu'on atteint ni par terre ni par mer, le baratton du Mandara indien, bref un temple-montagne, axe de l'univers, tertre des transfigurations, quand on pense que parfois cette éminence a la chtouille, misère, n'y pensons pas, son sexe, linga (dont je ne suis que la vulgaire cuve, le soubassement) bite solaire de Çiva, nantie de couilles en or massif d'une rotondité supérieure à celles du taureau Nandin que Votre Servante eut le privilège, dans la cour d'un temple à Pashupatinath, Népal, d'entrevoir car l'entrée en est interdite à ces femelles impures au yoni seulement destiné à l'effraction de vos semblables, Amine Youssef. Vous voilà, donc. Chéri zamor, j'espère que ce discours vous fera plaisir et me vaudra une seconde robe, parure dont vous couvrirez ou découvrirez à loisir votre fiancée. Fiancée, nom duquel usent les juifs pour évoquer le repos du Shabbat. Ironie.

— Amour, vous êtes en retard de trois minutes, lui dit-elle, radieuse.

A peine entrée chez le couturier, elle regretta sa robe de Bethléem, cinq dollars, marchandée devant le lieu où naquit le Seigneur. Mme Ghoraïeb junior n'aurait plus droit aux robes à cinq dollars. L'attendait un fourreau pailletté grand chic, cinq cents sacs, qui la sculptait d'argent des seins aux talons et dans lequel elle avait le cœur bien à l'étroit. En se glissant dans cet étouffoir qu'elle avait repéré en vitrine et choisi sans en soupçonner l'étroitesse — d'ordinaire, elle privilégiait les plissés, les ampleurs, les jupons, les cascades de tissus, qui lui donnaient l'air de voltiger — elle voyait déjà Amine retrousser ce carcan élastique et s'accoler à un être frénétiquement aspiré vers le fond. Elle aurait alors pitié d'eux, ce caducée sifflant. Puis, cédant à la tentation de l'héroïsme, elle affirma que cette tenue était magnifique, qu'elle respirerait avec précaution quand elle la mettrait, qu'elle se contenterait de sorbets dans les dîners et qu'elle marcherait à tout petits pas, comme si une chaînette reliait ses chevilles, puisqu'une fois introduite dans cette splendeur non pareille, elle ne disposerait ni de ses poumons, ni de son estomac, ni de ses pieds. Un sourire angélique accompagna ces assertions, et Amine, estourbi par la beauté de l'ondine aux écailles d'argent, paya — cash, cette fois — et emporta cette gangue d'étincelles dans laquelle Maria, atrophiée, paralysée et éblouissante, paraîtrait le soir des fiançailles.

Lui acheter une villa à la campagne, sous prétexte qu'elle y écrirait mieux. Vanter les mérites de l'oxygénation, auxquels Maria semblait peu réceptive, mais la campagne présentait tant d'avantages qu'il fallait tenter le coup. De la campagne, on ne ressort pas, le soir, et s'il lui permettait encore les bringues tahitiennes avec lui dans les boîtes, cela ne saurait durer, après le mariage.

Maria Tiefenthaler et Amine Youssef Ghoraïeb
recevront à l'occasion de leurs fiançailles
le mardi 6 octobre 1974
16, rue Murillo

à partir de 18 heures

R.S.V.P.
16, rue Murillo Paris 8ᵉ

A son doigt le brillant navette, dans son estomac trois flûtes de champagne rosé, elle accueillait les invités sous l'œil ravi de la Fornarina et séduit de Fouad qu'émoustillait pour la première fois une bachelette pesant trente-neuf kilos cinq cent. Gloire à Agostina, pensait Fouad, honte sur moi, j'ai médit de cette enfant. Une perle. Exactement la caution culturelle qu'il nous faut, évidemment, un peu juive mais au nez ça ne se voit pas. Il comprenait maintenant pourquoi Amine la lui dissimulait avec acharnement : la jouvencelle, sans doute, nourrissait quelque petit Œdipe à l'égard des quinquagénaires rassurants comme lui. Va en paix mon fils, je ne te la disputerai pas, mais serais enchanté de l'exhiber dans les dîners. S'entendrait-elle avec Agostina ? Il observa le manège de celle-ci, entourant la nouvelle venue de prévenances latines, léchottant, louve maternelle, la petite visiblement consentante. Décidément, une rosette à la boutonnière que cette mignonne, mieux qu'une héritière — les milliards pour l'instant nous les avons, en Suisse — et un nom juste à la bonne taille, un petit nom qui convenait d'autant mieux qu'Israël se rapprochait du Liban chrétien. Serait une remarquable hôtesse, compenserait la frivolité babillarde et parfois saoulante de son épouse, par des mots justes, voire d'esprit, dont elle avait jusqu'au bout des ongles. Vernis, les ongles.

472

Une cérébrale peaufinée ointe de Guerlain que rêver de mieux, l'idéale belle-fille. N'aimait pas les chiens, entretenait une smala de chats. On s'y ferait. Ou on établirait un compromis. Deux dîners par semaine avec la belle-fille future, qui à l'instant présent conversait avec un député, tiens, elle se révélait aussi une parfaite auditrice, battait des cils et donnait au gars l'impression d'être un phénix, cela aussi allait magnifiquement bien, préférable à une pédante féministe (ce qu'il craignait) du genre à professer comme en chaire son admiration pour Sollers et Hélène Cixous (M. Ghoraïeb n'avait jamais lu une ligne de ces auteurs). Famille décente, mère bien tournée pour son âge, Dieu ait l'âme de son père juif en lieu et place duquel il se sentait prêt à officier (cette enfant sur les genoux lui racontant ses problèmes, du nanan), grand-mère émouvante recroquevillée d'intimidation sur le sofa dans ses petits souliers, sur son trente et un, visiblement sens dessus dessous... Il mit le cap sur Madame Mamine qu'il entretint très civilement, s'étonna de quelques réticences, Madame Mamine ne semblait pas très rassurée, ma petite-fille lui dit-elle (une lampée de porto l'embrumait juste assez pour qu'elle se livrât à quelques confidences avec le beau-père potentiel) est plutôt difficile à vivre, avertissez votre fils, un écrivain ça se lève tard, ça fume énormément, c'est désordonné, ça ne sait pas tenir une maison, nulle en tant que femme d'intérieur, oh madame susurra-t-il, une femme d'extérieur suffit et même s'impose, nous avons tout le service nécessaire, cuisinier, chauffeur, valet de chambre, elle n'aura même pas à remonter un réveil, ni à remuer un doigt quant à l'intendance, ne lèvera le doigt que sur les touches de sa machine, puisqu'il paraît qu'elle tape directement ses textes. Content de lui, sûr d'avoir dissipé les soucis de Madame Mamine, il inspecta l'assemblée, s'attarda un instant sur le caillot des amis de Maria qui se coagulait près du buffet, distingua Mlle Yuan, eurasienne à ravir, bonne pêche que celle-là, ferait les délices de ses émirs, sur la grande Bogdanov, juive d'aspect prodigieusement aryen, Fouad espéra d'elle, au même titre que de Maximilien, une attitude modérée en cas de convictions sionistes, le jeune barde blond (Martin du Mans — mon amie peintre avait annoncé Maria avec un accent admiratif) excellent, un peintre, on lui filerait des commandes côté golfe Persique avec cette manie des Iraniens et des pétroleum de se faire tirer le portrait tels les monarques perruqués de naguère, restait comment déjà, enfin quelque chose Lepeuple qui n'avait rien de peuple, genre Grace Kelly à sa grande époque, celle-là manœuvrait avec une science d'ambassadrice, elle ferait la plus intelligente des figurations dans les raouts, l'ensemble était impeccable. Jubilant, il reçut les compliments de l'assemblée à propos de l'élue, le bon goût de la famille Ghoraïeb en matière de femme perdurait, hommages envieux. L'oncle Camille, Chevalier du maronitisme, et les Gardiens du Cèdre auraient approuvé ces fiançailles. Seul Maximilien Richter

tirait une drôle de gueule. Un perturbé, de toute façon, le lacanien défroqué qui observait la fiancée avec une moue ambiguë
et concupiscente, dans l'œil un orage de curiosité, sûr qu'il
l'allongerait volontiers sur un divan sous prétexte psychana-
lytique, *exit* Maximilien reçu uniquement par bonté d'âme,
car animosité réciproque, mais Fouad fermait les yeux, son
fils n'avait qu'un ami, il fallait donc préserver l'unique spécimen
de l'espèce.

Aveuglante, la *piccolina,* dans cette carapace d'argent, on dirait
celle d'un tatou, ronronnait Mme Ghoraïeb. Quant au diamant,
j'en ai mal aux yeux. Elle vous jette de ces feux que rien ne saurait
couvrir, et pas seulement à cause du diamant. Ce visage facetté
comme une pierre précieuse, lui aussi... et ces yeux, des topazes
brûlées, jamais vu cette couleur-là. Noisette dit-on à propos des
yeux marron clair, quelle sottise, noisette ! ceux-là sont du quartz
jaune, de l'agate, des topazes ou du chrysobéryl, question pierres
j'en connais un rayon et celles-là pas du toc mes amis. Elle n'a pas
osé les rubis sang-de-pigeon, dommage, j'aurais voulu voir ça sur
sa peau bien sèche et bien mate, ça doit être tout à fait choc. Là,
rien ne la dépareille. De l'argent, des astérismes de brillants en
traînée d'éclats dès qu'elle remue un doigt qu'on prendrait pour
une baguette de fée. Elle ressemble à son diamant. Pureté de carbone, vivacité, densité, dureté. Celle-là au moins n'est pas un paillasson. De plus, un prodige social, petit frais en anglais, méritoire
effort, à l'Australien de droite, un couplet sur Bali au vice-consul
paludéen en face, la voilà partie sur les volcans de Java Central
rapide ascension jusqu'au cratère bouillonnant, redescente sur les
fesses en direction du collaborateur de Fouad, Achille Portinari,
couplet sur Amalfi, le temple de Paestum et Positano, voici venir
l'abbaye de San Sepolcro que personne ne connaît sauf eux, faut du
talent pour dénicher un monument inconnu en Italie ça flatte toujours les patriotes, la voilà maintenant à Rome dans la chapelle de
San Clemente élevée sur trois niveaux, au sous-sol dit-elle, un
temple de Mithra, ce Mithra doit être un dieu, elle démarre — sans
pédanterie aucune ce qui relève du miracle ou de son physique —
sur l'Orient, les ruines de Suse, et de passer élégamment le crachoir
à Fouad qui saute sur les colonnes de Persépolis on appelle ça stylite je crois, mon mari stylite glisse le long de sa colonne et son mot
sur l'Iran, ma future belle-fille que la pétrochimie concerne visiblement autant que les ruines de Suse de l'encourager d'un regard
ébaubi et approbatif — tout ça *ottimamente !* Amine comme d'habitude se tait, fixe les lèvres de la *ragazza* d'une façon lubrique et
n'écoute pas un mot de ce qui en sort, il n'écoute jamais, le pire
auditoire qui soit, ça risque de lui jouer des tours avec la petite s'il
ne fait pas d'effort, par bonheur il compense ce manque d'attention
pathologique par des attentions concrètes et visibles à tous. Le
blanc-bleu est plus grand que le mien, il est vrai que le mien est

taillé pendeloque, on ne peut pas savoir s'il compte plus ou moins de carats, ce qui m'arrange.

Maria, se penchant pour extraire une cigarette d'un mazagran placé au milieu de la table, frôla une bougie dont la flamme rampa le long de son bras, elle ne poussa pas un cri, étouffa le feu en se donnant des claques, de la main gauche, eut une crispation rechignée des naseaux, elle venait de se brûler gravement, affolement général, Agostina l'emmena dare-dare dans la salle de bains, badigeonna l'avant-bras au bleu de méthylène, la pansa de gaze verte qu'elle dénicha dans le placard à pharmacie où, hypocondriaque, elle planquait un stock de médicaments et de compresses destinés à enrayer tous les maux de la terre, et revint dans le salon soutenant la fiancée pâlotte. La fiancée cramée au deuxième degré tint le coup jusqu'à minuit, ce fut un léger incident sans autres conséquences que des cloques qui crèveraient, puis des lésions qui cicatriseraient en quelques jours. La ruffiane, superstitieuse, elle aussi lectrice des tarots, et Yuan la démone Mara, spécialiste de l'astrologie chinoise et du Yi King, furent les seules à attacher quelque importance au bras bleu de Mlle Tiefenthaler.

Quant à Maximilien, qui s'y connaissait en actes manqués, ce qui ne l'empêchait pas d'en perpétrer, il sut qu'il ne s'agissait pas de distraction, mais de destruction dans la mesure où Maria n'avait pas besoin d'étendre le bras par-dessus les chandeliers pour prendre une cigarette, son paquet de mentholées étant posé gentiment près d'une coupe de ce champagne nocif dont abusait une personne si nerveuse depuis qu'un diamant jetait à son doigt les feux du maléfice. Mais il ne fit part à personne de ses observations, ne voulant pas aggraver le trouble dans lequel cet accident bénin avait jeté Ghoraïeb fils.

Il la verrait quotidiennement et elle lui donnerait des joies jusqu'alors réservées à sa grand-mère qui ne les appréciait certainement pas à leur juste valeur, conclusion de la conversation téléphonique qu'il eut avec cette pragmatique femme du Nord quelques jours avant l'emménagement ; en effet, le bain dans lequel marinait la fiancée lui interdisait le téléphone sous peine d'hydrocution, et permit à Mme Bachelard de s'entretenir avec le candidat à la main de sa petite-fille ceci sans risque pour le dîner car la daube se doit de mijoter plus longtemps que les jeunes filles dans leur bain. Mme Bachelard disposant de dix minutes pour décourager le promis s'y évertua en ces termes :

— Soyez prévenu, jeune homme, des travers de Maria. Sa mère ne pourrait vous mettre en garde : elle ne l'a pas élevée à cause de la maladie de son père dont il valait mieux l'éloigner, ces choses-là sont contagieuses, néfastes pour une enfant, et peut-être héréditaires, vous me suivez ? J'ai donc élevé Maria de mon mieux, seulement la mauvaise graine Tiefenthaler ça pousse n'importe comment, rien à faire pour enrayer le mal, c'est du chiendent. Je serai claire, Maria est i-né-pou-sa-ble — là-dessus, de lui énumérer tout ce qui, à ses yeux, constituait des manques à marier rédhibitoires et ne firent que donner au futur une envie plus urgente de mettre le grappin sur une telle catastrophe, incapable entre autres choses de rôtir un poulet, ignorant l'usage des cintres, ayant des habitudes de poule de luxe, des caprices de guenon, une tête de lard et une instabilité caractérielle. Il apprit dans la foulée qu'elle ne savait ni nettoyer le gésier des volailles, ni boucher les fentes de l'acajou au mastic, ni stopper un accroc, dépensait un argent fou pour des choses ruineuses, inutiles et encombrantes (Amine bichait comme un pou), achetait par maniaquerie juive des kilos de denrées périssables genre fraises de préférence hors saison, ne les consommait jamais, avait à son actif deux incendies et une inondation chez des particuliers qui lui confièrent imprudemment leur baraque, Amine exultait, car la jeune pyromane coûteuse qui achetait au kilo des fraises en hiver, resterait, au su de ces bonnes nouvelles, vouée au célibat, avenir délicieux auquel lui seul la ferait renoncer. Je prends le lot, dit-il à Mme Mamine. Joli petit lot ne sachant ni river un clou ni rincer une assiette. Bien, soupira son interlocutrice, je vous souhaite du courage. Cela dit, n'espérez pas trop l'épouser. J'ai oublié de vous préciser qu'elle est claustrophobe, donc ne prend jamais l'ascenseur, préfère grimper six étages à pied, j'ajoute qu'elle souffre de fréquentes défaillances cardiaques, de graves troubles ner-

476

veux et d'insomnies, j'en reviens à la claustrophobie mot qu'elle emploie à tire-larigot, elle est incapable de signer un contrat sans gober des pilules tranquillisantes, elle refuse les croisières à cause des bateaux dont on ne peut pas sortir, les dates fixes et les lieux clos la plongent dans la consternation, alors vous pensez, le mariage...

Ce qui revenait à lui demander qui, excepté une grand-mère, pouvait assumer cet être exceptionnel, lunatique, génial et infantile.

— Il faudrait que vous soyez un saint, son père, sa mère et son banquier, en même temps, pour la supporter, conclut Mme Bachelard, ce qui était la réponse.

Là-dessus, ayant assouvi ses pulsions de haine contre l'étranger qui lui dérobait Maria et d'agressivité contre la jeune fille dont elle ne cautionnait pas la bohème faute de comprendre un iota de ses motivations créatives admises comme un fait accompli par la force incroyable de ces choses-là, Mme Bachelard s'en retourna à sa daube. Amine, transporté, se sentit prêt à redoubler d'énergie pour la disputer à sa famille et l'arracher à l'enclave où l'apparence sereine d'un *modus vivendi* recouvrait, chance pour lui, un réseau de sentiments contradictoires, terrain sur lequel il lui faudrait jouer. Il se pouvait que Maria fût lasse des réflexions de sa grand-mère quant à ses sorties tardives, ses sommeils prolongés et cette vie de bâton de chaise proprement inavouable qu'acceptait, au grand dépit des Justes, une société qui la mensualisait pour traquer la Muse jusqu'à l'aube... Écrivain de métier, que pouvaient comprendre à cela une grand-mère du Nord, et une mère de la bourgeoisie aryenne, pensa Amine en un état érectile et surexcité, alors glisser un mot sur le rôle de cette mère quant à la fin de son père, manœuvre immonde mais nécessaire, quelques remarques également sur la fausse bonne volonté de sa grand-mère, ne pas louper la cible. A lui seul d'octroyer des soins à l'enfant infirme et inspirée, ah, si cette famille pouvait la jeter sur le carreau ! — ne pas espérer ça, la famille entendait garder cette catastrophe, donc saper l'image de la famille, au fond tu sais, elles, les génitrices, ne t'aiment pas, ne t'apportent pas l'appui qui t'est dû, qu'il n'y a que moi pour... Une fois la famille déblayée, resteraient les amis. Ceux-là, suggérer qu'elle les inventait, les structurait conformément à son désir, mais oui amour vois-les donc tes prétendus dispensateurs de fertilité, ne t'en prive pas, mais trois soirs par semaine seulement, les autres rien que nous sans gêneurs, nous les yeux dans le blanc des yeux jusqu'à conjonctivite, puis deux, puis un soir de copinage hebdomadaire, jusqu'à ce qu'elle acceptât par flemme de ne plus copiner du tout. Dernier écueil : les mondanités dont elle semblait se passer les derniers temps, leur préférant les tête-à-tête. (Donc l'aimait ?) Pas d'inconvénient à ce qu'elle reçût, plus tard, sous contrôle, chez eux. Elle serait charmante, servant les apéros en robe du soir, après tout Fouad et Agostina pas si crétins. une fois le feu devenu domestique, une rosette à la boutonnière que cet écrivain connu, ici torture, car il ne pouvait, tripalement, accepter sa passion pérenne pour l'écriture et, par essence, temporaire pour un homme, lui. Il se résignerait, mais, asservie, elle ne livrerait plus à la maison V... qu'un roman de cent pages tous les trois ans, et encore. Réduite au quotidien d'une pariade, qu'aurait-elle à écrire ? de féminins romans ou des nouvelles pourquoi pas. Mais qu'elle les rédige scolairement sans cette rage dense, serrée, si rebutante pour lui, qu'elle se plaigne de sa difficulté à pondre, de ses pages vierges où ne jailliraient plus, sous dictée apollinienne, les glyphes acérés comme des becs d'oiseaux prêts à rentrer dans l'œil de l'époux s'il approchait, non, finie la transe, qu'elle se contente de plaisantes fictions et oublie ses longs poèmes, hymnes, épopées d'une fable guerrière se déroulant à grand fracas glacé sur le terrain précis où il n'était pas.

CINQUIÈME PARTIE

LE VIOL DE PSYCHÉ

« Fair is foul and fool is fair. »
Shakespeare, *Macbeth*.

V

Amour, état des lieux, taxes et charges comprises

Envoûtement

Un mal particulier

Journées de la cadine Bébé de Sucre

La nuit du latah

Trois grammes cinq de cocaïne, un jour où il neigea

Et ce fut comme le Magnificat

Amour, état des lieux, taxes et charges comprises

— La quête de l'appartement... murmura-t-elle, le front appuyé contre la fenêtre de sa cuisine, contemplant à son doigt les brisures incisives du diamant qu'allumait le soleil d'automne, et la gaze autour de son poignet — la proximité du bijou et des cloques à présent percées la plongeait dans un indicible malaise, aggravé par la perspective de perdre du temps à sillonner Paris en vue de trouver un local. Amine, chaque soir, lui donnait une lecture impitoyable des petites annonces, et rendez-vous le lendemain dans l'après-midi (bien sûr le matin ma chérie, tu dors, mais peut-être pourrais-tu en ces circonstances exceptionnelles te lever un peu plus tôt car les appartements s'enlèvent avant midi). Les candidats locataires faisaient donc le pied de grue à partir de sept heures du matin pour la visite des lieux, l'avenir est à ceux qui se lèvent tôt, les apparts aussi, elle se sentait déjà coupable du sommeil tardif qui leur interdisait de trouver au plus vite l'occasion, après quinze heures mon amour y a plus que dalle, fâcheux.. Non, elle ne se priverait pas de son vital roupillon du matin pour chercher la thébaïde, l'obstination d'Amine lui semblait louche, pourquoi diable se presser de la sorte, n'était-elle pas déjà sertie de brillants et, depuis les accordailles, officiellement enchâssée dans cette tribu orientale, or, lui ne songeait plus qu'à dénicher une superficie idoine, et elle pensait que ça l'embêtait beaucoup de quitter sa cagna, mais qu'à vingt-sept ans, si on lui offrait un palais... Et puis bien d'autres choses complexes qu'elle se refusait d'analyser. Donc depuis une semaine, si l'accordée refusait de se rendre à l'aube dans quelque somptueux hôtel particulier du septième ou de l'île Saint-Louis, elle gâchait ses après-midi à cavaler, ou plutôt à se farcir les embouteillages en Bentley ou jeep Lada pour débarquer devant un immeuble hostile où elle n'avait aucune envie d'entrer pour vérifier les premières impressions, toujours les meilleures or sempiternellement exécrables — pas de chance, conjectura-t-elle après les trois premières journées d'un tel parcours du combattant, horreurs que tous ces appartements, mais des 400 m² il doit y en avoir de convenables dans Paris, question de temps, si celle du loyer ne se pose pas.

Du lundi au samedi, ils visitèrent une quinzaine de ces résidences royales, vastes comme le Kremlin et tout aussi attractives, ou solennelles comme l'Escurial et tout aussi réfrigérantes. Amine se démenait comme un forcené, vantait les mérites de Celui du Quai de la Tournelle, seulement la Seine coulait dessous et à la vue maussade de ses moires d'huître elle ne tiendrait pas le coup, le voisinage de la Tour d'Argent ne la grisait pas, quant à Celui du Quai d'Orsay idéal pour un prince Qâdjâr ou Mme Soekarno, il supposait qu'on y reçût une véritable cour pour meubler, à propos, il fallait aussi des meubles... C'est ce qui s'appelle monter un ménage, dit-elle consternée à Mme Bachelard — moi je préfère monter des escroqueries, c'est bien simple.

La superficie, le métrage, tous ces chiffres lui flanquaient le tournis. Double living désirait Amine, dans un effroyable but hospitalier. Elle frissonnait, feulait que la cuisine avec monte-charge impliquait une cuisinière car dans une cuisine si rassurante, aux dimensions de la galerie des Glaces, elle se sentirait un peu insuffisante car n'y mijoteraient que des œufs au plat et encore — nous aurons une cuisinière, bien entendu, monologuait Amine, qui, métamorphosé en chenille arpenteuse, ne faisait plus qu'additionner les mètres carrés.

Maria s'affolait, assaillie par des termes barbares et griffus, tels cote mobilière, impôt foncier, état des lieux, taxes, charges comprises. Quelles charges ? Elle n'y comprenait rien, mais il s'agissait assurément d'un poids.

Pourquoi ces appartements ressemblaient-ils à des cercueils ? Pourquoi les difficultés se multipliaient-elles ? Une course d'obstacles. Une succession d'embarras. Ensablée, embourbée, achoppant sur des questions matérielles (si elle abominait les questions matérielles, elles le lui rendaient bien). Ces battues l'exténuaient et pourtant elle continuait à patrouiller de mauvaise grâce, dans un lent cauchemar à la Füssli, un de ces rêves torpides dus à une indigestion de blanquette, s'aveuglant sur sa lâcheté duplice, poursuivant ce labeur pour rassurer Amine, somnambule, grisâtre, dépossédée d'elle-même, vacuole creusée, fenêtre sur le vide sidéral, béquillant, si affaiblie, presque infirme — pulsion de mort cher M. Sigmund — traversant à quinze heures le pont Marie pour la traque d'un hypothétique nid d'amour dans l'île Saint-Louis, avec la nette sensation d'une tromperie schizoïde et d'une dépersonnalisation comme lorsque, enfant, elle se voyait rampant en diagonale sous la forme d'un crabe. Subissant l'étrange obligation de se rendre à ces rendez-vous ineptes, la fiancée, hagarde, le cou tassé, veau à l'abattoir, résignée et niant le couperet, bête méconnaissable, arrivait toujours en retard.

En retard car elle allait d'un pas toujours traînant vers la prison ou Nouvelles Pénates, renonçant à s'objectiver, à se justifier, incapable d'agir autrement ; elle vaguebullait à travers d'innombrables logis, succession de catastrophes, désolants de nudités, volets clos, tous sinistres comme des cimetières. « Très Bel Immeuble ancien ascenseur moderne et fenêtres doubles », « Bel Appartement 350 m² réception en façade sur les quais chambres au calme sur cour claire, quatrième étage. » Dans ce monde inconnu, ce gouffre, ce songe d'Ossian, un incube lui écrabouillait l'estomac hélas ce n'était pas Pythie pignant le matin sur cette plate partie de son individu. Devait-elle VRAIMENT se préoccuper des parquets, des cloisons, des plafonds, de la robinetterie, de la serrurerie, de replâtrage, de peinture, de voilage, d'éclairage aux dépens de l'écriture d'une tragédie grecque, comment un sentiment d'amour — même conflictuel — pouvait-il survivre aux cheminées, claustras, papiers peints, verres dépolis, poignées de porte, malheureux sentiment qui dans les plâtres se heurtait à des problèmes de chiottes communiquant avec la bathroom et en prenait un sale coup...

Sa trouble angoisse la diminuait et la livrait, médusée, consentante, à la machine broyeuse activée par un invisible déclencheur. Elle ânonnait comme une écolière, sans y croire, sans comprendre : « Appartement Grand Standing en duplex avec le ciel pour voisin, 500 m² onzième étage 560 m² de terrasses, jardin avec barbecue géant. » Ça n'avait que peu de rapports avec les stances que lui inspira l'Inde. Elle échappa au voisinage du ciel car ce logis grand standing, sis à la frontière du septième, n'en était pas moins dans le quinzième, arrondissement indigne de ce couple exceptionnel.

Très chic aussi, le casernement de la rue de Vaugirard, près du Luxembourg. Comptait une pièce oblongue dans laquelle il lui aménagerait un bureau, avec vue sur le Couvent des Carmes-Déchaux, aujourd'hui Institut Catholique, objection Votre Honneur, la vue est d'une meurtrière, du côté gauche, je ne pourrais sans torticolis affreux glisser un œil torve sur cette gauche pour jouir de la coupole du cloître, et devant mon nez, aucune vue, un mur tout ce qu'il y a de plus opaque, ainsi sont les murs, je n'aime pas les murs. Bien. Aucun d'eux, mitoyens, de face, latéraux, de soutènement et d'appui n'échapperait à la destruction sur un vœu de Mlle Tiefenthaler, ne resteraient que les fondations si ça lui chantait, or aux oreilles de ladite, plus aucun hymne, rien que bourdonnements pendant que tombaient autour d'eux les remparts cyclopéens d'Argos, QU'A CELA NE TIENNE était la formule d'Amine qui percerait des fenêtres ogivales, géminées ou des baies méditerranéennes, abattrait la Muraille de Chine et tout ce qui le séparait de Maria son amour.

Opiniâtre, il lui imposait les visites des chambres de bonnes, qu'on peut, détail sordide, louer à un étudiant, infime défraiement d'un loyer exorbitant, et elle grimaçait, les mollets crampus à force d'escalades vers les soupentes, gémissait, contrainte d'emprunter une multitude d'ascenseurs, frissonnait à la pensée que ces entreprises herculéennes ne faisaient que commencer. Pourtant, au début de la semaine, elle prit part aux opérations avec un certain enthousiasme, se persuadant de leur nécessité d'une façon méritoire, mais se heurtant chaque fois à des empêchements qu'elle jugeait majeurs. Pas sa faute, celle des maisons, qui s'acharnaient à présenter des tares rédhibitoires. Lors du dernier pèlerinage vers un logis, situé derrière l'église Sainte-Clotilde dans le septième, au sommet de l'élégance et de la ville car *penthouse*, sans ascenseur, elle faillit s'évanouir de fatigue après la grimpette, sentit au bout de ses doigts les picotements d'une crise de tétanie, regretta sa désertion du bordel de Corinthe où les marins faisaient la queue en l'attendant, jugea que même le col de lynx ne lui flattait plus le teint, ça allait de moins en moins, trois étages vue sur Sainte-Clotilde donc, à croire qu'à Paris, on n'échappe pas aux vues sur les édifices religieux, disons plutôt chéri zamor que les tours de cette église me cachent le soleil, et puis monter six étages *pedibus cum jambis* faute d'ascenseur, d'accord ma position est intenable car je n'aime pas non plus les ascenseurs, donc seul un rez-de-chaussée ou un entresol à la rigueur, bref pour moi cette ascension himalayenne ça ira jusqu'à ce que le cœur pète, mais homme si près du peuple, pense à la Cuisinière et aux Gens de Maison revenant chargés comme des mulets crétois du marché de la rue Cler, on les enterrera un à un. Il se demandait si elle avait le génie du détail dissuasif, ou si elle cherchait des prétextes pour différer la signature de ce bail innocent, puis par prudence renonçait à s'interroger, s'il apparaissait clairement à Maria que ces cavalcades dans Paris lui coûtaient tant d'énergie qu'il ne lui en restait même plus pour la rédaction d'un article baveux, tandis que celle d'Amine, glandant aux Beaux-Arts et se consacrant uniquement à son boulot d'arpenteur, provenait de réserves étonnantes, cachées dans son sous-sol. Amine rutilait. Un homme neuf que ce joyeux drille. Elle vacillait chaque jour davantage, pâlissait, promenait sur tout ce fourbi temporel des yeux de fumeuse de chanvre, et encore, plutôt de mauvais kif ibizenco.

Deux tourtereaux en quête d'une cage, quoi de plus normal, le monde entier — ou presque — approuvait. Cette cage, sa cellule, elle voulait la choisir. Une fois dedans, elle serait au cœur de l'implacable machination des dieux infernaux, elle serait au plus bas et ne pourrait, mathématiquement, que remonter. Elle serait au cœur d'un problème algébrique et pervers qu'il lui appartenait de résoudre. Elle ne s'arrêterait pas en chemin. Voilà ce que se disait Maria dans ses rares moments où lui était rendue la lucidité (sans commune mesure avec sa coutumière clairvoyance), un pis-aller qu'elle tentait de garder mais en vain. Lucidité et calcium foutaient le camp.

A l'idée de pendre la crémaillère, loufoquerie pratiquée par le commun, elle faisait la ravie devant Amine, seulement, flûte, elle n'était pas responsable des six étages, de plafonds trop bas ou trop hauts, de W.C. inclus dans la salle de bains, intolérable désagrément, du charivari pestilentiel de la rue de Vaugirard, ni du désert sinistre du quai d'Orsay, le soir. Après l'exploration de seize locaux somptuaires, elle finirait par élire le dix-septième Alcazar, dont elle franchirait le seuil nuptialement dans ses bras car de toute façon elle ne tenait plus debout, les cannes brisées à force de démarcher.

A quinze heures, ils devaient se rejoindre 13, rue de Verneuil chez une comtesse qui louait un six pièces rez-de-chaussée-sur-cour, dont il lui vanta les bossages de telle façon qu'elle ne pouvait décemment refuser la visite des lieux. Elle assumerait donc les bossages, la fontaine et son Cupidon, et visiterait, bien qu'elle s'avouât que cette démarche active, cartésienne et sans trêve en vue de partager une surface corrigée avec un jeune homme lui semblait de plus en plus pénible. Après tout, rien qu'un diabolique jusqu'au-boutisme ne la poussait à continuer ce calvaire, à frôler d'un doigt dolent des cheminées poussiéreuses, à se préoccuper de monte-charge et de la maçonnerie, mais il insistait avec l'appui du *Figaro* et des forces morales diurnes. Annihilée, fort éloignée d'elle-même ce jour-là, elle enfila son imperméable et sortit ; Mme Mamine lui rappela qu'il tombait des hallebardes mais elle oublia son parapluie dont d'habitude, même par temps caniculaire, elle ne se séparait pas afin de poursuivre son footing en cas de giboulée.

Dix personnes funèbres attendaient dans le vestibule de la comtesse. Des croque-morts. Exodus. Jeunes couples navrants, épouses frileuses encapuchonnées Hermès. Elle défaillit, se reprit, lança à Amine un regard tendre, méthode Coué, Amine sa drogue lente, l'habitude dont elle ne saurait plus jamais se passer, l'homme de sa vie, son zigomar, qu'elle ne désirait plus avec la véhémence primordiale, mais, avec lequel, sciemment, elle s'enlisait comme un mammouth (un tout petit mammouth) dans un lac de bitume.

— Oui, dit-elle incapable de proférer un autre son, à la sortie de la visite guidée qu'elle suivit en simulant quelque intérêt. Oui, se mentant effrontément, sondant l'absurde, percevant la discordance, déjà moins faraude qu'au jour des fiançailles, acceptant un appartement avec vent coulis, murs suintants à retapisser mais des lambris pompéiens et un plafond à caissons : parfait théâtre pour y jouer une implacable comédie.

Amine gambillait dans la rue de Verneuil ; pendue à son bras, comateuse, elle se sentit les jambes si flageolantes qu'elle dut s'asseoir sur le bord du trottoir, se prit la tête à deux mains, se demanda quelle bête porteuse du chiffre 666 (vérifier si ce stigmate d'apocalypse n'était pas tatoué sur la peau du zigomar) l'avait attirée dans cette galère, perdit le sens du combat, bredouilla quelques incongruités, argua d'un besoin de solitude, d'une envie féroce de prendre le bus — mais la voiture, chérie, est à deux mètres ! Il se proposa d'y porter l'enfant malade qui s'enfuit sur un regard implorant, traqué, courut les oreilles en arrière le plantant là sans se retourner de peur de pétrification saline car elle se trouvait bel et bien en enfer égarée, héla le bus qui, favorable, se posait au square Montholon, se retrouva seule sur la banquette, le diamant scintillant de façon toujours maléfique à son doigt, mais l'esprit lavé. Dans le bus, elle songea qu'hier, elle se croyait assez forte pour jouer son jeu et, dans un but initiatique, pour laisser se refermer sur elle les grilles de la prison ensorcelée — Eh bien, cette démarche d'orgueil vexait déjà ses dieux et elle ne tarderait pas à se retrouver le cul par terre devant les portes du ciel où jamais plus elle n'entrerait.

Or elle continuait d'aimer ce type comme son père désira la mort, comme les Orphiques et Criton désirèrent dormir, il était le grand sommeil non réparateur, alors FAIS GAFFE, gueulait chacun de ses nerfs, synapse convulsée, tressautant dans leur gaine de myéline. Aucune loi martiale ou salique ne t'oblige à convoler ni à cohabiter, flanque-moi une châtaigne à ce Méphisto, la sermonna son père d'outre-tombe, mon exemple n'aura donc servi à rien, te voilà piégée, circonscrite, crains cette expérience sur toi-même, tu ne te connais pas encore... Et, offusqué, il se retira promptement, puisque faisait fi de ses conseils celle qui le rappela, l'adjurant de ne pas la laisser tomber car elle s'était méprise non sur le sens du combat mais sur sa forme : pas de joute martiale claire et coruscante, pas un tournoi régulé, mais une agression larvée du quotidien, une insalubre guerre de tranchées, stagnante et perfide.

Si, dans cet engrenage, elle mettait le doigt, elle le perdrait, et avec lui, la raison. Elle tenta de retrouver l'intégrité de celle-ci, d'oublier l'immense machinerie avec levier, poulie, treuil et cabestan, mise en place avec préméditation par Amine pour la hacher menu, et s'efforça de se concentrer sur ces simples mots : Élire domicile. Demeurer. Se fixer. Valeurs sédentaires qui l'horrifiaient, elle, la nomade campant, toujours prête à décarrer, elle sans feu ni lieu. Elle à qui suffisait une tente caravanière, beaucoup de livres, et des kilos de thé. Elle cracha un glaviot à l'arabe ou à l'indienne, comme on veut, à la face des dieux Lares qui n'étaient pas les siens, mais ceux de ce garçon inconnu, obstiné à vouloir son mal.

— Jamais, dit-elle, quand il l'appela à vingt heures le même soir. Pas d'appartement. Pardon.

Et elle raccrocha l'appareil comme on tire un pruneau entre les yeux du tigre.

Le téléphone sonna à la minute suivante, elle s'enferma dans les W.C. pour ne rien entendre avec interdiction de son Surmoi d'en sortir, tint bon, Amine fonça rue de Maubeuge, carillonna, toujours dans les W.C. elle hurla de ne pas ouvrir à Mme Bachelard qui obtempéra, le front assombri par crainte du scandale.

Envoûtement

Medjoûn le fou, soit Amine Youssef, après s'être vu refuser audience auprès de sa fiancée, fila chez sa mère. Il en était au dernier degré, plus le temps de monter un coup pour reprendre cette fille qui le fuyait, sans laquelle il retombait en enfer. En enfer donc nous voici, avec la sorcière de Casa et son fils, détail non négligeable, imbibé d'alcool car il avait fait un petit arrêt dans un bistrot, bu cinq whiskies et deux aquavit. (Cuite apolitique, si au temps de Thomas de Quincey, manger de l'opium était le fait des aristos, si aujourd'hui en fumer est « de gauche » et picoler du whisky « de droite » — Dieu seul, parmi la cohorte de ces enivrés, reconnaîtra les siens.) Déjà complètement hors les murs, il décida d'aggraver son état par une fumette de H qui ne lui était pas coutumière. Maman Benkamou se roulait des joints du meilleur kif qu'on pût trouver au Maroc, et qu'elle mélangeait à de l'herbe kabyle, évidemment rien de comparable avec de l'afghan, de l'indien ou celui du Mozambique, mais le canabinol, principe actif de ces substances, reste le même agent hallucinatoire, et on fait avec ce qu'on a. Surprise de cette appétence nouvelle de son fils pour le H, elle officia, l'étendit sur un canapé, lui tendit une cigarette roulée main comme le couscous qu'elle avait encore sur l'estomac.

— Mon fils, dit-elle, tu n'as même pas touché à mon couscous, la dernière fois... Il y a bien un mois que je n'ai pas de tes nouvelles, sacripant ! Mais je SAVAIS que tu viendrais aujourd'hui, c'était dans les cartes, le marc, le ciel, les nuages, le miroir d'encre, les feuilles des arbres, impossible qu'il en fût autrement, nous ne sommes, mon fils, libres d'aucun de nos actes. Tu as bu, et tu veux de l'herbe à fumer, en voilà.

Il faut qu'il se soit passé quelque chose de terrible pour que tu m'arrives dans cet état. Je te sais assez tempérant d'ordinaire... Évidemment, c'est *mjnounna*.

— C'est la *mjnounna*, si tu veux. J'accepte tout, maman. Les diables caïds peuvent débarquer. Le bouledogue sur pattes de poule et les autres qui ont des gueules de juifs. Ils sont de circonstance, ceux-là. J'irai jusqu'à l'infamie. Je mangerai du lézard pilé, deux ou trois portions de couscous roulé de la main d'un pendu, tu dois bien avoir ça chez toi, une main de pendu. Si tu ne la rends pas folle, c'est moi qui serai fou, à vie, et à court terme, car je vais l'abréger en cas d'échec. Jusqu'alors, tu sais que tes pratiques sorcières me fascinaient, m'irritaient, m'intriguaient et parfois me faisaient dégueuler. Aujourd'hui, s'il n'y a plus que ce moyen, maman, emploie-le. Allons-y, ne mégotons pas, rends-la folle, et rends-la-moi.

— Mon fils, je m'étais trompée dans mes calculs. Je vieillis voilà tout. Tu l'as rencontrée selon mes prévisions le soir où la lune entra dans la Demeure du Trou de l'Outre, là c'était gagnant. Ensuite, entre les Serres du Scorpion et la Demeure du Crâne, je me suis embrouillée. Ce qui importe, c'est que tu sois venu aujourd'hui, regarde-moi cette magnifique lune, ce soir elle pénètre dans sa 18ᵉ Demeure, celle d'Al Calb, le Cœur, on ne saurait bénéficier d'une conjonction plus formidable pour un envoûtement d'amour ou de haine, appelle-ça comme tu voudras. C'est le même procédé et le même résultat. Ce matin, la perruche que tu m'as offerte a trépassé. J'ai donc sous la main un cœur d'oiseau. Pas celui d'une colombe, hélas ! mais celui-ci fera l'affaire. Ne fume pas trop vite. La statuette est déjà dans la cave, mon fils. Elle porte ses ongles et ses cheveux.

A cette idée il eut une névralgie faciale, toussa, frissonna, ricana, manqua gerber, aspira doucement une goulée d'oxygène, se sentit perdre pied, n'entendit plus que très confusément les voix qui montaient de sa mère et parlaient de l'œuvre qui serait faite, œuvre servile, de crime et de misère. Il hallucinait tout autant qu'avec l'acide lysergique, son pouls s'accélérait, il songeait que l'amour était une névrose toxicomaniaque, impliquant, après douze heures de manque, un état de dépendance, des crampes, des douleurs, des spasmes, une irascible anxiété, voire une syncope au final — tout ce qu'il ressentait avant de se biturer et de fumer ce foin. A présent, loin de Maria sa came, sa Bella Donna, son fixe, il ne vivait plus qu'à travers d'autres drogues. Alors qu'il ordonnait à sa mère l'exécution d'un meurtre magique, il était sincèrement peu sûr de se trouver là, sur ce sofa, et de ne pas rêver ; ceux qui burent la liqueur d'Hoffmann, trois parties d'alcool et une d'éther, ne pouvaient être plus ivres que lui. Nom de Dieu d'état de cannabisme aigu. Il eut la dernière tentation de foncer aux chiottes, de se faire dégueuler deux doigts dans la bouche pour qu'y passe toute son âme pourrie, puis renonça, tendit l'oreille aux litanies de sa mère qui se pourléchait visiblement d'enfin pouvoir agir dans l'intérêt de son fils, sans se soucier que ce fils ne pût agir dans son intérêt puisqu'il était hors d'état de raisonner, si elle était parfaitement dans celui de nuire, résolue à nuire, aux anges de nuire, et de pulvériser cette bâtarde d'Israël qui lui vola son fils.

... — Lui ébranler les nerfs disait Mme Benkamou. Ses fibres nerveuses sont bien irritables... Elle est aussi peu calcifiée qu'une enfant de huit ans. Il n'y a, dans le ciel de sa naissance, que de l'eau, de l'air et du feu. Pas de terre, aucun combustible pour tout cet incendie mental qui la cuit jour et nuit. Elle souffre du même mal que moi : la tétanie. Pense avec quelle facilité je peux œuvrer ! Rien ne m'est plus aisé que de me mettre dans sa peau, et ça n'est pas demain que je la lui rendrai ! Je vois à l'heure qu'il est ces veines gonflées, cette peau écorchée, ce plexus contracté, sa pâleur de camphre, je sens des crampes dans ses doigts, l'alourdissement de son corps si maigre, oh, si maigre, maintenant sa tête s'allège, tout se bloque, et se cabre, et se raidit, des épées fourmillantes lui percent les muscles, les forces de son esprit ont été trop sollicitées mais ça n'est rien auprès de ce qui va suivre, elle...

D'un mouvement involontaire, Mme Benkamou renversa un verre de cristal, en ramassa un morceau.

— Elle est comme ce cristal. Je la briserai comme ce cristal. Les puissances de l'Enfer prévaudront contre elle et l'entraîneront au désert. Sa lèvre inférieure commence à tressauter, elle va s'abattre dans un instant sur le parquet, de tout son long, mais non, elle ne se fendra pas le crâne, pas encore le crâne, ne t'effraie pas mon fils, juste une petite crise de spasmophilie, sa mâchoire ne veut plus se fermer, comme celle des morts, un lierre vorace se resserre autour de son cœur, et elle ne peut plus respirer du tout...

— Tais-toi ! Donne-moi de l'eau ou du thé, j'ai soif, et je la vois moi aussi, je ne sais si je suis mort ou vif, si tu es ma mère ou une diablesse, je ne sais si cet appartement n'est pas un leurre et si je ne suis pas chez moi en train de cuver la plus invraisemblable cuite de ma vie... Maman, quoi que nous fassions, jure-moi que ce ne sera qu'un songe. Maintenant, tu vas m'écouter, avant de toucher à cette fille. Prends un pouf et installe-toi près de moi, je ne peux parler qu'à voix basse. Maman, si j'en crois tes folies, le choc-en-retour sur la personne de l'envoûteur est mortel, n'est-ce pas ?

— Ça se plaide, mon fils, dit Mme Benkamou en lui tendant un verre de thé à la menthe. Tu as peur d'être devenu raisonnable et de recourir à l'envoûtement ? Eh bien, mon fils, par le bois du peuplier, le sel, le benjoin, la jusquiame, les orties qui brûlent sur mon réchaud, par les 99 noms de Dieu, par Celui hors duquel il n'y a pas d'autre Dieu, par Celui qui Façonne, qui Contraint et qui Pourvoit, par cette poupée de cire rouge inhumée dans mon jardin auprès du cœur percé de la perruche morte de mort naturelle, je te promets que tu rêves. Que, quand tu te réveilleras, tu jureras que rien n'a été fait. Je prends toute la responsabilité de l'opération. Ma vie ne compte pas. Tu es, mon fils, en train de dormir profondément, et tu ne sauras jamais si, oui ou non, tu m'as demandé d'œuvrer sur cette fille le soir d'Al Calb. La lune est un agent de l'ombre. Le plus sûr des faux témoins. Elle se chargera d'occulter l'affaire. N'aie crainte. Là, tu dors déjà. Tu dors, mais tu entends les voix des princes qui signent sur le sable. Encore une petite bouffée de kif, et tu auras passé le miroir. A moi d'invoquer Iblis. Tu as commencé toi-même le processus d'envoûtement le plus naturel, dans le but d'obtenir cette femme. Je continuerai, et je prends sur moi tous les risques. Ne m'en empêche pas, je le ferai quand même. Si je n'agis pas, elle t'écrasera sous son pied. Ne bouge pas. Il faut que j'aille mettre ma gandoura blanche et disposer quelques instruments rituéliques.

— Non, pas tout de suite, dit Amine avec une véhémence pâteuse, et la loquacité que lui donnait le chanvre. Il faut que je te dise qui tu attaques. C'est, de toutes les vivantes, la plus belle condamnée à mort que j'aie vu marcher avec dans le ventre le germe de l'Esprit. Tiens, une vision se lève. Elle marche vers le couperet, à ses épaules dénudées pour le bourreau s'accrochent les dernières neiges, aussi nobles que celles qui bleuissent les cimes de l'Atlas au printemps. Ses épaules sont comme l'éveil, ou comme une Nativité. Ses cheveux si longs, léonins, ont quelque chose de fou et de furieux comme ceux de Lyssa la Gorgone, une mèche tombe sur ses yeux sablés d'or. Elle porte une robe blanche qui dans sa marche se froisse, se casse, tel un vol de mouettes la suivant. Elle marche dans la lumière d'étain, de safran et d'oranges amères de l'Orient. Elle est surchargée d'or rouge, sa peau se fonce jusqu'au cramoisi et flamboie, on dirait que s'y reflète un incendie. Dans ses yeux, les lampes perpétuelles d'une synagogue. Je ne supporte pas cette image d'elle. Fille trop belle qui sent un charnier de roses, et titube sur ses minces jambes si faciles à briser. Elle retrousse son grand jupon blanc pour aller plus vite vers le lieu de sa mort. Je crois qu'elle est la rencontre exacte du visible et de l'invisible, la foi, l'ardeur du charbon et la fraîcheur de l'essor. Ô ma mère, éteins la brûlure de ce sel de la terre qui me fout le feu aux lèvres. Elle rit, bruit de crécelle, et me nargue. A présent ses cheveux sont des copeaux d'orange, elle est toute baignée de cette lumière qui n'est pas terrestre, on la dirait sortie d'un vitrail de Chartres ou d'un pot de marmelade, son front est un bouclier de cuivre, elle s'approche, elle porte un enfant sous sa robe, elle s'avance dans la chaleur d'une forge et le parfum des fruits blets, ses yeux sont des étoiles doubles, son corps est un infini corridor, et sa beauté une langue d'aspic dardée vers le soleil. Autour de sa tête, des branches enflammées et cruellement tordues. Elle est feu jusqu'à l'ourlet de son oreille. Qu'on éteigne le brasier ! Ou bien je vais m'y brûler avec elle !

— Je l'éteindrai, et je percerai, entre ses seins, l'endroit exact, à la peau si douce, de son plexus, d'une aiguille rouge. Dans mon intimité mollira une datte pilée avec des amandes, du sucre et un peu de ma salive. Ne fais pas le dégoûté, ce serait vexant pour moi, et n'oublie pas de lui faire manger cette datte dans une pastilla que je te remettrai tout à l'heure. Je jette maintenant dans le brûle-parfum sept grains d'encens, et, ne te montre pas pudibond, il me faut l'enjamber sept fois pour que la vapeur monte dans cette vieille moule pourrie que j'ai en bas et d'où tu naquis. Que brûle le sel ! Il brûle magnifiquement. Que son corps soit cendres comme les cendres dont je frotte le mien. Bismellah, préserve mon fils du tort que peut lui causer cette fille et mets-la à son entière disposition ! Qu'il en soit ainsi, par l'alun dont je m'enduis le corps, par la fumée des cierges noirs les plus purs qui seront mouchés comme la braise de ses yeux ! Que le feu de son esprit dévore sa chair comme il dévore ces cierges ! Elle est à toi, mon fils, le charme ainsi fait est plus puissant que tous les sorcelages, son cœur sera encloué comme celui de l'oiseau, l'essor et la lumière lui seront interdits, et elle se ternira comme se ternit le miroir d'encre. Je me retire, mon fils, j'ai à mettre cette datte en bonne place et à invoquer Moadhib qui ne parle qu'en catimini. Dors, pendant ce temps. Dors tout son saoul, c'est le cas de le dire. Mon fils, tu n'as fait qu'un songe, rien qu'un songe...

Il dormait presque, n'entendait que de très loin les paroles de sa mère, ne la vit qu'à travers un voile se frotter vigoureusement les seins de cendres et d'alun, ne l'entendit pas fermer la porte du salon, et coula dans le sommeil plan que donne l'esprit du chanvre.

— Voilà dix heures que tu dors, mon fils ! dit Mme Benkamou, penchée sur lui — et une heure que je te regarde dormir comme lorsque tu étais enfant. Cette heure comptera parmi les plus belles de ma vie.

Il la regarda, se formula que cette femme avait donné la vie en question pour la sienne propre, ne se souvint plus comment, fut pris d'une angoisse atroce, se leva, tituba, pensa *magie noire*, se répéta *magie noire*, et entreprit de foutre le camp sans demander son reste. Pourtant, pas trace d'un travail d'envoûtement dans cette pièce paisible, tout y était à sa place, seul traînait un vague parfum d'encens et de kif, ah ça, du kif, il était certain d'en avoir fumé. Hallucinations, donc, après trop d'alcool et d'herbe. Mme Benkamou le rattrapa avant qu'il n'ait atteint la porte.

— Ne te sauve pas si vite, Amine ! on dirait que tu as oublié ce que je t'ai promis... Je sais que tu n'es pas très gourmand, mais ta fiancée, elle, ne dédaignera pas ce chef-d'œuvre, sans me vanter, la pastilla est le plat que je réussis le mieux, peut-être même est-elle supérieure à mon couscous ! — tu ne sens rien, venant de la cuisine ? Je viens de la retourner pour dorer l'autre face, elle est prête, je te l'apporte, aucune bourgeoise de Fez, celles qui se disent seules détentrices de la tradition culinaire de mon pays, ne t'en ferait goûter une semblable ! Tu la serviras sur un plat de Chine, et tu saupoudreras le dessus de sucre et de cannelle, au dernier moment. La cuisson, le feuilletage, la farce, tout me semble parfait, j'y ai mis beaucoup de pigeons, le roi Hassan lui-même ne la bouderait pas ! Et puis j'aurais beaucoup de plaisir à ce que ma future belle-fille apprécie la cuisine marocaine. Tu sais bien que c'est une de mes dernières distractions !

Elle disparut, et revint portant un carton dont elle chargea Amine, qui balbutia un merci idiot, franchit le seuil et dévala les escaliers.

A vingt heures, Maria apprit d'Agostina, par voie téléphonique, qu'Amine, sans doute éméché, avait grillé un feu et tamponné un camion d'éboueurs, qu'on déplorait seulement de la tôle froissée, mais que Ghoraïeb fils, gravement commotionné, gisait dans sa chambre, gavé de tranquillisants par Maximilien Richter qui là au moins servait à quelque chose. Amine, l'informa sa future belle-mère, délire un peu, on espère qu'il n'a rien au cerveau, il faudra un examen, en tout cas il est dans un triste état, il vous demande, il parle d'une farce au pigeon, ça je ne comprends pas, mais ce que je comprends ma petite, c'est que cet accident n'en est pas un.

Simulacre enfantin de suicide, pensa Maria, et, se voyant cuite, le pigeon de la farce sans doute, qu'était donc cette histoire de farce, elle raccrocha impoliment au nez d'Agostina, alla s'asseoir à sa table de travail, enlaça sa machine à écrire et, le front sur la barre de graduation, se mit devant le fait accompli. Incapable d'assumer qu'il se foute en l'air et ne tolérant pas l'idée seule du suicide, souvenir au fer rouge dans son ventre, elle renonça à porter le faix de la culpabilité, et maudit ses ancêtres juifs jusqu'aux Galiciens. Des hassidim et du Baal Chem Tov, elle n'attendait plus de miracle. Elle céderait à ce garçon qui se tuait, faute de la surprendre au réveil en peignoir avarié.

Elle entra dans sa chambre, le surprit en train de lire *Le Pont d'Alcantara*, et le regarda avec le petit sourire résigné des perdants au rallye Paris-Dakar.

— Eh bien ! Pour une fois, les éboueurs ne faisaient pas grève, Amine Youssef, dit-elle à haute voix, avant d'ajouter pour elle-même : il y a bien de l'orgueil, Maria Tiefenthaler à s'abaisser autant que ça.

Elle plia le genou gauche, puis le droit, jusqu'à ce qu'elle fût à la hauteur de l'oreiller et de la tête brune de l'ange des solitudes qui traversait des camions d'éboueurs à cause d'elle. L'ange des solitudes avait les yeux creusés d'un pirate du Rif après ivresse cannabique. Elle inspecta tout ce qui se trouvait sur la table de chevet. Fièvre ? Ça baisse, répondit-il. J'ai fait des conneries, Maria. Une cuite, et quelques joints par là-dessus... Figure-toi qu'en sortant de la bagnole — la jeep, par chance, elle n'a rien de sérieux, juste un petit choc émotionnel — je ne sais pas pourquoi, j'ai eu la présence d'esprit de prendre une pastilla au pigeon que ma mère avait faite pour que nous la mangions ensemble...

— La présence de tes esprits me semble placée d'une façon suspecte, et je ne te savais pas tant d'amour pour Mme Benkamou, qu'après avoir embouti un camion, tu sauves de ta voiture son feuilleté au pigeon... Tu es vraiment quelqu'un d'imprévisible, Amine Ghoraïeb.

— Il était indemne sur le siège arrière, ce petit feuilleté. Alors, si tu n'as pas dîné...

— Je n'ai pas dîné. Je ne dîne jamais avant vingt-deux heures. C'est gentil d'avoir pensé à cette petite fête de retrouvailles, et j'adore la pastilla. Je vais te la bouffer, ta tartelette au pigeon, espèce d'empaffé !

Il sonna Aziz et lui demanda d'apporter le feuilleté, du vin et des fruits.

Mon amour, disait-il, mon adorée, et ses doigts fourrageaient sous la feuille d'or croustillante pour en extraire la farce sucrée, poivrée, violemment suave, où se mêlaient les petits os de pigeon, les amandes et la datte, que Maria, docile, avalée bouchée par bouchée, les yeux clos, convenant la bouche pleine que ce feuilletage était un papier de soie, une auréole de saint et une symphonie de safran, de cannelle et de piment jamaïque. Elle s'arrêta pour respirer et s'aperçut qu'elle venait de dévaster la moitié d'une pastilla destinée à trois ou quatre personnes.

— Quant à ce que j'ai foutu cette nuit-là, mon amour, mon adorée, ma chérie, trou noir, aquavit, scotch, kif, accident, entre le dernier joint et le moment où je me suis planté, rien qu'un vague souvenir d'avoir rendu visite à ma mère. La seule preuve tangible de cette visite, tu es en train de la manger et il n'en restera bientôt plus une miette, alors...

— Ça va, chéri zamor. Je me tamponne de ton simili-suicide. Laisse tomber.

Elle suçait un cartilage de pigeon et une datte dont elle cracha le noyau par terre avec la conviction qu'elle mit à lui promettre ensuite de ne plus jamais s'absenter sauf pour faire pipi, de ne plus jamais s'éloigner de lui-même de cinq cents mètres, de ne plus le laisser à sa peur et à sa solitude — pour toujours, aimé, je serai là présente (dernière bouchée de cette gigantesque hostie) nous dormirons ensemble chaque nuit et nous commencerons par habiter où tu voudras pas question d'union libre nous nous épouserons devant Dieu, mon amour ne fais pas cette tête d'hérétique quand je te parle de Dieu, moi qui suis pour moitié du peuple de Caïphe qui crucifia le Nazaréen j'en ai un sacré ballot sur la conscience et ne puis en supporter davantage tu sais que je n'ai pas réussi à sauver mon père apprends qu'il m'est intolérable que toi, mon gosse mon amant mon misérable et splendide apostat qui se plante en bagnole, dès que je tourne les talons, tu aies à nouveau ce regard bafoué — à jamais aimé à jamais dans tes bras ma prison la prison du maléfice jusqu'aux enfers mon amour nous serons assujettis il y fera à peine plus chaud qu'à présent prends ta température au point où nous en sommes ne fais pas semblant de te fourrer le thermo-mètre sous l'aisselle mets-le où on doit le mettre voilà c'est très bien non non je ne bouge pas où vois-tu que je bouge pas un de mes cheveux ne bouge quoi donc ah oui ici chair de poule c'est curieux pourtant j'ai si chaud j'attendrai mon amour que le mercure monte dans ce thermomètre un deux trois quatre cinq six sept huit neuf dix là c'est bon je pense donne-moi le thermo trente-sept il suffit donc que je sois là pour que tout aille mieux je serais l'impératrice des salopes si je m'écartais de toi une seconde car tu mourrais mon amour de n'importe quelle ciguë ou camion ou de ne plus avoir le cran de respirer, n'est-ce pas, tu dis que je suis dans le vrai, au moment où tu me donnes raison, je sens un noyau se durcir au centre de moi-même il s'appelle culpabilité et il est plus fort que toute passion, aimé je me détruirais moi-même si je t'envoyais pendre, je vois déjà le coup de pied sur le tabouret et l'érection d'où naissent les mandragores eh bien va pour l'érection mon amour j'entrerai dans ton lit attends que je ferme la porte — pardon je dois me déplacer de quelques mètres pour cela mais N'AIE CRAINTE me voilà, déjà tu es hors de danger — c'est facile, je n'ai qu'à déboutonner ma chemise et virer mon jean et dessangler mes bottes, je suis à toi et nue sous les draps et je veux que tu me baises et que cette chose bandée ne signifie pas ta mort, toi ma plaie vive, toi ombre sur l'équité, mais ta renaissance, tu m'as donné à manger tout à l'heure, maintenant fais-moi l'amour ainsi je serai remplie de toi par le haut et par le bas et tes doigts et ton sexe sont comme un roncier dans ma chair comme une couronne d'épines dans ma chair et enfonce-toi en moi jusqu'à ce qu'il n'y ait plus deux êtres mais un monstre double ainsi en sera-t-il jusqu'à la fin de nos vies, à peine ferons-nous quelques actes futiles entre-temps pour qu'il se passe, tu es la lance dans mon flanc perce-le encore perce-le puisqu'il te faut ma vie et que je ne supporte pas cette autre croix, celle des criminels, celle de ceux qui tuent ou pour qui on se tue, la voie du Christ est la seule carrossable, Amine Youssef mon seul amour, je t'épouserai même si mon père avait raison. Baise-moi et à jamais je renierai la voix de mon père qui prêche pour mon salut — mon seigneur aux yeux de mouches vertes laisse-moi embrasser tes paupières et lécher les mouches, tes yeux sont des blessures que moi seule peux guérir, tes lèvres près de moi sont comme les escarres, tes yeux à la paupière gondolée sont comme de mauvais esquifs et des barques pourries prenant l'eau, tes pommettes sous ta peau saillent comme la crosse d'un fusil, tu as définitivement quelque chose d'un forçat dans ton obstination à m'aimer, il semble qu'un dieu fou t'ait condamné à cette intraitable condition, tu es un bastonné et une pauvre gargouille, eh bien soit, je troquerai mon extase contre ton cauchemar et ta romance infernale, allons un brave coup de fourche dans le coccyx ou un peu plus avant, je te suivrai à moins que tu ne me chasses, ne comptons pas là-dessus, et je basculerai dans l'ornière de ton lit. Ce que je fais ressemble à un obscur engagement, plus tard, peut-être, saurai-je quelle force m'y poussa, j'entrerai ce soir dans la demeure de ta solitude et nous serons ensemble jusqu'au moment où la chair finira.

Ils dormirent des heures, un temps indéterminé, pendant lequel Agostina tenta à plusieurs reprises d'entrer dans la chambre verrouillée. Empêchement regrettable, car peintres et sculpteurs eurent rarement l'occasion de voir chose comparable à l'harmonie pétrifiée du sommeil de ces amants aux bras enchevêtrés et aux jambes ligaturées par le fil d'acier d'un sort, ainsi immobiles, fracassés au cœur profond et noir de leur jeunesse — ni l'un ni l'autre n'avait encore trente ans.

500

Envers le fait qu'une datte ayant molli dans le vagin usé de Mme Benkamou eut une influence prépondérante sur le destin de Maria Tiefenthaler, on peut se montrer sceptique. Il n'en reste pas moins que pour un être dont le seuil de sécurité s'effondre — Amine Youssef — l'univers devient un vaste envoûtement de mort dans lequel il s'agit d'entraîner l'autre, et pour cela de mobiliser les forces les plus profondes, celles avec lesquelles on ne joue pas impunément, et qui sont du domaine magique de l'inconscient. Prêt à cette mobilisation, Amine, dès qu'il fut sur pied, loua l'appartement de la rue de Verneuil à la comtesse vendéenne qui exulta à l'idée qu'un Jeune Couple représentatif, dans sa partie féminine, des belles-lettres et, dans sa partie masculine, du pognon métèque, on ferait avec la couleur de ce pognon, s'en fût crécher sous son toit, au fond de la cour à bossages.

Un Libanais ne se déplace jamais sans armes. Il prit son Browning et la carabine pour éléphants, dans l'intention de planquer le premier dans un tiroir et d'user de la seconde comme décoration murale. A propos de cette intention, sa douce fiancée aurait déjà pu lui faire un petit procès, mais elle ne s'en sentait déjà plus l'énergie.

Un mal particulier

« Plaisir mêlé d'horreur, un mal particulier. »

Baudelaire, *Les Fleurs du Mal*.

OUI DA JAWOHL. Ce qu'il voudrait. Ce logis sera modeste
comme la Résidence de Munich, 23 500 m² avec double mono-
gramme en lettres d'or au plafond de la salle des chevaliers.

Oui mon amour je ferai la tournée des Boutiques de Décoration, mais par où commencer, aménager le passé pouilleux et nobiliaire, entreprise titanesque, douches antiques, pas de bidet, trouver
des astuces, utiliser les recoins, encastrer une baignoire à fond antidérapant, des vasques avec des robinets col de cygne, dans les tons
fuchsia ou sable, tu préfères sable, ça fera plus désertique.

Oui chéri zamor susurrait l'accordée, oui le mélangeur ther-
mostatique pour la baignoire, oui la chaîne comment déjà haute
fidélité comme la mienne de fidélité pour la vie, chaîne compacte ô
combien enchaînée avec platine à entraînement par courroie à tête
chercheuse nous aurons, et le hmm tuner sensible deux enceintes à
trois voies ça tombe sous le sens, comment s'était-elle passée jusqu'alors de platine, ampli, tuner, enceintes à trois voies, oui amour
adoré sublime prince maronite, disait-elle, dans ses yeux les lueurs
d'acide nitrique des porteurs de foudre, au transi de passion absolument épaté devant l'égarement pressant et l'hystérie perfectionniste de sa dulcinée, qui trichait à fond, se passionnait pour la déco,
s'exhortait à donner au chéri des preuves tangibles de son attachement via la robinetterie — Dieu seul omniscient percevait là quelque
contresens. Il ne créa pas cette femelle pour des bricolages tels que
les investissements dans le concret et le sentiment conjugal, ça le
contrariait fort, Dieu, que cette louftingue fût du mauvais côté de
ses baskets, Il ne l'avait point enfantée avant les collines comme
Marie pour qu'elle s'occupât de robinets, si elle plantait un clou
elle y laisserait le doigt, si elle épousait, la peau, or enragée chienne
elle professait son nouvel attachement aux galons, passementeries,
apprenait le langage domestique, se documentait sur la thibaude,
réclamait à cor et à cri les dimensions exactes de l'Appartement,
thibaude donc, nom médiéval et courtois (elle la poserait peut-être
au plafond), moquette de haute et basse laine, literie duo-rêve, elle
exigeait un tapis hispano-mauresque, courait les grossistes, entre

deux grossistes lui assena froidement sa décision de déposer la liste
de mariage chez Peter coutelier-orfèvre du Faubourg Saint-
Honoré, où (éclat insoutenable de ses yeux, avait-elle à son tour
fumé du kif vert pâle ce qu'il y a de mieux au Maroc) elle admira les
lardoires, tranchoirs, canifs, absolument fabuleux, surtout les couteaux avec manche à huit pans en pierre dure de l'Arizona, lame
d'acier, têtes, viroles et culots d'argent massif, les mêmes avec
manche d'ivoire ou d'aventurine indienne (tête des amis priés de les
fournir en armes blanches, y compris pierres à aiguiser et couteaux
de chasse). Dégringolant jusqu'aux plus invraisemblables bassesses,
la jolie future petite Mme Ghoraïeb embourgeoisée de lynx, genre
de cliente potentielle et chiante à laquelle on répondait très poliment bien que, si excitée sans doute par son mariage proche, elle
harcelât la préposée de capricieuses questions, écumait toute la
journée les cinquième, sixième et septième arrondissements, achetait du linge de maison, housses, couettes, draps en crêpe de Chine,
des nappes d'organdi comme pour l'Élysée, des coussins lamés, des
chiottes de marbre rose, des consoles laquées quadrangulaires et
octogonales, et des abat-jour de percale glacée. Les tables rognon
et gigognes (elle acquit cinq gigognes allez savoir pourquoi) n'eurent bientôt plus de secret pour elle, elle se familiarisait en pleine
conscience de son abjection avec le moule à gaufre, la pelle à tarte,
le gril en fonte, l'autocuiseur, le tranche-pain, rentrait épuisée,
s'écroulait sur son lit, en chassait les chats avec une brusquerie sans
précédent, repartait de plus belle en chasse le lendemain, se préoccupait des crémones, achetait un hamac vénézuélien qui serait du
meilleur goût dans le Louis XV sous boiseries rococo, un miroir
sablé, puis imbattable sujet matelasserie, en choisissait plusieurs,
on superposerait, bourré de crin de cheval ou pure laine cardée
voire anti-escarres, oubliant son ancienne aversion pour le blanc,
sévissait dans le beau linge, le drap de soie et de fil, le galon surpi-
qué, découvrant le drap de chanvre tissé main, n'en voulut plus
d'autres, acquit des brise-bise (les rideaux) ceci chez Porthault,
après sept stations de métro ou de chemin de croix elle parvenait au
Saint-Sépulcre rue de Verneuil où il l'attendait à huit heures, inutile de préciser que ses précieux thés cinq à neuf, oubliés, elle ne
prenait plus de thé qu'en sachet dans un bistrot entre deux boutiques, au Saint-Sépulcre ouvrait les bras crucifiée sous les baisers
de son amant, aux tempes, aux poignets, aux genoux et aux chevilles, tombait doucement en neige fondue entre les bras d'icelui ;
Amine, plus qu'indulgent envers l'incompétente qui entendait mettre la thibaude au plafond, écoutait à peine son délire, approuvait
les meubles en canne des Philippines, les fauteuils en corne de
vache, les commodes en noix de coco concassée, les embrasses et les
mains courantes, il l'écoutait jouissivement parler quincaillerie,
balais, O'Cedar, plumeaux et articles ferrugineux, moquettes re-
moquettes, devis gratuit pose par des spécialistes, taies volantées,

tissus d'ameublement le mètre en cent quarante mon âme coûte vingt-quatre francs aux Toiles de Mayenne, il émettait une petite suggestion au sujet d'un revêtement mural de liège, du liège mon adoré, y a-t-il des risques d'inondation ? Non mais c'est isolant, alors, disait-elle avec une ironie amère, on ne peut s'en passer — oh ces fleurs qu'il avait fait livrer rue de Maubeuge, une composition grandiose, on se croyait au bal de l'X, la grand-mère étouffait, merci ange — j'ai vu des pots de chambre idéals pour les gardénias.

A présent, ronronna-t-il un soir d'octobre, regarde la surprise, dans la rue — et elle s'extasia, cabotine sur la Nouvelle Voiture : une Jaguar avec commande électrique de verrouillage des quatre portes sur la console pare-brise feuilleté, soixante-quatorze mille francs modèle XJ12-5, 31, précisa-t-il, de plus l'entreprise relevait de la comptabilité tout ça bourré de chiffres. Maria n'y pigeant rien râlait d'émotion, il omit de lui avouer que Fouad, inquiet des dépenses effrénées de son fils, et jugeant les femmes de lettres définitivement plus onéreuses que les demi-mondaines, fulminait en douce, et l'avertit qu'à la prochaine incartade du genre camion, d'éboueur ou Valium pilé dans du lait (il venait de donner à son fils une bonne idée) conséquents à une rebuffade de Mlle Tiefenthaler, il passerait à la Jaguar XJ36-2, 81 overdrive, coût cinquante mille trois cents francs, on apprécie davantage les biens de ce monde si on en connaît le prix, et qu'à la troisième incartade il roulerait à Vespa.

— Ici vécut l'inventeur du pendule, fit la comtesse, chez qui ils prenaient souvent un verre juste avant l'emménagement — dès que l'appartement serait en l'état, quel état, vu les dispositions prises par la fiancée sous transe oniroïde, on ne savait —, aaaah émit la fiancée qui s'étrangla, il fallut lui taper dans le dos, elle tenta de ne pas recracher une gorgée de Perrier, par politesse régurgita, informée qu'elle cohabiterait avec le spectre de l'inventeur du pendule, un genre Cagliostro, celui de son père si par bonheur il acceptait encore de se manifester à sa fille traîtresse, et celui de son amour qui monterait farouchement la garde.

Pute et martyre, s'abominant avec la volupté du renoncement, elle mit la table du premier dîner dans l'appartement, qui offrait de beaux reliefs en stuc du xviiie et l'aspect naufragé de ceux pour la décoration desquels on vient de livrer par camions les accessoires utiles et inutiles — si, comme elle l'espérait encore, elle travaillait *à la maison*, il lui faudrait allumer, vers cinq heures en saison froide, les lampes sur potiches chinoises et la torchère portée par un nègre au mufle bachique. Ce soir ils dîneraient aux chandelles, seyantes à un teint de jour en jour plus pâle, curieux comme, dès qu'elle entendit son pas sur les dalles sonores de la cour, le sang déserta ses joues, elle dut se les vermillonner de blush rose vite vite pour qu'il ne lui trouvât pas une mine décavée, bien qu'elle eût remarqué que, systématiquement, il la trouvait belle quand elle se savait hideuse, bouffie et verdâtre. Au début, il se dispensait de telles appréciations, mais aujourd'hui un droit occulte les lui permettait. Tour de l'appartement, que tout soit à peu près en place moins l'essentiel, moquette, tapis, papiers peints et tissus muraux. Idéalement belles, les hautes fenêtres à petits carreaux du temps de Voltaire. Presque vide, cet appartement ne lui déplaisait pas. Mais bientôt il serait EN TRAVAUX et là ce serait le carnage.

Il refusait qu'elle fût sa bonne, ma chérie ne touche pas aux fourneaux tu te brûlerais, pas question de cramer encore, un bonze que cette chérie, avant l'arrivée de la cuisinière donc repose-toi (leitmotiv, il fallait toujours qu'elle se reposât or sa thérapie était l'action mais, non convaincu ou plutôt n'écoutant rien, il répétait ses conseils de repos) tu viens de tant te fatiguer à courir les boutiques (note vingt-cinq millions d'anciens francs, sans compter les menus travaux dans la salle de bains, le superflu coûterait le triple surtout si elle se lançait dans les marines hollandaises) je ferai les courses ce soir, veux-tu du saumon et des fraises ? elle voulait, préférant le saumon aux plats cuisinés et s'apercevant avec horreur qu'Amine adorait mitonner des petits plats, incompatibles avec son obsession de maigritude (comme la négritude, une condition) et les mythes de l'amour. Son pas sur les bossages — elle vérifia sa joliesse dans le miroir sablé, ce soir Maria je t'en prie sois belle pour toi et parle, même s'il n'entend pas... Ce soir-là, elle se convenait, bien que spectrale et fardée de trois emplâtres superposés pour teint de porcelaine, ce soir, œil cidre clair, cils rebiquant jusqu'aux sourcils épilés pour lui en haute arcature, ce soir dernier crépuscule de fête elle le savait déjà sourdement mais se l'avoua en un éclair quand une clé farfouilla dans la serrure, ce soir déguste (pour la première fois de sa vie, elle ne ressentait pas le creux et les gargouillis stomacaux proclamant sa brave santé et la fin d'une dure journée de bohème, pas faim donc, elle s'adressa une grimace dell'arte dans la glace, pas faim Colombine, mauvais présage, mais inutile de les compter, Colombine n'est plus, à sa place la Kadine Sekerbuli, « Bébé de Sucre », favorite d'Ibrahim le Sanguinaire, assujettie à un programme dont l'article premier est de prendre quelques rondeurs pour plaire au sultan qui professe sa passion des minces en général et souhaite secrètement, goût ancestral, qu'en particulier sa mince devienne une mince aux angles édulcorés, bien sûr ma chérie pas une bonbonne, mais tout de même, trois kilos de plus, supplique quotidiennement adressée d'où saumon calorigène) ; et encore, il cachait bien son jeu, il faudrait tenir la barre avec fermeté, sinon on en arriverait vite au cassoulet confit d'oie et foie empoisonné de l'animal, qui, ne pardonnant pas aux hommes le gavage auquel ceux-ci l'astreignent, leur inflige par empathie des crises du même foie et aux hanches des femmes des bourrelets en vertugadins, je t'assure mon amour tu t'astreins à un régime de famine, draconien, disait-il — qui était Dracon dans l'histoire — trente-neuf kilos cinq cent, le poids d'une enfant de dix ans ! Elle se souvint avec effroi de la livraison d'une bascule où certes il la pèserait tous les matins.

Son pas dans le vestibule, ébranlant quelques verreries de Venise — elle, pétrifiée devant le miroir, trop de maquillage ce soir, mais il ne verrait pas, il ne la voyait pas, il l'avait vue une fois pour toutes et s'en tenait là, maquillage ardent sur carnation hâve, poudre en nuage de craie, elle ressemblait, cheveux en catogan, à un petit marquis affété pour souper fin chez le Régent, ciel, il n'aimait pas le catogan, elle défit à la hâte le ruban de velours, eut un sursaut de révolte, elle se trouvait bien avec ce catogan, le ruban gisait sur le parquet Versailles, elle fit bouffer ses cheveux en poudre volatile, s'estompa le petit marquis, à sa place une sainte effigie raphaélesque, pourquoi n'aimait-il pas le catogan ? ah oui, pas féminin.

Désarmée et très féminine, souffrant d'une légère tachycardie, une sueur froide emperlant le petit creux entre ses seins, épuisée, elle défroissa la jupe de cachemire récemment acquise, il préférait les jupes, jugeait ses pantalons trop collants, indécents comme les blouses transparentes, abandonner donc tout cet attirail séducteur pour jupe bon genre et corsage à lavallière de soie opaque — ce soir, pensa-t-elle, j'aurais pu le recevoir en chemise de nuit ou vêtue de mes cheveux comme Godiva, aucun tiers ne fixera attentivement les pointes de mes seins sous une mousseline, il a dû souffrir en silence ce garçon car, dans mon innocence et pour le séduire loyalement, je l'ai soumis au traitement de choc rituel, jupes mais fendues jusqu'à l'aine made in Hong-Kong, blouses pelliculaires, ensembles décolletés jusqu'aux fossettes des reins, à présent j'ai compris, admis, je bois jusqu'à la lie le vin des supplices, ce soir saint-émilion, désormais plus d'impudeur publique, qualifiée de provocation, terme employé si gentiment mais avec tant d'insistance, dans mon intérêt sans doute, ce type voit des agressions partout, en revanche dans le privé je pourrais peut-être encore me permettre quelques audaces, encore faudrait-il m'assurer que ça ne le contrarie pas — en vérité, il me préfère nue, dépouillée de toute armure, et allongée. En position verticale et coquettement parée, il me redoute jusqu'à la haine. Il me veut flinguée, tringlée, flagada, et à lui seul. Pourtant, que de cadeaux contradictoires ! au vu des scintillements à mes poignets et de l'amoncellement des peaux de bêtes, je crus qu'il désirait que je brille. Erreur. Rien ne l'effraie plus que l'éclat qui dès l'abord lui plut. Aujourd'hui, la bête est circonscrite, dans la trappe, ne faudrait pas qu'elle en charmât d'autres, sans doute.

Il se tenait sur le seuil, héraldique, chargé de ces glaïeuls qu'elle ne supportait pas, rien de plus sépulcral que ces fleurs-là, on se croirait au George-V soupira-t-elle, et puis il faut les mettre dans l'eau, les fleurs sont absolument exténuantes. Mon amour, dit-il, mais tu as mis la table il ne fallait pas, dès fois qu'elle brisât des assiettes, se coupât, une brûlure suffisait, il fallait quoi, au juste ? rester au lit.

Désespérée, elle le regarda, très droite, la nuque raidie, dressée sur des ergots à talons dorés, d'une beauté testamentaire, bellezza d'un été finissant, parée des rubis sang-de-pigeon, ses autres bijoux scellés dans un coffret car évoquant un passé aboli, belle après embaumement, si belle qu'il en eut un pincement de rage au cœur, car sous-estimant les ravages opérés, il la croyait plus solide qu'elle ne l'était alors, et jugeait qu'il faudrait du temps pour en finir avec sa beauté.

— Du saumon Pétrossian, du caviar ossiètre, trois salades panachées, des avocats, des fraises et de la crème, annonça-t-il d'une voix d'huissier.

Il posa les glaïeuls sur la tablette de la cheminée, vint l'embrasser, elle crut que le dîner avait commencé, mais non, pourquoi cette nourriture étrangère dans la bouche, puis elle faiblit car, expert, il finit par l'étourdir et susciter l'éveil de ses fourmis dans les lombaires, elle se dégagea, acharnée à ce qu'il bénéficiât d'une image parfaite pendant le dîner, car s'ils commençaient à se rouler des pelles, adieu friselis, maquillage et ordonnance de l'ensemble, ou plus exactement elle souhaitait s'offrir une dernière image exacte d'elle-même au moins, jusqu'à onze heures. Il alluma un feu dans la cheminée, geste prévisible et bonne intention car elle frissonnait, et — mon amour ne bouge pas je m'occupe de tout j'apporte le plateau dans une minute merde j'ai oublié le pain de seigle.

— Tant mieux, miaula-t-elle, pour moi qui ne mange pas de pain, mais pour toi c'est ennuyeux j'en connais qui se pendent pour moins que ça.

— Encore cette histoire de régime, dit-il furieux, décontenancé par son ironie (l'ironie, comme les blouses transparentes, subversion, vitriol, à oublier de suite, itou le sens de l'humour on ne rigole pas avec l'amour), ange tu me feras plaisir désormais de manger du pain comme tout le monde, du pain Poilâne bon pour la santé...

L'absence de pain semblait tant menacer la sécurité ontologique de Ghoraïeb qu'elle s'en émut, ce manque revêtait un caractère brusquement cataclysmique, pourtant ils ne sortaient pas d'une famine telle qu'en connut la France sous les monarchies, mais d'une série de dîners plantureux ; avant qu'il ne disparût en direction des cuisines, elle hasarda :

— Et ma machine, tu as pensé à ma machine ? (Il lui avait promis de passer la prendre chez elle, avec bien entendu toutes ses robes et accessoires divers, répartis dans trois valises.) Silence dénégateur, du questionné. Comment avait-il pu oublier son Underwood ? L'Underwood, dont, toute à ses occupations matérielles, elle ne se servait plus guère ces temps derniers, était restée rue de Maubeuge, acte manqué de taille colossale, mais elle ne renonçait pas à écrire, ne se sentait pas à ce point suicidaire encore, et lui, le premier, lui avait parlé du somptueux bureau qu'il aménagerait pour elle — où vertubleu, ce bureau, ils n'en savaient rien. Dans le salon, impossible chérie, si des amis viennent prendre un verre ça te dérangera, dans la chambre hmmm ça me paraît difficile de caser un bureau Louis XVI à tiroirs en placage d'ébène, selon tes vœux, alors quoi, s'impatientait-elle, dans la penderie ? Apparemment bouleversé devant cet élan agressif et irraisonné, il avait rétorqué que, plus qu'aucun être au monde, il se souciait de protéger sa création et qu'il lui aménagerait un bureau digne de Metternich, que la disposition des pièces serait à revoir, qu'elle pouvait bien en attendant écrire dans la salle à manger.

Il se retourna nââvré sur le seuil du salon.

— Pardonne-moi, avec tous ces chambardements, j'ai oublié, mais tu tiens vraiment à cette épave ? demain nous irons acheter une machine électronique et...

— Ah non ! hurla-t-elle, ongles incurvés harponnant la paume moite et glacée. Je veux mon Underwood.

Il eut l'air sincèrement désemparé, si malheureux, si avide de la contenter, si fou d'angoisse devant cette soudaine impopularité, qu'elle crut à ce qu'il taisait, fondit de compassion, épargna ses paumes, inclina la tête avec une grâce polie de chevrette, bien mon amour dit-elle, allons régler leur sort au saumon et aux comestibles, on se fiche du pain s'il te plaît, demain j'engloutirai une miche entière pour te faire plaisir, devant toi pour que tu sois sûr, tu me pèseras à l'aube heure que j'adore sur la bascule, j'accepte la machine électrique que jamais je ne saurai manœuvrer bon prétexte pour renoncer à écrire, peut-être même pour te combler perdrai-je mon temps aurifère à des leçons de conduite pour obtention d'un permis car les jeunes femmes de ce siècle roulent en Austin et cette différence (« elle ne sait pas conduire ») te choque, pour toi je n'assumerai plus marginalité ni dissidence quant à la conduite d'un véhicule et à la mienne en général, j'apprendrai à piloter ces engins de mort, me taperai les embouteillages, ne marcherai plus dans Paris, irai dans ces chaises à porteurs excellent moyen de s'empâter, tu auras Dulcinée avec permis de conduire et de palper cuisses celluliteuses, sais-tu pourquoi on bandait les pieds des Chinoises, eh bien juste afin que leurs maris les pénétrant sentent le flap-flap des cuisses si douces et sans aucun muscle faute de s'en servir, ainsi en sera-t-il des miennes.

Ceci en voix off, le temps d'un baiser assoiffé, puis il s'en fut découper le saumon, pièce intégrale pour deux personnes, cliver les avocats, préparer la vinaigrette et éplucher les salades, homme aux fourneaux qui à première vue aurait dû susciter les ovations des féministes, mais l'affaire n'était pas si simple — il exigeait, carrément, qu'elle ne levât pas un doigt, geste démiurgique, donc interdit, geste du Père Éternel au plafond de la Sixtine, en outre elle se formula que ses aptitudes aux besognes ménagères relevaient d'une certaine féminité, féminité il y avait chez son futur mari, féminité dans sa façon exclusive d'aimer, à moins qu'il ne fût comme Hercule et tout werthérien, féminisé par la passion, mais sa furia de cuisine témoignait que même sans passion les besognes ménagères lui plaisaient, d'accord s'il n'avait pas eu ce quelque chose d'androgyne elle ne l'aurait pas tant désiré aux commencements, mais si la faisaient bander un profil platonicien et une finesse asexuée, elle acceptait mal que ces attraits s'accompagnassent du touillage de la vinaigrette, allez dire ça à un homme de bonne volonté.

Elle attendit donc qu'il revînt chargé des mets, lui prépara tout de même, dérogeant au contrat pour s'occuper les mains, un kir champagne, se versa du Perrier, s'alanguit floconneuse sur le divan, suivit d'un œil morne la claire calligraphie des nuages au-dessus du porche par-delà la croisée, déjà frôlée de l'aile hypnique d'un ange mateur de rébellions, se traita de hyène en rut et sourit à Ibrahim le Sanguinaire, Reflet de la Splendeur Divine se commettant à des tâches ménagères, se leva du divan, lui mendia quelques dirhams d'amour, l'enlaça en dépit du plateau d'argenterie poinçonnée supportant le saumon débité en tranches aux nervures orange pâle, il posa la bête avec beaucoup d'égards sur la nappe brodée, s'étonna de cette ardeur subite, quoi, elle voulait qu'il la saute avant le dîner, chose incongrue, *après* était la coutume des sultans, l'estomac lesté ;

mais non insista-t-elle maintenant Commandeur des Croyants car maintenant je te tends les clés de ma citadelle, maintenant reddition, abandon, y compris celui de ma belle ordonnance, et me voyant si bas je désire l'écartèlement, maintenant en mon rêve de houri je veux mon prince des Croisés, si tu m'as soustraite à moi-même accepte le chiffre résiduel, homme de Phénicie mercantile et jaloux, ô Faucon du Matin, le saumon ne refroidira pas — mon amour dit-il très pauvret en matière de qualificatifs, mon adorée (elle ajouta pour meubler : ma rose de Jéricho, ma pharaonne, mon odalisque, mon Greuze à la cruche cassée, toi maja nue) mon chéri (le mon, plus original que ma, éviter les tendres bestiaires, le mon lapin, le mon canard, le mon poussin qui font écologique et idiot congénital spécula Amine se trouvant plein de perspicacité) si nous passions à table...

Il avait la dent, le bougre, un appétit surprenant car il déjeuna copieusement rue Murillo et surtout, il la voulait au moment exact de son propre désir, et détestait qu'elle manifestât le sien, donc la loupa somptueusement, ne soupçonna pas les conséquences de ce refus, pour lui acte si simple, la voir nue suffisait à ébranler la primaire mécanique, si pour elle une fois passé l'orage cérébral aucun sorcier n'aurait pu faire tomber la pluie. Quelque chose mourut du côté de ses limbes, et, stoïque, elle posa cérémonieusement son postérieur sur la chaise Louis XV en face d'Amine qui lui servit les nourritures d'apparat et de persécution.

Ayant épuisé les ressources de l'actualité et s'étant penché sur le sort du Liban en péril, ils se trouvèrent à court ; elle ingurgita son sixième verre de saint-émilion et se lança bravement dans une excitante comparaison entre le Parthénon et les grottes d'Ajanta, chef-d'œuvre de l'art gupta âge classique de l'Inde, remarqua qu'il n'écoutait pas plus qu'à l'ordinaire mais négligeait d'opiner poliment. Pourtant se dit-elle alarmée, au début, mes exégèses artistiques l'intéressaient, souvenir du dîner chez Lasserre, attention aiguë d'Amine pour ses évocations de voyages, questions haletantes et pressées, il semblait alors ressentir une curiosité brûlante voire inquisitoriale et peut-être ombrageuse pour les circonstances qui la firent ce qu'elle devint, « Deviens ce que tu es » nietzschéen, pourtant il s'éprit de cet être *devenu,* non pas d'une Charlotte aphone — hier captivé, empoigné par ses dires et suspendu à ses lèvres, aujourd'hui si odieusement distrait, et pourquoi ce changement, elle soupçonna qu'hier il n'était attentif qu'à leur ligne mobile pour mieux te manger mon enfant, et à quelques échos éveillant chez lui des suspicions ; Borobudur lui évoquait sans doute l'Indonésien qui voulut l'épouser en dépit d'une femme princesse de Solo et de ses huit gosses, tandis qu'elle, don juane ingrate mais autrement concernée que lui dans l'affaire, ne pensait sincèrement plus qu'aux fresques bouddhiques, aux fumerolles des volcans à l'horizon de Java Central, le pays dévora l'homme dans sa trop savante mémoire et Amine ne voyait que l'ombre de l'homme se profiler sur un pays où il n'irait jamais, qu'il haïssait seulement d'avoir abrité cet amour-là.

Donc, du parallèle esthétique entre le Parthénon et Ajanta, il s'en foutait, elle remarqua même un froncement de sourcils, ça l'ennuyait. Certes, ça l'ennuyait car primo l'enthousiasme de Maria à aborder ces sujets le bannissait d'un coup de son univers, secundo, il se sentait béotien n'ayant jamais vu le Parthénon ni Ajanta.

S'il lui refusa la petite sauterie avant le dîner, après les fraises, en mâle frustré par cette belle appétence aux choses de l'art dont il ne voulait pas entendre parler de la bouche d'une fiancée qui, glosant sur la civilisation hellène, était au bord des larmes tant ça la touchait de près, il lui cloua le bec d'un verrou mouillé et tenta d'accéder à un carré de peau sous la blouse monacale. Après quelques minutes de ces caresses qui d'ordinaire l'entransaient, elle ne ressentit rien qu'une déception de gamine offrant des bonbons à sa maman qui les refuse à cause de son diabète, tout élan était brisé, ils auraient dû communier sous les voûtes d'Ajanta ou baiser entre les colonnes du Parthénon, ici ça n'avait rien que de banal, ça n'était plus le moment, trop de saumon l'alourdissait et de vin l'embrumait, il pouvait toujours arpéger, pianoter, racler, pincer, attaquer la corde en bon exécutant, l'instrument resterait muet. Il jouerait à piano fermé pour des sourds. Ce qu'il fit, la secouant avec un acharnement de nécrophile sur le sofa, d'où elle glissa un regard vers la table, trouva que les restes du banquet, auparavant nature morte néerlandaise, semblaient ces détritus que se disputent les chiens aux murs des villas pompéiennes, découvrit la table ensevelie sous d'antiques cendres, se vit sinistrée tentant de fuir mais déjà rattrapée par la lave, figée sous la pluie brasillante, jeune morte qu'on ne découvrirait que des siècles plus tard amen elle se leva s'ébroua des cendres courut dans la salle de bains la joue légèrement enflée des suites d'une pipe qu'elle lui fit mieux que n'importe quelle fille du White Rose de Vientiane à un G.I., cracha dans le lavabo une étoile gluante, ouvrit le robinet de vermeil col de cygne pour que le flot évacuât ce résidu spermatique, un germe de génie mort-né fila sous le clapet, elle expectora encore en guise de purification un peu de la semence du nâga royal dans la vasque en conque portée par des tritons, lui restait au fond du palais un goût d'iode et de bière tibétaine, quelques caillots salés churent dans la cuvette de marbre rose choisie au Bain de Diane, elle surprit dans la glace son reflet ô combien différent déjà de celui d'une fringante créature qui baisait à l'hôtel Palmyra avec son seigneur d'Orient, envoya une giclée de glaviots stellaires à la gueule de cette fille saoule et inconnue dont aucun fard ne masquait plus le teint quasi vert, flageolante, crânant à peine un peu plus qu'une pute juive achetée sur le marché de Tunis par un despote atteint de satyriasis, elle regagna le salon où, ravi, il fumait une cigarette en chantonnant l'ouverture de la *Pie Voleuse*.

Ornement du roi, je suis, mais rendons-nous à l'évidence, pocharde. Tu Bois un Peu Trop Ma Chérie, que oui, que oui, elle vida la bouteille de saint-émilion pour effacer ce goût tenace de babeurre, pourtant elle s'était raclé la gorge d'un gargarisme hargneux, rincé la luette à la poudre Vince, rien à faire pour éliminer ce relent donc buvons, mais plus le vin bénit du shabbat, le joyeux, le clair, le bienveillant, non, quelque chose comme du chloroforme, demain passer à l'éther s'il le fallait, razzia sur la chnouf, ne pas commettre, dans ces conditions, de gosse qui aurait des chances d'être un peu diminué. MALHEUR A LA FIÈRE COURONNE DES IVROGNES D'ÉPHRAÏM ET A LA FLEUR FANÉE, SA MAGNIFIQUE PARURE, c'est dans Isaïe je crois, dit Maria à l'ange apostat penché au-dessus d'elle qui déplia ses lèvres pâles en un sourire progressif, l'ange apostat la hissa près de lui sur le sofa, instrument de travail des odalisques, souleva comme une brassée de fleurs sa légère merveilleuse, tenta un baiser, se heurta au froid bleu de ses dents et à un regard étrange des yeux qu'elle n'avait pas fermés comme il est de coutume lors des embrassements, mon seigneur dit-elle, j'ai sommeil, mes lèvres virent au lilas et je me délaye du front au menton, il pensa qu'un Alka Seltzer lui ferait du bien, se leva pour aller en chercher, la retrouva endormie sur le canapé, mince rognure d'or et d'ivoire tombée d'un fronton de Phidias, espérant, cette rognure, qu'un élève charitable la balayât définitivement du sol divin de l'atelier dont elle était désormais indigne, puisqu'elle acceptait les bras d'un homme qui oublia sa machine à écrire.

512

Le lendemain, il fut parfait. Débarqua avec l'Underwood, et l'exemplaire unique du manuscrit de l'*Égéide*, les lui apporta religieusement, disposa l'ensemble devant la fenêtre sur la table de palissandre, qu'il jouxta d'une chaise cannée, dure pour les parties peu charnues, y adjoignit un coussin de soie parme, voilà ma chérie, tu écriras si bien devant cette cour calme, seule susceptible de te déranger la trille du rossignol qui niche dans les frondaisons au-delà du muret, j'interdirai le rossignol. Folle se dit-elle, je suis folle, pur fruit de mon imagination zingue cette menace au-dessus de ma tête, nions tout cela, soyons amoureuse à nouveau. Il parlait intelligemment ce jour-là, où avait-elle été dénicher le mal, illusion, elle l'idolâtrait, il comprenait tout, confessait, frappant juste :

— Je sais, aimée. Tu souffres de ce que je n'écoute pas. J'y parviens, en effet, au prix d'un terrible effort. Un problème depuis mon enfance. Je suis un foutu mauvais auditoire. Je reconnais. J'avoue. Je plaide coupable.

Comment ne pas pardonner. Elle enchaîna, l'innocente :

— Oh Amine, quel plaisir d'entendre ça. Comprends aussi qu'après douze ans de schizo où je me voyais dans les yeux des autres comme une blatte écrasée, héritage paternel, j'ai vaincu la maladie, je me suis épanouie à la lumière du monde, par la parole et par l'écriture, mes deux seules médecines. Comprends que, quand je ne me sens pas écoutée, je régresse, on me nie, on m'étouffe, on m'altère, non que je recherche un auditoire fervent, mais l'échange, rien d'autre ne compte que chaque jour engrammer des informations neuves, je suis une espèce de machine avec des clignotants allumés partout et je n'y peux rien.

S'efforçant désespérément de comprendre pour ne pas la perdre, danger imminent, il se surpassa, fit appel à sa merci. Facile, elle tremblait déjà sous le fardeau de la reconnaissance, *mille gràzie* amour de préserver le nôtre menacé d'un si irrémédiable gâchis, il lui rendait la permission de l'aimer, d'admirer son honnêteté, il se dépouillait devant elle avec munificence, pas un instant elle ne pensa qu'il jouait une comédie préméditée, qu'il n'avait pas fermé l'œil de la nuit, flairant, sourcier, l'hostilité neuve qui l'armait contre lui, trouvant et se répétant les mots d'ensorcellement.

Il soupira d'aise quand il la vit attendrie, déchirée, l'amnistiant, il redoubla d'une habileté florentine, s'accusa, se frappa la poitrine, hésita à se prosterner en direction de La Mecque et à se frapper le front contre le sol, pardon mon inégalable, parangon des perles, pardon de mon égoïsme, pardon pour l'Underwood à retardement, je te rend ta vieille machine, le manuscrit et toutes les permissions, toi seule, alchimiste, trouveras la Table d'Émeraude, et je t'y aiderai — sous mon toit, à condition que tu m'acceptes, personne mieux que moi ne favorisera cette sacro-sainte chiure de créativité que je révère et que j'envie moi qui pâlis devant mes maquettes en toc, l'archi, de la merde à côté de la littérature, mais pour toi je construirai des villes pendant que tu écriras des livres...

Démarche impie et mensongère, il ne se dupait pas. Je t'aime, mais tu n'as pas besoin de parler, me suffit ta façon d'évoluer dans le monde, jamais je n'entamerai ta précieuse autonomie mon amour que je connais si bien, personne mieux que moi ne peut t'aider, te préserver, pardon de ma surdité hier soir, j'achèterai un Sonotone, je ...

Elle fondit devant cet être aujourd'hui sublime, accepta les rapports de connivence muette qu'il vantait, C.Q.F.D. la boucler ; le chrétien d'occasion s'agenouilla aux pieds de la demi-juive qui le plaignait de la solitude à laquelle le condamnaient de véniels troubles mentaux dont elle espérait atténuer la gravité, qui crut, cette cabocharde, qu'il ne voulait pas son mal, se décida à parjurer les siens jusqu'au bout, car l'investissait un sentiment ignoré, discordant, montueux et malaisé comme certains jours de la semaine, sauf ceux du Shabbat, selon les Rosenthal et les autres de Sion.

— Demain, dit cet homme messianique, invite donc tes amies à prendre le thé.

Il s'accommoderait des amies. Elle se repentit d'avoir postillonné son sperme, la veille au soir, avec le même dégoût que si c'était de la bave crapaudine. Il lui promettait un avenir si facile, et elle de reculer au premier, minime malaise. Elle s'aperçut qu'elle n'avait plus guère envie de téléphoner aux membres de sa secte (du café voisin car pas de ligne avant quelque mois), fit l'autruche, savoir qu'Amine tolérerait sans manifester de grogne la présence des amies suffisait, elle les verrait plus tard, pourquoi donc s'était-elle sentie à ce point embastillée ?...

Il jouit de la victoire, se félicita de cette nouvelle politique, se promit de la rassurer jusqu'à lui supprimer l'inquiétude ce ferment de création, il fallait endormir ses soupçons, ce serait une tâche quotidienne, car cette devineresse à l'ouïe si fine et au regard affûté interpréterait les moindres présages et en tirerait des conclusions irréversibles — seul recours, corde sensible, mise à nu par la mort de son père : sa damnée miséricorde, son goût de la réparation, sa faculté de pardon, son sens de la culpabilité, voire si la situation se détériorait par trop, sa pitié —, la mettre, toujours, dans le rôle du confesseur, avouer insolemment d'un air chafouin ses péchés de la veille, la rémission ne saurait tarder, et là il la tenait sa juive bayadère. Démarche exténuante, certes, mais tout à son érotomanie, il l'envisageait avec un rationalisme morbide et se délectait déjà des infinies possibilités de conflits réservées par une telle entreprise, plus le temps de s'ennuyer, il simula un intérêt très vif, plus un fil de sec, pour ce qu'elle lui raconta de son dernier chapitre — supporterait-il longtemps qu'elle s'enthousiasmât pour autre chose que lui, pas évident, mais prêt à passer par où elle le voulait, à se farcir les potes, à accueillir tous ceux qu'il détestait, à marcher sur la pointe des pieds pour ne pas la troubler entre deux points de suspension, il émit quelques avis éclairés sur la mythologie grecque dont il se tamponnait allégrement — tu vois bien, aimée, que nous sommes complices.

Ainsi ils communièrent d'une hostie de poix, messe caverni-cole, festin plus empoisonné que celui de l'inceste, appariés dans l'erreur, se mystifiant, charlatans d'amour, se firent, pauvres faus-saires, des montagnes de promesses, réhabilitant à grands frais un amour déjà désavoué.

La comtesse, recevant des gravats armoriés dont une marquise sans le sou à l'heure élitiste du thé, leur gazouilla sa joie d'abriter au fond de la cour, sous les lambris rocaille, un couple charmant, futur architecte et écrivain confirmé, un peu métissés, enfin pas des nègres, on ne pouvait savoir de quel côté ils se trouveraient si on les mettait au pied du Mur de Jérusalem, la comtesse rappela que Jésus était juif, une belle race, bien que maudite, et affirma que ce M. Ghoraïeb ne rentrait jamais des Beaux-Arts sans une gerbe de fleurs monumentale et des cargaisons de paquets pour sa fiancée, ce que jamais ne fit son mari, seuls les Orientaux avaient de ces lar-gesses, au point que la future petite Mme Ghoraïeb s'empiergeait dans ses fourrures et étincelait de rubis dès son lever (tardif, comme ces Mauresques), un diamant grand comme le Régent à son doigt (la marquise considéra un des siens, levé à cause du thé, cerclé d'une terne chevalière, se rembrunit, puis, pour éviter la confusion avec ces Orientaux, s'empressa de pâlir). Il vaudrait mieux que ces deux jeunes gens, si visiblement épris, poursuivit la comtesse, ne se montrent pas trop, un bonheur si flagrant risquerait de provoquer des aigreurs, vous connaissez Paris, ma chère Suzanne, certes le connaissait comme sa poche mais n'avait jamais pris le métro, cette Suzanne qui pinça les lèvres en croupion de poule et demanda perfi-dement si les bans étaient publiés car, dans le cas contraire (in petto) cette idylle de rêve demeurait concubinage de rastas.

Un mois passa, et les doutes de Maria réapparurent. Que le promis abatte donc ses cartes ! Elle-même se sentait chaque jour un peu plus abattue. Il fallait savoir si, comme elle le soupçonnait, il l'avait envoûtée pour sa perte, ou si elle développait un pur sentiment paranoïaque. Elle n'allait pas chaque soir cracher ses germinations dans la vasque évoquant Léda en ignorant le pourquoi de cette torpeur qui l'envahissait, jusqu'à paralysie de tous ses membres, comme envenimés par un poison latent. « Vous avez dit " envoûtement ", monsieur Artaud ? Un électrochoc. » Phrase qui l'obsédait. Elles avait franchement les jetons.

Chaque jour, il rapportait des chocolats, des marrons glacés, des gâteaux, à la cantharide sans doute, des calissons d'Aix et des croissants. Toucher à ces nourritures, pire blasphème pour une anorexique de vocation que, pour un juif, de manger du jambon, même si l'on peut avancer que le jambon est la partie noblè du porc. Elle se dédoubla donc. La concubine dégusta d'abord une crotte de chocolat, puis un fondant, puis dix pralinés, sous les yeux effarés de l'auteur qui n'écrivait plus, oubliait le dehors, se repliait au-dedans, tentait d'éviter les signes extérieurs d'intelligence et les miroirs bien qu'il la forçât à s'y regarder pour constater que vraiment elle s'arrondissait et s'acheminait, sic Ghoraïeb, vers le corps de Bardot, ma chérie maintenant tu as le visage Épanoui, resic, oui ça une lune comme la face de Yang Kwei Fei qui lança la mode des dondons en Chine sous les T'ang, abjection, elle prenait des joues, un poussah potelé bon à pincer et à tripoter à l'usage du seul maître. De la boulimie, il se doutait et il la favorisait, son penchant vers l'alcoolisme, il faisait semblant de l'ignorer et pourtant l'œdème général venait de là, elle buvait en cachette dans ce funèbre rez-de-chaussée sans lumière, dans une semi-obscurité à la Caravage lequel mourut fou, perspective inévitable pour une personne qui, en sus, ne peignait rien du tout pour tenter de s'en sortir.

Elle grignotait des fourrés pralinés, s'interdisait de montrer à son fiancé un visage déchu en le gommant sous la graisse, masque commode et surchargé de fards, elle se traitait de gadoue et d'auge à cochons, pendant ce temps des roquettes pleuvaient sur Angkor, à Vientiane bientôt on passerait par les armes toutes les filles de Mme Yuan en commençant par la petite Mei-Lin, la sœur cadette d'Edwige, qui fumait admirablement les cigarettes par l'orifice du bas, au moment où on braquerait la dernière fille de Mme Yuan, elle, Maria, reposerait sa vingt-cinquième tasse de thé d'une main tremblante, espérant l'overdose, priant que son cœur s'arrêtât enfin, Amine allait rentrer avec d'autres delikatessen, la cuisinière, une Antillaise à la gueule vaudou, mitonnait déjà des plats en sauce, cuisait des patates douces et caramélisait des bananes, tout n'était que malversation, et les Justes à jamais se détourneraient d'elle, rafiot au gouvernail cassé.

Quarante-cinq kilos. Colossale, pachydermique, une beauté rurale, envahie de chair ou une junonesque telle la Liberté Guidant le Peuple par Delacroix, mais où donc était la liberté ? Oh se décaper au citron-vinaigre, se racler la peau avec des orties, retrouver sa maigritude d'anachorète, sa joliesse de schlague sifflante, arracher d'elle ce saindoux, ce parement de côtelettes, elle s'écœurait, se trouvait mucilagineuse, pot de paraffine, glissante sous les doigts, puant le suint, bonne pour la décomposition, même son cou avait enflé, elle avait horreur d'elle comme des empois du printemps, elle se tapait une chiée claustrophobie à cause de ce gras autour, se sentait enceinte de mille macarons, choux à la crème, glaces Berthillon et tartes de Motul, assoupie par sa difformité, enterrée, enchaînée à ce déroutant corps de femelle, dépouille de sa tragi-comédie, complainte lourde et lasse, oh, elle, Tiefenthaler, tas distendu et tuméfié, ronde comme une Vénus des Comices Agricoles, ainsi cariée, vigne entachée de mildiou – les cheveux aussi se mettaient à graisser, bien fait, mafflue, se dit-elle essayant vainement une inspiration interdite par la ceinture d'une jupe imbécile. Souillure que ces miches, cette bedaine, ce postérieur auquel les chaises cannées ou les fauteuils déglingués ne risquaient plus d'infliger de bleus. Charogne ! (à la jupe). De Profundis, son squelette de bonne compagnie, ses escarpements d'intelligence, l'éloquence de ses os, de ses emboîtages poncés, de ses côtes saillantes au temps où, planche anatomique, elle s'aimait. Pas possible, on l'avait grimée. Faire sauter quelques pressions, et ce manteau de chair tomberait, dans la posture ensorcelée des habits qu'une ombre floche habite encore. Impure poursuivie par une odeur nuoc-mam de pourri, de sauces nappant chaque plat, métamorphosée en rubicond charnier, elle cassa plus d'un miroir, ne se regardait plus que dans la lame des couteaux qui vous donnent des idées et déforment le visage en l'allongeant à la façon des astigmates dont le Greco. Oublions le Greco, nous en sommes aux modèles des peintres flamands. Tout ça, sous le crâne de la séquestrée, car la balance ne dénonçait que quarante-cinq kilos répartis (fémininement, certes) sur un mètre soixante, à ses yeux, en peser quatre-vingts eût été le même ravage, elle était à montrer dans les foires. Chaque matin, elle cavalait

néanmoins vers les objets réfléchissants, avide de se trouver émaciée, crue, talquée, calcaire, forme érodée par le simoun, impatiente qu'on lui rendît son corps, mince archipel aux césures poétiques, son long corps de jeune fille Peule, aux arêtes tranchantes, à
la peau d'ivoire fossile, sur le net plateau du thorax, des seins cir-
conflexes avec l'accent, non des outres dont le volume l'ankylosait
et lui inspirait (s'il pouvait encore s'agir d'inspiration) une véritable
panique — celle de ne plus se ressembler, d'avoir perdu son image.
Affreux, la robe d'Azzaro ne lui allait plus. Elle s'interdit de se
regarder, sinon à nouveau ce tic, sa langue funambulerait et se collerait contre sa luette jusqu'à asphyxie. Elle aurait voulu s'éplucher
comme une banane, jusqu'à ce qu'elle se coulât sylphiquement
dans la robe rouge de Bethléem drapeau de son désir pour son
amant le fou. Le corps du litige, replet et tassé, renonçant à sembler
par sa maigreur l'os de l'aile gauche de la huppe, attendait son
fiancé, le soir, face tatouée sous prétexte de lui plaire, en fait, défi-
gurée par un emplâtre de maquillage pour se méconnaître davantage, ne tolérant pas la certitude d'une décadence louche et charnelle. Trois scotchs n'élucidaient pas sa situation de narcosée, mais
parfois la dressaient, gonflée d'alcool, de glucose et de fureur,
contre le chéri. A qui avait-il arraché les yeux pour les enchâsser
selon la technique de l'émail cloisonné entre ses paupières curves,
le bâtard de Canaan ? A qui, le scalp de ces cheveux bucoliques de
berger arabe ? Jetez le masque, cher amour. L'arc de vos lèvres, à
qui... ? Imposture que ton beau visage. Bas les pattes. Ote-moi ces
mains aux doigts spatulés. Eh, la torpille ! eh, la murène ! Réponds
au cloporte, à la douve du foie, ta petite fiancée. A qui as-tu volé tes
yeux verts ? Ils sont trop beaux pour t'appartenir.

Elle est complètement zinzin, jugeait-il cartésiennement, et
beurrée de surcroît, attendons que ça passe. La folle résidait au
logis dont elle ne décarrait plus de peur qu'On ne remarquât sa
transformation corporelle et ne la félicitât sur cet embonpoint,
compliment qui gratifie uniquement le bétail. Folle du logis, à
demeure, c'était l'essentiel. Qu'elle folingue, donc, après le dîner et
une charlotte à la crème, charlotte en hommage à Werther, convenablement appesantie, elle somnolerait et il pourrait lui prouver à
de nombreuses reprises son sentiment.
Paupières gonflées d'insomnie, angle des maxillaires arrondi
par le gras, le cœur muré mais l'esprit à vif, elle n'achevait plus ses
phrases, le considérait avec un rictus incivil, se sentait si alourdie
qu'elle se croyait enceinte et par lâcheté ne vérifiait pas, effeuillait
de poisseux triangles aux cheveux d'ange que chéri zamor lui rapportait d'une pâtisserie orientale et qu'elle exigeait quotidiennement sous prétexte qu'ils lui évoquaient ceux qu'elle bâfrait aux
Diamantaires, restaurant arménien de la rue La Fayette, à l'âge de
neuf ans — tant qu'à régresser, autant que ça serve pour rebrousser

le poil du temps, et à épucer les souvenirs d'un aigre paradis perdu, disait-elle en mastiquant.

Elle approchait de quarante-six kilos, et, à travers la dévastation, quelque part, sourdement, déjà revivait, prenait l'initiative de la fête sinistre, s'y sentait à l'aise comme devant les crémations sur les ghats de Bénarès. Pauvre morfal, elle engloutissait ses feuilletés angéliques et baklavas mielleux pour saccager sa beauté, et, une fois devenue monstrueuse, changer d'identité et repartir sur d'autres routes. Il se faisait du souci. Lui conseillait un peu de tempérance. Elle lui coulissait un regard provo, continuait d'engloutir, de temps à autre pinçait son avant-bras dodu, pour se persuader de la réalité du rêve. Spongieuse, anonyme, sous couvert de graisse — et pourtant, dans ces addenda, germait quelque chose d'animé, de vif, de déjà réintégré. Ainsi que l'Empire du Milieu, bouffonnait-elle au cinquième feuilleté, je sinise l'envahisseur. Excellent, ce baklava.

Qu'elle rigolât sur les décombres, il n'aimait pas ça du tout. Son intonation perverse, non plus, quand elle grasseyait : je sais deux envoûtements, chéri zamor, celui de certains livres qui sont mes cautions morales et mes garde-boue, et votre *indian trick,* l'iris hindou, ça c'est champion. Amine ma vie, donnez-moi encore du champagne (manie du champagne quand elle mijotait dans le bain émollient et y contemplait les planètes surprenantes émergées de l'eau) je n'en dormirai que mieux ce soir n'est-ce pas. Rire. (Elle avait gardé ce rire crépitant, en émulsion rose, de jeune maigre.) Agite l'eau de ce bain, je veux de la mousse partout, m'en couvrir les épaules comme de pékans argentés, et tu me photographieras comme ça, toi et ta furia de photographie...

Tiefenthaler (portrait de l'artiste, en naine difforme, sans famille) envahissait, sur papier mat, nombre de somptueux cadres, il coinçait même des photos sous le cadre des miroirs. Au début, elle se cachait, furieuse, puis se porta candidate, exhibant cet insolite cape de chair comme une défi.

Ses surenchères en folie alarmaient Amine, ce gentleman, qui, un jour de cet hiver en huis clos, repéra dans sa propre tignasse un cheveu blanc, et se sentit l'âme un peu livide.

Et les nuits s'enchaînaient aux nuits et elle suivrait jusqu'à la fin ou bien le précéderait. A moins que...

Elle referma son manuscrit, écrit par une autre, quelqu'un d'intéressant qu'elle souhaitait vivement retrouver, donc prit la calme décision de partir pour se rejoindre, rue de Maubeuge.

Ce soir, il ne rentrerait pas avant dix-neuf heures, elle avait tout le temps de ranger ses nippes dans les trois valises, puis de passer discrètement devant la loge de la concierge et de filer.

— Honorables slips, lingerie Dior ensatinée, coupe et broderies élues avec soin pour combler le maître, dérisoires, impondérables fanfreluches à guipures et nids d'abeilles, ciao, revenons aux culottes Bateau, rêches et virginales que seules osent les Béguines... ou dorénavant, des slips en madapolam ou pas de slip du tout. Lui laisser des kilos de linge, une vraie exposition de blanc, du damassé, du à damiers, de l'alèze et du linceul, embarquer le chemin de table si joli à festons et entre-deux, ceci pour le punir de son erreur sur la personne aimée et du viol psychique de cette dernière d'où sordide conflit et combat singulier qui sous nos masques béats nous opposent sans merci. Plus de merci. Valise. Échapper à Lucifer qui ne m'apporte pas la lumière *non fiat lux* mais une migraine que deux Glifanan ne matent point. Se dépêcher quand même pour les valises, ne pas l'affronter, il risquerait encore de me suborner vilement. Flûte, souvenir des stances indiennes.

Elle s'enferma dignement dans les chiottes où elle passait de longs moments, depuis deux semaines, à méditer sur la cause des peuples et à traquer vainement la muse. En sortit souriante, allégée par ce rappel à l'ordre d'un intestin colonial.

Sourit à l'évocation du dîner de la veille, où elle dut ingurgiter ce menu pléthorique : caviar d'Iran, puis beignets de morue antillais aggravés d'une barquette d'avocat en sauce, puis daurade tout aussi exotique, les piments font passer, puis ignames et bananes au beurre, tout ce qu'il y a de digeste, puis une bassine de salade, puis des fromages, on dit une ronde, la convertir au fromage, très calé, trois cents calories les cent grammes — elle prit avec délicatesse un soupçon de roquefort accompagné du quatrième vin, château la vertu, il se formalisait qu'elle ne le goûtât pas, décidément il la voulait alcoolique et obèse, savait que le pinard matraque dur et l'espérait ainsi rampant vers le lit où il assouvirait ses pulsions vampiriques — enfin charlotte au cassis, là elle refusa massacrée au plus profond. Quant au dialogue...

— La critique ! siffla-t-elle en pliant ses blouses opaques — il se fit un plaisir, une flaque sous la table je suppose, de me rapporter des bruits dits de chiottes courant à mon sujet, ce qui remonte le moral à tous les coups. Quand il me vit prête à pleurer, m'entoura de ses bras, me roula une pelle digestive, m'assura qu'il ne voulait pas me faire de peine (pardi !), qu'il ne fonctionnait pas de la même façon, ça, je sais, que lui, il accepte, il va jusqu'à rechercher la critique, car elle lui reconnaît une existence, et par lui-même, il se sent si peu exister ! De quoi le plaindre, vraiment ! Moi la critique me démolit et me pose des problèmes d'identité. Lui sans doute banderait de lire son nom diffusé dans les plus immondes feuilles de chou pourvu qu'on lui affirme qu'il est vivant, ô mon aimé !

Il savait admirablement la saper en douce, il connaissait très bien sa sensibilité à la hargne des autres. Hier encore, hypnose, elle flancha, nez dans la charlotte. Et il n'avait plus, l'horrible, qu'à la récupérer pantelante. Assommée par la bouffe et les critiques portées sur elle par des inconnus. Il lui fallait du jeûne, à la rigueur un steak ou deux œufs au plat, et l'assurance permanente qu'on la trouvait géniale. Ce flair de Ghoraïeb pour détecter TOUT ce qui lui était nocif, relevait d'un sixième sens : dans la foulée, l'avocat, les matières grasses, le sucre, le jugement des autres, les bruits de chiotte... Ou alors elle le noircissait. Mais non, en soit témoin le fourreau de crêpe Georgette. Ne me dis pas, crêpe Georgette, qu'il s'agit d'autopersécution. Mes soupçons se portent sur les pratiques d'Afrique du Nord. Iblis de la plaine d'Elghor où fut Galgate doit rôder quelque part dans ce caravansérail et investir mon fiancé de temps en temps. Amine, démon brouilleur de pistes, rien de moins. Envoûtée et bue, pour n'avoir pas su déjouer les pièges obscurs posés par ce profane et profanateur. Quoi qu'il en fût, qu'Amine recourût ou non à la magie orientale, il la coiffait si bien qu'elle ne pouvait plus écrire. Qu'il appartînt à une secte luciférine ou rosicrucienne, qu'importait, il l'empêchait par sa seule présence de travailler, et celle, occulte, de l'inventeur du pendule n'arrangeait rien ; de nouveau consciente de la tâche à accomplir, elle empila les chaussettes écossaises pur shetland et les collants de soie, un peu plus on en arrivait au porte-jarretelles pour plaire à l'homme, seulement ce puritain n'aurait pas goûté les bouillonnés de tulle, choqué ce petit, maman n'en mettait pas, ça faisait Belle de Jour, pourtant ça l'aurait amusée les porte-jarretelles, bon, elle les réserverait à un autre mec plus divertissant.

— Papa, tu peux de nouveau regarder ta fille dans les yeux comme le Président de la République, la France, claironna-t-elle, puis se tut, cœur battant : la nouvelle cuisinière antillaise à laquelle on devait le menu pantagruélique et hautement poisonneux de la veille devait mijoter de nouvelles tambouilles à l'arsenic devant ses fourneaux perfectionnés, prudence, baisser le ton. Gardant ses réflexions pour elle et son père le Très Magnanime, possédée à nouveau d'une fureur ménadique, elle empila dans la valise ses jupes volantées, droites et cloches, qu'elle donnerait aux nécessiteux — foin du lien passionnel et des aberrations inhérentes, elle se jura d'en revenir à l'amour du prochain, bien plus gratifiant, infiniment plus bénéfique à l'écriture et aux droits d'auteur, de renoncer aux héritiers, de fuir dès qu'il s'en présenterait un à l'œil blanc et humecté, strictement rien à foutre avec ces gens-là et, en général avec les hommes incapables d'androgynie, celle d'Amine n'était qu'apparence trompeuse, retrouver vite la maffia, le zénana, les sicaires à sa solde, son auditoire et ses merveilleux conteurs assis sur leur place marocaine, déguster avec eux l'ambroisie des poètes et le merlan frit de Vagenende — elle pleura presque à l'évocation du menu à trente francs, inclus le merlan frit, et à celle de ses tête-à-tête avec Edmond, Zorica la zingara, Martin du Mans qui reniflait dans son écharpe à carreaux, et marmotta un adieu vengeur aux consoles laquées, moquettes de haute laine, thibaude, autocuiseur, torchons damassés, bassines à confitures, cuisinière antillaise et Jaguar XYZ, propres à loqueter le Verbe.

— Beaucoup plus excitant, le parallèle entre le principe de Carnot-Clausius et la métaphysique extrême-orientale (dit-elle au diaphragme gentiment rond et caoutchouteux qu'elle rangeait dans une boîte à savon) que le discours amoureux, revenons aux choses sérieuses, la biologie, la physique atomique et Dieu, oui ou non, Dieu, le débat reste ouvert.

Atteinte à nouveau d'épistémophilie aiguë, elle bombillait de joie, ah, elle allait oublier les chaussures, escarpins surhaussés destinés à jambe alléchante mais entraves à une saine marche à pied, racheter des tennis, le fer à friser et les accessoires de toilette, ça, pardon Ghoraïeb, elle ne renoncerait pas à se friser ni à se peaufiner pour d'autres, aucune raison. Filer dans la salle de bains sans que l'Antillaise ne remarque. Sans doute à la solde du prévaricateur, l'Antillaise, elle crierait illico Police, à ses trousses les poulagas, rattraper la fiancée fugueuse, il fallait se méfier de tout.

Ce jour-là, médium, il rentra à cinq heures, la trouva arme au pied prête à le lever, vacilla sous le coup, elle, stupide, ne broncha pas, il l'assit sur le sofa comme une poupée articulée et lui parla. Parla jusqu'à ce qu'elle demandât grâce. Un fou furieux, Manson, le docteur Fu Man Chu, elle sanglotait, qu'avait-elle fait pour mériter ça ? Après la ponction orale (il ne lui posa aucune question, tout à sa logorrhée nombrilique) elle se leva, tenta de soulever deux de ses trois valises, impossible, elle se chargea de la première...

— Maria, si tu franchis cette porte.

Elle se retourna acte fatal d'où pétrification, le vit ouvrir le tiroir du bureau où il rangeait son Browning et se le braquer sous le menton. Incrédible, pensa-t-elle, le plus sûr c'est la tempe, là il risque de se péter trois dents, on sera bien avancé et ce machin-là ne doit pas être chargé. Pitoyable, il tira au plafond, dont dégringola une neige plâtreuse, un piaillement dans les cuisines témoigna de l'effroi d'une cuisinière antillaise spécialisée dans les beignets de morue, accablée elle posa sa valise, il se rua, lui embrassa les genoux, lui promit d'appeler un taxi, qu'il ne l'accompagnerait pas, qu'elle s'en aille puisqu'elle le haïssait probablement, lui le dernier des derniers, qu'elle appelle donc un taxi, oui mais avec quel téléphone ? Quarante kilos de valises, poids redoutable quant aux fuites à l'anglaise. Et elle se sentait absolument incapable de les traîner, à nouveau pâle, inerte, impuissante, sommagée de main d'homme, traverser la cour trois fois pour accéder à La Rue où passerait certainement un taxi lui semblait au-dessus de ses forces, tension 5-6 comme après ascension du Kanchenjunga, saisie de palpitations, sueurs froides et floche comme la soie grège d'une de ses robes d'amoureuse. Décidément Moon est un gamin, à côté, pensa-t-elle, déjà en l'état de démolition du Trou des Halles sans programme de reconstruction. Elle hala une première valise du côté sortie, il la suivit ventre à terre, à nouveau l'enlaça, sordide ballet russe, balbutia d'inaudibles litanies, des incantations, supplices, menaces, chantages au suicide, prières rageuses, elle dénoua les entraves, traversa la cour, un instant demander de l'aide à la comtesse, recula devant le scandale, Jizes Chraïst qu'elle détestait toutes ces pantalonnades mais qu'elle souffrait à crever de voir dans un état pareil ce type qui risquait de louper les lambris du plafond. Un taxi providentiel glissa devant la porte cochère, elle le héla, il s'interposa, le taxi n'ayant pas de temps à perdre dans une affaire criminelle avec témoignage à la barre et tout, fila, cette fois elle se laissa traîner jusqu'à l'appartement dont, satisfait, il referma la porte.

— Inutile comédie, Amine, je m'en vais.

Une seconde de plus, et elle s'évanouissait franchement sur le tapis hispano-mauresque acquis à Drouot.

Un plomb terne lentement se diffusa dans ses veines, et elle resta clouée devant une scène de film muet, à la rapidité nictitante, le vit se démener dans un accès hystérique, se frapper le crâne sur le sol à la façon musulmane, tiens se dit-elle, de très loin, avec un détachement de droguée, il risque l'hémorragie interne, à peine eut-elle un geste d'évitement quand, ayant brisé une bouteille de scotch, il marcha sur elle, le tesson à la main dans l'intention de remédier à l'intolérable symétrie de ses traits — exténuée, indifférente, absente, aboulique (confusion mentale, se dit-elle pour se rassurer, les petits confus, si je ne m'abuse, on ne les interne pas, car tout plutôt que de me retrouver à Sainte-Anne sous le même toit que cet agité, mais je m'abuse énormément à la seconde présente, cas d'inhibition motrice) allons bon, le voilà, fatigué de se taper la tête contre le tapis, qui s'en prend maintenant au mur, lequel présente une grande résistance car du XIXᵉ, mais faudrait la bombe au cobalt pour finir avec ce zèbre, bien — elle poussa imperceptiblement du pied, une valise vers la porte — re-valse des bagages, il les flanque derechef au milieu de ce fichu salon, son suicide se résume en un fameux tour de rein, ah, nouveauté, il se dirige vers le placard en sort une mallette probablement son bas-de-laine...

— Je me casse, dit-il, altièrement, pas question de rester seul ici. Il continue la comédie. Un acte supplémentaire, il attend que je bisse chuinta la fiancée. Et comme d'habitude, il ne pense qu'à lui.

Amine prit les valises, les lança sur le perron, pauvres valises, elle les rejoignit à petits pas saccadés, le dos voûté très gothique, incertaine quant à la suite des événements, n'osant croire avec raison qu'elle serait quitte de cette suite.

A peine eut-il franchi le seuil, claqué la porte et oublié les clés à l'intérieur — eh eh, on ne peut plus rentrer, jubila Maria — qu'il défaillit, s'écroula de tout son long, tressauta comme un pendu mais à l'horizontale-là, absolument terrorisée, plus effarouchée par cette chute que par la sortie de l'arme à feu, elle s'affola, essaya de le relever, n'y parvint pas car gisaient là soixante-quinze kilos en catatonie, de plus il bavait et roulait des yeux aux prunelles escamotées, crise feinte ou non, allez savoir, AU SECOURS hurla Maria car il saignait, le crâne ébréché à force d'en user comme d'un bélier médiéval, nom d'un chien ça pissait dru, les volets se fermèrent un à un, AU SECOURS, cliquetis de verrous, que fichait-elle Seigneur avec ce fou sanguinolent à neuf heures du soir dans une cour à bossages du septième arrondissement.

... Je ne peux pas, râlait-il, je t'aime, je... elle remarqua qu'il tirait étrangement la langue, et, un soupçon désorientée, le prit dans ses bras, ressuscitant toutes les Pietà marmoréennes, penchée sur lui, jura qu'elle l'adorait, mon amour ma vie mon enfant, je t'en prie — bonté divine, qu'il reprenne la position verticale et un peu de dignité, bien, occise, elle accepterait tout, elle le vit ressusciter assez promptement, lui infliger un baiser de salive ensanglanté par terre dans la cour, ça ne se fait pas dans le septième, mon amour rentrons — oui dit-elle mais les clés sont à l'intérieur.

Ils passèrent une nuit au Plaza.

Le lendemain, guilleret, il décida de ne pas aller aux Beaux-Arts et ils partagèrent un petit déjeuner exquis, avant que le serrurier n'ouvrît la porte du sérail où veillaient d'invisibles eunuques.

Journées de la cadine Bébé de Sucre

Elle savait que ce sado-maso, au terme de sa dégringolade, ne l'épargnerait pas ; que le possédé qui se fracassait l'occiput sur les chics pavés à bossage sous l'œil vitreux d'Eurydice — une Eurydice métamorphosée en maritorne traînant la pantoufle, la mèche huileuse et perdue pour la littérature, une bécasse inconnue sans aucun rapport avec l'étincelante donzelle, le bibelot de salon (ah, les espoirs de sa belle-mère !) qui le charma dès l'abord — la laisserait peut-être crever la gueule ouverte. La massacrerait avec volupté. Lui sauterait sur le ventre à la Sioux. Jetterait cette denrée non comestible au vide-ordure comme un camembert puant au-delà du permis, si la société est permissive à l'espèce fromagère, la tolère moisie et décomposée, mais s'empresse de virer ses membres humains dans le même état. La ferait passer pour dingue ou, se réservant le soin de l'interner sans l'aide des psychothérapeutes institutionnels, la cloîtrerait dans la cave, une chaîne de rubis au cou. Pas de quartier. En attendant *honeymoon*. Il l'aimait d'une haine vigilante. Ils exerçaient l'un sur l'autre une subtile dialectique de maître et d'esclave, intervertissant les rôles selon l'humeur. A bout de résistance, elle aurait joyeusement pris le chemin du crématoire pourvu que le nazi l'accompagnât jusqu'au four, merci gestapiste de me tenir la main, surtout refermez bien le four que ça crame haut et sec.

Une suspicion tatillonne la poussait, en une dernière velléité de survie, à user de son propre sel et de son propre poivre, de peur qu'il ne l'empoisonnât. Elle hésita à prendre chaque matin un peu d'arsenic pour se mithridatiser, des fois que cette cuisinière adepte du Vaudou en glissât dans ses aliments. Ladite, avec sa gueule patibulaire et les menus dantesques, cuits aux mille feux de l'enfer, qu'elle lui infligeait, lui inspirait des terreurs paniques, mais voyons ma chérie, une perle, pas question de la licencier, je lui demanderai simplement d'alléger les sauces, tu sais combien il est difficile de retrouver une cuisinière.

Amine, sa dernière épreuve terrestre après la fuite de son père. Suffisamment expier, juive. Subir l'ordalie, la confrontation avec l'erreur incarnée en une si douce enveloppe de chair caramélisée orientale, un jeune homme faisant si bien l'amour, érotomane, inversant les signes avec sa satanique virtuosité. Elle lut beaucoup de bouquins sur les sectes lucifériennes, persuadée qu'il appartenait à l'une d'elles, sinon comment l'aurait-il ainsi ENVOÛTÉE ?

Subir l'inaction absolue. Fin de l'écriture. Ravi, il apprenait qu'elle ne pondait plus que de menues chroniques parisiennes dans des journaux féminins. Tu reprendras plus tard chérie, prends donc des vacances. Congés payés. Il apprit de même, comblé, que recevoir ses amies ne lui disait plus rien, elle serait morte de honte plutôt que de leur laisser deviner sa déchéance, et la seule perspective d'aller téléphoner au tabac du coin l'épuisait.

Enterrée, immobilisée, elle n'en vivait pas moins à vif. Soma et sêma, le corps, son tombeau. Elle engloutissait pour qu'il soit plus capitonné. Le monde avait chaviré. Elle était le champ d'une expérience effrénée, singulièrement intense, alors qu'elle semblait statufiée.

Elle saignait presque tout le temps. Quelques taches, chaque jour, sur son linge. Quinze jours à peine entre les règles. Regardait tout ça d'un œil scientifique. Le temps s'allongeait, devenait familier, apprivoisé, comme celui de l'enfance, ne comptait plus les césures du temps des adultes, c'était celui d'une maladie sombre et douce et d'une continuelle nuit. Il coulait comme une rivière délivrée, elle ne regardait plus jamais l'heure, ignorait la date et le mois, se souvenait à peine de l'année. Ce temps, linéaire, lui donnait des plaisirs clandestins. Seules la bousculaient les crises de tétanie. Elle regardait alors se crisper ses doigts, médius, annulaire, auriculaire, se repliant vers la paume quand la pièce tournoyait autour d'elle, sa tête avec, et entrait dans ce monde du spasme où rien n'est plus que le nerf aigu comme l'arête d'un quartz.

Finie la maraude, gémellienne. Ici, tu dors dans la maison du Scorpion. Dans tes yeux les eaux troubles du Cancer. Elle se complaisait à ces heures inertes, comme dans une volupté de larmes coulant enfin sur sa servitude, son cœur maçonné et son esprit hébété.

Elle ne sortait plus, il lui rapportait ses cigarettes, des journaux qu'elle ne lisait pas et des robes qu'elle ne mettait pas.

Puis arrivèrent les Ouvriers, et ce fut une autre chanson.

— Lune de miel se prolonge bizarrement, dit Jeanne Bogdanov à Martin du Mans lors d'une baguenaude à travers les salles de Galliera où elles reluquaient gratis les objets d'art extrême-orientaux inaccessibles à leurs bourses.

— Aaah. Ce pectoral tibétain en os de yack et cette calotte crânienne doublée d'argent, il nous faudrait Maria pour dater ces merveilles, fit Martin du Mans. Les bras m'en tombent. Si un Libanais me passait une commande...

— A propos de Libanais et de Maria, poursuivit Jeanne, ce Ghoraïeb nous l'a prise en otage, parole, pas un coup de téléphone depuis quinze jours. Faudrait se rencarder. Appeler Ghoraïeb père pour savoir. J'ai des pressentiments. Grand-maman Bachelard et maman Tiefenthaler se font un sang d'encre. Ou alors se pointer directement rue de Verneuil. Démarche audacieuse.

— Notre panique n'a d'égale que celle de son éditeur, qui attend sa fresque hellénique, sans espoir de prix littéraire, ça à présent c'est foutu, mais il continue de banquer et de brûler en vain pour sa Grèce. Je ne sais pas quand elle aura fini ce chef-d'œuvre, car le fiancé m'a l'air d'un sacré bouffeur de temps.

— Bouffeur de temps et de moelle, paracheva Martin, et maladivement jaloux, suffisait de le voir au resto des Beaux-Arts, il ne supportait pas que je passe la moutarde à sa chérie, vu le risque de lui frôler les doigts.

— Faire un commando, dit Jeanne, qui s'interrompit brusquement, le souffle court, et écarquilla les yeux comme devant l'apparition d'un Bouddha sorti impromptu du thanka où le peignit un moine au XVIIIe siècle. LA ! chuinta-t-elle désignant une ombre passante.

Maria, percevant les regards confondus des jeunes filles, les considéra d'un œil traqué, et prit la fuite au pas de course. Atterrées, elles perdirent tout intérêt pour les antiquailles et sortirent le dos rond, pleurantes à la mode bourguignonne.

— Voilà la quatrième invitation à un vernissage que j'envoie rue de Verneuil, gémit Agostina, et pas de réponse. Ils font Fort Chabrol. A ce propos, ton fils a embarqué la carabine pour éléphants, je me demande en vue de quel safari. Son Browning aussi, pourtant on n'est plus au Liban.

— Bah, il a toujours aimé les armes, dit Fouad, triomphal d'inconséquence. Faute de nouvelles, j'ai reçu la note de l'emménagement, dit Fouad, qui s'élève à des hauteurs... Pas de doute si j'en eus, c'est bien mon fils. Il ne faudrait pas que ça dépasse les bornes. Sois contente, ils roucoulent. Fiche-leur la paix avec les vernissages, on ne peut pas vernir et roucouler, laissons à ces jeunes gens le temps de revenir au monde, ce qui ne saurait tarder vu le caractère de notre future bru. Derrière cette bru l'herbe ne repousse pas. Il serait tout à fait surprenant qu'Amine la dérobe plus de trois semaines à ses devoirs d'écrivain, filiaux, etc.

— Sa grand-mère a téléphoné, pleure sa petite-fille et commence à regretter le bordel qu'elle maintenait dans l'appartement de cette rue du neuvième...

— Beh, fit Fouad qui se tamponnait de la grand-mère, elle s'en remettra. Avisons dans quelque temps. Imagine qu'ils sont en voyage de noces, et renonce aux invitations voilà tout, l'amour et le social, on le sait depuis longtemps, sont incompatibles.

Elle arpentait le rez-de-chaussée, très commodes les enfilades de pièces, six, pour arpenter en cas de désœuvrement, le peu d'exercice qu'elle se donna excepté Galliera, ne répondait pas aux coups de sonnette incessants des livreurs, savez-vous ce que c'est qu'emménager, la cuisinière s'en chargeait, écartait du pied les gravats, autorisait aux seuls ouvriers, poseurs de tentures et défonceurs de murs, d'apercevoir ce spectre en robe de chambre froufroutante, qui glandait, les regardant s'activer, enviant l'existence et la sueur prolétarienne de ces gens bien-portants, de nationalité ibérique ou kabyle, se culpabilisait un peu devant l'ardeur de la femme de ménage astiquant les candélabres à l'égyptienne frottant le socle de marbre griotte époque retour d'Egypte noble résidu de l'Empire, estimait de plus en plus difficile de se mouvoir dans cet enfer surencombré d'objets, et encore, on en était aux gros travaux, ceci fait, il faudrait ne point abîmer la moquette italienne ne point brûler de cendres le dos d'âne exquis ne pas défoncer les fauteuils Régence interdit de monter dessus car cannage fragile ne pas saloper la laque, la manie de Ghoraïeb cette laque, on laquait presque partout, sauf dans la Chambre d'Amis, la cuisine et les chiottes.

L'achat des objets de désir totalement inutiles ne procurait même plus de sporadiques gaietés à la fiancée, le gros œuvre l'accablait, et la manière exaltée dont en parlait Amine l'horripilait — volumes communicants disait-il, violant les oreilles de l'auteur et la langue française.

En son absence, elle marchait, marchait, dans un capharnaüm où traînaient les brosses rondes, coudées, et à rechampir, les queues-de-morue pour le laquage satiné gris, les bacs dans lesquels elle s'empiergeait, les rouleaux velus dont elle s'écartait les prenant pour de venimeuses mygales, elle faillit recevoir sur le crâne une tringle de cuivre, mortifère cet appartement, se cognait dans les pots d'anti-salpêtre, agonisait d'injures, dans un ultime sursaut d'énergie, le peintre innocent qui égalisait les couches de laque glycérophtalique, et le poseur de rideaux montage à tête flamande ; au fur et à mesure que, distillés, le sang et la vie s'écoulaient d'elle, se tendait aux murs carcéraux la laque polie et roide comme une peau de tambour, couvrant de son engobe les trous plâtrés puis vêtus d'un enduit poncé par le maçon qui suait à grosses gouttes, déplorait de bosser sur un support si dégradé et ajoutait : les murs des aristos, c'est toujours pareil ! Une migraine martelante aux tempes elle supportait héroïquement le vacarme, coups du menuisier clouant les étagères dans la salle de bains, conditions idéales pour une spasmophile que la répétition quotidienne de ces petits et grands coups, l'enfer, véritablement c'en était la musique, et s'ils continuaient de taper (aucune raison qu'ils s'arrêtent, cet appart demeurerait à jamais EN TRAVAUX) elle finirait par crever, chaque coup était une épingle plantée dans le chakra supérieur de la tête ou enfoncée dans le plexus, elle faillit s'évanouir apprenant que restaient à poser les radiateurs, les spots directionnels, les claustra coulissants de (toujours) laque ivoire, arrivait l'heure du déjeuner où rentrait la cause des perturbations qui lui signait des chèques en blanc, dont elle ne se servait plus, non par honnêteté mais faute d'appartenir encore au monde extérieur où sont les marchands.

A la charmante, toujours en peignoir, l'accueillant avec une fabuleuse amabilité, n'ayant rien à lui dire puisque n'ayant rien fait, ce dont il ne s'apercevait pas puisque sourd, Amine prodiguait moult marques d'attention, remarquait, grâce à un baiser sucré, quelque relent de poire Wilhelmine, car, en Suisse, elle se saoulait à partir de midi, commençait à la poire, à laquelle succédait au déjeuner le rosé d'Anjou exactement ce qui lui vitriolait l'estomac, jamais elle ne supporta le rosé, mais il fallait boire la ciguë et celle de Touraine était à portée de sa main, encore un verre, et cinq au déjeuner. *Si je me changeais...* l'idée, fugace, la quittait dès qu'Amine entrait. Des mules ensatinées on passerait aux charentaises, il n'y verrait que du feu. Racines des cheveux assombries, pas le courage d'affronter son coiffeur ou alors en changer car l'habituel lui dirait sans doute qu'elle reprenait du poil de la bête rapport aux kilos et elle n'y tenait pas plus que ça.

— Chauffage par le sol (procédé Pechiney) impossible, dit Amine l'expert, se servant généreusement de pâté en croûte après s'être assuré que sa future, bafouant secrètement son honneur, en avait pris deux tranches menaçantes — car il faut prévoir avant de construire...

De la solution idéale : chauffage par rayonnement ou convection, le futur architecte regrettait amèrement de devoir se priver, itou de l'espèce radiante ou enveloppante inventée récemment par les Norvégiens, des gars sérieux sur qui on pouvait compter.

— Hélas, renchérit Maria en bâfrant le pâté de lièvre, quelle déception, et elle observa les moires de la table de marbre d'un air profondément atteint.

— Où en est-on avec les éléments muraux vitrés du Tanganyika ? (à la vaudouiste) merci Caroline, vous pouvez desservir.

— On les attend avec impatience, vagit la Tief, qui sentait ses joues enfler à vue d'œil. De même ne sauraient tarder les choses utiles. Le lave-vaisselle, le sèche-linge, un truc à pompe de circulation turbi-séchage et la réserve de glaçons à air pulsé, je suis sur des charbons ardents.

Elle leva au plafond des yeux désespérés, scrutant les plinthes laquées d'un cruel bleu marine.

— J'ai acheté deux éléphants qhâdjârs à Galliera, dit-elle, au moment où, implacable tentatrice, ce serpent de cuisinière lui présentait le gigot-Caroline, et les haricots verts ? Je ne vois que des flageolets, une bassine de flageolets.

— Encore ce régime ! tonna Ghoraïeb qui s'appesantissait un peu trop sur le sujet. Les farineux, on doit en consommer un minimum, sinon carence. Des éléphants ?...

— Persans. En bronze, tout caparaçonnés d'émaux, une splendeur, merci Caroline, et elle entonna avec férocité une demi-livre de flageolets graisseux fondants à souhait accompagnant le gigot et sa sauce.

— Tu ne crois pas que l'ensemble va faire un peu surchargé ?

— Mais non chéri, après les éléphants, j'arrête, promit Maria souriant à la pensée que l'appartement ressemblerait à l'intérieur du Chabanais et que ça serait pour les pieds de son interlocuteur.

— Enfin amour si ça t'amuse de courir les ventes... nous aurons une superbe réception. Pour le boudoir, j'ai songé à un papier métallique rayé.

— Ce sera parfait, avec le trône de mandarin. (En cas de défaveur auprès des émirs, si Ghoraïeb père ne paye plus, ça sera la saisie du siècle ajouta-t-elle muettement.)

Au fromage accompagné de château-yquem 21, il parlait d'électricité, d'appliques murales, et elle, aimablement grise, vénérant les lampes tempêtes, les candélabres et les becs papillon à gaz, à part la Fée se jurait de ne jamais rien comprendre à l'électricité. Par bonheur et magie permise aux capitalos, pensait l'artiste, les spécialistes dûment rémunérés limiteraient les dégâts, certes amour, les appliques, certes je t'aime, n'aime que toi, comment, j'ai entrebâillé mon peignoir et le peintre a vu... bien chéri je mettrai un soutien-gorge, donc dès que la baraque cessera de ressembler à une tranchée de 14 entre deux assauts, on recevra sous les plafonds peints de cette demeure nobiliaire rénovée au gout du jour, dont la maîtresse de maison plutôt gironde fera les honneurs avec l'amabilité idoine, c'est entendu, cela va de soi, naturellement, OUI.

Elle subit l'assomption du dessert, glace alhambra vanillée au coulis de fraise, qu'elle avala studieusement à petites cuillerées, la bascule indiquerait cent grammes de plus demain matin il vérifierait et monterait d'un cran la courbe du graphique de poids punaisé dans la salle de bains, il se leva pour le baiser du dessert, ô temps suspends ton vol — ça il le suspendait, n'était-elle pas là depuis mille ans — lapant la salive de son fiancé, elle eut une douce impression de récent traumatisme crânien ce devait être la tringle, tiens elle croyait en avoir fini avec ce déjeuner eh bien non on recommençait avec du foie de veau pardon attouchement lingual de l'aimé, divine communion de stupeur, désarçonnée elle s'accrocha à lui et prolongea le baiser, canne d'aveugle ne quitte pas la main hésitante de l'infante énucléée serve d'amour, valétudinaire morose, ne cessant de commettre avec méthode tous ces actes répréhensibles, elle s'affaissa sur son épaule; cet après-midi, elle commettrait scrupuleusement tous les attentats envers elle-même, se taperait encore une cuite monstrueuse dont elle effacerait les traces en se vaporisant du menthol sur la langue et du Givenchy III dans les sept orifices. Seule la disparition des jéroboams de champe pouvait lui donner des soupçons, or il la voulait sans doute potelée, mais pas ivrognesse.

— Que dirais-tu d'un claire-fontaine à l'orange de Lenôtre pour ce soir, ma petite-fille ?

— Du bien. Elle buvait du vrai café, car il fallait suivre les préceptes nouveaux des Commandements, à savoir que les vertus du décaféiné, pure illusion, breuvage cancérigène, donc prendre vrai café (d'où tachycardie) qui joint aux jéroboams, à la liqueur de poire et à deux paquets de cigarettes par jour entretenaient la santé.

Elle effrita un reste de vernis sur l'ongle de son pouce avec la grande application qu'elle mettait à se saccager, contempla satisfaite les misérables écailles sanguines dévoilant le liséré grisâtre de l'ongle dévasté.

Remarquait-il seulement cette décadence ? Tout à son idée fixe du mariage, il se réjouissait qu'elle n'écrivît plus, attribuait son état fœtal, ses cheveux gras et sa torpide stupeur à une fatigue conséquente à toutes ses folles démarches pour l'aménagement du lieu, se mentait peut-être à lui-même, dans le meilleur des cas, en croyant à une résurrection le jour où, convenablement installés, ils pourraient reprendre une vie sociale, spéculait-elle sans y croire tout en écaillant son vernis. Une petite poire Wilhelmine, à quinze heures, puis tâter de quelques griottes au nougat et crottes aux jasmins, elle hésita avant d'entamer un praliné au cognac, puis y planta résolument les incisives. En réserve, les provendes : macarons croustillants et plâtreux de chez Fauchon, des croquets et un pain d'épice serti de fruits confits aux teintes profondes de vitrail. Avec le thé, la cuisinière lui servirait des tartines, trôneraient sur le plateau d'argent les pots fatals des confitures de cerises noires, de framboises et de mûres, elle lécherait à même le pain Poilâne les pépins violacés, goût d'enfance, mûres empoussiérées, grenues et mamelonnées cueillies sur le chemin des Petits Curés de la Birochère où elle allait, Mélusine, se ravitailler d'œufs fermiers du temps de Papi, de Mamine et des hortensias d'un bleu fané si émouvants en septembre.

S'y adjoindrait une des trouvailles les plus géniales d'Amine le Malfaiteur : la tarte viennoise enserrant entre deux triangles saupoudrés de vrai sucre, des pommes confites à la cannelle et au pavot. Elle reconnaissait qu'il ne se ménageait pas, traversait Paris aux heures de pointe jusqu'à cette pâtisserie du dix-septième pour en rapporter cette spécialité. Dans quinze jours, elle pèserait au moins cinquante kilos. Dans un mois, ne passerait plus les portes, sans compter que l'oisiveté et la cessation de toute dépense physique lui permettaient de stocker assez de calories pour tenir le siège de La Rochelle.

Elle siesta jusqu'à l'heure du thé où on nourrit les fauves, puis dès qu'elle sut certaine l'absence de la maîtresse de céans et prêtresse vaudou, se dirigea vers la cuisine avec laquelle ses rapports s'avéraient de plus en plus calamiteux. Ce jour-là, elle se pinça aux charnières de la table en voulant relever ses abattants, le vaisselier lui dégringola dessus suivant l'exemple de la tringle à rideaux, elle tenta d'égoutter avec l'essoreuse une chicorée dont on retrouva des feuilles au plafond, s'érafla avec la râpe à fromage, mit la tête dans le four pour vérifier la cuisson d'un poulet, en ressortit écarlate le cheveu sentant déjà le cramé, tenta d'aérer la pièce qui, elle, sentait le mouton du déjeuner, coinça inévitablement le vasistas fumivore empiétant sur le vaisselier, d'où vue sur des tasses à café imprenables car le battant de la porte coincée par ledit vasistas en interdisait l'accès, un cauchemar vous dis-je.

Trouvant, à son glorieux retour du temple des Arts, sa future gravement détériorée par ses tentatives de domptage d'un quotidien qui se résumait à des histoires de boustifaille, de sommier et de robinets (à croire que les jeunes couples ne pensaient qu'à bouffer, à baiser, voire dormir, et à se laver, triste sort), il plaignit la future, femme de bonne volonté se débattant avec des problèmes pyramidaux et le principe de réalité, lui défendit l'accès des communs sous prétexte que ce n'était pas la place d'une intellectuelle − intellectuelle selon son credo signifiait opaline de salon −, amour bientôt tout sera en place tu n'auras plus besoin de songer à ces choses aliénantes, après donc, chérie, bans, noces, voyage, nous reviendrons parmi les mortels que nous éclabousserons de la pompe de cette sublime union, ils en enfleront de rage comme des grenouilles, nous marcherons très dignes au milieu des hourras et plébiscites de la foule, en attendant ô ma méritante (qui par bonheur n'écrit plus et m'attend en morfalant des macarons) j'ai rapporté des truffes pour l'après-dîner, croquer des truffes devant le feu de bois, toi nue sur le tapis, mets donc ce soir les rubis sang-de-pigeon, tu ne les portes plus beaucoup je trouve, donc mets-les, fais-moi plaisir, ce sera un spectacle si beau, tes cheveux dénoués, les rubis et... As-tu pondu ta petite chronique ? comme c'est charmant, ce thème, un déjeuner de jeunes filles chez Angélina ! (d'un ton exaspéré) pour *Vogue*, ce sera idéal, sûrement.

Il parcourait la cuisine d'un regard circulaire et circonspect, les instruments mortifères n'y manquaient pas, il songea à cacher (de même que jadis et dans d'autres circonstances, Martin du Mans, l'ouvre-boîtes), le presse-purée, la machine à éplucher les légumineuses, le presse-citron, le gaufrier électrique des fois qu'elle en usât à la place du fer à friser d'où calvitie, à la rigueur chauve elle plairait moins, la raser pourquoi pas, mais profiter avant de ses cheveux de bayadère si doux à empoigner, ne pas renoncer de suite à cette fine, subtile poudre de lycopode, ses cheveux que le soleil perlait de blond grésil.

Maria, tout à fait perdue au milieu de ces barbaries et au bord des larmes, regrettait le presse-citron manuel et l'antique fouet à mayonnaise de sa grand-mère.

Elle pourrait glisser un mot de moi dans sa chronique, songeait Amine, l'emménagement d'un jeune couple sujet passionnant, l'amour de même n'a pas vraiment cessé d'intéresser, non, elle scribouille une dieu merci copie pâlotte à propos des jeunes filles, bientôt elle ne se souviendra plus de son gynécée. Il se félicitait d'avoir permis le thé avec les amies puisqu'elle n'usait pas de ce crédit de confiance, devenue brusquement d'une paresse orientale qui le flattait tant. Maria sanglotait dans la cuisine, balbutiait qu'elle ignorait jusqu'alors le caractère indispensable de ces inutilités, qu'elle haïssait les purées et les gaufres, que son karma n'incluait pas qu'elle dût se préoccuper de presse-purée même dans les débuts toujours exemplaires d'une vie conjugale, quand il y avait les resto dont on ignorait les coulisses donc resto pour éviter le dégoût du frichti antillais, et le parfait emprisonnement. Restos, ennuyeux, il ne céderait pas, car s'y trouverait toujours un serveur pour reluquer Maria, la frôler en lui passant la moutarde, à propos acheter quinze sortes de moutarde chez Corcellet, bien que ça ne fasse pas engraisser, passons-lui le caprice moutardier, il se rattrapait avec les friandises grappillées dans les endroits choisis du côté de la Madeleine, déployait une ingéniosité étonnante dans le choix des sucreries, dragées, sirop d'érable et berlingots, la posait sur la balance au réveil — seulement cinquante grammes supplémentaires, il faudrait recourir aux croissants en sus des brioches aux amandes, pourtant son inspection minutieuse des boîtes de confiserie prouvait par leur vacuité que tout au long du jour la houri grignotait alanguie sur un divan, dans son mirador, écoutant susurrer la fontaine du patio de l'Alhambra, rue de Verneuil.

— Regarde ma fille, s'adjura-t-elle dévoilant le miroir du salon, une Tanagra devenue parfait modèle pour baigneuse de M. Ingres.

Et elle entrouvrit les pans de sa robe de chambre sur un soutien-gorge non plus Teenform mais Lady, insoucieuse du passage fugitif d'un maçon, geste qui aurait entraîné, si Amine avait pu se manifester à distance, le bris de ses chers éléphants qhâdjârs qui la consolaient un peu en lui adressant des barrissements d'amitié, du vestibule où ils étaient entreposés en attendant qu'on leur trouvât une place digne d'eux.

— Ivrognesse d'Éphraïm ! vois les débordements pervers de toute cette graisse ! dans la joue, marmelade d'oranges ! dans les seins, croquets, pannequets, macarons et charlottes ! dans le cul, eh bien, les flageolets et des kilos de crèmes glacées et du bon pain Poilâne, siouplait, Poilâne le même Poilâne qu'on sert au président de la République. Un maigre, pourtant. Il est vrai qu'il se dépense, lui. Corps dévergondé, qui ne m'obéit plus ! cellulite crapuleuse ! fesse incontinente ! relâchement général ! me voilà bien, avec un corps adéquat aux polissonneries des hommes et non à la lointaine adoration des foules ! Imaginez le Christ mafflu ! Il n'y aurait pas eu de chrétienté. Incrédible, le fait qu'un gros plein de macarons fît des miracles. Qu'est-ce que ce libertinage de mes seins ? que fichent là ces deux collines de lait, momolles, relâchées, à la place de mes deux fruits de perfection, avec leurs pointes dures et semblables à des framboises ? Hé, le maçon, vous avez une opinion ? Figurez-vous, Monsieur le Maçon (elle referma les pans de la robe de chambre non par pudeur mais pour ne pas infliger à ce brave Portugais un spectacle si désolant), que le support, à l'encontre de ces murs, était impeccable, rien à boucher, rien à plâtrer, rien à rogner, pas un défaut, une architecture qui s'accommodait de décorations variées, et n'avait besoin d'aucun cache-misère... Pardon, je vous empêche de travailler. Je ne travaille, moi, que du chapeau. Si vous voulez de la gnôle, du champagne ou des griottes au kirsch, faites-moi signe.

Et elle le vit se retourner, légèrement interloqué, sur le seuil du salon, lui adressa un large sourire qui dut l'effrayer, car il se sauva dans la pièce voisine sans demander son reste. Du coup, elle ôta la robe de chambre, pour évaluer plus sûrement les dégâts. Palpables, ces dégâts. Anatomie, à présent en ronde bosse, de cariatide qui n'aurait pas déparé l'Erechtéion, rendue à une idiote féminité, évoquant — pire — la maternité, mince encore mais affublée d'une panoplie incommode : glandes mammaires ensachées dans la guipure et surhaussées par le balconnet, hanches galbées comme une vague, fessier agréablement charnu et parfaitement crétin dans son tulle noir point d'esprit, sûrement du point d'esprit ricana-t-elle en son pauvre for intérieur, et bientôt mon ami Ghoraïeb, toute cette volupté gigantesque sera revêtue d'une gandoura en laine des

Pyrénées, cachant, si je me laisse un peu aller à mes penchants pervers, une lingerie rafistolée tenue par des épingles de nourrice. Et voilà le travail.

Il la voulait, ce Fu Manchu, il l'aurait. De sa peau, il disposerait à sa guise. Interdictions habilement progressives, questions sur son passé qu'elle éludait mais auxquelles il revenait jusqu'à exhaustion et aveu, diplomatiquement, elle mentait, craignant la casse des objets précieux. Mlle Tiefenthaler poulain de la maison V... déchoirait jusqu'à devenir raclure de bidet. Entendu. Perfectionniste, elle glissait très vite et très bas. Comme taule, le rez-de-chaussée, rue de Verneuil, convenait très bien. Il n'aurait plus qu'à piétiner ce résidu, après, sans doute, l'avoir engrossée ce qui sonnerait le glas. Pour l'instant, elle apprenait comme une langue morte la curieuse sémantique d'une pariade qui, son père l'en avait prévenue, incluait la plus infâme dégradation — les dires de papa, elle les vérifiait avec une conscience méritoire, saoule de poire Wilhelmine et d'ivresse des profondeurs, se mutilant, se cognant, se piquant, se brûlant, avec tous les objets qui lui tombaient sous la main. Après la boulimie et l'alcoolisme en solo, ce soir il la trouverait bijoutée, fardée et prête au cérémonial d'amour, soit la baise avec un barjo. Vider un jéroboam de champe en attendant, avant le thé. Lire des romans roses, on pourrait tenter Delly ou Florence Barclay, ça repose des Deleuze et Guattari. Aum ! éructa-t-elle, mot sacré, élevant le taux des vibrations éthériques, que le maçon prit pour un éternuement, et qui ne lui fut d'aucun secours.

En l'attente du sourd paranoïde monomane adoré, Maria oisive errait à travers le palais teinté de sang et d'ombre par le déclin de jour, jugulée par l'erreur, compromise, abolie.

Jamais plus elle n'oserait appeler à la rescousse les membres de la Grande-Truanderie qui, asile asile, la cacheraient entre deux gargouilles. Elle acceptait sa prison, le huis clos, découvrait le plaisir d'une mort si lente, cherchait des sujets de conversation pour le soir bien qu'il ne l'écoutât pas ; amnésique, elle ne se souvenait même plus des yeux d'agate d'Emmaüs le chat, ni du masque noir de la pythie, ni de la corbeille à ouvrages, ni des petits mots sous la porte de Madame Mamine, ni de l'existence de son éditeur, ni du manuscrit qui dormait là, comme elle, du sommeil des pierres ensorcelées.

S'aperçut qu'Amine vérifiait sournoisement le nombre des somnifères qu'elle prenait, car l'orgueil du mâle souffrait que la fiancée comblée eût recours à des drogues pour pioncer à ses côtés (elle finit par accepter la couche commune que, malgré ses prières, il fit livrer à la place des lits jumeaux, l'énergie humaine ayant ses bornes qu'elle avait déjà outrepassées dans le conflit intérieur qui pompait toute sa force) mais il lui fallait rien qu'afin de survivre ses hypnagogues dont le stock s'épuisait. Problème crucial : seul un pharmacien du neuvième lui procurait sans ordonnance les Mogadon et autres agents de Morphée. Or, il lui était impossible de retourner sur ses pas, dans le neuvième, expédition plus éreintante qu'aucun voyage, oublier le cher portail salpêtré de la rue de Maubeuge, vision aussi intolérable que celle du Père-Lachaise où reposait son géniteur incinéré. Décrocher le téléphone pour prendre rendez-vous chez un médecin qui lui prescrirait les pilules, de même, effort olympique et vain car elle n'aurait pas le courage d'aller au rendez-vous. Plus un fifrelin d'énergie. Vampirisée. Donc, dormait mal, s'éveillait bouffie, à l'aube, heure immonde, buvait des litres de thé et se recouchait les nerfs en vrille auprès du monsieur qui lui roupillait, le porc, d'un sommeil de gardien de nuit. Ne dormant plus, se détériorait de jour en jour. Se détériorant, n'écrivait même plus ses chroniques. N'écrivant plus ses chroniques, dépendait financièrement d'Amine, ou en dépendrait totalement dans un avenir proche si l'Égéide ne voyait pas le jour auquel cas son éditeur, être charitable mais breton, ne lui verserait plus un centime.

Ressassait le tout par bribes incohérentes dès cet éveil hâtif et néfaste.

— Tu vois bien amour, que tu peux COMME TOUT LE MONDE te lever avant une heure, disait Amine, sadique, se pourléchant d'un café matinal sucré à l'excès. Maria, observant l'immersion des quatre sucres, se confortait à la pensée que, peut-être, le diabète l'emporterait avec l'aide des puissances infernales ceci à peine la trentaine révolue et qu'il ne lui restait que quelques années à s'empoisonner en galante compagnie.

— Ça s'appelle insomnie du matin, disait-elle d'une voix atone.

— Mais non chérie, tu travailles moins, ce qui te fait du bien, donc tu as moins besoin de dormir.

Elle renonçait, fixait, abêtie, le bout des mules que, désormais, elle ne quittait plus de la journée, si, le soir, elle se forçait encore à sangler ses boots. Le soir, plus de robes fastueuses, que non, elle enfilait un pull-over flasque et un jean qui la serrait atrocement, carcan justicier punissant les exactions du jour, car.

Car, journée de Maria, depuis l'abdication.

Petit déjeuner avec Amine, à neuf heures, avant son départ pour l'école. Jamais il ne travailla aussi sérieusement. Ce qui s'appelle bosser. Venait d'inventer une nouvelle race de fauteuil. Expérimentait rue de Verneuil son frais savoir en matière de décoration. Un battant. Méconnaissable. Plus un Scorpion, un Lion ascendant Lion avec Pluton en Lion et Lion en mars, vous voyez ce que je veux dire. J'en reviens à la naissance du jour. Le promis, après le terrifique et obligatoire Baiser de Rodin, laissait sa fiancée seule devant les abondants reliefs d'un festin avec brioches et croissants dont elle n'épargnait pas une miette. Dès son départ, elle commençait à petit-déjeuner en toute tranquillité. Devant lui, elle réfrénait la boulimie qui aurait par trop satisfait le cher garçon dont l'appétit, dépravé hier, revenait aujourd'hui avec force et saine vigueur. Le salaud se contentait d'œufs sur le plat et de café, jouait à l'homme pressé, disparaissait, sachant pertinemment que Maria ne résisterait pas aux douceurs achetées à son intention et disposées avec l'art le plus savant sur la table rutilante d'argenterie. Effectivement, elle petit-déjeunait pour s'occuper jusqu'à onze heures. Oyez l'orchestration de ce banquet — une façon comme une autre de se droguer d'oubli, cela va de soi, et il ne fallait pas compter sur la clémence d'Amine Youssef pour remplacer les brioches fatales par le hachisch (le vert pâle, si bon) que Mme Benkamou tenait à sa disposition. Ou alors, il aurait fallu qu'elle en fît des cakes, des petites madeleines moussues comme on les réussit étonnamment au Népal, mais ces gâteries n'avaient aucune chance de plaire à la cuisinière vaudou et à Amine, adversaire du cannabis sauf s'il était le seul à en user.

Faute de H et au point de non-retour où elle en était, la cadine Bébé de Sucre sévissait en toute abjection dans le miel de bruyère (de la teinte de tes yeux, le soir sous la lampe, susurrait le Sultan Amine) dont deux couches doraient un toast grillé déjà richement beurré, puis pour sa santé et les délices de son amant, enfournait deux brioches suisses à la crème d'amandes, ne comptabilisant plus calories et taux de lipides, se goinfrait de nourritures interdites, encore un peu de kaïmack sur mon feuilleté aux cheveux d'ange, pour jusqu'au soir écouter les noubas avant le retour du calife, respirer les parfums d'onyx de la Sagesse et prendre son mal en patience, encore une brioche à faire s'évanouir l'îmam le plus incorruptible, eunuque, pardon Caroline, apportez-moi les oranges confites, le halva et les loukoums compensateurs d'ennui, car demain ce sera la même chose, après un baiser poisseux, j'écarterai le rideau, je verrai s'éloigner la haute silhouette d'Amine, allant d'un pas de tranche-montagne vers son cours d'architecture, puis je resterai seule avec l'eunuque et la garde scythe préservant ma vertu qui n'en a nul besoin, c'est-à-dire vous la sectatrice du vaudou et les membres des Corps de Bâtiment.

En robe de chambre volantée et mules de satin, errait, incapable de rester en place, fibrillotante d'une nervosité accrue chaque jour, évitant la machine à écrire si triste sous sa taie dans un recoin, sur le bureau Empire. Parfois, pensait sortir uniquement pour le plaisir revanchard de claquer le blé de sa future belle-famille à Galliera où elle assouvissait sa passion des antiquités jusqu'à cette rencontre avec la camarilla qui mit un frein à ses raids sur les salles des ventes, tant elle redoutait de l'y croiser à nouveau, tremblante à l'idée que les Bogdanov la vissent changée, la joue renflée comme un cratère homérique, l'œil rapetissé à cause d'un excès de gras en dessous, les pêches avantageuses, de quoi provoquer l'admiration des Sénégalais oubliant leur marteau-piqueur pour la siffler, et des conducteurs de bus qui l'appelleraient, décadence, « belle enfant ». Elle, l'androgyne platonicien, à la merci des gens du commun, qu'ils fussent ducs et pairs ou conducteurs de bus, à la merci de ceux qui différenciaient les créatures en races sexuées, elle, qui se devait d'être aimée et respectée pour son seul cortex. Outrage. Si on la sifflait à cause des pêches en question quand l'hiver lui permettait encore de les dissimuler sous une bure de pénitente, que serait-ce au printemps avec les petites robes ou les tee-shirts de coton ?

— Tu es maintenant (six kilos supplémentaires à téter, sucer, mordiller, ventouser) PARFAITE, ma chérie, tu t'achemines vers le corps de Bardot, blasphémait à répétition le futur.

Je m'achemine, je m'achemine, pensait-elle après le départ de l'homme vers les forêts du Néanderthal d'où il rapporterait le bison et les cornes de l'antilope saïga, je m'achemine, évidemment je m'achemine, à force de bouffer des plantations de canne à sucre, vers une fin précoce, et là le cadavre, si semblable à celui de cette actrice au cas où elle eût clamsé au temps de sa splendeur, réjouira la vue de mon fiancé veuf, c'est toujours ça. Bien. Je ne sortirai pas.

Sur ce, d'un coup de dent rageur, elle arrachait une corne du dernier croissant indemne, sur le plateau du petit déjeuner que Caroline avait l'ordre de ne pas desservir avant que *Madame ait fini* (a-t-on jamais fini de grignoter en cas de régression orale ? on grignoterait du plâtre, oui !) engloutissait une ultime brioche, et se pressait lentement vers la salle de bains où, sans se regarder, elle se débarbouillait à la hâte, oubliait une ombre de crasse sur son cou — ainsi seras-tu ma belle, parée de colliers de crasse et de rubis, comme les putes des cages de Bombay — jetait un regard terni sur les fards dont elle n'userait que le soir sur une peau mal rincée, tirait ses cheveux en une exquise queue de rat jusqu'au retour du fiancé qui exigeait qu'elle les libérât. Elle les libérait, pour masquer le cou douteux et par obéissance, mais ne les tressait plus à la mérovingienne pour que, sur le coup de neuf heures, dénoués, ils friselent gracieusement le long de ses joues à l'ossature jadis visible, travail inutile que de se gaufrer les cheveux quand Amine la préférait avec le crin raide et bien plat, accentuant l'arrondi d'un visage qu'elle jugeait quasiment poupin. Avec quelle science il devinait, le bougre, chaque détail susceptible de gâcher une beauté dont il exi-

539

geait que la démolition fût aussi rapide que l'aménagement de l'appartement !... Vite, prestissimo, abîmer Maria et enjoliver sa prison. Tu ne te vois pas, aimée, mentait-il, impardonnable. Ce visage épanoui... Moi qui t'ai connue si décavée, quel changement flagrant !

Du coup, désespérée, jugeant que jamais plus elle ne retrouverait son image de Madone du Magnificat, qu'elle était à peine digne de balayer le sol de l'atelier botticellien, elle revenait, selon les prévisions du maître, au plateau tentateur, et s'enfournait une brioche préalablement beurrée et rougie de confiture d'airelles.

A partir de onze heures, enceinte d'environ cinq brioches et de deux croissants, elle déambulait dans l'appartement. Radeau de la Méduse que ce sombre rez-de-chaussée en cours d'aménagement, puant la peinture fraîche, dans lequel la recluse était censée surveiller les travaux. Vaguebullant entre les épaves, elle les surveillait, en effet, d'un œil de vache suissse, et de la mine hargneuse de quelqu'un qui se sait destiné à être jusqu'au soir la victime du menuisier, de l'électricien, du tapissier appliquant sur les murs de la chambre d'amis (lesquels ?) du tissu bouclette, sur ceux de l'alcôve, une soie thaï, on sonnait, elle réceptionnait avec surprise une table de sycomore dont elle avait oublié la commande, et des objets choisis avec malignité, un oiseau de bois Senoufo, un masque Dogon, un bronze du Bénin, un Bouddha khmer couché dont l'œil léthargique ne lui causerait pas de remords car semblable au sien — de ce racket insensé, elle chargeait avec quelque joie, une des seules qui lui restât ; ruinant allégrement les Ghoraïeb, elle exigeait un trône de mandarin en laque noire, un baldaquin jugulé par un chou violine pour l'alcôve, le fameux bureau en placage d'ébène et bronze doré, dont elle ne comptait plus se servir, des fauteuils à crosse en noyer Louis XIII, une urne bleue Kun-Yao et deux vases Mei-Ping ancêtres du céladon, un coffre vénitien du Cinquecento peint sur nacre, Amine pâlit imperceptiblement le jour où on livra l'ensemble acquis aux enchères et, tapie, ricanante, Maria se dit qu'il en aurait pour son sale fric, révéla avec candeur son coup de foudre pour un Corot du genre boisé entrevu à Galliera, l'obtint de même, elle l'accrocherait dans la salle de bains, les Corot sont épatants dans les salles de bains, ça fait douche et aquatique, de sa dernière virée à Galliera, rapporta des saupoudroirs chinois ayant appartenu à Tseu-Hi, vengeance sur laquelle il s'extasia poliment.

Derrière les jalousies du haremlik, il y eut Roxelane, favorite de Soliman le Magnifique, et Maria, fiancée d'Amine Youssef, semblable était le sort réservé ou jeté sur l'esclave circassienne et la quarteronne juive, et semblable certainement leur aspect, toutes deux grasses comme la queue d'un mouton turkmène dont on fait le suif des chandelles, et semblable leur diète, baklava halva rahat-loukoum, figues séchées, rèches, grumeleuses et grenues, dattes oblongues d'une transparence d'ambre fossile, marmelades de fruits musqués et riches en glucose — et énormément d'ovins, à la chair très grasse. Pour la cuisine impériale, il fut acheté, au long des mois, un troupeau entier, au train où allaient les dépenses, on atteindrait vite le chiffre annuel de 230 000 agneaux abattus pour les dîners du maître, et de 96 000 pour les en-cas des janissaires, part que se serait volontiers octroyée Dulcinea, prête à léser plus d'un de ceux-ci. Si la longévité chez le rat dépend de l'équilibre alimentaire, Maria ne passerait pas l'hiver. Elle allait vers l'obésité, le diabète, l'hyperlipidémie, la goutte, et, inéluctablement, le suicide. Si, en revanche, on lui évitait les carences tel le scorbut qui fit des ravages pendant les Croisades et frappe encore les pays sous-développés. Réduite à un orifice buccal, indispensable pour la nourriture et le baiser, qu'elle confondait si souvent (langue fraîche d'Amine, glace Berthillon, langue chaude, celle du veau, sans vinai-grette) à force d'avaler sa ciguë chaque jour, toxico, eden eden après un flash à la crème de marron, victime d'oralité perverse, ava-lant avalant, oubliant l'orgasme de la faim, somnolant entre ses cinq repas au cours desquels elle aurait bouffé non du lion, la mal-heureuse, mais du buffalo fried rice ou même une frise de vaches sacrées du Rajasthan, avant les desserts et le recours aux sucres de l'enfance, cinq tombant dans son café, broyés à la cuiller dans un bruit apocalyptique, sucre malgré la canne et l'esclavage, sucre du festin empoisonné, fast-food, self-service et Palais de Dame Tartine que cet appartement du septième, où l'ogresse naine lapait les tor-tillons de crèmes glacées avec l'avidité compulsive d'une baby-doll de drugstore américain, après quoi, pléthorique, montgolfière lestée, elle pleurait un bon coup, se jurait l'observance future des Ramadan, Carême et Shabbat réunis, où du lever au coucher héliaque elle n'absorberait RIEN que de l'air et très peu d'eau, malgré le muezzin chanté par son estomac. Pour bercer sa douleur, se ruait à la cuisine et s'armait de l'ouvre-boîtes si dangereux pour ouvrir le réceptacle d'une compote de pommes rabbinique mais moins kosher si on l'aggravait de crème fraîche, ceci au risque de l'ablation d'un doigt car elle n'y allait pas de main morte, bien qu'elle le fût déjà à moitié.

La nuit du latah

Latah : équivalent féminin de l'amok malais, folie meurtrière impliquant une transe et une perte de conscience.

C'était un soir d'hiver où elle vit distinctement la lune noire au zénith, un soir de prodiges, un soir où il devait se passer quelque chose d'inouï.

Elle ne croyait plus à l'innocence — même relative — de son amant, et se demandait comment elle avait pu être aussi aveugle. Il lui fallait dénouer, tout de suite, le formidable enchevêtrement de peurs ancestrales qui la capturait. Envoûtée, elle en était sûre. Envoûtée comme elle le fut à Java, frappée d'un sort que jeta la sorcière qui vit aux pieds du volcan dans le village de Kintamani et dont seul un *dukun* [1], près de Djogjakarta, put l'exorciser. Le mal venait d'une princesse de Solo et avait pour but de la tuer net, sans fioritures. De ces charmantes manœuvres pour lesquelles on use du linge de corps, des pattes de poulets et des incantations sur le bûcher des ghâts ou dans les cimetières brésiliens ou à une croisée des chemins sous la lune pleine, en Indonésie, elle avait des souvenirs assez précis pour appeler les choses par leur nom. Pure et dure magie. La seule différence avec ces opérations naguère menées contre elle, sortilèges qu'elle brisa sur le terrain, sans hésiter, sans craindre de passer pour folle, car là-bas, du pollen magique scintille au bout des doigts des enfants et toutes les nuits sont possédées, tandis qu'ici, parlez d'envoûtement, et vlan, hôpital psychiatrique où crèvent pas mal d'envoûtés — la seule différence, donc, était que le sort qu'elle subissait hic et nunc, à Paris septième, n'était ni pur ni dur, mais impur et douceâtre. Qu'avait-il fait Seigneur avec ses petites culottes ? Où était la dagyde percée d'épingles ? Comment n'avait-elle pas compris plus tôt ? Qu'était cette aiguille si longue perforant son plexus quand elle entendait son pas dans la cour ? Qu'était cette résignation à la mort lente ? Où était son personnage fleureté d'ironie, à la place duquel trônait sur un sofa

---

1. Sorcier guérisseur indonésien.

l'Autre obèse régnant sur une cuisinière et des plombiers, sans autre compagne de détention ? Ce soir elle le pousserait dans ses retranchements boueux, saurait ce qu'il avait dans les tripes, quel pacte il avait signé, qui l'aidait. Ce soir elle irait jusqu'au bout car cet ensorcellement-là était sans doute plus périlleux, plus perfide, plus sournois, plus salaud et plus vicieux, plus démoniaquement pervers, que tous ceux qu'elle dut affronter et renvoyer avec choc-en-retour à faire érupter les volcans, ce qu'ils firent d'ailleurs, dès son départ d'Indonésie. Et ici, logicienne, cartésienne, sorcière désinvestie de sa science archaïque, ici, elle vivait dans l'opacité, chaque jour s'y enfonçait davantage et ne voulait rien faire pour conjurer ce mal odieux. Cette saleté allait lui rendre sa peau, qu'il lui avait ôtée à des fins noires et cérémonielles, ou sinon elle n'hésiterait pas et de ses ongles le lacérerait jusqu'à ce que la sienne retombe, épluchée, jusqu'aux talons. Assez de cette profanation. Ce soir, ne rien laisser de la lie du calice. A la fuite, elle préféra l'action, soit, la Passion, quoi qu'il arrivât sur le chemin crucial.

Elle jeta un œil amusé sur le sapin de Noël et le calendrier de l'Avent — ce soir, 15 décembre, ce qu'elle aurait continué d'ignorer s'il ne s'était pas chargé de lui rappeler la proximité de cette fête dépouillée de son sens en Occident, Noël. L'anniversaire la naissance du Nazaréen. Plus personne ne s'en souciait, du Nazaréen. Récupéré au sein de la chrétienté qui en avait avalé l'image. Gloutonne chrétienté. A propos de gloutonnerie, elle sentit une gentille petite boule dans sa gorge et remercia Dieu celui du cosmos et non celui des chrétiens — anorexique, à nouveau. On allait vers un joli retournement de situation. Embêtant, elle saignait toujours. Des règles ininterrompues qui buvaient sa substance, et qui n'empêchaient pas Ghoraïeb de la sauter dans les formes et toutes les positions. Femelle répugnante ! Accepter ça ! Espèce de truie ! Elle sourit de toutes ses dents piquetées de nicotine — dentiste, pas question, il aurait fallu affronter un toubib et la lumière du jour, infiniment plus plaisant était de s'enfumer comme un rat dans cette geôle. Ainsi moururent certains de ses amis camés, oubliant d'éteindre leur cigarette de marijuana d'où incendie et asphyxie de leur paillote tropicale.

Elle invoqua Yémanja sa mère, ô Yémanja un bon coup de votre queue de sirène pour que chavire cette nef des fous. Yémanja, aidez-moi à choisir pour ce soir des affûtiaux sublimes. Venez avec moi jusqu'à la penderie où vous mesurerez l'ampleur de cette bouffonnerie — ma garde-robe, celle d'une reine moribonde qu'on pare de ses derniers atours et qu'on toilette avant qu'elle ne clabote. Que faire, déesse, de ces vêtements Couture et Bon Chic pour la journée — quelle journée ? Je ne sais plus à quoi ressemble une journée. Des mois ici sans que je n'en suive le cours. A part ça, que dites-vous de ces fourreaux du soir destinés à réjouir la seule vue du maître, robes dérobées au soleil et payées avec cartes de crédit chez Dior,

Azzaro, Saint-Laurent... Me voilà sapée comme une des ces Nippones aux yeux débridés ou de ces Ricaines friquées, adéquation parfaite, vraiment, avec ma personne qu'un très jeune mécène défroqua de ses jeans blancs à l'endroit des fesses ! Elle hésita devant la rouge de Bethléem qui risquait inopportunément de provoquer une corrida, Yémanja lui fit judicieusement réflexion qu'au cours de celle-ci il risquait de la déchirer, ça jamais, elle opta pour un sari aux marges d'or, acquis à Bénarès. La divinité approuva et une bonne odeur de poisson se répandit dans la pièce. Elle drapa avec dextérité la soie lunaire autour de ses reins, rabattit un pan sur son épaule, ajusta le caraco à une poitrine aujourd'hui redondante (misère, elle atteignait quarante-sept kilos sur la bascule, pesée de l'âme en même temps, décompter une demi-livre d'âme ensomnolée donc alourdie), se fit des ongles en escarboucles, jeta au feu les rognures, geste très considéré, speedée par un double scotch, habitude circonstancielle dont elle comptait se débarrasser au plus tôt, alluma des bâtons d'encens pour écarter les démons du soir, et attendit Amine Youssef d'un pied ferme et nu à la cheville encerclée d'un lien d'argent à grelots, signifiant son indianité retrouvée, la trompeuse soumission de l'esclave et l'extravagance du fol. Côté cuisines, elle renifla l'odeur lourde, cendrée, du curry, elle serait poivre quand il arriverait et fin prête pour la fiesta des désespérances.

Yémanja ma mère, je n'ai plus besoin de vous pour le moment. Ne m'abandonnez pas quand je tomberai, ni pendant le supplice, car vous savez que les humains reprochent cet abandon à leurs dieux quand sur les croix ça va trop mal. J'essaierai de ne pas vous déranger et d'agir seule. Maintenant, sirène du Bénin, donnez-moi seulement un peu de vos pouvoirs océaniques, une petite passation, voilà, je les ai, je les sens, merci naïade divine omnipotente, avant l'arrivée du satanique, je m'en vais relire Baudelaire, encore et toujours Baudelaire, j'ouvrirai au hasard les *Fleurs du Mal* et nous verrons sur quoi nous allons tomber, car plus aucun hasard ne préside à l'ordonnance de cette machination que j'avais pressentie et que j'ai niée par sotte pseudo-intelligence. A force d'être intelligente, j'allais crever avant trente ans, voyez-vous.

Ayant congédié Yémanja, elle se jeta sur les poèmes de Baudelaire, un des seuls livres de poèmes qu'elle transborda de la rue de Maubeuge à cette maudite rue de Verneuil. Très à sa place, Baudelaire, sur ce champ de bataille où se déroulait le plus retors des combats. Ouvrit au hasard et lut :

« Au poète sinistre, ennemi des familles
Favori de l'enfer, courtisan mal renté,
Tombeaux et lupanars montrent sous leurs charmilles
Un lit que le remords n'a jamais fréquenté. »

Un lit que le remords n'a jamais fréquenté ! Elle ferma le volume.

Ne JAMAIS se séparer de Baudelaire. Le consulter toujours, lui et le petit frère Rimbaud savaient tout. On pouvait y aller en confiance. Titre d'un livre qu'elle écrirait : *un lit, etc.* Après Yémanja et Baudelaire, débarqua Tova sans qu'elle l'eût convoquée. Tova volait au secours.

— Ma Tova, dit Maria à haute et intelligible voix, sans prendre garde à la cuisinière qui venait de jeter dans l'âtre des bûches Flambor — les juifs sont gens d'alliance et de contrat, mais seulement avec Dieu.

Détenue (dans un quart d'heure, il entrerait) par un type dont le vaste projet était d'abolir l'autonomie d'une personne jusqu'à ce que razibus. Système nazi. Des Tiefenthaler y laissèrent les grègues à Dachau. Son père, à Paris, fut trucidé par un autre système non moins pénitentiaire mais remboursé par la Sécurité sociale. Si elle ne se rebiffait pas à temps, elle y passerait, chacun son tour.

Entra celui qui, si l'entreprise réussissait, ne serait plus jamais seul dans sa chambre, car le veillerait un fameux remords auprès duquel l'œil de Caïn était une lampe de chevet.

Dès qu'il la vit, parée, princesse du Haut-Punjab, belle à fracasser des dynasties d'empereurs moghols, moins maigre déjà donc promettant plus de surface ambrée à parcourir des yeux, de la langue, des lèvres, des doigts et du sexe (il la voulait amplifiée, non seulement pour qu'elle se détestât, mais aussi pour avoir plus d'elle à aimer, jusqu'alors l'horizon était trop bref, les contours trop vite cernés, il l'adorait au point de la désirer inépuisable et de la vastitude des mers) il la trouva d'une splendeur alarmante. Remarqua ses yeux un peu chavirés comme sous l'ivresse du nopal — pourtant la veille il rôda dans l'appartement pendant qu'elle dormait encore, voulant supprimer TOUT ce qui ressemblait à une de ses drogues indispensables, dont il ne restait plus beaucoup et dont le manque futur la mettait dans l'angoisse, trouva ses somnifères et tranquillisants planqués sous ses chaussettes dans un tiroir (vieille coutume) s'ébroua de satisfaction, au feu les comprimés qui rendent dispos le lendemain et permettent, après réparation des forces mentales, l'écriture, au feu les derniers Mogadon, Témesta, Séresta, Bi et Imménoctal, Noctran, Nuidor, Sédatif P.C., Bromure de Calcium, très indiqué en cas de tétanie, Mlle Tiefenthaler devait toujours en avoir à portée de la main car les crises apparaissent sans préavis, en ballottage le Bromure de Calcium, puis, impitoyable, il décida que tant pis, que Bromure il y avait, se souvint du régiment, cette substance pouvait causer à Maria quelque frigidité au déduit, il fit bon marché des chutes probables de son taux de calcium, qu'elle restât la mâchoire coincée pour l'éternité, bonne affaire, qu'elle demeurât en rigidité cadavérique, les muscles introjectés de poison, tant mieux, pas de Bromure pour les sultanes, il jeta dans la cheminée le médicament dont se chargea, comme des autres drogues, une de ces bûches Flambor qui pétillent pendant deux ou trois heures avec une artificielle ténacité.

En revanche, il avait acheté un chlorydrate contre l'anorexie et, incidemment, les allergies, pris soin d'ôter la notice explicative, pour l'imposer à sa chérie au petit déjeuner en affirmant qu'il s'agissait d'un complexe vitaminique. Si elle refusait, il pilerait en douce le comprimé et le mélangerait à son thé. De plus en plus méthodique dans sa folie, Lucifer icy présent, comme vous pouvez le remarquer.

Mon amour, tu es véritablement le plus divin sujet du monde, dit-il, doucereux, mais je me permettrai un conseil : tes seins, au printemps dernier, époque de ta maigreur, transparaissaient sous tes pulls sans que ça frôlât l'outrage à la pudeur (de ceci il ne pensait pas un mot), mais aujourd'hui les soutiens-gorge que tu portes quand ça te chante, trop rarement, ne te vont plus... Dès que j'aurai du temps libre, je t'accompagnerai dans les magasins pour t'acheter une lingerie à ta taille. Sans ça, ils risquent de s'abîmer et pense qu'à trente ans...

Le fumier. Elle loucha sur les deux globes mammaires, en expansion hélas, bientôt comparables à ceux d'une nourrice morvandelle. Elle se figura sans mal le plaisir dénaturé de ce barjo à la conduire jusqu'à la cabine d'essayage, à s'y immiscer pour constater avec la vendeuse que le soixante-quinze était trop petit pour les seins d'une nourrice morvandelle, qu'il faudrait du quatre-vingts ou bientôt du quatre-vingt-quinze, le tour de poitrine s'accroissant pour cause de, ô mon suzerain, boulimie et retour à l'ingestif...

— De nouveaux soutiens-gorge, aimé, idée excellente ! ainsi furent masqués de satin rose les seins des Balinaises, offusquant la vue des coloniaux hollandais, ces imbéciles... Amour, inutile de sourciller, je charrie les Hollandais, dont vous n'êtes pas, que je sache. A balconnet ? Avec de la guipure, comme les anciens ? Ou du genre abstrait, médical, utilitaire et poire à lavement ? Ce sera ce que vous voudrez. Au menu du soir, carry poulet de l'Antillaise, mais façon la plus indienne possible, ne retroussez pas vos narines comme ça, ce que vous sentez est l'encens, non la came... vous incommoderait-il, cet encens ?

— Euh, fit Amine, très insuffisant, cette odeur coupe plutôt l'appétit...

Elle fit le mûdra bouddhique de l'absence de crainte, paumes cambrées, dégringola du sofa, rampa jusqu'aux baguettes, souffla les extrémités et prononça solennellement. Que viennent donc les Démons du Soir ! ONG ! ANG, BRENG MENG ANG, ring pang ring, pung djingal djingul ! (formule magique apprise d'un sorcier de Java Central) Feu incarnat de mon foie, feu noir de mes pou-mons, feu de la couronne de ma tête, ong ang ang ang, Ronfle aussi haut que la montagne, vous tous, sorcières, démons de l'Univers, disparaissez devant mon irrésistible éclat. Vole, pouvoir de ma for-mule. Vole dans les airs, dans le ciel, en cercle, comme un invin-cible incendie... C'est, ô mon fiancé, un très bel hymne indonésien qui m'a déjà servi et qui est resté gravé à la pointe de mon cœur, ventricule gauche. (Elle lui sourit, crâneuse, il se dit qu'elle avait sniffé de la coke pour être dans cet état et redoubla de suspicion.

Il s'agit de s'Ouvrir l'Appétit, mon aimé ! Eh bien, puisqu'il faut un apéritif, sers-moi un scotch.

Il obéit, très inquiet, elle avala une gorgée d'alcool, pensa y adjoindre un Témesta, de cette façon, planète. Courut sous prétexte de miction urgente vers le fond de l'appartement, fonça dans la chambre, ouvrit le tiroir, découvrit sa vacuité. L'ordure. Il voulait donc lui faire vivre cette agonie : être à la fois obèse, à cause du régime imposé par le truchement de la Vaudou, insomniaque, puisque sans Morphée-barbitos, migraineuse en raison de règles pensum obligatoire de la femelle qui, quand elle s'en dispense, sus-cite la réprobation exacerbée du mâle, on ne sait pourquoi. Là, ses règles ne la quittaient plus et, lui, ce type sans entrailles, trouvait ça très bien. Dans l'énoncé du programme, il n'avait oublié que la suppression du tabac. Sans nicotine, elle arriverait bien à peser cinquante-cinq kilos.

— Amine, où as-tu fourré mes somnifères ? autant interdire à Nietzsche le chloral, et à Harold Robbins... je ne sais pas ce qu'il prend, mais sûrement des amphés. Tu ignores ce qu'est le sevrage de Binoctal. Trois nuits sans sommeil et je vais à l'hostau.

Debout, il grignotait des pistaches, lui en offrit négligemment, elle en prit une poignée vengeresse, mille calories, qu'elle croqua avec distinction, puis le saisit aux épaules, l'obligea à la regarder. Ses lèvres tremblaient, signe précurseur de spasmophilie, et, prise de son récent et fort désagréable tic, elle sentit sa langue se rouler opiniâtrement vers le fond de son palais, se la mordilla avec frénésie pour la dompter, mais rien à faire pour interdire à cette langue son ignoble retroussis.

— Comment peux-tu être ESCLAVE de ces produits, Maria ? Je t'ai soupçonnée de véronalisme, opiomanie, éthéromanie, j'ai vérifié dès notre emménagement le nombre de ces poisons cachés sous tes chaussettes : une dizaine de tubes et une vingtaine de boîtes, toutes *à ne délivrer que sur ordonnance*. C'est à alerter les stups. Est-ce que tu te rends compte ?

Elle eut un spasme facial, une névralgie flinguante.

— Toxiques du cerveau mon amour, tu t'habitueras peu à peu à dormir sans rien et dans notre grand lit, tu verras... (déjà un mois qu'elle tentait de s'habituer au lit commun, sommeil des amou-reux, eh bien macache, seuls les somnifères l'empêchaient de partir

547

vraiment en brioche). Tu DOIS te désintoxiquer. Maintenant, je suis là, mon amour.

Maintenant oui-da, elle savait. Il était là et bel et bien possédé, le lycantrope, logeur de démons, d'où sa répulsion envers l'encens. Maintenant... Troisième scotch et passer à table. Mais elle ne bougeait pas, plantée face à lui de si haute envergure. Sa transe de mangeuse de peyotl devant une feuille de papier, disparue. La mort violente sertie au creux de la vie, expulsée. Ses voyances, dissipées. L'oracle, clos. La Sybille, en vacances. Et le bien-aimé, de sa voix monocorde, de lui avouer qu'il irait pour son bien jusqu'à supprimer le thé (un alcaloïde, même en sachet, mon amour) et les édulcorants de synthèse, de la saccharine aux cyclamates, donc elle dormirait, sans énervement puisque sans les alcaloïdes de ces breuvages toniques, donc elle s'appesantirait au sens des kilos indus, et non sur des questions métaphysiques, aussi provocantes que l'usage de la saccharine.

— De toute façon, j'ai fichu tout ces fourbis cancérigènes à la poubelle, susurra Béhémoth, d'un ton moelleux.

Bien entendu aimé. Dégradation du cerveau jusqu'à l'équilibre ultime, ne plus respirer par flemme et claboter d'une façon suave au bout du renoncement.

En vérité, ce forcené à la voix soporifique œuvrait d'une façon plus barbare que l'haldol ou le lithium, qu'elle ne prit jamais, mais dont elle connaissait les conséquences : régulation des humeurs et faciès de poisson crevé. Sous la narcose de ses caresses, s'abolissait la conscience perceptive et toute sensation, sauf celle du glissement de doigts étrangers sur la peau d'une personne qui auparavant n'avait besoin que d'une tasse de thé pour voir se colorer de vives et promptes hallucinations. Sa voix, surtout, l'ensuquait. Il lui arrivait de piquer du nez sur le sofa, pendant qu'il lui parlait de son cours aux Beaux-Arts. Brefs comas dont elle ressuscitait, navrée, pleine d'attentions à son égard. De temps à autre, elle avait encore ses bouffées. Au ciel, observé par la fenêtre d'un rez-de-chaussée du septième arrondissement, elle trouvait un air lacustre, et le lui disait. Un ciel n'est pas lacustre. Il l'embrassait comme on étouffe un incendie. Sa salive, népenthès, liqueur d'oubli. Son baiser la mettait dans un état de faux sommeil énervé qui n'avait rien à voir avec celui des barbituriques ni avec les conséquences de l'authentique morsure des origines. Depuis peu, il usait du baiser comme des têtes de pavots avec lesquelles on calmait les enfants, en Égypte, *le résultat étant d'ailleurs souvent mortel,* lu dans Lewin (Phantastica). Elle parvint à dérouler sa langue et lui interdit de rappliquer au fond de sa luette, pour éructer : Saloperie — Sonné — Cinglé. Prit une cigarette, l'alluma, inhala une ample bouffée. Il fit tomber cet autre agent cancérigène d'une pichenette, et l'écrasa rageusement sur le Boukhara, foutu le Boukhara par le fiancé qui ne tolérait pas que les tapis fussent volants. Affront personnel.

Elle baissa les bras. Tout devenait si clair. Grâce à lui, plus rien de liminal, plus d'ébréchure féconde dans son existence, plus de sommeil, plus de thé, plus de cigarettes, plus d'écriture, plus de grâce, plus de foi, plus personne, plus rien, le néant, un bain amniotique, la cuisinière vaudou poussa une gueulante au sujet de son curry, et Maria se mit à pleurer.

Avec un triste orgueil, il la prit sur ses genoux, l'embrassa, la lécha tant et si bien qu'il ne resta plus trace de ces fards qui l'embellissaient trop, la débarbouilla de son tikka frontal, pour se venger du sari qui lui rappelait le rôle de statue tantrique qu'elle joua volontiers en Asie avec un prince du Bhoutan (en exil, facteur qui en rehaussait le charme). Se souvint d'un des conseils sensés de sa chère maman : que la fiancée, en position canine, croquât dans sa main un sucre imbibé de son sperme, et il l'aurait *ad vitam aeternam*. Se promit cette joyeuseté, après qu'elle eut bâfré un kilo de curry, à ce propos, il devait un grand merci au maître queux créole. Entre les recettes aux salves d'épices de cette dernière et les panacées de Mme Benkamou, le gras et le sucré-salé, les menus du jeune couple risquaient d'être exceptionnels. Ma petite fille, mon âme, dit-il, allons dîner.

Malgré le débarbouillage, belle à se damner, si ce n'avait déjà été fait, rumina-t-il, le cul sur sa chaise, fou d'adoration, désapprouvant le sari évocateur de ses bourlingues qu'il lui ôterait dès le dîner consommé et éventuellement brûlerait.

Sa miniature moghole. Elle resterait miniature car elle ne grandirait plus, mais elle s'élargirait, à ratiboiser ainsi sous son regard encourageant une montagne de riz safrané, à torcher d'un morceau de pain le fond du plat, après ingestion de ces tendres rocs de mouton nappés d'une sauce vert-de-gris, dont elle avala une triple portion, avec les doigts. Du fulmicoton que ce curry. Nue, tout à l'heure, la peau de Maria sentirait le poivrier noir, le piment nacarat dit enragé, sa langue aurait la sapidité ardente du gingembre, et son corps le parfum suffocant de cette brûlante préparation hindouiste.

— Full ! dit-elle en considérant le bourrelet interposé entre son bref corsage de satin et la jupe du sari.

La peser demain matin, caresser son dos encore gracile et saisir dans ses paumes les fruits amalakas, ses seins si émouvants de faiblesse, se promit le bon apôtre. Et Satan parut en lui, pensa Maria, surprenant le regard en biseau, cruellement posé sur des seins pléthoriques et moi charogne sur la bascule demain matin, je sais ce qu'il mijote, et combien il apprécie l'holocauste, mon corps déformé, que je détruis à coups de dents qui creusent comme on sait la tombe, je me creuse une chouette tombe, on pourra y tenir à plusieurs. Mon cou est-il convenablement rincé, que n'y paraisse

pas une macule, car tout à l'heure dans l'auberge des Karpates...
Toxiques du cerveau mon amour, tu t'habitueras à dormir sans rien. (Que mon ivrognerie plonge cette famille dans le malheur, verse-moi à boire, Ghoraïeb fils !) Je dois pioncer puisqu'il est près de moi, respirant houleusement, si étranger, souvent en sueur, vous parlez d'un tranquillisant ! sincère, l'abject, quand il m'affirme que les parties de ça-va ça-vient remplacent les barbituriques. Que l'usage fait de son sexe prodigieux doit remédier à l'incoordination motrice due au manque de somnifères, que cette baguette magique doit octroyer le sommeil juste après l'acte, chose humaine n'est-ce pas, post coïtum, *triste*, sans doute, mais roulant dans les draps assommé de saine et bestiale fatigue. Processus répertorié dans le dictionnaire médical, je suppose. Je te baiserai bien et tu dormiras bien. Mais mon plaisir n'est répertorié nulle part, il est comme le vent de l'enclos de Grisélidis, on ne sait d'où il vient ni où il va, mon plaisir est comme les sauvages de l'Amazonie avant le recensement par les structuralistes, mon plaisir est à l'état latent et endémique dans chaque membre de mon corps et toute mise en carte de ce mercuriel paradis m'en défend l'accès. Voilà. Le sexe de mon amant, donc, ses manipulations variées, son air de cobra dansant ou flapi, crocs limés devrait pallier les drogues les plus puissantes, en intraveineuse, en intramusculaire, en soupe ou en comprimés. Cré nom. Douces, dures, pas le détail. L'herbe du Diable dont parle Castaneda, zéro. Seule sa bite curative...

Elle réprima un petit rot d'odalisque gavée, lui sourit le plus bêtement possible, aguichante, sentant des ronces au chemin de son corps. Tiens, en ce soir très spécial, elle avait envie qu'il la saute malgré la pesanteur de ce curry empoisonné. Pouah, en sus, un envoûtement alimentaire. Gare, gare. En cas de choc-en-retour, il risque une mort subite ou de se suicider, seule mort naturelle.

D'un ton extrêmement aimable et lointain, il lui interdit sa cigarette d'après-dîner. Elle obtempéra, lui versa à boire. Pendant ce dîner, ils avaient vidé deux bouteilles de champagne. Brûlures d'estomac garanties pour Maria, infimes désagréments pour quelqu'un de résolu à aller au bout de l'auto-mutilation, de son expérience alchimique, de sa profanation et de son passage au noir.

Après le café, du vrai, dont il lui permit une gorgée, d'où alènes de givre picotant chaque muscle, mais il fallait en croire le maître, ce n'était qu'une illusion, et le déca renfermait AUSSI une substance toxique. Un tel hypocondriaque devrait mettre de la poudre de licorne dans tous ses aliments, bien qu'avec la vaudou, il pouvait avoir confiance, ils étaient du même bord — il se leva noblement, tourna autour de la table, elle se demanda pour quel jeu, la souleva de sa chaise et la porta jusqu'au sofa, près de la cheminée où rutilait le Flambor.

— Effendi, nous ne verrons ça que demain matin, dit-elle

gaiement, mais grâce à ce curry, je dois frôler mes quarante-huit kilos.

Il la connut à trente-neuf. L'excédent n'appartenait pas à l'ancienne archétypale Lolita ou Madone florentine, mais à lui. D'ailleurs, il se chargeait de les porter sans succomber jusqu'à l'endroit des fornications. La jupe du sari la pinçait et la mordait. Un corps de femme, quelle trahison. Demain, elle réclamerait de la mousse au chocolat, une ration supplémentaire de sucre, dût-elle faire le beau comme un clébard, irait jusqu'à avaler le sucrier, l'estomac a des possibilités d'extension insoupçonnées, malheureusement, rien, sauf le champagne, n'affectait ce viscère, donc elle ne serait pas malade, mais œdémique, sa chair tendrement adipeuse, broyée par l'étau de ses bijoux, ne rien se refuser, une bouteille de rouge pour dépraver un peu plus son appétit avant le déjeuner, quant à cette nuit ha ha, cette nuit seule devant le frigo, empli selon les ordres du calife, de riz au lait, de crème fraîche de marron, Chantilly et anglaise, ce seront les Saturnales (elle hier olympienne nourrie d'encens, de fumée de cigarettes et de probes viandes saignantes, elle anorexique croquant des radis sans beurre) cette nuit seule devant le placard aux confitures, obèse naine, si prendre deux ou dix kilos correspond au même suicide pour une cinglée de la maigreur absolue, s'en foutrait une ventrée, pour faire passer le curry. Roulant, cette boule, aux enfers du sacré-lacté, stade intra-utérin chevroteraient les psy. Laissons les psy. Il s'agissait, Yémanja, de toucher le fond. Les abysses, qui ne sont pas d'eau tiède, il fallait y plonger jusqu'à neuf mille mètres où plus aucune lumière n'éclaire l'étrange faune marine.

Il s'agissait, Père qui avez déjà donné pour cette cause-là, de savoir qui rendrait l'autre fou.

Il s'agissait, sur l'heure, du déshabillage. Une nécessité, d'après le maître.

N'aie crainte, mon amant, tu vas bientôt pénétrer ce douillet cercueil. Soft soft est ta concubine. Ce que tu ne sais pas, c'est que je suis décidée à t'enchanter, toi l'enchanteur et ceci fait, tu ne seras pas mieux logé que Merlin. Mon amant est sur le sofa, j'y vois toute la stagnation du monde. Sale crucificateur de chats, en plus ! Toi, ma chute, mon désert, Mort des Oiseaux, de toutes ces petites âmes de volière, malsaine est ta bouche, tes doigts s'approchent de moi, ils vont encore flétrir, désagréger, corrompre ma chair, chair mourante, tu n'aimes que les chairs mourantes, tu t'apercevras trop tard que je ne suis pas une Ligéia ou autre héroïne d'Edgar Poe. Pour le moment, que la Foudre soit dans le Lotus, et que tu me baises jusqu'à ce que je m'agenouille demandant grâce car vraiment ras-le-bol et menace d'extermination par la fatigue. Tiens, des vautours, déjà — non, ce sont des corbeaux noirs sur le balcon. On va descendre, cette nuit, et tu iras jusqu'où je veux. Si Jésus était l'Incarnation, moi je suis la Désincarnation, une désincarnée qui pommelle plus qu'un chou-fleur. Une désincarnée engloutie par la chair. Une énorme désincarnée.

Avec lenteur, elle démonta l'ajustement des tissus, la soie de lune et de soleil glissa à ses pieds, devant lui, allongé, l'attendant, subjugué par cette chair neuve, ces plis, cette pesanteur, ce faux-semblant de gravidité, cette peau indéfectiblement lisse, mais distendue, turgescente comme la cellule hydratée d'un pétale de tulipe... Ils tremblent, les mâles carcasses, dès qu'on se rapproche du phosphène, de l'épure, ils nous veulent rassurantes, plombées, maternelles, ceintes de leurs bras et de leurs œuvres, ils nous veulent denses comme le terreau des cimetières. Soma égale séma, ô mon père, pensa-t-elle, le corps est notre tombeau, superbe sépulcre, qu'ils aiment rembourré, pour ne pas se cogner dans les désagréments. Ils craignent l'effleurement du latent squelette, mort éblouissante mais en sous-main encore. Ils craignent un corps sans chair autour, tel le sourire du Chat du Cheshire, ossements merveilleux, sacralisés, preuve de notre condition fugace. Ça leur donne à penser, la maigreur. Il leur faut des pseudo-certitudes, des apparences et des avantages. Rien qui ne se résorbe dans la nuit. Étrange perversité.

L'homme qui la regardait et appréciait sa métamorphose (telle quelle, parfaite pour le bordel de Corinthe) lui ordonna d'ôter son sari plus vite que ça. Elle l'honora d'un strip digne de la Polly Underground du Crazy sauf qu'il fallait plusieurs réincarnations en Inde pour se défaire spectaculairement d'un sari, et que Polly n'eût pas risqué le coup. Nue, jeune femme à la gazelle des jardins de Bikaner, taille encore fine, hanches arrondies, chargée de bijoux d'or, trébuchant comme un faon ensorcelé, alla vers lui, menue icône de Kangra aux seins lourds comme des mangues, crochetant ses mains d'ivoire sombre pour le puja d'adoration, petite héroïne *svadhinapatika* (« dont les vertus méritent la dévotion de son seigneur qui, attaché à elle par les liens de l'amour, ne la quitte jamais »).

Son bracelet de cheville se brisa, les grelots de folle tintèrent sur le tapis brûlé. Elle l'appela son amant, il l'appela son sorbet de rose, faisant des pas de géant en matière d'imagination langagière. Nue, vincible, vaincue, ombre ronde et gracile aux attaches qui déjà gonflaient un peu. Il la prit par ses (encore) perçantes omoplates, passa sa langue au creux de son cou, entre ses seins, là où la peau embaumait l'odeur du carry et sui generis, si, au temps d'Açoka, elle passa beaucoup de temps dans les forts de la péninsule indienne — un souci de plus que ces transmigrations où forcément elle le trompa, le trompa ? Il interrogea la nuit claire de ses yeux où brûlaient des torchères vives, inquiétantes, et, vétéran enténébré, angélolâtre, vieux mec décati, enlaça la juvénile avec grande rage libidineuse — je dois dire, lecteur, qu'il en bavotait. Embrassa ses paupières somnolentes, effaça ce qui restait du rouge tikka poudrant l'intervalle de ses sourcils, trace de ses ébats avec un sultan d'Agra (diable, elle était assez belle, à présent, selon les canons indiens, pour que Shah Djahan trompât Mumtaz Muhal et élevât à la nouvelle favorite un mausolée noir). Ayant ainsi massacré la mise en scène provocatrice, le sari de ses voyages, révélé formes callipyges ad hoc pour que s'y refermât la main de l'homme, les deux mains de l'homme tinrent fermement ce tendre, apitoyant, ridicule, adorable carcan de graisse et dessous, des os brisés. Invisibles, à présent, les cartilages, diaphyses, épiphyses, tendons fins et emboîtages précieux de ce corps avec lequel il se livrait à des jeux d'adresse, la nuit. Elle ne savait plus la grammaire de son anatomie, ne se reconnaissait plus, où étaient la sobriété, la concision de ce corps, où les ravines profondes et bleues de la maigreur, seul pur costume d'une Eve mortelle ? Elle voyait, comme déjà défunte, sa dépouille idiote, gisant au-dessous, caressée par un inconnu — le champagne, pour ce genre de dédoublement, l'aidait beaucoup. Elle s'expanserait donc selon la loi des corps dans l'univers, ses seins tomberaient selon la loi de la gravitation, elle était sous la loi du bien-aimé, que de lois, elle se promit les confitures, après.

Ce soir-là, performances. Il hébergeait Béhémoth, peinard, lové dans son estomac, Léviathan, le cajolant sous le front, telle la sœur des Anges qui fut ainsi lotie de démons de la tête aux pieds, à Loudun. En plus de Béhémoth, il logeait le carry non moins satanique dans son estomac. Beau vécu corporel de possédé, vraiment, se dit Maria.

Il y eut rage, convulsions aussi féroces que celles d'Urbain Grandier quand on voulut lui administrer le Saint Sacrement, force sudations, acrobaties, grimaces, contorsions, véhémences, et dans cette mêlée discordante, il ânonna un bottin de démons, soit, des mots d'amour. SATAN RETIRE-TOI DE CET HOMME, pensait très fort la victime, aplatie là-dessous. En Bessarabie, les anciennes orgies des Innocentistes, du flan, à côté de cette parodie blasphématoire de communion au terme de laquelle, hélas, elle jouirait, mais plus comme avant.

Après le concours d'appétit de l'archipel des Fidji, où chaque camp doit absorber TOUT ce que lui présente l'autre sous peine d'exécution capitale, toutes ces gymnastiques emmerdaient Maria au plus haut point, car il ne s'agissait plus de magie rouge, mais de sexe. Un péché, dont le châtiment est immanent. Surface plane, sous le soc du laboureur, ou piétinée par une jambe de bois saugrenue, elle alternait le balancement yiddish et la belly-dance des cabarets orientaux pour s'occuper l'esprit, navrée qu'au final, il lui déclenchât mécaniquement cette brève, insignifiante contraction utérine qu'il appelait orgasme.

Le type qui la sautait, à des années-lumière d'elle, en arrivait à être jaloux de son phallus. Preuve rare d'intelligence. Les vertus de ce pic lui échappaient. Qu'avait-il de commun avec un télescope de chair rude autour duquel elle jouissait ? Ça, oui, elle jouissait. A ce moment d'acmé, elle l'éloignait de ses mains hostiles, elle ne le reconnaissait plus en tant qu'individu, donc il en voulait à cette bite ouvrant à la fiancée des horizons qu'il ne pouvait, pas plus qu'avant, atteindre... Dans un instant, elle bondirait du lit et filerait user du bidet, que lui importerait alors cet obélisque attaché précairement au bas-ventre d'un homme ? Possédé, Amine Youssef, mais lucide, comme on le constate. Elle réapparut, et il résolut de vérifier à nouveau cette iniquité.

Il la bourra jusqu'à éventration, saisi d'un soupçon torride au sujet de l'importance qu'elle attachait à ce zob. Zob n'avait rien d'original, de personnel, d'inhérent au caractère de celui qui le portait. Après cette prise de conscience désespérée, il n'en besogna que plus hardiment. Fichée là-dessus, à des éons de l'amant, elle hurlait sa joie revancharde de louve solitaire en dépit des voisins, et on n'était pas plus avancé quant à la nature de ses sentiments à l'égard de cet Amine Youssef Ghoraïeb qui la perforait vainement avant l'échec éjaculatoire, ce soubresaut sans fierté. Sa chérie, la dagyde de cire rouge, restait, au fond de son délabrement, rétive, indisponible et victorieuse.

Un peu lassé du missionnaire, il tenta une position dite à la persane, prit un bide cruel car le corps de sa sauvagesse se tortilla méchamment, renonça, germa en son esprit lucide qu'il serait de bon goût d'allumer une cigarette et de lui souffler narquoisement la fumée dans le nez pour qu'elle lui demande à genoux de tirer rien qu'une fois sur le clope, écarta cette idée brillante, trop envie du miel profond de son corps, très gravement toucha son abdomen rondelet, frôla son sexe mouillé de saintes huiles, elle, lansquenée de désir, frotta ses cuisses l'une contre l'autre comme les pierres de foudre de l'Aurignacien, en jaillit l'étincelle, un brûlot dans le lotus, elle saisit le couteau à défonce, voulut, dans un geste de reine destituée tout à fait racinien, se l'enfoncer jusqu'au fond de la gorge, le fit sans hésiter, puis le fourra avec autorité dans son vagin effeuillé, ce trognon de rose, il la tringla alors frénétiquement à la façon du marin fou de l'Aphrodite de Corinthe, travestie en pute, elle, honteuse et secrètement ravie, roula dans sa lame de fond, charriant les bords limoneux du Styx, puis changea de posture, se mit à quatre pattes sur le Boukhara lequel avait déjà souffert, et, continuant de limer, il pouvait l'imaginer enceinte comme une jument, enceinte et pourtant, la garce, toujours aussi immaculée — mon aimé, songeait-elle pendant les ébats, le temps qu'il nous reste, encore quelques semaines ou jours de huis clos, je t'attendrai à ton retour de l'école, grevée d'un goûter calorifuge, tu peux me faire confiance, derrière la porte merde à la vaudou je me branlerai

554

comme les sorcières leyaks aux carrefours de Bali, tu entreras, me flatteras l'ensellure, je t'annoncerai le menu du soir, celui du guerrier, rien que de la viande, et le mien, carcéral, rien que des hydrates de carbone poétiquement résumés à cinq tartes de Motul, ou Tatin si de Motul on n'en trouve plus, AVEC LA PÂTE, bien entendu.

Posture troisième : il léchait savamment l'autre bout d'elle-même, là où la petite Yuan plantait ses cigarettes devant les G.I. qui banquaient tous leurs dollars pour le spectacle. Pendant ce temps de léchage, elle pouvait rêver. C'était le meilleur.

Il léchait donc, et elle le perdait un peu de vue, ça durait généralement, ce sacre du clitoris, deux bonnes heures, au pire, jusqu'au matin, où elle sanglotait d'épuisement. Cette fois-là, ça menaçait de se prolonger jusqu'à midi, il semblait avoir résolu de la faire jouir au moins dix fois, honorable façon d'en finir si la Chair est Tapis de Prière, mais si elle n'en mourait pas... De cette crampe picotante, de l'imbibation des draps, et de la vision du crâne brun enserré entre ses cuisses, la buvant sous l'escarpement moussu qu'on aurait cru celui d'une gosse de quinze ans, de tout cela elle se serait passée avec jubilation.

L'astuce était de partir en ascension chamanique, de fermer paupières et de penser à autre chose. A la calèche, par exemple, qui la promenait aux Jardins de la Ménara avec un Berbère, Sabre de l'Islam, qu'elle embrassait sous la bâche de l'attelage, avant que le cocher ne l'arrête entre les oliviers secs, ignés, tordus, et qu'il ôtât cette couverture de façon à réjouir le peuple. Près du bassin carré, à l'eau crêpelée de nacre, en public, merveilleux public des orangers et des djinns, exhibitionniste, elle donnait l'investiture à un sexe brun qui, sous ce sacral mouvement de pompe, flacillait, puis regimbait, qu'elle effleurait de la pulpe vermeille de ses lèvres, oh de cette calèche entendre encore le trottinements et sonnailles, et se voir ainsi, les yeux pharaoniquement allongés de khôl, aux pieds de ce chef de tribu, auquel, chimère joueuse, elle rendait un hommage de souveraine. A présent reprendre nos esprits, seul entendre l'écho de la calèche, dont elle venait de descendre, en roide djellaba noire galonnée d'or, pour habiter à nouveau pour un bail locatif, 350 m² de réel et vite se glisser, sans qu'il s'aperçût de sa fugue, sous ses draps Porthault que venait de tremper diluviennement une pluie d'imaginaire.

— Je t'aiderai à réduire les excitants, tu verras que tu t'en passeras facilement après un mois.

Quelle mine lubrique et gourmande ont les sauveteurs de droguées ! Avec une docilité dont il aurait dû se méfier, elle promit de supprimer camphre, bétel, thé, noix de kola, café (exception pour le café noir non déca et le champagne qui lui faisaient du mal et participaient du crime impunissable).

Il s'obstinait. Elle s'émut, les vit, tous deux, miliciens occultes tels les Fedeli d'Amore du XIIᵉ siècle, poursuivant dans le mystère de l'ombre l'initiation interdite à la *gente grossa*. Lui ne tirerait, de cette initiation, que du malheur. Si elle sortait vivante de ce cauchemar hébéphrénique — hébé, car si jeunes étaient ces amants, si illusoirement jeunes — elle aurait gagné, faute de la condition d'immortelle (il ne s'agissait pas de l'Académie française) une secrète et immense souveraineté. En son pur sacrifice, barbouillée de boue fécale, de sperme, d'or et d'argent, elle exultait d'aller si loin en elle-même, dans le corps de la Grande Mère de la Nuit.

Yémanja ma mère, pour le moment, détournez-vous ! le voilà qui à nouveau désire pratiquer cet exercice qui a nom latin cunnilingus et dont la vue risque de vous froisser. Je vous ferai signe au moment précis où j'aurai besoin de vous. Là, merci, ça va encore très bien. Je m'ennuie juste un peu. L'avantage, quand il opère sa plongée sous les draps, quand il rampe vers la rose sacrée, c'est que je ne vois plus grand-chose de lui, donc c'est tenable. Et puis s'il me prend la fantaisie d'imaginer Terence Stamp, acteur anglais tout à fait fracassant, ou, ô ma mère aquatique, ou qui ? ou Coulino la rousse, oh oui, hourrah, Coulino le renard, pensez à une si extraordinaire chevelure crêpue et feu comme le poil de certains chats persans entre les fuseaux de mes cuisses... Coulino aime ailleurs, c'est entendu. Et puis je crois bien que nous n'avons jamais fait l'amour. C'était plus subtil, et d'une énorme douceur, de la douceur des nuits asiatiques...

Elle adressa un sourire apitoyé au pauvre garçon qui continuait de s'exercer à un jeu auquel elle ne participait plus. Aucun fantasme de légionnaire, de maçon, de plombier, de Romain en toge ou d'hidalgo juste avant son départ pour les Amériques, ne surgissant, elle se demanda pourquoi les adultes mettent tant de temps à se détourner d'amusement aussi éculés, alors que les enfants se détournent avec une promptitude sagace de leurs passe-temps dès que ceux-ci perdent toute périlleuse féerie. Des cheveux aile-de-choucas entre ses cuisses mates, des boucles masculines voltigeant sur son sexe à peine duveté — en quoi était-ce un défi gnostique ou, tout simplement, quelque chose de surnaturel, d'extraordinaire, qui méritât qu'on s'y attarde ? Il s'attardait.

Lucerna extincta. En ce soir de décembre, en ce lieu de pénombre où veillaient les bouddhas, point d'autres démons qu'eux-mêmes. Il tentait de l'engrosser avec frénésie, comme un grand insecte couché sur elle, l'enrobait d'une chitine de salive, et elle le griffait gentiment, aimable façon de racler la vase du bout de ses doigts aux ongles depuis peu rongés, qui bientôt présenteraient aux extrémités des bourrelets tout comme sa taille déjà remplumée, elle n'était et ne serait plus que coussins, sacs, besaces, outres, et machine à dévorer ses ongles, du plâtre, du mastic, du crin, rien de sale oh non pas coprophage, la semence de minuit suffisait comme nourriture d'appoint.

Cadine Bébé de Sucre, ayant pris son pied six fois, se croyait tranquille pour un moment, quand Béhémoth, logé dans le front d'Amine, dégringola jusqu'aux parties dont on sait la vigueur, et ce fut l'ouverture du septième Sceau, et elle hurla de vraie douleur, et l'envoya valdinguer à l'autre bout du lit avec une poigne qui le surprit un tantinet.

Marre des transes du possédé, de ses yeux blancs, de ses râles, on se serait cru au chevet d'un agonisant, non en une franche et joviale baise, alors marre. Elle se dressa, cambrée, figure de proue sur la nef livide, ses seins se retroussèrent, fâchés, et propres à hameçonner les étoiles, elle voila ces regrettables splendeurs de sa toison où luirent des rais de lune captive, il vacilla devant cette forme cernée, devant la beauté indestructible de celle qui se trouvait à vomir et voilait les miroirs, il se dit que Perséphone, Psyché, Athéna, et l'Aphrodite d'or et même Hélène la superbissime auraient tourné casaque devant son amour fardée de sperme frais qui exigeait une cigarette. Rien qu'une cigarette, mais il fallait voir comment. Il sut que s'il ne cessait pas, de suite, son jeu tyrannique, elle passerait par la fenêtre, ou, pire, l'ouvrirait et se montrerait nue aux gens de l'immeuble, du coup il alluma et lui tendit une Gitane, marque dont elle avait horreur mais qui lui sembla céleste.

A l'autre bout du lit, elle fumait, muette. Il devait être trois heures du matin. Amine profita de la récré pour aller pisser, s'étonnant, le joli monsieur, qu'elle tînt à garder sa laitance coagulée sur le ventre. Elle tenait. Tenait bon. Plus le courage de toujours courir dans la salle de bains pour les purifications. L'amour était salissant, il le resterait.

Elle soupira d'aise, brisée, courbaturée, échinée, galérienne de misère, pouliche forcée et emballée, qui à la première embûche se casserait une patte, bête recrue mais seule. A ce traitement, il la tuerait, meurtre rituel, c'était prévu dès le départ. Yémanja ma douce saumurée, ça ne va pas se passer de la sorte. Quitte à calancher d'épuisement, je prends en main les opérations. J'aurai la peau du possédé et saurai les noms des légions qui l'habitent. Mais, Yémanja aux cheveux d'algues, voyez le stupide qu'il est. Avant que je ne sois à sa disposition et que les démons ne lui signent un bail, avant...

Avant, c'était l'oscillateur de Hertz, la cage de Faraday, la chambre d'orgone de Reich, ses baisers, mystères comme à Eleusis, hier, sourcier, timonier, géologue explorant sa crevasse sous les mers. Pierre d'aimant qui ouvrait sa blessure, ô son amour. Alors, elle avait des joues de quartz rose, elle résonnait des rhombes de la fête, c'était rubedo, stade vermeil de l'œuvre aujourd'hui noire, d'un noir d'andésite. Lui, naïf, pensait à recourir à l'onguent des Gladiateurs, s'il cessait de bander haut et fort. Or plus il bandait et plus il la circonvenait pour qu'elle acceptât ce lent, poisseux et sinistre monde du sexe, plus ses membres se refusaient à l'anarchie divine.

Il rentra dans la chambre, et elle eut à nouveau pitié. Devant lui si orageusement beau, hier, son corps priait, se calcinait, dessinait un mantra, dans ses reins floculaient des solutions rouges, elle s'ouvrait à la page des arcanes comme un grimoire feuilleté par un vent magicien, et c'était l'amour, la baise dingue, les pleurs d'un deuil étrange, des girements de derviches, des caprices de fées. Oremus pro nobis. Désormais, chevauchée, elle souffrait, se crispait, grinçait, se rétractait, serrait poings et dents et la lune ne tremblait plus dans ses reins. Aux manœuvres scolaires de ce jeune homme, à ses techniques virtuoses, à son zèle farouche, empressé, haletant, sans trêve ni but, ne répondait qu'un corps de femme inintelligent, jouissant car machine huilée car encore un peu de santé, vingt-sept ans et vœu de ne pas mollir, Tiefenthaler faisait tout à la perfection, aurait nettoyé les plafonds comme pas une, et tréfilé d'argent les gandouras à canetille du dernier More d'Espagne sans avoir appris.

Alors pour chuter, elle chutait. L'enveloppe charnelle du joli sujet se refermait sur ce qui restait dudit sujet (une essence ? une âme ? le kâ égyptien ? psyché ?) comme un sépulcre, pendant qu'au-dessus de cette joyeuse pierre tombale, Amine Youssef Ghoraïeb travaillait d'arrache-pied jusqu'à ce que mort s'ensuive (lui aussi pouvait crever d'épuisement), pratiquait en solo une sorte d'art martial, et tenait à ignorer soigneusement que cette femme sous lui n'était plus mouillée tels les ghâts de Bénarès, ne voyait plus sous ses paupières pendant qu'il la sautait des multiplications de miracles et la longue allée qui mène aux tombes des empereurs Ming, gardait les yeux ouverts sur un ciel tout aussi clos que le plafond de son pénitencier. Or rien de plus loin de l'âme que vagin et phallus, loin des yeux et du cœur également, c'est exprès, on devrait comprendre.

Corps d'avant, ses élixirs, son athanor, ses viscères de diamants, ses couloirs de cinabre, corps occulte, Lumière de Vérité, ASSASSINÉ ! L'inconnu, grillant sa clope, une jambe virilement allongée sur le jarret de la fille à laquelle il fichait la paix le temps d'un interlude, l'inconnu, ni guérisseur, ni rebouteux, ni magicien, ça elle le savait, ne lui permettrait plus de chamaniser jusqu'à la cime des ombres et de dériver au gré des courants de libre folie sur sa *narrenschiff* ni de prendre son fade d'une manière cosmique. Plus jamais. Une gymnastique aberrante et plus rien d'autre. Plus jamais ses mains ne l'effleureraient comme la pointe d'un pendule, et elle ne serait plus jamais boussole de précision dans son gracieux boîtier et sa chape d'agate.

— Amine chéri (redoubler de termes conjuratoires, au su des préméditations bouillonnant sous sa calotte crânienne il aurait fait sauter cette dernière, sans une hésitation, avant la sienne), je suis extrêmement fatiguée, je vais dormir sans pilules (ça oui, pour se réveiller deux heures après, mais à trois heures du matin elle aurait pioncé à la fakir sur des clous), tu as certainement raison à propos des barbituriques. Je suis même crevée au point que si demain, tu t'occupais de tout, des menus, de la robe que je mettrai, du temps, règle le temps au beau fixe je déteste le beau temps fixe donc je ne sortirai pas, que dis-tu ?... Ah, pas de beau temps fixe en décembre. Je te connais, va, tu feras au mieux. Mmmm. God Bless you chéri zamor, gros câlin bonne journée aux Beaux-Arts j'entends le rossignol.

Sur ce, assommée, elle s'éloigna de lui grâce à une astucieuse reptation de crabe, et se momifia sous un sommeil d'acier.

Quatre heures du matin. Il n'avait, lui, le Pied Fourchu, Asmodée et Mammon, pas sommeil, mais il fallait conserver Maria en vie, qu'elle dorme donc, que le plus beau des jouets terrestres ne se casse pas impromptu ! Il décida de la veiller funèbrement, alluma une bougie sur un candélabre rocaille — Éros, cette fois, veillait Psyché — le plaça sur la table de nuit, elle vagit et enfouit sa tête sous l'oreiller, et, en bon, loyal et conventionnel vampire, il se contenta de lui sucer la moelle en lui embrassant sans trêve les cheveux et le cou, pendant le bref moment de repos où elle redevenait indéchiffrable.

La trêve fut de courte durée. Quand il l'eut convenablement humectée de salive, n'en ayant plus, il l'éveilla. L'animal enragé, sombre et taurin, entendait, quelques heures avant l'aube, saillir une septième fois sa bien-aimée, qui n'opposa pas de résistance. Ras-lila, marmonna-t-elle tout bas, le jeu de la divinité, en népalais. Dieu chôma le septième jour, les chandeliers ont sept branches, le mont Mérou a sept faces, il lui faut son septième coup car sept animaux seront sauvés du déluge et sept sont les sceaux, donc ce nombre a de l'importance. Et d'incarner les mithunas de Khajurahô, ces olympiades du sexe divinisé dans toutes les postures imaginables au flanc de la montagne vivante et rose. De tout son corps où résonnait la lente cognée du sang, elle conjurait, conjurait, la malédiction du fou, s'interposait contre la destruction absolue de son mental, lui jetait en pâture les kilos excédentaires pour qu'il se fît les dents et cessât de lui ronger la cervelle, on appelle ça partie de plaisir. Bon, il éjaculait à présent dans sa bouche, sur son visage, chakra le plus sacré, y en avait partout, ça embaumait le lait fermenté, de grandes giclées sur sa peau, à nouveau dans sa bouche — acceptant de déglutir, elle ravalait l'avortement séminal et plusieurs actes d'une tragédie grecque qui... mais ne nous égarons pas, ils faisaient l'amour, un truc carré, sérieux, où il ne faut pas perdre le fil sous peine de se paumer le plus délicieusement du monde dans d'autres jardins, il ne s'agissait pas de délices mais de ce plaisir dont elle était corvéable à merci.

Dans l'excès de son abaissement, espérant que sa totale reddition et son enthousiasme à affronter l'épreuve finissent par la délivrer de l'enchantement, l'ange faisait la bête avec application, et au cours de cette nuit d'amok (folie meurtrière, modèle masculin et malais) et de latah (folie féminine meurtrière et sexuelle, même contrée) où, lumière emprisonnée par l'archonte des Ténèbres, où, Maria Tiefenthaler auteur de la maison V... ayant abandonné son septième livre, ne refusa pas pour une histoire de lie et de calice, de se faire tringler, poignarder, dépecer, étriller, étriper, une septième fois, au risque de luxations, foulures, bleus et calvitie précoce (il lui tiraillait vigoureusement les cheveux, comme les gamins s'emparant des nattes des petites filles pour tenter de les scalper en gueulant hu-dia), la même. Maria Tiefenthaler, roulure sans identité, crevure pâlotte, embrassait son aimé, des gouttes de sperme coulant encore du bord fendillé par les morsures de ses lèvres botticelliennes, et se révoltait bien plus efficacement en se barbouillant à cœur joie de cette substance (mais d'une main ô combien lasse ! pouvait-on vraiment mourir de limages trop répétés ? Son délicat yoni, à cette heure, vu la fréquence des percées, devait atteindre les dimensions de la nef de Chartres, ce serait tant pis pour les suivants, qui se croiraient à Chartres ou dans un antre cavernicole. Les suivants ! On les verrait venir, les suivants, quand elle serait moniale de Jérusalem !) qu'en éliminant sous la douche avec dégoût.

Sept fois ! Quelle munificence de la baiser sept fois, pensait-il sans référence à la symbolique de ce nombre. Quant à son intimité, si, comme elle le lui avait avoué en rigolant sombrement, elle l'imaginait distendue, elle se trompait. Elle s'élargirait, certes, avec l'habitude (il savoura ce mot) mais pour l'instant, son sexe restait étroit, exigu, secret, dimension chocolate fingertips. Jamais il n'aima tant pénétrer une femme, se sentir enserré dans ce cocon de soie — presque une demi-vierge — parcourir des yeux et des mains une géométrie adolescente, aux angles un peu dilués, à la ligne un peu brouillée, tellement plus excitants, ces empâtements préhensibles, que la maigreur qui n'appelle guère la sèche violence masculine, tellement plus bandante, cette chair un peu flaccide et cette échine assouplie dans laquelle il imprimait durement ses doigts... Quelques mois auparavant, il croyait qu'il en aurait vite marre de tringler un dictionnaire, sans compter ses néologismes. Or, aujourd'hui, se contentant de grogner, elle pesait bien moins de quatre mille mots et plus de trente-neuf kilos dont six vlan dans les miches, les hanches et le fessier, pour le plaisir incommensurable du seigneur qui, sa vie durant, toutes les nuits, chiffonnerait la soie thaï de son corps et en ébranlerait à loisir les bas-fonds. Et quand se friperait cette soie thaï, quand se gaufrerait cette peau d'ange, alors peut-être la rendrait-il à sa compagnie de goules, à moins qu'il ne l'embaumât à l'égyptienne pour la garder près de lui, ou ne la fît congeler à l'américaine . L'embaumement avait plus de chic.

Elle s'était donc rendormie. Quinze minutes de trêve mon amour, et je te tirerai de la phase paradoxale de ton sommeil, celle du songe, et ça te fera bien chier si je tombe à pic, le songe t'emportait déjà vers la forêt des origines ou les palais hyperboréens dont tu me flanquerais la porte au nez si j'avais le culot de rappliquer alentour. Profite de ton rêve, je m'en vais le sabrer d'un coup, sous peu, je compte les minutes sur ma montre. Cette méthode — à ce moment crucial de leur sommeil, plonger des chats dans une piscine, ou interrompre le rêve des humains par un électrochoc — donne d'excellents résultats en Russie, paraît-il. On devient fou en quelques jours. On ne distingue plus le diurne du nocturne. On est arraché au forceps du ventre maternel. Pas besoin d'électrodes pour juger de l'assomption du rêve chez Maria. Elle ne bougeait plus d'un pouce, faisait pffou pffou du bout des lèvres, seule, sous ses paupières, la prunelle bougeait comme celles des danseuses hindoues, il connaissait par cœur l'adorable gestuelle de son rêve, et son bonheur était de savoir qu'il la balancerait à l'instant adéquat dans la piscine, soit, la secouerait et mettrait de la musique à tout berzingue, pour qu'elle ressuscitât, ou plutôt renaisse d'une façon si apparemment douloureuse qu'elle en pleurerait.

Pendant ces quelques minutes de grâce, il se dit qu'elle en faisait trop. Son manque d'hésitation à se soumettre l'inquiétait. Elle lui épluchait des bananes et les lui tendait, l'air pâmé. Et si elle jouait une fabuleuse héroï-comédie ? Vérifier. Pas normal qu'elle acceptât tout. Régler pour le lendemain sa tenue et les repas, dix mille calories. La peser après le petit déjeuner (tartines, beurre, confitures, miel, et lait concentré sucré, elle atteindrait vite cinquante kilos, la moitié de cent, pas si mal).

Son amour dormant. Sans fard, rincée, peau poreuse et sèche comme pierre ponce, traits biffés comme sous un coup de gomme, sur son nez des éphélides puériles, son amour livrée, abrasée, dépouillée de toute parure, dormant d'un sommeil vicié après trop de fatigue nerveuse, et, sans doute, rêvant avec opulence. Consulter Mme Benkamou pour savoir avec quel philtre à base de langue de juif on dérobe les songes. En attendant, il ne pouvait que les interrompre. Que dure le plaisir. Laissons-la s'enfoncer au plus profond de son rêve. Plus ardue sera la remontée. Diable graveleux, il se pencha sur le cou de cigogne qui l'éblouissait, de même que l'intervalle entre l'omoplate soyeuse, et la nuque vanillée. Crocs dans la trachée artère, saigner à blanc, puis goutte à goutte boire ton sang fade et clairet, boire le sang de ta tête et t'aspirer toute, mon âme.

Mais à quoi donc rêvait-elle ? Était-elle cabocharde pour rêver encore, dans sa situation ! Il fallait qu'elle ne se permît plus cette fuite, ailleurs, avec d'autres, et au su de sa vaste culture, bien des ombres devaient l'accompagner jusqu'à (par exemple) ce claque de Corinthe où l'imprudente lui avait dit résider de cinq à neuf heures du soir, chez grand-maman, au temps de ses échappées belles.

Il approcha son visage de celui de la dormeuse, qu'immobilisait un autre ensorcellement que le sien. Faute de ses narcotiques au goût d'âcre poison qui lui donnaient la chair de poule puis la certitude d'hiberner pendant dix heures, dans soixante minutes environ, elle broncherait. En attendant, la garce rêvait. Semblait quinze ans à peine. Rêvait de coriaces souvenirs des Indes, flibustait la côte de Coromandel ou marnait chez les flics avec la bande du drugstore. Trop de réminiscences. Il faudrait se résoudre à la lobotomie. Le visage de Maria fut soudain lissé, rédempté, il comprit que le songe venait de s'enfuir, le lui concéda — pauvre gosse, après tout se montrer grand prince —, embrassa le bout de ses doigts fins à broder des trousseaux au brillanté d'Alger, et si habiles à grimper sur son sexe. Il eut quelque remords. Il manœuvrait trop brutalement l'orpheline, qui boudait dans son sommeil, mèche querelleuse sur front dompté, nez frondeur, un guillemet de tristesse frappé au coin gauche de sa bouche ; il s'attendrit sur les longues pattes d'antilopes repliées en z, encore minces, s'émut d'une larme recelée sous sa paupière — sans doute l'eau de bleuet avec laquelle elle ôtait son rimmel. Sans doute, mais voyez-vous, ce pouvait être autre chose, elle était véritablement orpheline de père, sa mère restait d'une terrifiante inexistence, et elle venait de se livrer à un incube, coupable en tout point de lui infliger dès le matin, après absorption de foutre, cette liqueur d'immortalité, celle du lait condensé sucré dont il pressait le tube métallique pour qu'il coulât directement dans sa gorge, l'imprégnant de son goût ferrugineux, après quoi, sous hypnose, premier baiser, cérémonie de l'aube. Ainsi traite-t-on les fiancées arabes, auxquelles on défend le soleil, l'usage de leurs jambes et toute autre nourriture que du lait de chèvre, le plus gras, afin que le jour des noces, elles soient blanches, flasques et incapable de rébellion, ainsi je te traite, ma pauvre enfantômée.

Quatre heures trente. Toujours vivace, il faisait le maton de la pleine lune, Hécate sélénite suivie d'une escorte de chiens blancs. Par permission spéciale, il lui avait accordé une ou deux heures de plein sommeil pour qu'au réveil, elle ait un peu moins de forces à restaurer. Il la graciait, en l'honneur de la pleine lune. Cette heure ou ces deux heures de sommeil, c'était tout ce qui lui restait en propre, à sa pitoyable héroïne, gangrenée de son mal, infectée de ses propres plaies malignes. Jamais, dans cet état, elle ne franchirait le seuil de ce qui fut la maison de son père. Trop orgueilleuse, il pouvait compter là-dessus.

Il fuma beaucoup, déambula dans l'appartement, couva du

regard la housse qui ensevelissait l'Underwood, s'en alla pisser à nouveau et, mû par l'envie soudaine autant qu'iconoclaste de couper les cheveux de la Vierge pendant sa Dormition, s'empara d'une paire de ciseaux.

A l'idée de lui ôter un reliquat de sa force : cette crinière qu'elle consacra à une divinité marine, dans un sanctuaire brésilien, quand elle avait l'audace de ne pas le connaître, il salivait d'avance. A genoux, près d'elle, il évalua l'envergure du sacrilège. Énorme, même si, vu sa position d'endormissement, il ne pouvait trancher que la voilure droite, en berne, sur l'oreiller. *Bad manners,* fils de Fouad. Mais un typhon d'amok le plantait, fasciné, devant les cheveux épais à croire une capture du Gange, fils d'or assez solides pour coudre les mille deux cents peaux de vache de l'Avesta, indécents feux d'automne, tordus, livrés, si lourds qu'ils semblaient postiches, conducteurs d'électricité comme l'ambre... Régal que d'entendre crisser ce tissu brut sous les ciseaux de Tolède, puis de la voir marquée comme les filles qui couchèrent avec les Boches ! Et puis diantre cette chevelure évoquait non seulement celle de l'impératrice Sissi qui y piquait ingénument des marguerites, mais aussi et par trop, celle des bacchantes dansant en nocturne sur la montagne, donc, à l'homme, un immémorial danger. Il taillerait au hasard, avec juste assez de précautions pour ne pas l'éborgner, ça, on verrait plus tard. L'émondage de sa toison plongerait la bien-aimée dans une transe de derviche-hurleur, à moins que, à force de saper sa confiance dans ses perceptions du réel et *a fortiori* du surréel (ses prémonitions, ses voix, ses élucidations fulgurantes de toutes les situations, bref ce qui faisait d'elle une poétesse) il l'eût déjà assez endommagée pour qu'elle s'éveillât les cheveux tronçonnés, sans savoir par qui, ni où elle se trouvait, et qu'elle ne fût plus à même de réagir. Si on en était là, il finirait, le beau Ghoraïeb, en milieu pénitentiaire, chacun son tour, et elle, le lutin, la divine, la sauterelle, le feu follet, en milieu thérapeutique, très prochainement. Il nia les lendemains. Seul importait l'acte présent : la priver de ses attributs magiques. Gueule de Minerve, sans son bouclier ! Pour les basses œuvres de sa mère, il réserverait une mèche. C'en serait fait, dans une seconde, des cheveux du désordre, il castrerait cette maudite parure capillaire où les Salomé recèlent leurs charmes, fini de la gloire charnelle d'une toison de pécheresse, tonsurée tu seras ma mie, conséquence de notre pacte de cendres.

Une mèche tomba. Dans la crypte où reposait la jeune fille si amoureusement veillée, nul autre bruit que cette déchirure, et, sortant de la phase lointaine d'un second songe, elle cilla, entrevit près de sa tempe la luisance des oiseaux, découvrit la mèche sur l'oreiller, se dressa, fit front, se plaqua dos au mur, jeta au jeune homme un clair regard d'affranchie, goguenard et méprisant, prit les ciseaux, coupa une autre mèche, la lui livra dans sa paume ouverte, puis, voyant qu'il n'osait pas s'en saisir, la laissa choir sur le drap, comme on lance un gant à la face d'un adversaire, et, s'il n'avait arrêté sa main, elle aurait ébarbé l'ensemble jusqu'à crâne de bonze, docile, de même que demain elle serait docile à ses diktats, à ses menaces douces, à ses ordres cauteleux, à ses paradoxales injonctions — mets la robe bleue, non, la rose, non, la bleue, et il la ferait ainsi se changer autant de fois qu'il le voudrait, l'admirerait nue, ronde et chauve, pendant le déshabillage, jusqu'à ce qu'elle pleurât d'épuisement, ce serait comme au bal de la Belle au Bois, dans le dessin animé où les fées se disputent à propos de la teinte de la robe de fête, pendant que valse la princesse dans ses atours couleurs du temps, maculée de bleu et de rose, à jamais.

La robe de la princesse virevoltait dans ses grands yeux d'oiseau de nuit, puis y défilèrent d'autres scènes qu'il sut voir.

Je laverai la cuisine en robe du soir, vu et approuvé, mon amour, cette sujétion m'est d'autant plus agréable que tu es en toc, mon amour, en toc, et au-dessous de l'empreinte de mes pieds. Tu me tondras, ou simplement me couperas les cheveux à ta guise, les lisseras ou les friseras, ils sont à toi, tu feras du jour qui se lève ce que tu voudras, de tout mon orgueil inversé je suis tienne, je ne lirai pas de journaux car je me dois d'être en dehors des affaires du monde, mais ne te trompe pas, ceci est ma seule parade contre la souffrance depuis que doucement j'ai basculé, que, aboulique, prostituée, immobile, j'ai oublié mon nom et la fuite du temps, celui qu'il fait et celui qu'il reste, que j'ai cassé mes montres, la tienne aussi, que je dérègle chaque jour les pendules sans que tu t'en aperçoives, que, clandestinement, je vis mon ascèse à rebours, sais-tu que, dans le ciel de ta naissance, la lune est en chute, le soleil en exil, le cancer aux portes de minuit, que j'ai du plutonium sur les mains, sais-tu qu'il est doux de ne plus sentir le carcan des heures et de son individualité, j'ai tout éclaté, je n'ai plus aucune pulsion autonome et me voilà consacrée au dieu fou dont tu n'es que le médiocre substitut, ose donc ratiboiser cette tignasse, tu en meurs d'envie, voilà une anecdocte piquante que rapportera mon pathographe Edmond Moïse quand on me trouvera morte, quelques épis tout droits sur le crâne à la place de ces cheveux qui furent lacs d'amour entortillés à ton doigt, sois bien fou, bien abject, je ne dirai plus rien, lèvres soudées, mais tu ne cimenteras pas mes yeux qui, de l'Autre Royaume où j'ai mes entrées, verront ta chute et ta prochaine réincarnation, en rhizome de patate, mon amour.

Il lui tordit délicatement le poignet, fit tomber les ciseaux, s'abîma entre ses genoux ouverts car elle avait perdu tout souci de décence, l'amok se dissipait, celui qui voulait trancher carotide et cheveux fila aux w.-c., un spasme lui chavirant l'estomac, tenta de dégueuler les doigts dans la bouche, impossible, redouta que l'odeur insidieuse, plus malsaine que celle des putréfactions et des crémations, n'incommodât le fantôme de Maria Tiefenthaler, diplômée de l'École du Louvre, auteur reconnu à vingt ans, personnage hier public et ambulatoire, plein d'esprit, aujourd'hui tonnelée et ombroyée du sort qu'il lui jeta pour qu'elle l'aimât *d'émerveillable amour* comme s'aimèrent ceux de Tintagel. Après un dernier hoquet, il se rendit du pas le plus raisonnable possible jusqu'à la cuisine, afin d'y boire un urgent verre de flotte. Contre toute attente, elle le rejoignit.

En position de quadrupède, Maria dont on ne voyait qu'une profusion de cheveux rescapés tombant sur le bout de son nez, du reste on ne distinguait rien de charnu car elle avait remis un pantalon de pyjama dont elle ne pouvait plus fermer la braguette — Maria le dévisagea d'un œil angélique (la raison a sombré, se dit-il, c'en est fait, Mary Barnes ou quelque chose d'approchant, elle va me barbouiller les murs de déjections picturales, il ne fallait pas la pousser à ces extrémités, fils de con), lui sourit affablement, prit un pot de marmelade d'orange, l'ouvrit méthodiquement, entreprit de l'avaler à la cuiller, en prenant son temps. Palsambleu, elle avait à présent et à la moitié du pot de marmelade, le regard de ces valets humiliés qui font d'excellents criminels à la seconde suivante.

— Tu vas te rendre malade, dit-il, en connaissance de cause.
— Je peux, dit-elle gentiment, ingurgiter sans dommage les six côtelettes (six ? elle réfléchit, pas sûre de ce nombre) enfin, oui, six, je crois, les six côtelettes de mouton et quelques broutilles autour qu'avala Louis XVI avant l'échafaud, sauf que nul ne songera à m'y envoyer, que je peux bouffer mes six côtelettes et dix pots de confiture tout à fait peinardement, nul ne me cherche plus, Amine adoré, pour m'exécuter comme la critique le fait des poètes, car, Amine, *tesoro mio,* je ne suis plus poète ni personne.
Elle mit genou en terre devant lui — un seul — lui tendit son visage lisse, et il eut peur de son baiser de noyée, de ses mains agrippeuses, de ses seins aux aréoles plus foncées et plus larges, derrière cette face arrondie, il chercha son premier visage de grimoire, palpa avec effarement son corps d'accidentée, voulut suivre du doigt l'affleurement des côtes, ne trouva sous ce doigt qu'un dense poli de chair, se mit à trembler. La rotondité des joues profanait le large sanctuaire des yeux rapetissés par l'œdème facial, et cette chair lactée, grimpante, comme enroulée autour d'une mortaise, semblait un greffon impur. Avec une ironie princière, elle tâta son ventre *full,* lui fit l'œil de mélisse cette fois, si la rage verdit proverbialement tout ce qu'elle touche. A présent, elle attaquait un pot de crème fraîche authentiquement fermière, dans lequel, méthodique, elle versa le contenu d'une jatte de crème de marrons. Puis,

elle se saisit d'un remords et d'une plaque de chocolat dont elle ne prit pas la peine de déchirer le papier d'argent, si, en Inde, on mange les sorbets avec ce genre de pellicule dessus.

Les exploits de Mlle Tiefenthaler devant le frigo n'avaient pas fini de sidérer son fiancé, quand elle lui fit part d'un souhait énergique.

— Votre servante, Effendi, désire... Dénouez donc la coulisse du chalwar, soit, de votre pyjama.

Pour aller plus vite, avec cette hâte des camés à l'héroïne ne différant pas leur flash, elle s'en chargea. A genoux, lécha le sexe du fiancé, parut découvrir avec admiration ces choses embrouillées, déroutantes, à veinules, brunes coutures et roseurs inopinées, toute cette géographie bousculée, aux reliefs incertains — à cet ornement du bas-ventre mâle, trouva d'un goût parfait d'ajouter de son doigt câlin un peu de crème fraîche pour en rehausser la splendeur, recueillit avec une mine dévote la giclée de saumure édulcorée du goût encore présent sur ses papilles, de la marmelade et d'une fraîche purée de marrons, sembla éprouver une grande joie de cette collation tardive et apprécier au plus haut point ces délices aussi consistants que la polenta ou le sôma védique, afin de rester en Inde, demanda à Çiva, Seigneur de la Cour de Tillai, si lui avait plu le geste de sa danseuse. Joignit les mains en salutations et prière d'octroi de son retirement, se releva, s'essuya les lèvres avec noblesse, et annonça qu'un petit peu lasse, elle dormirait non dans la chambre mais seule dans le salon jusqu'au prochain soir de fête. S'effaça à reculons, telle une légère ombre de sultane avalée par l'ombre.

Ainsi, escamotant la nuit du latah et de l'amok, se leva un clair matin de décembre, et de l'étang bourbeux du ciel surgit le roi de lotus aux pétales d'un rose vierge, aussi vierge que cette fille qui n'avait vécu que l'extrême profondeur d'un songe où il fut avalé divers poisons d'amour — rien qu'un songe, auditeurs de la fable, juste un peu plus cruel qu'un cauchemar de Chronos ne digérant pas ses enfants.

Les cartes étaient abattues et il y eut d'autres nuits de lune noire, à la grande désolation de Yémanja qui croyait délivrer plus tôt sa fille d'une telle prison. Qui frémit, et tourmenta la mer, quand elle vit les ciseaux approcher de la chevelure de son initiée, sur le crâne de laquelle on sacrifia un coq. Le pire avait été évité. Il suffisait d'un peu de patience.

Maria savait que, dès la chute du soir, s'écouleraient les douze heures ricanantes et titaniques de la discorde et du viol accepté, douze heures presque sans sommeil où les yeux verts (couleur luciférine) de son amant seraient les urnes qui renfermaient son sort, où il révérerait odieusement ce qu'il y avait en elle de plus captieux, de plus périssable, de plus brièvement fané, et de plus opposé à l'éternité — un peu de chair mortelle.

Il disait l'aimer plus que lui-même, banale vérité, et, obscène, caressait des mamelles épisodiques, louait ces bulles de mâyâ l'illusion — « ainsi devaient-elles être contemplées » selon le Sûtra de Diamant — enfouies dans le tulle et le satin d'une vraie lingerie de pute. Devant ce fou idolâtrant des glandes déjà fichues car dès la naissance tout le fourbi cellulaire ne fait que se dégrader, elle hésitait à se couper les seins pour voir s'il aurait encore l'air si gourmand, après.

Usurier diabolique, mon fiancé, ton compte est largement débiteur, dépêche-toi de m'envoyer *ad patres* au cours d'une de nos nuits tabou. Sinon, pour m'entretenir avec Qui te possède, je partirai, enfourchant le balai où nulle fibre ne croise, vers l'endroit de désolation où sur les tables dressées, le sel est absent. Terre de nécropole, qu'as-tu fait de mes ongles et de mes cheveux ? C'est ça, dis que je suis paranoïaque, ça sauve l'honneur. Enfin, le tien.

Je suis passive comme la nuit et tu es le cancer de mes jours, mais qui sera la seizième lame du Tarot, la tour foudroyée, la Maison-Dieu ? Si je t'échappe, verge fourchue, larve du mal, prestidigitateur funeste, expert en bougrerie, loin des mensonges jusqu'au lieu de mon ascèse, lors, tu seras seul, mon fiancé, et seuls les chiens seront ta sépulture.

— As-tu bien travaillé aujourd'hui aux Beaux-Arts ? Ce soir, tente de le remarquer, je me suis changée, j'ai mis un fourreau d'écailles rouges de chez ce monsieur couturier Azzaro, tes rubis à mon cou, du rouge sur mes lèvres et mes ongles (je ne les bouffe plus et ils commencent à repousser, quelque part donc une vitalité existe encore) je ressemble aux jeunes filles arabes dont tu m'as parlé, blanches et grasses mortes — eh bien vois-tu je ne me sens plus si morte, des griffes me repoussent ex abrupto, j'ai même ôté la taie de ma machine et écrit un poème, seulement le l a sauté, en voudrais-tu à cette machine ? As-tu ensorcelé cette machine ? Tu ne réponds pas et me regardes d'un air de profonde compassion. Pauvre folle, n'est-ce pas ? Je te dis que tu as sorcelagé cette inno-cente vieillarde, ma machine. Là-dessus le l est la finale du nom des anges, il saute toujours en cas de situation pernicieuse et voici des myriades d'anges en plan, car innommables. La chose m'était arrivée, juste avant de te connaître. On ne fait jamais assez attention aux signes. Je ne te maudirai pas pour ça, ni pour rien d'ailleurs. Ce soir au menu, il y a des cailles.

Elle lui sourit de toutes ses nacres noircies. Merde, se dit-il, l'action des djounns doit se relâcher, la voilà qui se rebiffe, qui se peinturlure les ergots, elle a remis ses yeux d'hydromel, le rouge est la couleur de Pluton et quelque chose me dit que ça va chier, je ferais bien de retourner voir avec quel doigté Mme Benkamou roule sa semoule en ce moment, il se pourrait que les esprits des Bessarabiens et des Galiciens vinssent à la rescousse — des cailles comment, mon amour ?

— Fatalement rôties, et aux raisins. Avec une sauce vaudou, ça, on n'y coupe pas.

— Et après ?

— Après, rien. C'est le plat de résistance.

Elle eut l'air de penser au tiers monde, et, magnanime, il fit l'impasse sur une querelle épouvantable.

Elle suçait les cartilages des cailles, et, le regardant à la racine du nez — technique éprouvée pour se protéger du *mal'occhio* — con-coctait une petite tirade qu'elle réciterait au dessert : cette nuit, on ne baise pas. Digestion paisible, chacun de son côté, car je saigne, pas les taches quotidiennes, mais le débit du Superbe Orénoque. Il dirait que, d'habitude... et elle dirait en avoir assez de l'habitude. Un peu de propreté, que diable. Prendre exemple sur les célèbres tantriques qui retiennent leurs pollutions et dont les exercices sexuels ne s'achèvent pas en une immonde émission de colle ou de bang-lassi — ah, du bang-lassi ! si seulement il y avait du H dans ce yaourt, ça aurait rendu la chose plus acceptable. En vérité, en matière d'amour, un échange de regards devait suffire à combler les partenaires, le reste n'était que dégénérescence et pathologie.

Ce soir-là, elle eut la permission de dormir, ce qu'elle fit dans le salon verrouillé. Il eut la charité de ne l'éveiller que seize heures après sa plongée dans le sommeil. Elle récapitula une bonne centaine d'heures de repos à rattraper, s'il l'avait contrainte à n'en avoir que quatre par nuit, la privant de la phase capitale des songes, la secouant au beau milieu de celle-ci avec une science télépathique, crime impunissable si on sait que cette expérience, à laquelle jusqu'alors elle résista étonnamment, fait d'un homme, d'une femme, d'un chat ou d'un rat, en peu de temps, un fou, puis un mort.

Trois grammes cinq de cocaïne,
un jour où il neigea

Il neigeait sur la cour à bossages. Le nez tout bleu, collé à la fenêtre, elle admirait cette féerie légère, incroyable, lapone. La silhouette de son amant s'éloignait, masquée par un tourbillon de blizzard. Son amant allait à l'école, apprendre comment on construit des maisons. Belle carrière en perspective. Cet irréductible venait, après le petit déjeuner, de la violer sur le sofa, malgré le sang de ses règles, la pesanteur diffuse de son bas-ventre, et quelques doléances de l'aimée. Encore barbouillée de sang-sperme, liqueur prisée par les sorcières de toute obédience, elle n'avait aucune envie d'aller se laver sur le bidet, mais une féroce, en revanche, de sortir nue et de prendre un bain de neige. Il y avait dans l'air des germes de purification. Elle sentait avec bonheur son sang si rouge couler d'elle, le long de sa cuisse, dégringoler des sources de son ventre à la fois rond et anguleux ces jours-là comme le *tsong*, symbole chinois du ciel et de la terre. Maria Tiefenthaler, tour à tour maculée de sang, de sperme, de confiture, de crème fraîche et de chocolat, se dit qu'il lui fallait, pour revenir à son état normal, des ablutions profondes qui ôteraient toutes ces couches de souillures, déjections de l'incube ; elle enfila sa robe de chambre en laine des Pyrénées, ceignit son ventre rond d'une chaste cordelière, sortit sous la neige, au risque d'une pneumonie, et, catharsisée par le froid, le gel et la bourrasque, battit la semelle sous les flocons. Cette expérience d'enneigement lui plut beaucoup, les flocons vanillés recueillis sur sa langue, hosties fondantes, lui redonnaient une virginité, et, soudain, l'urgent désir de savoir très exactement l'année, le mois, le jour, la date, le saint qui y présidait, certes, on avait passé Noël, mais c'était Noël tout le temps avec les cadeaux que lui faisait son roi mage. Papa Fouad devait râler ferme s'il s'apercevait des dépenses extraordinaires commises par son fils depuis ses fiançailles avec la demi-yiddish. Elle invoqua le Lièvre de Mars, toujours nanti d'une montre, mais pas la moindre oreille à l'horizon, fermé par la porte cochère et défendu par la concierge qui finirait par aller aux nouvelles, voyant, plantée d'un air béat en peignoir sous la neige au milieu de la cour, la jeune dame du rez-de-chaussée qu'elle croyait enceinte vu l'amplitude récemment acquise — preuve du contraire, la jeune dame sans culotte pissait le sang à tacher la poudreuse chue sur les bossages, or, une croisée s'ouvrit (troisième étage, aile droite) sur une personne dont la curiosité fut attirée avant celle de la gardienne par le comportement de Mlle Tiefenthaler.

Maria leva les yeux, aperçut un brun visage inconnu, à la fenêtre, et, plissant le nez sous l'averse piquante et bleutée, gueula :

— M'dame, vous savez quel jour on est ?

La locataire de l'aile droite, visiblement séduite, lui fit comprendre par d'amples gestes qu'elle descendait. Elle se précipita en effet dans la cour, ceintura la jeune fille plus amicalement que ne l'auraient fait les aliénistes, et l'entraîna dans ses appartements où Maria s'empressa de dégeler, de fondre en larmes, et implora du coton dans l'intérêt du parquet.

Ainsi apprit-elle qu'on était au mois de janvier, et noua-t-elle une amitié providentielle avec Josefina (prononcer Roséfina) Gomez da Costa, à laquelle la comtesse vendéenne loua sur l'excellence de sa mine et de son nom quelques centaines de mètres carrés — ignorante, cette logeuse nobiliaire, des tares de ces détraquées mondaines qu'elle créditait d'emblée, tout comme ce jeune M. Ghoraïeb, de mœurs intègres.

Josefina Gomez da Costa, altruiste, cocaïnomane et veuve richissime d'un propriétaire foncier, s'ennuyant un peu, prit avec exaltation l'initiative d'interrompre la farouche retraite de la petite du rez-de-chaussée, dont l'haleine embaumait la gnôle, mais sur le chapitre des drogues, elle en savait trop pour désapprouver. Cette dame fort chic figurant dans le Who's Who se prit d'une affection maternelle pour ce qui semblait une Juive alcoolique et souffreteuse, ne se trompa point sur les rondeurs d'icelle, qui ne pouvaient être qu'enflures factices dues à l'abus des millésimés, exprima ses regrets de la voir s'abîmer vulgairement avec du pinard, la confessa, s'épouvanta, lui chanta les louanges de l'alcaloïde du coca qui ne fait pas grossir, croît avec spontanéité dans les montagnes andines et qu'on cultive dans son pays natal, d'où ses proches parents la ravitaillaient lors de leurs passages à Paris, lui conseilla une bonne prise de coco dont elle énuméra les effets intéressants, soit une injection sous-cutanée, agent encore plus rapide de bien-être. Mme Gomez da Costa semblait moins décavée que ce que Maria imaginait, à propos des coqueros des montagnes andines ou des sniffeurs de salon. Mme Gomez da Costa, une reine de Patagonie aux cheveux noir-bleu relevés en lourdes coques, avait l'euphorie cocaïnique, mais bon pied bon œil, même avec mydriase, bref pétait

le feu, et il était difficile d'impartir cette virulence à ses prises quotidiennes plutôt qu'à l'exubérance naturelle d'un tempérament tropical. Il aurait fallu la regarder sous le nez, aux cloisons trouées
comme des passoires, pour avoir la certitude qu'elle prisait avec
distinction autre chose que du tabac de Virginie.

A Maria, la chnouf, l'acide, l'héroïne, la morph, la coke,
l'Élixir Parégorique, voire le Romini ou Romilar, les speeds, et l'ensemble des dopes ou *poisons de l'esprit,* semblaient aussi innocents
que l'armoise destinée à provoquer les règles ou le tilleul en cas
d'insomnie, si on les compare à la seule présence d'Amine Youssef,
poison CUTANÉ. Nouvelle formule de destruction ou de salut :
$C_{17}H_{21}NO_4$ ne rien laisser au hasard, si la piquouze la rebutait,
jamais aimé ça, elle préférait la mastication ou la chique, or Josefina ne plantait pas d'arbuste à coca sur son balcon donc pas de
feuilles à disposition, mais une ravissante tabatière autrichienne
dans laquelle il y avait suffisamment de poudre blanche pour
qu'elle oubliât momentanément ses ennuis. Elle inhala avec application. Muqueuses nasales insensibilisées, lèvres froides, secouée de
hoquets nerveux, elle s'entendit piquer une colère pharamineuse et
raconter par le menu à l'Argentine l'horreur que c'était de se trouver par une escroquerie du sort, fiancée à un pied-noir levantin qui
l'avait ficelée de soie des pieds à la tête, ce qu'on appelle être embo-
binée, suivit un torrent d'injures salvatrices adressées à l'absent
démoniaque, Josefina, si je refuse ce mariage, ce fou logique, rai-
sonneur, va me faire ENFERMER AUX DINGUES le temps qu'on
m'y assomme de saloperies qui ont tué mon père, ensuite cette
ordure me récupérera et me mettra dans du formol et il n'a qu'une
intention ME TUER je vois tout ça très clairement grâce à cette formule magique $C_{17}H_{21}NO_4$ que vous avez eu l'obligeance de
m'indiquer car j'aime savoir ce que je prends, à l'asile ce sera une
autre chimie et ils emploieront d'autres formules ce seront celles
avec lesquelles ils ont bouzillé Hölderlin Artaud et consorts, je ne
veux pas être consort, je priserai dans votre élégante blague à tabac,
tant que vous voudrez, neige dehors et neige dedans, pureté de la
cocaïne, je ne toucherai plus à un verre d'alcool je vous le promets
ne me laissez pas tomber Josefina il y va du sort d'une quantité
extraordinaire de bouquins et de personnages de tragédie et de ma
grand-mère qui va décliner en mon absence que dis-je ma grand-
mère, les deux, l'autre aussi sur sa chaise percée à présent je la vois
Ils encore des toubibs l'ont mise sur une chaise percée car soi-
disant elle ne peut plus marcher imaginez cette femme avec ses
rangs de perles et ses bas fins et toute sa gentillesse très aristocrati-
quement juive sur ce siège. Il y va de l'estime des miens de mon
cousin Edmond de son père qui tient une boutique d'instruments
salomoniques dans le neuvième et qui me l'avait bien dit ou plutôt
envoyé dire par son fils : CE LIBANAIS MÉLANGÉ EST FILS DE
BÉLIAL ce que je crois volontiers à présent j'en suis même sûre

voulez-vous que je mette ma main au feu non il est vrai que l'état de grâce m'étant ôté je risquerai de me brûler — Josefina, tout commença par des épines de roses et il a une mère qui est une tordue magicienne d'Arabie et je ne suis qu'une pauvre médium brûlée par le cercle de feu dans lequel m'a enfermé avec lui ce Scorpion ascendant Scorpion qui retrousse son dard pour me piquer avant de se piquer voilà le bon numéro astrologique que j'ai tiré à la loterie de Babylone tout ça à cause d'un Magnétisme Sexuel, pas étonnant ce sont les forces du bas que régit Pluton arrêtez-moi si je me trompe oh ma chère Josefina je vous aime énormément d'un cœur qui bat un peu vite ça doit être ce sniff dès qu'il sera calmé je vais affronter le fils de Bélial qui ne perd pour attendre que sa saleté impie de jeunesse, merci Josefina venez demain ou mieux, si je ne vous dérange pas, je monterai chez vous.

— Dans mon pays ma petite loutre, permettez-moi de vous appeler ainsi vous avez l'air d'une petite loutre trempée d'angoisse, ces choses sont monnaie courante d'ailleurs elles se payent. Nous allons d'après les lois de la balistique occulte, renvoyer ce qu'on vous a envoyé, et n'en déplaise aux esprits d'Arabie on va voir ce qu'on va voir. Revenez demain dès que votre abominable a fichu le camp. Mon mari n'était guère mieux et vous pouvez constater que moi, ça va très bien. J'ai œuvré à temps. Il faudrait débarrasser la planète de tous ces êtres noirs qui ne sont dessus que pour l'accomplissement de meurtres psychiques. Un bon coup de balai, une dératisation, voyez-vous. A demain ma petite loutre.

Elle rentra en pleine jubilation, ce qui n'était pas arrivé depuis des lustres, et depuis qu'elle n'avait plus l'occasion de rentrer faute de sortir.

Le lendemain, il y eut une seconde manifestation de la Providence. Elle fouillait dans un des dossiers transbordés de la rue de Maubeuge, où se trouvaient toutes sortes de documents qu'elle n'avait pas compulsés depuis la pariade, pour cause, eh bien, pour cause d'envoûtement. Loin était le gardiennage des célestes. Proche, dansant tout autour, celui dont le nom est Légion. Il fallait, ce jour-là, à une heure indéterminée, au milieu du carambolage de la lumière, des ténèbres et des saisons, quand elle ne savait plus qui, ni où, elle était, qu'elle tomba sur un texte d'Artaud, lettre au docteur Fouks.

« Il y a en vous un homme qui m'aimait, il y en a un autre qui me hait. » Elle grimaça. Artaud dixit. La lettre était datée du 4 juin 1939. Elle naquit un 4 juin, et il n'y a pas de coïncidences, mais des corrélations trop étranges pour que les refuser fût autre chose que de nier la secrète logique du destin. « Lequel docteur Fouks est-il le véritable ? » (...) Pendant les points de suspension, elle se mit à pleurer, chose excellente, et fondit un poids glacé sur sa poitrine. « L'envoûteur de haine qui est en vous et dont je reconnais qu'il se dissocie de vous m'a lancé cette nuit un effroyable envoûtement de Brûlure » (...) Pleurs, à nouveau. « Dans le même temps J... m'envoyait un envoûtement de rage et un envoûtement *de paralysie des réflexes de la rage.* Livrez-moi votre envoûteur de haine, celui qui est en vous et dont vous ne voulez pas, je le ferai crucifier place de la Concorde et je lui vitriolerai son psychisme *à le désespérer de me voler quoi que ce soit.* (...) J'étranglerai de mes mains celui que je surprendrai à imposer n'importe quel envoûtement. Antonin Artaud. »

Elle rangea les feuillets très soigneusement, et s'assit sur le sofa en se rongeant les ongles. Tomba dans une de ces troubles somnolences qui ne réparaient pas le manque de sommeil. Par le saint nom de Dieu qu'elle avait autorisation spéciale de prononcer, merci Artaud. Très cher Artaud qui aurait strangulé le mage aux yeux verts. Elle vit l'œuvre de ce malévole, ses propres membres d'enfant torturés, ses tripes arrachées d'elle comme des éventails de coraux, entendit ses cris blancs, vit sa douleur de craie, ses supplices froids, les nappes noires des nuits, les lames des couteaux, la trépanation, son corps perforé par mille aiguilles d'argent, les torsions sèches de ses muscles bloqués, ses efforts pour échapper à l'asphyxie. Brûlée, piquée, tourmentée, mordue, entachée, oppressée, écrasée sous lui, bousculée, frappée, par cet innocent collectionneur de cheveux, d'ongles et de photographies, qui jurait que jamais ne le quittait l'image de la fiancée, toujours si présente qu'il lui suffisait de détourner son attention du modèle qu'il dessinait, aux Beaux-Arts, pour qu'elle fût devant lui, précise, visualisée dans les moindres détails. Monstrueuse opération d'horloger. Demander conseil à cette femme d'Amérique Latine qui s'y connaissait en manœuvres paralysantes, et dont les prises de cocaïne accentuaient celles de conscience. Elle devrait bien des choses à Antonin Artaud et à une veuve argentine, locataire du 13 rue de Verneuil.

Un sniff, 3,5 grammes, et Maria voyait se tordre, comme les serpents de la Bible au pied de Pharaon, les appliques rocailles, les dossiers violonés des cabriolets, se dresser en sifflant les joncs angulaires du bureau bois de rose, se changer en vipères à cornes les baguettes enrubannées autour des miroirs, se décocher les flèches des carquois angéliques aux moulures plafonnières, s'écrêter l'écaille rouge des marqueteries poudrées de nacre, et toute la pièce se convulser d'une sainte rage.

— J'ai fait brûler du soufre selon vos conseils, Josefina. A présent ce *sweet home* sent l'œuf pourri, c'est épatant aussi épatant que votre panacée, ces trois grammes cinq Josefina vont me sauver j'en suis sûre bien que nous ayons affaire à forte partie — je les regrette, les terroristes littéraires, chers petits terroristes avec leurs petits dégoûts pour le genre de littéraire que j'aime, chères petites fines bouches aux délicatesses pédérastiques qui écrivent si mode, litote de rigueur et rigueur dans la litote vous voyez ce que je veux dire — et les tripes, où ? Je parle des leurs. Aujourd'hui si vous saviez ce que j'ai hâte de retrouver ces sans-tripes. Chers tatillons criminels, des chérubins concierges du Paradis auprès du frère de Lilith mon fiancé. Oh cet homme, Josefina, s'il mordait la poussière se mordrait lui-même. A moi, les phalanges de Dieu, Raziel, Remiel, Samael, Sarakiel, Uriel, Gabriel, Michel, faces des quatre côtés de Dieu, et vous Josefina, la cinquième bien que vous ne soyez pas juive mais de Patagonie qui est un pays certainement respectable avec des lamas aux gros yeux doux si pathétiques, et...

— J'ai croisé votre envoûteur dans la cour, l'interrompit Josefina. Visage patibulaire, regard fuyant, nez en bec de corbin, lèvres serrées, avec ça, beau gosse, mais indéniablement saturnien. Un physique qui ne trompe pas. Ma petite loutre, il sera lui-même victime du sort qu'il vous a jeté ceci jusqu'à la démence et languira d'inexplicable maladie sans que vous vous livriez à aucun rite exécratoire.

— Démon au sexe d'écailles ! à présent ces écailles enflent et s'écartent et je hurle quand il me fait ce qu'il appelle l'amour, ce qui ne l'empêche pas de continuer.

— Nous aurons sa peau, dit Josefina, les narines dilatées d'horreur, vermillonnées d'eczéma, et morvant dans la batiste à cause d'un rhume chronique. Maria, nous allons perquisitionner dans votre chambre. Il se pourrait que nous y trouvions des objets d'envoûtement.

— Non, vous croyez... ?

— Si, si. Il faut vérifier, sous votre matelas.

Ce soir-là, Amine rentra un peu plus tôt des Beaux-Arts, se cogna dans l'Argentine qui sortait du rez-de-chaussée, bredouille (car il n'y eut de cœur lardé que chez sa tendre mère), mais l'air résolu. Il soupçonna avec raison un traquenard, car depuis quelques jours les boîtes de Lenôtre demeuraient intactes, Maria ne buvait presque plus, arguait de règles en continuité, se bouclait systématiquement dans le salon pour dormir, semblait moins atrophiée, plus délirante, se coiffait et se maquillait pour des dîners où elle renvoyait les plats indemnes, et se mouchait énormément. Il lui dit qu'elle avait mauvaise mine, et elle s'illumina, comme si jamais aucun jugement ne lui avait fait plus plaisir. Décidément, il se pouvait que trois grammes cinq de cette poudre eussent raison d'Amine Youssef et de son immense amour d'arachnide, de même que, quelques mois auparavant, il fallut une fumette de cannabis pour qu'il se résolût à user de magie noire. Mais cela elle l'ignorait.

Après une sixième prise de trois grammes cinq, elle trouva le courage de chausser des tennis, d'enfiler son renard sur sa chemise de nuit, et, un matin, d'écumer à la recherche d'un bistrot, ce septième grand genre et désertique, plein d'immeubles et de marquises dedans. Pas un bistrot ah si le Verneuil, depuis combien de mois n'avait-elle pas mis le nez dehors, elle se crut à La Paz, une ville très haute, d'où raréfaction d'oxygène, eut grand mal à respirer, s'étonnant elle-même de cette performance, entra au Verneuil, stupéfia le patron non par la demande d'un jeton de téléphone mais par sa tenue, sa veste de goupil ouverte sur une lingerie moulant des seins fruités et pieds nus dans les Adidas — c'est soixante centimes dit le patron à cette évadée qui s'enferma scrupuleusement dans la cabine après avoir jeté un regard circonspect sur la clientèle, du rififi là-dessous pensa le patron qui attendit la suite des événements en rinçant ses ballons d'un air soucieux pendant que les consommateurs, pointant le menton d'un air lubrique, guettaient la sortie de la ravissante.

La ravissante, d'un doigt sûr, introduisit le jeton dans la fente, parfaite coordination des mouvements, un miracle, merde, elle avait oublié son numéro de téléphone, instant de panique, ah certes, 878 90 65, ouf, elle imprima au cadran une rotation cliquetante et fatidique, resserra sur des appas indésirables dont elle ne tarderait pas à être délivrée comme d'Amine Ghoraïeb, le renard complice de sa fugue, espéra en claquant des dents à cause de la coco et de l'angoisse la réponse à son appel au secours, entendit avec délice la voix de sa grand-mère, articula d'une voix brisée qu'elle s'efforça d'éclaircir pour ne pas inquiéter Mme Bachelard qui attribuerait ce timbre râpeux à une angine, au moins une « de Vincent », du solide.

— Maria... C'est Maria...

En soi, rien de génial, mais Mme Bachelard comprit de suite, à ce ton égaré, que sa descendante, à propos de la disparition de laquelle elle se minait, s'était effectivement perdue et tentait d'échapper à un péril plus grand que tous ceux qu'elle encourut y compris l'amibiase à Gangtok capitale du Sikkim, une tentative d'assassinat aux Célèbes et quelques viols physiques (de la gnognote, le viol physique !)

— OU ES-TU ?

— Euh. Dans le septième, je crois. Attends-moi, j'arrive. Le maniaque, le... bref le fiancé, terminé, de profundis, quoi de neuf rue de Maubeuge ?

— Tout va bien, sauf la Pythie. Elle s'est empoisonnée avec de la poudre vermifuge.

— La chatte empoisonnée ? feula Maria, redoutant de pires calamités si l'on se fie à une comptine adressée à une marquise qui commençait par de petits riens et s'achevait sur un sinistre. ENCORE UN COUP DU POSSÉDÉ ! toujours mon fiancé. Je t'expliquerai. Je serai là ce soir. Fais-moi un œuf mollet.

Elle raccrocha l'appareil, ouvrit la porte de la cabine, adressa à la ronde un sourire enjôleur, crapahuta dignement jusqu'à la sortie, puis, loin des regards, se mit à courir vers le logis pour se changer de vesture et se faire la malle.

Au cours de ce changement de costume, elle s'aperçut avec déréliction qu'au septième jour, ses règles avaient toujours le débit de l'Onéroque bref qu'on nageait dans le sang. Ma petite, se dit-elle, il va falloir nous soigner cette hémophilie, des années sans la moindre gouttelette, et maintenant, chair du chameau (impure comme la) tous les quinze jours, se résigna, finit par s'en réjouir, s'habilla. Jean dégueu, pull dépassant de cinq centimètres son blouson, ensemble dans les harmonies accidentellement bleu-fauve, cheveux hâtivement retenus par une barrette d'écaille Prisu, l'œil plombé, le cerne lilas, l'ongle écaillé, prête à tourner le premier rôle d'un film d'Andy Warhol, l'estomac criant famine, énervée par la coco plus un anorexigène, convulsée par une purge drastique à la bourdaine, vessie sollicitée par cinq pilules diurétiques, pissant son hémoglobine par le septième orifice que l'impératrice Tseu-Hi, grande criminelle d'après Pearl Buck, parfumait avec tant de soin, lequel septième sceau, ouvert, répandait l'odeur sombre, nacarat sorcière, musquée, de son sang et de sa liberté, pour encore plus de cinoche (voyou, va !) s'étant collé deux étoiles de strass aux commissures des lèvres, le farfadet de nos belles-lettres, déesse cradingue au sommet de l'exultation, s'apprêta à lâcher celui dont elle fut la proie pour les ombres chéries de sa caverne natale.

A quatre heures, flairant un coup d'État, il rentra des Beaux-Arts, la trouva habillée non pour un gala mais pour un exode, et comptant laborieusement ses valises — pourtant, il n'y en avait que trois, mais sur le point maths, elle semblait encore moins claire qu'auparavant.

Il la dévisagea avec une haine implacable, jusqu'à ce que, prise d'un malaise, elle dût s'effondrer sur le divan, position qu'il aimait lui voir adopter, puis, en manque, elle se mit à grelotter, une poudre s'effritait du plafond, s'immisçait dans ses narines irritées, intolérable piqûre, ses oreilles tintèrent, elle entendit du fond des forêts indonésiennes les marteaux cristallins du gamelan, commença de se gratter furieusement sous le regard du maître, elle avait une fourmilière sous la peau, des légions grouillantes, elle rampa jusqu'à la salle de bains, sous le tangage d'une nausée, s'aspergea d'eau bénite et froide, revint au salon toujours se grattant, affronta le juge suprême qui la considérait d'une mine patibulaire correspondant, d'après Josefina, au type même de l'envoûteur décrit dans les manuels de Magie Pratique.

— Le petit chat se meurt, dit-elle, parfaite dans le rôle qui lui fut pour toujours — ou jusqu'à la ménopause — assigné.

Là-dessus, elle éclata en sanglots, puis hurla, s'accrocha aux rideaux galonnés et entreprit d'en mordiller les passementeries si élégantes.

— Ma chérie, la mort d'un chat te plonge dans une telle affliction ? fit Amine avec une savante barbarie. Puis, se renfrognant devant l'aggravation de la crise :

— Je dois bien peu compter pour toi si tu fais un tel fromage de ce chat. D'autre part, pourquoi ces valises ?

— Un fromage de ce chat ! explosa-t-elle, négligeant la seconde question. Comment peux-tu être assez abject pour me parler de fromage de ce chat, ma chatte la Pythie empoisonnée au vermifuge, sûr que tu l'as voulu, salaud, ignoble vampire, mon chat est en train de crever et toi tu vis, *minus habens*, conglomérat de démons, fils de Pluton, fémur de parricide, loquedu, tu vis, tu me regardes et le Néant me soufflette, une vraie gifle — c'est ça, l'œil qui plafonne tu peux toujours plafonner de l'iris ça ne changera rien, je m'en vais parce que ta seule respiration m'INSUPPORTE, tu entends, sourd, toi le plus égoïste des infantiles déments, seule merde sur laquelle on peut marcher sans que ça risque de vous porter chance, espèce d'humeur maligne, Dieu d'Israël et le Suivant comment ai-je pu marner avec un tel zinzin COMMENT ? Tes questions ta jalousie morbide tes discours stériles ton ignoble fric ton auto-cuiseur et le linge de maison les torchons damassés torchon toi-même, toi et tes saloperies de glace Alhambra et tes infâmes macarons Lenôtre et... Stalinien ! Quand je pense que tu as été jusqu'à foutre à la poubelle mes somnifères et mon Sucaryl, je ris, tu m'entends, à présent c'est mon tour ahaa...

— Tu vas me dire ce que magouillait ici en mon absence cette Porto-Ricaine, cette Chilienne, enfin la voisine.

Elle contempla avec dégoût le Scorpion fatal à qui le frôle, plus jamais, pensa-t-elle, le stylet de ses baisers, le poinçon de ses dents venimeuses, plus jamais contre moi la mort rouge, l'arcane sans nom, l'artiste en crapulerie, qu'il descende vif au Shéol d'où on ne remonte plus, mais avant il fallait lui donner quelques calmes explications. Elle lui apprit ainsi, très quiètement, que la solitude en commun la plongeait dans un état de dépersonnalisation anxieuse avec troubles de la conduite et toxico, que, *aimé*, elle se saoulait précédemment et en suisse de poire Wilhelmine en s'empiffrant des douceurs orientales dont une si chère âme la gavait, qu'elle avait changé de stups, qu'elle sifflait noblement, beaucoup moins compromettant pour l'esthétique le sniff, qui d'ailleurs entraîne le manque d'appétit le plus absolu il pouvait donc rembarquer ses confiseries andalouses ses griottes au jasmin ses rahatloukhoums ses cornes de gazelles et ses tartes au pavot (il découvrit avec effroi qu'elle avait en effet maigri d'un ou deux kilos) quant à lui son apparié, un grand caractériel à tendance épileptique, il pouvait se vanter de former avec elle le couple idéal, qu'était le couple, la conjugaison de deux dingueries liées par des jetaime d'une absurdité confondante et d'une niaiserie nonpareille, tout ça, traintrain pour les psychiatres, quant aux maires et aux curés coupables de non-assistance à ces personnes en danger, ils jumelaient un nombre considérable de tels percutés qui avaient l'inconscient culot de procréer d'autres débiles profonds — petite pause, pendant laquelle elle s'arracha un ongle razibus et faillit l'avaler, le recracha et le mit dans la poche de son jean d'un air finaud, puis balança à la figure de l'aimé que de cette imposture, créant des milliers de malheureux depuis le Roman de la Rose avant qu'elle fût institutionnalisée et traduite en chansons criminellement répétées aux oreilles du peuple, elle avait sa claque, itou de l'érotomanie, du rationalisme morbide, des persécutions et désirs d'annexion et désirs tout court du fiancé qui l'écoutait si gentiment et lui faisait la grâce de ne pas l'interrompre, que du sexe et de tous ces jeux d'une absolue horreur et grande dégoûtation et de ces proférations de sentiments dans le langage de Babel jamais plus n'entendrait parler, qu'elle allait jeûner et se laver jusqu'à état très propre de squelette, que pardon aimé elle n'était pas faite pour le mariage, pour lequel personne d'ailleurs n'est constitué sauf les vassaux de l'enfer, ce nonobstant elle allait se tirer par la Sublime Porte et s'en aller illico vers le Soleil qui se trouvait fort heureusement en plein dans les Gémeaux quand elle naquit, avec Vénus pile dans le Taureau, chose excellente, or elle avait commis la faute magistrale d'entrer dans l'orbite de Pluton, et c'était bien dommage de mécontenter les astres qui avaient pris de si bonnes dispositions à son égard.

Plongée dans ces idées de réparations à l'échelle planétaire et pleine de son sujet, elle s'aperçut trop tard que, s'étant emparé de son manuscrit imprudemment posé sur l'inutile bureau près de l'inutile machine, il avait commencé de le brûler avec la flamme de son briquet, elle se jeta sur lui, il la menaça de son lance-flamme, recula vers la cheminée, se saisit du carnet d'adresses et de l'agenda de sa chérie, les jeta dans le feu, et la regarda d'un air pour le moins narquois : l'âme de ses os, ses poèmes, sa tragédie grecque, et les instruments de ses parades sociales cramaient d'une façon définitive. Elle envisageait les poutres pour se pendre, mais pas de poutres dans le salon seulement dans la garde-robe, et aucun tabouret disponible, quand, toujours très calme, il rampa vers la machine à écrire qu'il flanqua par la fenêtre sans ouvrir celle-ci au préalable d'où fracas qui fit sortir de son antre la cuisinière vaudou hurlant Police, sur ce il décrocha la carabine de safari dont il

menaça Maria qui lui annonça froidement qu'elle allait passer, à la
suite de son Underwood, par la fenêtre, omettant de lui rappeler
qu'il s'agissait de celle du rez-de-chaussée, il eut un moment d'hésitation, puis à l'aide de la carabine dévasta le salon, défonça les bois
d'amarante, le palissandre, l'acajou, brisa les verreries vénitiennes,
éventra le dos d'âne, cassa quelques appliques rocailles, occit la
table rognon et deux des gigogne, s'en prit au cartel de faïence et au
trône de mandarin, fendit le vernis Martin du dernier secrétaire à
abattant que la fiancée acquit à Galliera, ceci fait, le voyant se diriger avec détermination vers les éléphants qhâdjârs, Maria se plaça
devant pour les protéger, enlaça du même coup l'urne en céladon
bleu Kun Yao et sa paire de Mei-Ping, se mordit imperceptiblement
la lèvre inférieure lorsqu'elle le vit marcher sur elle et observa le
tressautement de sa thyroïde, il tenait non plus la carabine qui
gisait sur le tapis, mais un chef-d'œuvre de la haute époque thébaine (appartenant, celui-là, à la comtesse vendéenne qui leur en
avait bien légèrement confié la garde), une tête de pharaon en
pierre propre à traverser les millénaires et à en assommer de plus
costauds qu'une chétive enfant même remplumée par les brioches
aux amandes, laquelle chétive galopa vers la cuisine suivie du fou
furieux, s'empara d'un ouvre-boîtes avec lequel elle l'aurait proprement étripé s'il ne lui avait tordu le poignet jusqu'à luxation, la
cuisinière dans la cour invoquait les dieux du vaudou ce qui aggravait les choses au lieu de les aplanir vu la férocité de ceux-ci, qui
pariaient avec enthousiasme sur les combattants — Vas-y, cogne-le,
tue-le, hurlait Yémanja déesse de la mer, déchaînée d'où tempêtes
au large, Yémanja dont la fille aux longs cheveux (port obligatoire
pour les initiées) tentait d'arracher les yeux et d'écrabouiller le zob
d'un garçon que, certainement, Xango du Métal, dieu au détestable
caractère, devait posséder à ce moment précis, et Yémanja de faire
la grimace et même je crois de proférer un juron inaccoutumé entre
ses merveilleuses dents en voyant le possédé de Xango, bel et bien
enfourché par ce dieu scélérat, sur le point de remporter la victoire
car il tabassait consciencieusement sur les dalles de l'office l'être
adoré dont volerait sous peu en éclats le crâne chevelu, cogné sur le
rebord de la table, puis sur le vaisselier, puis sur la porte du réfrigérateur, merde dit Yémanja en son dialecte, mais ce crâne résistait, et
rouée de coups, Maria se tordait maintenant sur le carrelage, son
amoureux lui clouant les poignets au sol pendant qu'elle lui péda-
lait sur le ventre comme une roue de vélo de course tout en lui mordant l'épaule, Tu l'Auras ! fit ce salopard de Xango qui grillait une
cigarette, Yémanja lui jeta un regard courroucé, comment pouvait-
on se réjouir de l'issue d'un match si inégal, pourtant sa fille avait
gardé ses cheveux depuis l'initiation à Salvador et l'espoir, jusqu'au
bout de cette autre initiation : cohabiter avec un possédé, les dieux
penchèrent à nouveau le nez sur les carreaux de cette cuisine, à présent il la giflait, deux aller et retour, l'occiput de la petite heurtait le

pavage avec un bruit mat, Oh Non ! fit Yémanja qui se voila la face car c'était trop affreux, il lui avait envoyé un coup de poing au menton et un autre sur le nez, le cheval de Xango visait la face de l'être aimé car il n'est de beauté que de visage, ce qu'il le savait bien, l'infâme, et il ne tenait pas à ce qu'il en restât pour les autres, Yémanja ôta ses mains de ses yeux, étonnée, autour d'elle les dieux d'Afrique qui sans l'appel de la cuisinière aurait loupé une bonne récré, observèrent une minute de silence, la mâchoire de Yémanja Sirène du Bénin se décrocha de stupeur, sa fille à force de se tortiller habilement avait usé d'un genou encore pointu pour flanquer un uppercut dans (pardon, dieux de l'assistance) les couilles de l'agresseur, qui se les tenait et ne pensait plus qu'à leur sauvegarde, du coup celle qui n'avait pas ce genre d'attributs, handicap grave dans les batailles, ni la carrure des lutteurs de capoeira qui boxent sur la place de Bahia, ni à priori aucune chance de s'en tirer indemne, put se relever, cavaler jusqu'au salon dévasté par un cyclone, saisir la carabine, marcher à reculons vers le corridor. Qui donc appelle-t-elle ? demanda Yémanja, car sa fille s'époumonait. Une de mes cavales, répondit Oxum déesse du Vent, qui habite l'aile droite de ce ravissant hôtel particulier, ça tombe à merveille. Maria opéra ainsi une brillante sortie, tout en hurlant JOSEFINA, envoya un gnon à la cuisinière agenouillée sur les pavés à bossage, Amine Youssef apparut sur le perron, brandissant le marteau avec lequel il clouait des étagères au début de la lune de miel, Maria le visa très exactement entre les yeux, technique appropriée pour la chasse au tigre, apprise en Inde grâce au maharadjah de Palampur, et qui devait également convenir à Ghoraïeb à moins qu'il ne fût carrément immortel, la cuisinière vit alors une grande femme brune surgir sur le pas de la porte B, préserver la retraite de Maria en lui faisant un rempart de son corps. Très Bien, dit Oxum qui referma son éventail avec un sec claquement de satisfaction, quand elle vit les deux douces femelles franchir le porche, courir jusqu'à l'Autobianchi de Mme Gomez da Costa, s'y enfourner et démarrer sur-le-champ.

Amine Youssef laissa tomber le marteau sur son pied, poussa un hurlement, Yémanja sourit (c'était une de ses petites malices), Xango furieux se détourna et les Olympiens noirs s'en furent vaquer à leurs occupations laxistes car ils avaient l'éternité devant eux.

Quant à Mme Gomez da Costa, pensait Maria en essuyant des morves sanguinolentes, et, premier geste augurant son total salut, en tâtant les parois de son nez sublime pour savoir s'il l'était toujours malgré les châtaignes qu'il reçut, rien ne comptant plus dès cet instant que la rectitude de ce nez à un millimètre près — Quant à Mme Gomez da Costa, c'était décidément quelqu'un comme Heurtebise, en plus foncé.

Et ce fut comme le Magnificat

— Eh bien, eh bien — c'était tout ce que pouvait proférer Mme Bachelard qui, avec à-propos, recouvrait la face tuméfiée de Maria d'une dizaine de glaçons sortis du réfrigérateur.

Quant à la victime, poignet luxé, nez douloureux, espérant fermement ne pas garder de déviation nasale en souvenir d'un tel jubilé, elle venait de cracher une moitié de dent, quelques caillots de sang, n'osait plus remuer un doigt de peur qu'il ne s'effrîtât en petits morceaux, car ayant eu la malencontreuse idée de porter sa main à son crâne, elle se trouva en possession d'une poignée de cheveux — scalpée, le reste ne tenait donc qu'à un fil.

NON, PAS L'HÔPITAL, bêla-t-elle, ne pas augmenter le sinistre, juste SOS Médecins pour prise de tension, je procéderai aux examens crâniens et dentaires dès que je tiendrai debout, pour l'instant qu'on me fiche la paix. Obtempérant, Mme Bachelard ferma les rideaux sur les restes de sa petite-fille, cocaïnisée (ça elle l'ignorait), battue, édentée, hier menacée de justes noces, aujourd'hui de calvitie, de nez tordu et d'autres désagréments qu'on n'apprendrait que trop tôt ; avant de gober un Imménoctal de la réserve personnelle demeurée intacte sous ses chaussettes 9 rue de Maubeuge, la précitée petite-fille émit le regret d'avoir laissé pour compte, chez le fou, des rubis sang-de-pigeon, un blanc-bleu quatre carats, des éléphants qhâdjârs et des vases chinois absolument magnifiques, même si, ajouta-t-elle, le recouvrement de sa sécurité valait le prix de ces quelques babioles. (On voit ici l'influence de quelques planètes de terre comme la Vierge, astucieusement placées dans son ciel, et, sans doute, pour avoir autant les pieds sur cette bonne glèbe, celle d'un lignage de banquiers juifs et de commerçants du nord de la France.) L'amertume de l'Imménoctal lui sembla, sur sa langue, une voluptueuse chatterie. Mmmm, Imménoctal, ne plus manger que ça, tant c'était bon.

— Matelas de nonne, bredouilla l'infante à la dent cassée, te confier *ad vitam aeternam* mes chastes reins et ma chaste nuque. Lit de ma chambre forte, ne plus jamais te quitter, ne plus jamais dormir dans un autre que toi. Oh que ce dingue crève. L'Imménoctal va me laisser quinze à vingt minutes pour chatouiller mes projets homicides, après quoi, planète et délicieux néant. Que ce dingue crève. Non, cela ne se peut, c'est quelqu'un comme le comte de Saint-Germain ou Raspoutine, increvable, mais l'espoir qu'il crève me fera vivre. Oh sa demande en gants beurre frais. Oh ma petite glace toujours au même endroit, près de ma lampe saumon.

Elle se mira, découvrit des yeux en fente asiate, mais pas trop de dégâts autour, les glaçons étaient censés éviter qu'au réveil, elle découvrît sa face du bleu outremer de celle de Krishna, on rafistolerait la dent, par chance une molaire du fond, les cheveux, espérons qu'il en reste assez pour plaire à Yémanja, parce que plaire aux mecs alors ça, rire homérique. Point de sécurité sociale pour les écrivains, ou bien s'il y en avait une, elle ne s'en était jamais souciée — on paierait les réparations faciales avec le fric des bijoux qu'elle reprendrait et revendrait ah ça Ghoraïeb pas de cadeaux ET MON PETIT AMI ATTENDS UN PEU LE CHOC-EN-RETOUR à ta place j'irai planquer mes roubignoles dans un coin perdu de l'Atlas du côté des hommes bleus. Heureux événement si la cuisinière ou les flics ou sa smala familiale pouvaient le trouver pendu aux poutres du cagibi, mais non, il attendrait trois minutes après le cliquetis de la clé dans la serrure, pour donner un coup de pied dans l'escabeau, pas fou le dingue, ça ne le fera que bander et de son sperme germeront quelques mandragores QUE CELLES-CI S'ATTACHENT À SES PAS QU'IL TRÉBUCHE DANS LES RACINES AMBULANTES ET AFFECTUEUSES DES MANDRAGORES JUSQU'À SON JOUR DERNIER. Pas fou le dingue. Soit. Il avalera quatre-vingt-dix Valium pilés dans du lait, et prendra bien soin de dépasser la dose prescrite pour mourir, à l'inverse de son père qui avala la potion socratique sans une bavure au milligramme près mais son père était la gloire, la justesse et le contraire de l'erreur, et ne pouvait se gourer dans l'élaboration d'un breuvage mortel, il réussissait tout à merveille, et le prouva magistralement. Le bon sommeil des barbitos, le vrai bon sommeil des solitudes, la gagnait lentement, elle se demanda comment il était possible que ce fût fini, qu'elle n'eût plus à supporter qu'on l'aimât horriblement jusqu'à trois heures du matin au lieu de la laisser à ses lectures, que fût terminée l'ère des soupçons de cette bête en rut, ce chacal, ce vautour, terminée l'ère de ses délires de revendication, or, indéniablement, trois grammes cinq de cocaïne chaque jour pendant une semaine environ avaient suffi à briser l'envoûtement, et elle ne sentait plus ce quelque chose d'épouvantable claudiquant sous son crâne, et la gagner l'atrophie pernicieuse de ses facultés mentales, quand elle serait montrable, elle irait rendre visite à Mme Bougault qui s'occuperait du bricolage nécessaire à la rédemption de sa face — menu bricolage, la question du nez restait la plus délicate — mais jamais plus Mme Bougault ne lui épluche-rait la peau des jambes pour qu'elles soient lisses sous la main d'un homme, sacrifice qu'on a souvent comparé à celui de l'ondine qui trancha en deux sa superbe queue de poisson pour danser aux bals des humains. A peine eut-elle une tendre pensée pour la petite ondine, qu'elle sentit, dans un demi-sommeil, ses jambes se rap-procher, s'engluer l'une à l'autre et réussir un brillant, squameux final — elle l'avait, sa queue de poisson, dans ses écailles luisaient les mille opales de la lune, et, munie de cet organe natatoire, elle plon-gea dans des abysses merveilleuses où l'attendait Yémanja, qui, se peignant, décrochait de ses cheveux de naïves étoiles. Yémanja lui dit-elle, ainsi sont soudées mes jambes, gainées de froid et de glauque éclat, soudés sont mes genoux, entre lesquels plus per-sonne n'entrera pour les profanations.

S'éveillant douze heures après, elle béquilla courageusement jusqu'au miroir de la chambre, constata, soulagée, que la glace pilée avait rempli son office, qu'en revanche (oh quelle revanche elle prendrait !) son crâne où s'était réfugié le sang des hématomes offrait une couleur d'encre et encore quelques cheveux. Une chute dans l'escalier serait l'alibi dont devraient se contenter les bonnes gens. Seuls les chats et les proches amis connaîtraient la... MAIS LE CHAT ? Elle se précipita dans la cuisine, le SSSAT, où est le SSSAT ? Putaing cette dent amochée la faisait souffrir, demain dentiste, on fait des jaquettes qui sont mieux que les vrais devantiers, elle porterait fièrement sa jaquette comme Edwige, tiens que devenait la Yuan ? Après la chatte, la Yuan. Et elle évaluait les dégâts, cette narcissique, devant des multitudes de miroirs, et elle n'avait pas couru vers la chatte, qui...

— Là, dit Mme Bachelard triomphante. Simple indigestion de poudre vermifuge.

Le sssat, la Chatte, semblait, sur son coussin, dans son panier, une petite dune assoupie. Maria se pencha, parla Chat dans la conque de ses hautes oreilles de fennec, la chatte lui tendit son museau fragile, lui ouvrit ses yeux, larges gongs d'or d'une divinité barbare, s'étira, gonfla son jabot, et tint dignement son rôle de reine-prêtresse des Pumas, recevant en audience quelqu'un d'assez indigne pour l'avoir abandonnée.

— Ma chimère, nous voilà toutes deux rescapées de l'affaire des Poisons, dit Maria. Tu n'imagines pas les pourritures ensorcelées de cette caverne où j'avais Pluton à demeure, ô ma matoise beauté. Je vendrai ses bijoux, luminaires maléfiques. Quant à mon fiancé, que les ténèbres roulent sur lui ! Je le hais encore, ma fille merveilleuse, chaque matin loin de lui sera l'avènement d'un monde neuf. Mamine, il faut donner à la chatte double ration de levure de bière pour purifier ses intestins. J'en prendrai aussi, rien n'est de trop en matière de purification.

Première démarche : les examens à l'hostau. Elle convoqua Rose pour l'y voiturer. La seconde présentait plus de risques : récupérer les biens entreposés chez le fou. Elle enverrait des camionneurs musclés, le rabbin, le grand Exorciste de l'Archevêché, une délégation de psychiatres à sa solde et très dangereux, mais ne lui laisserait pas les éléphants, les vases chinois, et les fourrures qu'elle estimait primo, avoir mérité, secundo, devoir reprendre de crainte qu'il ne se livrât sur elles à quelque malévolence, si la perte du manuscrit se trouvait réparée par la présence d'un double, et si peut-être M. Léon des machines à écrire avait encore un modèle Underwood 1920 qui pût lui convenir.

— Pourtant j'aurais dû me douter que ce garçon était *borderline*, bavota-t-elle, calée à grand-peine dans l'Austin, les fesses moulues, mourant de peur de cracher encore une dent ou de perdre encore une touffe — il ne me faisait pas grâce de ses rêves : je serai Président de la République si tu as le prix Goncourt, je dévorerai mon propre foie pour me punir si je perds, vois-tu, je prenais tout ça pour des enfantillages. Faut-il être naze.

— Tais-toi donc, lui conseilla Rose, sur le chemin de Boucicaut, tu sonderas les profondeurs après, parler te fatigue...

— Je ne parlais plus du tout, là-bas, ou plutôt, En-bas, marmotta Maria qui, se recroquevillant dans son coin, fit à son amie un sourire épouvantable, lui assura qu'elle se sentait dans une forme excellente — pure vérité, car sous les coups du maniaque dont elle triompha, elle venait de reprendre vitalité, autonomie, conscience d'elle-même, ceci avec une force à réjouir le père Laing, se délectait à l'idée de piller sa pharmacie des drogues narcotiques indispensables à son sommeil et d'édulcorants de synthèse indispensables à sa maigreur. Ainsi, béatement, franchit-elle le seuil de Boucicaut, impatiente d'oublier l'envoûteur, ses baklavas, ses chantages au sentiment, les lambris XVIIIe, une cour à bossages, cette saloperie de haine amoureuse monomaniaque, et ce combat mythique tel celui de Jacob et de l'ange.

Une fête que Boucicaut. On lui annonça après examens qu'aucune hémorragie interne, que juste une mâchoire luxée, un tympan un peu abîmé mais non perforé — bien, elle serait dure de la feuille pendant un certain temps — que, de son os nasal à peine dévié, elle garderait une charmante inégalité faciale, à moins qu'on ne recourût à une petite opération chirurgicale... Ah ça non, assez de dégelées comme ça, on n'allait pas lui taper sur le pif à coups de marteau et à nouveau la rendre toute bleue, elle choisirait sa place chez Lipp de façon à présenter son meilleur profil aux gens importants.

Sortie de là, elle piqua une crise de fou rire dans la bagnole de Rose qui la crut plus atteinte qu'on ne le pensait, et ne comprit pas la phrase codée qu'elle prononça entre deux quintes : Tu t'achemines vers le corps de Bardot, ah ah ah. Démence organisée. Du scientifique. Rien au hasard. On devait aboutir à ce résultat épatant : me promener, obèse, dans une chaise d'infirme, autour d'un jardin aux murs très hauts, et sans voisinage. Obèse et dingue, bien entendu. Il parlait en hova ou je ne sais quel dialecte malgache, je te jure, et il n'écoutait jamais. Imperméable à toute dialectique, mais alors des arguments contondants comme certains ouvre-boîtes. Une conscience absolument morbide. Et moi, en catalepsie hypnotique. Le tympan, ne l'a raté que de peu, comme le reste d'ailleurs. Il y a eu, ma douce, possession de sa part, envoûtement de la mienne, à mon corps consentant au début — ce que le corps est dangereux parfois ! Vois Rose, familière des élans du cœur, le bilan de l'affaire : l'état déplorable de la fiancée d'un pilier d'asile, après huis clos délectable, attentats à sa personne physique et viol de personnalité (tout huis clos est un envoûtement), la fiancée rescapée de la souillure, de la cocaïne eh oui, de l'empâtement celluliteux et du naufrage de son âme. Profit... Il est immense. D'abord, une opinion tranchée sur le vol nuptial des frelons, soit, l'amour. Périlleuse magie ou noria à laquelle tournent des ânes foulant le mauvais grain. J'aurais pu perdre plus qu'un peu d'entendement, la symétrie absolue de ma face, et une demi-molaire. Si tu veux que je te dise, ça s'appelle la baraka.

Coite, Rose aida la joyeuse enfant à grimper jusqu'à son étage, et, pendant que la joyeuse cherchait ses clés, chères clés de la maison d'enfance, l'entendit lui affirmer que désormais, elle étudierait toutes les méthodes efficaces contre l'envoûtement, ne reculerait devant aucune même très nauséabonde, elle connaissait le terrain à présent.

— Ma Rose, quand un inconnu m'invitera à danser, ce qui ne se fait plus guère mais peut néanmoins se présenter, je replierai vivement le pouce sous le médius et l'annulaire, et je dresserai l'index et l'auriculaire comme une paire de cornes vers le fascinateur. De l'encens brûlera nuit et jour à ma porte. Je ferai chaque soir le signe de croix jusqu'aux pieds — si on le fait jusqu'au nombril, les jambes peuvent être attaquées. Je dirai aux parfums et à l'eau les invocations et les bénédictions. Ou bien j'irai chercher de l'eau bénite dans les bénitiers, c'est plus pratique et c'est gratuit. A Saint-Roch par exemple. Où ai-je fourré ma clé ?

Elle leva le nez, surprit l'étonnement prudent de Rose, se mit à rire, depuis deux jours, bien que ça la tiraillât de partout, elle n'arrêtait pas de rire.

— Ne prends ça que pour des fantaisies de louftingue, toi de ma Confrérie, Ma Chaîne, mon Ordre, que j'ai retrouvée. Tu peux me croire un peu chamboulée d'esprit, grande et chère amie. Médite tout de même sur cette formule inscrite sur la croix bénédictine : *Vade retro, Satanas ; numquam suadas mihi vana, Sunt mala quae libas : ipse venena bibas.* Soit : retire-toi, Satan, ne viens pas me conseiller les vanités, le breuvage que tu verses est le mal : bois toi-même les poisons.

Elle répéta *ipse venena bibas* d'un air extatique, embrassa Rose sur le front, la remercia de l'avoir accompagnée et rentra dans son logis de paix.

※

— Edmond !

Elle s'agrippa à son cou comme un koala à sa branche. Edmond rayonnait.

— Tu es vivante, ma cousine ! Ma joie est double, car le Seuil.

— Quoi, le Seuil ?

— Je suis publié. Mais que t'a fait le fils de Bélial ? Cet esprit immonde a porté la main sur toi, à ce que je vois !

— Et encore tu verras mieux au jour.

Elle faillit lui rouler une pelle, se souvint de leur cousinage, se l'interdit à cause de la judéo-chrétienté, était-ce bête.

— La fête ! On va faire un déjeuner de fête chez Rumpel-mayer ! Moi j'ai largué l'épave, le mâle non circoncis — je me sens démultipliée, juste un peu bègue, c'est la mâchoire, et sourdingue, c'est le tympan, je te raconterai les circonstances de la lutte, du moins je tâcherai, tu me pardonneras une élocution difficile.

— La lutte ! je le savais bien ! Ma petite colombe, j'ai apporté un Sceau de Salomon tout neuf, du costaud, tu vas me le porter sur le plexus des fois que Bélial veuille encore frapper.

Il sortit la chose de sa poche, et Maria ouvrit de grands yeux.

— Évidemment, il est mahousse, mais avec les dangers aux-quels ton existence dissipée t'expose... J'aurais même dû en faire un autre pour que tu te le mettes dans le dos, endroit où cognent sou-vent les esprits malins, c'est même dans la logique de leur mali-gnité.

— Bougre de cousin ! dit-elle en considérant la taille du carré de cuir dans lequel était cousu le pentacle. Par bonheur, je ne suis pas sur le point d'arborer des décolletés fracassants dans le monde, mais d'opter pour le cilice, donc personne sauf mon toubib ne verra ce... enfin, cette... Quand même, il est choc ton bouclier salo-monique, au moins du cinq sur cinq.

Elle le glissa dans son soutien-gorge, vérifia par la même occa-sion que déjà, ses seins reprenaient leur courbe primitive et ne res-semblaient plus aux mamelles de la Louve.

— Going to Rumpelmayer, dit-elle dans la splendeur d'un rayon de pâle soleil hivernal qui venait de l'auréoler d'une man-dorle mystique — going, insista-t-elle, car le cousin ne pouvait s'ar-racher à sa contemplation.

A cause de la mâchoire, ils communièrent de viande hachée, Edmond en oublia les exigences kosher qu'il respectait depuis un temps, se crut damné, mais le sourire de Maria lui assurant le contraire, il avala bravement.

— Joie, Edmond de ne plus me vernir des ongles rongés pour cet homme le fou. Joie que tu publies ton exégèse du Talmud au Parvis. Hon ? Ah oui, au Seuil. J'ai l'impression de ne plus rien connaître des éditeurs, vois-tu. Tout ça est magnifique. Et Rumpel-mayer n'a pas changé d'une moulure. Je reviens de plus loin que jamais, Edmond. De plus loin que l'Indonésie ou le Pôle Sud ou les Gambier. L'homme fou se meurt dans un appartement désert, c'est bien fait, choc-en-retour. Edmond, j'ai un menu service à te demander. Il s'agit de récupérer mes fringues, ma trousse de maquillage, mes chaussures, et euh un lynx et quelques autres four-rures... Il y a aussi quelques brimborions, deux éléphants de Perse, des vases chinois auxquels je tiens énormément, et mes pantoufles.

— C'est tout ? s'enquit Edmond, et elle lut dans sa pensée qu'il irait, certes, mais bardé de Sceaux salomoniques de la nuque aux talons, devant et derrière.

— Oui, je lui laisse les masques africains et d'autres antiquités, dans ma clémence. C'est tout, à moins que ça n'ait déjà cramé, avec le parano-pyromane, on ne sait jamais. Si amour équivaut à instinct de réparation, ce type-là ne m'a jamais aimée, depuis qu'il me con-naît il a tout cassé, ce plutonique. Une entreprise de démolition que le fou, avec grues, scie mécanique, marteau-piqueur et tout le tou-tim. Tu as vu ma gueule à la lumière du jour. Sans ton aide occulte, ç'aurait pu être bien pire. Vas-y avec des barbouzes, mais je t'en prie, vas-y. C'est une question de santé, je suis pratiquement à poil, il me reste quelques tricots angora, deux pantalons et une paire de chaussettes, le reste court les plus grands dangers dans le septième. 13, rue de Verneuil.

Et d'un sourire encore un peu de traviole, l'envoya au casse-pipe.

Partie. Elle était partie. Évidemment, on part pour moins que ça. A sa suite la cuisinière. Il frottait les traces de sang sur les carreaux, seul, effroyablement démuni dans cet appartement caverneux transformé en musée grâce à ces salles des ventes où elle avait sévi grâce aux chèques en blanc. Dès l'aube, le cousin Edmond et deux acolytes étaient venus avec des mines d'huissier saisir les biens de Maria : elle réclamait *in memoriam* sa garde-robe, surtout ses fourrures et son coffre à bijoux avec bijoux dedans, les bêtes qhâdjârs et les Mei-Ping. La garce. Impuissant, il venait de subir la razzia, et la phrase fatidique d'Edmond Moïse : avec ça elle pourra s'acheter une nouvelle machine à écrire. Ce qu'elle ferait à peine debout, il n'en doutait pas. Troquerait rubis et diamants contre l'instrument de sa libération. Se ferait un petit bénef.

Effondré, acculé et se maudissant, il sortit promptement pour éviter l'Argentine, et décida de marcher jusqu'à exhaustion, avalant sur sa route quantité de cafés en vue de phosphorer de telle façon qu'il trouvât un plan de survie avant la redoutable nuit qu'il lui faudrait affronter dans un endroit rougeâtre comme le Harry's Bar à moins que Maximilien... mais non, ni Maximilien, ni sa mère, ni Fouad, ni Agostina ne pourraient l'aider en son état de disgrâce. Seule sa mère. Mais pour l'instant il n'avait pas envie d'entendre ses naïves abominations.

— Me voilà impopulaire, se dit-il avec quelque raison, traversant l'esplanade des Invalides et troublant les boulistes qui le honnirent, les boulistes avaient raison, son passage ne pouvait susciter qu'un tollé général et mérité, il s'attendit, à chaque carrefour, au lancer de tomates éclaboussant de pulpe et d'opprobre les mauvais acteurs, le dos voûté sénilement il suivit les quais et le cours du fleuve charriant avec indifférence ses chatoyantes saletés.

S'écraser comme un mégot. Puis, la reprendre. La débusquer. Il lui serait plus facile de lui remettre la main dessus si elle s'exilait au Pérou, que si elle se retranchait dans son douaire du neuvième. Une buée de froid exhalée de ses naseaux lui rappela que, physiologiquement, il existait encore. Une brusque nausée, qu'il se portait fort mal. Se rua dans un café, et dégueula, toujours une catharsis, son âme bilieuse. Une volonté d'échec irrémissible lui suggéra de faire le planton à sa porte, voyons, elle rentrait en général vers une heure du matin, se ratatiner à l'arrière d'un taxi (Bentley, jeep ou Jaguar, trop ostensibles) payer le conducteur cent francs pour le danger encouru, et attendre. Parlementer sur le trottoir, l'accompagner humblement autour du square Montholon dans sa circumambulation rituelle du soir. Excellente idée, quelque peu impraticable, mais comment résister à un besoin si excruciant ? Manne céleste que ses insultes. Caresses que ses coups de pied. Il roulerait dans le caniveau avec jubilation. Mais lui donnerait-elle seulement le privilège de souffrir grâce à sa vindicte ?

Avec la sainte au visage de dragée, on pouvait s'attendre à toutes les cruautés messianiques et sophrologiques du genre : je te libère va vers ton propre bonheur prends des complexes vitaminiques deviens éventuellement homosexuel et architecte de la cour d'Iran, le pire. Elle ne lui ferait pas la grâce d'une franche haine, à moins qu'elle ne s'inspirât de leur histoire pour la boucler dans un livre. Elle avait sous la main une splendide matière de haine. Aggravant l'état de sa vésicule biliaire, il but un septième café au tabac le Diplomate, avenue de la Tour-Maubourg.

Quant à la haine, si elle ne comptait effectivement pas lui en faire cadeau, il se trompait lourdement, elle la ressentait bel et bien.

— Je le déteste, annonçait-elle, ondulant féline entre les toiles fraîchement peintes, à Martin du Mans dont elle admirait les dernières œuvres dont une Descente de Croix. Jamais je n'ai détesté quelqu'un comme ça, quoi qu'en pense ce type-là sous mon nez, Jésus. Pourtant, il y a miracle. Toujours pas dans le sens chrétien. Il y a miracle et baptême de haine. Cette haine neuve me procure des sensations pharamineuses. Tout ce que je trouvais charmant chez lui m'horripile jusqu'aux cheveux, regarde, ils se dressent. Être difforme, amas d'incohérence, héritier avachi, facteur de régression, la mort en quelque sorte, mais la salope hagarde mort d'Occident, larve interrègne, primate... il osait qualifier de procès d'intention mes avis prudents et nuancés sur sa conduite paléolithique. Qu'y a-t-il d'autre au monde que des intentions ? Une poisse, la glu que ses jetaime abusifs, quémandeurs, accablants, accompagnés d'une mine d'enfant grondé si je ne le gratifiais pas de la même idiotie ! Ô cette formule draconienne, ces litanies de cinglé répétant les mots hypnotiques jusqu'à défloration de tout mystère, et cette bave partout, cette langue chercheuse, ces débarbouillages faciaux... Pas le cœur de m'y soustraire, à cause d'une force bien sombre que je ne connais pas, à cause aussi des yeux couleur de figue sèche et des cils de bayadère qui me rappelaient ma copine Papazian, disparue, celle-là, long time ago. Pas le cœur de me soustraire à sa tendresse de poulpe, à ses baisers d'encre indélébile — il crevait d'amour comme la poche d'un calmar, percée, libère un flot dont tu sais la teinte — ô je le hais Martin, je le hais surtout parce qu'il a décidé de la pire horreur : le crime psychique que j'appelle envoûtement. Et ses crises de possession ! descente du zâr tout comme en Éthiopie, ce type était à lui seul une peuplade reculée, chevauchée par un dieu noir, à moins que ce ne fût par le démon qui agita les esprits de Loudun ! intéressant, pour un ethnologue, cas rare en France de nos jours. Si je n'avais pas été concernée, j'aurais volontiers essuyé ses postillons, car il postillonnait, le bougre, au moment des sataniaqueries, et observé cette folie d'un œil clinique. Si l'on en croit Groddeck, le « ça » de ce type devait conserver affreusement intacte la mémoire de la fusion idéale et voulait à tout prix, même à coups de chèques en blanc, la répéter. C'était très répétitif, voui ! En tout cas, adieu vieil humanisme. Martin je peux t'affirmer que j'ai vu des possédés au Brésil, en Indonésie, en Inde, au Laos, en Afrique du Nord, mais à Paris c'est la première fois. Je me demandais, quand il commençait à sentir le bouc et à fourcher du pied, preuves d'une ingérence étrangère dans sa personne, s'il devenait incombustible à ces moments-là, et si en lui tailladant le crâne n'en sortirait pas le zâr ou Bélial, fumants. Cette idée d'incombustibilité me travaillait. Dès qu'il faisait allusion à mes anciens amants pour provoquer une crise, je rêvais qu'à la fin de celle-ci — telle qu'il la déciderait, fidèle à ses propres scénarii, moi dans l'histoire, je jouais les utilités — je rêvais, donc, qu'il se jetât dans le feu pour voir. Il y avait quelque chose de fascinant et de repoussant chez cet Antéchrist. Mais Martin, quelle que fût cette fascination ambivoque, il ne fut JAMAIS le Maître de ma Tête, ce qu'il désirait être, à la façon brésilienne. La seule maîtresse de ma seule tête est Yémanja, déesse marine venue d'Afrique, et, Martin, il n'y aura pas de rechute, pour nul autre mec même ressemblant au Baptiste.

— J'aimerais te voir plus indifférente, fit le peintre en dénouant son tablier. Quand ton crâne aura repris ses couleurs natives et toi un peu de calme, on avisera. En attendant, fais-toi raccompagner jusqu'à ta porte, le soir, et que ton raccompagnateur attende pour démarrer d'être sûr qu'aucun maniaque ne rôde dans les parages.

Puis elles parlèrent longuement de Goya.

— Terminé, dit Fouad. Plus un dirham. Son compte est à découvert, qu'il ne compte pas sur moi pour arranger ça. Qu'on saisisse ses meubles, qu'on déchire sa carte du Diner's, qu'on lacère son chéquier, que son banquier lui mange le foie, je m'en fous, qu'on l'enferme, je m'en contrefous, je déshérite mon fils.

Agostina, se sentant responsable, lui rendit furtivement visite, porteuse d'une liasse de billets qui permirent à Amine de payer le loyer, d'apaiser les inquiétudes du banquier car son compte personnel était plus qu'étanché par les razzias opérées par une ancienne élève du Louvre lâchée dans les salles des ventes, où Mme Ghoraïeb, si elle ne pouvait éviter la saisie, irait racheter les meubles dont la disparition transformerait l'appartement en catafalque nu dans lequel végéterait rideaux fermés, ç'était à craindre, le beau-fils auquel il resterait pour s'asseoir un fauteuil de mandarin chinois et pour dîner si toutefois il consentait à avaler quelque chose, le support d'une table de rotin. De toute façon, les dégâts commis dans l'appartement suffisaient, avant l'arrivée des huissiers, pour le transformer déjà en cercueil où Vlad Drakul le Miteux, prince de Valachie, verdissait et n'ayant plus de proie savoureuse, sentait ses canines s'affûter inutilement. Épouvantée de trouver les lieux et le beau-fils en l'état de décombres, Agostina promit de lui louer une télévision en couleur et de lui offrir une radio, pour pallier pauvrement la destruction de la chaîne haute fidélité. Un peu revigoré par le geste de sa belle-mère, il goba quelques amphétamines, et concocta une nouvelle stratégie. Noël approchait, l'emmener où elle voudrait. Ou bien, l'étrangler, ce serait l'équilibre total, la fusion dans la mort, la perfection, la fin. Aviser sur le tas. Premièrement, reprendre des forces, porter beau, s'astreindre à une discipline alimentaire. Sanction de ses manigances, il ne pouvait plus rien absorber. Au téléphone (il refusait de sortir et d'accepter des visites, sauf celle d'Agostina, depuis une semaine). Max lui avait conseillé le lait écrémé en poudre, riche en protéines, et le citron pressé avec du miel, diète des grands drogués. Bouffer assez de ces ersatz pour tenir debout, la voir, ne pas flancher en la voyant. Peut-être aurait-elle pitié, aversion, ou quelque sentiment d'hostilité qu'il transmuerait par le seul pouvoir des gens que gouverne depuis leur naissance l'étoile Antarès, cœur de la constellation scélérate du Scorpion, vassale de Pluton, planète la plus éloignée du Soleil.

La porte du 9 rue de Maubeuge se referma avec un bruit énorme, et ce fut comme le Magnificat.

Qui donc l'avait condamnée à ce bagne? Interdite, Maria demeura immobile, adossée à la porte cochère, et huma à s'en saouler les effluves des poubelles. La voisine du dessus mangeait toujours autant de yaourts, le voisin du dessous était toujours aussi mélomane, d'ici on entendait la Traviata, et elle hésiterait encore une fois entre la force, la persuasion, la poudre ou la menace pour qu'il baissât d'un ton. Existence divine. Là-haut, l'attendaient les chats, onduleuses personnes des labyrinthes, aux yeux d'or inouïs. Sa grand-mère, tout à fait sympa en ce moment, qui serait reprise de ses fureurs dès qu'elle verrait s'amonceler les papiers, les livres, les fringues, les carnets d'adresses, et le téléphone lui faire louper les mailles de ses layettes. Là-haut, l'attendaient ses cendriers piqués dans les hôtels du monde entier, et le Shœ Cleaner du Shangrila Palace à Singapour, et l'autel qu'elle avait dressé sur le dessus du piano, où, derrière d'efficaces talismans, des figas brésiliennes, des statues balinaises données par le prêtre qui l'aimait tant, près du Batur, des mains de Fatima et des éventails espagnols du plus mauvais goût, trônaient les photos de ses protégés, ses consanguins, ses frères et sœurs d'une tribu reconstituée avec une inlassable patience dans l'espoir que jamais ne s'en paume un seul. Là-haut brûlait un buisson d'encens, et Mme Bachelard commençait à parler d'allergies dues à cette odeur. Là-haut, ses signes chinois de cuivre, Bonheur et Prospérité très importante la Prospérité pour les Jaunes, Longue Vie aussi. Longue Vie aux Yeux Fendus, et à tout ce pullulement vivace qui était dans l'arche, là-haut! Que les poubelles sentaient donc bon! Ses yeux s'ouvraient plus largement, à présent, mydriase sans drogue. Elle commencerait AUJOURD'HUI MÊME un autre livre qui la turlupinait au vif, une histoire hindoue, relatant les transmigrations d'une fille que Çiva rendit nymphomane pour avoir arraché du cou de son fils jeune brahmane la perle rituélique. L'os même des dieux. Ainsi sur les bords du lac Dal cette jeune fille se livrerait-elle à tous les bateliers, consuls, ambassadeurs, marchands de boîtes en papier mâché, etc., car dès le soir une bouffée de sang lui montait au ventre et qu'il lui fallait alors tout le peuple de Srinagar pour l'assouvir en lui passant dessus... Là-haut l'attendaient encore les déités hellènes et déjà les hindouistes, qu'elle connaissait bien, et qui étaient infiniment moins cruels que les olympiens ou les dieux noirs. Ce serait reposant, et ce serait un grand merci à l'Inde, son éternel pays. Là-haut l'attendaient des messages téléphoniques de gens tous formidables qui l'appelaient donc désiraient la voir donc l'appréciaient sans rien vouloir lui voler de son âme. Des gens pour lesquels l'amour n'était pas un attentat. Des gens à guérir, à aider, à enjôler, à séduire, des gens avec qui jouer. Des gens qui ne lui diraient pas regarde-ce-que-tu-m'as-fait-il-faudra-bien-que-tu-m'aimes, des gens qui n'avaient pas la sale habitude de dégueuler tout le temps — information téléphonique du psychiatre lacanien, il dégueulait sans interruption, Satan, son âme d'enchanteur pourri. Une âme. Les hommes de son espèce en avaient-ils une ? Là-haut lui étaient restitués la crasse de sa théière, le salpêtre de ses murs, la gentille moisissure des napperons brodés au brillanté d'Alger par d'obscures marraines de province, l'odeur des bonbons anglais que suçait Mme Bachelard, son foutoir arc-en-ciel, sa table d'étude cramée par tant de cigarettes chues des cendriers, et tous les baisers volés à travers les livres. Qu'importaient les fourrures ! les vendre, et donner le fric à qui en avait besoin. Fût-ce son éditeur, qui lui devait de l'argent, mais auquel elle devait un livre. Tiens, elle entretiendrait même son pirate d'éditeur, avec joie.

Comment Amine Youssef, cet étranger, lui avait-il forcé la main pour lui extorquer la vie ? Fallait-il qu'elle fût dupe d'une inconsciente fascination de la mort, victime du halo de douleur et de négation embuant les longs yeux arabes, pour jouer un tel contre-emploi — elle se remémora les fièvres, la dévoration d'une pastilla, première boulimie d'ogresse, son cou ensanglanté de rubis, le voilage des miroirs, la jeune femme aux joues encore creuses envisageant de déposer chez le meilleur coutelier de Paris une liste de mariage — à moins qu'elle ne l'eût fait, ce récent passé avait tant la structure d'un rêve qu'elle pouvait se tromper — la même jeune femme, une inconnue, démente picolant, loqueduche traînant la savate divorcée de son ego et sertie de bijoux à la place, acceptant qu'un homme fît table rase de tout ce qui la constituait et la dressait, vive et coruscante contre l'opacité qu'est parfois le monde. Devant les poubelles prises à témoin, elle sanglota de pitié et de bonheur mêlés. Plus besoin de dope pour que lui soient restituées la complétude de son univers et l'austère allégresse de l'anorexie.

Que faire si elle le trouvait sur son paillasson ? Bah, Edmond Moïse qui, à force d'enquiquiner les éditeurs, publiait enfin ses bouquins du genre « Moi et Israël » s'y connaissait en matière de siège, et lui donnerait des conseils. Maintenant, vivre. Être une pute historique et le Messie. Ne plus se culpabiliser de rien. Comme si l'exemple paternel ne suffisait pas.

Elle passa, fringante, devant la loge de la concierge, constata avec bonheur que rien n'avait changé, le panneau indiquait de façon immémoriale qu'elle *revenait de suite*.

Elle monta les marches en sifflotant, pie voleuse. Fin mes amis du lai d'amour entre un jeune homme aussi missionné pour la destruction qu'elle pour la création. Depuis son retour au bercail, elle ne saignait plus.

— Tova est de passage à Paris, dit Mme Bachelard. Elle repart dans deux jours en tournée, désire te voir d'urgence, et propose de dîner demain soir.

Elle exulta. Se ferait la plus belle, masquerait les démolitions, pour Tova, sa liberté, sa sœur, son amour, sa solitude.

— Tova, aucune sorcellerie ne prévaudra contre l'amour du monde. Tova, autour de l'Occident se prépare la guerre, et je ne reverrai plus les terres d'Orient que j'aime tant, jamais plus Isfahan ni Chiraz, aux roses rouges comme certains rubis... Le pauvre homme ! Je ne le hais plus. J'ai perdu le talisman salomonique que m'a remis Edmond. Plus besoin de couteaux gravés ni de clous sous le lit ni d'encens ni de parchemins ni de charbon de bois porté dans les chaussures, tous les parfums sont bénis en ton nom, créature qui marche à mes côtés, et toutes les armes sont consacrées en ton nom, toi qui ignores la haine. Qu'il ne boive pas ses propres poisons. Sa haine seule est le poison de son sang. Pauvre mec.

Elles marchaient dans l'île Saint-Louis, et Maria arrêta son amie, s'empara de son visage comme elle le faisait de la gueule de ses chats sacrés, s'émut de lui trouver, à la place où les humains n'ont que des yeux, deux étangs clairs auxquels la nuit leur donnait une teinte d'opale.

— Tova, tu es belle comme un regard qui doute et qui pardonne, belle est la nacre au bord de tes yeux. Pour cette beauté du monde que par miracle et miséricorde divine il nous est donné de voir ensemble, pour cet échange de nos yeux et de nos visions et de nos univers qui est comme un embrassement, Tova, je t'aime dans la lumière non pareille qui baigne nos semblables regards, je t'aime et vois cette nuit d'une énorme bonté qui nous accompagne au bord du fleuve, Tova s'il y a une fin du monde on l'attendra ensemble et on se démerdera pour en tricoter un autre — c'est que le vieux était troué.

Elle ne lui dit rien de tout ça. Elle aurait pu l'écrire. Elle se contenta d'attraper un gros rhume en restant plantée en face de son amie, quai d'Orléans, sans manteau de lynx, grelottant sous son vieux renard, le lynx était déjà donné, à Tova bien sûr, avec interdiction de le garder s'il lui portait cette chose glutineuse qu'on ne nomme pas.

Deux affreuses gouines, commentèrent les passants — enfin, affreuses, belles comme Marie et Madeleine, noyées dans leurs cheveux, regards cramponnés, dans la niaiserie du bonheur à la proue de ce navire ancré à l'Occident.

Tova repartait jouer Lady Macbeth dans de lointains pays. Maria embarquait rue de Maubeuge pour l'Inde, et Monsieur V... éditeur risquait d'attendre encore une paye son roman grec, car il prenait fantaisie à l'auteur de faire route vers ailleurs. Probablement, Monsieur V..., échaudé, ne signerait-il plus aucun contrat avec une native des Gémeaux régie par le nomadisme de Mercure, car danger d'éternels départs, si Monsieur V... ignorait qu'avec Vénus en Taureau, on s'exposait à des enlèvements par d'innombrables princes amoureux qui également retarderaient le dépôt du manuscrit. Mais en ce soir sublime où elle aimait le monde et Tova, Vénus en son ciel parlait de sentiments multiples, et on ne courait plus aucun danger de rapt aux ténèbres.

Elles se retrouveraient, en une autre saison, l'été, quand les bleus et les verts de Paris sont inégalables.

Elle buvait son thé Grand Yunnan après une demi-heure d'infusion (« le moka du chirurgien », breuvage spécialement indiqué pour les ouvrages dont l'échec est irrémissible) — cinq tasses saccharinées, aujourd'hui elle opérerait à merveille, attaquerait les Grandes Dionysies athéniennes, sortirait Aphrodite du claque corinthien où elle avait usé tous les marins du Levant, Ponant et Septentrion puis pour la distraire, elle l'emmènerait sur l'agora histoire de discuter le coup avec les nouveaux philosophes du Ve siècle, à l'horizon se profilait la guerre du Péloponnèse.

M. Léon des Machines à Écrire, providence, avait donc trouvé une autre Underwood qui sans Maria aurait fini à la casse car personne ne voulait plus de ces épaves-là. Or ses doigts galopaient à une allure forcenée sur la seconde Underwood, estimable tas de ferraille dont elle ne savait se passer, et le seul élément propre à interrompre son rêve hellène était, non le cliquetis des aiguilles de Mme Bachelard recueillie sur son tricot (une layette destinée à son septième arrière-petit-fils) mais des envies de pisser dues aux diurétiques. Elle se remodelait grâce au jeûne, aux bouillons de légumes, aux tisanes de bourdaine, envisageait des prises de sang et diverses ponctions pour lourder un trop-plein de substance, et ne recommencerait à s'alimenter qu'après avoir la certitude de peser trente-trois kilos, évohé ! Disparaîtraient alors les règles si réapparaissent déjà les hallucinations, sans peyotl ni mescal, d'une théionomane qui parcourait les chemins de la montagne de l'Assemblée où voulut trôner Lucifer fils de l'Aurore, tombé au Shéol sans jamais pou-

voir, comme elle, regrimper au sommet des mondes. Marnez au
Shéol, Lucifer, pauvre vieux, je n'y peux plus rien. Pensant à quelqu'un de précis, elle alluma son calumet de la paix, une blonde
menthol, qui la fit, car elle avait perdu l'habitude de fumer, tousser
jusqu'à ce que des larmes coulent sur des joues déjà creusées, Deo
gratias ! La toxicité de la nicotine dépasse quinze fois celle du principe actif de la ciguë, chevrota Tiefenthaler, mais point n'égale celle
d'une passion de cendres. Nicotinisme cause dilatations anévris-
males, altération du système vasculaire. Elle s'envoya une bouffée à
pleins poumons. Tachycardie, crachement de sang, névrite rétro-
bulbaire, chouette alors ! Elle chiquerait, mangerait de l'arsenic.
C'était la vie, le lointain minuit de la mort, l'arrogance extrême de
la santé mentale et quelque chose de la sagesse.

A deux heures du matin, après noubas citadines, elle se payait
des bordées bien plus perverses à travers les livres chéris (Nabokov
Shakespeare Joyce Proust Cohen Miller Céline Cendrars Artaud
Kérouac Balzac Singer Breton Eluard Caillois Borgès...) de ceux
grâce auxquels elle tanguait, chialait, riait, s'émouvait, tremblait
jusqu'aux moelles, ses frères, ses génies, ses déchirants inconnus
magiquement si proches, dans le baisodrome de sa chambre virgi-
nale où saoule elle s'enfilait des jéroboams de liqueur vitale distillée
par d'autres types amortels car auteurs. Elle n'avait pas encore l'âge
où Roger Caillois tel *le Fleuve Alphée* remontait à sa source pour
s'infiltrer dans le terreau. Elle avait l'âge des jeunes filles qui
tous les jours demandent le chemin de la mer. L'âge des fureurs
de lecture, et du besoin de remercier éperdument ceux qui lui
dispensaient son plaisir, les Cathares, les avoueurs sublimes,
ceux des confessions et des bouquins tord-boyaux, ceux dont
les pages sentaient la gnôle ou la poussière divine, ceux qui
dirent tout d'eux-mêmes ou créèrent de leur côte des truchements
(Solal Claudine Humbert-Humbert Rubempré...) ô combien
plus vifs que les déjà-morts, larves du Styx traînant sur cette
terre.

Prudence que de n'avoir pas emporté sa bibliothèque chez
l'homme qui l'aimait ! Sous sa garde, du reste, elle ne s'envoyait
plus en l'air avec les livres des autres. Il n'aurait pas supporté la
chose : sur le couvre-lit, vingt bouquins effeuillés annotés pillés,
sans reliure ni couverture en peau de pingouin, abîmés, dévorés —
vous dévorer de baisers ma belle, paroles d'amant — et ses festins
nocturnes où elle buvait le sang des autres, Corpus Christi, ô qu'ils
sachent, ces autres illuminés, qu'une créature trop ardente dans la
pénombre de sa chambre que rosissait une lampe couleur du point-
du-jour les bénissait puis se gavait de narcotiques, trop échauffée
d'âme pour trouver le sommeil, après avoir appris la date du dépôt
légal et le numéro d'édition d'un chef-d'œuvre qui hélas avait une
fin, consternation ! Bon Dieu, trouver l'auteur, mais ne pas le
déranger, pourquoi les génies ont-ils le droit de vous laisser comme

ça en plan après une pirouette liminale, quand on en veut encore encore encore.

Chers éditeurs qui permettaient à elle et à ses coreligionnaires, leur vice, leur ivresse collective, le grand rassemblement des fous qui la nuit, cavalcadent à travers les livres, les enfourchent, les saccagent, les embrassent, touchés de la contagion poétique, c'est superbe, messieurs dames, d'avoir toujours vingt ans et de voir à travers le paletot de Rimbaud un ciel démesuré où tournent des charognards, ceux de l'Inde par exemple, le pays de son ancienne vie, quand elle fut épouse de brahmane au royaume du Doab où régnait Harsha de Kanaouj.

Ainsi, quotidiennement, au milieu des calmes nuits où dorment les ploucs et les Pharisiens de tout acabit, elle n'écoutait que ces épanchés qui parlaient leur vie, et ses os tremblaient du seul dantesque amour qui meut le soleil et les autres étoiles, jusqu'à ce que les drogues ferment ses longues paupières sur les prunelles d'or changeant que, par inadvertance, l'homme amoureux avait omis de lui arracher.

Et les troènes du printemps encenseraient les squares de son enfance, elle sortirait munie d'un alpenstock pour marcher dans la ville et entrer dans les églises, ces grands albatros gris, y allumerait des cierges dont la fumée ferait tressaillir le profil des madones, et elle prierait à Saint-Gervais avec les pénitents blancs, et la patiente ayant repris un comportement d'écriture écrirait les simples merveilles du monde, et elle oublierait cette turpitude d'amour mensonger qui déjà s'éloignait comme la nef portant Arthur vers Avallon, ainsi que la perspective du vingt-huitième jour sanglant des femelles asservies aux lunaisons — calquée à nouveau sur son ombre et la serrant bien étroitement pour qu'on ne pût l'enclouer, elle n'arborait plus aucune médaille talismanique ni aucun sceau fût-ce celui de Salomon, et n'userait, pour se préserver des jeunes gens néfastes, stériles et violenteurs d'âmes, pauvres alchimistes d'une œuvre sempiternellement au noir, que de ses yeux où on pouvait capter le reflet d'une âme bien portante. Dorénavant, elle se garderait toute seule de la folie loquetée, celle qui ne crée pas mais tue, qui soulève au plexus une nausée et non une vague de *rasa*, ainsi disent les Hindous à propos de l'émotion, dont elle réapprenait les neufs modes, l'Érotique, l'Héroïque, l'Odieux, le Furieux, le Terrible, le Pathétique, le Merveilleux, le Paisible, et l'Humoristique. Fermement décidée à éviter les susdits gamins velus et patauds, tout creux à l'intérieur, et parmi ceux-ci, spécialement, les natifs du Scorpion dont Hadès est le maître, elle jubilait de ne plus ressentir que de la pitié (et la malhonnête satisfaction de ne pas porter cette tare) à l'encontre de ceux qui ignoraient les choses délectables de l'univers, causes du *rasa*, et des éveils combien plus profonds que le repos des énamourés dangereux, au délire sans texte.

Ainsi, sur l'Erechtéion, la menue ensauvagée narguait la grande statue d'Athéna d'or et d'ivoire, vierge dotée comme elle d'un caractère de cochon, puis allait regarder en face la topaze brûlée du soleil, et la calcinait un rêve qui, d'une autre façon qu'hier son amant, la dérobait au jour.

A Maria Tiefenthaler, née vingt sept ans plus tôt, restaient pour repartir jongler sur les routes, savoir vers quelles cimes émergées et quels récifs rouges du bleu Pacifique allaient les trains, les bateaux et les avions, quelque vingt mille et une nuits. Ainsi, en l'ère chaotique du Kâli-Yuga, nez au vent, cherchant le plus joli coin pour y attendre l'Apocalypse, elle dansait sur les mondes écroulés avec le seul Çiva, Celui de la Cour de Tillai, Maître de la Danse, son unique Seigneur.

L'impression de ce livre
a été réalisée sur les presses
des Imprimeries Aubin
à Poitiers/Ligugé

Achevé d'imprimer le 10 juin 1981
N° d'édition, 81137. — N° d'impression, L 13701
Dépôt légal, 2ᵉ trimestre 1981

Imprimé en France